KB177697

DONGSUH MYSTERY BOOKS 13

THE BLACK TOWER

검은 탑

P.D. 제임스/황종호 옮김

동서문화사

옮긴이 황종호(黃鍾灝)

서울대 영문과 졸업. 서울대 대학원에서 영문학을 전공. 서울대·성균관대 교수. 대림대학장 역임. 한국미스터리클럽부회장, 미스터리동인지 〈미스터리〉 편집위원. 옮긴책 P.D. 제임스 《검은 탑》 포터 《도버 4/절단》 엘린 《특별요리》 등이 있고 미스터리평론을 많이 썼다.

DONGSUH MYSTERY BOOKS 13

검은 탑

P.D. 제임스 지음/황종호 옮김
초판 발행/1977년 12월 1일
중판 발행/2003년 1월 1일
발행인 고정일/발행처 동서문화사
창업 1956. 12. 12. 등록 16-345(윤)
서울강남구신사동540-22 ☎546-0331~6 (FAX) 545-0331
www.epascal.co.kr
*

편찬·필름·제작 일체 「동판」 자본으로 이루어짐에 따라
출판권 소유권자 「동판」에서 제조출판판매 세무일체를 전담합니다.
사업자등록번호 211-90-02201
ISBN 89-497-0094-8 04840
ISBN 89-497-0081-6 (세트)

검은 탑
차례

작가의 비망록

도싯(Dorset ; 영국의 지명)을 사랑하는 분들께, 내가 아름다운 도싯 주(州)의 지형을 멋대로 차용한 것, 특히 토인턴 농장과, 퍼벡 연안에 있는 검은 탑이라는 두 개의 가공 장소를 지어낸 무모함을 너그러이 용서해주시기 바랍니다. 비록 그들의 풍광은 빌려왔지만 등장인물은 모두 순전히 나의 창작에 의한 것이며, 현재는 물론이고 과거에 실재했던 인물과도 아무런 관련이 없다는 점을 밝히는 바입니다.

등장인물

윌프레드 앤스티 사립 요양원의 원장

밀리센트 해미트 윌프레드의 누나

마이클 배들리 요양원의 신부

그레이스 윌슨

빅터 홀로이드

헨리 카워다인

조지 앨런 요양원 환자

제니 페그럼

어슐러 홀리스

에릭 휴슨 의사

매기 에릭의 아내

도트 목슨 간호부장

헬렌 레이너

브리건 간호사

데니스 러너 남자 간호사

앨버트 필비 잡역부

줄리어스 코트 전직 외교관

밥 로더 변호사

다니엘 경위

아담 달글리시 런던 경시청의 경감

완쾌 선고

주치의의 회진은 이번이 마지막이 될 예정이었지만, 그 점에 대해서는 서로 조금도 섭섭한 마음이 없다고 달글리시는 생각했다. 한쪽은 늘 고자세로 권위적인 모습을 보여주고, 다른 한쪽은 늘 감사하는 마음으로 연약하게 상대방에게 의지만 하는 관계는, 아무리 그것이 일시적이라 하더라도 성인들 사이의 만족스러운 교류라고 할 수 없기 때문이다.

주치의는 간호부장을 선두로 조수들을 거느리고 달글리시가 있는 작은 병실에 들어섰다. 그는 조금 뒤에 있을 한 상류사회의 결혼식에 초대받았기 때문에 벌써 예복 차림을 하고 있었다. 깃에 꽂힌 빨간 장미만 카네이션으로 바꾸면 그대로 신랑이라 해도 손색이 없을 정도였다. 그도 꽃도 인공미의 극치를 보여주며 반짝반짝 광택이 나는 것처럼 보였다. 때아닌 바람이나 서리, 또는 무심한 손가락에 의해 완성미를 해치는 일이 없도록 셀로판지에 싸여 완벽하게 보호받고 있는 선물같았다. 마지막 마무리로 그에게도 꽃에도 값비싼 향수를 살짝 뿌린 모양이었다. 아마 애프터쉐이브 로션이리라. 병원의 양배추와 에테르 냄새 속에서 달글리시는 그것을 뚜렷이 분간할 수 있었다. 지난 몇 주간 그 두 가지 냄새만 맡아야 했기 때문에 그의 코는 어지간히 둔해져 있었다. 함께 들어온 의학생들이 침대 주위에 빙 둘러섰다. 그들은 긴 머리에 하얀 색 짧은 가운을 입고 있었는데, 약간 천박한 신부 들러리들의 들뜬 모습처럼 보였다.

숙련되고 사무적인 간호부장의 손길에 의해 달글리시는 알몸이 되었다. 다시 한번 진찰 받는 것이다. 청진기의 차가운 원반이 그의 가슴과 등을 이리저리 더듬고 다녔다. 이 마지막 진찰은 형식적인 것이었지만 의사는 늘 그렇듯이 신중했다. 이 의사는 무슨 일이든 적당히 넘어가는 법이 없다. 설사 그가 처음에 내린 진단이 잘못되었다 하더라도 자존심 강한 그는 언제나 말로만 사과할 뿐이었다. 그는 자세를 고쳐 앉고 말했다.

"병리 테스트의 결과가 나왔는데 더 이상 걱정할 필요는 없을 것 같습니다. 물론 세포학적 소견이 늘 정확한 것은 아니어서 폐렴과 혼동하기 쉽지만 급성 백혈병은 아니며, 어떤 유형의 백혈병도 아닙니다. 경감님의 경우는 다행히도 어느 형에도 해당되지 않는 전염성 단구 증가증이며, 지금은 차도가 보입니다. 축하합니다, 경감님. 저도 많이 걱정했습니다."

"그쪽은 흥미로웠겠지요, 걱정한 건 이쪽이지. 언제쯤 퇴원할 수 있나요?"

이 대스승은 동행한 제자들을 돌아보며 싱긋 웃어 보였다. 여기 또 한 사람, 회복기에 들어선 신경증 환자의 표본이 있는데, 이런 환자는 모두 나처럼 너그러이 봐줘야 한다고 말하는 듯한 눈치였다. 달글리시는 얼른 말했다.

"침대를 빨리 비우는 게 좋겠군요?"

"침대가 항상 모자라기는 합니다만 그리 서두르실 필요는 없습니

다. 경감님은 아직 앞날이 창창합니다. 이제부터예요, 이제부터 시
작입니다."

그들이 나가자 달글리시는 침대에 드러누워, 마치 방금 이 방에 처
음 들어온 것처럼 그 몇 평 안 되는 소독된 공간을 둘러보았다. 손을
살짝 대기만 해도 물이 나오는 세면대. 뚜껑 있는 주전자가 놓여 있
는, 깔끔하고 낭비가 없도록 고안된 사이드테이블. 비닐이 씌워져 있
는 방문객용 의자 두 개. 머리맡에 동그랗게 말려 있는 이어폰. 어디
서나 볼 수 있는 꽃무늬 커튼이 쳐진 창. 모두 마음에 들지 않는 것
들뿐이었다. 이런 을씨년스럽고 개성이라고는 눈 씻고도 찾아볼 수
없는 장소에서 죽는 것은 사양하고 싶다. 이곳은 호텔 방과 마찬가지
로 잠시 머무를 나그네를 위해 설계된 방이다. 여기서 지내던 사람이
이 방에서 나갈 때는, 제 발로 걸어 나가든 아니면 영구차에 실려 나
가든, 뒤에는 아무것도 남지 않는다. 그들의 불안과 고뇌, 그리고 희
망의 기억조차도.

죽음의 선고는 달글리시가 늘 상상하고 있던 것과 같은 형태로 내
려졌다. 즉, 침통한 얼굴들, 일종의 연극 같은 성실함, 은밀하게 오
가는 말들, 하나마나한 것까지 포함된 갖가지 검사, 그리고 달글리시
가 강경하게 요구하기 전에는 절대로 정확하게 얘기해주지 않는 진단
결과와 예후. 그런 식으로 병이 한 고비를 넘긴 뒤에 약간의 궤변을
곁들여 내려진 완쾌 선고는 달글리시를 오히려 화나게 만들었다. 그
토록 분명히 죽음을 선고해 놓고 이제와서 완쾌되었다니, 아무리 의
사의 책임이 아니라 해도 달글리시로서는 정말 이해할 수 없는 일이
었다. 특별한 아쉬움 없이 자신이 얼마나 담담하게 일과 즐거움을 단
념했는지 이제 와서 새삼스레 떠올려본들 모두 부질없었다. 그것들은
좋게 말해서 마음의 위안, 나쁘게 말하면 시간과 정력의 낭비에 지나
지 않았음을 깨닫게 된 때문이었다. 그런데도 그는 또다시 그것들에

열중하여 그런 것은 소중한 것, 적어도 그에게는 소중한 것이라고 다시 믿지 않으면 안 된다. 그런 것들이 다른 사람들에게도 역시 소중하다고 다시 한번 믿을 수는 없을 것 같은 기분이 들었다. 물론 체력이 회복되면 어떻게든 될 것이다. 시간이 지나면 생활이 저절로 그렇게 만들어줄 테니까. 그것 말고 무슨 대안이 있는 것도 아니니, 또다시 인생에 적응해 나가는 수밖에 없다. 그리고 이 일시적으로 뒤틀린 분노와 나태함은 건강의 악화를 구실로 삼을 수 있고, 그 덕분에 잠시동안 쉴 수 있었다고 생각할 수도 있다. 그의 동료들도 안도하는 표정으로 그에게 축하한다는 말을 해줄 것이다. 옛날에는 섹스라는 말을 함부로 입에 올릴 수 없었지만, 지금은 그 말을 다들 공공연하게 떠벌리는 세상이 된 대신, 죽음이 그 터부의 자리를 차지하고 있다. 세상에 거치적거리는 존재가 되기 전에 주위 사람들이 '명대로 살다가 좋은 세상으로 갔다'고 덕담을 할 수 없는 나이에 죽는 것은, 오늘날에는 최대의 악취미로 여겨지고 있다.

그러나 달글리시는 지금으로서는 다시금 일을 하게 될지 어떨지 아직 미심쩍은 기분이었다. 휴직계를 내고 구경꾼 배역으로 물러섰으면서도, 게다가 그 역할을 제대로 해보기도 전에 벌써 그 왁자지껄한 세상의 무대로 되돌아가다니, 그럴 마음의 준비도 채 되어 있지 않고, 또 꼭 그래야 한다 해도 좀 덜 시끄러운 곳을 찾아내기란 여간 번거로운 일이 아니었다. 건강하게 활동하던 시절에는 그런 것은 한 번도 깊이 생각해본 적이 없었다. 그럴 틈이 없었다. 하지만, 이제 그것은 결심이라기보다 그 이상의 것, 차라리 신념이라고 할 수 있는 것이 되었다.

인생의 진로를 바꿀 시기가 온 것이다. 재판관법, 사후강직, 신문, 부패한 살과 부서진 뼈에 대한 심사숙고, 피비린내 속에서 인간을 사냥하는 일은 이제 넌더리가 난다. 그의 인생에서 뭔가 다른 할 일이 있을지도 모른다. 그것이 무엇인지는 아직 모르지만 머지않아 발견할 수 있으리라. 요양휴가가 아직 2주일 남아 있다. 그 동안 이 결심을 구체화하고 적당한 이유를 붙여서 스스로 수긍할 수 있게 만든 뒤에, 무척 어려운 일이 될지도 모르지만 경시총감도 이해할 수 있도록 문서로 만드는 것이다. 경시청을 퇴직하는 데는 시기가 좋지 않다. 병 때문에 마음이 약해졌다고 생각할 것이 뻔했다. 하지만 그렇다고 퇴직하기에 좋은 시기 같은 것이 따로 있단 말인가?

직업에 대해 이렇게 환멸을 느끼게 된 것이 병으로 죽음을 각오해야 했던 경험의 후유증 때문인지, 아니면 더 근본적인 불만의 표출인지 그에게는 확실하지 않았다. 근본적인 불만의 표출이라는 것은, 그렇다, 중년기에 흔히 나타나는 우울증과 불확실한 충동이 번갈아 밀려오는 기분, 하루하루 미뤄만 왔던 희망도 이제 영원히 실현되지 않을 것이고, 언젠가는 꼭 찾아가고 싶었던 항구들도 이제 영원히 볼 수 없으며, 아! 내가 걸어온 길이 잘못된 것은 아닐까, 해도(海圖)도 나침반도 더 이상 믿을 수 없다는 걸 깨닫는, 그런 기분이다.

달글리시에게는 이제 일이 하잘것없고 만족을 주지 못하는 것으로 생각되었다. 이 휑뎅그렁한 규격품 같은 병실에서 그보다 먼저 입원했던 환자들이 모두 그랬을 것이 틀림없듯이, 그 역시 잠을 이루지 못하고 누워서, 지나가는 자동차 전조등이 병실 천장을 가로지르는 모습을 지켜보거나, 한밤중에 병원 안에서 들려오는 은밀하고 나지막한 소리들에 귀를 기울이면서, 자기 인생을 쓸쓸히 돌아보았다. 세상을 떠난 아내에 대한 슬픔은 그 당시에는 완전히 순수한 것이어서, 가슴이 찢어질 것만 같은 심정이었다. 하지만 개인적인 비극 덕택에, 그 뒤 그 이상의 복잡한 감정에 휘말리지 않아도 될 좋은 구실이 생겼다. 몇 번의 로맨스는 있었지만 모두 약간의 시간과 정력을 소비하는데 불과했고, 그것도 오래 지속되지 않고 가끔씩 있는 데다 모두

이성적이고 합리적이며 투명하고 어느 정도의 거리를 둔 것들뿐이었고, 그 점은 지금도 마찬가지였다. 그의 시간은 완전히 그의 것이었다고는 할 수 없지만, 마음만은 완전히 그 한 사람만의 것이었다. 상대방 여자들은 자유롭게 살고 있다. 그녀들은 흥미로운 직업을 가지고 쾌적한 아파트에 살며, 자신들이 원하는 것을 어렵지 않게 손에 넣어 안정된 생활을 하고 있다. 분명히 그녀들은 다른 여자들의 인생을 방해하는, 번거롭고 거추장스러운 분열적인 감정으로부터는 해방되어 있었다. 그런 여자들을 신중하게 간격을 두어 만나면서, 양쪽 다 반들반들 광택이 흐르는 고양이처럼 쾌락만을 위해 더할 나위 없이 완벽한 상태에서 즐기는 법을 알고 있으면, 사랑 따위 무슨 필요가 있느냐고 그는 생각했다. 어질러진 침실과 쌓여있는 접시, 젖먹이의 울음소리, 결혼과 책임이라는 이름으로 불리는 그 미적지근하고 숨막힐 것 같은 폐소공포증적 감금생활과 무슨 상관이 있단 말인가. 아내의 죽음, 그의 직업, 시를 쓰는 그의 취미는 모두 그 자신의 만족을 합리화하는 데 이용되어 왔다. 그의 애인들은 그가 아내를 잃은 지 얼마 되지 않았다는 구실보다 그가 시를 쓴다는 구실을 더 흔쾌히 받아들였다. 그녀들은 감상 따위에는 별로 관심을 두지 않지만, 예술에는 호들갑스러울 정도로 경의를 표한다. 그리고 가장 나쁜 것은——아니, 가장 좋은 것일지도 모르지만——이제 그가 바꾸고 싶어도 바꿀 수가 없고, 또 그런 것은 하나도 중요하지 않다는 사실이다. 정말 아무것도 중요하지 않았다. 지나간 15년의 세월 동안 그는 단 한 번도 그 누구에게 마음의 상처를 준 적이 없었다. 이렇게 한심한 인생은 없을 거라는 생각이 지금 그를 붙들고 놓아주지 않고 있다.

좋다, 그런 것은 하나도 바꿀 수 없다 하더라도 직업은 바꿀 수 있을 것이다. 그런데, 그 전에 한 가지 정리해야 할 개인적인 일이 있다. 실은 이제 자신은 죽을 거라고 체념하고 있었기 때문에 거기서도 벗어날 수 있을 거라고 좋아했던 일이다. 이제 그 핑계는 통하지 않게 되었다. 한쪽 팔꿈치를 짚고 일어난 그는 사물함 서랍에서 배들리 신부한테서 온 편지를 꺼내, 처음으로 꼼꼼하게 읽어보았다. 이 노신부는 이제 80세 가까이 되었을 것이다. 30년 전 달글리시의 아버지가 근무하던 노퍽마을에 보좌신부로 처음 찾아왔을 때도 이미 젊지 않은 나이였다. 내성적이고 무능하며 속이 터질 정도로 비능률적인데다, 중요한 것은 꼭 잊어버리면서 아무래도 상관없는 일에만 열중했다. 게다가 완고 그 자체였다. 달글리시가 그의 편지를 받은 것은 지난 30년 동안 이번이 세 번째였다. 9월 11일자 편지에는 이렇게 적혀 있었다.

친애하는 아담

몹시 바쁘신 줄 압니다만, 당신의 직업상 도움을 받고 싶은 일이 있으니 한번 방문해주셨으면 합니다. 긴급한 일은 아니나, 나이가 나이인지라 심신이 쇠약해지고 심장이 좋지 않아 내일을 기약할 수 없는 상태입니다. 나는 항상 이곳에 있지만, 찾아오신다면 주말이 좋지 않을까 합니다. 만약을 위해 말해두겠습니다만, 나는 지금 이곳 토인턴 농장에서, 장애인을 위한 사립 요양원의 신부로 있으며, 원장 윌프레드 앤스티 씨의 호의로 요양원 안의 '희망의 집'에서 기거하고 있습니다. 평소에는 요양원에서 점심식사와 저녁식사를 하고 있는데, 요양원의 음식이 당신의 입에는 맞지 않을 것 같고, 또무엇보다 당신이 요양원에 머물게 되면 우리가 함께 있을 수 있는 시간이 적어지게 됩니다. 그래서 이 다음에 웨어럼에 갈 때 식량을 사다 놓겠습니다. 내 숙소에 여분의 작은 방이 있으니 내가 그 방으로 옮기면, 당신은 이곳에 머물 수 있을 것입니다.

언제쯤 도착할지를 엽서로 미리 알려주시면 고맙겠습니다. 만약 기차를 타고 오신다면, 역에서 5분쯤 걸리는 곳에 윌리엄 디킨이라는 사람이 자동차 대여업을 하고 있는데(역무원에게 물어보면 가르쳐 줄 겁니다), 믿을 만한 곳이고 요금도 그리 비싸지 않습니다. 웨어럼에서는 버스가 드문 데다 토인턴 마을 근처까지만 운행되고 있습니다. 거기서 마을까지는 1마일 반 정도 걸어야 하는데 날씨만 좋다면 기분 좋은 산책이 될 수 있을 것입니다. 하지만 긴 여행 끝이라 피곤할지도 모릅니다. 만약을 위해 이 편지 뒷장에 지도를 그려놓았습니다.

그 지도라는 것이 17세기 초기의 것이 아닌, 현대의 국가에서 발행된 규격품에 익숙해진 사람한테는 머리가 띵해지는 것이었다. 파도무늬가 여러 개 그려져 있는 것은 바다를 나타내는 것이리라. 바닷물를 뿜어내는 고래 그림도 곁들였으면 좋았을 거라고 달글리시는 생각했다. 토인턴의 버스 정류장은 선명하게 표시되어 있지만, 거기서 이어지는 구불구불한 길은 온갖 들판과 문, 술집, 또는 거칠거칠한 삼각형 전나무숲 사이를 요리조리 뻗어나가다가, 곳곳에서 배들리 신부 자신이 길을 잃어버린 듯 어디론가 섞여서 사라지고 있었다. 해안에 남근숭배를 상징하는 듯한 마크가 작게 그려져 있었다. 길에서 상당히 떨어져 있는 걸 보면 일종의 지역명물로 그려 넣은 것이리라. '검은 탑' 전설에 나오는 장소가 틀림없었다.

그 지도는 달글리시의 마음을 사로잡았다. 어린아이가 처음으로 그린 그림이 인자한 아버지의 마음을 사로잡는 것과 같은 의미에서였다. 이런 호소에 응답하기를 꺼리고 있었다니 내가 그토록 심신이 허약해져 있었단 말인가? 그토록 무관심에 빠져 있었단 말인가? 스스로 생각해도 이상했다. 그는 서랍을 뒤져 엽서 한 장을 꺼내어, 10월 1일 일요일 오후 일찍 자동차를 타고 그쪽으로 가겠다고 짤막하게 썼다. 그때쯤이면 퇴원한 뒤 퀸하이드에 있는 자신의 아파트에서 4, 5일 정도 쉴 여유가 충분했다. 그는 엽서에 이니셜만 적어 넣고 특별 속달용 우표를 붙인 뒤, 간호사에게 우체통에 넣어달라고 부탁하는 것을 잊지 않도록 물병 옆에 기대 세워두었다.

또 한 가지 사소한 문제가 남아 있었는데, 사실 그는 그 일 때문에 약간 골머리를 앓고 있었다. 하지만 이쪽은 좀더 시간 여유를 두어도 괜찮을 것이다. 코델리아 그레이를 직접 만나거나 편지를 써서 꽃다발에 대한 감사의 말을 전해야 한다. 그가 병에 걸린 것을 어떻게 알았을까? 아마 경찰 계통의 친구를 통해서일 것이다. 바니 프라이드 사립 탐정국을 경영할 정도면——아직 그곳이 망하지 않았다는 전제하의 얘기다. 모든 타당성과 경제법칙으로 보아 망했을 것이 분명하지만——경찰 계통에 한두 사람 친구가 있다해도 이상할 것이 없다. 또한 런던의 석간신문에서도 경시청 수뇌부의 동정을 보도하면서 그의 근황에 대해 간단하게 언급했을 것이다.

그것은 정성스럽게 묶은 자그마한 꽃다발로, 코델리아가 한 송이 한 송이 직접 고른 것인 듯, 온실에서 피운 장미나 먼지떨이 모양의 초대형 난, 강제로 꽃피운 봄꽃과 인공적인 느낌의 글라디올러스, 헝겊으로 만든 줄기 위에서 마취약 같은 냄새를 풍기고 있는 분홍색 플라스틱 꽃 등 병실의 다른 꽃들과는 대조를 이루고 있었다. 코델리아는 아마 최근에 시골에 다녀왔던 모양이다. 그곳이 어디일까 하고 달글리시는 생각했다. 그리고 엉뚱한 상상이기는 했지만, 그녀가 먹고 살만큼 벌고 있을까 하는 생각을 했다가 곧 그 바보 같은 생각을 지워버렸다. 그는 똑똑히 기억하고 있었다. 겨울 히스 세 송이, 장미 꽃봉오리 네 개. 겨울 장미에 흔한 가시 돋치고 단단한 봉오리가 아니라, 여름의 첫 꽃봉오리처럼 부드럽게 감겨 올라간 노란색과 오렌지색이었다. 작은 들국화 가지, 오렌지빛이 감도는 붉은 산딸기, 그

한가운데 한 알의 영롱한 보석 같은 달리아. 그리고 그 꽃다발 전체를 그가 어렸을 때부터 '토끼의 귀'라는 이름으로 기억하고 있는, 잿빛의 부드러운 잎이 감싸고 있었다. 참으로 감동적이고 젊음이 넘치는 선물이었다. 좀더 나이든 여자나 더 세련된 여자는 그런 건 도저히 만들 수 없을 것이다. '병에 걸리셨다는 소식을 듣고 쾌유를 비는 마음으로 보냅니다'라는 짤막한 메모만 들어 있었다. 그녀에게는 직접 만나거나 편지를 써서 감사의 말을 전하기로 하자. 간호사를 시켜 탐정사무소에 대신 전화를 걸게 하는 것만으로는 부족하다.

하지만 이 일과 또 다른 실제적인 볼일 몇 가지는 좀더 있다가 해도 괜찮을 것이다. 우선 배들리 신부부터 만나야 한다. 이 기분은 단순히 신앙심이나 연장자에 대한 예의 때문이 아니었다. 이 일에는 어떤 난관과 단순하지 않은 뭔가가 기다리고 있다는 예감에도 불구하고, 그는 다시 한번 이 노신부를 만나고 싶었다. 그러나 무의식중에라도 배들리 신부 때문에 원래의 직업으로 다시 돌아갈 생각은 없었다. 만약 이것이 순전한 경찰업무라면 도싯 주의 경찰이 접수할 것이다. 그리고 만약 이 기분 좋은 초가을 날씨가 이대로 계속되어 준다면, 병을 앓은 뒤의 휴식처로서 도싯보다 더 좋은 곳은 없으리라.

하지만 물병 옆에 기대어 있는 하얀색 네모난 엽서는 기묘하게 마음에 걸리는 데가 있었다. 마치 그것이 일종의 강한 힘의 상징, 완쾌 선고의 표시라도 되는 것처럼, 그는 자신의 시선이 끊임없이 그쪽으로 쏠리는 것을 느꼈다. 담당간호사가 들어와서 이제 근무시간이 끝났으니 그것을 우체통에 넣어주겠다며 들고 갔을 때, 그는 후련한 마음이 들었다.

신부의 죽음

1

11일 뒤, 아직도 몸이 약간 휘청거리고 병원생활 탓에 안색도 창백했지만, 회복기에 들어선 사람이 으레 그렇듯이 실제 이상으로 기운이 나는 것을 느끼며, 달글리시는 약간 들뜬 마음으로 템스강 상류, 퀸하이드에 있는 자신의 아파트를 날이 새자마자 출발하여 런던 남서쪽을 향해 자동차를 달리고 있었다. 발병하기 두 달 전, 쿠퍼 브리스틀을 결국 마지못해 팔았기 때문에 그는 지금 젠센 힐레를 운전하고 있다. 그 차에 익숙해지자, 새 차에 자신이 빨리 적응했다는 사실이 뿌듯하게 느껴졌다. 완전히 새 차로 새 생활을 향해 출발한다는 건 사실 몸이 근질근질할 정도로 진부하다. 여행가방 하나와 코르크 따개 등을 포함한 피크닉용 도구 약간을 자동차 트렁크에 싣고, 좌석 포켓에는 토머스 하디의 시집 《귀향》과 뉴먼과 페브스너 공저의 도싯 건축물 가이드를 챙겨 넣었다.

이것은 휴양여행이다. 자주 보는 책들을 챙겨 넣었다. 여행 목적은 옛친구를 방문하는 것. 여정은 그날 그날 발길 닿는 대로 정해지며, 잘 알고 있는 곳과 낯선 곳 두 코스가 기다리고 있다. 고독과 게으름을 정당화해줄 구실도 있었다. 개인적인 문제의 해결이라는 건전한 자극이. 그는 나가면서 아파트를 다시 한번 둘러보았을 때, 자신의 범죄현장용구에 자기도 모르게 손이 가는 것을 느끼고 당황했다. 이전에 그것을 지니지 않고——휴가 때조차도——여행에 나섰던 것이 언제였는지 생각이 나지 않았다. 지금 그것을 집에 두고 간다는 것은 앞으로 2주일 동안 가끔씩 의무적으로 반추하게 될 그 결심의 최초의 확인이다. 하지만 그 결심이 이미 마음속에서 확고하게 굳어졌음을 그는 알고 있었다.

윈체스터에 도착한 것은 늦은 아침식사를 들기에 딱 좋은 시간으로, 유명한 그 성당 뒤에 있는 작은 호텔에서 그는 아침을 먹었다. 그런 다음 두 시간 동안 시내를 다시 한번 구경하며 돌아본 뒤에야 윔번 성당을 거쳐 도싯 주로 들어갔다. 여행의 끝이 가까워오는 것을 아쉬워하고 있는 자신을 깨달았다. 천천히 거의 정처없이, 그는 북서쪽의 블랜드퍼드 광장으로 우회하여 점심으로 먹을 와인 한 병과 버터롤, 치즈, 과일을 사고, 배들리 신부에게 줄 선물로 아몬틸라도(에스파냐에서 생산되는 백포도주—옮긴이)를 두 병 샀다. 그런 다음 동남쪽으로 돌아서 웨어럼의 윈터번 마을을 빠져나가 코르프 캐슬로 향했다.

퍼벡 구릉지대의 넓은 암반 위에 4천년의 세월을 품은 장려한 비석 몇 개가 보초처럼 서 있다. 용기, 잔인, 배반의 상징이다. 혼자 소풍 나온 사람처럼 점심을 먹으면서, 달글리시는 온화한 공기 속에 높이 그림자를 세우고 있는 그 튼튼한 비석으로 시선이 끌리는 것을 느꼈다. 그 그림자 속으로 달리는 것은 아무래도 내키지 않는다. 이 평화롭고 속박되지 않은 혼자만의 자유로운 하루를 끝내고 싶지 않은 듯,

그는 여행의 마지막 5마일에 들어서기 전에 습지의 산길을 찾아 축축한 관목림 속에서 한동안 시간을 보내기도 했다.

토인턴 마을. 테라스가 딸린 시골집들. 오후의 햇살 아래 빛나고 있는 잿빛 슬레이트 지붕. 아무리 봐도 그림 같은 풍경이라고는 할 수 없는 마을 변두리의 시골 술집. 그리 흥미를 끌지 않는 교회의 첨탑이 언뜻 보인다. 낮은 돌담으로 둘러쳐진 길이 드문드문한 전나무 식림지 사이를 완만하게 올라가고 있는 그 일대의 지형이 배들리 신부의 지도에서 보았던 것임을 그는 떠올렸다. 길은 곧 둘로 갈라져서 좁은 길은 서쪽을 향해 곶 아래쪽으로 돌고, 또 하나의 길은 관문을 지나 토인턴 농장과 바다로 이어지고 있다. 그렇다, 그 길, 그 입구에 온 것이다. 시멘트가 아니라 그냥 돌로 쌓은 나지막한 담 사이에 육중한 철문이 달려 있다. 3피트 정도의 두께로 교묘하고 복잡하게 쌓아올린 돌담. 돌 틈에는 이끼가 무성하고 꼭대기에는 풀이 자라나 바람에 살랑거리고 있다. 그리하여 그것은 곶 자체만큼이나 오래되고 영구적인 성채를, 바로 곶에서 태어났다고 할 수 있는 성채를 형성하고 있었다. 문 양쪽에는 각각 판자에 페인트로 쓴 경고문이 있었다. 왼쪽의 것이 최근의 것이다.

이곳의 프라이버시를 존중해주시기 바랍니다

오른쪽은 좀더 훈계조다. 글씨는 지워져가고 있지만 내용은 왼쪽 것보다 익숙하다.

출입금지
이곳은 사유지임
위험한 절벽이 있고 바다로는 통하지 않음

이곳에 주차한 차는 임의로 옮기겠음

경고문 밑에 커다란 우편함이 설치되어 있었다.

혹시 부탁과 경고와 협박이 멋지게 조화를 이룬 이 문구에 마음이 움직이지 않는 사람이라도, 자기 차의 스프링을 위험에 처하게 하기 전에 한번 더 생각할 거라고 달글리시는 생각했다. 길은 문 안쪽에서 부터 갑자기 험해져서, 여태까지의 비교적 평평한 도로와 거기서부터 조약돌로 가장자리를 두른 자갈길의 대조는, 마치 그 자체가 출입금지의 상징인 것 같았다. 문도 자물쇠가 채워져 있지는 않지만 복잡하게 생긴 묵직한 빗장이 걸려 있었고, 그 복잡해 보이는 구조는 어떠한 침입자에게든 자신의 무모함을 후회하기에 충분한 시간을 주겠다는 듯한 모습이었다. 아직 체력이 회복되지 않은 달글리시는 힘겹게 그 문을 열었다. 안으로 차를 몰고 들어가 간신히 뒤에서 문을 닫는 순간, 마치 아직 정체를 알 수 없는, 그리고 어쩌면 어이없는 일에 휘말릴지도 모르는 모험을 향해 한 발을 내디뎠다는 느낌이 들었다. 배들리 신부가 볼일이라고 한 것은 아마 그의 수완과는 전혀 상관이 없는, 속세를 떠난 노인——더욱이 갈수록 더 늙어가는——이 경찰에 몸담고 있는 높은 양반에게 부탁하면 해결해줄 것으로 믿는 그런 종류의 것임이 틀림없다. 하지만 적어도 그에게는 당분간의 목표가 주어진 것이다. 그는 조금이나마 사람들이 일하고 사랑하고 미워하고 꿈꾸며, 그래서 문제가 일어나는 세상으로 돌아가고 있는 것이다. 비록 그가 일을 그만두려고 결심하긴 했어도, 그의 퇴직과는 상관없이 경찰이라는 직업은 서로 죽고 죽이는 이 세계 안에서 계속 존재할 것이기에.

다시 차에 오르기 전에, 달글리시의 눈길은 한 무더기의 낯선 꽃에 이끌렸다. 이끼가 무성한 담 위에서 엷은 분홍빛이 감도는 하얀 꽃

몇 송이가 산들바람에 희미하게 흔들리고 있었다. 달글리시는 가까이 다가가서 물끄러미 선 채 그 수줍어하는 듯한 아름다움을 조용히 감상했다. 처음으로 그는 반쯤 환각 같은 맑은 바다내음을 맡았다. 공기가 부드럽고 따뜻하게 살갗에 와 닿았다. 갑자기 행복감이 밀려왔다. 그리고 금방 사라지는 소중한 한 순간이 늘 그렇듯이, 그 기쁨은 순수하게 육체에 호소하는 그런 것이었다. 그것이 그의 혈관 속을 마구 휘저으며 달렸다. 아니 혈관이 끓어올랐다 해도 무방하리라. 그 기쁨의 성질을 깊이 분석할라치면 이내 사라져버린다. 하지만 그는 분명히 그 감각을 느꼈고, 병에 걸린 뒤 처음으로 인생도 그리 나쁘지는 않다는 것을 깨달았다.

자동차는 오르막으로 접어든 길을 천천히 더듬어갔다. 2백야드 남짓 올라가 언덕 꼭대기에 이르면 그는 멀리 수평선까지 파랗게 물결치는 영국해협을 볼 수 있을 것이라고 기대했다. 하지만 막상 그토록 기대했던 바다를 볼 수 없다는 걸 알았을 때, 그는 수많은 헛된 희망을 품었을 때마다 실망하곤 했던 어릴 적 휴일의 기억을 떠올렸다. 눈앞에 펼쳐진 것은 험악한 샛길이 어지러이 놓여 있는 바위투성이의 얕은 협곡이었고, 그의 오른쪽에 있는 것은 토인턴 농장이 분명했다.

그 탄탄하게 지어진 석조건물은, 달글리시의 짐작으로는 18세기 전반의 건물로 보였다. 그러나 주인 건축면에서는 운이 없었던 것 같다. 집짓는 방식이 상식에서 벗어나 있었고 조지 왕조풍이라는 이름에 걸맞지 않았다. 우선 건물이 육지를 향해 서 있었다. 아마 동북 방향일 거라고 그는 짐작했다. 바닷가에 집을 지을 때는 바다를 바라보게 짓는 것이 달글리시가 생각하기에도 상식이었건만, 그런 개인의 취향, 또는 건축학상의 규범이라고 할 수 있는 것을 거스르고 있었다. 중앙의 포치 위에 창문이 두 줄로 늘어서 있고, 아래 창문에는 거대한 쐐기돌이 박혀 있었다. 위쪽의 창문은 아무 장식도 없고 크기도 작아서, 마치 건물 자체의 당당한 양식에 맞추기가 무척 어려웠다고 말하고 있는 듯했다. 조각상을 머리에 인 거대한 이오니아풍의 박공지붕이 있는 그 집은, 달글리시가 서 있는 곳에서는 그저 정체불명의 흉칙한 돌덩어리로밖에 보이지 않았다. 한가운데 둥그런 창문 하나가, 사악한 외눈박이 거인의 눈처럼 햇살 아래 반짝이고 있었다. 박공벽은 모양새 없는 포치를 더욱 볼품없게 만들었으며 정면의 경관 전체를 저급하고 누추하게 보이게 했다. 건물의 정면이 좌우로 더 나왔더라면, 좀더 나은 설계가 되었을지도 모른다고 달글리시는 생각했지만, 영감과 자금 부족 때문인지 기이한 미완성 상태로 끝난 것 같았다. 무서운 느낌을 주는 현관에서는 인기척이 없었다. 환자들은 아마 건물 뒤쪽에 기거하고 있는 모양이다. 게다가 지금은 오후 3시 반, 병원에서도 가장 조용한 때다. 틀림없이 모두 쉬고 있으리라.

세 채의 작은 집들이 보였다. 두 채는 농장에서 100야드쯤 되는 곳에 있고, 한 채는 뚝 떨어져서 높은 곳 위에 서 있다. 바다를 향하고 있는 것처럼 보이는 것은 아마 네 번째 집의 지붕일 거라고 달글리시는 생각했지만 자신은 없었다. 그냥 튀어나온 바위일지도 모른다. 어느 것이 희망의 집인지 알 수 없으니 가까운 두 채부터 확인하는 것이 좋으리라. 잠시 자동차 엔진을 끄고 어떻게 할까 망설이고 있는데 문득 파도소리가 들려왔다. 끊임없이 추억을 일깨우는 듯 조용하고 리드미컬하게 들려오는 그 음향은 모든 소리 중에서 가장 향수를 자아낸다. 그가 찾아온 것을 알고 집안에서 누군가가 나오는 기척은 여전히 없었다. 일대는 정적에 싸여 있고 작은 새 한 마리도 눈에 띄지 않았다. 그 텅빈 적막감 속에서 달글리시는 오후의 부드러운 햇살에도 부정할 수 없는 어떤 이상한 공기를, 거의 불길하다고까지 할 수 있는 무언가를 감지했다.

그가 집에 다가가도 창문으로 내다보는 얼굴 하나 없고, 현관 포치에 사제복을 입은 사람의 그림자가 나타나지도 않았다. 두 채 모두 낡은 석회암 이층집인데, 도싯 지방 특유의 묵직한 돌지붕에 밝은 에 메랄드빛 이끼가 덮여 있다. 오른쪽이 희망의 집이고, 왼쪽이 믿음의 집이었다. 명패는 비교적 최근에 페인트로 쓴 것이었다. 희망과 믿음. 세 번째 집은 어쩌면 자비의 집일지도 모른다. 이런 교훈적인 이름을 붙이는 데 배들리 신부가 한몫을 담당했을지 어떨지는 의문이다. 신부가 어느 집에 살고 있는지 알기 위해 굳이 명패를 들여다볼 필요는 없었다. 신부가 주위환경에 무관심한 사람이었다는 기억에 비추어 볼 때 믿음의 집 창문에 쳐진 사라사 무명 커튼과 출입구 위에 걸린 아이비와 후크시아 바구니, 포치 양끝에 예술적으로 놓여 있는, 여름 꽃들로 가득한 밝은 노란색 화분 두 개는 결코 신부의 솜씨로 볼 수 없었다. 콘크리트 속에서 대량생산된 것처럼 보이는 머시룸 두 포기가 문 양쪽에서 얼굴을 내밀고 있는 것이 너무나도 시골답고 재미있어서, 달글리시는 요정과 난쟁이들이 자신을 에워싸고 있지 않나 싶을 정도로 신기했다. 그와는 반대로 희망의 집은 엄숙할 정도로 근엄했다. 창 앞에는 일광욕을 즐길 수 있는 튼튼한 떡갈나무 벤치가 놓여 있고, 지팡이 몇 개와 낡은 박쥐우산 하나가 현관 앞에 뒹굴고 있다. 커튼은 어느 것이나 한결같이 묵직한 암적색으로, 창문을 빈틈 없이 가리고 있다.

　달글리시의 노크에 응답하는 사람은 아무도 없었다. 그 역시 그러리라고 짐작하고 있었지만. 두 집 모두 사람이 없는 것이다. 문에는 단순한 모양의 빗장이 걸려 있고 자물쇠는 잠겨 있지 않았다. 잠깐 망설인 뒤 그는 빗장을 열고 어두컴컴한 방안으로 들어섰다. 학자의 방처럼 따뜻하고 약간 곰팡내 나는 냄새. 그로 하여금 즉시 30년 전을 떠올리게 하는 그 냄새. 커튼을 젖히자 방안에 빛이 쏟아져 들어왔다. 그리고 지금도 잊을 수 없는 물건들이 눈에 들어왔다. 다리가 하나뿐인, 자단으로 만든 둥근 테이블이 먼지를 엷게 뒤집어쓴 채 방 한가운데 자리잡고 있었다. 한쪽 벽면에는 뚜껑을 접어 넣도록 되어 있는 책상. 등받이가 높은 팔걸이 안락의자는 너무 낡아서 빛 바랜 커버 사이로 속이 비어져 나와 있고, 움푹한 좌석은 해져서 나무바닥이 거의 드러날 지경이었다. 저것은 옛날에 사용하던 그 의자일까? 이 지나치게 선명한 추억은 향수가 만들어내는 환각임에 틀림없다. 하지만 그와 마찬가지로 오래되고 친숙한 또다른 물건이 있었다. 문 뒤에 걸려 있는, 배들리 신부의 검은 사제복과 닮아서 형체조차 분간할 수 없는 베레모.

달글리시에게 아무래도 뭔가 이상하다는 느낌을 처음으로 일깨운 것은 바로 그 사제복이었다. 그를 초대한 사람이 그를 맞이하러 나오지 않은 것은 이상한 일이지만, 그럴 만한 이유는 여러 가지로 추측할 수 있다. 그가 보낸 엽서가 아직 도착하지 않았을지도 모르고, 신부가 농장에 급한 일이 생겨서 불려간 건지도 모른다. 웨어럼으로 장을 보러 갔다가 돌아오는 버스를 놓쳤을 수도 있다. 아니면 초대한 손님이 오는 것을 까맣게 잊어버렸을지도 모른다. 하지만 만약 신부가 외출했다면 왜 사제복을 입지 않은 것일까? 신부가 여름이든 겨울이든 뭔가 다른 옷을 입고 있다는 건 상상도 할 수 없는 일이었다.

달글리시의 시선이 이미 한번쯤 지나쳤으면서도 미처 깨닫지 못한 어떤 것에 멈춘 것은 바로 그때였다. 큰 책상 위에 놓여 있는 검은 십자가와 글씨가 인쇄된 종이 한 장. 그 종이를 들고 그는 창가로 갔다. 밝은 빛 속에서 자세히 보면 자신이 무슨 실수를 했는지 알 수 있기라도 한 것처럼. 그러나 물론 실수는 아니었다. 거기에는 이렇게 적혀 있었다.

마이클 프랜시스 배들리 신부

1896년 10월 29일 출생
1974년 9월 21일 사망
편히 잠드소서
도싯 주 토인턴, 성 미카엘과 모든 천사들의 교회에 매장
1974년 9월 26일

그는 11일 전에 사망했고 5일 전에 매장된 것이다. 하지만 달글리
시의 신경은 이미 배들리 신부가 최근에 사망했다는 걸 느끼고 있었
다. 그렇지 않다면 어째서, 신부의 영혼이 아직도 이 집안에 머무르
고 있다는 느낌이, 지금도 이곳 어딘가에 있으며 큰 소리로 그의 이
름을 부르면 문을 열어줄 것 같은 그런 느낌이 든단 말인가? 무거운
버클이 달린 빛바랜 사제복, 그 눈에 익은 옷을 바라보고 있으니—
—노인은 정말로 30년 동안 저 옷을 계속 입었단 말인가? ——격렬
하게 밀려오는 회한, 아니 슬픔에 달글리시는 스스로 놀랄 정도였다.
한 노인의 죽음은 분명히 자연사일 것이다. 매장은 서둘러 이루어졌
고 죽음도 매장도 공고되지 않았다. 하지만 노인의 마음속에는 뭔가
가 숨겨져 있었고, 그는 그것을 밝히지 않고 죽었다. 갑자기 배들리
신부가 자신의 엽서를 받았는지 확인해야겠다는 생각이 들었다. 신부
가 자신의 요청이 무시되었다고 믿지는 않았다는 것을 확인하는 것이
달글리시에게 몹시 중요한 일이 되었다.

엽서가 있을 만한 가장 그럴듯한 장소는 배들리 신부 어머니의 것
이었던 초기 빅토리아 왕조풍의 커다란 책상 서랍이었다. 틀림없이
신부는 늘 거기에 자물쇠를 채워두고 있었을 것이다. 신부는 비밀이
없는 사람이었지만, 어떤 신부라도 청소부나 호기심 많은 교구민들의
눈을 피하기 위해 자물쇠를 채워두는 서랍과 책상을 하나쯤은 가지는
것이 당연하다. 배들리 신부가 그 자물쇠를 열 수 있는 작고 골동품

같은 열쇠를, 사제복의 깊은 호주머니 속에서 더듬더듬 찾고 있는 모습을 달글리시는 기억하고 있었다. 그 열쇠는 다루기 쉽고 또 금방 알아볼 수 있도록 고풍스러운 빨래집게에 끈으로 묶여있었다. 그것은 지금도 틀림없이 저 사제복 호주머니 어딘가에 들어있을 것이다.

죽은 사람의 소유물을 침범하고 있다는 꺼림칙함을 느끼면서도, 달글리시는 좌우의 호주머니를 뒤져보았다. 열쇠는 없었다. 큰 책상으로 가서 뚜껑을 열어 보았다. 그냥 열렸다. 자물쇠를 살펴본 뒤 자동차로 돌아가 손전등을 꺼내와서 다시 한번 잘 살펴보았다. 의심할 여지없는 흔적이 남아 있었다. 자물쇠가 한번 강제로 열린 적이 있었던 것이다. 능숙한 솜씨로 그리 힘들일 필요가 없었던 것 같다. 그 자물쇠는 장식적인 성격이 강하고 실용적이지 않아서, 호기심 강한 사람들에 대한 경고는 되어도 마음먹고 부수려 하면 얼마든지 부술 수 있는 물건이었다. 끌이나 칼, 아니면 펜나이프의 날 같은 것을 책상과 뚜껑 사이에 넣고 비튼 것이리라. 지극히 작은 흠집밖에 남아 있지 않았지만, 그 긁힌 자국과 망가진 자물쇠를 보면 무슨 일이 있었는지 한눈에 알 수 있다.

하지만 범인이니 뭐니 하기에는 아직 이르다. 배들리 신부가 직접 그랬을 수도 있다. 열쇠를 잃어버렸을 경우 자물쇠를 고칠 사이도 없고, 게다가 이런 벽촌에 열쇠수리공을 무슨 수로 금방 부를 수 있단 말인가? 하지만 책상 뚜껑을 억지로 연 방법은 신부가 한 것치고는 솜씨가 너무 좋았다. 이렇게 손재주가 좋은 사람은 아니었다는 기억이 있다. 하지만 그가 한 것이 아니라고 단정할 수도 없다. 어쩌면 신부가 사망한 뒤에 누군가가 그랬을 수도 있다. 열쇠를 찾지 못해 토인턴 농장의 누군가가 그런 식으로 억지로 열어야 할 필요가 있었을지도 모른다. 필요한 서류가 그 속에 들어 있었을 수도 있으니까. 건강보험카드, 사망을 알릴 친구의 주소록, 유서 등. 추측은 그만두라고 달글리시는 스스로에게 말한 뒤, 더 상세히 조사하려면 그 전에 장갑을 껴야 했다는 생각이 들어 아차 싶었지만, 서둘러 서랍 안을 점검하기 시작했다.

흥미를 끌 만한 것은 아무 것도 없었다. 속세에 대한 배들리 신부의 관심은 확실히 최소한의 것이었다. 하지만 단 한 가지, 금방 그 정체를 알 수 있는 물건이 그의 눈길을 끌었다. 반듯하게 쌓여 있는 어린이용 연습장 몇 권. 연녹색 표지가 붙어 있는 그것은 신부의 일기장임을 달글리시는 잘 알고 있었다. 똑같은 연습장을 지금도 팔고 있는 모양이었다. 어디서나 손쉽게 구할 수 있는 연녹색 연습장 표지 안쪽에는 산수 조견표가 인쇄되어 있었다. 잉크 얼룩이 묻은 자나 지우개와 마찬가지로 초등학생 시절을 떠올리게 하는 물건들이다. 배들리 신부는 이것을 늘 석 달에 한 권 꼴로 일기장으로 사용했다. 그렇다, 지금 문에는 낡은 사제복이 걸려 있고, 그 곰팡내 나는 너무나도 성직자다운 냄새를 맡고 있는 달글리시에게는 그 옛날의 대화가 똑똑히 되살아나고 있었다. 중년이었는데도 나이를 짐작할 수 없을 정도로 늙어 보이던 배들리 신부와 열 살의 초등학생이던 그가 지금 이 책상 앞에 마주 앉아 있는 것처럼 또렷하게.

'이거 보통 일기장이에요, 신부님? 영적 생활의 일기장이 아니구요?'

'이 생활이 곧 영적인 생활이란다. 사람이 매일같이 되풀이하고 있는 지극히 평범한 생활이.'

아담 소년은 소년답게 자기중심적으로 물었다.

'신부님이 한 일만 적고 계세요? 저에 대해선 적지 않아요?'

'그래, 내가 한 일만 적지. 오늘 오후 부인연합회가 몇 시에 있었는지 기억하고 있니? 이번 주에는 너희 집 응접실에서 모였지? 시간은 평소와는 달랐던 것 같던데.'

'늘 하던 것처럼 3시가 아니라 2시 40분이었어요, 신부님. 부감독님이 빨리 돌아가야 한다고 해서요. 그런데 그런 것까지 정확하게 써두어야 해요?'

배들리 신부는 이 질문에 대해 잠시동안 진지하게 생각하는 것 같았다. 마치 그런 질문을 받는 것은 난생 처음이며, 그게 무척 재미있기라도 한 듯이.

'아, 그래 그래. 그렇게 하지 않으면 일기를 쓰는 의미가 없으니까.'

달글리시 소년에게 이 문제는 더 이상 추구할 의미가 없어졌기 때문에, 그는 더 흥미로운 문제를 찾아서 밖으로 나가버렸다. 영적 생활, 그것은 그의 아버지 캐논에게서보다 아버지 주위의 더욱 세속적인 신자들의 입을 통해 자주 듣던 말이었다. 이따금 그는 그 신비로운 별세계를 실제로 눈으로 볼 수는 없을까 하고 생각해 보았다. 그것은 아침에 일어나는 것과 밥 먹는 것, 하교와 휴일 같은, 지극히 평범하고 당연한 생활과 동시에 이루어지는 걸까? 아니면 그를 비롯하여 아직 신앙의 길에 들어서지 않은 사람들은 다가갈 수 없지만, 배들리 신부 같은 사람이면 마음대로 할 수 있는 차원에 존재하는 것일까? 그것이 어느 쪽이라 해도, 그런 일상생활의 자질구레한 사항까지 꼬치꼬치 기록하는 것과는 상관없을 거야.

달글리시는 노트 한 권을 집어들어 넘겨보았다. 배들리 신부의 방식은 조금도 변하지 않았다. 모두 옛날 그대로, 한 페이지가 정확하게 이틀 분으로 나눠져 있었다. 그가 아침저녁으로 기도를 한 시간과 산책한 장소, 거기에 걸린 시간, 한 달에 한번씩 도체스터로 가는 버스여행, 매주 가는 웨어럼 행, 토인턴 농장에서 일손을 도운 시간 등이 기록되어 있다. 비정기적으로 일어나는 일은 대충 기록해 두었다. 그가 그 평범하기 짝이 없는 세월을 어떻게 지냈는지에 대한 기록이 회계담당자가 한 것처럼 주의깊게 문서화되어 있었다. '이 생활이 곧 영적인 생활이란다. 사람이 매일같이 되풀이하고 있는 지극히 평범한 생활이.' 사실 그보다 더 단순한 것은 없으리라.

하지만 가장 최근의 일기, 1974년의 세 권째 일기는 어디에 있는 것일까? 지난 일기는 3년 동안 보존해 두는 것이 배들리 신부의 습관이었다. 즉 이곳에 15권의 노트가 있어야 한다는 얘기다. 하지만 14권밖에 없었다. 1974년 6월에서 중단되어 있었다. 달글리시는 책상 서랍 속을 샅샅이 뒤졌다. 일기장은 없었다. 하지만 그 대신 한 가지 물건을 발견했다. 석탄과 파라핀과 전기요금에 관한 세 장의 영수증 밑에 들어 있는 한 장의 종이였다. 싸구려 재질의 얇은 종이로, 위쪽에 '토인턴 농장'이라는 글자가 심하게 휘어진 글씨체로 인쇄되어 있었다. 그 밑에 타이프라이터로 이렇게 찍혀 있었다.

이 늙어빠진 위선자, 이 집에서 썩 꺼져버려. 그리고 이곳에 좀 더 도움이 되는 사람에게 당신 자리를 넘겨주는 게 어때? 당신은 그레이스 윌슨의 고백성사를 들은 것으로 되어 있지만, 실은 그녀와 무슨 짓을 했는지 우리가 모를 줄 알아? 정말로 '그 짓'을 할 수 있었으면 좋았을 거라고 생각하겠지? 또 그 성가대 소년은 어땠나? 우리가 아무것도 모르고 있을 거라고 생각하진 마.

달글리시가 받은 첫인상은 그 악의에 찬 내용에 분노를 느끼기보다 오히려 너무 터무니없어서 화가 치민다는 것이었다. 어쩌면 사실일지도 모른다고 의심하게 할 만한 정도의 효과조차 없는, 어린애 장난 같은 터무니없는 욕지거리에 불과했다. 가엾은 77세의 배들리 신부. 간음과 남색과 성적불능, 이 세 가지를 싸잡아 공격받다니! 이성이 있는 인간이라면 이런 쓰레기 같은 날조에 마음의 상처를 받거나 하지는 않을 것이다. 달글리시는 직업상 협박편지를 수없이 보아왔다. 이것은 그래도 온건한 편이다. 이 편지를 쓴 사람은 진심으로 무슨 일을 도모할 생각이 없는 거라고 할 수 있다. '정말로 '그 짓'을 할 수 있었으면 좋았을 거라고 생각하겠지?'라는 구절에 암시되어 있는 그런 행위에 대해서 협박자들은 대부분 좀더 생생한 표현을 하게 마련이다. 게다가 마지막 부분에 언급된 성가대 소년에 대해서는 이름도 없고 날짜도 명시되어 있지 않다. 실제로는 무엇 하나 제대로 알고 있는 것이 없다는 증거다. 배들리 신부는 이 말도 안 되는 협박을 진짜로 받아들이고, 직업 형사, 그것도 30년 가까이나 만나지 않았던 사람을 믿고 이 일을 수사하거나 조언해달라고 할 생각이었단 말인가? 그럴지도 모른다. 편지는 이것 한 통만이 아닐 수도 있다. 사건이 이 토인턴 농장 안에 한정된 것이라면 오히려 더 중대한 사안이 된다. 폐쇄사회 안에서의 중상은 심각한 문제와 고뇌를 유발하기 쉽고, 편지를 쓴 사람은 종종 그 펜으로 사람을 죽일 수도 있다. 배들리 신부가 이 편지가 다른 사람들에게도 발송되었을 거라고 생각했다면 전문가의 조언을 구하고자 한 것도 무리가 아닐 것이다. 그게 아니면, 사실은 이쪽이 더 재미있지만, 누군가가 달글리시에게 이 사실을 믿게 하려고 용의주도하게 꾸민 것은 아닐까? 이 편지를 일부러 여기 넣어두어 그의 눈에 띄게 하려 한 것이 아닐까? 사실 배들리 신부가 죽은 뒤, 아무도 이것을 발견하여 없애지 않았다는 것은 이상하다. 토인턴 농장의 관계자 누군가가 신부의 유품을 분명히 살펴보았을 것이다. 이런 편지는 대개 오래 보관해두면서 남에게 보일 만한 것은 아니다.

달글리시는 그것을 접어 지갑 속에 넣은 뒤 집안 내부를 둘러보기 시작했다. 배들리 신부의 침실은 예상했던 대로였다. 때가 긴 사라사 커튼이 걸려 있는 썰렁한 창문. 1인용 침대에는 아직 시트와 담요가 덮여 있고, 홑이불은 살풍경한 1인용 베개 위까지 반듯하게 끌어당겨져 있었다. 두 벽을 가득 채운 책. 작은 사이드테이블 위의 싸구려 램프, 성서. 눈에 거슬릴 정도로 요란한 맥주 광고용 도기 재떨이. 그 안에 신부의 파이프가 아직 그대로 놓여 있고, 그 옆에 반쯤 쓴 종이성냥이 있는 것이 보였다. 레스토랑이나 바에서 공짜로 주는 그런 물건이다. 웨어럼 부근 '올드 튜더 밴'의 광고용 성냥이었다. 재떨이 안에 타다 만 성냥개비 하나가 떨어져 있다. 재가 된 끝 부분까지 성냥개비가 꼼꼼하게 꺾여져 있었다. 달글리시는 미소지었다. 그렇다면 이 사소한 버릇까지도 30년 동안 변하지 않은 것이다. 배들리 신부의 작은 다람쥐 같은 손가락이, 가느다란 종이성냥개비를 마치 자신의 전력(前歷)이라도 파기하는 것처럼 꼼꼼하게 꺾고 있는 광경이 머리 속에 또렷하게 떠올랐다. 그 성냥개비를 주워들며 그는 다시 한 번 미소지었다. 꺾인 곳은 모두 여섯 군데. 배들리 신부는 옛날보다 솜씨가 나아져 있었다.

달글리시는 부엌으로 들어가 보았다. 별다른 설비가 없는 작은 부엌은 잘 정돈되어 있기는 했으나 매우 청결하다고는 할 수 없었다. 곧장 민속박물관에 들어가도 될 것 같은 고풍스러운 디자인의 작은 가스 스토브, 창 밑에 있는 석조 개수대에는 오래된 기름과 시큼한 수프 냄새가 나는, 흠집투성이에 색깔도 변한 나무배수판이 한쪽에 끼워져 있다. 너무 피어버린 장미와 노란 수선이 계절을 무시한 채 배합되어 날염되어 있는 빛바랜 사라사 커튼 사이로 멀리 퍼벡 구릉지대의 내륙이 바라보였다. 연기 같은 얇은 구름이 푸른 하늘에 끝없이 펼쳐져서 녹아들고 있고, 먼 곳의 풀밭에는 양떼가 하얗게 무리를 이루고 있었다.

달글리시는 식품저장실을 점검했다. 그곳에서는 신부가 그가 오기를 기다리고 있었다는 증거가 남아 있었다. 배들리 신부는 여분의 식량을 구입해두었는데, 그 통조림들이 신부 자신은 엄격하게 절제된 식생활을 하고 있었음을 슬프게 떠올리게 했다. 가슴 아프게도 그는 모든 것을 정확하게 2인분을 준비해놓고 있었다. 손님은 아마 굉장한 대식가일 거라고 확신하고 있었던 모양이다. 주식은 모두 큰 것과 작은 것 하나씩 갖춰져 있었다. 삶은 콩, 다랑어, 아이리시 스튜, 스파게티, 라이스푸딩.

달글리시는 거실로 돌아갔다. 갑자기 피곤이 몰려왔다. 여행이 생각보다 힘들었던 모양이다. 난로 위에서 여전히 어김없이 가고 있는 육중한 떡갈나무 시계는 아직 4시도 되지 않았는데, 그의 몸은 오늘이 길고 힘든 하루였음을 호소하고 있었다. 차를 마시고 싶었다. 식품저장실에는 차는 있는데 우유가 없었다. 가스는 아직 사용할 수 있을까?

문밖에서 발소리가 들려온 것은 그때였다. 빗장이 딸그락거리는 소리가 들린 뒤 오후의 햇살을 등지고 한 여자의 모습이 나타났다. 희미한 아일랜드 사투리가 남아 있는, 엄격하지만 상당히 여자다운 목소리가 말했다.

"아니, 이게 웬일이지? 사람이, 그것도 남자가. 당신 여기서 뭘 하고 있는 거예요?"

그녀가 등뒤로 문을 열어둔 채 방안에 들어섰기 때문에, 달글리시는 그녀의 모습을 똑똑히 볼 수 있었다. 35세 정도? 탄탄한 몸매에 긴 다리, 뿌리 쪽이 더 색이 짙은 노란 머리가 어깨까지 내려와 있다. 각진 얼굴에 눈두덩이 두둑하고 눈초리가 긴 눈에 입이 크다. 다리 아래쪽에 스트랩을 단 형태의, 썩 잘 어울리지는 않는 갈색 바지, 풀물이 든 하얀 고무바닥 스크화, 커다란 깃에 소매 없는 하얀 무명 블라우스. 목선 속으로 주근깨가 점점이 박혀 갈색으로 그을린 살갗이 삼각형으로 들여다보였다. 브래지어를 하지 않아 무거워 보일 정도로 풍만한 유방이 엷은 무명 속에서 흔들리고 있었다. 왼쪽 팔목에 나무로 만든 팔찌 세 개를 차고 있었다. 전체적인 인상은 상스럽다는 느낌이었지만 섹시한 매력도 없지 않았고, 오히려 그 느낌이 매우 강하여 향수 같은 건 사용하지 않았음에도 불구하고, 그녀는 자신이 가지고 있는 여자 냄새, 개성의 냄새를 방안에 그대로 가지고 들어온 것 같은 느낌이었다.

그가 말했다.

"아담 달글리시라고 합니다. 배들리 신부를 만나러 왔는데 이제 그건 어려울 것 같군요."

"그래요, 그런 표현도 할 수 있겠군요. 당신은 꼭 열하루 늦었어요. 그를 만나는 데는 열하루, 그리고 그의 장례식에 참석하는 데는 닷새 늦은 거죠. 당신은 누구시죠? 친구? 신부님에게 친구가 있었다는 얘긴 들은 적이 없는데. 그러고 보니, 우리의 배들리 신부에 대해 우리가 몰랐던 것이 많은 것 같군요. 그는 자신에 대해서는 그다지 말하지 않는 사람이었어요. 당신에 대해서도 숨기고 있었던 모양이군요."

"내가 어렸을 때 이후로 아주 짧은 시간을 제외하고는 줄곧 만나지 못했습니다. 찾아오는 것을 편지로 알렸는데 그게 그가 죽기 전날이었지요."

"아담이라고 하셨죠? 내가 좋아하는 이름이에요. 요즘은 아들에게 그런 이름을 붙이는 사람들이 많아요. 다시 그 이름이 유행하나 보죠? 하지만 당신이 학교에 다니던 무렵에는 좀 무거운 이름 아니었나요? 그렇지만 그 이름, 당신한테 잘 어울려요, 왠지 모르지만. 당신도 성직에 있는 분인가요? 아니에요? 아, 이제 겨우 생각났다! 당신, 책을 가지러 온 거죠?"

"책?"

"배들리 신부의 유언에 있었어요. '고(故) 캐논 알렉산더 달글리시의 외아들 아담 달글리시, 나의 장서는 모두 그의 처분에 맡기기로 한다'. 이름이 무척 특이해서 똑똑히 기억하고 있어요. 그래서 온 것 아닌가요? 그 변호사가 용케도 잽싸게 연락했구나 하고 속으로 놀랐어요. 밥 로더는 원래 그렇게 유능한 사람이 아니거든요. 하지만 내가 당신이라면 그리 큰 기대는 하지 않겠어요. 모두 별로 값나가는 책은 아닌 것 같으니까요. 까다로워 보이는 오래 되고 두꺼운 책들뿐인 걸요. 그런데 당신, 혹시 신부의 유산을 받을 수 있을 거라고 생각하고 있는 건 아니에요? 만약 그렇다면 뉴스를 알려드리죠."

"배들리 신부가 돈을 가지고 있었다는 건 몰랐습니다."

"우리도 그랬어요. 그것도 그의 작은 비밀의 하나였죠. 그 분은 1만 9천 파운드를 남겼어요. 대단한 유산은 아니지만 그래도 제법 보탬은 될 거예요. 그는 그것을 전액 토인턴 농장의 이익을 위해 윌프레드에게 남겼어요. 방금 그 일에 대해 곳곳에서 듣고 온 참이에요. 그밖에 그레이스 윌슨이 단 한 사람의 유품 상속인이에요. 그녀는 저 낡은 책상을 받았죠. 어차피 윌프레드는 그런 물건을 나르는 일을 귀찮아할 거니까 결국 그녀에게 돌아간 거겠지만요."

여자는 난로 옆 의자에 눌러앉았다. 머리를 의자 등받이 뒤로 넘기고 두 다리를 크게 벌리고 있다. 달글리시는 바퀴가 달린 의자를 하나 가져와 그녀와 마주 앉았다.

"배들리 신부에 대해 잘 알고 있습니까?"

"여기서는 모두가 서로를 잘 알고 있어요. 그것이 우리들의 고민거리의 일부라고 할 수 있죠. 여기서 머물 예정인가요?"

"이곳에는 하루 이틀 있을 예정인데, 아무래도 이 집에서는 무리겠지요.”

“당신만 좋다면 상관없을 거예요. 어차피 이곳은 빈집인걸요. 월프레드가 다음 희생자를──아니, 입주자라고 해야겠군요──구해 올 때까지는. 그도 싫어하지는 않을 거예요. 게다가 책을 선별해야 하잖아요? 월프레드는 다음 신부가 올 때까지 책을 처분하기를 바라고 있을걸요.”

“그렇다면 월프레드 앤스티가 이곳 별장의 소유주인가요?”

“그는 토인턴 농장과, 줄리어스 코트네 집 외의 집들 전부를 소유하고 있어요. 줄리어스는 곶에서 훨씬 위에 바다가 보이는 집을 가지고 있죠. 그 나머지 전부와 우리가 살고 있는 집도 월프레드의 소유인 셈이에요.”

그녀는 그를 감정하듯이 바라보았다.

“뭔가 쓸 만한 기술을 가지고 있나요? 그러니까 정신과의사라든지, 간호사라든지, 그냥 의사, 아니면 회계사. 그런데 당신은 그 어느 쪽으로도 보이지 않아요. 어쨌든 만약 그런 인종이라면 월프레드가 쓸 만하다고 붙잡아두려 하기 전에 얼른 달아나는 게 신상에 이로울 거예요.”

“내가 가지고 있는 특수기술은 그에게는 별로 도움이 되지 않을 겁니다.”

“그럼 그게 당신에게 적합한 건지 어떤지 내가 확인해 봐야겠군요. 당신에 관한 것을 확실하게 정리해 보는 게 좋겠어요. 그렇게 하면 당신 마음이 변할지도 몰라요.”

달글리시가 말했다.

“당신에 대한 것부터 시작해 보시죠. 당신이 누구인지 아직 아무것도 얘기하지 않았어요.”

“어머나, 참, 그랬군요! 미안해요. 난 매기 휴슨이라고 해요. 남편은 농장에 소속된 의무관이죠. 지금은 나와 함께 농장 밖에서 살고 있지만——월프레드가 제공한 자선의 집이예요, 이름은 월프레드가 붙였죠. 어울리는 이름이죠?——대부분의 시간을 토인턴 농장에서 보내고 있어요. 환자는 다섯 명밖에 없는데 도대체 뭐가 재미있어서 그곳에 붙어 있는 건지! 당신이라면 재미있겠어요? 아담 달글리시 씨, 도대체 그 사람이 무엇을 즐기고 있을 것 같아요?"

"남편은 배들리 신부도 진찰하셨나요?"

"신부님은 마이클이라고 불러주세요. 우린 그레이스 말고는 모두 그렇게 불렀죠. 그래요, 신부님이 살아 계셨을 때는 에릭이 진찰했고, 사망한 뒤에 사망진단서에도 그가 서명했죠. 6개월 전에는 그는 그런 일은 할 수 없었어요. 하지만 지금은 다행히 의사로 복직했기 때문에 합법적으로 사망증명서에 자신의 이름을 쓸 수 있답니다. 정말 굉장한 특권 아니에요?"

그녀는 웃으며 바지 주머니를 뒤져 담배를 꺼내 물더니 불을 붙였다. 그런 다음 담배갑을 달글리시에게 내밀었다. 그는 고개를 저었다. 그녀는 어깨를 한번 으쓱하고는 파르스름한 연기를 그를 향해 토해냈다.

달글리시가 물었다.

"배들리 신부는 어떻게 돌아가셨습니까?"

"심장이 멎었죠. 아, 농담하고 있는 것 아니에요. 그는 노인이었고 심장이 약해져서 9월 21일에 멎어버린 거예요. 가벼운 당뇨병에 의해 발병한 급성심부전. 의학적 전문용어로 말해 달라고 한다면요."

"혼자 있을 때 그랬습니까?"

"아마 그럴 거예요. 한밤중에 죽었거든요. 생전의 마지막 모습은 그레이스 윌슨이 7시 45분에 보았대요. 고백성사를 들어주고 있었죠. 난요, 그는 지루한 게 원인이 되어 죽은 게 아닌가 하는 생각이 들어요. 아, 이런! 그런 말은 해서는 안 되는데. 악취미야, 매기! 그레이스의 말로는 그는 평소와 다른 점이 전혀 없었대요. 물론 좀 피곤해 보이기는 했다지만, 신부님은 그날 아침 막 병원에서 돌아왔거든요. 난 그날 8시 무렵 웨어럼에서 뭐 사다드릴 게 없나 하고 들러봤어요. 11시 버스를 탈 예정이었거든요. 윌프레드가 자가용 타는 걸 허용하지 않아서요. 그랬더니 그가 죽어서 쓰러져 있었어요."

"침대에서?"

"아뇨, 당신이 지금 앉아 있는 그 의자 위에서요. 입을 벌리고 눈은 감고 축 늘어져 있었죠. 사제복을 입고 보라색 띠 같은 것을 목에 걸고 있었어요. 모든 것이 지극히 평범했죠. 하지만 아무리 보아도 이미 죽어 있었어요."

"그럼 맨 처음 발견한 사람은 당신이었군요?"

"나보다 먼저 밀리센트가 옆집에서 몰래 들어왔다가 그를 보고 깜짝 놀라 달아난 게 아니라면요. 흥미가 있으시다면 말이지만, 그녀는 윌프레드의 누나인데 미망인이에요. 사실을 말하면 그녀가 신부님이 병환 중이고 이 방에 혼자 있다는 걸 알면서도 들여다보러 오지 않았다는 게 더 이상하지요."

"당신은 큰 충격을 받았겠군요."

"별로 그렇지 않아요. 난 결혼하기 전까지 간호사였어요. 죽은 사람이라면 헤아릴 수 없을 정도로 많이 봐왔죠. 게다가 그는 적은 나이가 아니었어요. 마음이 침울해지는 건 젊은 사람, 특히 어린아이의 사체예요. 아! 그런 성가신 일을 그만 둘 수 있어서 얼마나 다행인지 몰라요."

"그래요? 그럼 당신은 토인턴 농장에서 일하고 있지 않다는 말인가요?"

대답하기 전에 그녀는 일어서서 난로 쪽으로 다가갔다. 맨틀피스 위의 거울을 향해 담배 연기를 내뿜은 뒤, 자신의 얼굴에 빨려 들어가듯이 뚫어지게 거울을 들여다보았다.

"네, 일하지 않아도 될 때는 일하지 않아요. 그리고 정말 난 일하지 않기로 했어요. 당신도 이미 알 거예요. 나는 이 사회의 게으름뱅이, 비협력자, 낙오자, 이단자예요. '뿌리지도 거두지도' 않죠. 친애하는 윌프레드의 매력도 나에게는 통하지 않아요. 나는 괴로워 몸부림치는 자의 비명 같은 것에는 귀를 막고 있어요. 하느님 앞에 무릎 꿇고 하는 기도 따위는 하지 않죠."

그녀는 달글리시 쪽으로 돌아서서, 반쯤 도전적이고 반쯤 명상적인 표정을 지어 보였다. 그녀가 내뱉은 말은 약간 인위적이다, 이미 여러 번 되풀이해온 말 같다고 달글리시는 생각했다. 왠지 모르게 변명을 듣고 있는 듯한 느낌이 든다. 누군가가 그녀에게 그 대사를 써준 것이 아닐까? 그는 말했다.

"윌프레드 앤스티 씨에 대해 얘기해 주시겠습니까?"

"마이클이 경고하지 않던가요? 아니야, 아마 그 사람은 그런 짓은 하지 않았을 거예요. 네, 약간 기묘한 얘기지만 짤막하게 해드리죠. 윌프레드의 증조할아버지라는 사람이 토인턴 농장을 세웠어요. 그리고 할아버지가 그것을 윌프레드와 그의 누나인 밀리센트 두 사람의 공동명의로 물려주었죠. 윌프레드는 자기가 그곳을 경영하기 시작하면서 밀리센트의 권리를 사들였어요. 윌프레드는 8년 전에 다발성 경화증에 걸렸는데 그게 순식간에 악화되었어요. 3개월이 못되어 휠체어 신세가 됐으니까요. 그랬는데 루르드 성지에 순례를 갔다가 감쪽같이 나아버렸지 뭐예요? 분명히 하느님과 거래를 한 거예요. 제발 저의 병을 고쳐주십시오, 그렇게 해주신다면 보답으로 토인턴 농장과 저의 전 재산을 장애자들을 위해 바치겠나이다, 하고. 신은 그 거래에 동의했고, 지금 윌프레드는 자신의 약속을 지키기 위해 동분서주하고 있죠. 그는 병이 재발할 경우에는 거래 조건을 철회해야 한다고 생각하고 있는 것 같아요. 하지만, 이렇게 말했다고 해서 그를 비난하는 건 아니에요. 나라도 그렇게 생각할 거니까요. 인간이란 모두 마음속으로는 미신을 깊이 믿고 있는 것 아니예요? 특히 병에 대해서는요."

"그래서 그는 철회하고 싶어하나요?"

"뭐, 그렇지는 않을 거예요. 이곳은 그에게 권력자가 된 것 같은 기분을 느끼게 해주거든요. 감사하는 마음으로 가득한 환자들에게 에워싸여 있고, 여자들은 반쯤 미신적인 숭배의 대상으로 우러러보고, 도트 목슨——간호부장 말이에요——은 그의 주변을 늙은 암탉처럼 설치면서 다니고 있죠. 윌프레드는 행복할 거예요."

달글리시가 물었다.

"그 기적은 정확하게 말해 언제 일어났습니까?"

"그의 말로는 루르드에서 샘물에 닿은 순간이었대요. 처음에는 굉장히 차가운 느낌의 충격을 받았는데, 이내 몸이 콕콕 쑤시는 듯이 따뜻해지더니 온몸이 위대한 행복과 평화로 감싸이는 것 같았대요. 내가 세 잔째 위스키잔을 비웠을 때처럼. 얼음처럼 차갑고 세균이 우글거리는 물에 뛰어들어 그런 기분을 느낄 수 있다면 정말 행복한 사람이라고 밖에 할 수 없죠, 안 그래요? 그리고 순례자의 숙소로 돌아갔을 때는 반년만에 멀쩡하게 서 있을 수 있었다나요. 다시 8주일 뒤에는 새끼양처럼 뛰어다녔죠. 그는 치료를 받고 있던 런던의 세인트 세이비어 병원에는 돌아가지 않았어요. 그렇게 하면 자신의 기적적인 회복이 그곳 기록에 남을 테고, 돌아오면 사람들의 입방아에 오르내리게 될 테니까요. "

그녀는 뭔가 더 말하려는 것처럼 잠시 말을 멈추었다가 곧 그냥 이렇게 덧붙였다.

"감동적이죠?"

"흥미로운 얘기군요. 그는 그 거래에서 자신이 한 약속을 수행할 자금을 어떻게 마련하고 있습니까?"

"환자들이 요법에 따라 돈을 내고 있고, 또 지방행정당국과 계약을 맺은 몇몇 환자는 당국에서 비용을 부담하는걸요. 그리고 물론 그의 개인 재산도 쓰고 있어요. 하지만 사태는 이제 절망적이라고 그는 말하고 있어요. 배들리 신부의 유산이 제 때에 들어온 셈이죠. 그리고 물론 윌프레드는 사람을 싸게 고용하고 있어요. 에릭에게도 하는 일에 걸맞는 급료를 주고 있지 않아요. 잡역부인 필비는 전과자라서 이곳을 그만두면 어디에도 써주는 데가 없을 거예요. 게다가 간호부장 도트 목슨의 경우에는, 전에 일했던 병원에서 환자를 학대한 사실이 드러나서 이곳으로 흘러 들어온 인물이니, 그 여자도 다른 곳에서는 좀처럼 일자리를 구하기 어려울 거구요. 여기서 일할 수 있다는 것만으로도 윌프레드한테 하늘 같이 감사하고 있을 걸요. 그리고 보면, 우리 모두 그 친애하는 윌프레드에게 무척 감사하고 있는 셈이군요."

"토인턴 농장에 가서 제 소개를 하는 것이 좋을 것 같은데, 그곳 요양원에는 지금 환자가 다섯 명밖에 없다고 하셨죠?"

"환자라고 부르지 않는 편이 좋을 거예요. 하지만 그렇다고 해서 윌프레드가 달리 어떻게 불러주기를 바라는 건지 모르겠지만요. 수용자라고 하는 것도 오히려 괜히 교도소처럼 들리지 않아요? 뭐, 좋아요, 그것으로 충분해요. 어쨌든 지금은 다섯 명밖에 남지 않았어요. 그곳의 장래에 대해 결심이 설 때까지는 윌프레드는 입원대기 명단에 있는 사람들을 여전히 기다리게 할 거예요. 리지웰 신탁이 노리고 있는 게 바로 그 점이에요. 윌프레드가 이곳을 몽땅 양도할 거라고 기대하고 있는 거죠. 사실을 말하자면 약 2주일 전까지는 환자가 여섯 명 있었어요. 하지만 빅터 홀로이드가 토인턴 곶에서 몸을 던져, 바위에 부딪쳐 산산조각이 나서 죽어버렸죠."

"자살했다는 말인가요?"

"네, 어쨌든 그는 낭떠러지 끝에서 10피트쯤 되는 곳에서 휠체어에 앉아 있었어요. 그래서 그가 스스로 브레이크를 풀어 버렸거나, 아니면 함께 있던 간호사 데니스 러너가 밀었거나 둘 중 하나예요. 데니스라는 작자는 혼자서는 닭 모가지도 못 비트는 남자라서, 사람들의 생각은 거의 빅터가 스스로 했다는 쪽이죠. 하지만 그렇게 말하면 윌프레드의 심기가 불편하기 때문에, 우리 모두 사고라고 생각하는 척하고 있어요. 빅터가 보고 싶어요. 그를 좋아했거든요. 이곳에서 나와 얘기가 통하는 유일한 사람이었는데. 다른 사람들은 모두 그를 미워했어요. 물론 지금은 그 사람들도 자신이 그를 잘못 생각하고 있었던 게 아닌가 하고 후회하고 있어요. 남을 괴롭히려는 생각이 있다면 죽는 게 최고예요. 즉, 누군가가 살아서 뭐 하느냐고 계속 우는 소리를 하면, 사람들은 속으로, 그래, 차라리 그게 너한테는 나을 거야 하고 생각하죠. 그리고 그 사람이 행동으로 자신의 말을 증명했을 때, 비로소 사람들은 자신이 생각했던 것보다 그가 훨씬 깊이 절망하고 있었나보다 하고 생각하는 거예요."

달글리시는 뭐라고 대꾸하려다가, 곶 쪽에서 자동차 소리가 나는 것을 듣고 입을 다물었다. 매기도 그 소리를 들은 듯 의자에서 벌떡 일어나 밖으로 뛰어나갔다. 대형 검은 세단이 오솔길이 교차하는 곳으로 다가오고 있었다.

"줄리어스예요." 매기는 설명하듯이 달글리시를 돌아본 뒤, 야단스럽게 손을 흔들기 시작했다.

차는 일단 정지한 다음 희망의 집 쪽으로 방향을 틀었다. 검은색 메르세데스 벤츠였다. 차가 속도를 늦추자, 매기는 마치 치근대는 여학생처럼 그 옆으로 달려가서, 열린 창문 너머로 뭔가 계속 얘기했다. 차가 멎더니 줄리어스 코트가 가볍게 내려섰다.

키가 크고 팔다리가 나긋나긋한 청년으로, 어깨와 팔꿈치에 군복에 달려 있는 휘장처럼 생긴 장식을 단 녹색 스웨터와 헐렁한 바지를 입고 있었다. 짧게 자른 엷은 갈색 머리가 밝게 빛나는 헬멧 같은 모양으로 가지런히 정돈되어 있었다. 위엄 있고 자신감에 찬 얼굴이지만, 조심성 있는 눈 밑의 늘어진 피부와 다부진 턱에 끼워넣은 것 같은 작은 입매의 씰룩임에서 독선적인 성격의 그림자가 어렴풋이 드러나 보였다. 중년이 되면 살이 찔 유형이었다. 틀림없이 뚱보가 될 거라고 장담해도 좋을 정도였지만, 지금은 산뜻한 용모와 약간 오만한 미남이라는 인상뿐이다. 그리고 그것은 오른쪽 눈썹 위의 하얀 삼각형 흉터에 의해 희석되기는커녕 오히려 강조되고 있었다.

그는 한 손을 내밀며 말했다.

"장례식에 늦으셔서 안됐군요."

그는 마치 기차를 놓쳐서 안됐다는 듯한 어조로 말했다. 매기가 끼어들었다.

"당신도 참! 이분은 장례식에 온 게 아니에요. 달글리시 씨는 그 노인이 세상을 떠난 것도 몰랐다구요."

줄리어스 코트는 약간 흥미가 끌린다는 듯 달글리시를 쳐다보았다.

"아, 이거 실례했군요. 어쨌든 요양원 쪽으로 와주십시오. 나보다는 윌프레드 앤스티가 배들리 신부님에 대해선 더 잘 알고 있으니까요. 신부님이 돌아가셨을 때, 난 런던의 아파트에 있느라 임종에 입회하여 흥미로운 유언 같은 건 하나도 듣지 못했습니다. 두 분,

차에 타시죠. 뒷자리에 헨리 카워다인을 위해 런던도서관에서 빌려온 책이 몇 권 있는데 그걸 전해주러 가는 길이거든요."

매기 휴슨은 아직 정식 소개를 하지 않은 것이 자신의 직무태만이라도 되는 듯이 황망하게 말했다.

"이쪽은 줄리어스 코트 씨, 그리고 이분은 아담 달글리시 씨. 런던에서 서로 만난 적 있는 건 아니겠죠? 줄리어스는 외교관이었어요. 아니, 외교계 사람이라고 하는 게 나을까?"

두 사람이 차에 오르는 동안 코트가 시원스럽게 말했다.

"내가 도달한 비교적 낮은 지위를 표현하는 데는 그 어느 쪽도 적절한 말이 아닙니다. 게다가 런던은 넓어요. 하지만 매기, 텔레비전 퀴즈프로에 나오는 어떤 똑똑한 여성처럼 고민할 필요는 없어요. 난 달글리시 씨의 직업이 무엇인지 정확하게 알아맞힐 수 있을 것 같으니까."

그는 자동차 문을 예의바르게 닫아주었다. 메르세데스는 요양원을 향해 천천히 움직이기 시작했다.

2

조지 앨런은 병실의 높고 좁은 침대에서 천장을 올려다보았다. 그 입이 기묘하게 움직이기 시작했다. 인후의 근육이 밖으로 튀어나와 팽팽하게 긴장되어 있다. 그는 베개에서 머리를 일으키려 했다.

"나, 루르드로 순례하러 가도 되죠? 이곳에 남아 있어야 하는 건 아니죠?"

평소와 달리 목소리가 갈라지고 거의 우는 소리였다. 헬렌 레이너는 매트리스 가장자리를 들어올려, 시트를 병원 특유의 방식으로 정확하게 접어 넣은 뒤 단호하게 말했다.

"물론 두고 가지 않을 거예요, 당신은 순례단 중에서도 가장 중요한 환자인걸. 자, 아무 걱정 말아요. 그리고 차 마실 시간이 될 때까지 조용히 쉬어요."

그녀는 생긋 웃어보였다. 잘 훈련된 간호사 특유의 기계적인 미소였다. 그런 다음 에릭 휴슨을 향해 한쪽 눈썹을 찡긋해 보였다. 두 사람은 창가로 갔다. 그녀가 가만히 말했다.

"언제까지 저렇게 달래주어야 해요?"

휴슨이 대답한다.

"앞으로 한두 달. 여기 남겨진다면 심하게 반발할 거야. 윌프레드도 그렇고, 두세 달 지나는 동안 두 사람 다 불가피한 상황을 받아들이게 되겠지. 게다가 앨런은 이번 루르드 여행에 꼭 참가하기로 마음먹었어. 이 다음에 여행할 때는 그가 살아 있을지 어떨지 장담할 수 없어. 아마 이곳에 없을걸."

"하지만, 그는 이제 아무래도 입원시키지 않으면 안 될 상태예요. 이곳은 병원으로 인정받고 있지 않은 걸요, 단순한 만성병과 장애자를 위한 집일 뿐이라구요. 우리는 지방 행정부와 계약했을 뿐, 국립보건원과 계약한 게 아니라구요. 그러기에 충분한 의료와 간호 서비스를 할 수 있다고 내세우지도 않고, 세상도 그렇게 기대하지 않아요. 윌프레드도 이젠 이곳을 그만두던가, 아니면 사업의 성격을 확실히 결정해야 해요."

"알고 있어." 에릭이 대답했다. 그렇다, 두 사람 다 알고 있었다. 그것은 어제 오늘의 문제가 아니었다. 둘이서 얘기하면, 어째서 헬렌의 높고 날카로운 고압적인 목소리는 이미 뻔히 알고 있는 얘기를 되풀이하게 되는 것일까, 하고 그는 생각했다.

두 사람은 포장되어 있는 작은 안뜰을 내려다보았다. 침실과 거실이 있는 새 이층 건물 두 개가 그것을 에워싸고 있다. 안뜰에서는 아직까지 남아 있는 몇 안 되는 환자들이 차 마실 시간 전의 일광욕을 즐기고 있었다. 휠체어 네 대가 신중하게 간격을 유지한 채 건물에 등을 돌리고 있다. 두 사람의 눈에는 환자들의 등밖에 보이지 않는다. 그들은 꼼짝 않고 휠체어에 앉아 곳을 바라보고 있었다. 그레이스 윌슨의 잿빛 머리카락이 바람에 나부끼고 있다. 제니 페그럼은 머리가 어깨에 파묻힌 것처럼 앉아, 그 후광 같은 노란 머리를 마치 햇빛에 표백이라도 하듯 휠체어의 등에 드리우고 있다. 어슐러 홀리스의 작은 머리는 기둥 위에 얹어놓은 것처럼 그 가느다란 목 위에 높다랗게 조용히 얹혀 있다. 헨리 카워다인의 검은 머리는 그 비뚤어진 목 위에서 망가진 꼭두각시 인형처럼 옆으로 기울어져 있다. 그러고보니 모두 꼭두각시 인형 같다. 휴슨 박사는 한 순간, 안뜰로 달려 내려가 네 명의 목덜미 뒤에 있는 보이지 않는 실을 잡아당겨, 네 개의 머리를 까딱까딱 움직여서 그 일대에 비명을 지르게 하고 있는 자신의 모습을 정신병 환자처럼 상상하고 있었다.

"저 사람들, 어떻게 된 거지?" 갑자기 그가 물었다. "요즘 어딘가 좀 이상해."

"평소와는 다르다는 거예요?"

"그래, 당신은 그렇게 생각하지 않아?"

"마이클을 그리워하는 걸 거예요. 이유는 모르겠지만. 그는 거의 아무것도 하지 않았잖아요. 월프레드가 이곳을 계속 운영하기로 결심했다면 희망의 집을 좀더 효과적으로 활용해야 해요. 사실을 말하면, 난 내가 그곳에 살아야 한다고 말하고 싶었어요. 그 편이 우리에게도 모든 면에서 편리할 거예요."

그 말은 휴슨을 섬찟하게 만들었다. 그래, 이 여자는 그걸 노리고 있었어. 언제나와 같은 우울한 기분이 마치 납처럼 무겁게 엄습해 왔다. 독선적이고 불평 많은 두 여자가 그로서는 제공해줄 수 없는 것을 그에게 원하고 있는 것이다. 그는 자신의 목소리가 떨리지 않도록 애썼다.

"그건 안 돼. 당신은 여기 있어야 해. 당신을 희망의 집에서 지내게 할 수는 없어, 특히 밀리센트와 가까운 곳에서는."

"그녀는 텔레비전을 틀어놓으면 아무 소리도 못 들어요, 알고 있잖아요? 그리고 급할 때는 뒷문도 있으니까. 그게 무엇보다 좋은 점이에요."

"하지만 매기가 의심할 거야."

"그녀는 지금도 의심하고 있어요. 그리고 언젠가는 그녀도 알게 될 거구요."

"그 일에 대해선 나중에 얘기하지. 지금은 윌프레드를 난처하게 만들어선 안 돼. 빅터 사건 이후로 이곳 사람들은 모두 신경이 날카로워져 있어."

빅터의 죽음. 어떤 왜곡된 마조히즘이 자신에게 빅터의 이름을 입에 올리게 했을까 하고 그는 생각했다. 그것은 그에게 의학생이었던 시절을 떠올리게 했다. 붕대를 풀어보고 상처가 곪아 있으면 안도했던 그 시절을. 왜냐하면 피와 염증을 일으킨 조직과 고름의 이미지가, 깨끗한 거즈 속의 피부보다 오히려 마음을 안정시켜 주었던 것이다. 그렇다, 그는 피에는 익숙해져 있었다. 죽음에도 익숙해져 있었다. 곧 의사의 직무에도 익숙해질 것이다.

두 사람은 건물 정면에 있는 작은 진찰실에 함께 들어갔다. 세면대로 간 그는 조지 청년을 잠시 진찰한 것이 뭔가 철저한 소독을 요하는 복잡한 외과적 처치였던 것처럼 두 손과 팔뚝을 꼼꼼하게 씻기 시작했다. 뒤에서 기구가 달그락거리는 소리. 헬렌은 필요하지도 않은데 또다시 비품을 정리하고 있었다. 자꾸만 가라앉으려는 기분을 느끼며 그는 그녀와 얘기해야 한다고 생각했다. 그러나 아직은 괜찮을 것이다. 게다가 그녀가 무슨 말을 할지는 이미 알고 있었다. 벌써 몇 번이고 들은 적 있는, 그 학교 반장 같은 자신감에 찬 어조로 되풀이되는 오래된 집요한 논리. "당신은 이곳에서 헛되게 혹사당하고 있는 거예요. 당신은 의사지 약사가 아니라구요. 당신은 자유로워져야 해요, 매기한테서, 그리고 월프레드한테서. 월프레드보다 자신의 천직에 충실해야 해요." 그의 천직! 그의 어머니가 자주 했던 말이다. 그 말을 들으면 발작적으로 웃음을 터뜨리고 싶어진다.

수도꼭지를 끝까지 틀자 물이 세면대에 가득 쏟아지며 소용돌이치다가 밀물 같은 소리를 내며 그의 귀에 바싹 가까이 다가온다. 빅터는 어떤 기분이었을까? 망각을 향해 똑바로 떨어질 때의 그 기분은 어땠을까?

조잡한 휠체어가 가속을 받아 떨어질 때, 제임스 본드 영화에 나오는 그 말도 안 되는 추락 장면에서의 인형처럼, 레버나 스포츠윙만 당기면 되는 작은 마네킹처럼 공중에 떴을까? 아니면, 허공을 몇 바퀴 돌다가 바위에 부딪쳐서, 캔버스 천과 금속으로 된 관 속에서 자유롭지 않은 팔을 필사적으로 허우적거리며 갈매기 소리에 날카로운 비명을 보냈을까? 그의 무거운 몸이 의자 벨트를 찢고 허공으로 튕겨나갔던 것일까? 그것도 아니면, 평평한 철판 같은 바위에 부딪치는 마지막 순간까지, 냉정하고 무심한 파도가 최초로 그를 빨아들일 때까지 의자에 묶여 있었던 것일까? 그의 마음은 무엇을 느끼고 있었을까?

고양감일까, 절망일까, 공포일까, 아니면 복된 무아경일까? 맑은 바람과 바다가 그 모든 것을, 고통을, 세상살이의 쓰라리고 고됨을, 악의를 씻어주었을까?

빅터의 악의가 그의 유언장 속에서 완전히 드러난 것은 그가 죽은 바로 뒤였다. 그는 그리 대단한 액수는 아니지만 자신의 돈을 가지고 있으며, 요양원 경비를 전부 자비로 지불하고 있고, 헨리 카워다인을 제외한 다른 모든 환자들처럼 지방행정부의 혜택을 입고 있는 것이 아님을 모두에게 알림으로써 갈등의 씨앗을 뿌렸던 것이다. 자신의 돈이 어디서 들어오는 건지 그는 절대로 밝히지 않았다. 그는 옛날에 학교 교장을 지냈는데, 그리 큰 부자가 될 수 있는 직업이라고는 할 수 없었다. 어느 누구도 그 자금의 출처를 알지 못했다. 물론 매기에게는 얘기했을지도 모른다. 그는 매기한테는 많은 얘기를 털어놓았을 것이다. 하지만 이 일에 대해서만은 매기도 완전히 침묵을 지키고 있다.

에릭 휴슨은 매기가 단순히 금전적인 이유로 빅터에게 관심을 보였다고는 생각하지 않았다. 아무튼 그들에게는 뭔가 공통점이 있었다. 두 사람 다 토인턴 농장을 싫어하는 것을 굳이 숨기려하지 않았던 것, 그러나 어쩔 수 없이 그곳에 머무르고 있었던 것, 다른 사람들을 경멸하고 있었던 것 등등. 아마 매기는 빅터의 악의가 마음에 들었는지도 모른다. 그 두 사람은 오랜 시간을 함께 지냈을 것이다. 윌프레드는 그것을 환영하고 있었던 것으로 보인다. 마침내 매기가 토인턴에 마음을 붙일 수 있게 되었다고 생각하는 것 같았다. 그녀는 빅터가 원하는 장소까지 그 무거운 휠체어를 밀어주었다. 빅터는 바다를 바라보고 있으면 마음이 편안해졌다. 매기와 그는 집에서 보이지 않는 곳, 절벽 훨씬 위쪽에서 몇 시간씩 함께 시간을 보냈다. 그렇다고 해서 에릭이 그것 때문에 고민한 것은 아니었다. 매기는 육체적으로 만족을 주지 않는 남자는 절대로 사랑할 수 없다는 걸 잘 알고 있었기 때문이다. 친구로서의 교제라면 대환영이었다. 적어도 매기는 그 덕분에 시간을 잊고 잡념을 떨칠 수 있을 테니까.

매기가 언제부터 돈에 집착하기 시작했는지 그는 생각이 나지 않았다. 빅터가 뭔가 말한 것이 틀림없었다. 매기는 거의 하룻밤 사이에 사람이 변한 것 같았다. 무척 생기발랄해져서 거의 흥분상태라 해도 좋을 정도였다. 어딘가 열병에 걸린 것 같은, 그러면서도 그 흥분을 억제하려고 무척 애쓰고 있는 듯한 느낌이었다. 그리고 얼마 뒤 갑자기 빅터가 런던에 가서 세인트 세이비어 병원에서 진찰을 받고, 또 자신의 변호사를 만나고 싶다는 말을 꺼낸 것이다. 매기가 에릭에게 그의 유언에 대해 내비친 것은 그 뒤였다. 그는 그녀의 흥분을 눈치 챌 수 있었다. 이제 와서 생각해보면, 두 사람 다 도대체 무엇을 원하고 있었던 것일까 하는 의문이 든다. 매기는 돈만 손에 넣으면 토인턴 농장에서 또는 그에게서 해방될 거라고 믿었던 것일까? 어느 쪽이든 분명히 그것은 그들 두 사람에게 구원이 될 것이었다. 그리고 그 생각은 결코 엉뚱한 것은 아니었다. 빅터에게는 뉴질랜드에 있는 누이동생을 제외하고는 친척이 없었고, 그 동생에게도 편지 한 장 쓴 적이 없기 때문이다. 그래, 하고 그는 수건으로 손을 닦으면서 생각했다. 그건 결코 엉뚱한 생각이 아니었다고, 현실보다 훨씬 더 현실감 있는 생각이었다고.

그는 런던에서 돌아오던 때의 드라이브를 떠올려보았다. 메르세데스 벤츠 속의 따뜻하고 밀폐된 세계. 줄리어스는 묵묵히 핸들에 손을 얹고 있었다. 도로는 별을 흩뿌린 은색 테이프처럼 보닛 아래로 끝없이 빨려 들어갔다. 표지판이 어둠 속에서 짙은 감색 하늘을 향해 솟아 있었다. 겁먹은 작은 동물들이 털을 곤추세우고 전조등 불빛 속을 이따금 가로질렀다. 자동차 불빛 속에서 도로의 선이 옅은 황금색으로 빛나는 것이 보였다. 체크무늬 옷을 입은 빅터는 매기와 함께 뒷좌석에 앉아 미소짓고 있었다. 내내 미소짓고 있었다. 공기 속에 한 사람 한 사람의, 또는 두 사람 공통의 비밀이 불온하게 깔려 있는 것 같았다.

빅터는 유언장을 새로 써두었다. 전 재산을 동생에게 남긴다는 내용에 추기(追記)를 덧붙여서 그의 작은 악의를 마지막으로 증명한 것이다. 그레이스 윌슨에게는 세탁비누를 남기고, 헨리 카워다인에게는 양치액, 어슐러 홀리스에게는 액취제거제, 제니 페그럼에게는 이쑤시개를 남겼다.

매기는 그것을 참으로 꿋꿋하게 받아들였다고 에릭은 생각했다. 그래, 정말 꿋꿋했지. 만약 그때의 거칠고 요란하고 억제할 수 없는 웃음소리를 꿋꿋하다고 말할 수 있다면 말이다. 지금도 그 모습을 떠올릴 수 있다. 그들의 작은 석조 거실을 비틀비틀 서성거리다가, 감당할 수 없을 만큼 발작적으로 머리를 뒤로 젖힌 채 웃어대던 매기. 그 소리가 마치 동물원 짐승의 포효처럼 돌벽에 반사되어 멀리 곳까지 울려퍼지자, 그는 요양원에까지 들리지 않을까 하고 조바심쳐야 했었다.

헬렌이 창가에 서 있다가 날카로운 어조로 말했다.

"희망의 집 밖에 차 한 대가 서 있어요."

그는 그녀 옆으로 걸어가서 함께 아래를 내려다보았다. 두 사람의 시선이 천천히 마주쳤다. 그녀는 그의 손을 잡고 갑자기 다정한 목소리로 말했다. 두 사람이 처음 사랑에 빠졌을 무렵의 목소리였다.

"당신, 조금도 걱정 말아요. 알고 있죠? 아무것도 걱정할 필요 없다구요."

3

어슐러 홀리스는 도서관에서 빌려온 책을 덮고, 오후의 햇살 속에 눈을 감은 채 혼자만의 백일몽에 빠져 있었다. 휴식시간 전에 15분이나 넋을 놓고 있었으니 게으름을 부렸다고, 늘 그렇듯이 그녀는 쾌락을 함부로 탐닉한 자신부터 책망해야 하겠지만 이번에는 마법이 제대로 듣지 않을까 하는 걱정부터 했다. 평소에는 밤에 침대에 들어가서 얇은 칸막이 저쪽에서 들려오는 그레이스 윌슨의 신경에 거슬리는 숨소리가 가라앉기를 기다린 뒤에야, 스티브와 벨 거리의 아파트를 생각했던 것이다. 그 의식(儀式)은 의지의 노력을 필요로 했다. 그 공상들은 선명하게 머리에 그려낼 수 있지만, 너무 섬세하여 극히 미세한 자극에도 쉽게 사라져버리기 때문에 그녀는 늘 숨소리마저 죽인 채 꼼짝 않고 누워 있었다. 하지만 지금은 그것을 또렷하게 떠올릴 수 있다. 흐릿하던 수많은 이미지들이, 네가 필름을 현상할 때처럼 그 그림에 선명한 색채의 변화패턴을 가져다준다. 귀에는 고향의 소리가 들려온다. 그녀는 열심히 신경을 집중했다.

아침 햇살을 받고 있는 19세기풍 주택의 벽돌담이 보인다. 햇빛이 정면을 둔중하게 비추고 있고, 하나하나의 벽돌이 광선을 받는 각도에 따라 각기 다른 색으로 뚜렷이 구분된다. 폴란스키 씨의 식품가게 2층에 있는 침실 두 개 짜리의 간소한 아파트와 그 바깥 거리, 런던 일대 에지웨어 거리와 매릴번 역 사이의 혼잡하고 다양한 삶의 모습은 그녀의 마음을 사로잡았다. 지금 그녀는 일주일 가운데 가장 행복한 날인 토요일 아침에 스티브와 함께 다시 처치 거리의 시장을 걷고 있는 공상에 잠겨 있다. 중고품 옷을 실은 손수레 옆에 앉아 수다를 떨고 있는 시골 아낙네들의 모습이 보인다. 그녀들의 꽃무늬 작업복과 헝겊 샌들, 흙 묻은 손가락에 살을 파고들 듯이 끼워져 있는 묵직하고 둥근 결혼반지, 얼굴 생김새는 분명하지 않지만 눈만은 빛나고 있는 표정. 화려하게 멋을 부리고 각자 중고품 노점 뒤 길바닥에 앉아 있는 젊은이들. 신바람이 나서 떠들다가 신중하게 이것저것 비교하기를 되풀이하면서 주머니 사정과 의논하거나, 진기한 물건을 손에 넣고 자랑하는 관광객들. 거리에서는 과일과 꽃과 향신료, 땀에 젖은 몸과 싸구려 와인, 그리고 헌책 냄새가 난다. 아직 다 익지 않은 커다란 바나나와 축구공 만한 망고를 늘어놓은 노점을 에워싼 흑인 여자들의 튀어나온 엉덩이가 보인다. 그 새된 목소리로 상스럽고 빠르게 쏟아놓는 숱한 얘기들. 갑자기 목구멍 안쪽에서 울리는 듯한 웃음소리가 들려온다. 백일몽 속에서 그녀는 계속 걸었다. 늘 다니던 오솔길을 마치 누구의 눈에도 띄지 않고 지나가는 유령처럼 스티브의 손가락에 자신의 손가락을 살짝 걸고서.

그녀의 18개월의 결혼생활은 강렬하지만 불안한 행복의 시간이었다. '불안한'이라고 한 것은, 그녀는 그것을 현실에 뿌리내린 것이라고 생각한 적이 한 번도 없기 때문이다. 마치 자신이 영판 다른 사람이 되어버린 것 같았다. 전에 그녀는 자신에게 스스로 만족하는 법을 가르치고 그것을 행복이라고 불렀다. 그 뒤 이 세상에는 경험의, 감각의, 그리고 사고의 세계도 있다는 걸 알았다. 이러한 것들에 대해 미들스블로의 교외에서 보낸 인생의 첫 20년과 런던 YWCA 호스텔에서 지낸 2년 반의 세월은 아무런 예비지식도 제공해주지 않았었다. 단 한 가지만이 그녀의 행복에 어두운 그림자를 던지고 있었다. 그건 도저히 억제할 수 없는 불안이었다. 이 행복이 혹시 사람을 잘못 찾아온 게 아닌가, 나는 '속임수'를 사용하여 행복을 누리고 있는 것이 아닌가 하는 불안이었다.

처음 스티브가 안내창구에 와서 그녀에게 지방세에 대해 묻는 순간, 그녀의 어떤 매력에 스티브가 그토록 반했는지 도무지 이해할 수가 없었다. 어쩌면 그녀가 늘 일종의 불구라고 생각하고 있던 한 가지 특징, 곧 그녀의 눈이 한쪽은 파랗고 한쪽은 갈색이라는 것 때문에? 사실 그의 관심을 끌고 그를 즐겁게 한 것은 그 이상한 특징이었다. 그 덕택에 그가 그녀를 높이 평가했던 것이다. 그는 그녀를 변신시켰다. 머리를 어깨까지 늘어뜨리게 하고, 거리의 노점과 에지웨어 거리 뒷골목의 가게에서 찾아낸 화려한 인도무명의 긴 치마를 입했다. 이따금 가게 쇼윈도에 비치는 자신의 완전히 변한 모습을 곁눈질하면서, 도대체 그가 무슨 특이한 취향에서 그녀를 선택했을까, 다른 사람들도 알지 못하고 그녀 스스로도 깨닫지 못했던 어떤 멋진 것을 그녀한테서 발견했을까, 하고 이상하게 생각했다. 벨 거리의 중고품시장 노점에 진열된 진기한 물건들이 그의 마음을 사로잡은 것과 마찬가지로, 그녀 안에 있는 뭔가 진기한 것이 그의 독특한 취향을 자극했던 것이다. 다른 손님들은 그냥 지나쳐버린 하나의 물건이 그의 시선을 끌고, 그는 그것을 빛 속으로 가져가 손바닥에 올려놓고 요모조모 뜯어보다가 불현듯 매료되고 만다. 그녀는 왠지 모르게 반대한다.

'하지만, 그건 어쩐지 오싹한 느낌이에요.'

'아니, 아니, 재미있어. 마음에 들어. 게다가 모그도 마음에 들어할 거야. 모그를 위해 이걸 사겠어.'

모그는 스티브의 가장 가까운 친구로——이따금 그녀는 그가 유일한 친구가 아닐까 하고 생각할 때도 있지만——모건 에번스라는 버젓한 이름이 있는데도 불구하고, 인간의 투쟁을 노래하는 시인한테는 그게 더 어울린다며 그 별명만 사용했다. 그렇다고 해서 모그 자신이 거창한 투쟁을 하는 것은 아니었다. 남이 내는 돈으로 모그처럼 많이 먹고 마시는 사람을 어슬러는 보지 못했다. 그는 시골 술집에서 무정부주의와 증오를 테마로 한, 무슨 소린지 도통 모를 투쟁의 구호를 낭송했다. 그러면 수염을 텁수룩하게 기르고 슬픈 눈매를 한 그의 팬들이 그저 묵묵히 듣고 있다가, 가끔 손에 든 맥주 잔을 테이블에 '쾅' 하고 내리치며 공감을 표하기도 했다. 하지만 모그의 산문 스타일이 그녀에게는 더 이해하기 쉬웠다. 그녀는 그가 쓴 편지를 한번만 읽고 곧바로 스티브의 바지 주머니에 도로 넣었는데도, 그 한 마디 한 마디를 정확하게 기억하고 있다. 이따금 그녀는 그 편지를 그녀가 볼 수 있도록 그가 일부러 그렇게 한 것일까, 아니면 그녀가 공동세탁장에 그들의 빨래를 가지고 가는 날 밤에 자신의 바지 주머니를 살피는 걸 깜박 잊은 걸까 하고 생각했다. 그것은 병원에서 진단 결과가 나온 3주일 뒤의 일이었다.

"지금이 내가 진부한 표현은 하지 않겠다고 맹세한 주(週)가 아니었으면, 난, 거봐, 내가 뭐랬어? 하고 자네한테 말했을 거야. 뭔가 좋지 않은 일이 일어날 거라고 예언은 했지만 이 정도일 줄이야! 가엾은 스티브! 하지만 이혼할 수 없을까? 그녀도 자네하고 결혼하기 전에 어떤 징후를 느꼈을 텐데. 결혼할 때 상대방이 성병에 걸려 있었으면 이혼사유가 돼. 아마 틀림없을 거야. 그런데 이건 일시적인 임질에 비할 바가 못되는 거라구. 소위 결혼의 성립에 대한 사람들의 무책임함이 난 그저 놀라울 뿐이야. 결혼이 가지는 존엄성과 사회의 강력한 기반이라는 주장은 그토록 외쳐대면서, 막상 아내가 될 사람의 신체에 대해서는 중고차를 고를 때보다 더 쉽게 넘어간다니까. 어쨌든 자넨 관계를 끊지 않으면 안 돼. 그렇게 하지 않으면 파멸하고 말 거야. 동정이라는 감상적인 울타리 속으로 달아날 생각은 하지마. 그녀의 휠체어를 밀고 대소변 시중을 들고 있는 자네를 상상할 수 있겠나? 물론 그런 남자도 있겠지. 하지만 자넨 마조히즘을 즐기는 인간은 아니었잖아? 그리고 그런 걸할 수 있는 남자들은 애무하는 방법도 알고 있을 거고, 하지만 아무리 자네라 해도, 아, 친애하는 스티브, 설마 그렇다고 주장하지는 않겠지. 그런데 그녀는 로마 가톨릭이잖아? 자네들이 등기소에서 결혼했다면, 그녀는 정말로 결혼한 것으로는 생각하고 있지 않은 게 아닐까? 그게 자네가 도피할 수 있는 길이 될 거야. 어쨌든, 수요일 오후 8시 '페이비어스 암즈'에서 만나세. 자네의 불운을 신작시와 1파인트의 쓴 맥주로 축하해줄 테니."

그에게 휠체어를 밀어달라고 할 생각은 그녀에게는 추호도 없었다. 아무리 가볍고 단순한 육체노동이라 해도 시키고 싶지 않았다. 갓 결혼했을 때부터 그가 무슨 질병, 설령 가벼운 감기 같은 것조차도 몹시 꺼려하며 겁을 낸다는 걸 알고 있었다. 하지만, 하다못해 병이 서서히 진행되는 동안의 소중한 몇 년 만이라도 그녀의 것이 되어주기를 바랐다. 어떻게든 헤쳐나가기 위해 고심했다. 자신의 동작이 둔하고 좀처럼 활기를 띠지 않는 것 때문에 그를 힘들게 하고 싶지 않아서 아침에는 일찍 일어났다. 될 수 있는 대로 지팡이를 사용하지 않고 눈에 띄지 않게 붙잡으면서 걷기 위해 가구의 위치를 아주 조금씩 옮겼다. 그는 전혀 눈치채지 못했을 것이다. 아파트도 더 편리한 일층으로 옮길 수 있을 것이고, 현관문만 열 수 있으면 낮에는 혼자 쇼핑도 하러 다닐 수 있으리라. 그리고 밤에는 둘이 함께 있을 수 있다. 왜 그 생활을 빼앗겨야 한단 말인가?

하지만 가차없이 그녀의 신경을 갉아먹고 있던 병은, 그녀의 페이스가 아니라 병 자신의 독단적인 페이스로 진행되고 있다는 것이 금세 확연해졌다. 커다란 더블베드 안에서 근육의 경련이 그를 방해하지 않도록, 가능한 한 그와 멀리 떨어져 옆으로 오그린 채 꼼짝 않고 누워 있었지만, 그녀가 세운 계획은 점점 불가능한 것으로 변해갔다. 그녀의 슬픈 노력을 지켜보면서, 그는 최선을 다해 다정하고 사려 깊게 행동하려고 노력했다. 뭔가 비난하고 싶을 때도 말없이 물러섰고, 그녀의 체력이 떨어진 것을 지적하고 싶을 때는 자신도 힘이 없다는 걸 일부러 보여주면서 마음을 써주었다. 악몽 속에서 그녀는 자주 익사했다. 깊이를 알 수 없는 바다 밑바닥으로 가라앉으면서 떠다니는 지푸라기를 움켜잡았다. 하지만 그것도 그녀의 손 아래로 스펀지처럼 힘없이 가라앉았다. 그녀는 자기가 아무래도 불구자라는 생각에 지레 체념하고 억지로 웃어 보이는 비극적인 자세가 몸에 배어버린 것 같다고 생각했다. 그를 자연스럽게 대하는 건 쉽지 않았다. 이야기를 할 때는 더더욱 그랬다. 그녀가 책을 읽거나 바느질을 하는 동안 소파 위에서 그녀를 지켜보며 내내 거짓말을 해준 그를 그녀는 떠올린다. 이제는 그는 서로 시선이 마주치지 않도록 노력하고 있다.

그가 병원의 의료담당 사회복지사와 상담한 뒤 토인턴 농장에 빈 병실이 나올 거라는 애기를 털어놓았을 때도 회상한다.

'바닷가야, 당신 바다 좋아하지? 게다가 무척 아담한 시설이래. 흔히 볼 수 있는 인간미 없는 커다란 병원과는 달라. 그곳을 경영하는 사람이 무척 평판도 좋고, 근본적으로는 종교단체라는군. 앤스티 씨는 가톨릭 신자는 아니지만 정기적으로 루르드에 다닌대. 당신 마음에 들 거야. 당신은 늘 신앙심이 깊었잖아. 나와 당신 사이에 의견이 달랐던 거라곤 그것뿐이었지. 아마 내가 당신을 이해하지 못한 거겠지만.'

그는 이제 그 특별한 약점을 한껏 이용하고 있다. 하느님한테 의지하지 않고 사는 법을 그녀에게 가르쳐 놓고, 이제 그 사실을 잊고 있다. 그녀의 신앙심은 일상적인 소유물 같은 것으로, 그는 이해하거나 존중하는 일 없이 그냥 그녀에게서 빼앗아 버렸다. 섹스와 애정의 대용품에 불과한 그것이 그녀에게 진정으로 중요한 것은 아니었다. 그녀는 자신의 신앙을 어렵사리 단념하는 척할 수는 없었다. 그것은 성마태오 초등학교에서 배웠고, 미들스블로의 알마 테라스에 있는 백모의 집 거실에 걸린 성화(聖畵)와 교황 요한의 사진, 그리고 백부 백모가 결혼할 때 교황이 보낸 축문이 들어 있는 액자에 의해 자기도 모르게 익숙해진, 마음이 평화로워지는 환영이었다. 지금은 그 모든 것들이 아주 오래 전에 가보았던 이국의 해안처럼 아득히 느껴진다.

평온하며 결코 불행하지 않았던 한 고아의 어린 시절 기억의 한 조각이다. 이제 다시는 그때의 믿음으로 돌아갈 수 없다. 왜냐하면 그녀는 돌아가는 길을 모르므로.

마침내 그녀는 토인턴 농장을 도피처로 받아들였다. 휠체어를 타고 햇살 속에서 바다를 바라보고 있는 환자들 속에 끼어 있는 자신의 모습을 마음속으로 그려보았다. 바다! 끊임없이 움직이고 있는 것처럼 보이지만 실은 영구불변하며, 다정하게 때로는 무섭게, 잠시도 쉬지 않는 그 리듬이 그녀의 귀에, 아무 것도 심각하게 생각할 것 없어, 인간의 비애 따윈 아무 것도 아닌 거야, 모든 것이 시간과 함께 사라지고 마니까, 하고 속삭여줄 바다. 게다가 어차피 죽을 때까지 입원해 있을 건 아니다. 스티브는 지방행정부 사회복지과의 도움을 빌려 좀더 편리한 새 아파트를 찾아서 옮길 계획을 세우고 있다. 이건 그때까지의 일시적인 이별일 뿐이다.

하지만 그게 벌써 8개월이나 계속되고 있었다. 8개월 동안 그녀는 점점 더 병세가 악화되고 점점 더 불행해졌다. 그녀는 애써 그 사실을 외면하려 했다. 토인턴 농장에서 불행하다는 것은 성령에 대해, 그리고 윌프레드에게 죄를 짓는 것을 의미하기 때문이었다. 그리고 대부분의 시간, 그녀는 성공했다고 생각했다. 다른 환자들과는 거의 접촉하지 않았다. 중년여성인 그레이스 윌슨은 무기력하고 신앙심이 깊은 사람이다. 18세인 조지 앨런은 난폭하고 거칠다. 병이 깊어서 침대에서 일어나지 못하는 것이 다행일 정도로, 헨리 카워다인은 쌀쌀맞고 늘 빈정대며 그녀를 마치 여사무원처럼 대한다. 제니 페그럼은 항상 머리를 헝클어트린 채 의미를 알 수 없는 희미한 미소만 짓고 있다. 그리고 빅터 홀로이드, 그 무서운 빅터는 이 요양원의 수용자 모두를 증오하고 있었고 어슐러에 대해서도 마찬가지였다. 불행을 겉으로 드러내지 않는 것에서는 아무런 미덕도 발견하지 못했던 빅터. 누군가 자선의 실천에 몸을 바치고 있다면, 누군가는 반드시 그 자선의 대상이 되어야 한다고 늘 주장했던 빅터.

그 악의에 찬 편지를 쓴 사람은 빅터라고 그녀는 줄곧 믿고 있었다. 그것은 그녀가 훔쳐 읽은 모그의 편지와 마찬가지로 남에게 상처를 주는 편지였다. 그것은 지금도 그녀의 치마 옆 주머니 속에 깊숙이 들어 있고, 당장 손으로 만질 수도 있다. 수없이 만지작거려서 꼬깃꼬깃해진 싸구려 편지지. 하지만 이제 다시는 읽을 필요가 없다. 이젠 첫줄부터 훤히 외우고 있으니까. 그녀는 그것을 한 번 읽은 뒤, 그 글자가 보이지 않도록 종이 위쪽을 접어버렸다. 그것을 생각하는 것만으로도 뺨이 화끈 달아올랐다. 이 남자는——남자가 틀림없겠지?——그녀와 스티브가 사랑을 나누는 그 특별한 방법을 어떻게 알고 있는 것일까? 어떻게 제3자가 그걸 알 수 있단 말인가? 이곳에 온 뒤 잠자는 동안, 잠재되어 있던 욕구가 잠꼬대로 표출되어 소리라도 질렀던 것일까? 하지만 만약 그렇다 해도 옆방에 있는 그레이스 윌슨밖에 들을 수 없었을 텐데. 게다가 그레이스는 무슨 소린지 이해하지도 못했을 것이다.

언젠가 무슨 책에서 외설적인 편지는 대부분 여자, 그것도 노처녀가 쓴다는 것을 읽은 적이 있다. 어쩌면 빅터 홀로이드가 아니었을지도 모른다. 그레이스 윌슨, 그 무기력하고 잔뜩 억압되어 있는 신앙심 깊은 그레이스일 것이다. 하지만 어슐러가 스스로도 인정하지 않았던 것을 그레이스가 어떻게 추측할 수 있었을까?

"넌 그 남자와 결혼했을 때 이미 네가 병에 걸려 있다는 걸 알고 있었어. 그 몸의 떨림과 두 다리의 쇠약, 아침마다 체력이 떨어지는 걸 느끼고 있었지? 넌 자신의 병에 대해 잘 알고 있었던 거야. 즉 그를 속인 거지. 그 사람이 편지도 거의 보내지 않고 찾아오지도 않는 것은 당연한 일이야. 그는 물론 지금은 다른 여자와 살고 있을걸? 설마 그가 영원히 너 한 사람에게만 충실하리라고 기대하지는 않았겠지? "

편지는 거기서 끝나 있었다. 그녀에게는 그가 거기서 끝낼 생각이었던 게 아니라, 좀더 연극적이고 충격적인 문장을 생각하고 있었을 것이라는 느낌이 들었다. 하지만 그 남자 또는 여자가 거기까지 썼을 때 누군가 훼방꾼이 끼어든 것이다. 누군가가 뜻하지 않게 방안에 들어왔는지도 모른다. 편지는 토인턴 농장 전용의, 흡수성이 좋은 싸구려 편지지에 레밍턴 타자기로 찍혀 있었다. 환자와 직원 거의 모두 타이프를 칠 줄 안다. 어슐러는 대부분의 사람들이 그 한 대의 레밍턴을 번갈아 가며 사용하고 있는 것을 보았다. 그것은 그레이스의 기계였다. 원래 그레이스의 것으로 인정되어, 1년에 네 번 발행되는 회보의 등사원지를 타이프할 때 사용하던 것이다. 다른 환자들은 하루의 일과를 끝낸 시간에 그녀는 자주 혼자서 일하고 있었다. 편지가 정확하게 전달되게 하는 건 조금도 어려운 일이 아니었다.

도서관에 있는 책의 갈피 사이에 끼우는 것이 가장 확실한 방법이다. 누가 무슨 책을 읽고 있는지는 모두 알고 있다. 책이 테이블 위와 의자 위에 늘 놓여 있어 누구나 만질 수 있기 때문이다. 어슐러가 지금 읽고 있는 책이 아이리스 머독의 최신작이라는 것은 직원과 환자 모두 다 알고 있었다. 그리고 더욱 이상하게도 그 편지는 그녀가 읽고 있던 페이지에 정확하게 끼워져 있었다.

처음에 그녀는 그것이 빅터의 새로운 악질적인 수법이라고만 생각했다. 지금처럼 의심을 품고, 주위 사람들의 얼굴을 하나하나 의심스러운 눈빛으로 훔쳐보면서 궁리하게 된 것은 빅터가 죽은 뒤부터이다. 하지만 어쩌면 이것은 단순한 장난이 아니었을까? 그녀는 필요 이상으로 자신을 괴롭히고 있는 건지도 모른다. 범인은 빅터가 틀림없고 그렇다면 앞으로 다시는 이런 일이 없을 것이다. 하지만 아무리 그라고 해도, 그녀와 스티브에 대한 것을 어떻게 알았단 말인가? 빅터에게 남의 비밀을 탐지해내는 신통력이 있었다고 밖에 생각할 수 없다. 어슐러는 그레이스 윌슨과 그와 함께 이곳 환자용 안뜰에 앉아 있었던 때를 기억하고 있다. 그레이스는 태양을 향해 얼굴을 쳐들고, 그 바보 같고 사람 좋은 미소를 지으며 다음의 루르드 순례여행 때문에 자기가 얼마나 행복한지에 대해 얘기하고 있었다. 그때 빅터가 거친 말투로 끼어들었다.

'당신이 기분이 좋은 건 다행증(多幸症)에 걸렸기 때문이야. 그놈의 증상은 당신 병의 특징이지. 다운증후군 환자는 언제나 그렇게 이유도 없이 행복과 희망에 넘친다더군. 안내서를 읽어봐, 증상의 하나로 버젓이 씌어 있을 테니. 그건 당신한테도 아무 미덕이 못되지만, 이쪽에도 엄청난 스트레스라구.'

분노로 몸을 떨기 시작한 그레이스의 목소리를 어슐러는 기억하고 있다.

'난 미덕이니 뭐니 하는 것 때문에 행복해하고 있는 게 아니에요. 설사 단순한 증상이라 해도, 난 거기에 감사할 거예요. 그건 하나의 은총이니까요.'

'당신이 다른 사람들을 끌어들이지만 않는다면 감사를 하든 뭐를 하든 상관없어. 자신은 물론이고 남에게도 아무 쓸모없는 것을 위해 열심히 신께 감사하고 있으라구. 그리고 그러는 김에 신이 창조하신 다른 은혜에 대해서도 감사하는 게 어때? 홍수니 가뭄이니 못쓰게 되어버린 토지와 싸우고 있는 사람들, 못 먹어서 영양실조에 걸린 어린아이들, 학대받고 있는 죄수들, 이 세상의 모든 말도 안 되는, 영문도 모르는 엉터리를 위해서도 감사를 올리지 그

래 ?'

그레이스 윌슨은 아마 처음으로 흘리는 것일 고통의 눈물 속에서 조용히 항의했다.

'빅터, 왜 그런 식으로 말하는 거죠? 질병이 인생의 모든 건 아니에요. 결코 하느님이 자신을 버렸다고 생각해서는 안 돼요. 우리와 함께 루르드에 갈 거죠 ?'

'물론 가야지. 이 지긋지긋한 미치광이 수용소에서 벗어나는 길은 그것밖에 없으니까. 난 돌아다니는 게 좋아, 여행하는 게 좋아, 피레네 산맥에 태양이 빛나고 있는 것을 보는 것이 좋아, 그 색깔이 미치도록 좋다구. 그 요란한 상업주의의 산물, 나보다 훨씬 멍청한 놈들이 감쪽같이 속은 그 경치조차, 보면 역시 만족스럽거든.'

'하지만 그런 말투는 모독이에요 !'

'그래 ? 그렇다면 그것도 괜찮아, 난 그걸 즐기고 있으니까.'

그레이스는 포기하지 않았다.

'빅터, 배들리 신부님하고 얘기해 봐요. 그분이라면 도움의 손길을 내밀어주실 거예요. 아니면 윌프레드도 괜찮아요. 어째서 윌프레드와 얘기하지 않는 거예요 ?'

그는 킬킬 웃기 시작했다. 그 경멸하는 듯한, 그러나 기묘하게 또 놀라울 만큼 마음 속 깊은 곳에서 즐거움이 온몸을 관통하는 듯한 웃음소리였다.

'윌프레드와 얘기하라고 ! 맙소사, 우리의 성인 윌프레드님에 대해선 말야, 난 당신이 어이가 없어 웃음을 터뜨릴 만한 어떤 사실을 알고 있지. 언젠가 놈이 내 배알을 뒤틀리게 할 때는 그것을 폭로해 줄 생각이야. 윌프레드와 얘기하라고 ?!'

어슐러의 귀에는 아직도 그 웃음소리가 메아리치고 있는 것 같았다. '윌프레드에 대해서 난 어떤 사실을 알고 있지.' 하지만 그는 그것을 폭로하지 않았고, 앞으로도 절대로 그럴 수 없게 된 셈이다. 그녀는 빅터의 죽음에 대해 생각해 보았다. 그 특별한 날 오후, 도대체 어떤 충동이 그로 하여금 운명에 대해 마지막 제스처를 취하게 했던 것일까? 그건 충동이었던 게 틀림없다. 수요일은 그의 정해진 산책 날이 아니었고, 데니스는 그를 데리고 나가고 싶어하지 않았다. 안뜰에서의 광경을 그녀는 선명하게 떠올린다. 남을 배려할 줄 모르고 막무가내인 빅터는 자신의 요구를 관철하기 위해 전력을 다했다. 심통난 어린아이 같았던 데니스는 마지못해 단념했지만, 결코 진심으로 동의한 것은 아니었다. 두 사람은 마지막 산책에 나섰고, 그 뒤 그녀는 두 번 다시 빅터의 모습을 보지 못했다. 브레이크를 풀고 휠체어와 함께 자신의 몸을 파국을 향해 돌진시켰을 때, 그는 무슨 생각을 하고 있었을까? 틀림없이 순간적인 충동이었을 것이다. 더 쉬운 방법이 있는데도 굳이 그런 참혹한 죽음을 선택할 사람은 아마 없을 것이다. 그렇다, 좀더 쉬운 방법이 얼마든지 있었다.

이따금 그 일에 마음을 빼앗기고 있는 자신을 그녀는 깨닫는다. 최근에 있었던 두 번의 죽음, 빅터와 배들리 신부의 죽음에 대해. 온후하고 늘 있는 듯 없는 듯했던 배들리 신부는 마치 처음부터 이 세상에 존재하지 않았던 것처럼 죽었다. 이제 그의 이름을 입에 올리는 사람은 없다. 여전히 그들과 함께 있다고 느껴지는 쪽은 빅터였다. 토인턴 농장 위에 떠돌고 있는 것은 빅터의 고통스럽고 불안정한 영혼이다. 이따금 특히 해질녘에, 그녀는 옆자리에 있는 휠체어를 되도록 보지 않으려고 애쓴다. 그 휠체어 주인 대신 빅터의 모습이 보일 것 같아서이다. 체크무늬의 두꺼운 가운을 걸치고 잔뜩 냉소하는 표정으로 굳은 미소를 띠고 있는 빅터의 거무스름한 얼굴이. 오후의 따스한 햇살에도 불구하고, 갑자기 어슐러는 부르르 몸을 한번 떨었다. 휠체어의 브레이크를 푼 그녀는 방향을 바꾸어 건물 쪽으로 이동해

갔다.

4

토인턴 농장 요양원의 현관문은 열려 있었다. 줄리어스 코트가 앞장서서 천장이 높다란 홀로 들어갔다. 떡갈나무 널빤지를 댄 벽과 흑백의 바둑판 무늬 대리석이 깔린 바닥. 내부는 무척 따뜻했다. 더운 공기가 눈에 보이지 않는 커튼처럼 드리워진 속을 지나가는 것 같았다. 홀에서는 기묘한 냄새가 났다. 이런 시설에서 흔히 풍기는, 사람의 체취와 음식냄새, 방부제를 지나치게 많이 쓴 가구 광택제의 냄새가 아니라, 누군가가 향을 피우고 있는 듯한 달콤하고 이국적인 냄새였다. 홀의 조명은 교회의 내부처럼 어두컴컴하다. 그 인상은 정문을 사이에 둔 두 개의 창문을 메운 라파엘 전파(前派)풍 스테인드글라스에 의해 더욱 강조되고 있었다. 왼쪽에 그려진 것은 낙원 추방, 오른쪽은 이삭의 희생이다.

깃털장식이 달린 투구 아래로 노란 곱슬머리가 엿보이는 유약한 천사가 루비색과 밝은 청색, 오렌지색 등의 마름모꼴 유리알로 장식된 칼을 들고 에덴동산에서 두 사람의 탕자를 쫓아내다니, 상당히 이색적인 공상가가 상상한 그림이라고 달글리시는 생각했다. 아담과 이브의 분홍빛 몸을 월계수잎으로 교묘하게 가리는 트릭은 썼지만, 영성과 양심의 가책을 각각 잘 표현하고 있었다. 오른쪽 창문은 같은 천사가 배트맨으로 변신한 것 같은 모습으로 이삭의 머리 위를 날고 있다. 이삭의 몸은 묶여 있고, 옆에 있는 수풀에서는 특별히 살찐 새끼 양 한 마리가 그럴싸하게 수심의 빛을 띤 표정으로 지켜보고 있다.

홀에는 의자가 세 개 있었다. 나무에 페인트를 칠하여 비닐을 씌운 싸구려 의자로, 그 자체가 불구처럼 보였다. 하나는 너무 높고, 나머지 두 개는 너무 낮았다. 휠체어 한 대가 접혀서 반대편 벽에 세워져 있고, 벽 허리께에는 나무난간이 설치되어 있다. 오른쪽에 문이 하나 열려 있는데, 사무실이나 탈의실 같은 곳으로 통하는 것 같았다. 벽에 걸려있는 체크무늬 재킷의 일부분과 못에 걸린 열쇠다발, 무게가 나가 보이는 책상 한 귀퉁이가 힐끗 보였다. 문 왼쪽에는 조각이 새겨져 있는 테이블 위에 우편물을 담는 놋쇠 쟁반과 커다란 화재경보용 종이 놓여 있었다.

줄리어스는 뒤편의 문을 통해 중앙의 대기실로 달글리시를 안내했다. 거기서 정교하게 조각이 되어 있는 계단이 이어지고 있고, 반쯤 제거된 난간에 현대적인 대형 엘리베이터의 금속제 박스가 놓여 있었다. 그들은 세 번째 문 앞에 이르렀다. 줄리어스가 문을 열면서 연극 대사처럼 과장된 말투로 소리쳤다.

"죽은 이를 찾아온 방문객, 아담 달글리시 씨입니다."

세 사람은 나란히 안으로 들어갔다. 두 사람의 동행자가 양옆을 에워싸고 있는 달글리시는 자신이 에스코트 받고 있는 듯한 편치 않은 기분을 느꼈다. 현관홀과 대기실 사이의 어두컴컴한 곳을 지나온 터라, 식당의 밝은 불빛에 그는 잠시 눈을 깜박거렸다. 세로 칸막이가 설치된 길쭉한 창문에서 비쳐드는 빛은 그리 대단한 것은 아니었다. 회칠을 한 천장에 달려 있는 어울리지 않는 형광등 두 개가 방안을 눈부시게 비추고 있었다. 잠시 시야가 흔들렸다가 진정되자, 토인턴 농장 요양원의 거주자 일동이 떡갈나무 테이블에 둘러앉아 차를 마시고 있는 광경이 그림 속의 한 장면처럼 눈에 들어왔다.

그의 등장이 그들을 놀라게 한 듯 잠시 침묵이 이어졌다. 휠체어에 앉아 있는 사람은 네 사람, 그 중 한 사람은 남자다. 나머지 두 여자는 말할 것도 없이 직원이리라. 한 사람은 어쩐 일인지 관습상 그 지위의 상징으로 되어 있는 모자를 쓰고 있지 않았지만, 그것만 제외하고는 어느 모로 보나 간호부장다운 차림을 하고 있었다. 모자를 쓰지 않은 그녀의 모습은 기묘하고 불완전하게 보였다. 또 한 사람은 밝은 머리카락의 젊은 여자로 검은 바지와 하얀 가운을 입고 있었는데, 이 파격적인 복장에도 불구하고 보는 사람이 약간 기가 꺾일 정도로 유능한 간호사라는 인상을 주었다. 건강한 남자는 셋 다 짙은 갈색 수도복 같은 것을 입고 있었다. 아주 짧은 침묵이 흐른 뒤 테이블 상좌에 앉아 있던 사람이 일어서서 두 손을 내밀며 마치 의식이라도 치르는 듯 느린 걸음으로 다가왔다.

"토인턴 농장에 오신 걸 환영합니다, 아담 달글리시 씨. 윌프레드 앤스티라고 합니다."

달글리시가 느낀 첫인상은 이 사람은 훈련된 연기력으로 금욕적인 수도사의 배역을 잘 연기하고 있는 단역배우처럼 보인다는 것이었다. 갈색 수도복이 그에게 너무 잘 어울려서 다른 옷을 입고 있는 모습은 상상도 할 수 없을 정도였다. 키가 크고 몹시 여위었으며, 풍성하게 늘어뜨린 모직옷 소맷부리 사이로 들여다보이는 가느다란 손목은 가을 나뭇가지처럼 갈색을 띠고 있었다. 억세 보이는 잿빛 머리를 매우 짧게 깎아 올려서 어린아이처럼 둥근 두상이 훤히 드러나 보였다. 그 밑에 여름 햇볕에 그을린 자국이 반점이 되어 남은 것처럼 갈색 기미가 낀 좁고 긴 얼굴이다. 왼쪽 관자놀이에 새하얀 반창고가 두 개 붙어 있는 것이 병자의 피부 같은 느낌이 들었다. 나이를 짐작하기가 어려웠다. 한 50세? 다른 사람들이 병을 앓고 있음을 암시하고 있는 듯, 뭔가 알아내고 싶어하는 듯한 두 눈에서는 생기가 돌고, 푸른 눈동자는 무척 맑으며 흰자위는 우유처럼 반투명하다. 그는 미소지었다. 아주 붙임성 있으면서도 어딘가 일그러진 느낌의 미소였지만, 그 느낌은 가지런하지 않고 변색된 이가 드러남으로써 상당히 반감되었다. 이런 박애주의자들은 왜 치과에 가는 걸 꺼리는지 모르겠다고 달글리시는 생각했다.

달글리시는 한쪽 손을 내밀었는데, 그것이 앤스티의 두 손바닥 안으로 끌려 들어가는 듯한 느낌이 들었다. 그 축축한 손의 끈적끈적 휘감기는 듯한 감촉에 뒷걸음질치지 않기 위해서는 약간의 노력이 필요했다. 달글리시가 말했다.

"배들리 신부님을 4, 5일 방문할 예정으로 왔습니다. 우리는 옛 친구였습니다. 이곳에 도착할 때까지 신부님이 돌아가신 줄은 몰랐습니다."

"그는 사망하여 화장되었습니다. 유골은 지난 주 수요일 토인턴의 성 미카엘 교회 뜰에 매장되었지요. 신을 모시는 땅에 묻히고 싶어 할 거라고 생각했어요. 그에게 친구가 있는 줄은 몰랐기 때문에 신문에 부고를 내지 않았습니다."

"친구는 이곳의 우리뿐이라고 생각했어요." 여환자 중 한 사람이 조용하고도 단호한 어조로 정정해주었다. 다른 환자들보다 나이가 훨씬 많아 보이며, 잿빛 머리카락에, 의자에 앉아 있는 모습이 네덜란드 인형처럼 뼈가 앙상하다. 그녀는 흥미롭다는 듯 부드러운 눈길로 달글리시를 지그시 쳐다보고 있다.

윌프레드 앤스티가 말했다.

"물론입니다. 이곳에 있는 우리 모두 그의 친구지요. 특히 그레이스는 다른 누구보다 마이클과 가깝게 지냈는데 그가 사망한 날 밤에도 함께 있었다는군요."

달글리시가 말했다.

"그는 혼자 있을 때 사망한 게 아닙니까? 휴슨 부인한테서 그렇게 들었습니다만."

"불행히도 그렇습니다. 하지만 인간은 결국은 마지막에는 모두 혼자니까요. 함께 차라도 드시죠. 줄리어스 당신도, 그리고 매기도 물론이고, 며칠 머무실 예정으로 오셨다고 하셨죠? 그렇다면 부디 이곳에서 지내주시기 바랍니다."

그는 간호부장 쪽을 돌아보았다.

"빅터의 방이 좋겠소. 차를 마신 뒤 그 방을 손님이 머무르실 수 있게 준비해 줘요."

"말씀은 감사합니다만 폐를 끼치고 싶지 않습니다. 괜찮으시다면 오늘밤부터 2, 3일 희망의 집에서 머물렀으면 합니다만. 휴슨 부인한테서 듣기로는 배들리 신부께서 저에게 장서를 남겨주신 모양입니다. 머무는 동안 그것을 선별하여 짐을 꾸렸으면 합니다."

이 제안이 그리 환영받지는 못한 것 같다고 느낀 것은 그의 생각뿐일까? 하지만 앤스티는 한순간 주저했을 뿐 이내 이렇게 대답했다.

"물론 그편이 좋으시다면 그렇게 하십시오. 하지만 먼저 제 가족부터 소개하겠습니다."

앤스티의 뒤를 따라가며 달글리시는 상투적인 인사의 몸짓을 시작했다. 악수, 또 악수. 메마르고, 차갑고, 축축하며, 서먹서먹하게 또는 따뜻하게 그의 손을 잡는 손들. 그레이스 윌슨. 중년의 노처녀. 온몸이 온통 잿빛의 물감을 뒤집어쓴 것 같다. 피부도 머리카락도 양말도 모든 것이 조금씩 때가 묻어 있어, 먼지 쌓인 장식장 속에 오랫동안 방치해두어 유행이 지나버린, 팔다리가 잘 움직이지 않는 인형처럼 보였다.

어슐러 홀리스는 키가 크고 얼굴에 기미가 많이 긴 젊은 여자로 인도무명의 긴 치마를 입고 달글리시를 향해 탐색하는 듯한 미소를 지으며 짧고 싱거운 악수를 나누었다. 왼손은 굵은 결혼반지의 무게를 감당하기 힘든 듯 무릎 위에 힘없이 놓여 있다. 달글리시는 그녀의 얼굴 어딘가가 이상하다고 생각했지만, 그것이 한쪽 눈은 파랗고 한쪽 눈은 갈색인 탓이라는 걸 깨달은 건 이미 다음 상대로 옮겨간 뒤였다.

제니 페그럼. 가장 젊은 환자지만 보기보다는 나이를 먹었을 것 같다. 창백하고 홀쭉한 얼굴에 여우원숭이처럼 귀여운 눈. 목이 짧아서 휠체어 위에 웅크리고 앉아 있는 것처럼 보인다. 옥수수 수염 같은 금빛 머리카락이 가운데서 갈라져서 난쟁이 같은 몸을 주름진 커튼처럼 폭 감싸고 있다. 그녀는 그가 내민 손에 매달리듯 몸을 오그리며 병적인 미소를 지은 뒤, 숨을 삼키면서 허덕이듯이 '안녕'하고 속삭였다.

헨리 카워다인. 잘생기고 다부진 용모지만 잔뜩 긴장한 듯한 주름이 새겨져 있다. 매부리 코와 길쭉한 입매. 병 때문에 목이 한쪽으로 기울어져서 마치 거만한 육식조(肉食鳥)처럼 보인다. 그는 달글리시가 내민 손을 무시하고 거의 무례에 가까운 냉담한 표정으로 간단하게 "안녕하시오" 하고 말했다.

도로시 목슨, 간호부장. 음울한 분위기에 실팍한 체격, 검은 앞머리 아래로 어두워 보이는 눈을 크게 뜨고 있다.

헬렌 레이너, 큰 체격에 포도껍질처럼 얇은 눈꺼풀 아래로 약간 튀어나온 초록색 눈, 헐렁한 가운으로도 다 가릴 수 없을 만큼 살집 좋은 몸매다. 불룩하게 늘어진 뺨만 아니면 꽤 매력적인 편이라고 달글리시는 생각했다. 그녀는 그의 손을 꽉 잡고, 말썽을 일으키려고 잔뜩 벼르고 있는 신참 환자를 맞이할 때처럼 위협적인 시선을 힐끗 던졌다.

에릭 휴슨 박사는 하얀 피부의 미남이다. 소년 같이 상처받기 쉬운 여린 얼굴. 긴 속눈썹이 감싸고 있는 짙은 밤색 눈.

데니스 러너. 여위고 비교적 섬약해 보이는 얼굴. 철테 안경 너머로 신경질적으로 깜박이고 있는 눈, 축축한 손의 촉감. 그 러너에게는 설명이 약간 필요하다는 생각이 들었는지, 앤스티는 그가 간호사라는 말을 덧붙였다.

"두 명의 가족이 더 있습니다. 잡역부인 앨버트 필비와 내 누님인 밀리센트 해미트인데, 나중에 만나실 수 있을 겁니다. 물론 조프리도 빼놓아선 안되겠지요."

마치 그 말을 들었다는 듯이 지금까지 창틀 위에서 꼼짝하지 않고 앉아 있던 고양이가 일어나 둔중한 동작으로 바닥에 뛰어내리더니, 꼬리를 빳빳이 치켜들고 그들 쪽으로 다가왔다. 앤스티가 설명했다.

"이 녀석의 이름은 크리스토퍼 스마트가 아끼던 고양이의 이름을 딴 것입니다. 그 시를 아십니까?

　나는 내 고양이를 조프리라 부르리라.
　그는 생명 있는 신의 종, 하루하루 어김없이 순조롭게 한다.
　그 전기같은 피부와 빛나는 눈으로 그는 어둠의 힘에 대항한다.
　싱그럽게 삶을 노래하며 죽음인 악마에 대항한다.

달글리시는 그 시를 알고 있다고 대답했다. 만약 앤스티가 그의 고양이에게 그 성직자 같은 배역을 맡기고 싶었다면, 이런 뚱보 고양이를 선택한 것은 불운이었다는 말을 덧붙일 수도 있었다. 조프리는 여우 꼬리 같은 꼬리에 술통처럼 살찐 얼룩고양이로, 아무리 봐도 녀석의 생명력은 조물주에 대한 봉사보다는 동족에 대한 발정의 기쁨 쪽에 바쳐지고 있는 듯했다. 조프리는 앤스티를 향해 오랜 고뇌와 혐오를 담은 불만과 비슷한 표정을 한번 던진 뒤, 카워다인의 무릎을 겨냥하여 가뿐하고 정확한 동작으로 뛰어올랐지만, 거기서는 그리 대단한 대접은 받지 못했다. 카워다인이 아무래도 열렬하게 환영하지 않는 것 같은데도, 녀석은 혼자 좋아서 목을 가르릉 울리며 발길질을 몇 번 한 뒤 떡하니 자리잡고 앉아 눈을 감아버렸다.

줄리어스 코트와 매기 휴슨은 긴 테이블의 가장 끝에 자리를 차지하고 앉았다. 갑자기 줄리어스가 소리쳤다.

"달글리시 씨에게 무슨 말을 할 때는 조심하는 게 좋을 겁니다, 나중에 증거로 남을지도 모르니까. 그는 신분을 감추고 여행중이지만 실은 런던 경시청의 아담 달글리시 경감님입니다. 그가 하는 일은 살인범을 체포하는 거지요."

헨리 카워다인의 찻잔이 잔받침 위에 소리를 내며 부딪쳤다. 그는 왼손으로 그 소리를 억제하려 했지만 소용없었다. 아무도 그쪽을 쳐다보지 않았다. 제니 페그럼이 불안한 듯이 한번 숨을 크게 내쉬더니, 마치 무슨 재치 있는 행동이라도 한 양 만족스러운 표정으로 테이블을 둘러보았다. 헬렌 레이너가 날카롭게 말했다.

"그걸 어떻게 알았어요?"

"여러분, 나도 이 세상에 몸담고 있어요, 가끔 신문 정도는 읽고 있다는 얘기지요. 작년에 세상을 떠들썩하게 한 범죄사건이 발생했는데, 그 때 경감님의 이름이 신문지상과 사람들 입에 널리 오르내렸죠."

줄리어스는 달글리시 쪽을 다시 보았다.

"오늘 밤 저녁 식사 뒤 헨리와 함께 와인을 마시면서 음악을 들을 예정입니다. 괜찮으시다면 함께 하시죠. 경감님이 헨리의 휠체어를 밀어주시면 좋겠군요. 월프레드도 반대하지 않을 겁니다."

그 초대는 예의바른 것이라고는 할 수 없었다. 두 사람 외의 다른 사람들은 모두 무시한 데다, 새로 온 손님에게 당돌하게도 그곳 주인의 형식상의 허락을 대신 받아내 준 것이다. 하지만 아무도 개의치 않는 눈치였다. 아마 코트가 이곳에 올 때는 그 두 사람이 함께 술을 마시는 것이 관례인 듯했다. 결국 환자들이 언제나 다함께 어울려야 한다거나, 모든 사람을 다 초대하도록 강요할 이유는 없다. 게다가 달글리시는 명백하게 에스코트역을 맡기 위해 초대받은 것이다. 그는 짤막하게 감사의 말을 한 뒤 어슐러 홀리스와 헨리 카워다인 사이에 앉았다.

학교 기숙사에서 마시는 것 같은 검소한 차였다. 테이블보도 없었다. 눌어붙은 자국을 깎아내어 흠집 투성이가 된 떡갈나무 테이블 위에 커다란 갈색 찻주전자가 두 개 놓여 있고, 도로시 목슨이 시중을 들고 있었다. 두껍게 자른 갈색 빵이 두 접시. 빵에는 달글리시가 짐작하기에 마가린으로 보이는 것이 얇게 발라져 있었다. 꿀 단지와 마마이트(금속 또는 도자기로 만든 큰 요리 냄비. 또는 그 냄비에 담아서 내오는 수프 : 여기서는 수프가 담긴, 금속이나 도자기로 만든 큰 요리 냄비'를 말함). 이곳에서 직접 구운 것 같은, 검은 로즈베리 열매가 군데군데 섞여 있는 둥근 빵 한 접시. 사과가 담긴 볼도 있는데, 바람에 나무에서 떨어진 사과 같았다. 모두들 갈색 도기 찻잔으로 차를 마시고 있었다. 헬렌 레이너가 창 밑의 그릇장으로 가서, 손님들을 위해 같은 찻잔과 받침접시 세 벌을 새로 꺼내왔다.

기묘한 다과회였다. 카워다인은 버터를 곁들인 빵 접시를 밀어줄 때 외에는 손님을 무시했다. 달글리시는 먼저 어슐러 홀리스하고 얘기를 나누기 시작했다. 그녀는 창백하고 긴장된 얼굴을 줄곧 그에게로 향한 채 두 개의 짝눈으로 달글리시의 눈을 살폈다. 그는 그녀가 자신에게 뭔가 요구하는 게 있는 것 같아 자꾸 신경이 쓰였다. 자기에 대한 흥미와 호의적인 반응을 그에게서 이끌어내려고 안간힘을 쓰고 있다는 느낌이었다. 그게 무엇인지 그로서는 알 수 없었고, 그런 반응을 보일 능력도 없었다. 그가 우연히 런던에 대한 얘기를 꺼낸 것은 다행이었다. 그녀의 얼굴이 빛나기 시작했다. 저, 매릴번과 그곳에 있는 벨 거리 시장을 알고 계세요 ? 달글리시는 그녀의 런던 노천시장에 관한, 거의 집착에 가깝도록 열렬한 얘기에 휘말려든 것을 깨달았다. 그녀의 얼굴은 빛이 나면서 사랑스럽기까지 했고, 이상하게도 그것 때문에 마음이 진정된 것처럼 보였다.

갑자기 제니 페그럼이 테이블 너머로 몸을 내밀며 일부러 불쾌한 척 찌푸린 얼굴로 말했다.

"살인범을 잡아서 사형시키는 건 이해할 수 없는 직업이에요. 어째서 그런 걸 즐기는 건지 모르겠어요."

"즐기는 건 아닙니다. 그리고 지금은 사형제도가 없어졌습니다."

"네, 하지만 어쨌든 종신형은 있잖아요? 그쪽이 더 나쁘다고 생각해요. 게다가 경감님이 젊었던 시절부터 헤아려보면 몇 명쯤은 사형당했을 걸요."

그는 그녀의 눈 속에서 일종의 기대 같은, 거의 도발적이라고 할 수 있는 번쩍임을 보았다. 그런 건 처음 있는 일은 아니었다. 그는 온화하게 말했다.

"다섯 명 있었습니다. 그런 얘기를 듣고 싶어하는 사람이 많다는 건 재미있군요."

앤스티가 부드러운 미소를 지으며 중립을 취하기로 결심한 듯이 말했다.

"단순한 형벌의 문제가 아니에요, 제니. 범죄를 예방한다는 의도가 있으니까. 폭력범죄에 대한 대중의 혐오를 확고하게 보여줄 필요도 있고, 범죄자가 뉘우치고 갱생할 수 있다는 희망, 그리고 물론 두 번 다시 악의 길을 가지 않겠다고 결심하게 하는 것도 중요하지."

그 모습에서 달글리시는 자기가 무척 싫어했던 한 교사를 연상했다. 그 교사는 의무를 지키기 위해 일단 자유로운 토론시간을 주었지만, 반체제적인 의견의 발표에는 가능한 한 시간을 제한하여, 잠시 자리를 떠나 약간의 체면치레만 한 뒤 이내 돌아와서는 자신의 의견이 정당하다는 것을 당당하게 주장하는 것이었다. 하지만 달글리시는 지금 특별히 협조를 강요당하고 있는 것도 아니고, 협조할 마음이 있는 것도 아니다. 제니가 "네, 사형시키고 나면 두 번 다시 죄를 범할 수 없겠죠." 하고 말하자 그가 끼어들었다.

"분명히 이건 흥미롭고 중요한 문제입니다. 하지만 지금은 개인적으로 그리 마음이 내키지 않는군요. 저는 지금 휴가중이기 때문에 ──실은 병을 앓은 뒤라 요양중입니다만──일에 대한 것은 잊고 싶군요."

"병을 앓으셨다고요?" 카워다인이 꿀단지로 손을 뻗으면서, 병 자체의 무게에 대해서는 아무 것도 모르는 어린아이 같은 관심을 보였다.

"이곳에 오신 건 설령 무의식적으로라도 병 때문은 아니기를 바랍니다. 설마, 이곳에 빈방을 예약하러 오신 건 아니겠죠? 진행성 불치병에 걸리신 건 아니지요?"

앤스티가 말했다.

"사람은 모두 진행성 불치병에 걸려 있어요. '인생'이라는 불치병."

카워다인은 마치 개인적인 게임에서 한 점을 벌기라도 한 듯이 희미하게 자신을 축복하는 듯한 미소를 지었다. 달글리시는 자기가 아무래도 미친 모자장수의 다과회에라도 앉아 있는 듯한 기분이 들기 시작했다. 앤스티의 한 마디가 진정 깊은 철학적 통찰에서 나온 것인지, 아니면 단순한 말의 유희인지 분간이 되지 않았다. 분명한 것은 앤스티가 그 말을 입에 올린 것은 이번이 처음이 아닐 거라는 사실이다. 잠시 좌중에 거북한 침묵이 흐른 뒤 앤스티가 다시 입을 열었다.

"마이클은 당신이 올 예정이라는 것을 우리에게 말하지 않았습니다." 그것은 부드러운 질책의 말처럼 들렸다.

"제 엽서를 받지 못한 거겠지요. 그가 사망한 날 아침에는 도착했을 텐데 그의 책상 속에는 없더군요."

앤스티는 사과를 깎고 있었다. 노란 껍질이 그의 가느다란 손가락 위에서 커브를 그리며 떨어졌다. 시선을 손에 고정한 채 그가 말했다.

"그는 구급차를 타고 집으로 돌아왔습니다. 그날 아침에는 제가 사정이 있어서 그를 병원으로 데리러 갈 수 없었지요. 구급차가 우편함 앞에서 일단 정차하여 우편함을 열어보았다는데, 아마 마이클의 부탁이 있었겠지요. 나중에 나한테 온 우편물도 전해준 걸 보면 당신이 보낸 엽서도 받았을 겁니다. 그의 유서나 사후에 어떻게 조치해달라는 지시가 혹시 있지 않나 하고 제가 책상을 열어봤을 때는 분명히 엽서 같은 건 한 장도 없었어요. 그가 사망한 다음날 아침 일찍이었지요. 물론 제가 보지 못했을 수도 있겠습니다만."

달글리시는 선선하게 말했다.

"그렇다면 아직 그곳에 있겠군요. 배들리 신부님이 치워둔 것 같습니다. 당신이 책상 속을 뒤져야 했던 건 안됐군요."

"뒤져야 했다?" 앤스티의 어조는 부드러웠고 일상적인 물음 외의 어떤 기색도 느낄 수 없었다.

"책상의 잠금장치가 망가져 있더군요."

"아! 맞아요. 저는 마이클이 열쇠를 잃어버려서 억지로 열 수밖에 없었던 거라고 생각합니다만. 말장난을 용서하세요. 제가 그의 서류를 찾을 때는 책상이 그냥 열렸습니다. 잠금장치까지 조사할 마음은 없었어요. 그런 게 중요한가요?"

"윌슨 양이라면 중요하다고 생각하시겠죠. 지금은 그녀가 책상의 주인이니까요."

"물론 잠금장치가 망가지면 가치가 떨어집니다. 하지만 우리 토인턴 농장에서는 물건을 소유하는 것에는 그리 가치를 두지 않는다는 걸 경감님도 곧 아시게 될 겁니다."

하찮은 일에는 관심이 없다는 듯이 그는 다시 미소지으며 도로시 목슨 쪽을 향했다. 미스 월슨은 자신의 접시에 온통 마음이 쏠려 있어서 얼굴도 들지 않았다. 달글리시가 간단하게 말했다.

"이건 저 혼자만의 어리석은 생각일지도 모르겠습니다만, 전 배들리 신부가 제가 특별히 그를 방문할 예정이었다는 것을 알고 있었다고 생각합니다. 제가 보낸 엽서를 그의 일기장 속에 끼워 두었을 거라고 생각했는데, 그의 책상 속에는 가장 최근의 일기장이 없더군요."

이번에는 앤스티가 얼굴을 쳐들었다. 푸른 눈과 밤색 눈이 서로 마주쳤다. 무심하고 예의바르며 아무런 근심 없는 눈이었다.

"아, 저도 알고 있습니다. 아마 6월말쯤 일기 쓰는 걸 중단한 거겠지요. 놀라운 건 그게 아니라 그가 그토록 오랫동안 일기를 써왔다는 사실입니다. 결국 시시한 일상사를 영원한 가치라도 있는 양 기록하는 스스로의 이기심이 참을 수 없어진 것이겠지요."

"그렇다고 그토록 오랜 세월 적어오던 일기를 한 해의 중간에서 어중간하게 갑자기 그만둔다는 건 좀 이상하지 않습니까?"

"그는 상당히 심각한 병으로 병원에 입원해 있다 돌아왔고 예후도 그리 좋지 못했습니다. 죽음이 머지않았다는 것을 알고 일기를 정리하기로 결심한 것 아닐까요?"

"가장 최근의 일기부터 말입니까?"

"일기를 정리한다는 건 추억을 버리는 것입니다. 가장 잊기 쉬운 것부터 시작하는 사람도 있겠지요. 오랜 추억일수록 강하게 머리에 달라붙어 있기 마련입니다. 가장 최근 것부터 태워버린 건지도 모르지요."

그레이스 윌슨이 다시 그 온화하지만 단호한 어조로 정정했다.

"불태우지는 않았을 거예요. 배들리 신부는 퇴원한 뒤로 전기난로를 사용하고 있었거든요. 난로 안은 마른 풀을 채운 잼 항아리로 가득했어요."

달글리시는 희망의 집 거실 정경을 마음속에 그려보았다. 물론 그레이스의 말은 정확했다. 말린 나뭇잎과 건초를 가득 채운 낡은 잿빛 돌항아리가 좁은 난로 속을 가득 점령하고 있고, 먼지와 검댕으로 더러워진 줄기가 가로목 사이로 비어져 나와 있는 것이 기억났다. 아마 거의 1년 동안 손댄 적이 없는 것 같았다.

그때 테이블 저쪽 끝에서 들려오던 경쾌한 대화가 딱 멎었다. 그들이 반드시 들어야 할 재미있는 얘기가 바로 시작되기라도 한 것처럼.

매기 휴슨은 줄리어스 코트에게 바짝 붙어 앉아 있었다. 줄리어스가 팔을 움직여 차를 마실 여유가 있을지 의심스러울 정도였다. 그녀는 차를 마시면서 주위 사람들이 눈살을 찌푸릴 정도로 내내 줄리어스와 시시덕거리고 있었다. 남편에 대한 시위인지 아니면 코트를 즐겁게 해주기 위한 것인지 구별이 잘 가지 않았다. 에릭 휴슨은 두 사람 쪽으로 시선이 갈 때는 당황한 초등학생처럼 창피하다는 표정을 지었다. 완전히 편안한 마음이 된 코트는 그레이스를 제외한 모든 여성에게 친절을 베풀었다. 그러자 매기가 일동의 얼굴을 둘러보며 날카롭게 말했다.

"뭐라구? 그녀가 뭐라고 말한 거예요?"

아무도 대답하지 않았다. 이 돌발적인, 설명하기 어려운 침묵을 깬 것은 줄리어스였다.

"여러분에게 말씀드리는 것을 깜박 잊었군요. 이 손님은 두 개의 명함을 가지고 있습니다. 경감님은 살인범을 잡는 것만으로는 만족하지 못하고 시집도 내셨지요. 그는 시인 아담 달글리시이기도 합니다."

사람들이 언뜻 그게 무슨 말인지 모르겠다는 듯 웅성웅성하는 가운데, 달글리시는 간신히 제니의 "어머나, 멋져요" 하는 참으로 얼빠진 한 마디를 들을 수 있었다. 윌프레드가 격려하듯 미소지으며 말했다.

"그래요, 우린 지금 정말 귀한 손님을 모시고 있군요. 아담 달글리시 씨, 선생은 마침 좋은 때 와주셨습니다. 목요일 밤에 여기서 월례 친목회를 열 거니까요. 여러분, 그 자리에서 그에게 시를 몇 편 낭송해달라고 부탁하는 게 어떨까요?"

이 말에 대한 반응이 몇 마디 있었지만, 아직도 뭐가 뭔지 완전히 이해하지 못하고 있는 그들이고 보면, 어느 대답도 달글리시의 입장을 생각해준 것이라고는 할 수 없었다.

달글리시가 말했다.

"유감입니다만, 저는 여행길에 제 시집을 가지고 다니지 않습니다."

앤스티가 미소지었다.

"그건 걱정하실 필요 없습니다. 헨리가 선생의 최근작을 두 권 가지고 있지요. 그가 기꺼이 빌려줄 겁니다."

자신의 접시에서 얼굴도 들지 않은 채 카워다인이 조용히 말했다.

"이 시설에는 사생활이라고는 전혀 없으니까 당신이 내 장서 목록을 낱낱이 헤아리고 있는 것도 이상한 일은 아니겠지. 하지만 말이오, 지금까지 당신은 달글리시 씨의 작품에는 털끝만큼의 관심도 보여준 적이 없어요. 난 내 책을 빌려주는 건 사양하겠어요. 다시 말해, 사로잡은 원숭이에게 재주를 강요하듯이 당신이 손님을 그런 말로 위협하는 것에는 단호히 반대한다는 뜻이오!"

윌프레드는 희미하게 얼굴을 붉히며 자기 접시 위로 고개를 숙였다.

그 뒤로는 별다른 얘기가 오가지 않았다. 잠깐의 침묵 뒤에, 좌중의 대화는 이래도 저래도 상관없는 평범한 것으로 옮겨갔다. 배들리 신부와 그 일기에 대한 애기는 두 번 다시 화제에 오르지 않았다.

5

차를 마신 뒤 미스 윌슨과 단둘이 애기하고 싶다는 달글리시의 요청에, 앤스티는 조금도 난처한 기색을 보이지 않았다. 아마 그 요청을 고인에 대한 의례적이고 형식적인 경의의 표현으로 받아들인 모양이었다. 그레이스는 저녁에 닭 모이를 주고 계란 거두는 일을 맡고 있습니다, 그걸 함께 도와주면서 애길 나누시면 되겠군요, 하고 그는 말했다.

휠체어는 두 개의 큰 바퀴와 크롬제 작은 바퀴가 짝을 이루고 있어서, 사용자가 안쪽의 작은 바퀴를 밀면 앞으로 나가게 되어 있었다. 미스 윌슨은 그 바퀴를 붙잡고, 가녀린 몸을 인형극에 나오는 인형처럼 비틀면서 아스팔트길을 천천히 나아가기 시작했다. 왼팔의 힘이 부족하기 때문에 의자가 한쪽으로 돌아가기 쉬워서, 나아가는 모습이 불안정하다는 것을 달글리시는 알아차렸다. 그는 그녀의 왼쪽에서 함께 걸으면서 한 손을 의자 등에 자연스럽게 걸치고 가만히 밀어주었다. 그는 자신의 행위가 자연스럽게 받아들여지기를 원했다. 미스 윌슨이 동정으로 받아들이면 곤란하다. 그녀 쪽에서도 그의 배려를 눈치채고, 그래서 일부러 고맙다는 말을 하지 않기로 한 것 같았다.

둘이서 나아가는 동안, 그는 그녀의 존재를 똑똑히 의식했다. 마치 그녀가 젊고 관능적인 여자이며, 그녀에게 사랑을 느끼기 시작하기라도 한 것처럼 그 육체상의 특징을 자세히 관찰하고 있었다. 엷은 잿빛 무명옷 아래 리드미컬하게 움직이고 있는 앙상한 어깨뼈를 그는 응시했다. 그리고 오른손에 비해 상당히 작고 가늘며, 거의 반투명한 것처럼 보이는 왼손에 불끈 솟은 보라색 혈관을 보았다. 오른손은 마치 남자같은 힘으로, 왼손이 할 수 없는 몫만큼 더 강하고 단단하게 바퀴를 잡고 있어서, 그것 역시 변형되어 있는 것처럼 보였다. 주름 잡힌 모직양말 속의 다리는 작은 나뭇가지처럼 앙상했다. 그런 가냘 픈 몸을 지탱하기에는 너무 커 보이는 샌들을 신은 발은, 휠체어의 발판에 접착제로 붙인 것처럼 착 달라붙어 있었다. 비듬이 묻어 있는 잿빛 머리카락은 위로 빗어 올려 머리 꼭대기에서 한 가닥으로 굵게 땋은 뒤, 그리 단정치 않은 하얀 플라스틱 핀으로 고정하고 있었다. 뒷목덜미도 마찬가지로 햇볕에 그을린 흔적인지, 아니면 목욕을 자주 하지 않아서인지 거뭇거뭇했다. 달글리시가 내려다보고 있으니, 휠체 어를 움직이느라 힘을 주는 데 따라 그녀의 이마의 주름은 더욱 깊어 졌고, 눈은 가느다란 안경테 안에서 경련하듯 깜박였다.

삐걱거리는 커다란 닭장은 석회산으로 소독한 기둥에 구부러진 철 사로 고정되어 있었다. 분명히 장애인을 위해 특별히 설계된 것이었 다. 입구가 이중으로 되어 있어, 첫 번째 문으로 들어가서 그 문을 닫은 다음 두 번째 문을 지나 우리에 이르도록 되어 있다. 그리고 휠 체어의 폭에 꼭 맞는 평탄하고 좁은 아스팔트길이 닭장을 따라 쭉 뻗 어 있었다. 첫 번째 문을 열고 들어가자, 허름한 선반이 기둥의 허리 쯤 되는 곳에 못으로 고정되어 있고, 그 위에 미리 준비된 사료와 플 라스틱 물그릇, 그리고 알을 꺼내는데 사용하는 것인 듯한, 손잡이가 길다란 나무숟가락처럼 생긴 것이 놓여 있었다. 미스 윌슨은 힘겨운 동작으로 그것들을 무릎 위에 올려놓고 다음 문으로 손을 뻗었다. 우 리의 가장 안쪽 구석에 겁 많은 계집아이들처럼 옹기종기 모여 있던 암탉들이, 장식용 구슬 같은 눈을 크게 뜨고 심술궂어 보이는 얼굴을 쳐들어 콕콕콕 소리를 내면서 일제히 그녀 쪽으로 달려오자 주위에 깃털이 흩날렸다. 미스 윌슨은 잠시 멈칫한 뒤 흥분한 신자들을 달래 는 신임 성직자 같은 태도로 모이를 집어서 녀석들에게 뿌려주기 시작했다. 암탉들은 허둥지둥 모이를 쪼아먹기 시작했다. 모이 그릇 가장자리를 한 손으로 문지르면서 미스 윌슨이 말했다.

"제가 애들을 좀더 좋아하게 되거나, 아니면 애들이 나를 더 좋아했으면 해요. 이런 일을 계속하다 보면 서로가 뭔가 좀더 느끼게 되지 않겠어요? 저는 동물은 먹을 것을 주는 사람을 반드시 따르게 되는 법이라고 생각했는데, 닭은 그렇지 않더군요. 왜 그런지 진짜 이유는 알 수 없지만. 하기야 인간은 이 녀석들을 이용하기만 하니까요. 먼저 알을 가져가고, 알을 낳지 못하게 되면 목을 비틀어 먹어버리잖아요."

"설마 당신이 목을 비트는 일까지 하는 건 아니겠죠?"

"네, 그럼요! 앨버트 필비가 그 끔찍한 일을 맡고 있어요. 그는 그걸 별로 꺼리는 것 같지 않아요. 하기는 저도 제몫으로 나오는 닭고기는 먹으니까요."

"저도 윌슨 양과 비슷합니다. 저는 노퍽의 사제관에서 자랐는데 어머니는 늘 닭을 키우셨습니다. 어머니는 닭을 좋아했고 닭도 어머니를 좋아하는 것 같았지만, 아버지와 전 싫어했어요. 하지만 신선한 달걀은 좋아했지요."

"사실, 이런 말 하는 건 부끄러운 일이지만, 전 아직도 이곳의 달걀과 슈퍼마켓에서 파는 달걀이 어떻게 다른지 모르겠어요. 윌프레드는 우리에게 자연식이 아닌 것은 먹지 않는 것이 좋다고 해요. 양계장 같은 건 말도 안 된다고 하면서. 물론 옳은 말이죠. 그는 토인턴 농장 전체를 채식주의로 만들고 싶어하는데, 그렇게 되면 운영하는 게 지금보다 훨씬 더 힘들어질 거예요. 줄리어스가 계산해 보니, 이 달걀이 가게에서 사오는 것보다 2배 반이나 비싸게 먹힌다고 해요. 물론 제 노동은 계산에 넣지 않고도요. 그 말을 들으니 왠지 실망스럽더군요."

"그럼, 줄리어스 코트가 이곳의 회계를 맡고 있습니까?"

"아니요, 천만에요! 사실 해마다 회계보고에 싣거나 하지는 않아요. 윌프레드는 전문 회계사를 고용하고 있죠. 하지만 줄리어스가 재무에 밝기 때문에 윌프레드는 그의 조언을 높이 사고 있는 모양이에요. 대부분 실망스러운 조언밖에 해주지 않지만요. 우린 정말 어렵게 꾸려나가고 있어요. 배들리 신부의 유산은 정말 하늘이 도운 거였죠. 게다가 줄리어스는 무척 친절한 사람이고요. 작년에 우리가 루르드에서 돌아올 때, 항구에서 이곳까지 타고 오기 위해 밴을 한 대 빌렸는데 그만 사고가 나버렸어요. 뒤에 넣어 두었던 휠체어가 두 대 부서졌고 우린 모두 잔뜩 겁을 먹고 말았죠. 사실 윌프레드에게는 그리 대단한 일도 아니었는데, 우린 너무 놀란 나머지 이곳에다 전화를 걸었어요. 그때 줄리어스가 우리가 임시로 수용되어 있는 병원으로 달려와서 다른 밴을 빌려 모든 편리를 봐주었답니다. 그 뒤 그가 사용하기 쉽게 특별히 개조한 버스를 사주어서 지금도 그걸 사용하고 있지요. 그때부터 우린 완전히 우리 차로 여행할 수 있게 되었어요. 데니스와 윌프레드가 루르드까지 교대로 버스를 운전해요. 물론 줄리어스는 함께 가지는 않지만, 우리가 순례에서 돌아올 때는 반드시 이곳에서 환영파티를 준비해놓고 기다리고 있지요."

이 사심을 버린 친절함은, 비록 서로 알게 된 지 얼마 되지 않았음에도 불구하고 달글리시가 코트에 대해 느꼈던 인상과는 전혀 달랐다. 흥미가 느껴져서 그는 신중하게 물어보았다.

"제 말이 짓궂게 들린다면 용서하십시오, 줄리어스 코트는 토인턴에 그렇게 봉사함으로써 어떤 이익을 얻을까요?"

"네, 저도 이따금 그런 생각을 했어요. 하지만 토인턴 농장 쪽이 이렇게도 확실하게 그의 도움을 받고 있는 이상, 그런 질문은 그리고상하다고는 할 수 없을 것 같군요. 그가 런던에서 돌아올 때는 마치 바깥 세상의 신선한 공기까지 몰고 오는 것 같아요. 그래서 우리 모두를 즐겁게 해주죠. 그런데, 경감님은 이런 얘기보다는 당신의 친구에 대한 얘기를 듣고 싶으시겠죠? 달걀을 마저 꺼낸 뒤 어딘가 조용한 곳으로 가시겠어요?"

당신의 친구. 조용히 입에 올린 이 표현이 달글리시의 마음속에 스며들었다. 두 사람은 물그릇에 물을 채워 넣은 뒤 함께 달걀을 꺼내기 시작했다. 미스 윌슨은 오랜 경험에서 나온 익숙한 손놀림으로 나무숟가락을 사용하여 달걀을 꺼냈다. 여덟 개밖에 안 되었다. 사지가 멀쩡한 사람 같았으면 10분이면 끝났을 작업이었다. 미스 윌슨의 이 일은 시간만 많이 걸릴 뿐 별로 생산적인 것도 아니었다. 일을 위한 일에는 조금의 가치도 인정하지 않는 달글리시는 이렇게 생각했다. 도대체 미스 윌슨은, 그녀도 이 세상에서 뭔가 쓸모가 있다는 환상을 심어주기 위해 채산을 무시하고 마련되어 있는 이 일을 속으로 어떻게 생각하고 있을까?

두 사람은 건물 뒤편의 작은 뜰로 돌아갔다. 그곳에는 헨리 카워다인이 무릎에 책을 올려놓고 앉아 있었는데, 그의 눈길은 거기서는 보이지 않는 바다 쪽으로 가 있었다. 미스 윌슨은 그가 신경 쓰인다는 듯 힐끗 바라본 뒤 곧 입을 열 것처럼 보였다. 하지만 그 침묵하는 사람한테서 30야드 정도 떨어지기 전에는 한 마디도 하지 않았다. 달글리시가 한 나무벤치 가장자리에 걸터앉자 그녀는 그제서야 입을 열었다.

"이렇게 바다 가까이 있으면서도 바다가 보이지 않는 장소에는 아무리 해도 익숙해지지가 않아요. 때로는 지금처럼 확실하게 파도소리도 들을 수 있어요. 마치 바다가 나를 에워싸고 있는 것 같은 기분이 되어, 그 냄새를 맡고 귀를 기울일 수도 있지만, 때로는 몇 마일이나 떨어져있는 것 같기도 해요. "

가라앉은 어조이기는 했지만 불평하고 있다는 느낌은 없었다. 이제 달글리시의 귀에도 파도소리가 똑똑히 들려왔다. 자갈이 섞인 모래사장에 다가왔다가 물러가는 그 먼 울림은, 마치 모래사장에서 산들바람을 쐬고 있는 듯한 기분을 느끼게 해주었다. 토인턴 농장 요양원의 환자들에게 끊임없이 속삭이는 듯한 그 소리는, 광활한 푸른 수평선, 그 위를 흘러가는 구름, 바람 속을 스치다가 날아오르는 하얀 날개의 이미지로 가득한 자유로운 세계를, 안타까울 만큼 가까운 곳에서 결코 손이 닿지 않는 곳으로서 상기시킬 것이다. 그것을 자신의 눈으로 직접 확인하고 싶다는 생각이 망집처럼 그들의 마음속에 차 오른다 해도 이상할 것이 없다는 것을 그는 이해할 수 있었다. 그가 천천히 입을 열었다.

"홀로이드 씨도 바다가 보이는 곳까지 휠체어를 타고 올라가고 싶었던 걸까요? "

그녀의 반응을 살피는 것은 중요했지만, 아무리 그래도 이 말은 너무 잔인했다는 걸 그는 깨달았다. 그녀는 마음 속 깊은 곳에서 동요되어 괴로워하는 것 같았다. 무릎 위에 놓여 있는 가늘게 흰 왼손이 초조하게 떨리기 시작했다. 오른손은 의자 팔걸이 위에서 경직되어 있었다. 얼굴은 처음에는 불쾌한 붉은색을 띠더니 다음 순간에는 몹시 창백해졌다. 그 순간 달글리시는 그 말은 하지 말 걸 그랬다고 생각했다. 그러나 후회는 아주 잠깐이었다. 자신의 의지와는 상관없이 그 놈이 다시 돌아온 것이라고 그는 냉소와 유머를 섞어 생각했다. 진상을 파헤치고 싶어서 좀이 쑤시는 그 놈의 직업의식. 사소한 일이건 중요한 사실이건 진상을 밝히는 데에는 대가를 치러야 하기 마련이고, 대부분의 경우 대가를 치르는 사람이 그는 아니었다. 미스 윌슨이 몹시 낮은 목소리로 얘기하기 시작했기 때문에, 그는 몸을 구부려 귀를 기울이지 않으면 안 되었다.

"빅터는 자기 혼자서 모든 일을 할 수 있어야 한다고 특별히 강하게 의식하고 있었어요. 그건 우리 모두 잘 알고 있었죠."

"그렇지만 이런 가벼운 휠체어를 그 고르지 못한 잔디밭 위에서 절벽 끝까지 밀고 가기는 힘들었을 텐데."

"그는 자기 전용의 휠체어를 가지고 있었어요. 모양은 같지만 좀더 크고 튼튼했죠. 게다가 그는 곳의 험한 곳으로 그걸 밀고 갈 필요가 없었어요. 틀림없이 폭이 좁고 움푹 패인 샛길로 통하는 안쪽의 오솔길이 있어서, 그 길을 통해 절벽 끝까지 갈 수 있었을 거예요. 그래도 데니스 러너에게는 여간 힘든 일이 아니었을걸요. 양쪽 길 모두 휠체어를 밀고 올라가려면 아무래도 30분은 걸리거든요. 하지만 경감님이 얘기하고 싶은 건 배들리 신부에 대한 것이 아니었나요?"

"폐가 되지 않는다면 부탁하고 싶습니다. 당신은 살아있는 신부님을 마지막으로 본 사람이라더군요. 그는 당신이 그의 집에서 나온 뒤 곧 사망한 것 같아요. 이튿날 아침 휴슨 부인이 사체를 발견했을 때 아직 영대(領帶 ; 성직자가 목에 걸치는 좁고 긴 띠─옮긴이)를 걸치고 있었다니까요. 보통 때 같으면 고해를 들은 뒤에는 곧 그것을 벗지요."

그녀는 뭔가 결심이라도 하는 것처럼 잠시 침묵했다. 그리고 말했다.

"그분은 저에게 죄를 사해 준 뒤 평소처럼 영대를 벗은 뒤 그것을 개어 의자 등받이에 걸치셨어요."

그는 지금, 병원에서 보낸 기나긴 요양 중에 자신이 이제 두 번 다시 맛볼 일이 없을 거라고 생각했던 바로 그 기분을 느끼고 있었다. 지금 이 순간 무언가 중요한 것이 얘기되고 있다는 깨달음에 흥분이 혈관을 타고 흘렀다. 사냥감의 모습은 아직 보이지 않고, 그의 마음에 사건 해결의 싹이 아직 움트지 않았지만, 틀림없이 무언가 있었다. 그는 이 반갑지 않은 긴장의 시작을 뿌리치려 했지만, 그것은 살금살금 다가오는 불안과 마찬가지로 아무리 애를 써도 뿌리칠 수 없는 종류의 것이었다. 그가 말했다.

"그렇다면 배들리 신부님은 윌슨 양이 돌아간 뒤에 다시 영대를 걸쳤다는 얘기가 되는군요. 왜 그랬을까요?"

어쩌면 누군가가 그에게 그것을 걸쳐준 건지도 모른다. 하지만 이 얘기는 아직 입밖에 내지 않는 것이 좋겠다. 그것이 가지는 의미는 잠시동안 더 덮어두어야 할 것 같다.

그녀는 평온한 목소리로 말했다.

"누군가가 또 고해하러 온 거겠지요. 아무리 생각해도 그런 것 같군요."

"저녁기도를 올릴 때는 영대를 걸치지 않습니까?"

성직자가 교회 아닌 다른 곳에서 기도를 올린다는 아주 드문 이런 경우를 놓고 달글리시는 자기 아버지는 어떠했는지 돌이켜보았다. 하지만 떠오르는 기억이라곤 스코틀랜드에서 눈보라 때문에 케안곰 산장에 갇혀있던 소년시절의 희미한 한 장면이 고작이었다. 어린 그는 어쩔줄 몰라하면서도 반쯤 매료되어 허공에 휘날리는 눈발에 넋을 잃고 있었는데, 아버지는 아노락(에스키모인들의 모피재킷)에 털모자에 각반 차림으로 조용히 자신의 작은 기도책을 읽고 있었다. 그때 아버지는 분명히 영대 같은 건 목에 걸치고 있지 않았다.

미스 윌슨이 말했다.

"아니에요, 세례라든가 고해성사 같은 이른바 성사 때만 걸쳐요. 게다가 그분은 이미 저녁기도도 끝낸 뒤였어요. 제가 갔을 때 마침 끝 부분을 읽고 계시기에 저도 마지막 구절을 같이 외웠어요."

"하지만 윌슨 양이 다녀간 뒤에 누가 찾아왔다면, 살아 있는 그를 만난 것은 당신이 마지막이 아닌 겁니다. 그가 죽었다는 얘길 들었을 때 그 얘기를 안 하셨나요?"

"그럴 필요가 있었을까요? 전 그렇게 생각하지 않아요. 만약 그 사람이――남자인지 여자인지 모르지만――스스로 말하지 않는 이상, 짐작만 가지고 얘기하는 건 제가 할 일이 아니라고 생각해요. 물론 경감님 외에 누군가가 그 영대에 대해 뭔가 의미가 있다고 생각했더라면 벌써 그것이 화제가 되었겠죠. 하지만 아무도 거기에 대한 얘기는 하지 않았고, 혹시 했다 하더라도 제 귀에는 들어오지 않았어요. 달글리시 씨, 토인턴 농장에서는 모두들 가십거리만 얘기하고 있답니다. 어쩔 수 없는 일이기는 하지만, 역시 좋은 일은 아닌 것 같아요. 그날 밤 저 다음에 누군가가 고해를 하러 갔다 해도, 그건 그 사람과 배들리 신부님 사이의 문제예요."

"하지만 배들리 신부는 이튿날 아침까지 영대를 걸치고 있었습니다. 그것은 그 손님이 아직 그곳에 있을 때 죽었다는 얘기가 됩니다. 만약 그게 사실이라면, 아무리 비밀스러운 용건으로 방문했다 하더라도 일단 의사를 부르는 것이 마땅하지 않을까요?"

"그 사람은 틀림없이 배들리 신부가 죽었기 때문에 의사를 불러도 소용없을 거라고 생각한 거겠지요. 그렇다면 차라리 그를 의자에 가만히 앉혀두고 몰래 빠져나가 버리자고요. 배들리 신부님은 그것을 죄악이라고 하지 않을 것이고, 경감님도 그 정도 가지고 범죄라고 하지는 않으시겠죠? 냉정한 처사 같지만 어쩔 수 없는 일 아닌가요? 도덕상으로는 문제가 될지 몰라도, 그건 전혀 다른 문제예요, 안 그런가요?"

그 손님이 의사 또는 간호사였나 하는 점도 문제가 된다고 달글리시는 생각했다. 미스 윌슨은 그 사실을 암시하고 있는 것일까? 찾아온 방문객이 보통 사람이라면 맨 처음 취했어야 하는 행동은 도움을 청하는 것, 적어도 신부가 정말로 숨이 끊어졌는지 어떤지 확인하는 일이다. 물론 의사나 간호사라면 그렇게 하지 않더라도 배들리 신부의 죽음의 원인을 알았을 것이다. 하지만 그런 불길한 가능성까지는 미스 윌슨은 미처 생각하지 못한 것으로 보였다. 그래, 당연한 일이다, 어떻게 그녀가 그런 생각을 할 수 있었으랴? 배들리 신부는 노령이었고 병들어 있었다. 살 날이 얼마 남지 않은 것으로 보였고, 그리고 죽었다. 어째서 그렇게 자연스럽고 필연적인 사실을 의심해보는 사람이 있을 것인가? 달글리시가 사망시간에 대해 운을 띄우자, 미스 윌슨의 평온하면서도 단호한 대답이 돌아왔다.

"경감님의 직업에서는 확실한 사망시간이 늘 중요시되고 있고, 언제나 그것에 집착하는 것 같더군요. 하지만 실제 인간의 생활에서는 그런 것이 그렇게 중요한 문제일까요? 문제는 그 사람이 평화로운 마음으로 숨을 거두었는가 아닌가 하는 거라고 생각하는데요."

그 순간 달글리시는 자신의 부하가 피해자에 관한 이 중요한 진술을 공식수사기록에 충실하게 기록하고 있는 모습이 떠올라서 웃음이 나왔다. 그리고 경찰활동과 현실생활의 차이에 대한 미스 윌슨의 멋진 구별법은, 일반인들이 그의 직업을 어떻게 보고 있는지 단적으로 말해주는 것이라고 생각했다. 이 얘기를 총감에게 들려주고 싶었다. 하지만 다음 순간 그는, 자신의 경찰생활의 마지막이 될, 약간은 의례적이고도 틀림없이 실망스러울 면담자리에서 총감과 나눌 얘기는, 이런 종류의 가벼운 직업상의 잡담은 아닐 거라는 걸 깨달았다.

그는 유감스럽게도 미스 윌슨이 정직한 증인의 전형이라는 것을 알았다. 역설적이게도 이 옛스러운 정직함과 민감한 양심이 보통의 변명과 속임수와 미사여구 등에 비해 오히려 더 다루기 어렵다. 그는 그녀에게 토인턴 농장에서 배들리 신부에게 고해를 하러갈 만한 사람이 누구냐고 묻고 싶은 마음이 굴뚝같았지만, 그런 질문은 두 사람 사이의 신뢰를 해치기만 할 뿐이고, 또 아무리 생각해도 그녀가 거기에 대답할 것 같지 않았다. 그 사람은 장애인은 아니었을 것이다. 장애인이라면 아무도 모르게 그의 집을 출입할 수는 없었을 테니까. 물론 공범이 있어서 그를 도와주었을 수는 있다. 하지만 그는 공범설을 고려에 넣지 않는 쪽으로 기울고 있었다. 휠체어를 탄 사람이 왔다면, 토인턴 농장에서 누군가가 손으로 밀어줬든 아니면 자동차를 타고 왔든 누군가에게 발견되지 않았을 리가 없다.

자신의 어조가 신문중인 형사의 그것으로 들리지 않기를 바라면서, 그는 물었다.

"그럼 윌슨 양이 돌아갈 때는 그는 어떤 상태였습니까?"

"난로 앞 의자에 조용히 앉아 계셨어요. 일어서시지 말라고 제가 사양했지요. 윌프레드가 소형 밴으로 절 그곳까지 태워줬어요. 그는 제가 그곳에 있는 동안 믿음의 집에서 누님하고 있다가 30분 뒤에 밖에 나가서 기다리겠으니, 만약 내가 먼저 끝나면 벽을 두드려 신호하라고 했죠."

"그럼, 그 두 집 사이의 벽을 두드리면 소리가 들린다는 말인가요? 이렇게 묻는 건, 혹시 윌슨 양이 돌아간 뒤에 배들리 신부의 상태가 나빠졌다면, 그가 벽을 두드려 미스 해미트를 부르지 않았을까 하는 생각이 들어섭니다만."

"그는 벽을 두드리지 않았다고 그녀가 말했어요. 하지만 텔레비전 소리가 너무 커서 들리지 않았을지도 모르죠. 집은 무척 잘 지어져 있지만, 벽을 통해 소리는 서로 잘 들리거든요. 목소리를 높이면 더더욱요."

"그러니까 앤스티 씨와 누님의 대화가 당신에게 들렸다는 얘깁니까?"

미스 월슨은 너무 많은 말을 했다고 후회하는 눈치였다. 그녀는 서둘러 말했다.

"네, 가끔. 거기에 방해받지 않으려고 애썼던 것이 기억나요. 목소리를 좀더 낮춰주었으면 하고 생각했죠. 하지만 곧 그런 것 때문에 마음이 산란해진 자신이 부끄러워졌어요. 그곳까지 저를 차로 태워준 건 윌프레드의 호의였으니까요. 보통 때 같으면 물론 배들리 신부님이 저를 만나러 와서, 현관 사무실 옆에 있는, 우리가 조용한 방이라고 부르는 장소를 사용했을 거예요. 하지만 배들리 신부님은 그날 아침 막 퇴원하신 참이어서, 바깥 출입을 하지 않는 편이 좋았거든요. 저는 그분의 건강이 좀더 회복될 때까지 방문을 연기해도 괜찮다고 했는데, 그분은 병원에서 저한테 편지를 보내 꼭 약속 시간에 맞춰 오라고 하셨어요. 그게 저에게 얼마나 고마운 일인지 잘 알고 계셨던 거죠."

"그는 혼자 있어도 괜찮은 상태였습니까? 그렇지는 않았던 것 같은데."

"에릭과 도트——목슨 간호부장 말이에요——가 그에게 되도록이면 퇴원한 날 밤에는 이곳에 와서 지내라고 말했지만, 그분은 곧장 집으로 돌아가겠다고 우겼어요. 그러자 윌프레드가 밤중에 도움이 필요할 경우에 대비해서 누군가가 빈 방에 머무는 게 어떻겠느냐고 제안했죠. 그런데 신부님은 그것도 승낙하지 않으셨어요. 무척 완강하게 그날 밤에는 꼭 혼자 있게 해달라고 하셨거든요. 그분은 자신의 조용한 생활에 무척 자부심을 가지고 계셨어요. 나중에 윌프레드는 자책감에 사로잡혔을 거예요. 어째서 좀더 자신의 의견을 주장하지 않았나 하고. 하지만 그가 뭘 할 수 있었겠어요? 신부님을 억지로 이곳에 모시고 올 수는 없는 일이죠."

어쨌든 배들리 신부가 퇴원한 첫날밤 토인턴 농장에서 지내는 것을 승낙만 했더라면 아무 문제가 없었을 것이다. 그 제의를 굳이 마다한 무분별은 확실히 그에게 어울리지 않는다. 혹시 다른 방문자를 기다리고 있었던 건 아닐까? 긴급하게 그리고 은밀하게 만나려고 한 누군가가, 미스 윌슨처럼 정확한 시간을 약속했던 누군가가 있었던 게 아닐까? 만약 그렇다면 방문 목적이 무엇이든, 그 사람은 혼자 찾아왔을 것이 틀림없다. 달글리시는 미스 윌슨이 희망의 집을 떠나기 전에 윌프레드와 배들리 신부가 이야기를 나누었는지 물어보았다.

"아뇨. 제가 30분 정도 신부님하고 함께 있은 뒤 신부님은 부지깽이로 벽을 두드려 신호를 보냈고, 곧 바로 윌프레드가 경적을 울렸어요. 제가 의자에서 일어나 현관문으로 간 것과 동시에 윌프레드가 문을 열었죠. 배들리 신부님은 의자에 앉은 채였어요. 윌프레드는 그분에게 밤인사를 했지만 대답은 없었던 것 같아요. 윌프레드는 빨리 돌아가고 싶어하는 눈치였어요. 밀리센트가 나와서 제 휠체어를 밴 뒤에 싣는 것을 도와주었어요."

그러면 그날 밤, 윌프레드도 그의 누나도 신부와 얘기를 나누지 않은 건 물론이고, 가까이 가서 그를 들여다보지도 않았다는 얘기였다. 미스 윌슨의 억센 오른쪽 팔뚝을 힐끗 보면서, 달글리시는 얼핏 신부는 그때 이미 죽어 있었던 게 아닌가 하는 가정을 떠올려 보았다. 하지만 그런 생각은, 그 엉뚱한 심리는 그만두고라도 말할 것도 없이 넌센스다. 그녀는 윌프레드가 집 안까지 들어오지 않을 거라는 것은 몰랐을 것이다. 그렇게 생각하자 그가 들어가지 않았다는 것이 기묘하게 느껴졌다. 신부는 그날 오후 막 퇴원했다. 아무리 생각해도 안에 들어가서 상태가 어떤지 물어보며, 적어도 2, 3분은 도의적으로라도 그 자리에 있는 것이 자연스럽지 않은가? 윌프레드 앤스티가 그렇게 서둘러 돌아갔고, 오후 7시 45분 이후로 배들리 신부를 방문한 사람이 없었다는 것은 흥미로운 일이다.

그가 물었다.

"윌슨양이 배들리 신부를 찾아갔을 때 집 안의 조명은 어땠습니까?"

이 질문에 그녀가 놀랐는지 어땠는지는 모르겠지만, 표정은 변하지 않았다.

"그분의 의자 뒤 책상 위에 있던 작은 스탠드뿐이었어요. 그분이 저녁기도까지 드릴 수 있을 만큼 기력을 회복하신 걸 보고 놀랐지만, 물론 기도문은 그에게 익숙한 거였어요."

"그럼 이튿날 아침에는 스탠드가 꺼져 있었나요?"

"네, 집안이 캄캄했다고 매기가 말했어요."

"그날 밤 배들리 신부의 용태가 어떤지 들여다보거나 그가 침대에 들어가는 걸 도와주러 간 사람이 한 사람도 없었다는 건 좀 이상하군요."

그녀는 이내 대답했다.

"에릭 휴슨은 밀리센트가 마지막으로 용태를 살피러 갔을 거라고 생각했고, 그녀는 에릭과 헬렌――레이너 간호사 말이에요――이 그렇게 했을 거라고 생각했대요. 이튿날 세 사람 다 몹시 자책감에 사로잡혔어요. 하지만 에릭의 말로는, 의학적으로는 그렇게 했다 하더라도 달라질 게 없었다고 하더군요. 배들리 신부는 제가 나간 바로 뒤에 아주 편안하게 돌아가셨어요."

잠시 두 사람은 말없이 앉아 있었다. 그녀에게 그 모욕적인 편지에 대한 얘기를 꺼내도 좋을 때인지 달글리시는 잠시 망설였다. 빅터 홀로이드에 대한 그녀의 고통을 상기시켜 그녀를 또다시 괴롭히고 싶지는 않았다. 하지만 꼭 짚고 넘어가야 할 문제다. 평온을 띤 그 여윈 얼굴에서 시선을 돌린 채 그는 말했다.

"실은 그곳에 도착하자마자 배들리 신부의 책상 속을 조사했습니다. 뭔가 나에게 남긴 말이나 부치지 않은 편지라도 있을까 해서요. 오래된 영수증 몇 장 밑에서 약간 불쾌한 편지가 나왔습니다. 그가 그 사실을 누군가에게 애기했을까요? 토인턴 농장에서 그런 편지를 받은 사람이 또 있는지 궁금합니다만."

이 질문에 그녀는 달글리시가 예상했던 것 이상으로 고통을 느낀 것 같았다. 잠시 아무 말도 하지 못하고 있었다. 그녀가 다시 말을 할 때까지 그는 자신의 정면만 똑바로 응시하고 있었다. 그녀가 간신히 대답했을 때, 그녀는 감정을 수습하고 있었다.

"저도 한 통 받았어요. 빅터가 죽은 지 나흘쯤 지난 뒤였어요. 전 그……외설적인 편지를 갈기갈기 찢어서 세면대에 흘려 보내버렸죠."

달글리시는 짐짓 밝은 목소리로 말했다.

"그건 잘하신 겁니다. 하지만 경찰관인 저로서는 증거가 사라졌을 때는 항상 유감의 뜻을 표하지요."

"증거요?"

"네, 그런 중상 편지를 보내는 건 범죄가 됩니다. 더 중요한 것은 그것으로 인해 여러 가지로 불행한 사태가 일어날 수 있다는 거죠. 어떤 경우이든 경찰에 신고하여 누구의 짓인지 밝혀내는 것이 가장 좋은 방법입니다."

"경찰이라구요! 설마! 그런 짓은 할 수 없어요. 경찰이 해결해 줄 수 있는 문제가 아니에요."

"세상 사람들이 때때로 상상하는 것만큼 우리는 무신경하지 않습니다. 범인이 기소될지 안될지는 단언할 수 없지만, 그런 식의 나쁜 짓을 근절시키는 것이 중요하고, 경찰은 거기에 대한 최상의 수단을 갖추고 있어요. 그런 편지를 전문 과학연구소에 보내면 실력 있는 감식자가 조사합니다."

"하지만 그 편지를 보여주어야 하잖아요? 그런 편지를 남에게 보여줄 수는 없어요."

그래, 그렇게 끔찍한 것이었단 말인가.

"어떤 편지였는지 말씀해 주실 수 있습니까? 손으로 쓴 것이었나요, 타이프라이터로 친 것이었나요? 종이는 어떤 것이었습니까?"

"토인턴 농장의 편지지에 우리가 사용하는 낡은 임페리얼 타자기로 한 줄씩 띄워서 친 것이었어요. 우리는 대부분 여기서 타이핑을 배우고 있어요. 자활수단을 얻는 한 방법으로요. 그 편지에는 구두점과 철자법이 틀린 데는 한 군데도 없었어요. 달리 뭔가 단서가 될 만한 것이 있었는지 어땠는지 저는 잘 모르겠어요. 누가 타이핑했는지 전혀 짐작이 가지 않지만 성경험이 있는 사람이라는 느낌을 받았어요."

그럼 그녀는 고통을 받고 있는 가운데에도 일단 문제를 냉정하게 바라보고 있었다는 얘기다.

"그럼, 그 타이프라이터에 접근할 수 있는 사람은 한정되어 있겠군요. 경찰한테는 그리 어려운 사건은 아닌 것 같습니다만."

그녀의 목소리는 평온했지만 완강하게 물러서지 않았다.

"빅터가 죽었을 때도 경찰이 왔어요. 무척 친절했고 배려하는 마음도 느낄 수 있었지요. 하지만 정말 끔찍했어요. 윌프레드에게는 공포 그 자체였고 우리 모두에게도 마찬가지였고요. 또 다시 그런 일이 일어난다면 도저히 못 견딜 것 같아요. 윌프레드는 더더욱 그럴 거예요. 경찰에게 아무리 배려하는 마음이 있다 해도, 사건이 해결될 때까지 신문을 계속할 건 뻔한 일이에요, 아닌가요? 경찰을 불러 놓고 직무보다는 인간의 마음을 소중하게 생각해달라고 부탁한

들 무슨 소용이 있겠어요?"

그건 전적으로 진실이었고, 달글리시로서는 한 마디도 반박할 여지가 없었다. 그는 그 혐오스러운 편지로부터 고개를 돌리는 것 외에 무엇을 했느냐고 물었다.

"도로시 목슨에게 얘기했어요. 그게 가장 좋을 것 같았거든요. 남자한테는 도저히 털어놓을 수 없었어요. 도로시는 그것을 버리지 말았어야 했다, 확실한 증거 없이는 누구도 어떻게 할 수 없다고 말했죠. 하지만 지금으로서는 이 얘기를 꺼낼 필요가 없다는 점에서는 의견이 일치했어요. 그 무렵 윌프레드는 돈 문제로 무척 고민하고 있었기 때문에, 그녀는 윌프레드에게 더 이상 고민거리를 안 겨줘서는 안 된다고 했어요. 그런 편지 얘기를 하면, 그 사람이 또 얼마나 괴로워할지 그녀는 잘 알고 있었던 거죠. 게다가 전 그녀가 편지를 쓴 범인이 누구인지 알고 있다는 느낌을 받았어요. 그녀의 생각이 옳다면 이제 다시는 그런 걸 받는 일은 없을 거예요."

그렇다면 도로시 목슨은 범인이 빅터라고 믿고 있었다는 얘기다. 아니면 그렇게 믿는 척한 것이다. 그리고 또 그것을 쓴 사람이 두 번 다시 그런 짓을 하지 않는 양심과 자제심을 가지고 있다면, 증거가 없는 지금 누구도 반론할 수 없는 그럴싸한 이론이다.

그밖에도 그런 편지를 받은 사람이 있는지 달글리시는 물어보았다. 미스 윌슨이 아는 한 아무도 없었다. 도로시 목슨은 다른 누구로부터도 상담을 받은 일이 없었고, 이 사실이 미스 윌슨을 괴롭힌 것 같았다. 그 편지에 대해 그녀가 이유없는 악의에서 쓰여진 것으로 간주하고 있다는 것을 달글리시는 눈치챘다. 배들리 신부도 그런 편지를 받았다는 걸 알고, 그녀는 처음 편지를 받았을 때처럼 고통을 느끼는 것 같았다. 그 자신의 경험에 비추어 그것이 어떤 종류의 편지였을지 알고도 남음이 있는 달글리시는 따스하게 말했다.

"배들리 신부한테 온 편지는 그리 문제삼지 않을 생각입니다. 그도 그다지 괴로워한 것 같지는 않고요, 뭐 대단한 내용도 아니고, 그저 신부는 토인턴 농장에서 별로 쓸모가 없는 존재라느니, 희망의 집을 누군가 다른 사람에게 양도하는 편이 유익하다느니 하는 하잘 것 없는 내용이었지요. 신부는 그런 말도 안 되는 것쯤은 무시할 줄 아는 도량을 갖고 계셨습니다. 다만 다른 피해자도 있을 경우에 저에게 의논하려고 편지를 보관하고 있었던 것 같아요. 분별 있는 사람이라면 그런 건 변기에 흘려보냈겠지요. 하지만 인간이 늘 그렇게 분별심이 있으면 얼마나 좋겠습니까? 어쨌든 만약 또 그런 편지를 받으신다면 저에게 보여주겠다고 약속해 주시겠습니까?"

그녀는 조용히 고개를 저었지만 말은 하지 않았다. 그러나 달글리시는 그녀가 조금 전보다 행복해 보이는 걸 알았다. 그녀는 그 정맥류가 생긴 왼손을 아주 잠시동안 그의 손 위에 놓고, 약간 힘을 주었다. 감촉은 유쾌하지 않았다. 그녀의 손은 메마르고 차가웠고, 피부 아래로 힘없는 뼈가 느껴졌다. 하지만 그 몸짓에서는 겸허함과 품위가 느껴졌다.

정원은 춥고 어두워졌다. 헨리 카워다인은 벌써 안으로 들어가고 없었다. 그녀도 이제 들어가야 할 때다. 달글리시는 재빨리 생각을 정리하며 말했다.

"지금 이야기는 그리 중요한 것이 아니고, 또 제가 가는 곳마다 일을 가지고 다닌다고는 생각하지 말아주십시오. 하지만 앞으로 2, 3일 동안, 배들리 신부가 입원하기 직전에 어떻게 지내고 있었는지 기억나는 것이 있다면 도움이 될 것 같습니다. 이 일에 대해서 다른 사람들에게 묻거나 하지는 말아주십시오. 그저 윌슨 양이 기억하고 있는 것만 얘기해주시면 됩니다. 그가 언제 토인턴 농장에 찾아왔다던가, 어디서 무엇을 하고 지냈다던가 하는 것 말입니다. 저는 그의 마지막 열흘 동안의 모습을 마음에 그려보고 싶습니다. "
그녀가 말했다.

"그분이 발병하기 전 수요일, 웨어럼에 간 것은 기억하고 있어요. 일 때문에 누구를 만날 일이 있다고 하셨죠. 화요일에 그렇게 얘기하셨던 것 같아요. 그래서 그 다음날은 평소 때처럼 아침에 농장에 올 수 없다고요. "

그럼 그가 그때 식료품을 산 것이라고 달글리시는 생각했다. 자기가 보낸 편지에 대해 답장을 받지 못하리라는 생각은 꿈에도 하지 않았던 것이리라. 하기는 그렇게 생각하지 않는 것이 당연하다.

두 사람은 잠시 말없이 앉아 있었다. 그의 기묘한 부탁을 그녀는 어떻게 생각했을까? 놀라지는 않은 것 같다. 전적으로 자연스러운 부탁, 친구가 이 세상에서 보낸 마지막 날들의 모습을 알고 싶다는 극히 자연스러운 부탁으로 받아들인 모양이다. 하지만 불현듯 그는 불안과 경계심에 사로잡혔다. 이 부탁은 완전히 개인적인 것임을 강조해야 하지 않을까? 뭐, 별일이야 없겠지. 다른 사람들에게 묻지 말라고 일러두었고, 더 이상 장황하게 얘기하면 오히려 의심스럽게 생각할 것이다. 게다가 또 무슨 위험이 있을 것인가? 그는 무엇을 해야 하는가? 망가진 책상 자물쇠, 사라진 일기장, 고해성사를 위해 걸쳤던 것으로 보이는 영대. 이것만으로는 증거라고 할 수 없다. 의지의 힘을 빌어 그는 그 이유를 알 수 없는 불안한 마음, 예감과도 비슷한 강한 느낌을 애써 떨쳐버렸다. 이것은 병원에서의 불유쾌했던 기나긴 밤을 상기시켜 주었다. 병상에 누워 반 무의식 상태에서 초조하게 비이성적인 공포와 불안에 맞서 싸워야 했던 그 밤들을. 지금의 감정 역시 똑같이 비이성적이다. 그리고 똑같이 이성과 분별심으로 물리칠 수 있을 것이다. 단순하고 일상적인 평범한 의뢰가 분명 죽음을 선고한 것이라는 이 어리석은 확신은.

밤의 방문자

1

저녁 식사 전에 앤스티는 데니스 러너에게, 달글리시 씨를 위해 병원을 안내해달라고 제안했다. 자신이 직접 손님을 안내하지 못해서 미안하지만, 지금 급히 써야 할 편지가 있다고 했다. 우편물은 매일 아침 9시 조금 전에 토인턴 농장 입구에 있는 우편함에 넣어두면 집배원이 가져간다. 달글리시도 편지를 부칠 것이 있을 때는 홀의 테이블 위에 올려놓으면, 앨버트 필비가 토인턴 농장의 다른 우편물과 함께 가지고 가서 우편함에 넣어 줄 것이라 했다. 달글리시는 고맙다고 말했다. 사실 서둘러 보내야 할 편지가 있기는 있었다. 경시청의 빌 모리아티에게 보낼 편지다. 그렇지만 나중에 웨어럼에 가서 자신이 직접 부치는 게 좋을 것 같았다. 그 편지를 테이블 위에 놓아, 앤스티나 다른 사람들의 호기심과 주목의 대상이 되게 할 마음은 추호도 없었다.

농장 안을 둘러보라는 러너의 말은 달글리시에 대한 명령의 성격도 띠고 있었다. 헬렌 레이너는 저녁식사 전에 환자들을 목욕시키고 있었고, 도트 목슨은 앤스티와 어딘가로 가버렸다. 그래서 달글리시는 줄리어스 코트와 둘이서 러너의 안내를 받게 되었다. 달글리시로서는 그런 일은 짧게 끝내거나, 상대방에게 상처 주는 일 없이 거절하고 싶었다. 어릴 때 아버지와 함께 크리스마스에 노인병원을 방문했을 때의 불쾌한 경험을 떠올린 것이다. 아무리 마음이 따뜻한 방문자라도 환자들에게는 사생활의 침해가 되었을 것이고, 어쩔 수 없이 그들의 신체 장애를 드러낼 수 밖에 없는 상황이 고통스러웠을 것이다. 환자들을 통해 자신들의 자그마한 승리를 과시하는 병원 직원들의 슬픈 열정 또한 기억 속에 되살아났다. 지금도 그때와 마찬가지로, 그는 자신의 목소리에서 느껴지는 아주 작은 혐오의 느낌에까지 병적일 정도로 과민해져 있었고, 또 혐오감보다 더 나쁜 것, 즉 애정어린 후원자의 어조를 자신의 목소리에서 발견한 것처럼 느꼈다. 데니스 러너는 달글리시의 그런 기분을 눈치챈 기색은 없었고, 줄리어스는 줄리어스대로 마치 처음 구경하는 것처럼 하나하나 호기심의 시선을 던지면서 유쾌한 기분으로 걷고 있었다. 줄리어스는 러너를 감시하러 온 걸까, 아니면 나를 감시하러 온 걸까 하고 달글리시는 생각했다.

이 방에서 저 방으로 옮겨다니는 동안 러너는 처음의 어색함을 잊고 대담하게, 거의 수다스러울 정도로 설명을 했다. 앤스티가 하는 일에 대한 그의 순진한 자부심에는 어딘가 귀여운 데가 있었다. 앤스티는 분명히 어떤 환상에 돈을 쓰고 있었다. 농장 자체는, 휑뎅그렁하고 천장이 높은 병실과 차가운 대리석 바닥과 숨막힐 것 같은 검은 떡갈나무 널빤지를 댄 벽과 칸막이가 있는 창문 등 몸이 부자유스러운 환자들에게는 어쩐지 기분을 처지게 하는 어울리지 않는 건물이었다. 텔레비전을 보며 친교를 나누는 거실과 식당으로 사용되고 있는 뒤편의 객실을 제외하면, 앤스티는 건물을 오로지 그와 직원의 편의를 위해 사용하고 있었다. 뒤편에 2층 짜리 석조건물 한 동을 새로 지어, 1층에는 환자의 개인 침실 10개, 2층에는 진료실과 여분의 병실을 갖추고 있었다. 이 증축한 건물은 낡은 마구간에 인접해 있는데, 그 마구간은 휠체어 환자들을 위해 지붕이 있는 정원으로 조성되어 있었다. 마구간 자체는 차고와 작업장, 환자들의 직업훈련으로서 목각과 조각을 할 수 있는 방으로 개조되어 있는 것 같았다. 거기서는 농장이 재원을 마련하기 위해 팔고 있는 핸드크림과 목욕용 파우더가 제조되고 있었다. 아마 위생관리를 위한 것인 듯 투명한 플라스틱 칸막이가 쳐져 있고, 그 뒤의 작업대에서 제조와 포장이 이루어지고 있었다. 칸막이에 걸려 있는 보호작업복의 하얀 그림자가 보였다.

러너가 말했다.

"빅터 홀로이드는 이곳의 화학선생으로, 핸드크림과 파우더의 처방을 만들어 주었습니다. 크림은 단순히 라놀린과 아몬드기름, 글리세린을 혼합한 것인데 무척 효과가 좋아서 인기가 높습니다. 잘 팔리고 있어요. 작업실 한 쪽은 조각하는 데 이용하고 있습니다."

달글리시는 아까부터 찬사의 말을 늘어놓아야 할 것 같은 분위기라서 약간 부담스러웠는데, 여기서는 저절로 감탄이 나왔다. 작업대 중앙의 낮은 나무선반 위에 점토로 빚은 윌프레드 앤스티의 흉상이 놓여 있었다. 길고 탄탄한 목이 후드 주름 밑으로 거북이 머리처럼 뻗어 나와 있고, 머리는 앞으로 나와 오른쪽으로 약간 기울어져 있다. 거의 장난삼아 만든 것 같은데, 이상하리만치 생동감이 넘쳤다. 이걸 만든 사람은 다정하면서도 완고한 특유의 그 미소를 어떻게 잡아냈을까? 동정심이 가득한 표정 위에 또 어떻게 자기 기만에 찬 일면까지 재현할 수 있었을까? 수도복에 감싸인 채 비웃음을 띠면서 압도할듯이 다가오는 사악함을 도대체 어떻게 다 표현할 수 있었을까? 작업장 위에서 비닐에 싸여 어지럽게 널려 있는 크고 작은 점토덩어리는,

오직 이 하나의 완성된 작품의 강한 힘과 기술의 숙련도를 강조해줄 뿐이었다.

러너가 말했다.

"헨리가 이 흉상을 만들었습니다. 입매가 좀 서툴지 않습니까? 윌프레드는 아무렇지도 않게 여기는 것 같지만 그와 닮았다고 생각하는 사람은 아무도 없지요."

줄리어스는 신중하게 사물을 감정하는 모습을 풍자하듯이 고개를 갸우뚱하고 입술을 오므렸다.

"아, 나는 그렇게 생각하지 않아. 암! 달글리시 경감님, 경감님은 어떻게 생각하십니까?"

"정말 잘 만든 것 같군요. 카워다인은 이곳에 오기 전에도 조각을 했나요?"

데니스 러너가 대답했다.

"그렇지 않을 겁니다. 그는 병이 나기 전까지 고급공무원이었지요. 2, 3개월 전에 윌프레드를 모델로 앉히지도 않고 이걸 만들어냈습니다. 처녀작치고는 상당한 솜씨 아닙니까?"

줄리어스가 말했다.

"내가 묻고 싶은 것은, 그가 이걸 스스로 의식하여 만들었는가 하는 것이네. 만약 그렇다면 그는 이런 곳에 묻혀 있기에는 너무 아까운 재능을 가졌어. 아니면 그의 손가락이 단순히 자신의 잠재의식에 따랐을 뿐이었을까? 그렇다면 창작의 근원이라는 것에 대한 흥미로운 고찰과, 또 헨리의 잠재의식에 대한 더욱 흥미로운 생각이 떠오르는군."

"글쎄요, 그런 식으로 해서 만들어진 것인지도 모르겠군요." 데니스 러너는 선선하게 말했다. 그리고 조금은 얼떨떨한 경의를 담은 시선으로 조각을 새삼스럽게 바라보았다. 거기서 어떤 의문과 설명을 발견해낸 것 같지는 않았지만.

　마지막으로 세 사람은 증축한 건물 끝에 있는 작은 방들 중 하나를 방문했다. 그곳은 사무실로 사용되고 있었는데, 관청에서 쓰다가 물려받은 것 같은 잉크 얼룩이 잔뜩 묻은 나무책상이 두 개 놓여 있었다. 한 책상에서는 그레이스 윌슨이 절취선이 들어 있는 라벨용 스티커에 주소와 이름을 타이핑하고 있었다. 또 하나의 책상에서 카워다인이 개인적인 편지 같은 것을 타이핑하고 있는 것을 달글리시는 놀랍다는 시선으로 바라보았다. 타이프라이터는 두 대 다 무척 오래된 것이었다. 헨리가 사용하고 있는 것은 임페리얼, 그레이스의 것은 레밍턴. 달글리시는 그 옆에 서서 수신인 목록에 힐끗 시선을 주었다. 그리고 그 수신처가 의외로 넓은 지역에 걸쳐 있는 것을 알았다. 지방의 사제관과 만성병환자들의 가정 외에 런던에도 발송되고 있었고, 두 통은 미국, 한 통은 마르세유 행이었다. 그의 시선을 받자 안절부절못한 듯, 그레이스가 팔꿈치를 부자연스럽게 움직였기 때문에 주소 목록이 바닥에 떨어졌다. 하지만 달글리시에게는 그것으로 충분했다. 약간 찌그러진 소문자 e, 잉크가 번지는 o, 닳아서 거의 판독하기 힘든 대문자 W, 이 타이프라이터는 두말 할 것 없이 배들리 신부한테 보낸 그 편지를 타이핑한 것이다. 그는 주소 목록을 주워 미스 윌슨에게 건네주었다. 그녀는 얼굴을 들지도 않은 채 고개를 저으며 말했다.

　"고마워요, 하지만 사실은 그걸 볼 필요가 없어요. 68개의 주소를 모두 보지 않고 칠 수 있거든요. 이미 오랫동안 해온 일이니까요. 이름과 주소만 봐도 어떤 사람들인지 전 상상할 수 있어요. 하기는 전 주소를 기억하는 건 늘 자신 있었죠. 출소한 죄수를 위한 자선 사업을 도울 때 무척 도움이 되었는데, 그때는 정말 타이핑할 주소가 많았지요. 이건 거기에 비하면 아주 적은 편이에요. 경감님한테도 저희들의 계간지를 한 부 보내드릴까요? 10펜스밖에 안 해요. 우편요금이 비싸서 더 낮춰 받을 수는 없답니다."

헨리 카워다인이 고개를 들며 말했다.

"이번 계간지에 다음 구절로 시작되는 제니 페그럼의 시를 실을 것입니다.

가을은 내가 사랑하는 계절
나는 빛나는 그 붉은 잎을 사랑한다.

달글리시 씨, 그녀가 소박한 그 운문을 짜내는 데 얼마나 노력하는지 아신다면 10펜스의 가치는 충분하다고 생각하실 겁니다."

그레이스 윌슨이 행복한 듯 미소지었다.

"기껏해야 아마추어의 심심풀이이기는 하지만, 서로의 동정을 전하고 물론 각자의 친구와 연락하는 데도 도움이 되고 있어요."

헨리가 말했다.

"내 경우는 아니오. 내 친구들은 내가 손발을 자유로이 쓸 수 없는 것은 알고 있지만, 난 그들이 내가 머리도 사용할 수 없게 되었다고 생각하는 건 원치 않거든. 회보의 문학적 수준은 아무리 잘 봐주어도 교회잡지 수준이고, 최악의 경우에는 지금까지 4권 중 3권이 그랬지만 도저히 못 봐줄 정도로 유치하지."

그레이스 윌슨은 얼굴을 붉히며 입술을 떨었다. 달글리시가 지체없이 말했다.

"나한테도 한 부 보내주십시오. 1년분을 먼저 내는 것이 편리하겠죠?"

"고마워요! 하지만 반년 치로 하는 편이 낫겠어요. 윌프레드가 농장을 리지웰 신탁에 넘길 결심을 할 경우에는, 이 회보에 대한 계획도 바뀔지 모르거든요. 지금으로서는 누구한테나 미래가 불확실해서요. 여기에 주소를 써주시겠어요? 퀸하이드, 템스 강 옆이죠? 좋은 곳에 사시는군요. 핸드크림이나 목욕용 파우더는 필요하지 않으세요? 파우더를 보내드리고 있는 신사분이 한두 분 있지만 사실 그건 데니스 담당이에요. 그가 배포 쪽을 맡아 포장도 직접하고 있어요. 우리의 손은 그런 일을 하기에는 좀 미덥지 않거든요. 그는 틀림없이 당신을 위해 목욕용 파우더를 따로 남겨둘 거예요."

종이 울린 덕분에, 달글리시는 이 영리한 영업사원에게 대답을 하지 않아도 되었다. 줄리어스가 말했다.

"예비종입니다. 다시 한번 울리면 테이블에 저녁식사가 나오지요. 전 집에 돌아가서 저한테 없어서는 안 되는 가정부 레이놀스 부인이 절 위해 무엇을 만들어 놓았는지 가봐야겠군요. 그런데 러너, 토인턴 농장의 저녁식사는 트라피스트(절대 침묵과 엄격한 계율을 지키는 수도회) 방식에 따라 일체 말이 없는 가운데 끝내야 한다는 것을 경감님께 일러드렸나? 배들리 신부의 유언에 관해 엉뚱한 질문을 던져 금기를 깨거나, 아니면 어떤 이유에서든 이 사랑의 보금자리의 환자 중 누군가가 경감님을 절벽 아래로 밀어버리는 일이 생기는 건 바라지 않으니까."

그는 마치 잠시라도 어물거리다가는 저녁식사에 초대되는 위험에 빠지기라도 하는 듯, 약간 조급한 걸음으로 가버렸다.

그것을 본 그레이스 윌슨은 눈에 띄게 안도한 것처럼 보였는데, 그래도 달글리시에게 용감하게 미소지어 보였다.

"저녁식사 때는 일체 말을 해서는 안 된다는 규칙이 있어요. 부디불편하지 않으셨으면 좋겠군요. 그 대신 우리가 좋아하는 책을 번갈아 읽게 되어 있어요. 오늘밤은 윌프레드 차례라서 던의 설교집을 들을 수 있을 거예요. 물론 무척 좋은 것이고 특히 배들리 신부님이 좋아하셨지만 저에게는 좀 어려워요. 게다가 삶은 양고기와는 그리 잘 어울리지 않는 것 같구요."

2

헨리 카워다인은 자신의 휠체어를 엘리베이터까지 밀고 가서, 힘들게 철책 안으로 들어가 문을 닫고, 올라가는 버튼을 눌렀다. 그는 증축한 병동의 삭막하기 이를 데 없는 움집같은 병실을 단호히 거절하고 본채의 방을 비워달라고 요구했다. 그러나 화재가 나면 대피할 길이 없다는 윌프레드의 은근한 협박 또한 만만치 않았다. 스스로 편집광다운 면이 있다고 인정할 만치 헨리의 주장은 집요해서 결국 윌프레드도 승낙하고 말았다. 헨리는 자신의 웨스트민스터 아파트에서 옮겨올 때 가구는 고작 한두 개, 나머지는 장서만 가지고 옴으로써 토인턴 농장의 규칙을 성실하게 지켰다. 그 방은 널찍하고 천장이 높아 쾌적하게 균형이 잡혀 있었고, 두 개의 창문에서는 곳 저편 남서쪽의 경치를 유유히 조망할 수 있었다. 옆에는 화장실과 샤워시설이 있어, 다른 환자가 중환자실에 들어갔을 때를 제외하고는 혼자 사용할 수 있었다. 그는 일말의 거리낌도 없이, 자신이 토인턴 농장 안에서 가장 좋은 방을 차지한 것을 기뻐했다. 그는 깔끔하게 정리된 혼자만의 세계에 틀어박혔다. 조각이 새겨진 무거운 문을 닫음으로써 세상과의 교류를 차단하고, 필비를 매수하여 식사를 쟁반에 담아서 가져오게 하거나, 도체스터에서 특제 치즈와 포도주, 고기 파이와 과일을 사오게 했다. 윌프레드는 공동생활의 규칙에 대해 도전하는 이 작은 불복종에 대해 아무 말도 하지 않는 편이 현명하다고 생각한 듯하다.

그는 도대체 무엇이 자신으로 하여금 그 선량하고 가련한 그레이스 윌슨에게 그런 심술궂은 말을 하게 했는지 이상하게 생각되었다. 홀로이드가 죽은 뒤, 그가 홀로이드와 똑같은 말투로 얘기하고 있는 자신을 깨달은 것은 이번이 처음은 아니었다. 이 현상이 그의 흥미를 끌었다. 그것은 그가 서둘러, 또 단호하게 버리고 온 또 하나의 인생을 다시 떠올리게 했다. 위원회 의장직을 맡고 있을 때 깨달은 것인데, 사람들은 마치 이전부터 줄곧 정해져 있는 것처럼 각자의 역할을 연기하고 있었다. 강경파, 온건파, 중도파, 권위 있는 노장정치인, 갈팡질팡하는 무소속, 누군가 결석했다 하면, 그 동료가 얼마나 잽싸게 결석한 사람의 생각을 흉내내어 주장했던가! 자리와 태도까지 전광석화처럼 가로채어 틈새를 메웠다. 그리하여 그도 확실하게 홀로이드의 망토를 물려받은 것이다. 그 느낌은 냉소적이었고 만족스러운 것은 아니었다. 하지만 이토록 반사회적인 배역에 딱 맞는 사람이 토인턴 농장에 달리 또 누가 있을까?

그는 최연소 국무차관이었다. 어떤 부서의 장관이 될 거라는 소문이 자자했고 스스로도 그렇게 여기고 있었다. 그리고 나서 병은 처음에 손가락으로부터 가만히 그의 신경과 근육에 파고들었고, 곧 그의 확신을 뿌리째 뒤흔들고 용의주도하게 세워둔 모든 계획을 무너뜨렸다. 개인비서에게 구술하는 시간은 서로에게 두렵고 우물쭈물하는 시간이었고, 어떻게든 미루고 싶은 두려운 시간이었다. 전화 대화는 시련 그 자체였다. 강렬하고 불길하게 울려퍼지는 첫 번째 벨소리에 이미 그의 손은 떨리기 시작했다. 설령 신경을 갉아먹는 듯한 내용일지라도 늘 즐거운 기분으로 냉정하고 유능하게 의장 노릇을 해왔던 수많은 회의들은, 이제 마음과 불편한 몸 사이에서 예측할 수 없는 싸움터로 변했다. 어디에 있어야 안심할 수 있을지 자신도 점차 알 수 없게 되었다.

물론 그 혼자 불운 속에 내버려졌던 건 아니다. 비슷한 운명에 처하게 된 사람들을 그는 여럿 알고 있다. 더러는 그와 같은 관청에 다녔다. 그로테스크하며 흉측한 장애인용 버스에서 휠체어로 옮겨지던 사람들. 낮은 지위에 손쉬운 직무라는 점에서 여객을 수송할 예산을 뽑던 부서로 옮겨가던 사람들. 정부는 적절한 배려와 동정으로 그들의 편의와 공공의 이익을 균형있게 도모했을 것이다. 그의 유능함은 정부의 이런 조치를 더욱 정당화시켰고 오래도록 그를 붙잡아두게 한 이유가 되어 몇몇 선례와 마찬가지로 그 역시도 죽을 때까지 공직에 몸담을 수 있었던 것이다. 그의 약해진 체력에 걸맞게 경감받고 조정된 일이기는 하나, 공무는 공무였다. 그런 삶에도 일종의 용기가 없어서는 안 된다는 것을 그도 인정했다. 하지만 그것은 그가 원하는 용기가 아니었다.

그가 마지막 결심을 한 것은 다른 부서와의 합동회의에서 그가 의장직을 맡았을 때였다. 여전히 휘청거리는 자신의 걸음걸이를 수치와 공포 없이는 생각하지 못하던 때였다. 힘없이 끌리는 다리, 의장석까지 가는 동안 걸을 때마다 바닥에 울리는 지팡이 소리, 환영사를 읽을 때 주위 사람 서류 위에 튀는 타액 등을 스스로 충분하고도 남을 정도로 느꼈다. 테이블을 에워싸고 있는 눈, 눈, 눈들은 동물의 그것이었다. 주의깊게 지켜보는 눈, 먹이를 덮치는 약탈자의 눈, 당혹스러워 하는 눈, 감히 그와 시선을 마주치지 못하는 눈. 재무부에서 온 젊고 잘생긴 한 장관만은 예외였다. 그는 내내 의장을 똑바로 응시했는데, 그것은 동정의 눈빛이 아니라 의학적인 관심의 시선 같았다. 스트레스를 받는 인간의 또 다른 행동 양태를 관찰하기라도 하는 듯한 눈이었다. 그는 가까스로 입을 열었고 어쨌든 회의는 치러냈다. 그것이 마지막이었다.

동료의 아내 중에 토인턴 농장의 기관지를 구독하며 기금 모금에 협조하고 있는 사람이 있었는데, 그녀를 통해 농장에 대한 얘기를 들었다. 그곳이 하나의 해답이 되어줄 거라고 그는 생각했다. 그는 가족이 없는 완전한 독신이었다. 언제까지나 스스로 자신을 돌볼 자신이 없었고, 그렇다고 종신간호사를 고용할 만한 연금을 받을 수 있을 것 같지도 않았다. 게다가 런던을 떠나야 했다. 어차피 인생에서 성공할 수 없다면 차라리 완전한 국외자가 되기로 하자. 동료들의 당혹해 하는 동정의 시선으로부터, 소음과 오염된 공기로부터, 건강하고 신체가 완전한 사람들을 위해 돌아가고 있는 이 세상의 오염과 불만으로부터 철저하게 물러나서 망각 속에 묻히기로 하자. 정계 은퇴를 결심한 결단에 대해 책을 쓰고, 그리스어를 배우고, 하디의 전집을 다시 읽어보자. 설령 자신의 영역을 개척할 수는 없어도, 적어도 다른 누군가의 원색적인 호기심의 시선만은 피할 수 있을 것이다.

그리고 처음의 6개월은 모든 것이 잘 되어가는 것처럼 보였다. 그러나 몇 가지 장애는 있었다. 이런 장애를 예상하지 못한 것은 이상한 일이지만, 늘 똑같은 메뉴의 형편없는 식사, 협조하기 어려운 인간들의 압력, 주문한 책과 술을 제 시간에 받지 못하는 것, 세련된 대화를 할 수 없는 것, 병증과 신체적 기능에만 관심이 있는 환자들의 자기중심적인 면, 요양원 생활의 유치함과 거짓 쾌활 등이다. 하지만 그런 건 어떻게든 견딜 수 있었고 다른 대안은 더 나쁘게 여겨졌기 때문에, 그는 자신이 실패했다고 인정하고 싶지 않았다. 그때 피터가 왔다.

그는 바로 1년 전에 토인턴 농장 요양원에 들어왔다. 중부 공업지대에서 온 운송업자 미망인의 17살 난 아들로, 소아마비였다. 어머니는 여러 번의 헛수고와 잘못된 정보에 속은 끝에 이곳을 세 번이나 방문하여 예비조사를 한 뒤, 아들을 보내는 슬픔을 감수하는 데 가까스로 동의했다. 헨리가 보기에 그녀는 미망인이 된 지 얼마 안 된 데 대한 외로움과 흔들리는 심리상태에서 이미 다음 남편감을 물색 중이었고, 죽은 남편의 돈과 그녀의 나이, 그리고 절박해진 성생활을 새로운 남편감이 신중하게 저울질할 경우에, 휠체어에 앉아 있는 17세의 아들이 장애가 된다는 걸 깨달은 것인지도 모른다는 느낌이 들었다. 그녀가 출산과 결혼생활의 시시콜콜한 부분까지 지리멸렬하게 늘어놓는 데 귀를 기울이면서, 헨리는 다시금 신체장애자는 전혀 다른 인종으로 간주되고 있다는 것을 실감했다. 그들은 보통 사람에 대해 아무런 위협도 되지 않는다. 성적으로도 그 밖의 면에서도 전혀 경쟁상대로 간주되지 않는다. 단순한 친구로서라면 그들은 애완동물과도 같다. 글자 그대로 그 앞에서 무슨 말을 해도 상관없다는 얘기다.

그리하여 돌로레스 보닝턴은 만족을 나타냈고 피터가 왔다. 처음에는 피터에 대해 별다른 인상을 받지 못했다. 그가 피터의 정신능력을 평가한 것은 서서히 시작되었다. 피터는 그때까지 집에서 지역간호사의 보살핌을 받으며, 건강이 허락할 때는 종합학교에 자동차로 통학했다. 그는 운이 없었다. 누구 한 사람, 특히 어머니도 그의 높은 지능을 알아보지 못했다. 헨리 카워다인은 그녀에게 그걸 알아볼 만한 능력이 있는지 미심쩍게 여겼다. 피터는 학교를 그만둘 준비가 되어 있지 않았다. 대도시의 종합학교에는 늘 일손부족과 과밀학급의 문제가 뒤따르기 마련이지만, 그럼에도 불구하고 그 훈련되지 않은 동물원 안에서 가르치는 교사들 중에는 학자를 알아보는 사람이 있어야 한다고, 그는 분노를 담아 생각했다. 피터에게 제대로 된 교육을 받게 한 뒤 대학에 보내 자활의 길을 가게 하자고 제안한 것은 헨리였다.

헨리가 놀란 것은, 피터가 'O'레벨을 얻을 수 있게 준비하려는 계획이 모두의 공감을 모은 것이다. 윌프레드의 노력으로도 어떻게 할 수 없었던 토인턴 농장의 단결과 연대감이 발휘되었다. 빅터 홀로이드까지 협력했다.

"저 아인 분명히 바보는 아닌 것 같아. 물론 교육이야 못 받았겠지만. 가엾은 교사 나부랭이들은 새로 추가될 혈통 관계나 섹스테크닉 따위나 가르치던가, 야만인들이 학교의 질을 떨어뜨리지 못하게 막아 줄 지각 있는 인간이 나타날 때까지 시간벌기에만 바빠서 그만 지나쳐버린 거지."

"빅터, 그는 대수와 과학 중 한 과목은 적어도 'O'레벨로 패스하지 않으면 안돼. 만약 자네가 협조해 준다면⋯⋯."

"실험실도 없이?"

"진료실이 있으니까 거기서 할 수 있을 거야. 과학을 주요과목으로 해서 'A'레벨을 딸 수 있지 않을까?"

"물론 딸 수 없어. 내 수업은 단순히 학문적인 균형이 유지되고 있다는 환상을 심어주기 위해 추가되는 것이라는 건 알고 있어. 하지만 그 아이는 과학적인 사고를 할 수 있도록 교육받아야 해. 물론 뭘 가르치면 되는지 정도는 알고 있어. 어떻게든 준비해 볼 수는 있을 거야."

"물론 비용은 내가 부담하겠네."

"그래 주게. 내가 부담할 수도 있지만, 자기만족을 위해 돈을 내는 사람도 있다는 걸 난 믿거든."

"제니와 어슐러도 흥미를 가질 거야."

그렇게 암시한 자신에게 헨리는 스스로 놀랐다. 호의가──그는 애정이라고는 아직 말할 수 없었다──그를 친절한 사람으로 만든 것이다.

"그만 둬! 난 유치원을 열 생각은 없으니까. 하지만 그 아이라면 수학과 일반과학을 가르쳐 보지."

홀로이드는 일주일에 세 번 신중하게 시간을 정하여 수업을 했다. 수업의 내용에 대해서는 의심의 여지가 없었다.

배들리 신부에게는 라틴어를 가르쳐 달라고 부탁했다. 헨리 자신은 영문학과 역사, 그리고 교양과목의 지도를 담당했다. 그레이스 윌슨이 토인턴 농장에서 프랑스어를 가장 잘 하는 것을 알게 되었는데, 그녀는 예의상 한번 사양한 뒤 일주일에 두 번 프랑스어 회화를 가르치기 시작했다. 윌프레드는 그다지 적극적으로 협조하는 것도 아니고 그렇다고 반대하지도 않으면서, 이 과정을 말없이 지켜보고 있었다. 모든 사람이 갑자기 바빠졌고 행복감을 느끼기 시작했다.

당사자인 피터는 어땠는가 하면, 거기에 한 몸을 바쳐 정열을 불태운다기보다는 달게 받아들이고 있다는 느낌이었다. 하지만 믿을 수 없을 정도의 성실함을 보여주었다. 아마 그들의 열광적인 태도를 약간 재미있어한 건지도 모르지만, 그래도 학자의 첫 번째 자격인 집중력이라는 면에서는 합격점이었다. 그의 입에서 공부에 싫증났다는 말을 듣는 것은 거의 불가능하다는 것을 그들은 발견했다. 감사하는 마음이 가득한 순종적인 소년이었지만 어딘가 초연한 데가 있었다. 이따금 헨리는 소녀 같은 다소곳한 그 얼굴을 바라보면서 가르치고 있는 쪽이 오히려 17세의 아이들이고, 소년만이 성숙이라는 슬픈 모순의 짐을 지고 있는 듯한 놀라운 착각에 사로잡히곤 했다.

헨리는 자신이 그 순간을 결코 잊을 수 없을 거라는 사실을 알고 있었다. 그가 마침내, 그리고 기쁘게도 사랑을 알게 된 그때를. 그것은 어느 이른 봄날의 따뜻한 오후였다. 겨우 6개월 전의 일이었단 말인가? 두 사람은 지금도 그가 앉아 있는 그 자리에서, 이른 오후의 햇살을 받으며 책을 무릎 위에 올려놓고, 두 시 반부터 시작될 역사수업시간을 기다리고 있었다. 피터는 반소매 셔츠를 입고 있었고, 헨리는 셔츠 소매를 걷어올려 털이 수북한 팔에 쏟아지는 초봄의 따뜻한 햇살을 즐기고 있었다. 그가 지금 이렇게 앉아 있는 것처럼 그때도 두 사람은 말없이 앉아 있었다. 그리고 그의 얼굴은 쳐다보지 않은 채, 피터가 자기의 팔을 뻗어 부드러운 안쪽의 살을 헨리의 팔 같은 부분에 밀착시키더니, 마치 움직임 하나 하나가 무슨 의식의 일부이고 증언이라도 되는 듯이, 서로의 손가락과 손가락을 얽으며 두 사람의 손바닥의 살과 살을 딱 포개었던 것이다. 헨리의 신경과 피는 그 순간을 똑똑히 기억하고 있었고, 또한 죽을 때까지 잊지 못할 것이다. 황홀한 충격, 불현듯 알아버린 기쁨, 불순물이 섞이지 않은 순수한 행복의 샘은 그러나 끓어오르는 흥분에도 불구하고 아직은, 역설 같지만, 의무의 수행과 평화 속에 뿌리내리고 있었다. 그 순간에는 인생에서 그때까지 일어난 모든 일, 그의 직업, 그의 병, 토인턴 농장에 왔다는 사실, 그 모든 것들이 그를 이 장소, 이 사랑으로 인도해준 것처럼 생각되었다. 그 모든 성공과 실패와 고통과 좌절은 여기에 이르기 위한 준비과정이었고, 그리고 이제 그것이 정당화된 것같았다. 이토록 타인의 육체를 느꼈던 경험은 이제껏 한 번도 없었다. 가느다란 손목에 고동치는 맥박, 그의 손에 밀착된 푸른 정맥의 그물, 그의 혈액과 소리를 같이하며 흐르고 있는 혈액, 믿을 수 없을 정도로 섬세하고 부드러운 팔의 살, 그의 손가락 위에 안심하고 쉬고 있는 어린아이 같은 손가락의 골격. 이 최초의 접촉의 친밀함에 비하면 그때까지의 모든 관계는 다 거짓이었다. 그리하여 헤아릴 수 없이 많은 시간을 두 사람은 그렇게 말없이 앉아 있었다. 그리고 서로 얼굴을 마주보았다. 처음에는 무뚝뚝하게 다음에는 미소를 지으며 서로의 눈을 들여다보았다.

지금 와서 생각하면 자기가 윌프레드를 어쩌면 그토록 가볍게 보고 있었는지 이상할 정도였다. 사랑이 상대방에게 받아들여지고 보답을 받았다는 확신과 행복 속에서 그는, 윌프레드의 빈정거림과 충고를 ——그것들이 그의 의식에 들어왔을 때는——연민이 담긴 모멸로 응수했다. 그런 소리는 소심하고 나약한 교장이 학생들을 향해 악덕을 멀리하고 비정상적으로 집요하게 호소하는 하소연보다도 시시하고 박력도 없다고 생각했다.

"피터에게 그만한 시간을 할애하는 것은 상관없지만, 토인턴 농장 안에서는 모든 사람들이 한 가족이라는 사실을 잊지 말도록 하시오. 다른 사람들도 당신의 관심을 받기를 원하고 있어요. 특정한 한 사람만 편애하는 마음을 드러내는 건 친절도 지혜로운 행동도 아니라고 생각해요. 어슐러와 제니, 가엾은 조지조차도 이따금 자신들이 버림받은 것처럼 느끼고 있을 것 같은데."

헨리는 듣고 있지 않았다. 대답할 생각도 없었다.

"헨리, 도트의 얘기로는 당신은 피터를 가르칠 때는 문을 잠그고 있다고 하더군요. 그런 행동은 하지 않는 편이 좋을 거요. 문은 절대로 잠그지 않는 것이 이곳의 규칙이니까. 만약 당신이나 피터, 누군가가 갑자기 의사의 치료를 필요로 할 때는 대단히 위험해요."

헨리는 계속해서 문을 잠근 뒤 열쇠를 옆에 두었다. 그와 피터 둘만이 토인턴 농장에 있다고 생각하는 것이다. 밤에는 침대에 누워 계획을 짜고 꿈꾸기 시작했다. 처음에는 조심스럽게, 나중에는 희망을 가득 안은 다행증 상태에서. 그는 너무 빨리 너무 간단하게 인생을 포기했었다. 아직 얼마간의 희망은 있다. 소년의 어머니는 면회 같은 건 오지 않았고 편지도 좀처럼 보내오지 않았다. 둘이서 토인턴 농장에서 나가 함께 살면 왜 안 된단 말인가? 그에게는 연금과 약간의 저축도 있다. 피터가 대학에 입학하면 집이 필요할 것이다. 옥스퍼드나 케임브리지에 작은 집을 사서 두 사람의 휠체어 생활에 맞게 개조하면 된다. 그는 예산을 세운 뒤 은행에 편지를 썼다. 피터에게 타당하고 아름다운 계획을 제시하고자 애썼다. 그는 어쩌면 상태가 더 악화될지도 모르고, 피터는 운이 좋으면 조금은 회복하는 방향으로 돌아설지도 모른다. 어떤 일이 있어도 자신이 소년에게 짐이 되어서는 안 되었다. 배들리 신부가 꼭 한번 그에게 피터에 대한 얘기를 한 적이 있었다. 신부가 헨리가 요지를 발췌하고 싶어한 어떤 책을 토인턴 농장에 가지고 왔을 때였다. 그때 돌아가는 길에 그는 늘 그렇듯이 진실을 왜곡하지 않는 방식으로 조용히 이렇게 말했다.

"당신의 병은 진행성이지만 피터는 그렇지 않아요. 언젠가 그는 당신 없이도 살아가야만 하게 될 겁니다. 그 사실을 잊지 마세요."

물론 그는 잊지 않았다.

8월초 보닝턴 부인이 피터가 집에서 2주일을 보낼 수 있도록 해달라고 요청해왔다. 그에게 휴가를 달라는 것이었다. 헨리는 말했다.

"편지는 쓰지 않아도 된다. 편지라고 하면 나쁜 것밖에 연상되지 않으니까. 2주일 뒤에 다시 만나자꾸나."

그러나 피터는 돌아오지 않았다. 그가 돌아오기로 한 전날 윌프레드가 저녁 식사 자리에서 뉴스를 알려주었다. 그의 시선은 애써 헨리를 피하고 있었다.

"피터를 위해 기쁜 소식이 있어요, 여러분. 보닝턴 부인이 그의 자택에서 가까운 곳에 좋은 요양원을 찾아냈기 때문에, 그는 이제 이곳으로 돌아오지 않아도 되게 되었어요. 부인은 이제 곧 재혼하는데, 그 뒤에 부부가 함께 전보다 더 자주 그를 면회하고 주말에는 이따금 집으로 데리고 돌아가고 싶다는 희망에서 그렇게 한 것입니다. 새로운 요양원에서도 피터가 교육을 계속 받을 수 있도록 조치해줄 겁니다. 여러분은 그를 위해 정말 좋은 일을 했어요. 그것이 헛되지 않았다는 것을 알고 다함께 기뻐해 주세요."

참으로 교묘하게 꾸며진 일이었다. 그 점에서는 윌프레드에게 모자를 벗어 경의를 표하지 않을 수 없었다. 그의 어머니와 여러 번 비밀 전화와 편지를 주고받으며 새로운 요양원에 대해 의논했음이 틀림없었다. 그곳의 입소 희망자 명단에 피터의 이름이 몇 달 전부터 올라 있었으리라. 사유서의 내용을 헨리는 상상할 수 있을 것 같았다.

'불건전한 관심과 자연스럽지 못한 애정. 당사자가 심리적, 정신적 압박감을 느끼고 있는 상태임.'

이 일에 대해 토인턴 농장 사람들은 누구 한 사람 헨리에게 말을 할 용기가 없었다. 모두들 그의 불행이 전염되지 않도록 몸을 피하고 있었다. 오직 그레이스 윌슨만이 그의 분노한 눈동자 앞에서 몸이 오그라드는 걸 느끼면서 이렇게 말했다.

"그 아이가 가버려서 우리 모두 정말 슬프지만, 그의 어머니로서는 …… 아들을 좀더 가까운 곳에 두고 싶은 게 당연한 일일 거예요."

"물론이오. 누가 뭐라 해도 모성애라는 성스러운 권리에 경의를 바칩니다."

일주일도 되지 않아 그들은 피터를 잊고 그 전의 즐거움으로 돌아갔다. 원치 않은 크리스마스 선물을 무심하게 버리는 어린아이처럼 미련 없이. 홀로이드는 피터의 보조기구들을 분해하여 치워버렸다.

"친애하는 헨리, 이것을 교훈으로 삼게. 사랑스러운 소년을 믿어서는 안 돼. 그가 마지못해 억지로 끌려 간 건 아니라고 생각하네."

"억지로 끌려 간 거야."

"아, 이제 그만해! 그는 이미 성인이야. 머리도 입도 사용할 수 있어. 펜도 가지고 있고. 우린 모두 스스로 도취해 있었던 것보다는 훨씬 매력 없는 사람들이었다는 걸 솔직하게 인정하지 않으면 안 돼. 피터는 순종적인 아이였어. 이곳에 처음 왔을 때도 무엇 하나 반항하지 않았지. 나갈 때도 마찬가지였을 거야."

배들리 신부를 우연히 만났을 때, 헨리는 자신도 모르게 그의 팔을 붙잡고 이렇게 묻고 말았다.

"이 도덕과 모성애의 승리에 당신도 한몫 거드셨습니까?"

배들리 신부는 가볍게 고개를 옆으로 저었다. 너무 희미한 몸짓이어서 거의 알아볼 수 없을 정도였다. 그는 뭔가를 말하려다가 헨리의 어깨에 약간 힘주어 손을 얹었을 뿐, 아무런 위로의 말도 없이 가버렸다. 그러나 헨리는 토인턴 농장의 다른 누구한테서도 느끼지 않았던 극심한 분노와 원한을 신부에게 품었다. 발과 목소리를 무기로 삼을 수 있었던 신부, 상대방의 분노 앞에서 겁 많은 넋두리쟁이 어릿광대로는 전락하지 않았던 신부. 소심함과 육욕에 대한 공포와 혐오에 억압되어 있지만 않았어도 이런 비극적인 사태는 막아줄 수 있었을 신부. 사랑이라는 것을 지켜주지 못한다면 토인턴 농장 안에서 존재의 의미가 없는 신부.

편지는 오지 않았다. 헨리는 필비를 매수하여 우편함을 살피게 했다. 그의 편집광적인 생각은 윌프레드가 편지를 가로채서 숨기고 있다고 믿기에 이르렀다. 헨리 자신은 편지를 쓰지 않았다. 쓸까 말까 생각하는 것으로 깨어 있는 시간의 대부분을 보냈다. 하지만 6주일 뒤 보닝턴 부인은 윌프레드에게 편지를 보내, 피터가 폐렴으로 죽은 사실을 알려왔다. 그런 일은 언제 어디서나 일어날 수 있는 일이라는 건 헨리도 알고 있었다. 새로 들어간 요양원의 의사와 간호사가 토인턴 농장의 그들에 비해 수준이 낮다고는 할 수 없었다. 피터는 언제라도 그런 위험에 처할 가능성을 안고 있었던 것이다. 그러나 마음속 깊은 곳에서는 헨리는 피터를 이곳에 두었으면 죽지 않아도 되었을 거라고 생각했다. 윌프레드는 피터를 토인턴 농장에서 옮김으로써 그를 죽인 것이다.

그리고 피터를 죽인 범인은 아무 일도 없었던 듯 생활을 계속하고 있었다. 그 관대해 보이는, 한쪽으로 일그러진 듯한 미소를 띠고 수도복 자락을 경건하게 끌며, 인간의 정열이라는 더러움으로부터 몸을 지키는 자신의 덕행 속에 행여나 오점이 있지는 않나 하고 득의양양하게 돌아보고 있었다. 윌프레드가 나를 두려워하고 있는 느낌이 드는 것은 나의 착각일까, 하고 헨리는 생각했다. 두 사람은 이제 거의 말을 주고받지 않았다. 원래 혼자 있기를 좋아하는 헨리였지만, 피터가 죽은 뒤 더욱 침울해졌다. 식사시간 외에는 자기 방에 틀어박혀 하루의 대부분을 보냈다. 책을 읽는 것도 아니고 글을 쓰는 것도 아니고, 단지 깊은 권태에 빠져 황량한 곳의 전경을 바라보고 있었다. 그는 자신이 원망을 넘어서서 증오하고 있다는 걸 알고 있었다. 사랑과 환희와 분노 그리고 슬픔까지도 그의 연약해진 마음이 감당하기에는 너무나 격렬한 감정이었다. 그 감정들의 창백한 그림자만을 그의 마음은 즐길 수 있었다. 하지만 원한이라고 하는 것은 피 속에 잠들어 있는 잠재된 열병과 같은 것이다. 그것은 무서운 착란상태로까지 변하기도 한다. 홀로이드가 휠체어를 타고 안뜰에 들어와 헨리에게 다가와서 그의 귀에 대고 속삭인 것은, 그가 이런 기분에 빠져 있을 때였다. 소녀의 입처럼 담홍색을 띤 홀로이드의 입은 다부진 푸른 턱에 그어진 한 줄기의 화농한 상처처럼 금방이라도 독을 쏟아낼 듯이 오므리고 있었다. 헨리의 코는 홀로이드의 체취를 견딜 수가 없었다.

"우리가 사랑하는 윌프레드에 대해 꽤 재미있는 얘기를 들었네. 틀림없이 곧 얘기해 주겠네만, 잠시 더 나 혼자만의 가슴에 담아둔다고 해서 나쁘게 생각지 말아줘. 그걸 폭로하는 데 기가 막힌 타이밍이 반드시 올 테니까. 인간은 항상 최고의 드라마틱한 효과를 원하는 법이거든."

증오와 권태가 나잇살깨나 먹은 두 남자를 그 지경까지 전락시킬 것이라고 헨리는 생각했다. 복수와 배반의 비열한 작전을 짜서 비밀스런 이야기를 속닥거리는 두 명의 코흘리개 중학생으로까지.

그는 창을 통해, 서편의 곳을 바라보았다. 어둠이 내리고 있었다. 어디선가 멀리서 잠들지 않은 파도가 쉴새없이 바위를 씻어 내리고 있었다. 홀로이드의 피에 의해 영원히 정화된 바위들을. 옷자락 한 조각, 코안경을 연결하고 있던 끈 한 오라기도 남아 있지 않았다. 홀로이드의 축 늘어진 팔은 파도 속에 떠다니는 조류처럼 흔들렸고 모래로 채워진 안구가 튀어나와 갈매기에게 뜯어 먹히고 있었다. 홀로이드가 죽기 전날 저녁식탁에서 읽었던 월트 휘트먼의 그 시는 뭐라고 했더라?

오라, 죽음이여, 강한 구원자여
그리하여, 그대가 그들을 받아들일 때
나는 소리 높여 죽은 자를 노래하리라.
저기, 사랑스럽고 무상한 대양에 가라앉아
그대의 축복 속에 정화되었나니.

별빛 아래 밤은 고요하고
해안과 나지막이 속삭이는 파도소리
그 소리를 나는 아나니.
영혼은 광막하고 비밀스런 죽음의 곁으로 돌아가고
육체는 이곳, 가까운 곳에서 행복하게 쉬는도다.

어째서 감상적인 체념이 흐르는 이 시가, 홀로이드의 싸우기 좋아하는 정신과는 그토록 거리가 먼 이 시가, 또 이렇게까지 예언적일 정도로 적절할 수 있었을까? 그가 이 시를 모두에게 읽어주었다는 것은, 무의식으로나마 그에게 곧 닥쳐올 일을 알고 있었고, 그것을 기쁜 마음으로 기다리고 있었다는 뜻인가? 피터와 홀로이드, 홀로이드와 배들리 신부. 그리고 지금, 그 배들리 신부의 친구라고 하는 경감이 과거로부터 모습을 드러냈다. 어째서, 무엇 때문에? 저녁식사 뒤에 줄리어스와 함께 술을 마시며 뭔가를 알아낼 수 있을지도 모른다. 물론 그것은 달글리시에게도 마찬가지다. '얼굴에는 마음의 구조를 볼 수 있는 길이 없다'고 했지만, 던컨(맥베스의 등장인물)은 잘못 생각한 것이다. 얼굴에는 많은 것이 드러나 있고, 런던 경찰의 경감쯤 되면 그런 일에는 훈련이 잘되어 있을 것이다. 좋다, 그가 온 목적이 그것이라면 그는 저녁식사 후 당장 그 일에 착수할 것이다. 오늘밤 나는 내 방에서 식사를 하는 거다. 필비는 부름을 받으면 퉁명스러운 표정으로 마지못해 쟁반을 들고 나타나 앞에 내려놓을 것이다. 필비한테서 공손함을 기대하기란 불가능하지만, 하고 헨리는 음울한 기쁨을 느끼며 생각했다. 그밖의 것이라면 대개 뭐든 돈으로 살 수 있는 거라고.

3

"'나의 육체는 나의 감옥. 나는 법에 순종하며 탈옥을 꿈꾸지 않는다. 먹지 않고 쇠약해져 나의 죽음을 재촉할 생각도 없다. 하지만 만약 이 감옥의 계속되는 열병에 타버리고, 혹은 계속되는 망상의 안개에 쓰러질 때, 이 감옥이 서 있는 땅을 사랑한 나머지 그 땅에 계속 머물며 고향으로 돌아가려 하지 않는 자가 과연 있을까?'"

새끼양 스튜가 집에서 담근 와인과 잘 어울리지 않는 것과 마찬가지로, 존 던의 시는 새끼양 스튜와는 어울리지 않는다고 달글리시는 생각했다. 두 가지 다 그 자체로서는 결코 나쁘지 않았다. 양파와 감자, 당근, 그리고 허브로 맛을 낸 새끼양은 약간 기름지기는 했지만 의외로 맛이 괜찮았다. 딱총나무 열매로 담근 와인은 어릴 때 아버지와 함께 집과 병원의 교구민들을 방문했을 때의 향수를 불러일으켰다. 그러나 두 가지가 함께 짝을 이루면 그것은 치명적이다. 그는 유리 물병 쪽으로 손을 뻗었다.

그의 정면에는 밀리센트 해미트가 앉아 있었다. 그 네모난 나무판자 같은 얼굴이 촛불에 비쳐 다소 부드럽게 보였다. 그녀가 오후 내내 모습을 보이지 않았던 이유는, 그 강한 웨이브가 들어간 잿빛 머리에서 그를 향해 날아오는 자극적인 래커 냄새로 뚜렷이 설명되었다. 자신들의 집에서 저녁식사를 하는 휴슨 부부와 헨리 카워다인 외에는 전원이 참석해 있었다. 테이블 맨 끝에 앨버트 필비가 약간 떨어져서 앉아 있다. 갈색 수도복을 입고 접시 위에 반쯤 몸을 웅크리고 있는 원숭이 같은 캘리번은 빵을 잘게 찢어서 접시 가장자리를 박박 닦은 뒤 허겁지겁 먹고 있었다. 환자들은 모두 시중을 받으며 식사하고 있다. 달글리시는 자신의 결벽증을 억제하면서, 낮게 쩝쩝거리는 소리와 끊임없이 접시에 부딪치는 스푼의 울림, 갑자기 뭘 토해내는 듯한 소리에 귀를 막았다.

"'만약 그대들이 그 식탁에서 평화롭게 떠날 수 있다면, 그대들은 이 세상에서도 평화롭게 떠날 수 있으리. 그리하여 그 식탁의 안식은 충만한 마음과 함께 그곳에 오리니……'"

월프레드는 금속제 촛대에 켜진 두 개의 촛불 아래, 테이블에 있는 독서대 앞에 앉아 있었다. 조프리는 배불리 먹었는지 그의 발치에 조용히 드러누워 몸을 둥그렇게 말고 있다. 월프레드는 목소리가 좋았고, 발성법도 터득하고 있는 듯했다. 배우가 되려다 말았나? 아니면 다행스럽게도 관객이 줄어드는 것도, 자신의 꿈이 점차 무력해지는 것도 잊고 연기를 계속하는 배우인가? 망집에 사로잡힌 노이로제 환자인가? 아니면 스스로 도취하여 아직도 자기 존재의 중심에 안주하고 있는 악의 없는 한 인간인가?

갑자기 테이블 위의 네 개의 촛불이 흔들리며 소리를 냈다. 달글리시의 귀에는 휠체어의 희미한 바퀴소리와 쇠붙이가 판자에 닿는 낮은 울림이 들렸다. 문이 천천히 열렸다. 월프레드의 목소리가 잦아들더니 딱 멎었다. 스푼 하나가 요란한 소리를 내며 접시에 부딪쳤다. 어둠 속에서 한 대의 휠체어가 서서히 모습을 드러냈다. 거기에 앉아 있는 것은 고개를 숙이고 두꺼운 체크무늬 옷을 입은 누군가였다. 미스 윌슨이 가냘픈 소리로 낮은 신음소리를 내며 잿빛 옷 위로 성호를 그었다. 어슐러 홀리스는 괴롭게 숨을 허덕이기 시작했다. 아무도 말을 하지 않았다. 갑자기 제니 페그럼이 비명을 질렀다. 금속피리처럼 새되고 날카로운 비명. 너무나도 현실과 동떨어진 목소리여서 도트 목슨은 어디서 들려오는지 모르겠다는 듯 꿈틀하며 고개를 돌렸다. 비명은 곧 킥킥거리는 웃음으로 변하더니, 젊은 제니가 한쪽 손을 입에 갖다대었다.

"빅터인 줄 알았잖아요! 그건 빅터의 옷이에요."

누구 한 사람 움직이지도 말하지도 않았다. 달글리시는 가만히 테이블을 둘러보다가 데니스 러너한테서 문득 시선을 멈췄다. 공포의 가면 같은 러너의 표정이 점차 안도한 듯이 누그러졌다. 얼굴의 윤곽이 못쓰게 된 그림처럼 일그러져 가는 것이 보였다. 카워다인은 휠체어를 테이블 가까이 밀고 왔다. 말을 하는 것이 왠지 힘들어 보였다. 촛불에 노란 보석처럼 빛나는 침이 턱에서 떨어지고 있었다. 가까스로 그는 그 갈라지고 일그러진 목소리로 이렇게 말했다.

"커피를 같이 마시려고 왔소. 손님을 맞이한 첫날밤에 빠지는 건 실례가 될 것 같아서."

도트 목슨의 목소리는 날카로웠다.

"하필 그 옷을 입고 올 필요가 있었나요?"

그는 그녀 쪽으로 몸을 돌렸다.

"이 옷이 사무실에 걸려 있었고 나는 추웠소. 그리고 이곳에서는 모든 것이 공동소유 아니던가? 죽은 사람의 것이라고 따돌릴 필요가 있소?"

월프레드가 말했다.

"식사 때의 규칙을 잊었습니까?"

일동은 고분고분한 어린아이들처럼 그에게로 얼굴을 돌렸다. 모두들 다시 식사를 시작할 때까지 그는 기다렸다. 독서대 양옆에 짚고 있는 손은 침착하게 안정되어 있었고 듣기 좋은 목소리는 완벽하게 절제되어 있었다.

"'이리하여 배가 떠나면, 그 고요함 속에 신은 그대에게 영원한 생명을 내려주시어 항해를 계속하게 하거나, 죽음의 안식 속에 항구에서 쉬게 하시리니. 서쪽으로든 동쪽으로든 그대는 안심하고 배를 띄울지어다'……"

4

달글리시가 줄리어스 코트의 집을 향해 헨리 카워다인의 휠체어를 밀고 간 것은 저녁 8시 반이 지나서였다. 그 일은 이제 막 회복기에 들어선 사람에게는 쉬운 일이 아니었다. 카워다인은 여윈 몸인데도 놀랄 만큼 무거웠고, 돌이 많은 오솔길은 꼬불꼬불 오르막으로 이어지고 있었다. 달글리시는 자기 차를 타고 가자는 말은 하지 않았다. 헨리에게는 좁은 차문 안으로 운반되는 것이 휠체어보다 고통스럽고 굴욕적일 거라고 생각했기 때문이다. 두 사람이 홀을 나갈 때 앤스티가 지나갔다. 그는 문을 열어 붙잡아주고 휠체어를 언덕길로 내가는 걸 도와주었지만 그 이상은 하지 않았고, 환자용 버스를 이용하라는 말도 하지 않았다. 마지막으로 밤인사를 한 앤스티의 말투에서, 이 외출에 대해 별로 탐탁하게 여기고 있지 않다는 느낌을 받은 것은 자신의 상상이 지나친 것일까 하고 달글리시는 생각했다.

가는 동안 처음에는 두 사람 다 아무 말도 하지 않았다. 카워다인은 무거운 손전등을 무릎 사이에 끼우고, 빛이 상하로 너무 흔들리지 않도록 꼭 지탱하고 있었다. 휠체어가 한 번 흔들릴 때마다 눈앞에서 빙글빙글 도는 빛의 고리는, 밤의 숲의 세계, 조용한 생명이 움직이며 돌아다니는 세계를 눈부실 정도로 선명하게 비추어 주었다. 피로 때문에 약간 머리가 지끈거리는 달글리시에게는 주위의 광경이 눈에 들어오지 않았다. 두 개의 굵은 고무손잡이가 미끌미끌한 데다 헐거워서 힘을 주면 심하게 돌아갔고, 휠체어의 다른 부분과는 아무 상관도 없는 것처럼 보였다. 앞쪽에 길이 있다는 것을 바퀴가 자갈과 틈새에 닿는 것으로 겨우 알 수 있을 정도였다. 밤의 공기는 고요하고 가을치고는 따뜻하여, 풀과 여름 꽃들의 흔적인 듯 향기가 무겁게 감돌고 있었다. 낮은 구름이 별빛을 가리고 있고, 그 구름은 더욱 어두운 빛으로 이어지며 힘차게 술렁이는 바다 쪽으로, 그리고 토인턴의 별장을 나타내는 네 개의 직사각형 불빛 쪽으로 흘러가고 있었다. 그 중의 가장 큰 직사각형, 즉 별장 뒷문으로 보이는 방향으로 다가가면서 달글리시가 불쑥 입을 열었다. "배들리 신부님의 책상 속에서 좀 혐오스러운 협박장을 발견했습니다. 아무래도 토인턴 농장에 그를 싫어하는 사람이 있었던 모양입니다. 신부님 한 사람의 일이었는지, 아니면 그밖에 그런 편지를 받은 사람이 또 있는지 궁금하군요."

카워다인이 달글리시를 올려다보았다. 그 얼굴이 재미있다고 할 정도로 특징적인 것을 달글리시는 느꼈다. 코는 뼈가 튀어나온 것 같고, 턱은 형태가 없는 텅 빈 구멍 같은 입 아래 꼭두각시 인형의 그것처럼 힘없이 늘어져 있다.

"10개월쯤 전에 나도 받았습니다. 내가 도서관에서 빌린 책 속에 들어 있었지요. 그 뒤에는 한번도 없었고 나 말고 또 누가 받은 사람이 있는지는 모릅니다. 남한테 얘기할 성질의 일은 아니었으까요. 하지만 만약 문제가 이곳에 한정된 것이라면 뉴스가 퍼졌겠지요, 나한테 온 편지는 지극히 상투적인 것이었어요. 무슨 기이한 곡예 같은 성적 자기만족의 방법에 관한 내용이었는데, 나에게 아직 그럴 만한 육체적 능력이 남아 있다면 가르쳐주겠다고 썼더군요. 할 수만 있다면 그러고 싶은 건 말할 것도 없는 일이지만."

"그럼 단순히 불쾌감만 주는 것이 아니라 외설적인 내용이었던 거군요?"

"문명인의 감각으로는 외설이라는 건, 기분이 나쁘다기보다는 굳이 따지자면 퇴폐, 저질이라는 쪽의 느낌이 강하지요. 그래요, 그게 맞아요."

"누가 썼는지 짐작이 가십니까?"

"토인턴 농장의 편지지를 사용했고, 주로 그레이스 윌슨이 회보를 발송할 때 사용하는 낡은 레밍턴 타이프라이터로 찍은 것이었습니다. 그녀가 가장 의심스러워요. 어슐러 홀리스는 아닐 겁니다. 그녀는 두 달 전에 이곳에 왔으니까요. 게다가 이런 건 대개 겉으로는 그럴 것 같지 않은 중년의 노처녀가 보내는 것이 아닌가요?"

"글쎄요, 이 경우는 어떨지."

"아, 그렇군요. 그런 외설스러운 편지에는 경감님이 경험이 더 많겠군요."

"다른 사람한테 얘기하셨습니까?"

"줄리어스한테만. 그는 아무한테도 말하지 말고 찢어서 변기에 흘려보내 버리라고 했지요. 그 충고가 내 생각과 우연히 일치했기 때문에 그렇게 했습니다. 방금 말했듯이 그 뒤에는 받은 적이 없습니다. 피해자가 아무런 반응을 보이지 않으면 이런 장난은 스릴을 잃어버리게 마련이니까요."

"홀로이드가 범인일 가능성은?"

"그의 방식은 아닌 것 같습니다. 빅터는 불쾌한 자였지만 이런 일은 하지 않았을 거라고 생각해요. 그의 무기는 목소리지 펜은 아니었거든요. 개인적으로는 난 다른 사람들만큼 그를 나쁘게 생각하지 않았어요. 그는 불행한 어린아이처럼 심통을 부리고 있었을 뿐입니다. 적극적인 악의가 있다기보다는 그 사람 개인의 고통 같은 것이 느껴졌지요. 그는 죽기 전 주에 자신의 유언장에 어린애처럼 유치한 내용을 덧붙였어요. 필비와 줄리어스의 가정부인 레이놀스 부인이 증인이었죠. 그건 어쩌면, 그때 이미 그가 자살을 각오하고 있었고, 우리 모두가 그를 슬픈 마음으로 회상하지 않아도 되도록 일부러 한 짓일지도 모릅니다."

"그럼 그가 자살했다고 생각하시는 겁니까?"

"물론입니다. 다른 사람들도 모두 그렇게 생각하고 있어요. 그것 말고 대체 어떤 생각을 할 수 있겠어요? 가장 있을 법한 가설이지요. 자살 아니면 살인이었어요."

토인턴 농장에서 그 불길한 말을 듣는 것은 이번이 처음이었다. 카워다인의 입에서 현학적이고 약간 새된 어조로 그 단어가 나오자, 수녀의 입에서 신성 모독의 말이 흘러나온 것처럼 부조화하게 들렸다.

달글리시가 말했다.

"어쩌면 휠체어의 브레이크가 말을 안 들었을 수도."

"그렇다면 정황으로 보아 나는 살인이라고 생각합니다."

일순 침묵이 흘렀다. 휠체어는 납작돌이 깔린 좁은 길로 들어섰고, 손전등의 불빛이 커다란 아치를 그리며 어슴푸레한 모형 탐조등처럼 아래위로 흔들렸다. 카워다인은 그것을 움직이지 않게 고정한 뒤 다시 말했다.

"홀로이드가 죽기 전날 밤 8시 50분에 필비가 휠체어를 점검하고 기름을 넣어두었어요. 그때 나는 작업실에서 점토를 반죽하고 있었지요. 그때 그의 모습을 보았습니다. 그는 잠시 뒤 방에서 나갔고 나는 열 시까지 그곳에 있었습니다."

"경찰에 그 얘기를 했습니까?"

"물어보기에 얘기했습니다. 그날 밤 어디에 있었느냐, 필비가 나간 뒤에 홀로이드의 휠체어를 만지지 않았느냐, 하는 호된 신문을 받았지요. 설사 내가 휠체어를 만졌다 한들 순순히 그렇다고 대답할 리가 있겠습니까? 바보 같은 질문이죠. 필비도 신문을 받았어요. 내가 없는 자리에서였지만 그가 내 얘기를 뒷받침해 주었을 거라고 믿습니다. 경찰에 대해서는 나는 애증이 교차하는 시각을 가지고 있습니다. 신문을 받을 때는 질문에 대한 대답만을 하기로 하고 있지요. 대개 진실이라고 할 수 있는 것만 말한다는 전제 하에서."

코트의 집에 도착했다. 집 뒷문에서 불빛이 흘러나왔고, 줄리어스 코트가 검은 그림자를 끌며 두 사람을 맞이했다. 그는 달글리시한테서 휠체어를 넘겨받아 거실로 통하는 짧은 돌길을 나아갔다. 뒤따라가면서 달글리시는 줄리어스의 부엌에 열려 있는 문 너머로, 소나무 목재를 쓴 벽과 붉은 타일 바닥, 반짝이는 크롬 등을 힐끗 볼 수 있었다. 자기 집의 부엌과 아주 비슷했다. 가정부를 고용하고 있었는데, 가정부를 두고 있다는 사실 자체가 그에게 가져다주는 죄의식을 덜어주기 위해 그녀는 급료는 많이 받고 일은 조금만 하면 되었고, 이따금씩 한 사람의 까다로운 입맛을 만족시키면 되었다.

거실이 1층 정면 대부분을 차지하고 있었는데, 원래는 두 채였던 것을 하나로 튼 것 같았다. 난로에서는 장작이 타닥타닥 소리를 내며 타고 있고, 좁고 긴 창문 두 개가 밤의 어둠을 향해 열려 있었다. 돌벽은 바다의 진동에 따라 가늘게 떨고 있었다. 절벽 끝에서 매우 가까운 곳에 있다는 건 아는데 정확하게 얼마나 되는지 모른다는 건 그리 기분 좋은 일은 아니었다. 달글리시의 마음을 읽은 듯 줄리어스가 말했다.

"우리 집은 40피트 절벽에서 6야드쯤 떨어져 있습니다. 집 밖에는 돌이 깔린 뜰과 낮은 담이 있지요, 따뜻해지면 나중에 그곳에 앉아서 애기합시다. 뭘 드릴까요? 위스키? 와인? 헨리는 클라레트 (보르도 와인)를 좋아하는데."

"클라레트로 주십시오."

미리 준비되어 있던 세 병의 상표를 보았을 때 달글리시는 자신의 선택을 후회하지 않았다. 두 병은 이미 마개가 뽑혀져 난로 옆 테이블 위에 놓여 있었다. 이만큼 질 좋은 와인을 두 명의 평범한 손님에게 대접할 수 있다는 것에 그는 놀랐다. 줄리어스가 바쁘게 술을 따르고 있는 사이, 달글리시는 천천히 방안을 거닐었다. 만약 개인적인 소장품을 칭찬할 기분이 들 때 같으면 선망의 대상이 될 만한 물건들이 가득 있었다. 트라팔가 전투를 기념한 선더랜드의 광택 있는 항아리, 난로 위의 초기 스태퍼드셔산 인형 세 개, 가장 긴 벽에 걸린 두 점의 훌륭한 바다 풍경화 등을 감상하는 그의 시선이 빛나고 있었다. 절벽으로 통하는 문 위에는 떡갈나무로 조각한 훌륭하고 섬세한 뱃머리 장식이 있었다. 두 천사가 한 척의 큰 범선을 받치고 있는 형상이다. 범선은 방패를 머리에 이고 있고 선원들이 쓰는 튼튼한 매듭으로 연결되어 있다. 달글리시의 시선을 읽고 줄리어스가 말을 걸었다.

"1660년 무렵에 그린링 기번스가 만든 것입니다. 사람들의 말로는 제이콥 코트를 위해 만든 거라 하는데, 이 부근에서 살았던 밀수업자라는군요. 내가 조사한 바로는 그는 절대로 우리 조상이 아닙니다. 운이 나쁘게도 말이죠. 이것은 아마 현존하는 것 중에서 가장 오래된 상선의 뱃머리 장식일 겁니다. 그리니치 천문대에 더 오래된 것이 있다고들 하는데 이것은 2, 3년 더 된 것이 확실합니다."

방의 가장 안쪽에 있는 대좌 위에 부분조명처럼 희미한 불빛 아래 놓여 있는 것은, 통통하게 살이 오른 손에 장미 꽃봉오리와 은방울꽃다발을 쥐고 있는 천사의 대리석 흉상이었다. 대리석은 옅은 갈색이고, 천사의 감겨 있는 눈꺼풀 위만 은은한 핑크색으로 칠해져 있었다. 포동포동한 손이 꽃다발을 높이 치켜들고 있는데, 어린이 특유의 무심한 마음으로 꼭 쥐고 있다는 느낌이다. 입술은 보일 듯 말 듯 조용한 미소를 지으며 살짝 열려 있다. 달글리시는 손가락을 뻗어 그 뺨을 살짝 건드려보았다. 마치 그의 손가락의 온기가 전해지는 것 같았다. 줄리어스가 유리잔을 두 개 들고 다가왔다.

"제 대리석상이 마음에 드십니까? 물론 이것도 유서 있는 작품입니다. 17세기인가 18세기 초의 것으로 베르니니 작품과 유사합니다. 헨리, 자네는 이것이 진짜 베르니니라면 더 마음에 들어하겠지?"

헨리가 대답했다.

"그럴 리는 없지. 돈을 좀더 주어도 괜찮다는 생각은 하겠지만."

달글리시와 코트는 난로 옆으로 돌아와, 오늘밤에는 정말 작정하고 마셔보겠다는 듯 자리를 잡았다. 달글리시는 자신의 시선이 방안을 여기저기 더듬고 있는 걸 깨달았다. 화려한 장식품은 하나도 없었다. 의식적으로 진품만을 추구하거나 장식적 효과를 의도한 것이 아님을 알 수 있었다. 그러나 모든 것이 세심한 배려 하에서 하나하나 적절한 장소에 배치되어 있었다. 모두 줄리어스가 진심으로 좋아하여 사들인 것이라고 달글리시는 느꼈다. 투자를 위한 용의주도한 계획의 일부도 아니고, 수집품을 늘이겠다는 편집광적인 목적을 위한 것도 아니었다. 그런데도 어느 한 가지도 우연히 손에 넣었거나 싼값에 사들인 것은 없다는 느낌이었다. 가구도 고가품이었다. 가죽소파와 두 개의 가죽의자(양 옆에서 날개가 뻗어 나와 뒤에서 단추로 여미게 되어있는)는 이 방의 규모와 단순한 분위기에 비해 너무 큰 것 같지만, 줄리어스는 안락함을 우선적으로 선택한 것이리라. 자기도 모르게 배들리 신부의 조용하고 소박한 거실과 이 방을 비교하고 있는, 자신의 청교도주의에 달글리시는 진절머리가 났다.

휠체어에 앉아 술잔에 흔들리는 불 그림자를 응시하고 있던 카워다인이 불쑥 말했다.

"배들리 신부가 월프레드의 기괴한 박애주의에 대해 경감님한테 경고라도 한 겁니까? 아니면 완전히 우연한 방문인가요?"

이것은 달글리시가 예상하고 있던 질문이었다. 두 사람이 그의 대답에 보통 이상의 관심을 가지고 있다는 것이 느껴졌다.

"배들리 신부가 절 만나고 싶어했습니다. 저도 충동적으로 결정했지요. 실은 한동안 병원에 입원하고 있었기 때문에, 회복기에 신부님과 함께 4, 5일 지내는 것도 나쁘지 않다고 생각했어요."

카워다인이 말했다.

"요양을 위해서라면 희망의 집보다 더 좋은 곳을 많이 알고 있습니다, 그곳의 내부도 외관에 못지 않다면 말입니다. 그와는 오랜 친구였습니까?"

"어릴 때부터. 아버지가 계시던 곳의 보좌신부였지요. 하지만 마지막으로 만난 건, 그것도 극히 짧은 시간이었지만, 제가 대학에 다니던 때였습니다."

"그 이후로 10년이 넘도록 서로 소식을 모르고 살면서도 아무렇지 않았으니, 그가 이런 때 죽은 것이 불편하게 느껴지시겠군요."

별다른 감정 없이 달글리시는 차분하게 대답했다.

"제가 생각했던 것보다는 무척 낙심했습니다. 크리스마스 카드를 주고받는 것 말고는 서로 좀처럼 편지도 쓰지 않았지만, 그는 제가 매일 접하고 있는 몇몇 사람들에 비하면 훨씬 더 제 마음속에 있는 사람이었습니다. 왜 좀더 가까이 지내지 못했는지 저도 알 수가 없군요. 바빴다는 변명은 통하지 않겠지요. 하지만 제가 기억하고 있는 그의 모습으로 보아, 그가 이곳에 정말로 완전히 적응할 수 있었는지 의아한 생각이 듭니다."

줄리어스가 웃었다.

"그는 잘 적응하지 못했습니다. 월프레드가 뭔가 좀더 권위를 높일 수 있는 방법을 찾아야겠다고 생각했을 때 이곳에 충원되어 왔어요. 저는 토인턴 농장에 일종의 종교적인 위엄을 부여하려고 했던 거라고 생각합니다. 하지만 지난 몇 달 동안 두 사람 사이가 냉랭해진 느낌이었는데, 안 그런가, 헨리? 월프레드가 원하는 것이 수도사인지 힌두교 승려인지 배들리 신부로서는 알 수 없었던 것이 아닐까요? 자신의 꿈에 천연색 커버를 씌워줄 수만 있다면, 월프레드는 아무리 오래된 철학이나 형이상학, 또는 정통 종교라도 끌어들였을 겁니다. 그 결과 경감님도 곧 알게 되겠지만 이곳에는 일관된 사상이라는 것이 없습니다. 성공하려면 한 가지로 일관하는 것이 제일이지요. 런던에 있는 저의 클럽을 예로 들어볼까요? 별 것 아닙니다. 맛있는 음식과 와인을 즐기면서 오직 무료함과 남색을 쫓아버리는 것에 모든 걸 바치고 있습니다. 물론 그것을 공공연하게 떠벌리지는 않지만 모두들 그곳이 어떤 곳인지 잘 알고 있지요. 목적이 단순해서 누구나 알기 쉽고, 따라서 현실감이 있어요. 이곳에 있는 가련한 환자들은 자신들이 도대체 요양원에 있는 건지 생활 공동체에 있는 건지, 또는 호텔에 있는 건지 수도원에 있는 건지, 그것도 아니면 엉뚱한 정신병원에 있는 건지 도무지 모르는 겁니다. 이따금 명상의 시간도 가진다고 하니, 아무래도 월프레드가 선(禪)을 가까이 했던 게 아닐까 싶어요?"

카워다인이 끼어 들었다.

"그가 체계적이지 못하고 뒤죽박죽인 건 사실이지만, 우리들 중의 누가 그렇지 않다고 할 수 있을까? 근본적으로 그는 친절한 마음과 일에 대한 열정을 가지고 있고, 또 적어도 토인턴 농장에 자기 재산을 쏟아 붓고 있어. 서로 이기적인 주장만 판을 치는 이 어지러운 시대에, 사적으로든 공적으로든 항의를 하는 경우에는 그것이 항의자 자신의 최소한의 책임이나 지극히 작은 자기희생을 요구하는 것이어서는 안 된다는 것이 가장 중요한 원칙이 되어 있는 이 시대에 말이야."

"당신은 그를 좋아합니까?" 달글리시가 물었다.

헨리 카워다인은 깜짝 놀랄 정도로 퉁명스럽게 말했다.

"그가 나를 장기입원의 유폐생활이라는 궁극적인 운명에서 구출하여 내가 감당할 수 있는 비용으로 개인방을 주는 한, 나는 당연히 그를 좋은 사람으로 보는 쪽에 설 겁니다."

잠시 어색한 침묵이 흘렀다. 그러자 카워다인이 덧붙였다.

"음식이 토인턴 농장에서 가장 큰 문제이지만 거기에도 방법은 있어요. 이따금 내 방에서 몰래 맛있는 것을 먹는 건 식충이 같다는 기분은 들지만. 또 같은 환자들이 통속적인 신학과 그보다 훨씬 못한 영국시의 시문집에서 신통치 않은 문장을 골라 읽는 것을 들어야 하는 건, 저녁식사 때의 침묵에 지불하는 약간의 대가이기는 하지만."

달글리시가 말했다.

"직원문제도 쉬운 일이 아니겠더군요. 휴슨 부인에 의하면 앤스티 씨는 한 전과자에게 믿음을 두고 있고, 또 아무 데도 받아주는 곳이 없는 간호부장도 신뢰하고 있다던데."

줄리어스 코트는 클라레트에 손을 뻗어 세 번째 잔을 채우며 말했다.

"친애하는 매기는 언제나 신중하게 말하는군. 허드렛일을 하고 있는 필비에게 전과가 있는 건 사실입니다. 그는 그곳의 간호사는 아니지만, 누군가는 더러워진 시트를 빨거나 닭을 잡고 화장실을 청소하는, 윌프레드 같은 섬세한 영혼은 손대기 싫어하는 일을 해야 하니까요. 그리고 도트 목슨에게도 모든 정열을 바치고 있는데, 그 덕택에 그녀가 행복한 것은 의심할 여지가 없습니다. 아마 매기한 테서 도트에 대한 애기도 들으셨겠지요. 어쩌면 경감님도 그 사건을 기억하실지 모르겠지만 그녀는 네팅필드 노인병원의 악명 높은 간호사였습니다. 4년 전에 그녀는 한 환자를 때렸어요. 아주 가볍게 쳤을 뿐인데, 그 할머니 환자는 넘어지면서 침대 옆 사물함에 머리를 부딪쳐 거의 죽을 뻔했지요. 그 뒤의 조서의 내용으로 미루어 짐작건데 그 할머니는 성녀가 되려고 애썼지만 실은 제멋대로이고 고압적인데다 잔소리까지 심했던 모양입니다. 그러니 가족조차 나 몰라라 찾아오지도 않았을 정도이니까. 단지 이 사건을 여론에 호소하여 공분을 일으키면 엄청난 선전이 될 거라는 것을 알고는 달라졌지만요. 분명 그랬을 겁니다. 환자들이란 아무리 비협조적이어도 신성불가침의 존재이며, 이 거룩한 명제를 지지하는 것이 우리 모두의 궁극적인 관심입니다.

이 사건은 그 병원에 대한 비난의 홍수를 불러일으켰어요. 병원 행정과 의료 서비스, 식사, 간호, 그 밖의 여러 가지 사항에 대해 철저한 조사가 실시되었습니다. 당연히 몇 가지 문제점이 발견되었고, 남자 간호사 두 명이 해고되고 도트도 자발적으로 병원을 그만두었지요. 조서에서는 그녀가 자제심을 잃은 점은 인정했지만, 고의로 가혹한 처사를 했다는 혐의는 완전히 벗을 수 있었습니다. 그래도 사건은 사건이었으므로 다른 병원 어디에서도 그녀를 고용해주는 곳이 없었어요. 스트레스를 받을 때 전적으로는 신뢰할 수 없는 사람이라는 의심은 둘째치고, 그런 조사를 받게 한 원인을 제공한 것과 두 남자를 실직하게 만들었다는 점에 대한 비난은 면할 수 없었습니다. 그 뒤 윌프레드는 그녀와 연락을 취했습니다. 조사결

과로 보아 그녀가 완전히 궁지에 몰려 있을 거라고 생각한 거지요. 소재지를 알아내는 데 시간이 걸렸지만, 결국 성공하여 말하자면 간호부장으로 이곳에 오게 된 겁니다. 사실은 다른 직원과 마찬가지로 그녀도 간호에서 취사에 이르기까지 온갖 일을 다 합니다. 그의 동기는 특별히 자선심에 의한 것만은 아니었어요. 요즘 세상에 이렇게 구석지고 특수한 곳에서 간호사를 고용하는 건 쉬운 일이 아니니까요. 윌프레드의 독특한 방침은 고려하지 않더라도 말입니다. 도시 목숨이 아니면 누가 이런 곳에 와주겠습니까?"

달글리시가 말했다.

"그 사건에 대해선 알고 있지만 그녀의 얼굴은 기억나지 않는군요. 그 젊은 금발의 아가씨는——제니 페그럼이라고 했던가요?—— 낯이 익습니다만."

카워다인은 미소지었다. 대범한, 그러나 약간 경멸하는 듯한 미소였다.

"그녀에 대해 물으실 줄 알았습니다. 윌프레드는 재원을 확보하는 데 그녀를 잘 활용해야 할 겁니다. 그녀도 좋아할걸요. 나는 그 생각에 잠긴, 불가해한, 오랜 병을 앓은 자의 불굴의 정신을 그토록 잘 표현하는 얼굴은 본 적이 없어요. 잘만 이용한다면 그녀는 이곳에 행운을 가져다주는 역할을 해낼 겁니다."

줄리어스가 웃었다.

"헨리는 경감님이 짐작한 대로 그녀를 좋아하지 않습니다. 그녀의 얼굴이 낯익은 건, 18개월쯤 전에 텔레비전에 출연했기 때문일 겁니다. 젊은 나이에 불치의 병으로 고통받는 사람들을 위해 전 영국의 양심을 일깨우는 텔레비전 캠페인을 벌였을 때인데, 연출가는 그럴싸한 제물을 잡아오라고 아랫사람들을 풀어놓았지요. 그들이 제니를 발굴해낸 겁니다. 그녀는 12년 동안 입원해 있었어요. 노인

병원에서 훌륭한 보살핌을 받고 있었는데, 그건 아마도 그녀가 있을 만한 병원을 찾기가 쉽지 않았고, 또 그녀 자신이 환자와 문병객의 귀여운 마스코트가 되는 것을 좋아했으며, 그리고 그 병원이 그룹물리요법과 직업훈련의 설비를 갖추고 있어서 제니에게도 편리했기 때문이었던 것 같아요. 하지만 그 텔레비전 프로그램 자체는 상상하시는 대로, 그녀의 처지를 거의 비극에 가깝게 포장했습니다. '노인들 속에 갇혀 사는 불행한 스물다섯 살의 아가씨. 희망도 없고 미래도 없이 사회로부터 격리되어'라는 식으로, 늙은 환자들은 그녀 둘레에 용의주도하게 배치되어 카메라 효과를 높여주어야 했습니다. 그녀는 자신이 맡은 배역을 정말 멋들어지게 연기했습니다. 보건사회부, 지방병원국, 병원장에 대한 따가운 비난을 담아서. 이튿날 아니나 다를까, 전국에서 분노의 목소리가 뜨겁게 끓어올랐고, 그것은 또다른 고발프로가 나올 때까지 계속되었습니다. 정의감 넘치는 영국 국민들은 제니에게 좀더 어울리는 병원을 찾아줘야 한다고 소리쳤지요. 그래서 월프레드가 이곳에 빈 병실이 있다고 편지를 보냈고 제니가 승낙하여 14개월 전에 이곳에 온 겁니다. 그녀가 우리를 어떻게 생각하고 있는지 아무도 확실하게는 모릅니다. 제니가 마음속으로 무슨 생각을 하고 있는지 알려면 좀더 시간을 투자해야 할 것 같습니다. "

줄리어스가 토인턴 농장의 환자들에 대해 이토록 상세하게 알고 있다는 사실이 달글리시를 놀라게 했지만 그 이상은 묻지 않았다. 그는 슬그머니 화제에서 빠져, 와인을 마시면서 두 사람의 이런저런 얘기에 귀를 기울였다. 그것은 서로를 잘 알고 공통의 관심사를 가지고 있으며, 우정이라는 환상을 만들어내려고 노력하는 사람들이 나누는, 조용하면서도 그리 필요성이 없는 대화였다. 달글리시는 그 속에 끼고 싶은 마음이 별로 들지 않았다. 와인은 말없이 음미하는 것이 좋다. 병에 걸린 이후 이렇게 질 좋은 와인을 맛보는 것은 처음이라는 사실을 깨달았다. 인생의 즐거움이 아직도 이렇게 남아 있다는 것은 큰 위안이 된다. 줄리어스가 그에게 말을 걸고 있다는 것을 깨달을 때까지 약간 시간이 걸렸다.

"그 시낭독에 대해서는 유감입니다. 그렇다고 해서 불쾌하다는 건 아닙니다. 그건 토인턴 농장이 어떤 곳인지를 알려주는 한 가지 예이니까요. 환자들은 자기들의 처지를 이용하고 있어요. 그러고 싶지 않으면서도 그렇게 하지 않을 수 없는 겁니다. 그들은 보통사람과 같은 대우를 받기를 원하고 있지만, 한편으로는 보통사람이라면 꿈에도 생각할 수 없는 것을 요구하지요. 그리고 당연히 그것은 거부당하지 않습니다. 그런데 이 말을 듣고 토인턴에 대해 그리 애착을 가지고 있지 않은 우리를 냉담하다고 생각하지는 않으시겠죠?"

"우리?"

"그곳에 매여 있기는 하지만 장애가 없는 극소수의, 어쨌든 정상적인 관계의 몇 사람을 말하는 겁니다."

"당신도 그들 중 한 사람인가요?"

"물론이지요! 매인 몸만 아니라면, 난 벌써 런던이나 외국으로 달아났을 겁니다. 하지만 밀리센트를 생각해 보십시오, 윌프레드가 무료로 빌려준다는 것만으로 집에 매여 있어요. 그녀의 소원은 오직 한 가지, 첼테남 온천의 브리지테이블과 크림케이크로 돌아가고 싶다는 것인데, 그녀는 어째서 그렇게 하지 않을까요? 그리고 매기도 말할 겁니다. 원하는 건 인간다운 삶이라고. 그래요, 우리가 원하는 건 그것뿐입니다. 인간다운 삶. 윌프레드는 그녀에게 들새를 관찰하는 재미를 알게 해주려고 했지요. 그때 그녀가 한 대답을 지금도 기억하고 있습니다. '토인턴 곶 위의 기분 나쁜 갈매기를 한 마리라도 더 보아야 한다면, 난 차라리 비명을 지르며 바다에 뛰어들고 말겠어요.' 귀여운 매기! 술에 취하지 않았을 때가 더 좋아요. 그리고 에릭은? 네, 그는 용기만 있다면 뛰쳐나갈 수 있을 겁니다. 다섯 명의 환자를 돌보며 핸드로션과 목욕파우더의 생산을 감독하는 일은 의사에게 명예로운 것이라고 할 수 없지요, 아무리 어린 소녀 취향의 의사라 해도 말입니다. 헬렌 레이너도 있습니다. 하지만 그 수수께끼 같은 헬렌이 이곳에 있는 이유는 좀더 분명해서 이해하기 쉽다고 나는 생각합니다. 하지만 어쨌든 이들은 모두 권태의 희생자인 것만은 틀림없습니다. 그리고 지금은 내가 경감님을 권태롭게 만들고 있군요. 음악이라도 들으시겠습니까? 헨리가 오면 언제나 레코드를 듣지요."

대화도 음악도 없는 클라레트야말로 달글리시를 만족시켰을 텐데. 하지만 줄리어스가 스테레오 기기의 우수함을 자랑하고 싶어하는 만큼이나 헨리는 음악을 듣고 싶어하는 것 같았다. 뭐가 좋겠느냐는 물음에 달글리시는 비발디를 부탁했다. 레코드가 돌아가는 동안 그는 어두운 뜰로 나갔다. 줄리어스도 따라와 두 사람은 절벽 위의 낮은 돌담 앞에 말없이 섰다. 어슴푸레한 높은 밤하늘 아래 희미하게 반짝이는 바다가 쓸쓸하게 펼쳐져 있었다. 썰물인 것 같은데, 그래도 파도소리가 몹시 가깝게 느껴졌다. 깊고 웅장한 울림과 함께 바위투성이 모래사장으로 밀려와, 집안에서 아련하게 들려오는 바이올린의 가냘프고 감미로운 선율에 나지막한 화음을 넣고 있다. 달글리시는 이마에 뭔가 빛이 반사한 것처럼 느껴져서 손을 대어보았지만, 그것은 신선한 산들바람이었다.

그렇다면 그 혐오스러운 편지를 쓴 사람은 두 사람이었다는 말이 되는데, 그 중 한 사람만이 진짜로 추잡한 거래를 목적으로 쓴 것이다. 그레이스 윌슨의 고통스러워하던 모습, 카워다인의 간결한 혐오의 표정에서 보건대, 이 두 사람은 희망의 집에 놓여 있었던 것과는 전혀 다른 종류의 편지를 받은 것이 분명하다. 이런 작은 공동체 안에서 두 종류의 중상 편지가 때를 같이하여 씌어졌다는 것은 우연 이상의 일이다. 하나의 가정은 배들리 신부에게 보낸 편지는 달글리시에게 발견될 것을 예상하고 일부러 그 책상 속에 넣어두었다는 것이다. 그렇다면 적어도 다른 두 통의 편지중 어느 하나에 대해 알고 있는 누군가가 그곳에 두었다는 얘기가 된다. 편지가 토인턴 농장의 편지지에 토인턴 농장의 타이프라이터로 찍혀 있었다는 얘기는 들었지만 실제로는 보지 못했던 누군가에 의해서. 그레이스 윌슨에게 온 편지는 임페리얼로 찍혀 있었고 그녀는 그것을 도트 목슨에게만 보여주었다. 카워다인의 것은 배들리 신부의 것과 마찬가지로 레밍턴으로 찍혀 있었고, 그는 그것을 줄리어스 코트에게 보여주었다. 추론은 명백하다. 그러나 코트 같은 인텔리가 어떻게 전문형사를, 아니 그렇지 않다 해도 어떻게 사람을 속이는 따위의 어린애 장난 같은 짓을 할 수 있단 말인가? 하지만 일부러 그랬다면? 달글리시는 배들리 신부의 엽서에 이니셜밖에 적지 않았다. 만약 그것이 정신없이 서랍 속을 뒤지던, 죄스런 비밀을 간직한 자에 의해 발견되었다면, 그는 배들리 신부가 10월 1일 오후에 방문객을 만나기로 했다는 것 밖에는 알 수가 없었을 것이다. 동료신부이거나 옛 교구민 같이 해가 될리 없는 방문객 말이다. 그러나 만약 배들리 신부가 무언가 마음에 꺼려지는 것이 있다고 털어 놓았었다면 가짜 단서를 남겨둘 법도 했다. 그 편지가 달글리시가 도착하기 직전에 그곳에 놓였던 것은 거의 확실하다. 신부가 사망한 뒤, 그 날 아침 신부의 서류를 훑어보았다는 앤스티의 말이 사실이라면, 앤스티가 그 편지를 못 보고 지나치거나 미처 숨기지 못했을 리가 없다.

하지만, 가령 이 모든 것이 지나치게 세련되고 집요한 추측의 허상에 불과하며, 배들리 신부가 실제로 그 협박편지를 받았다 하더라도, 달글리시는 이제 그것이 자신이 불려온 진짜 이유는 아니라는 확신을 가질 수 있었다. 배들리 신부도 그런 것을 쓴 범인을 밝혀내어 그 자와 담판을 벌일 수 있는 정도의 능력은 충분히 있었을 것이다. 그는 세상 물정에는 어두웠지만 마냥 순진하지만은 않았다. 달글리시처럼 항상 세속의 온갖 죄악에 접해온 것은 아니지만, 그렇다고 그러한 것이 완전히 신부의 이해력 밖에, 아니 좀더 적절한 표현을 하자면 신부의 동정심 밖에 있었다고 할 수는 없다. 아무튼 그것이 남에게 큰 상처를 주는 죄악인지 아닌지에 대해서는 논란의 여지가 있다. 제한된 공간 안에서 일어나는 애처롭고 다양한 작은 범죄들. 그 중의 가장 혐오스럽고 비열한 것을 신부는 다른 동업자와 마찬가지로 나름대로 처리해 왔을 것이다. 그는 자신의 따뜻하지만 가차없는 답을 빈틈없이 준비하고 있었을 거라고, 달글리시는 절대적인 확신이 주는 평온한 오만함으로 씁쓸하게 생각했다. 그래, 배들리 신부는 편지에서 그에게 전문가로서의 조언을 청했다. 신부 혼자서는 감당할 수 없는 어떤 문제에 대한 경찰관의 조언을. 그리고 그것은 서로를 속속들이 알고 지내는 작은 공동체 안에서 일어난, 혐오스럽지만 그리 해가 되지 않는 협박편지의 범인을 찾아달라는 요구는 아니었을 것이다.

진상을 밝혀내자고 생각하니 달글리시는 아주 우울해졌다. 그는 토인턴 농장에 단순히 사적인 방문객으로서 찾아왔다. 형사로서의 입장도 못되고 도구도 아무것도 없다. 배들리 신부의 장서를 분류하는 일은 일주일이나 아니면 그보다 조금 더 걸릴 것이다. 하지만 그 뒤에는 무슨 구실로 이곳에 머문단 말인가? 게다가 지방경찰을 끌어들일 만한 충분한 단서도 아직 찾지 못했다. 이 희미한 의혹, 무슨 일인가를 예감하게 하는 이 느낌은 무엇일까? 그가 마지막에 겪을 것이라고 생각되었던 심장 발작으로 난롯가 의자에 앉아 평온하게 죽은 노인. 그는 의식이 남아 있는 마지막 순간에 다시 한 번 영대를 만져보고 싶었던 것인지도 모른다. 영대의 익숙한 촉감 속에서 위안이나 확신을 구했을 수도 있고, 상징적인 의미에서 영대를 걸쳤을 수도 있고, 단순히 자신의 사제직이나 믿음을 확인하기 위해서 그랬을 수도 있다. 그가 영대를 걸친 이유는 여러 가지로 설명할 수 있으나 이것들은 모두 단순하여, 살의를 품고 몰래 찾아온 '거짓 고해'의 범인의 소행으로 간주하는 것보다 훨씬 수긍이 간다. 그리고 일기장이 사라진 것에 대해서는, 배들리 신부가 입원하기 전에 스스로 처분하지 않았다고 누가 증명할 수 있겠는가? 다음은 억지로 비틀어 연 책상. 하지만 일기장 말고는 달글리시가 아는 한 값어치가 있는 물건으로서 없어진 것은 아무 것도 없다. 이것 말고는 아무런 증거도 없는데, 열쇠가 없어지고 자물쇠가 망가져 있었다는 것만으로 어떻게 공식수사를 요청하겠는가?

하지만 배들리 신부는 그를 초대했다. 뭔가 생각한 것이 있었기 때문임이 틀림없다. 만약 크게 사건에 개입하지 않고, 또 지나치게 귀찮게 하거나 말썽을 일으키는 일 없이 앞으로 일주일이나 열흘 안에 그 '뭔가'를 찾아낼 수 있다면, 그렇게 하기로 하자. 적어도 신부에게 그 정도의 빚은 있다. 하지만 그 이상은 개입하지 않으리라. 내일은 경찰과 배들리 신부의 변호사를 먼저 찾아가 보자. 만약 뭔가가 밝혀지면 경찰이 나서줄 것이다. 달글리시는 공적으로든 사적으로든 경찰 활동을 끝냈으며, 한 노신부가 죽었다고 해서 그 결심을 바꿀 수는 없었다.

5

자정이 조금 지나 토인턴 농장 요양원으로 돌아오자 헨리 카워다인이 무뚝뚝하게 말했다.

"그들은 경감님이 나를 침대까지 데리고 가줄 거라고 생각하겠지요. 늘 데니스 러너가 별장까지 나를 밀고 가서 밤중에 데리러 오는데 오늘밤에는 경감님이 있으니까…… 줄리어스가 말했듯이, 우리 토인턴 농장 사람들은 요구가 많지요. 게다가 지금 나는 샤워를 하고 싶으니……. 데니스는 내일 아침에는 비번이고 필비는 사양하고 싶군요. 내 방은 2층입니다. 엘리베이터를 타고 갑시다."

헨리는 자신의 말투가 그리 정중하지 않다는 것은 알고 있었지만, 그래도 이 말없는 동반자에게는 겸손과 자기연민보다는 이 편이 나을 거라고 생각했다. 달글리시 자신도 누군가의 보살핌이 필요한 것으로 보인다는 점이 헨리의 마음을 움직였다. 틀림없이 달글리시는 그들이 생각한 것보다 훨씬 무거운 병을 앓았을 것이다. 달글리시는 조용히 말했다.

"술병을 반이나 비웠으니 우리 둘 다 도움이 필요할 것 같군요. 하지만 하는 데까지 해봅시다. 내 방식이 서투르다 해도 경험부족과 클라레트 탓으로 돌려주십시오."

하지만 그는 놀라울 정도로 조심스럽고 능숙했다. 헨리의 옷을 벗기고 욕실로 데리고 가서 샤워기 아래 앉혔다. 수도꼭지와 비품을 잠시 살펴본 다음 그것을 능숙하게 다루기 시작했다. 어떻게 하면 좋을지 모를 때는 헨리에게 물었다. 두 사람은 필요한 말만 짤막하게 나누는 외에는 별로 말이 없었다. 이렇게 정성스러운 손길로 잠자리 시중을 받아보는 건 오랜만이라고 헨리는 생각했다. 하지만 욕실 거울을 통해 상대의 여윈 얼굴과 피로 때문에 깊이 패여 그늘진 눈을 힐끗 보았을 때, 갑자기 그는 도와달라고 부탁하지 말 걸 그랬다는 생각이 들었다. 이 능숙한 손길의 모욕적인 촉감에서 벗어나, 샤워 같은 건 하지 말고 옷을 입은 채 침대에 쓰러져 자는 게 나았을 거라고 생각했다. 그 훈련된 침착함의 이면에, 그의 알몸을 만지는 건 모두 유쾌하지 않은 의무 때문이라는 듯한 느낌을 받은 것이다. 그리고 헨리 자신이 생각해도 이치에 닿지 않게 놀라운 것은 달글리시의 차가운 손의 촉감이 공포의 촉감과 비슷하다는 것이다. 그는 소리치고 싶었다.

'넌 이곳에서 뭘 하고 있는 거야! 나가! 방해하지 말아줘! 우리를 그냥 내버려두란 말이야!'

이렇게 외치고 싶은 충동이 너무 강해서, 그는 그 말을 정말로 뱉어버리고 말 것 같은 기분이 들었다. 가까스로 이 임시 간호사에게 안겨 편안하게 침대에 들어간 뒤, 달글리시가 무뚝뚝하게 밤인사를 하고 아무 말 없이 그대로 방에서 나갔을 때 헨리는 달글리시가 가장 형식적이고 최소한의 감사 인사도 듣고 싶지 않았다는 것을 알 수 있었다.

공포의 바닷가

1

7시 조금 전에 그는 천천히 잠에서 깨어났다. 불쾌하지만 익숙한 소리들이 들려왔기 때문이다. 좋든 싫든 들어야 하는 물소리, 기구들이 부딪치는 소리, 휠체어의 삐걱거림, 모든 것이 갑자기 바쁘게 돌아가는 기척, 짐짓 밝은 목소리로 재촉하는 소리, 소리들. 욕실은 환자들이 사용하고 있을 거라고 자신에게 말하며, 개성이라고는 찾아볼 수 없는 좁고 긴 방에서 그는 단호하게 눈을 감고 좀더 눈을 붙이기로 했다. 자는 둥 마는 둥 한 시간 뒤에 눈을 뜨니 주위는 조용해져 있었다. 그 사이 누군가가——갈색 상의를 입고 있었던 것이 어렴풋이 기억난다——침대 곁 테이블에 차를 두고 나간 모양이었다. 이미 식어서 잿빛 표면에 우유가 엉겨 있었다. 그는 가운을 걸치고 욕실을 찾아 밖으로 나갔다.

토인턴 농장의 아침식사는 그가 예상했던 대로 공동식당에 차려져 있었다. 하지만 오전 8시 반은 너무 이르거나 너무 늦거나 둘 중의 하나였다. 들어가 보니 식사를 하고 있는 사람은 어슐러 홀리스뿐이었다. 그녀는 수줍은 듯 아침인사를 하고, 꿀단지에 위태롭게 기대어 둔 도서실 책으로 다시 눈길을 돌렸다. 아침식사는 간소하지만 적절한 것임을 달글리시는 알아차렸다. 삶은 사과, 오트밀과 잘게 썬 사과를 넣어 끓인 죽, 갈색 빵과 마가린, 그리고 각자의 이름이 적혀 있는 달걀컵에 주욱 세워져 있는 삶은 달걀들. 남아 있는 두 개는 식어 있었다. 아침 일찍 한꺼번에 삶기 때문에 따뜻한 달걀을 먹고 싶은 사람은 아침에 일찍 일어나야 했다. 달글리시는 연필로 그의 이름이 적혀 있는 달걀 한 개를 꺼냈다. 위쪽은 흐물거리고 아래쪽은 단단하다. 요리사가 심술을 부린 것 같았다.

아침식사를 마친 뒤 그는 앤스티를 찾아갔다. 간밤에 신세진 것에 대한 인사와 웨어럼에 가는 길에 혹시 시킬 일이 없느냐고 물어보기 위해서였다. 신부의 집에서 편안하게 지내기 위해서 오후 한때를 필요한 물건을 사는 데 보내기로 결정한 것이다. 휑뎅그렁한 건물 안을 찾아다니다가, 곧 앤스티가 도로시 목슨과 함께 사무실에 있는 것을 발견했다. 두 사람은 테이블을 사이에 두고 마주 앉아 장부를 펼쳐놓고 있었다. 달글리시가 노크한 뒤 들어가니, 두 사람은 뭔가 공범자 같은 분위기를 풍기며 동시에 고개를 들었다. 그가 누구인지 알아보는 데 몇 초가 걸린 것 같은 느낌이었다. 마침내 앤스티가 미소지었을 때, 표정은 여느 때와 다름없이 온화했지만 눈빛은 뭔가 다른 생각을 하고 있는 것 같았고, 손님이 편히 지냈는지 어떤지 묻는 목소리도 건성이었다. 달글리시는 자신이 나가는 것을 앤스티가 싫어하지 않는다는 것을 느꼈다. 앤스티는 항상 빵과 맥주를 대접하는 중세풍의 마음 따뜻한 수도원장이라도 되는 듯이 행동하고 있는지는 모르지만, 그가 진정 원하는 것은 불편을 끼치는 손님이 없이 사람들에게 음식을 베푸는 만족감이다. 그는 달글리시에게 고맙지만 부탁할 일이 없다고 말하고, 언제까지 머무를 거냐고 물었다. 물론 언제까지라는 기한 같은 건 없으며, 이곳의 손님은 그런 건 조금도 걱정하지 않아도 된다고 덧붙였다. 달글리시가 배들리 신부의 장서를 분류하여 짐을 꾸릴 때까지라고 대답하자, 앤스티는 안도하는 기색을 숨기지 못했다. 필비를 시켜 책을 넣을 상자를 희망의 집에 갖다주겠다고 말했다. 도로시 목슨은 아무 말 없이 줄곧 달글리시를 응시하고 있었다. 마치 그가 이곳에 있는 데서 오는 초조감과, 장부로 어서 돌아가고 싶다는 바램을 내보이지 않겠다고 굳게 결심한 것처럼 그 어두운 눈동자를 깜박이고 있었다.

희망의 집으로 돌아가니 마음이 편안해졌다. 다시 그 친숙한, 희미한 교회의 향기를 맡으며 웨어럼에 가기 전에 절벽을 따라 탐색해 보아야겠다고 생각하니 마음이 더욱 여유로워졌다. 하지만 여행가방을 열어 튼튼한 운동화로 바꿔 신자, 환자용 버스가 밖에 서는 소리가 들리더니 필비가 상자를 내리고 있는 것이 보였다. 그것을 어깨에 가볍게 지고 짧은 오솔길을 따라 이쪽으로 온 필비는, 문을 발로 차서 연 뒤 실내를 강렬한 땀냄새로 가득 채우면서 들어와, 달글리시의 발 아래 상자를 내려놓고 퉁명스럽게 말했다.

"아직 차 뒤에 더 있습니다."

이것은 분명히 내리는 것을 도와달라는 의미라고 달글리시는 해석했다. 이 잡역부를 밝은 곳에서 보는 것은 이번이 처음이었는데, 눈에 들어온 것은 그리 썩 마음에 들지 않는 모습이었다. 솔직히 말해, 육체적 외관이 이렇게도 불쾌감을 주는 사람은 좀처럼 본 적이 없었다. 키는 5피트가 될까말까했고, 다부진 체격에 짧고 굵은 팔다리는 껍질이 벗겨진 나무줄기처럼 창백하고 흉칙했다. 머리는 둥글고, 피부는 실외에서 보내는 시간이 많을 텐데도 불구하고 핑크빛으로 윤기가 있고 바람에 단련된 듯 매끄러웠다. 그 눈은 좀더 붙임성 있는 얼굴에서라면 어쩌면 돋보였을지도 모른다. 눈꼬리가 살짝 치켜올라갔고, 커다란 눈동자는 짙은 감색이었다. 듬성듬성한 검은 머리카락을 둥근 머리의 형태를 따라 곱게 빗질했지만, 맨 아래쪽에서 기름에 찌들어 어지럽게 뒤엉켜 있었다. 샌들을 신고 있는데 오른쪽은 가죽끈으로 발에 동여매어져 있다. 더러운 흰 반바지는 너무 짧아서 상스럽게 보일 정도였고 잿빛 조끼는 땀으로 얼룩져 있었다. 그 위에 갈색 수도복을 축 늘어지게 입고 허리 근처에서 끈 하나로 묶었다. 이 어울리지 않는 의상이 없었다면 그는 그저 더럽고 비참하게 보였을 뿐이겠지만, 수도복을 입고 있는 그는 몹시 사악하게 보였다.

그가 나머지 상자를 다 내려놓고도 갈 기색이 없자 달글리시는 팁을 바라는 거라고 생각했다. 필비는 달글리시가 내민 동전을 너무나도 익숙한 동작으로 수도복 호주머니에 쑥 집어넣으면서 감사하다는 말도 하지 않았다. 달글리시는 자가생산 달걀이라는 값비싼 실험에도 불구하고, 이 속세를 떠난 동포애의 세계에도 모든 경제법칙이 사라지지 않았음을 알고 재미있다고 생각했다. 필비는 세 개의 상자를 작별인사라도 하는 것처럼 거칠게 발로 찼다. 그것이 튼튼하다는 것을 과시하여 팁을 더 뜯어내려는 것처럼. 상자는 실망스러울 정도로 멀쩡하게 형태를 유지하고 있었고 그는 쓰디쓴 일별을 남기고 가버렸다. 이 이색적인 직원을 앤스티는 어디서 데리고 왔는지 신기한 생각이 들었다. 그의 편견에 찬 눈에는 그 자는 일급 강간범으로 보였는데, 이것은 아무리 그래도 윌프레드 앤스티에게조차 지나친 표현이 될 것이다.

막 나가려고 하는데 또 다른 방문객이 불쑥 찾아왔다. 이번에는 헬렌 레이너였다. 그녀는 토인턴 농장에서 이곳으로 이어진 짧은 길을 자전거를 타고 왔다. 자전거 바구니는 그의 침대에서 벗겨낸 시트로 가득 찼다. 아마 희망의 집의 시트를 햇볕에 충분히 말려야 한다고 윌프레드한테서 주의를 받은 모양이다. 그녀가 필비와 함께 버스를 타고 오지 않은 것이 달글리시를 놀라게 했다. 틀림없이 그녀도 그 자를 좋게 생각하고 있지 않은 것이다. 그녀는 조용히, 하지만 거리낌 없이 안으로 들어왔다. 달글리시가 귀찮다고 느낄 틈도 주지 않고, 자기는 결코 놀러온 것도 수다를 떨러온 것도 아니며, 이 일 말고도 해야 할 일이 많이 있다는 걸 무언으로 말하고 있었다. 두 사람은 함께 침대를 정리했다. 레이너 간호사는 시트를 정확한 위치에 깔고, 척척 익숙한 손놀림으로 네 구석을 단정하게 접어 넣었다. 한 박자 늦게 그녀가 하는 대로 따라하면서 달글리시는 자신이 느리고 서툴다는 걸 느꼈다. 처음에 두 사람은 아무 말 없이 움직였다. 달글리시는 지금이 자연스럽게 물어볼 수 있는 좋은 기회가 아닐까 하고 생각했다. 배들리 신부의 생애 마지막이 된 그날을 소홀히 한 것에 대해 서로 어떻게 오해하고 있었습니까? 입원생활이 그를 지치게 했을 것이 틀림없을 텐데. 이렇게 말하는 데는 의지의 힘이 필요했다.

"제가 너무 예민한 건지도 모르겠지만, 배들리 신부가 사망했을 때 누군가가 옆에 있어 주었거나, 적어도 그날 밤늦게 불편한 데가 있지 않은지 들여다 봐주었으면 좋았을 거라는 생각이 드는군요."

이 은근히 내비친 불만에 대해, 그녀가 당신도 그 노인에게 30년 가까이 아무 연락도 하지 않았지 않느냐고 응수해온다 해도 그는 할 말이 없다고 생각했다. 하지만 그녀는 비난하는 표정없이 오히려 이렇게 말했다.

"네, 정말 미안하게 생각해요. 그렇게 했다고 의학적으로 달라질 건 아무것도 없다고는 하지만, 그래도 우리 중 한 사람이라도 그분의 용태를 보러가 주기만 했더라면 오해는 없었을 텐데. 이 세 장째 담요 필요하세요? 필요 없으시다면 농장으로 가지고 가겠어요. 이건 우리 것이거든요."

"두 장이면 충분합니다. 정확하게 어떤 일이 있었나요?"

"배들리 신부님 말인가요? 급성 심근염으로 돌아가셨어요."

"아니, 그러니까, 그 오해가 어떻게 생겼는가를 묻고 있는 겁니다만."

"그분이 퇴원해서 돌아오자 전 점심식사로 차가운 닭고기와 샐러드를 드린 다음 오후에는 안정을 취하도록 해드렸어요. 그분도 그러고 싶어하셨죠. 도트가 오후의 차를 갖다 드렸고, 목욕하시는 것도 거들어 드렸죠. 잠옷을 입혀드렸는데 그분은 그 위에 사제복을 입겠다고 우기셨대요. 6시 반 조금 지나 이곳 부엌에서 제가 스크램블드 에그를 만들어드렸어요. 그분은 그날 밤에는 누구의 방해도 받지 않고 혼자 있고 싶다고 고집하셨죠. 물론 그레이스 윌슨의 방문은 이미 승낙하고 있었죠. 하지만 제가 10시쯤 누군가 와볼 거라고 말하자 반가워하시는 것 같았어요. 그리고 만약 조금이라도 기분이 언짢아지면 부지깽이로 벽을 두드려 신호하겠다고 하셨죠. 그래서 제가 옆집의 밀리센트에게 가서 소리에 주의를 기울여달라고 부탁했더니, 그녀는 나중에 한번 상태를 보러가겠다고 했어요. 적어도 전 그런 뜻으로 해석했어요. 그런데 그녀는 에릭 선생님이나 제가 보러올 거라고 생각했던 모양이에요. 아까도 말했지만 그런 오해가 있어서는 안 되었던 거죠. 전 제 자신을 책망하고 있어요. 에릭 선생님의 책임은 아니에요. 신부님의 간호사로서 그분이 잠자리에 들기 전에 다시 한번 전문가에게 보였어야 하는 건데."

달글리시가 물었다.

"그, 혼자 있고 싶다고 주장한 것 말입니다, 누군가 손님을 기다리고 있다는 인상을 받진 않았나요?"

"그 가엾은 그레이스 외에 어떤 손님을 기대할 수 있었겠어요? 저는 그분이 입원 중에 너무 많은 사람을 만났기 때문에 그저 쉬고 싶어하는 거라고 생각했어요."

"그날 밤, 당신들은 모두 요양원에 있었습니까?"

"네, 전부 다. 헨리는 그때 런던에 있었어요. 우리가 달리 어디에 갈 수 있겠어요?"

"그의 짐을 풀어준 것은 누군가요?"

"저예요. 입원할 때 그분은 위급한 상태였기 때문에 거의 아무것도 가져가지 못했어요. 침대 주변에 있던 것만 우리가 챙겼지요."

"그의 성서와 기도서, 일기장 같은 것?"

잠시동안 그녀는 천장을 올려다보았다. 그 얼굴은 무표정했다. 그리고 다시 몸을 구부려 담요를 개었다.

"네."

"그런 물건은 어떻게 했나요?"

"그분 의자 옆의 작은 테이블 위에 두었어요. 나중에 그가 어디론가 옮겼겠지요."

그럼 배들리 신부가 입원해 있었을 때는 일기장이 옆에 있었고, 그동안은 일기를 썼다는 얘기가 된다. 이튿날 아침에는 일기장이 없었다는 앤스티의 말이 거짓이 아니라면, 그 12시간 사이에 일기장을 누군가가 가져간 것이다.

다음 질문을 그녀의 의혹을 사지 않도록 어떤 식으로 말을 꺼낼까 하고 생각했다. 그는 밝고 가벼운 말투를 계속 유지하면서 말했다.

"그가 살아 있었을 때는 어땠는지 모르겠지만, 사망한 뒤에는 정말 잘 보살펴주신 것 같군요. 먼저 화장, 다음에는 매장. 혹시 양심의 가책이 너무 지나친 건 아닌가요?"

놀랍게도 그녀는 마치 정당한 분노를 함께 나누자는 제안이라도 받은 듯이 소리를 질렀다.

"네! 맞는 말씀이에요! 정말 어처구니가 없다니까요! 그건 밀리센트 때문이었어요. 그녀는 신부님이 자기가 죽으면 화장해달라고 했다고 윌프레드에게 말했어요. 언제 어떻게 그런 말을 하셨는지 모르겠어요. 신부님과 그녀는 이웃이었지만 그다지 가깝게 지내는 사이는 아니었거든요. 하지만 어쨌든 그녀는 그렇게 말했어요. 윌프레드는 윌프레드 대로 신부님은 평범한 가톨릭 신자로서 매장되기를 원할 거라고 믿고 있었기 때문에, 가엾은 신부님은 그 두 가지를 다 받게 되고 만 거죠. 덕택에 불필요한 시간과 돈이 들었고, 웨어럼에서 온 마키스 박사와 에릭 선생님이 나란히 사망증명서에 서명해야 했죠. 그런 소동은 모두 윌프레드가 이상하게 양심의 가책을 느끼고 있었기 때문이에요."

"그가? 무엇에 대해?"

"뭐, 특별한 게 있는 건 아니에요. 다만 신부님을 여러 가지 의미에서 줄곧 소홀하게 대접했다고 생각하는 것 같았어요. 뒤에 남은 사람이 흔히 느끼는 자책에 지나지 않아요. 이 베개면 될까요? 이건 제가 보기엔 너무 울퉁불퉁한 것 같은데요. 경감님은 밤에 잘 주무시는 분처럼 보이긴 하지만요. 뭐 필요한 게 있으시면 농장으로 와주세요. 우유는 농장 입구까지 배달되는데 경감님 앞으로 하루에 1파인트씩 주문해 두었어요. 너무 많다면 나머진 우리가 쓸 거구요. 그럼 이제 다 정리되었죠?"

아무래도 자신이 단단히 교육을 받고 있다는 느낌과 함께, 달글리시는 얌전한 목소리로 "네"하고 대답했다. 레이너 간호사의 척척 일을 해치우는 솜씨, 자신감과 자신의 직무에 집중하는 방식, 그리고 나갈 때의 그 사람을 안심시키는 듯한 미소까지, 마치 자기가 한 사람의 환자가 되어버린 것 같은 느낌을 받게 했다. 그녀가 자전거를 밀며 오솔길을 내려간 다음 그것에 올라타는 모습을 바라보고 있자니, 왠지 지방순회 간호사가 순찰을 마치고 간 것 같은 기분이었다.

하지만 그녀에 대한 존경심이 솟아나는 것도 느꼈다. 그녀는 그의 질문에 조금도 화내지 않고 즉각 또박또박 분명하게 대답했다. 어째서일까?

2

나지막하게 구름이 깔려 있어 따뜻하고 흐린 아침이었다. 그가 골짜기를 떠나 절벽의 오솔길을 더듬기 시작했을 때, 한두 방울 떨어지던 비가 제법 굵은 빗방울이 되어 천천히 뿌리기 시작했다. 우윳빛을 띤 푸른색의 바다는 둔중하고 불투명하게 보였고, 부글거리는 파도는 빗물 세례로 수면에 떠올랐다 터지는 거품으로 무늬를 만들고 있었다. 주변에는 가을의 향기가 감돌고 있었다. 마치 연기가 피어올라도 잘 분간할 수 없는 저 멀리서 누군가가 낙엽을 태우고 있는 것처럼. 절벽 가를 돌아 높이 올라가던 좁은 오솔길이 한순간 아찔한 현기증을 일으키게 할만큼 가파르게 험해지더니 다시금 내륙으로 휘어지면서 바람에 시들어 청동색이 감도는 고사리와 나지막하게 뒤엉켜 있는 검은 딸기 덤불 사이를 누비며 계속 이어지고 있었다. 가지마다 달린 붉고 검은 딸기는 내륙의 산울타리에서 자라는 탐스러운 것에 비하면 어딘가 주눅이 들어 보였다.

곳은 무너져서 낮아진 돌담으로 말미암아 지형이 바뀌어져 있으며, 조그마한 석회암 바위들이 점점이 박혀 있었다. 석회암 바위들 가운데 절반이 흙 속에 묻혀 있는 몇 개의 바위는 마치 황폐화된 묘지의 유물처럼 기울어진 채 흙 밖으로 비어져 나와 있었다.

달글리시는 천천히 걸음을 옮겼다. 병후 처음으로 시골길을 산책하는 것이다. 여태까지는 일에 쫓겨 산책이라는 특별한 즐거움을 맛볼 기회가 별로 없었다. 지금 그는 회복기에 든 병자의 떨리고 불안해

보이는 발걸음으로 걷고 있었다. 근육과 신경은 옛날의 즐거웠던 기억을 되살리고 있었다. 격렬한 기쁨은 아니지만, 익숙한 것을 받아들이는 부드러운 감정을 느꼈다. 검은 딸기나무 사이를 바쁘게 오가는 검은 딱새들의 짧지만 쇠붙이 소리처럼 날카로운 지저귀는 소리와 거친 울음 소리, 곶의 바위 위에 뱃머리장식처럼 꼼짝 않고 앉아 있는 검은 갈매기 한 쌍, 바위회향풀 군락의 꽃잎들이 보랏빛으로 물들어 있고, 바늘 끝처럼 선명한 노란색 민들레가 빛바랜 가을풀 위에 고개를 내밀고 있다.

10분쯤 걷자 절벽의 오솔길은 완만한 내리막으로 바뀌어, 이윽고 내륙으로 통하는 좁은 길과 합류했다. 바다에서 6야드쯤 되는 곳에서 길이 넓어지더니, 선명한 초록색 잔디와 이끼로 덮인 약간 비탈진 대지가 나왔다. 뭔가 기억나는 것이 있다는 듯이 달글리시는 그 자리에서 걸음을 멈췄다. 그럼 이곳이 빅터 홀로이드의 휠체어가 마지막으로 머물렀던 장소란 말인가. 그리고 죽음을 향해 몸을 던진 장소, 문득 자신이 가는 길에 그 장소가 나오지 않았더라면 좋았을걸 하는 생각이 들었다. 참혹한 죽음의 느낌이 그의 유쾌한 기분을 망치고 말았다. 하지만 그 장소의 매력은 충분히 느낄 수 있었다. 오솔길이 후미져 있어서 바람을 살짝 비키고 있었다. 남의 눈을 피할 수 있는 장소의 평온한 분위기. 휠체어에 묶인 채 오직 브레이크의 힘에 의해 삶과 죽음 사이의 아슬아슬한 균형을 유지하고 있는 사람의 위태로운 평화. 어쩌면 그것도 매력의 하나였을지 모른다. 아마 이곳, 바다가 내려다보이는 이곳의 이끼에 덮인 비밀스런 장소가, 휠체어에 묶여 꿈틀대어왔던 홀로이드가 환상의 자유를 얻을 수 있었던 유일한 장소였으리라. 자신의 운명을 지배할 수 있다는 환상, 어쩌면 그는 이곳에 와서 해방되고 싶다는 마지막 꿈을 시도한 건지도 모른다. 여러 달 동안 휠체어에 실려와서, 토인턴 농장 사람들 중 어느 누구도 그의 진정한 목적을 알려고 하지 않는 가운데 여기서 시간을 보냈을지도 모른다. 본능적으로 달글리시는 지면을 내려다보았다. 홀로이드가 죽은 지 3주일도 더 지났지만, 부드러운 잔디 위에 휠체어가 머문 자국을 찾을 수 있을 거라고 생각했고, 또 그보다 희미하지만 경찰관들의 구둣발이 키 작은 풀을 밟은 흔적도 찾을 수 있을 것 같았다.

그는 절벽 끝에 가서 아래를 내려다보았다. 눈 아래 펼쳐진 무시무시한 경관에 그는 숨을 들이마셨다. 절벽은 변하여 석회암 대신 칼슘질 암석과 검은 점토질의 수직에 가까운 벽으로 변해 있었다. 150야드 정도 밑에서 절벽은 넓고 깊은 균열이 생긴 옥석과 평석, 이렇다 할 형태가 없는 검푸른 바위가 이어진 길이 되어, 마치 거인의 손이 해안선을 마구 휘저은 것처럼 구불구불 기어가고 있었다. 썰물이라서 거품이 이는 비스듬한 푸른 선이 먼 바위터 주위에서 희미하게 춤추고 있다. 이 혼탁하고 공포스러운 바위와 바닷물의 범람을 내려다보며, 떨어졌을 때의 홀로이드가 어떤 상태였을지 머릿속에 그려보고 있는 사이, 때마침 구름 사이로 태양이 얼굴을 내밀어 한 줄기 햇살이 누군가의 따뜻한 손길처럼 그의 목덜미에 떨어졌다가, 절벽 가에 흩어져 있는 거무스름하게 대리석화한 바위들을 비추었다. 하지만 해안선은 여전히 그늘 속에 있어서, 불길하고 범접하기 어려운 느낌이 들었다. 순간 달글리시는 자기가 이제 두 번 다시 태양이 비치지 않는 공포의 모래밭을 내려다보고 있는 듯한 느낌이 들어 견딜 수가 없었다.

달글리시는 배들리 신부가 그려준 지도 위의 그 검은 탑을 향해 걸어갔다. 그것을 보고 싶은 호기심보다는 산책의 반환점으로 삼는다는 정도의 기분이었다. 빅터 홀로이드의 죽음에 대해 계속 생각하면서 걷는 사이 그는 뜻밖에 벌써 탑 있는 곳까지 와 있었다. 외관만 강조된 땅딸막한 건조물로, 3분의 2 정도의 높이까지는 원통형이지만 꼭

대기는 8각형의 반구형으로 되어 있어 후추통처럼 생겼다. 그 8면에 좁은 유리창이 나 있어서 각각에 반사되는 빛이 왠지 등대를 연상하게 했다. 그는 탑에 흥미를 느끼며 검은 벽면에 손을 대고 한 바퀴 빙 돌아보았다. 재료는 석회암 블록이지만, 표면은 검은 이판암, 마치 잘 깎은 작고 검은 구슬을 수없이 사용하여 마음 내키는 대로 장식한 것 같았다. 이판암이 군데군데 벗겨져서 탑이 얼룩져 보였다. 벽면 아랫도리는 검은 진주층 같은 이끼로 에워싸여 풀 속에서 빛나고 있다. 북쪽에 바다에서 쑥 들어간 곳에 한 무더기의 수풀이 보였다. 옛날 누군가가 그곳에 작은 뜰을 만들려고 했던 모양이다. 지금은 그저 뒤죽박죽이 된 마이클 데이지, 저절로 자란 금어초, 매리골드, 한련이 몇 그루, 그리고 빈약한 하얀 봉오리가 두 개 달린 시든 장미나무가 한 그루 남아 있을 뿐이다. 줄기가 첫서리에 호되게 당한 듯 돌 위에서 두 군데나 꺾여 있었다.

동쪽에는 철테를 두른 떡갈나무 문 위에 장식한 돌 포치가 보인다. 달글리시는 무거운 손잡이를 잡고 힘껏 돌려보았다. 하지만 문에는 자물쇠가 채워져 있었다. 올려다보니 포치 벽에 문자를 새긴 거친 돌 액자가 끼워져 있다.

이 탑 안에서 윌프레드 맨크로프트 앤스티 사망
1887년 10월 27일 향년 69세
콘셉티오 쿨파 나스키 페나 라보르 비타 네세시 모리
성 빅터의 아담 서기 1129년

빅토리아 시대 지주의 묘비명치고는 괴상했다. 또 죽기에도 기묘한 장소이다. 토인턴 농장의 현재 주인은 아마 이 조상의 기이한 피를 이어받은 건지도 모른다. 콘셉티오 쿨파. 원죄의 신학은 근대인에 의해 또 다른 불편한 교의와 함께 버려지고 말았다. 1887년에도 이미 그런 것은 무시되고 있었을 것이다. 나스키 페나. 출산의 고통. 이 독단적인 교의를 무효로 하기 위해 마춰라는 수단이 실시되고 있는 그 자비! 라보르 비타. 인생 또한 노동. 그것은 아무리 20세기의 공업가라도 피할 수 없는 사실이다. 네세시 모리. 죽음은 필연. 아, 인생의 고초가 여기에도 있었다! 죽음. 인간은 죽음을 무시하거나 두려워하거나 환영할 수는 있지만, 그것을 이길 수는 없다. 죽음은 이 묘비보다 더 뻔뻔스럽고 더 굳건하게 계속되고 있다. 죽음은 어제도 오늘도 그리고 내일도 영원히 변하지 않고 계속된다. 윌프레드 맨크로프트 앤스티 자신이 이 가혹한 묘비명을 선택하여 거기서 안식을 찾아냈던 것일까?

달글리시는 절벽 가를 따라 작은 자갈이 깔린 만의 주변을 한 바퀴 거닐었다. 20야드쯤 앞쪽에 해변으로 가는 험준한 길이 있었다. 가파르고 비가 올 때는 미끄러울 것 같지만, 분명히 반은 바위면이 자연 그대로 적당하게 배열된 것이고, 반은 인간의 손길이 가해진 결과일 것이다. 그렇지만 그의 바로 발 밑에서 절벽은 거의 수직의 석회암 표면을 드러내며 우뚝 서 있다. 이렇게 이른 아침에 벌써 바위에 두 명의 암벽등반가가 로프로 서로 몸을 묶고 있는 것을 보고 그는 깜짝 놀랐다. 위쪽의 모자를 쓰지 않은 사람이 줄리어스 코트인 것은 곧 알아보았다. 두 번째 사람이 얼굴을 들었을 때, 붉은 헬멧 아래로 데니스 러너의 얼굴이 언뜻 보였다.

두 사람은 천천히 그러나 노련한 솜씨로 올라가는 중이었다. 너무나 노련한 솜씨여서 달글리시는 몸을 돌려 돌아가야겠다는 생각이 들지 않았다. 구경꾼이 있다는 걸 알게 함으로써 그들의 집중력을 흩뜨려 놓고 싶지 않았기 때문이다. 두 사람은 전에도 이 암벽을 여러 번 올랐던 모양이었다. 코스도 기술도 두 사람에게 무척 익숙해 보였다.

그들은 지금 마지막 경사면에 있었다. 코트의 유연하고 침착한 움직임과 바위에 거머리처럼 달라붙어 있는 그 팔다리를 지켜보고 있으니, 달글리시 역시 젊은 시절에 몇 번인가 암벽등반을 한 적이 있는 것이 생각나, 마음속으로 차례차례 각 단계의 동작을 따라하면서 그들과 함께 올라가고 있는 듯한 기분이 들었다. 하켄의 도움을 빌어 오른쪽으로 15피트쯤 옮겨갔다. 거기서부터 천천히 위로, 작은 발판을 거쳐 널찍한 바위에 다음 발판을, 하켄 두 개와 로프 하나에 의지하여 바위틈으로 올라가서 평평한 곳으로, 다시 한번 바위틈을 더듬어 모서리가 작은 바위판으로, 그리고 마침내 하켄 두 개의 힘을 빌어 정상으로.

10분 뒤 달글리시는 천천히 길을 돌아가 줄리어스가 기어오르고 있는 절벽 끝으로 다가갔다. 다 올라온 줄리어스는 희미하게 숨을 몰아쉬며 달글리시 옆에 섰다. 말은 한 마디도 하지 않고 그는 큰 옥석 옆의 바위 틈새에 하켄을 하나 박아 넣었다. 거기에 로프를 걸어 자신의 몸에 감은 뒤 로프를 당기기 시작했다. 암벽에서 즐거운 외침이 들려왔다. 로프를 몸에 두른 줄리어스는 옥석 쪽으로 물러나서 안정된 자세를 잡은 뒤 소리쳤다. "준비됐으니 올라와!" 그리고 두 손으로 주의 깊게 조금씩 로프를 끌어당기기 시작했다. 15분도 지나지 않아 데니스 러너도 그의 옆에 서서 로프를 정리하고 있었다. 데니스는 눈을 깜박이면서 철테 안경을 벗어 얼굴의 물보라인지 빗방울인지를 닦은 뒤, 떨리는 손가락으로 안경을 다시 꼈다. 줄리어스가 손목시계를 들여다본다.

"1시간 20분, 최고기록이군."

그는 달글리시 쪽을 돌아보았다.

"이 근처의 해변은 이판암이 많아서 등반하기에 좋은 장소가 많지 않습니다. 그래서 기록을 깨는 데 치중하고 있지요. 경감님도 해보시겠습니까? 도구는 빌려드리지요."

"학교를 졸업한 뒤로는 별로 못했고, 게다가 방금 지켜본 바로는 두 분하고는 도저히 대등하게 할 수 있을 것 같지 않군요."

병을 앓은 뒤라 등산은 무리라는 말을 덧붙이지는 않았다. 언젠가 그 말을 해두었으면 좋았을 걸 하고 후회할지도 모르지만, 자신의 체력을 남들이 어떻게 평가하는지에 신경을 쓰지 않게 된 지 이미 오래였다. 줄리어스가 말했다.

"전에는 윌프레드와 함께 올라갔는데, 석 달 전쯤 누군가가 그의 로프를 일부러 닳게 한 것이 발견되었어요. 우연히 이곳에서 암벽등반을 시작하려 했을 때였지요. 그는 범인을 밝혀내고 싶지 않다고 하더군요. 농장의 누군가가 그런 식으로 고충을 표현한 거겠지요. 윌프레드로서는 그런 뜻밖의 재난을 늘 각오하고 있어야 할 겁니다. 신에게 기도하는 것밖에 모르는 사람에게는 그런 위험이 있으니까요. 그는 진짜로 위험한 일은 겪은 적이 없어요. 저는 언제나 시작하기 전에 장비를 완벽하게 점검하라고 강조합니다만, 그는 그 사건을 마음에 두지 않았어요. 사실은 등반을 그만두고 싶던 참에 좋은 구실이 생겼다고 생각했을 겁니다. 그는 등반에는 전혀 소질이 없었거든요. 지금은 데니스가 쉬는 날에 이렇게 함께 오르고 있지요."

러너가 돌아보며 달글리시에게 미소지어 보였다. 그 미소는 얼굴 표정까지 바뀌어 평소의 긴장이 사라져 있었다. 갑자기 소년의 얼굴처럼 붙임성 있어 보였다.

"저도 오랫동안 윌프레드처럼 무서워했지만 지금 연습중입니다. 정말 멋져요. 전 굉장히 좋아하게 될 것 같습니다. 반 마일 정도 저쪽, 바다오리가 있는 암벽에 좀더 쉬운 장소가 있는데, 줄리어스는 거기서부터 시작해 주었지요. 그곳은 아주 쉬워요. 경감님도 웬만

하면 함께 하시죠."

자신의 기쁨을 얘기하고 함께 나누려 하는 그 순수한 열정이 귀여웠다.

달글리시가 말했다.

"유감이지만 그것을 즐길 수 있을 만큼 이곳에 오래 있을 것 같지는 않군요."

그들의 눈길이 가볍게 마주치는 것을 달글리시는 놓치지 않았다. 일초의 몇 분의 일 정도의 순간적인 눈짓이지만, 무슨 의미였을까? 안도? 경고? 만족?

데니스가 로프를 다 감을 때까지 세 사람은 말없이 서 있었다. 잠시 뒤 줄리어스가 검은 탑을 턱으로 가리켰다.

"정말 흉물스럽죠? 윌프레드의 증조부가 농장을 재건한 뒤 조금 있다가 저걸 세웠답니다. 저건 원래는──'농장' 말입니다──저곳에 있었던 엘리자베스 왕조시대의 장원저택이 1843년에 화재로 불탄 것을 다시 지은 것입니다. 끔찍한 흉물이지요. 지금의 건물에 비하면 원래의 것이 훨씬 나았을 겁니다. 증조부는 건축양식에 대한 식견이 없었어요. 농장도 저 탑도 정말 흉칙한 건물이라고 생각하지 않으십니까?"

달글리시가 물었다.

"그 사람은 왜 저기서 죽었습니까? 일부러?"

"그렇다고 할 수 있겠지요. 그는 빅토리아 시대가 낳은, 흔히 볼 수 있는 완고하고 괴팍하고 혐오스러운 사람 중의 하나였습니다. 자신의 종교를 만들어냈는데 묵시록을 토대로 한 것이라는 얘기도 있었지요. 1887년 가을, 그는 저 탑 안에 틀어박혀 스스로 굶어죽었습니다. 뒤에 남아 있던 수수께끼 같은 유서에 의하면 아무래도 환생을 기대하고 있었던 것 같아요. 바라는 대로 다시 태어났으면 다행이지만."

"아무도 말리지 않았습니까?"

"아무도 몰랐으니까요. 그 영감님, 광적인 데는 있었지만 상당히 교활했죠. 여기서 돌이니 모르타르니 하는 것을 몰래 준비한 다음 나폴리에 겨울을 지내러 가는 척했어요. 발견된 것은 석 달 뒤였지요. 밖으로 나가고 싶어서 벽을 할퀸 건지, 손톱 밑의 뼈까지 으스러져 있었다 합니다. 하지만 스스로 벽돌과 모르타르로 완전히 봉해버렸으니 참으로 불쌍하지요."

"끔찍한 얘기로군요!"

"그렇습니다. 윌프레드가 이 곳을 폐쇄하기 훨씬 전에, 이곳 사람들이 저 흉물을 허물어버리려고 했는데, 솔직하게 말하면 저도 그 중 한 사람이었습니다. 배들리 신부님이 가끔 이곳에 오셨죠. 그레이스 윌슨의 말로는 신부님은 증조부의 영혼을 위해 기도하고 성수를 뿌리며, 그가 할 수 있는 한 이 탑을 정화하고 있었다고 합니다. 윌프레드는 그곳을 명상의 장소로 사용하고 있습니다, 아니 그렇게 말하고 있지요. 저 개인적인 생각으로는, 그건 농장에서 달아나기 위한 거라고 생각합니다. 조상이 기이한 짓을 했다고 해서 그것을 마음에 두고 있지는 않은 것 같아요. 하지만 생각해 보면 그도 그럴 만하지요. 그는 양자였거든요. 그 얘기는 밀리센트 해미트한테서 들으셨겠죠?"

"아닙니다. 그녀와는 아직 제대로 얘기해보지 않았습니다."

"그녀라면 기꺼이 다 얘기해줄 겁니다."

데니스 러너가 감탄스럽다는 듯이 말했다.

"전 저 검은 탑을 좋아합니다. 특히 여름에 곳이 고요히 황금빛 햇살을 받고 있고 저 검은 돌이 햇빛에 반짝일 때는요. 저건 사실 하나의 상징 아닌가요? 마치 마법처럼 비현실적이고, 어린아이를 기쁘게 해주기 위해 만든 것처럼 보입니다. 그리고 그 아래에 공포와 고통이, 광기와 죽음이 있는 거지요, 한번은 배들리 신부님께 그런 말을 한 적이 있습니다."

"그랬더니 뭐라던가?" 줄리어스가 물었다.

"그분은 이렇게 말했습니다. '아니, 그렇지 않아요, 저 아래에는 신의 사랑이 있습니다'."

줄리어스가 거칠게 말했다.

"난 빅토리아 시대의 미치광이가 세운 남근숭배의 상징 같은 것을 보며 인생은 무상하다는 따위의 가르침을 받는 건 사양하겠어. 보통사람이라면 누구나 스스로 자신을 잘 보호하고 있다구."

달글리시가 물었다.

"어떤 보호 말입니까?"

그 조용한 질문은 달글리시 자신의 귀에조차 무슨 명령처럼 엄격하게 들렸다. 줄리어스는 미소지었다.

"돈과 그것으로 살 수 있는 즐거움이라고 할까요? 오락, 친구, 아름다움, 여행 같은 것 말이지요, 그리고 당신의 친구 배들리 신부가 몸소 잘 보여준 것처럼, 언젠가 그것들이 사라질 때가 오면, 그래요, 반드시 그때는 찾아오겠지만, 그리고 데니스의 묵시록의 네기사(騎士)가 뒤를 이어줄 때가 오면, 나한테는 루거(독일에서 제작된 자동권총)에 채워 넣은 세 발의 총알이 있습니다."

그는 다시 한 번 탑을 올려다보았다.

"그렇지만 전 구태여 죽음을 떠올려야할 필요가 없습니다. 아일랜드의 피가 반쯤 섞여 있어서 미신을 믿거든요, 이제 아래로 내려갈까요?"

세 사람은 발 밑을 주의하면서 절벽의 오솔길을 천천히 내려갔다. 절벽 밑에 데니스 러너의 갈색 수도복이 단정하게 개켜져 바위 위에

162 검은 탑

놓여 있었다. 그는 옷을 갈아입고 등산화 대신 호주머니에서 꺼낸 샌들을 바꿔 신어 변신을 마친 뒤, 등산용 헬멧을 옆구리에 끼고 두 사람과 함께 모래자갈밭 위를 걷기 시작했다.

세 사람 모두 약간 지쳐 있어서 절벽의 지질이 검은 이판암으로 바뀐 곳에 접어들 때까지 아무도 입을 열지 않았다. 마치 지진이라도 당한 것처럼 균열이 생겨서 군데군데 쩍 벌어져 있고, 옥석이 섞인 점토가 반짝반짝 빛나는 그 널찍한 대지 부근에서는, 모래밭이 더욱더 똑똑하게 보였다. 가까이 다가오는 걸 거부하는 것처럼 황량한 느낌의 해변이다. 군데군데 고여 있는 물은 가느다란 해조가 뒤엉켜 웅덩이를 이루고 있다. 아마 북쪽 바다에서는 이렇게 이국적인 초록빛 물은 볼 수 없을 것이다. 모래밭에 흩어져 있는 잡다한 쓰레기조차도——타르로 더럽혀진 나뭇조각, 부글부글한 갈색 찌꺼기 같은 거품이 붙어 있는 종이상자, 빈 병, 타르가 덕지덕지 붙어 있는 로프조각, 덧없이 하얗게 바랜 바닷새의 뼈——파멸한 세계의 사악한 찌꺼기, 죽은 세계의 참혹한 잔해처럼 보였다.

마치 의논이라도 한 듯, 세 사람은 서로 나란히 붙어서 쩍쩍 달라붙는 바위 위를 조심스럽게 걸어 바다를 향해 나아갔다. 이윽고 파도가 핥고 있는 조금 평평한 바위에 오자, 데니스 러너는 수도복 자락을 걷어올리지 않으면 안되었다. 문득 줄리어스가 걸음을 멈추고 바위산 쪽을 돌아보았다. 달글리시도 따라서 돌아섰지만 데니스는 여전히 바다 쪽을 향하고 있었다.

"물이 무서운 기세로 차 올랐군요. 바로 이 근처까지 왔을 때였습니다. 방금 지나온 오솔길에서 저는 모래밭으로 내려갔습니다. 빨리 달려가야 했는데, 그게 지름길이었고 사실 그 길밖에 없었지요. 자갈 위를 달리고 있을 때는 그의 모습도 휠체어도 보이지 않았습니다. 검은 절벽 아래에 당도했을 때, 어떻게든 그를 찾으려 했습니다. 처음에는 아무것도 이상한 점은 보이지 않았습니다. 바위 사이에서 파도가 들끓고 있었을 뿐이었지요. 다음 순간 휠체어 바퀴 하나가 보였어요. 평평한 바위 한가운데 떨어져 있었습니다. 크롬과 금속부품이 햇빛을 받아 반짝이고 있었어요. 너무 아름답고 너무 절묘한 위치에 있었기 때문에 우연히 그곳에 떨어진 것이라고 생각할 수 없을 정도였습니다. 틀림없이 추락할 때의 충격으로 의자에서 빠져나가 그 바위 위에 떨어졌던 거겠지요. 그걸 굴리며 큰 소리로 웃으면서 모래밭 쪽으로 간 것을 기억합니다. 충격 탓이겠지요. 제 목소리가 바위산에 오싹하게 메아리쳤습니다."

러너가 돌아보지 않은 채 억눌린 목소리로 말했다.

"나도 기억하고 있어요. 그 소리를 들었습니다. 처음엔 빅터가 웃는 소린 줄 알았지요. 빅터의 목소리처럼 들렸어요."

달글리시는 줄리어스에게 물었다.

"그럼 코트 씨도 사고를 목격했단 말입니까?"

"50야드 정도 떨어진 곳에서요. 런던에서 점심식사를 한 뒤 집으로 돌아와, 수영이나 하러갈까 하고 생각했습니다. 9월치고는 무척 더운 날이었거든요. 막 곶 위에 도착했을 때 그의 휠체어가 질주하기 시작하는 것이 보였습니다. 나는, 아니 다른 누구라도 어쩔 수 없었을 겁니다. 데니스는 홀로이드한테서 10야드쯤 떨어진 풀 위에 쓰러져 있었습니다. 그는 비틀비틀 일어나, 밴시(아일랜드 전설 속의 요정, 한밤중에 울부짖어서 죽음을 예고한다고 함)처럼 소리를 지르며 휠체어 뒤를 쫓아갔어요. 하지만 절벽 끝에 와서는 그저 우왕좌왕 뛰어다닐 뿐이었지요. 미쳐버린 커다란 갈색 까마귀처럼 두 팔을 휘저으면서."

러너는 굳게 다문 입술 속으로 말했다.

"제가 용감하게 행동하지 못했다는 것은 알고 있습니다."

"자네, 그건 용기 문제가 아니었어. 자네가 그의 뒤를 따라 절벽에서 뛰어내려야 했다고 생각하는 사람은 아무도 없다구. 하긴 나도 잠시 자네가 정말 그러는 게 아닌가 하고 생각했지만."

그는 달글리시 쪽을 보았다.

"전 데니스가 충격으로 풀 위에 쓰러진 것을 보고 토인턴 농장에 가서 사람을 불러오라고 큰 소리로 외친 뒤, 절벽의 오솔길 쪽으로 달려갔습니다. 데니스가 일어나서 몸을 다시 움직일 때까지는 10분쯤 걸렸지요. 그를 좀더 보살핀 뒤 함께 이곳에 내려와서 사체를 찾는 것이 더 좋았을지도 모릅니다. 저도 제정신이 아니었어요."

달글리시가 말했다.

"그가 그렇게 멀리 떨어졌다면 휠체어가 엄청난 속도로 떨어진 모양이군요."

"그렇습니다. 이상하지 않습니까? 육지에 더 가까운 쪽에 떨어졌을 줄 알고 찾아다녔습니다. 그러다가 이미 바닷물이 차 있는 20피트 정도 오른쪽에서 금속 더미가 보였습니다. 그리고 곧 홀로이드의 모습도 보였지요. 그는 물 속에서 흔들리고 있었는데, 마치 죽어 있는 커다란 물고기처럼 보였습니다. 얼굴은 창백하게 부풀어 있었어요. 살아 있을 때도 그랬지만. 가엾게도 에릭이 먹이고 있던 약의 부작용 때문이었지요. 그때는 그로테스크하게 보였습니다. 땅에 떨어지기 직전에 휠체어에서 튕겨나간 것 같았습니다. 어쨌든 휠체어의 잔해에서 좀 떨어진 곳이었어요. 죽었을 때 그는 바지와 무명 셔츠밖에 입지 않고 있었는데, 그 셔츠가 바위와 물살에 찢어져, 제가 본 것은 다만 물결에 흔들리며 떴다 가라앉았다 하는 그의 커다랗고 하얀 몸뚱이뿐이었습니다. 머리가 깨지고 경동맥이 끊어져 있었어요. 피를 많이 흘렸지만 바닷물이 씻어주었지요. 제가 사체를 끌어올릴 때까지도 물거품은 아직 분홍빛으로 물들어 있어

욕조의 거품처럼 아름다웠습니다. 그는 마치 몇 달 동안이나 물 속에 있었던 것처럼 핏기라고는 조금도 없었습니다. 물결에 흔들리고 있는 반라의 핏기 없는 사체."

피가 없는 사체. 피가 흐르지 않는 살인.

그 말이 달글리시의 마음을 스쳐지나갔다. 그는 짐짓 무심한 어조로 물었다.

"어떻게 끌어올렸습니까?"

"무척 힘들었습니다. 아까도 말했듯이 바닷물이 무서운 기세로 차오르고 있었거든요. 제 목욕수건을 그의 벨트에 묶어 조금 높은 곳에 있는 바위 위로 끌어올리려 했는데, 저에게도 그에게도 참으로 힘든 일이었어요. 원래 저보다 훨씬 무거운 데다 바지가 물을 흠뻑 먹고 있어서 무게가 더 나갔거든요. 바지가 벗겨지는 게 아닌가 하고 생각했습니다. 벗겨져도 하는 수 없다고 생각하면서도 한편으로는 그의 명예를 위해서 그렇게 되어서는 안 된다는 생각이 들었습니다. 파도가 밀려올 때마다 조금씩 모래밭 쪽으로 끌어당겨 간신히 이곳의 바위 위까지 끌어올렸지요. 제가 기억하기로는 그렇습니다. 저 자신도 생쥐처럼 젖어서 더운 날씨였는데도 몸이 덜덜 떨렸습니다. 태양이 제 옷을 말릴 힘이 없다는 게 이상하다고 생각한 것이 기억나는군요."

이 모노드라마 내내 달글리시는 러너의 옆얼굴을 이따금 살피고 있었다. 햇볕에 붉게 그을린 가느다란 목덜미에서 맥박이 펌프처럼 세차게 뛰고 있었다. 달글리시가 담담하게 말했다.

"홀로이드가 당신이 낙담한 것만큼 고통스러워 하지는 않았기를 바랍니다."

줄리어스 코트가 웃음을 터뜨렸다.

"모든 사람들이 이런 즐거움을 당신처럼 직업적으로 좋아하는 것이 아니라는 걸 잊지 마십시오. 여기까지 그를 끌어올린 뒤 토인턴 농장에서 사람들이 들것을 가지고 올 때까지 저는 포획한 물고기를 지키는 고기잡이처럼 이곳을 떠나지 않았습니다. 마침내 그들이 오더군요. 마치 소풍 온 사람들처럼 저마다 뭔가를 안고 지름길인 모래사장의 자갈 위를 허둥지둥하면서 말입니다."

"휠체어는 어떻게 되었나요?"

"토인턴에 돌아가서야 겨우 생각이 났습니다. 물론 그대로 내버려 둬도 상관없었지요. 모두들 그것은 알고 있었습니다. 하지만 경찰이 브레이크에 결함이 있지 않았는지 조사하고 싶어할 거라는 데 생각이 미쳤어요. 이만하면 꽤 머리가 좋지 않습니까? 아무도 그 생각을 못했으니까요. 토인턴 사람들이 그걸 찾으러 갔지만 바퀴 두 개와 몸체의 주요 부분만 발견했을 뿐입니다. 핸드브레이크가 달려 있는 좌우 부분은 어디에도 없었어요. 이튿날 아침 경찰이 다시 철저하게 수색했지만 허사였지요."

달글리시는 토인턴 농장에서 누가 수색하러 갔는지 물어보고 싶었다. 하지만 필요 이상의 호기심을 보이면 곤란했다. 호기심 같은 건 가지고 있지 않다고 그는 스스로에게 들려주었다. 변사(變死)는 더 이상 그의 관심을 끌지 않으며, 뿐만 아니라 공식적으로도 이 변사는 결코 그의 관심의 대상이 되지 않을 것이다. 그러나 휠체어의 가장 중요한 부분이 둘 다 발견되지 않았다는 것은 이상하다. 그리고 이 깊은 틈새와 웅덩이 같은 은밀한 장소가 많은 바위투성이의 모래밭은 그런 것을 숨기는 데는 가장 좋은 장소가 아닌가. 지방경찰도 그 정도는 생각했을 것이다. 이것은 그들에게 슬쩍 암시하여 해답을 이끌어 내야 할 문제의 하나이다. 배들리 신부는 홀로이드가 죽기 전날 그에게 편지를 써서 도움을 청했지만, 그렇다고 해서 이 두 사건이 완전히 별개의 것이라고 장담할 수는 없다. 그는 물었다.

"배들리 신부는 홀로이드의 죽음에 대해 많이 낙심하시던가요? 그랬을 거라고 짐작은 됩니다만."

"그 소식을 알렸을 때는 그랬지요. 하지만 그건 1주일이나 지난 뒤였습니다. 그때는 이미 조사가 끝나고 홀로이드는 매장된 뒤였지요. 그레이스 윌슨한테서 들으셨겠지만 신부님이 쓰러진 것과 빅터가 죽은 것은 같은 날이었습니다. 데니스가 농장으로 돌아가 급보를 전하자 구조대는 환자들에게 아무 말도 하지 않고 나갔습니다. 그럴 만했지만 운이 나빴어요. 40분 정도 지나 우리가 빅터의 유해를 들것에 싣고 돌아가니, 그레이스 윌슨이 홀에서 휠체어를 타고 달려나왔습니다. 그녀는 무척 흥분했고 그 충격으로 쓰러졌어요. 어쨌든 윌프레드는 신부님이 필요하다고 생각했겠지요. 에릭을 희망의 집까지 부르러 보냈는데, 그는 배들리 신부가 심장발작으로 괴로워하고 있는 것을 발견했습니다. 그래서 또다시 구급차를 부르게 됐지요. 신부님을 빅터의 유해와 같은 차에 태워서 병원으로 보낸다면, 신부님은 그것만으로도 돌아가실 거라고 생각했거든요. 그래서 노신부는 다행스럽게도 아무것도 모르는 채 병원으로 이송되었습니다. 의사가 신부님의 회복을 인정하자 곧 간호사가 빅터에 대한 얘기를 했습니다. 간호사의 말로는 그는 오히려 차분하게 듣고 있었다고 하는데, 그래도 동요는 숨기지 못했던 것 같습니다. 틀림없이 윌프레드에게 편지를 보냈을 겁니다. 애도의 편지 말입니다. 신부님은 직업상 인간의 죽음을 담담하게 받아들이는 기술을 터득하고 있었을 것이고, 또 신부님과 빅터는 그렇게 가까운 사이도 아니었어요. 신앙심 깊은 그의 마음을 괴롭혔던 건 자살이었다는 것 때문이 아니었을까 하고 저는 생각합니다."

갑자기 러너가 낮은 목소리로 말했다.

"저에게 책임이 있다는 생각이 들어 죄의식에서 벗어날 수가 없습니다."

달글리시가 말했다.

"당신이 빅터를 밀었나 밀지 않았나 하는 것이 문제입니다. 밀지 않았다면 죄책감은 감상에 지나지 않아요."

"그럼 만약 밀었다면?"

"그 경우에는 위험한 감상이 되겠지."

줄리어스가 웃었다.

"빅터는 자살했네. 그건 자네도 알고 나도 알아. 빅터를 알고 있는 사람이라면 누구나 알 수 있는 일이지. 그의 죽음에 대해 자네가 망상을 품고 있다면, 그날 오후 내가 수영할 마음이 들어 그 언덕 위로 올라가고 있었던 게 자네에겐 행운이었어."

여기서 세 사람은 마치 암묵의 양해가 있었던 것처럼 모래밭을 따라 걷기 시작했다. 러너의 창백한 얼굴, 느슨하게 일그러진 입술의 경련, 끊임없이 불안하게 깜박이는 눈을 본 달글리시는 빅터에 대한 이야기를 너무 오래했다고 느꼈다. 그는 바위에 대해 묻기 시작했다. 러너가 열정적으로 돌아보았다.

"멋지죠? 전 이 해안의 변화가 풍부한 모습을 좋아합니다. 서쪽으로는 키머리지까지 이런 이판암이 이어지고 있습니다. 키머리지 석탄으로 유명하지요. 이른바 역청탄인데 정말로 불에 타거든요. 토인턴 농장에서도 시험해 보았어요. 난방연료를 자급할 수 있지 않을까 하고 윌프레드가 솔깃해했지만 악취가 심해서 포기해야 했죠. 정말 코를 싸맬 정도였으니까요. 18세기 중반부터 연구하고 있지만 아직 아무도 탈취방법을 발견하지 못했다고 합니다. 흑석은 그대로는 아무 쓸모도 없을 것 같은데 밀랍으로 닦으면 마치 흑옥처럼 됩니다. 그 검은 탑으로 알 수 있지 않습니까? 로마제국시대에는 그것으로 장식품을 만들었답니다. 관심이 있으시면 이 주변의 지질을 연구한 책도 빌려드리고 제 화석 수집품도 보여드리겠습니다. 절벽이 너무 깎여나갔기 때문에 윌프레드가 더 이상 돌을 캐면 안 된다고 해서 수집하는 건 중지했습니다. 그래도 제법 볼 만한 수집품입니다. 게다가 철기시대의 이판암제 팔찌의 일부로 보이는 물건도 있습니다."

줄리어스 코트가 몇 피트 앞의 자갈 위를 걷고 있다가 돌아보며 외쳤다.

"자네의 광적인 돌멩이 수집으로 경감님을 난처하게 해선 안돼, 데니스. 그가 한 말을 잊었나? 그는 여기에 그리 오래 머물지 않는다구."

줄리어스는 달글리시를 향해 미소지어 보였다. 마치 방금 그가 한 말에 도전의 뜻이라도 들어 있는 듯한 느낌이었다.

3

웨어럼에 가기 전에 달글리시는 경시청의 빌 모리아티에게 편지를 썼다. 토인턴 농장의 직원과 환자에 관해 알아낸 것을 짤막하게 쓰고, 뭔가 공식적으로 알려진 것이 있으면 얘기해달라고 했다. 이 편지에 대한 빌의 반응이 눈앞에 훤히 보이는 것 같았다. 그 답장의 문체까지도 떠올릴 수 있다. 모리아티는 일류형사지만, 공식보고서를 제외하고는(고맙게도!), 자신이 담당한 사건에 대해 얘기하거나 글을 쓸 때 일부러 익살맞게, 그것도 그리 신통치 않은 우스꽝스러운 문체를 즐겨 사용한다. 마치 유머의 힘으로 폭력을 정화하겠다는 듯, 또는 죽음에 직면했을 때도 자기는 이렇게 냉철하다는 것을 과시하는 듯이. 하지만 모리아티의 글은 그렇다 쳐도 그의 정보는 정말 정확하고 두루두루 상세하다. 게다가 신속하기까지 하다.

토인턴 마을에 들러 편지를 부치는 길에, 달글리시는 지방경찰의 지서를 찾아가기에 앞서 전화를 미리 걸어두었다. 그래서 그의 방문은 갑작스럽게 이루어진 것은 아니었다. 지서장은 본서에서 열리는 급한 회의가 있어서, 달글리시에 대한 사과의 말과 함께 만사 빈틈없이 하라는 지시를 부하에게 남기고 갔다. 다음은 지서장과 그의 부하인 다니엘 경위 사이에 오고간 대화이다.

"경감을 만나지 못해 유감이야. 작년에 브람스힐에서 그가 강연했을 때 만난 적이 있지. 적어도 그는 그 거만한 경시청을 나무랄 데 없는 예절과 적당한 경멸을 섞어서 능란하게 다루고 있더군. 시골 순경을 장대 끝에 날고기를 매달고 오지를 돌아다니며 모집한 촌뜨기로 대접하지 않는 중앙의 직원을 만나면 속이 다 시원해. 그는 총감이 총애하는 애송이인지는 모르지만 유능한 형사야."

"혹시 시를 쓰지는 않습니까? 서장님."

"그런 말을 한다고 그가 좋아하지는 않을걸. 나도 취미 삼아 낱말 퀴즈 문제를 내는데, 시를 쓰는 것과 마찬가지로 지적인 기술을 요하지만, 그렇다고 해서 그 일로 찬사를 듣고 싶은 마음은 없거든. 도서관에서 그의 최신작을 읽었네. 《보이지 않는 상처》라는 거였지. 시인이 형사라는 점에서 아이러니한 제목이라고 생각하지 않나?"

"아직 읽지 않아서 뭐라고 말씀드릴 수가 없습니다만."

"세 편의 시 가운데 하나밖에 이해하지 못했는데, 나로서는 무리한 셈이지. 경감이 무슨 일로 왔는지는 얘기하지 않던가?"

"예, 그런 말은 하지 않았습니다. 토인턴 농장에 머물고 있다니 아마 홀로이드 사건에 관심이 있는 모양입니다."

"왜 그럴까? 뭐 어쨌든 바니 부장형사를 대기시켜 두는 게 좋을 거야."

"바니도 점심식사에 참석하도록 말해 두었습니다. 늘 가는 술집이 좋을 것 같습니다만."

"당연하지. 가난하게 사는 모습을 경감에게 보여줘야 해."

그렇게 하여 통례의 환영인사를 받은 뒤, 달글리시는 듀크스 암스에서의 점심식사에 초대받았다. 그곳은 무척 인상이 좋지 않은 선술집이었는데, 큰길에서는 보이지 않는, 곡물가게와 잡화점 사이의 어두컴컴한 골목길을 들어간 곳에 있었다. 그 잡화점이라는 것은 시골 마을에서 흔히 볼 수 있는 만물상으로, 양철통, 목욕통, 빗자루, 삼실, 알루미늄 주전자, 가죽 개목걸이 등등 모든 일용잡화가 파라핀과 테레빈유 냄새를 발산하면서 머리 위 천장에 매달려 있었다. 튼튼한 셔츠 차림의 술집주인은 다니엘 경위와 바니 부장형사에게 노골적이지는 않지만 확실하게 환영하는 태도를 보였다. 그는 어느 모로 보나 자기 가게에 지역경찰관이 온다고 해서 가게이름에 흠집을 낸다고 생각하지 않고 그들을 환영할 수 있는 인물인 것이다. 가게 안은 사람들로 복작대고 있었고 담배연기와 도싯 사투리가 넘쳐났다. 다니엘의 안내로 짙은 맥주 냄새와 희미한 지린내가 풍기는 좁은 통로를 지나자, 갑자기 햇살이 넘치는, 둥근 돌이 깔린 안마당이 나왔다. 마당 한가운데 있는 벚나무 둘레를 나무벤치가 에워싸고 있고, 둥근 돌로 가장자리를 두른 포석 위에는 대여섯 개의 튼튼한 나무테이블과 의자가 놓여 있었다. 손님은 한 사람도 없었다. 단골들은 바깥에서 오래 일하는 사람들뿐이어서, 연기가 자욱하고 아늑한 바의 친근감 속에서 편안함을 찾는 것 같고, 이 마당을 좋아할 만한 여행객들은 듀크스 암스까지는 모르는 것이리라.

주문도 하기 전에 주인이 맥주 2파인트와 치즈를 듬뿍 끼운 롤빵, 직접 만든 처트니(인도의 달콤하고 시큼한 양념) 단지, 토마토를 담은 커다란 그릇을 내왔다. 달글리시도 같은 것을 달라고 말했다. 맥주는 훌륭했고 치즈는 영국산 체다, 빵은 분명히 현지 제품으로, 싱겁고 속이 빈 대량 생산품이 아니었다. 버터는 소금이 들어 있지 않았고 토마토에서는 태양의 맛이 났다. 세 사람은 친밀한 분위기 속에서 말없이 음식을 먹었다.

다니엘 경위는 둔감해 보이는, 6피트가 넘는 사람으로, 빗질하지 않은 뻣뻣한 잿빛 머리카락과 햇볕에 그을린 붉은 얼굴의 소유자였다. 거의 정년이 다 되어 보였다. 그 검은 눈은 잠시도 가만히 있지 않고, 즐겁고 열성적이면서 어딘가 자기만족의 빛을 띠며 상대방의 얼굴에서 얼굴로 쉴새 없이 옮겨다니고 있었다. 마치 이 세상의 모든 일에 대해 자신이 개인적으로 책임이 있으며, 또 대체로 자기가 그 일을 썩 잘해내고 있다고 만족하고 있는 것 같았다. 그 반짝이는 조급한 눈은 유연한 동작과 느릿한 시골풍 말투와 너무나 균형이 맞지 않아 보였다.

바니 부장형사는 그보다 2인치쯤 키가 작았는데, 소년처럼 부드럽고 둥근 얼굴에는 아직 지난날의 경험은 아무것도 새겨져 있지 않았다. 매우 젊어 보이며, 그렇게 보이는 얼굴로 인해 나이 지긋한 사람들로 하여금 '경찰관은 해마다 젊어지고 있다'고 투덜대게 하는 원인이 되는 본보기이다. 상사를 대하는 태도는 경쾌하면서도 깍듯하지만 아첨하거나 필요 이상으로 정중한 데는 없었다. 이 사람은 스스로 자신에게 깊이 만족하고 있어, 그것을 남에게 숨기는 것을 약간 고통으로 여기고 있지 않은가 하는 느낌마저 들었다. 그가 홀로이드 사건에 대해 수사보고를 시작하자, 달글리시는 그 까닭을 알 수 있었다. 이곳에 자신이 어디로 가고 있는지, 또 어떻게 하면 그 목적지에 도착할 수 있는지 똑똑히 알고 있는 한 지적이고 유능한 젊은 형사가 있었던 것이다.

달글리시는 자신이 경찰서를 찾아온 까닭을 조심스럽게 꺼냈다.

"배들리 신부가 편지를 보냈을 때 나는 병중이었고, 이곳에 와보니 그는 사망한 뒤였소. 그가 나에게 그렇게 중대한 상담을 하려고 한 것 같지는 않지만, 그래도 어쩐지 마음에 걸리는 것이 있어요. 그래서 이곳 경찰과 얘기를 나누고, 그가 고민했을 법한 문제가 토인턴 농장에서 일어나고 있었는지 확인하는 것이 타당하다고 생각했소. 하지만 그런 일은 없었을 거라고 나도 생각해요. 물론 빅터 홀로이드의 사망사건은 들었지만, 그건 배들리 신부가 편지를 보낸 뒤의 일이니까. 그래도 일단, 신부가 고민하던 문제가 혹시 홀로이드 사건과 관련되는 부분이 있지 않은가 하고 생각했소."

바니 부장형사가 말했다.

"홀로이드의 죽음이 본인 외에 제3자가 관련되었다고 볼 만한 증거는 없었습니다. 아실 거라고 생각합니다만, 심문의 평결은 사고사였습니다. 마스켈 박사가 동석했는데 평결에 안도한 것 같았습니다. 앤스티 씨는 토인턴 농장에서 고립적인 생활을 하고는 있지만, 그래도 이 일대에서는 대단히 존경받고 있기 때문에 그를 더 이상 괴롭히고 싶어하는 사람은 아무도 없습니다. 제 의견 역시 경감님, 그건 아무리 보아도 자살이었습니다. 홀로이드가 일시적인 충동에 사로잡혀 행동한 점이 많이 보입니다. 그날은 그가 절벽으로 산책 가는 날이 아니었는데 충동적으로 결심한 것 같습니다. 환자용 안뜰에서 홀로이드와 나란히 휠체어에 앉아 있었던 미스 그레이스 윌슨과 어슐러 홀리스 부인의 증언을 들었는데, 그는 데니스 러너를 불러내어 생각하기에 따라서는 강제로 휠체어를 밀게 했다고 합니다. 러너의 증언으로는, 홀로이드는 가면서도 기분이 몹시 좋지 않았고, 절벽 위에 도착할 무렵에는 완전히 통제할 수 없을 정도의 상태가 되어 있었고, 러너는 책을 들고 휠체어에서 조금 떨어진 곳에 누워 있었다고 합니다. 줄리어스 코트 씨가 언덕을 올라가면서 휠체어가 앞으로 달리기 시작하여 경사면을 굴러 절벽으로 떨어지는 것을 목격했을 때도, 러너는 그곳에서 그렇게 하고 있었던 모양입니다. 이튿날 아침 제가 현장의 지면을 조사해보니, 납작해진 꽃과 풀 위에 러너가 누워 있었던 흔적이 뚜렷하게 남아 있었고, 그가 읽고 있던 책 《도싯 연안지방의 지질학》도 아직 그곳에 그대로 떨어져 있었습니다. 제 생각으로는 경감님, 홀로이드는 일부러 러너를 괴롭혀서 그를 떨어져 있게 하여, 러너가 말리지 못하게 한 게 아닐까요?"

"홀로이드가 한 말을 러너가 법정에서 모두 진술했소?"

"상세하게 얘기하지는 않았습니다. 하지만 홀로이드가 그를 동성애자라며 모욕을 주고 토인턴 농장에서 제대로 일도 하지 않고 게으름 피우는 무능하고 불친절한 간호사라고 독설을 퍼부은 것은 저에게 털어놓았습니다."

"그만큼 말했다면 상세하다고도 할 수 있겠군. 그 욕설은 어디까지 진실일까?"

"그건 어려운 질문이군요, 경감님. 어쩌면 첫 번째를 포함한 모든 항목이 사실일지도 모릅니다. 그렇다 해도 홀로이드한테서 그런 말을 듣고 좋아할 사람은 없겠지요."

다니엘 경위가 끼어들었다.

"그는 불친절한 간호사가 아닙니다. 그건 확실합니다. 내 누이동생 엘라가 스와네지에 있는 메도랜드 양로원에서 간호사로 있는데, 러너의 노모가——벌써 80세가 넘었다는군요——그곳에 입원해 있습니다. 러너는 정기적으로 어머니를 찾아가서, 그곳이 바쁠 때는 일을 도와주었다고 합니다. 그곳에 취직하면 딱 좋을 것 같지만 일과 사생활은 분리하는 것이 나을 수도 있지요. 아무튼 그곳에는 남자간호사의 결원이 없는 모양입니다. 그리고 러너가 윌프레드 앤스티에게 일종의 충성을 바치고 있다는 건 의심의 여지가 없습니다. 엘라는 데니스 러너를 매우 높이 평가하고 있습니다. 효자라는 말을 자주 했어요. 어머니를 메도랜드에 입원시키려면 그가 받는 급료가 거의 다 들어갈 겁니다. 좋은 곳은 모두 그렇듯이 그곳도 비용이 싼 편은 아닙니다. 제 생각으로는 홀로이드는 정말 불쾌한 사람이었습니다. 그가 없어진 걸 농장 사람들은 무척 다행으로 생각할 겁니다. ”

달글리시가 말했다.

“자살 방법치고는 뭔가 불투명하다고 나는 생각했소. 놀라운 것은 그가 휠체어를 움직였다는 사실이오. ”

바니 부장형사는 맥주를 듬뿍 목구멍에 흘려 넣었다.

“거기에 대해선 사실 저도 놀랐습니다. 그 휠체어를 원래대로 복구할 수 없었기 때문에 실험하는 건 불가능했지요. 하지만 홀로이드는 덩치가 커서 저보다 반 스톤(1스톤은 약 6.35kg)은 체중이 더 나갔던 것 같은데, 저는 토인턴 농장에 있는 낡은 휠체어 중에서 그것과 가장 비슷한 것으로 실험해 보았습니다. 보통의 단단한 흙에서 경사가 30도 이상인 곳에서는 세게 힘을 주면 움직일 수 있었습니다. 줄리어스 코트가 홀로이드의 몸이 힘껏 힘을 주어 움직이는 것을 보았다고 증언했습니다. 하기는 그가 있던 거리에서는 스스로 앞으로 나아가려고 한 움직임인지, 아니면 휠체어가 저절로 움직이기 시작하자 홀로이드가 반사적으로 나타낸 반응인지, 어느 쪽이라고 말할 수 없겠지요. 그리고 염두에 두어야할 것은, 경감님, 홀로이드가 다른 방법으로 자살하는 것도 쉽지 않았다는 사실입니다. 거의 가능성이 없다고 할 수 있습니다. 약물을 이용하는 방법이 간단하기는 하지만, 그런 것은 2층 진료실에 엄중하게 자물쇠를 채워 보관하고 있습니다. 누군가의 도움을 받지 않으면 위험한 약품을 손에 넣을 수 있는 가능성은 없습니다. 욕실에서 수건으로 목을 매는 것도 생각할 수 있지만, 욕실문이고 화장실문이고 모두 잠금장치가 없습니다. 물론 그것은 환자가 그 안에서 정신을 잃어 스스로 도움을 요청할 수 없게 된 경우에 대비한 것인데, 그건 곧 그곳에서는 개인의 프라이버시가 보호되지 않는다는 뜻이기도 합니다. ”

“휠체어에 결함이 있었던 건 ? ”

“그것도 생각해 봤습니다. 그리고 물론 조사에서도 문제가 되었습니다. 하지만 찾아낸 것은 시트 부분과 한쪽 바퀴뿐이었습니다. 양쪽에 핸드브레이크가 있던 부분과 기어장치가 있는 가로대는 결국 발견되지 않았습니다. ”

“바로 그 부분이 브레이크의 결함이 자연적인 것인지 아니면 사람 손에 의한 것인지 확실하게 알 수 있는 부분인데. ”

“그동안 발견되었다면, 그리고 너무 파손되어 있지 않았다면 더더욱 다행이었겠지만 허사였습니다. 사체는 공중에서, 또는 추락의 충격으로 휠체어에서 튀어나갔고, 코트 씨는 당연히 사체를 끌어올리느라 정신이 없었지요. 파도에 흔들리는 데다 바지가 흠뻑 젖어 있어서 사체를 끌어올리는 건 무척 힘든 일이었습니다. 코트는 목욕수건을 홀로이드의 벨트에 묶어서 끌어올린 뒤 구조대가 올 때까지 붙들고 있었습니다. 들것을 가지고 달려간 것은 앤스티 씨, 휴슨 박사, 목슨 간호부장과 잡역부 앨버트 필비입니다. 그들은 힘을 합쳐 사체를 들것에 옮기고 모래사장을 따라 토인턴 농장으로 가까스로 운반한 뒤, 곧 우리에게 연락했습니다. 농장에 돌아온 뒤에야 코트 씨는 경찰이 휠체어를 조사할지도 모르니까 찾아두어야겠다는 생각이 들어 필비를 보냈습니다. 목슨 간호부장도 자진하여 동행했지요. 그때는 이미 바닷물이 20야드나 차올라 있어서 찾을 수 있었던 건 일부분뿐이었습니다. 시트와 등받이 부분, 그리고 바퀴 한쪽입니다."

"도로시 목슨까지 갔다니 놀랍군. 그녀는 환자 옆에 있어야 할 사람 아니오?"

"그렇습니다, 경감님. 하지만 앤스티 씨는 토인턴 농장을 떠나려고 하지 않았고, 휴슨 박사도 사체 옆에 있어야 한다고 생각했습니다. 레이너 간호사는 그날 오후 비번이었고 손이 비어 있던 사람은 밀리센트 해미트 부인밖에 없었지요. 그런데 그 부인은 아무짝에도 도움이 되지 않는 사람입니다. 어두워지기 전에 누군가가 같이 가서 휠체어를 찾는 것이 중요한 일이었습니다."

"줄리어스 코트는?"

"코트 씨와 러너는 경찰이 왔을 때를 대비해 토인턴 농장에 있어야 한다고 생각했지요."

"분명히 적절한 조치였군. 그리고 당신들이 도착한 무렵에는 이미 날이 어두워져서 수색은 무리였겠군요?"

"그렇습니다. 우리가 토인턴 농장에 도착한 시간은 7시 14분이었습니다. 사정을 듣고 시체를 안치소로 보내는 수속을 취하는 것 외에는 아침이 될 때까지 아무것도 할 수 없었지요. 그곳 모래사장에서 물이 빠져나갔을 때의 광경을 보신 적 있습니까? 마치 엄청난 거인이 한바탕 신이 나서 거대한 망치로 검은 당밀 캔디를 마구 두드려 깬 것처럼 보입니다. 우리는 광범위하게 구석구석 수색하기는 했지만, 바위 틈새에 떨어져 있는 금속부품을 찾으려면 금속탐지기가 필요하고——그리고 행운도——또 그것을 집어올릴 기구도 있어야 합니다. 생각컨대 부품은 이미 자갈 속으로 빨려 들어가 버린 뒤였을 겁니다. 만조 때는 물살이 엄청난 기세로 모든 것을 뒤섞어 버리니까요."

"홀로이드가 갑자기 자살하고 싶어졌다고 생각할 만한 이유가 있나요? 즉, 그때를 일부러 선택한 데 대한."

"그 점도 신문했습니다. 1주일 전, 즉 9월 5일 코트 씨와 휴슨 박사 부부가 코트 씨의 차로 홀로이드를 런던의 세인트 세이비어 병원과 그의 변호사에게 데리고 갔다 합니다. 휴슨 박사 자신이 수련을 쌓은 병원이라는군요. 그런데 홀로이드의 증세는 그다지 희망을 걸 수 없고, 치료 방법도 거의 없다는 걸 알았던 모양입니다. 휴슨 박사의 말로는 홀로이드는 그다지 낙심한 것 같지는 않았다고 합니다. 그로서도 큰 기대는 하지 않았던 거지요. 박사는, 홀로이드가 그저 런던에 가고 싶어서 병원에 가자고 우긴 것 뿐이라고 했습니다. 그는 가만히 앉아 있는 것을 싫어하는 사람으로, 기회만 있으면 토인턴 농장에서 나갈 구실을 찾아내려고 했습니다. 어쨌든 코트 씨가 자신의 차를 제공하여 동행해 주었습니다. 목슨 간호부장과 앤스티 씨도 홀로이드가 별로 실망하지 않고 돌아올 것으로 예상했다고 합니다.

그렇다면 두 사람은 자살설을 부인한 셈이지만 환자들의 얘기는 또 달랐습니다. 런던에서 돌아온 뒤 홀로이드는 어딘가 사람이 변한 것 같았다는 겁니다. 낙담했다는 표현은 하지 않았지만, 함께 있는 것이 괴로웠다고 했습니다. 흥분해 있었다고도 했고 미스 윌슨은 '고무되어 있었다'는 말을 사용했습니다. 뭔가 중대한 결심을 하려는 사람처럼 보였다는 겁니다. 그녀는 홀로이드가 자살했다는 것을 별로 의심하지 않는 것 같았습니다. 제가 신문했을 때, 그녀는 그 사실에 분명히 충격을 받은 것 같았고, 또 앤스티 씨의 심정이 어떨지 걱정하더군요. 자살이라고 믿고 싶지는 않지만 결국 그렇게 믿기로 한 것 같았습니다."

"홀로이드가 런던에 가서 변호사를 만난 건 무슨 일로? 그가 뭔가 좋지 않은 소식이라도 들었소?"

"홀로이드 앤 마틴슨 법률사무소는 옛날부터 이어져 내려온 가족회사로, 베드포드 거리에 있습니다. 홀로이드의 형이 그곳의 공동 경영자지요. 그와 전화로 통화했는데 특별한 얘기는 듣지 못했습니다. 그에 의하면 그때의 빅터의 방문은 어디까지나 사교적인 것이었고, 빅터는 보통 때보다 더 침울하지는 않았다고 합니다. 마틴 홀로이드 씨는 동생과 사이가 그리 좋은 편은 아니었지만, 가끔 토인턴 농장을 방문했습니다. 특히 앤스티 씨와 사업얘기를 할 게 있을 때는요."

"그러니까 홀로이드 앤 마틴슨은 앤스티의 법률 고문인 셈이군?"

"벌써 150년 넘게 앤스티 집안의 법률사무를 대행하고 있습니다. 정말 오랜 인연이지요. 그런 관계 때문에 빅터도 농장에 대해 알게 된 것 같습니다. 그는 앤스티의 첫 번째 환자였습니다."

"홀로이드의 휠체어 말인데, 홀로이드가 죽은 날이나 그 전날 밤 토인턴 농장의 누군가가 그걸 일부러 망가뜨렸을 가능성은?"

"물론 필비라면 가능했겠지요. 기회라는 점에서는 제일 가능성이 높습니다. 하지만 다른 사람들도 얼마든지 가능했습니다. 홀로이드의 휠체어는 외출하기에 적당하도록 만들어진 대형 휠체어인데, 남동쪽 복도 끝에 있는 작업실에 보관되어 있었습니다. 아시는지 모르겠지만, 어느 휠체어에나 아주 쉽게 접근할 수 있습니다. 그곳은 원래는 필비의 작업실로, 목공일과 웬만한 금속을 다룰 수 있는 평범한 도구류와 장치가 들어 있지요. 하지만 환자들도 그것을 사용할 수 있었고, 사실 필비를 도와주거나 각자의 취미생활을 즐기는 것은 환자들에게도 무척 바람직한 일로 장려되고 있었습니다. 홀로이드도 병이 악화되기 전에는 간단한 목공일을 했다고 하고, 카워다인 씨도 이따금 점토로 조각품을 만들고 있습니다. 여자환자는 별로 출입하지 않지만 남자환자는 그 방에 들어가도 조금도 이상한 일이 아니었던 모양입니다."

달글리시가 말했다.

"그날 밤 8시 45분에 필비가 그 휠체어에 기름을 치고 브레이크를 점검했을 때, 카워다인이 자신도 그 작업실에 있었다고 나에게 애기했는데."

"그럼 저에게 애기한 것 이상이군요. 저에게 애기했을 때는 필비가 그렇게 하고 있는 것을 실제로 그가 목격한 것은 아니라는 인상을 받았습니다만. 필비는 자신이 브레이크를 점검했는지 어쨌는지 기억이 확실하지 않다고 애매하게 애기했습니다. 저는 별로 놀라지 않았습니다. 주의가 불충분했다는 점에 검시관이 지나치게 주목하지 않는 한도 내에서, 모든 사람이 사고사로 종결시켜 주기를 바라는 것이 역력했지요. 하지만 홀로이드가 사망한 날 아침의 상황에 대해 전원에게 물었을 때, 운좋게도 한 가지 사실을 알 수 있었습니다. 아침 식사 뒤 8시 45분 조금 지나 필비는 작업실로 돌아갔습니다. 거기서 한 시간 뒤에 나올 때는 자물쇠를 채웠다는군요. 수리할 물건들이 있어서 다른 사람들이 만지게 하고 싶지 않았던 거지요. 필비는 그 작업실을 자기 전용으로 생각하여, 다른 환자들도 사용하는 것을 그리 달가워하지 않았던 것으로 보입니다. 어쨌든 그는 열쇠를 주머니에 넣고, 4시 조금 전에 러너가 홀로이드의 휠체어를 꺼내야 하니 열쇠를 달라고 서두르는 기색으로 말할 때까지 방문을 내내 잠가 두었습니다. 필비의 이 증언이 사실이라면, 9월 12일 이른 아침 작업실 문이 잠겨 있지 않았을 동안 토인턴 농장 사람 중에서 알리바이가 없는 사람은 앤스티 씨, 홀로이드 자신, 카워다인 씨, 목슨 간호부장, 휴슨 부인입니다. 코트 씨는 런던에 가서, 러너와 홀로이드가 나가기 직전까지 돌아오지 않았습니다.

러너의 알리바이도 확실합니다. 관련이 있는 시간대에는 그는 줄곧 환자들을 돌보느라 바빴습니다."

모두 아귀가 잘 들어맞는다고 달글리시는 생각했지만, 그렇다고 확실하게 증명된 것은 아무것도 없었다. 작업실은 전날 밤 카워다인과 필비가 그곳에서 나간 뒤 아마 밤새도록 잠겨 있지 않았을 것이다. 그가 말했다.

"아주 잘했소, 부장형사. 그런 사실들을 그곳 사람들이 그리 경계심을 품지 않도록 하는 가운데 캐낸 거겠지?"

"그랬다고 생각합니다, 경감님. 그들은 한순간이라도 자기들 중 누군가가 피의자라는 생각은 하지 않았을 겁니다. 그저 홀로이드가 어째서 자신의 휠체어를 타고 나가지 않으면 안 되었는가를 조사하는 거라고 생각했을 겁니다. 그리고 만약 휠체어를 누가 일부러 고장냈다면, 저는 그가 한 짓이라고 생각합니다. 제가 알아낸 바로는 그는 사악한 사람이었습니다. 휠체어가 바다에서 인양되어 망가진 부분이 발견된다면, 토인턴 농장의 전원이 혐의를 받을 것을 예상하고 남몰래 재미있어 했을 사람이지요. 자살하면서 그가 손뼉을 치며 좋아했을 것 같지 않습니까?"

달글리시가 말했다.

"좌우의 브레이크가 우연히 동시에 고장났다는 건 정말 믿기 어렵군. 농장에서 그런 종류의 휠체어를 보았는데 브레이크의 구조는 단순하지만 잘 되어 있어서 안전했소. 그리고 누군가가 일부러 고장냈다는 가정도 거의 무리인 것 같고. 그 특정한 순간에 맞춰 브레이크가 고장나게 하는 건, 어떤 범죄자라도 확실하게 할 수 없는 일 아니겠소? 또 외출하기 전에 러너나 홀로이드가 확인하게 되어 있었으니, 휠체어가 절벽 위에서 멈춰 섰을 때나 그 전에 고장난 사실을 알았을 거요. 게다가 그날 오후 홀로이드가 꼭 산책하러 가야겠다고 우길 거라는 건 아무도 예측할 수 없던 일이오. 그런데 절벽 위에서의 과정은 실제로 어땠을까? 휠체어에 브레이크를 걸었던 건 누구였소?"

"러너에 의하면 홀로이드가 걸었다고 합니다. 러너는 자신이 한번도 브레이크를 보지 않은 사실을 인정했습니다. 그가 할 수 있는 말은 휠체어는 아무 데도 이상한 데가 없었다는 것뿐입니다. 브레이크는 두 사람이 늘 휠체어를 세우는 지점에 도착하기 전에는 사용되지 않았답니다."

잠시 침묵이 흘렀다. 세 사람은 식사를 마쳤고, 다니엘 경위는 트위드 재킷의 호주머니를 뒤져 파이프를 꺼냈다. 담배통에 잎을 채우기 전에 엄지손가락으로 가볍게 두드리면서 그는 빠른 말투로 말했다.

"노신부가 사망한 사건 쪽은 별 문제 없었습니까, 경감님?"

"그는 의사의 보살핌을 받을 수 없는 상태에 있었고, 사실 죽은 시기가 그로서는 좋지 않았어요. 나에게 무엇을 의논하려고 했는지 듣기도 전에 사망해버린 것은 마음에 걸리지만 그건 나의 사적인 안타까움입니다. 형사로서는, 나는 오히려 그가 숨을 거두기 직전에 누구를 만났는지가 궁금하군요. 지금까지 밝혀진 바로는 그 인물은 그레이스 윌슨인데, 하지만 그녀 뒤에 누군가 또 한 사람의 환자가 그를 만나러 왔다는 느낌이 들어요. 이튿날 아침 사체로 발견되었을 때, 그는 영대를 어깨에 걸치고 있었어요. 그의 일기장이 사라지고 책상의 잠금장치도 망가져 있었고 말이지요. 20년이 넘도록 배들리 신부를 만나지 않았던 내가, 일기장과 책상 건을 그가 한 것이 아니라고 확신한다는 건 좀 이상하게 보일지 모르지만."

바니 부장형사는 경위를 바라보았다.

"경위님, 만약 누군가가 신부에게 고해를 하여 사면을 받은 뒤에,

신부의 입을 확실하게 봉하기 위해 죽였다고 한다면 신학적인 입장에서는 어떻게 됩니까? 그 고해는 그래도 유효한가요?"

그의 젊어 보이는 얼굴은 천성적으로 진지해 보여서, 이 질문이 정말 순수한 물음인지 아니면 좀더 깊은 동기에서 나온 것인지 잘 분간이 되지 않았다. 다니엘은 파이프를 입에서 뗐다.

"이거야 나 원! 자네 같은 젊은 친구들은 그런 뚱딴지같은 소리를 천연덕스럽게 내뱉는다니까! 내가 어렸을 때 주일학교에서 흑인 아이들을 위해 헌금을 하곤 했지만, 그들은 자네처럼 무지하지는 않았어. 나에게 그런 건 묻지 말게, 그건 신학적 입장이니 뭐니 할 것도 없어."

그는 달글리시를 쳐다보았다.

"신부님이 영대를 걸치고 있었다구요? 그건 좀 문제로군요."

"나도 그렇게 생각했습니다."

"하지만 그게 그렇게 이상한 일일까요? 그는 혼자 있었고 자신의 죽음이 가까워진 것을 알고 그것을 목에 걸고 있으면 마음이 편안해질 거라고 생각했는지도 모릅니다. 그렇게 생각하지 않으십니까, 경감님?"

"그가 무엇을 하고 무엇을 느끼고 있었는지 나는 모릅니다. 어쨌든 20년 동안 만나지 못했으니까요."

"그리고 망가진 책상 말인데, 틀림없이 신변의 서류를 정리하다가 열쇠를 어디에 두었는지 잊어버린 거겠지요."

"그렇게 생각할 수도 있겠군요."

"그는 화장되었습니까?"

"화장되었어요. 헤미트 부인이 강력하게 주장해서. 유골은 영국국교에 걸맞은 의식에 의해 매장되었지만."

다니엘 경위는 더 이상 아무 말도 하지 않았다. 달글리시도 자리에서 일어서면서 사실 이제 더 이상 할 애기가 없다고 씁쓸하게 속으로 중얼거렸다.

4

배들리 신부의 법률 자문을 맡고 있는 '로더 앤 웨인라이트' 법률사무소는 사우스 거리에 있는, 소박하지만 보기 좋게 조화를 이루고 있는 빨간 벽돌 건물 안에 있었다. 1762년에 일어난 대화재로 완전히 파괴된 뒤에 새로 지어진 세련된 건물의 전형인 것 같았다. 활짝 열려 있는 문은 모형 대포를 본뜬 놋쇠 버팀쇠로 지탱되고 있고, 그 반짝거리는 총구가 도시의 거리를 향해 위협하듯이 튀어나와 있었다. 이 호전적인 장식물만 제외하면 건물과 가구 집기들은 모두 친근한 것들로, 풍요로움과 전통과 직업상의 성실 등의 분위기를 자아내고 있었다. 하얀 페인트를 칠한 홀 벽에는 18세기 도체스터의 그림이 걸려 있고 가구광택제 냄새가 났다. 왼쪽에 열려 있는 문 안쪽으로 보이는 넓은 대기실에는 조각이 새겨진 대좌 위에 거대한 둥근 테이블이 놓여 있고, 건장한 농부가 털썩 주저앉아도 끄떡도 하지 않을 것 같은, 역시 조각이 새겨진 마호가니 의자가 여섯 개, 빅토리아 왕조풍의 한 이름 모를 신사를 그린 초상화 등이 있었다. 아마 이 사무소의 창립자인 듯, 구레나룻을 기르고 훈장을 달고, 가느다란 손가락 사이로 시계줄의 잠금쇠를 살짝 보여주면서 화가에게 그걸 빼먹어서는 곤란하다는 듯한 얼굴을 하고 있다. 토마스 하디의 작품에 등장하는 부유한 인물들이 편안해할 것 같은 집, 그들이 남의 눈을 피해 곡물법 폐지의 영향과 프랑스 사나포선(적선을 공격하고 나포할 권리를 인정받은 무장한 민간 선박)에 대한 불신을 수군거리는 데 어울릴 것 같은 집이었다. 대기실 앞쪽에 있는 칸막이 쳐진 사무실에는 젊은 여직원 한 명이 있었다. 긴 치마에 검은 부츠를 신고 있어 허리 밑으로는 빅토리아 왕조시대의 가정교사처럼 보이고, 허리 위로는 젖 짜는 아가씨처럼 보인다. 그녀가 더듬더듬 타이프를 치고 있는 모습을 보자, 매기 휴슨이 이 사무소의 무능한 업무 태도에 분개하던 모습이 떠올랐다. 달글리시의 질문에 그녀는 앞으로 흘러내린 머리칼 속에서 힐끗 그를 올려다본 뒤, 로더 씨는 지금 외출중이며 10분 뒤에 돌아올 거라고 했다. 점심을 먹으러 나간 거라고 짐작하며, 달글리시는 족히 30분은 기다리게 될 것을 각오했다.

20분쯤 지나자 로더가 돌아왔다. 그가 유쾌한 듯 의기양양하게 응접실로 들어오는 발소리가 들려왔다. 낮게 주고받는 말소리가 들리더니 곧 그가 나타나 뒤편에 있는 자신의 사무실로 손님을 안내했다. 사무실은 예상과는 반대로 지저분하고 촌스럽고 난잡했으며 그 방 주인 역시 달글리시가 기대한 것과는 달랐다. 건물과도 어울리지 않았다. 밥 로더는 각진 얼굴의 탄탄해 보이는 남자로, 거무스름한 피부는 기미가 가득하고 눈 밑은 피곤한 듯 늘어져 있었으며, 그 위의 눈은 작고 생기가 없었다. 매끄러운 머리는 무척 검지만——자연적인 색깔치고는 지나치게——이마와 양쪽 옆에 희미한 백발이 보였다. 콧수염은 가지런히 손질되어 있고, 입술이 유난히 붉게 젖어 있어 마치 피가 배어 나오고 있는 것 같았다. 눈꼬리의 주름과 늘어진 목살을 보고, 이 사람은 필사적으로 그렇게 보이려고 노력하고 있는 것만큼 젊지도 건강하지도 않을 거라고 달글리시는 생각했다.

그는 달글리시에게 진심이 담긴 따뜻한 태도로 인사했는데, 왠지 그의 성격이나 지금의 상황에는 맞지 않는 것 같았다. 그의 태도는 세상살이에 도저히 익숙해지지 않는 옛날 달글리시의 선배와 동료들, 또는 차 한 대를 무사히 팔아치우는 동안 차체와 엔진이 제대로 붙어 있는지 어떤지도 자신이 없는 자동차 세일즈맨한테서 볼 수 있는 자포자기와 비슷한 붙임성을 연상시켰다.

달글리시는 방문의 표면적인 목적을 짤막하게 얘기했다.

"토인턴에 도착할 때까지 배들리 신부가 사망한 사실을 몰랐고, 또 그가 저에게 물려준 유품이 있다는 것을 안 것도 휴슨 부인을 통해서였습니다. 그 점은 별로 중요하지 않습니다. 당신도 아마 그걸 알려줄 틈이 없었겠지요. 그런데 앤스티 씨가 새로운 사람이 들어오기 전에 농장을 깨끗이 정리하고 싶어해서, 책을 가져가기 전에 한번 확인하는 게 좋겠다고 생각했습니다."

로더는 문밖으로 목을 내밀고 파일을 가져오라고 소리쳤다. 파일은 깜짝 놀랄 만큼 빨리 왔다. 서류를 한번 훑어본 뒤 그가 말했다.

"됐습니다, 틀림없군요. 편지가 없어서 유감입니다. 시간이 없어서가 아니라 주소가 없어서 연락을 못드렸습니다. 그 영감님께서 생각이 나지 않으셨던 모양입니다. 물론 이름은 기억이 납니다. 손님이 누구신지 제가 잊어버린 거라면 부디 용서를."

"아닙니다, 그렇지 않습니다. 배들리 신부님이 이곳에 찾아왔을 때 제 이름을 말했을지도 모르지만, 분명히 그는 병이 나기 하루 이틀 전에 이곳을 방문했을 겁니다."

"맞습니다. 11일 수요일 오후였지요. 그러고 보니, 그분을 만난 건 그때가 두 번째였어요. 처음에는 약 3년 전에 그분이 토인턴 농장에 부임하자마자 바로 상담하러 오셨습니다. 유언장 작성 건으로요. 그리 큰 액수는 아니었지만 돈을 별로 쓰지 않으셨기 때문에 모두 합치면 제법 상당한 금액이 되었지요."

"어디선가 이곳에 대한 얘기를 듣고 오신 건가요?"

"그렇지 않습니다. 그 영감님은 유언장을 써두고 싶었고 그러려면 변호사가 필요하다고 생각하여, 웨어럼까지 버스를 타고 와서 버스에서 내려 걷다가 맨 처음 눈에 들어온 변호사 사무소에 들어온 겁

니다. 그때 마침 제가 있었기 때문에 상담해 드렸지요. 그리고 그
분이 바라시는 대로 제가 여기서 유언장을 작성하고 두 통에 서명
하시게 했습니다. 참 선량하신 분이었습니다. 그렇게 수월한 손님
은 처음이었어요."

"그럼 11일에 온 건 그가 뭔가 난처한 일이 있어서 당신에게 의논
하러 온 것은 아니었군요? 그로부터 받은 마지막 편지에 뭔가 마
음에 걸리는 것이 있어서. 만약 그런 일이 있다면 저로서는 아무래
도……."

그는 일부러 말을 흐렸다.

로더가 밝게 말했다.

"영감님은 마음이 좀 혼란스러운 상태에서 찾아오셨습니다. 유언장
내용을 바꾸고 싶어하면서도 좀처럼 결심을 못하고 있었지요. 그
결심을 하는 동안, 제가 그분을 위해 돈을 어딘가에 숨겨주었으면
하고 생각하는 듯한 느낌도 받았습니다. 저는 말씀드렸지요, '손
님, 만약 손님께서 오늘 밤 당장 사망하신다면 유산은 윌프레드 앤
스티와 토인턴 농장의 것이 됩니다. 그게 싫으시다면 어떻게 변경
할지 결심하셔야 합니다. 그러면 제가 새로운 유언장을 작성해 드
리겠습니다. 하지만 유산이 있는 건 분명한 사실이고 그게 어디로
없어지지는 않습니다. 원래의 유언장을 파기하거나 변경하지 않는
한 그 유언장은 효력을 가지고 있습니다'라고요."

"그는 정신이 또렷해 보였습니까?"

"네, 그렇게 보였습니다. 약간 혼란에 빠져 있는 것 같았지만, 그
것은 상상력 면에서 그렇게 보였다는 것이지 이해력은 아주 정상이
었습니다. 항목을 제가 지적하면 제대로 이해하셨어요. 그래요, 그
분은 모든 것을 다 알고 있었습니다. 단지, 걱정할 건 아무것도 없
다는 걸 확인하고 안도하고 싶었던 거겠지요. 그런 일이 흔히 있지

않습니까?"

"그리고 그 이튿날 그는 입원했고, 그로부터 2주일도 되기 전에 그의 걱정은 모두 사라진 셈이로군요."

"네, 참 안됐습니다. 그분이라면 틀림없이 신이 뜻한 바라고 말씀하셨겠지요. 확실히 신은 자신의 뜻을 뭔가 불가사의한 방법으로 보여주시는 것 같군요."

"그가 무슨 걱정이 있는 듯한 태도를 보이지는 않았나요? 직무상의 비밀을 파고들고 싶지는 않지만, 그가 나에게 뭔가 의논하고 싶어한다는 인상을 강하게 받았습니다. 뭔가 저에게 부탁하고 싶은 것이 있었다면 가능한 한 들어드리고 싶습니다. 게다가 저에게는 그의 바램이 무엇이었는지 알고 싶은, 미해결의 문제를 밝히고 싶어하는 형사 특유의 호기심이 있어서……."

"형사님이라고요?"

그 피곤한 눈에 번쩍인 놀라움과 예의바른 관심은 자연스럽다고 하기에는 지나치게 노골적인 것이 아닐까?

로더가 말했다.

"그는 당신을 친구로서 초대했습니까? 아니면 직업상의 일로?"

"아마 양쪽 다겠지요."

"그래요? 하지만 이제 와서 당신이라 해도 뭘 할 수 있을까요? 가령 그가 유언장에 대해 진의를 저에게 말했고, 사실은 누구에게 유산을 주고 싶어했는지 제가 알고 있다 하더라도, 이제 와서 뭔가를 하기에는 너무 늦은 것 같습니다."

달글리시는 문득 생각했다.

'이 사람은 내가 그의 유산을 노리고 배들리 신부의 유언을 지금이라도 뒤집을 방법이 없느냐고 묻는 것으로 생각하고 있을지도 모른다.'

그는 말했다.

"알고 있습니다. 그의 고민이 유언장에 대한 것이었는지도 의심스럽습니다. 그렇지만, 저에게 주는 유품에 대해 제 앞으로 한 마디도 써두지 않았다는 것도 좀 이상하고, 또 주요 유산 상속자에 대해서도 언급하지 않았다는 것 역시 이상하군요."

완전히 넘겨짚은 것이었지만 보기 좋게 적중했다. 로더가 신중하게 입을 열었다, 지나치게 신중할 정도로.

"그랬습니까? 저는 그것이 그 영감님이 빠져 있는 딜레마의 일부, 즉 약속을 해놓고 실망시키는 것이 괴로워서였기 때문인 줄로만 알았는데."

그는 말을 얼버무렸다. 쓸데없이 말을 많이 한 게 아닌지, 아니면 너무 조금 했는지 생각하는 것 같았는데 곧 이렇게 덧붙였다.

"하지만 앤스티 씨는 그걸 확인할 수 있을 겁니다."

스스로 자신이 한 말에 담긴 속뜻에 당황한 건지 그는 다시 입을 다물었지만, 곧 대화가 꼬여가는 것에 초조해진 듯 약간 강한 어조로 말했다.

"즉, 앤스티 씨가 자신이 제1상속인이라는 걸 몰랐다고 한다면 정말로 몰랐을 것이고, 그것은 저의 불찰이 될 겁니다. 도싯에 오래 머무르실 겁니까?"

"책을 분류하여 짐을 꾸리는 동안만, 아마 1주일은 넘지 않을 겁니다."

"아, 그래요, 책이었군요. 배들리 신부님이 당신과 의논하고 싶었던 것은 그 일일 겁니다. 제법 많은 신학 장서 쪽이 세속적인 유산보다 훨씬 마음에 와 닿는 것이라고 그분은 생각했겠지요."

"그럴지도 모르지요."

대화는 끊긴 채 다시는 이어질 것 같지 않았다. 잠깐 동안 어색한 침묵이 흐른 뒤 달글리시가 의자에서 일어서면서 말했다.

"그럼 그의 유산처리 문제 외에는 당신이 아는 한, 그는 아무것도 고민한 것이 없었다는 애기군요? 그밖에 당신에게 의논한 건 아무것도 없었다는 거죠?"

"네, 아무것도. 설사 있다 하더라도 직업 윤리상 당신에게 말할 수 없었을 겁니다. 어쨌든 그는 저에게 의논하지 않았기 때문에 당신이 이해하지 못하는 이유를 저는 모르겠군요. 그리고 또 그가 저에게 뭔가 의논할 필요가 있었을까요? 그 가엾은 노인이? 아내도 없고 자식도 없고 친척도 없고, 제가 아는 한 가정문제도 없었고, 자동차도 없고 완전히 청빈 그 자체의 생활이었는데요. 유언장을 작성하는 것 말고 변호사에게 무슨 볼일이 있었겠습니까?"

직업윤리에 대해 애기하기에는 좀 늦었다고 달글리시는 생각했다. 사실 배들리 신부가 유언의 변경을 고려하고 있었다는 것을 로더가 털어놓을 필요는 없었다. 신부가 유언을 변경하지 않은 것이 사실이라면, 변호사로서 그걸 밝히지 않고 그냥 두는 편이 더 신중한 일일 것이다. 그를 배웅하기 위해 따라나온 로더에게 달글리시는 지나가는 말처럼 말했다.

"배들리 신부의 유언 내용은 아마 지극히 타당한 것이었겠지요. 빅터 홀로이드의 경우와는 정반대로."

나른하던 그의 눈이 갑자기 날카롭게, 거의 음모라도 꾸미고 있는 듯한 기색이 되었다. 그가 말했다.

"그럼 그 애기를 들으셨습니까?"

"네. 하지만 당신이 알고 있었다는 데에는 놀랐습니다."

"아, 시골에서는 뉴스가 금방 퍼지니까요. 실은 제 친구들이 토인턴에 있는데, 휴슨 씨 부부입니다. 실제로는 매기 쪽이지요. 작년 겨울에 이곳의 댄스파티에서 만났습니다. 그런 절벽 위에 갇혀 있다니 매기 같은 젊디젊은 여자에게는 따분한 인생이지요."

"그래요, 그렇겠지요."

"매기는 무척 사랑스러운 여성이었어요. 홀로이드의 유언장에 대해 저에게 얘기해 줬습니다. 듣기로는, 그는 런던의 형을 만나 유언장에 대해 의논하고 싶어한 것 같더군요. 하지만 형은 그가 제안한 것을 탐탁지 않게 여기고 다시 한번 생각해 보라고 한 모양입니다. 그때 홀로이드가 직접 추가조항을 써넣었지요. 별 문제는 없었을 겁니다. 그곳 일가는 모두 법률을 공부했고 홀로이드도 교직으로 바꾸기 전까지는 변호사 공부를 했다니까요."

"홀로이드 앤 마틴슨은 앤스티 집안의 법률 고문을 맡고 있다고 들었습니다만."

"그렇습니다. 벌써 4대째지요. 조부인 앤스티가 유언을 쓰기 전에 그들과 의논하지 않았던 건 유감스런 일이었습니다. 그건 전문변호사에게 의뢰하지 않고 뭐든지 혼자 해내려고 하는 어리석음을 깨우치는 좋은 교훈이 되었지요. 자, 그럼 이만 실례하겠습니다, 경감님. 별로 도움이 되지 못해 죄송하군요."

사우스 거리 모퉁이를 돌아설 때 달글리시가 뒤돌아보니 로더는 그때까지도 배웅하고 있었다. 놋쇠 대포가 그의 발 밑에서 장난감처럼 빛나고 있었다. 이 변호사에게는 여러 가지로 흥미로운 점이 많다. 예를들어 로더가 어떻게 해서 자신의 신분을 획득했는가 하는 문제들 말이다.

하지만 물건을 사러 가기 전에 아직 할 일이 한 가지 더 남아 있었다. 그는 19세기 초기의 병원 '크리스마스 클로즈'를 찾아가보았다. 그러나 여기서는 운이 없었다. 그곳은 배들리 신부에 대해서는 아무도 모르고 있었고, 주로 만성병 환자만 수용하는 곳이었다. 만약 그가 심장발작을 일으켰다면 나이와 상관없이 그 지역의 종합병원 응급실에 입원했을 것이라는 얘기였다. 안내 담당자는 친절하게 브랜드퍼드의 풀 종합병원이나 윔본의 빅토리아 병원에 가서 물어보라며 가까운 공중전화까지 가르쳐주었다.

먼저 가까운 풀 병원부터 전화해 보았다. 이번에는 생각했던 것 이상으로 운이 좋았다. 전화를 받은 담당자는 시원시원하게 응대해 주었다. 배들리 신부가 퇴원한 날짜를 말하자, 그는 신부가 분명히 그 병원에 입원했었다는 사실을 확인한 뒤 담당자에게 전화를 돌려주었다. 담당 간호사가 나왔다. '네, 배들리 신부님이라면 기억하고 있어요. 아니요, 돌아가신 줄은 몰랐어요.' 그녀는 적절한 애도의 뜻을 표했는데 조금도 입에 발린 소리로는 들리지 않았다. 그리고 나서는 브리건 간호사를 바꿔주었다. '브리건 간호사가 항상 환자의 우편물을 처리하고 있으니 아마 경감님께 도움이 될 거예요.'

분명히 경감이라는 직함이 효력을 발휘했는지도 모른다. 하지만 꼭 그래서만은 아니었다. 그녀들은 아무리 모르는 사람이라 해도 고충을 들어주기 위해 배치된 친절한 여자들이다. 그는 자신의 고충을 브리건 간호사에게 얘기했다.

"그러니까, 어제 토인턴 농장에 도착할 때까지 저는 친구가 죽은 줄 몰랐습니다. 그는 우리가 살펴보고 있던 관계서류를 저에게 돌려주겠다고 약속했는데 유품 속에는 없었어요. 혹시 그가 병원에서 그것을 저에게 우편으로 보낸 게 아닐까요? 런던의 집이나 경시청으로."

"네, 경감님, 신부님이 뭔가를 쓰시는 모습은 그리 보지 못했어요. 책은 자주 읽으셨지만요. 하지만 편지는 두 통 보내셨어요. 제가 기억하기로는 이 지방의 주소였어요. 우체통을 바꿔 넣지 않도록 늘 주소를 확인하기 때문에 기억하고 있어요. 날짜요? 글쎄요, 그건 생각이 나지 않네요. 하지만 두 통을 저에게 주신 건 확실해요."

"그 두 통이 혹시 토인턴의 앤스티 씨와 미스 윌슨 앞이 아니었나요?"

"듣고 보니 경감님, 그런 이름이었던 것 같은 느낌이 들어요. 하지만 확실하게는 말씀드릴 수 없는 것을 이해해주시겠죠?"

"그 정도면 기억력이 좋으신 겁니다. 그래, 두 통뿐이었던 건 확실한 거지요?"

"그건 확실해요. 혹시 다른 간호사가 그분에게 부탁 받은 것이 있었는지도 모르지만, 어떤 간호사였는지를 찾기란 어렵답니다. 근무하는 병동이 자주 바뀌거든요. 하지만 그런 일은 아마 없었을 거예요. 편지를 부치는 건 항상 제가 하거든요. 게다가 그분은 편지를 자주 쓰시는 편이 아니었어요. 그래서 더욱 그 두 통에 대해서 잘 기억하고 있는 거죠."

이건 무언가를 의미하는 건지도 모르고 그렇지 않을지도 모른다. 그러나 이 정보는 한번 검토해볼 만한 가치가 있다. 만약 배들리 신부가 퇴원날짜를 알리려고 생각했다면 거의 회복된 시점에 편지나 전화로 연락했을 것이다. 토인턴 농장에서 전화를 받을 수 있는 사람은 휴슨 부부와 줄리어스 코트뿐이다. 아마 편지가 더 낫다고 신부는 생각했을 것이다. 그레이스 윌슨 앞으로 보낸 편지는 그녀의 고백성사에 대해서일 것이다. 앤스티 앞으로 보낸 것은 그녀도 말했듯이 홀로이드의 죽음에 대한 조문편지일까? 어쩌면 전혀 아닐 수도 있다.

전화를 끊기 전에 달글리시는 배들리 신부가 병원에서 어디론가 전화를 걸지 않았는지 물어보았다.

"네, 한번 거신 걸 기억하고 있어요. 일어나서 걸을 수 있게 되었을 때였죠. 계단을 내려가서 외래환자 대기실에서 거셨는데 런던의 전화번호부가 없느냐고 저에게 물으셨어요. 그래서 기억하고 있어요."

"몇 시쯤이었습니까?"

"오전이었어요. 점심시간이 되기 직전요."

그렇다면 배들리 신부는 런던에 전화를 걸 필요가, 그것도 전화번호부에서 찾지 않으면 알 수 없는 번호에 걸 필요가 있었던 것이다. 더구나 밤이 아니라 업무시간 중인 낮에. 달글리시로서는 꼭 알아보아야 할 의문이 또 하나 생긴 셈이었다. 그러나 아직은 안 된다. 나는 아직 비공식적으로 이 사건에 발을 들여놓고 있는 현재의 처지를 정당화할 만한 그 어떤 것도 손에 넣지 않았다고 스스로에게 들려주었다. 그리고 설사 그것을 손에 넣는다 하더라도, 이 모든 의혹과 단서는 어디를 향하고 있는 것일까? 다만, 토인턴 교회의 묘지에 잠든 한 줌의 뼈에 도달할 뿐인 것을.

5

코르프 캐슬 근처의 한 여관에서 이른 저녁식사를 마친 뒤 희망의 집으로 돌아온 달글리시는, 본격적으로 배들리 신부의 장서를 분류하기 시작했다. 하지만 그 전에 사소하지만 꼭 해두어야 할 일이 있었다. 스탠드의 작은 전구를 더 밝은 것으로 바꿔 끼우고, 조리대 위의 가스버너를 청소했다. 식기찬장을 일부 정리하여 자신이 먹을 음식물과 와인을 넣어두었다. 그런 다음 바깥의 헛간에 가서 손전등으로 비춰보니 장작다발과 양철목욕통이 보였다. 희망의 집에는 욕실이 따로 없었다. 배들리 신부는 토인턴 농장에서 목욕을 하고 있었던 모양이다. 하지만 달글리시로서는 이곳 부엌에서 벌거숭이가 되어 몸을 북북 닦는 편이 나을 것 같았다. 병원 특유의 강렬한 소독약 냄새와 질병과 불구자들 특유의 부정할 수 없는 어떤 분위기가 감도는 요양원의 욕실에 비하면, 그만한 불편쯤은 기꺼이 감수할 수 있다. 쇠철망 안의 마른풀에 성냥을 긋고 그 검은 바늘 같은 마른 잎이 이내 달콤한 향기를 풍기는 한 줄기 불꽃이 되어 타오르는 모습을 지켜보았다. 그런 다음 시험삼아 작은 불을 피웠다. 다행히도 굴뚝 안이 깨끗했다. 난로 안의 장작불, 적당한 밝기의 조명, 책, 약간의 먹을 것과 와인, 이 정도만 있으면 다른 어디로 가고 싶은 마음이 들겠는가?

책은 거실 책장에 2백권에서 3백권, 침실 쪽에는 그 세 배 이상이 되는 것으로 그는 어림잡았다. 정말이지 방안 가득 책이 넘치고 있어서 침대까지 가기가 힘들 것 같았다. 하지만 그리 대단한 책은 별로 없었다. 신학서 종류는 런던에 있는 그 방면의 전문도서관이라면 관심을 가질지도 모른다. 백모님에게 보여주면 좋아할 것 같은 것이 몇 권 있고, 몇 권은 자신이 갖고 싶은 것도 있었다. H.B. 스위트가 쓴 《그리스 말로 옮긴 구약 성서》세 권, 토마스 아 켐피스의 《그리스도를 본받아》, 윌리엄 로의 《마음으로부터의 절규》, 가죽으로 장정된 《19세기 걸출한 신학자의 생활과 서간집》두 권, 뉴먼의 《알기 쉬운 교구설교집》초판. 그리고 영국의 주요 작가와 시인들의 작품이 상당히 수집되어 있고, 또 배들리 신부는 통속소설도 많이 읽었기 때문에 초판본 콜렉션이 상당한 분량 있었다.

10시 15분전, 발소리와 바퀴소리가 들리더니, 고압적인 노크소리에 이어 밀리센트 해미트가 갓 끓인 커피의 황홀한 향과 함께 손수레를 밀고 들어왔다. 손수레에는 묵직한 푸른 줄무늬 커피포트와 뜨거운 우유포트, 갈색 설탕단지, 푸른 줄무늬의 두툼한 컵 두 개, 그리고 비스킷을 담은 접시가 실려 있었다.

해미트 부인이 타오르는 장작에 감탄의 시선을 던진 뒤, 두 개의 컵에 커피를 따르며 그리 바쁜 일이 없다는 듯한 태도를 노골적으로 보였을 때 달글리시는 하려던 일을 못 할 거라는 걸 느꼈다.

달글리시는 전날 밤의 저녁식사에 앞서 그녀와 인사를 나누기는 했지만, 30초쯤 대화를 나누는 사이에 윌프레드가 시낭송을 시작하여 입을 다물 수밖에 없었다. 그녀는 상대방의 의사는 아랑곳하지 않고 속사포처럼 질문을 퍼부어, 달글리시가 이곳에 혼자 요양하러 왔다는 것, 아내가 출산 때 사망한 이래 쭉 독신으로 지내고 있다는 것을 순식간에 알아냈다. 이에 대한 그녀의 반응은 다음과 같았다. '정말 말 못할 비극을 겪으셨구려! 분명히 지금 시대에는 드문 일이지, 암!' 그녀는 이 말을 테이블을 둘러보며 마치 누군가 말도 안 되는 실수를 범한 사람을 찾아내기라도 하겠다는 듯한 투로 말했다.

그녀는 두꺼운 슬리퍼와 두꺼운 모직치마를 입고, 그 위에 어울리지 않게 핑크색 털실로 레이스 뜨기한 윗옷을 입고 있었다. 거기에 진주까지 잔뜩 달려 있었다. 달글리시는 그녀의 집 역시, 그녀처럼 실용품과 잡동사니가 불행한 조화를 이루고 있지 않을까 생각해 보았지만, 그렇다고 구경하러 갈 마음은 일지 않았다. 그나마 그가 안심한 것은 그녀가 책 정리를 거들겠다고 나서지 않은 것으로, 그녀는 커피잔을 무릎 위에 올려놓고 의자 끝에 웅크리듯 앉아 있을 뿐이었다. 두 다리를 벌리고 앉아, 스타킹 위로 정맥이 푸르게 솟아난 허연 허벅지가 다 보였다. 달글리시는 커피잔을 바닥에 놓은 채 하던 일을 계속했다. 무슨 메모 같은 것이라도 끼워져 있으면 안 되므로, 한 권씩 분류하면서 반드시 가만히 책을 흔들어보았다. 해미트 부인이 옆에 있는 것이 신경에 거슬리는 건 사실이었다. 그러나 자신의 이 신중함이, 주의에 주의를 거듭한다는 직업상 어쩔 수 없이 몸에 밴 습관에 지나지 않는다는 것을 그는 알고 있었다. 배들리 신부는 이렇지 않았을 것이다.

그 동안 해미트 부인은 커피를 홀짝거리면서 얘기를 했다. 그녀는 달글리시가 일에 열중하여 자기가 말하는 것의 반밖에 못알아듣는다는 생각에 조금 지나치리만큼 수다를 떨었다.

"간밤에 거기서 편하게 잘 잤느냐고 묻는 것만큼 어리석은 일도 없을 거유. 그곳 침대는 정말 형편없거든. 신체장애자에게는 그렇게 딱딱한 것이 좋을지 몰라도, 난 몸이 푹 파묻히는 부드러운 매트리스가 좋아요. 줄리어스가 자기 집에 당신을 초대하여 머물게 하지 않은 건 놀랍지만, 사실 그는 절대로 손님을 재워주지 않아요. 레이놀스 부인을 쫓아내고 싶지는 않을 테니까. 그녀는 토인턴 마을에서 다니고 있는데, 마을 순경의 미망인이지. 줄리어스가 이곳에 있을 때는 항상 그녀가 시중을 들어주고 있어요. 물론 보수는 후하게 받고 있을 테지만. 그럼! 그에게는 그럴 만한 여유가 있는걸. 그래, 오늘밤에는 여기서 잘 거유? 헬렌 레이너가 시트를 날라오는 걸 봤는데. 신부님의 침대에서 자는 건 아무렇지도 않으시겠지? 암, 물론 그럴 거야, 경찰관이시니까. 그런 것을 일일이 신경 쓰고 미신 같은 것에 얽매인다면 그런 일을 어떻게 하나? 정말 그래. 인간의 죽음은 단순히 잠을 자는 것이고 잊혀질 뿐인걸. 그게 아니면, 인생은, 이라고 해야 하나? 어쨌든 둘 다 워즈워드일 거야. 난 소녀시절에는 시를 무척 좋아했지만, 요즈음의 현대적인 시에는 아무래도 마음이 가지 않아요. 그래도 당신의 시를 읽는 건 정말 기대가 되는구려."

그녀의 말투는 그것이 무슨 단 하나의 이색적인 즐거움이라도 되는 듯했다. 달글리시는 문득 그녀의 수다에서 귀를 거두었다. 《무명 씨의 일기》 초판이 나왔는데 그 표지 안쪽에 어린아이의 필적으로 이렇게 적혀 있었기 때문이다.

배들리 신부님의 생신을 축하드리며, 아담으로부터 사랑을 담아. 저는 이 책을 노리치의 스넬링 씨한테서 샀는데, 그 사람은 이 책

20쪽에 붉은 얼룩이 있어서 값을 깎아주었습니다. 하지만 그 얼룩을 조사해보니 피는 아니었습니다.

달글리시는 미소지었다. 그래, 그가 그것을 조사해보았단 말인가? 정말이지 당돌한 어린 잔소리꾼! 그 무렵 소중히 간직하고 있던 화학실험도구 세트 속의 어떤 액체와 결정을 섞어서 시험해 본 결과, 이런 자신감에 넘치는 과학적 증명을 이끌어낸 것이겠지? 이 메모 때문에 책의 가치는 얼룩투성이일 때보다 더 떨어졌겠지만, 배들리 신부는 그렇게 생각하지 않았을 것이다. 그는 그 책을 자기가 가지고 돌아갈 요량으로 따로 쌓아둔 더미 위에 얹었다. 다시 해미트 부인의 목소리가 그의 의식을 비집고 들어왔다.

"그래서 말인데, 만약 시인이 교양 있는 독자들에게 맞춰 자신을 알기 쉽게 표현하고 싶어한다면, 교양 있는 독자는 그를 마음대로 하게 내버려두는 게 좋다고 봐요. 난 언제나 그렇게 주장하고 있지."

"부인이라면 그렇게 말씀하시겠지요, 해미트 부인."

"밀리센트라고 불러주시겠수? 이곳에서는 우리 모두 하나의 행복한 대가족으로 생각하고 있으니까. 데니스 러너와 매기 휴슨, 그리고 그 소름끼치는 앨버트 필비까지 나를 밀리센트라고 부른다오. ——필비에게는 그럴 기회를 주지 않으려고 애쓰고 있지만——경감님도 그렇게 불러주면 안 될 이유가 어디 있겠수? 나도 경감님을 아담이라고 부르도록 노력하겠지만 쉽게 입에서 나오지 않을 것 같구려. 경감님은 이름을 가볍게 부를 만한 분은 아닌 것 같아서."

마스켈의 《영국국교 의식전도기록》 전집의 먼지를 정성스럽게 털면서 달글리시는 무심코 귀에 들어온 상대방의 말에서 연상하여 이렇게 말했다. 빅터 홀로이드는 행복한 대가족이라는 개념을 그리 받아들인

것 같지 않더군요, 하고,

"그럼 빅터가 어떤 사람이었는지 들었단 말이우? 매기가 지껄였겠지, 틀림없이. 그 사람은 정말 사귀기 힘든 사람이었어. 살아 있었을 때도 죽은 뒤에도 정말 남을 배려하는 마음이라고는 눈곱만큼도 없는 사람이었지. 난 그래도 어떻게든 잘 지내보려고 노력했어요. 그는 나를 존경하고 있었다고 생각해요. 그는 머리가 굉장히 좋은 사람이라서 여러 가지로 유식한 것을 많이 알고 있었지. 하지만 농장 사람들은 아무도 그를 참지 못했어요. 윌프레드도 결국 포기하고 돌아보지 않았으니까. 매기 휴슨만은 예외였어요. 이상한 여자야, 언제나 자기 혼자 유별난 행동을 하지 않으면 직성이 풀리지 않는다니까. 아시는지 모르겠지만, 그녀는 빅터가 유산을 자기한테 남겨줄 거라고 생각했을 거유. 물론 그에게 돈이 있다는 건 우리 모두 알고 있었지. 그는 자기가 나랏돈으로 치료를 받고 있는 환자가 아니라는 사실을 떠벌리고 다녔거든. 그리고 그녀는 자기가 카드 패를 제대로 뗐다면, 그중 몇 장은 당연히 자기에게 돌아올 거라고 생각했을 거유. 언젠가는 나에게 그걸 암시한 적도 있었지. 아, 뭐 그때는 반쯤 취해 있기는 했지만. 가엾은 에릭! 그 부부 사이는 잘 버텨봐야 고작 1년일 걸? 그녀를 겉으로는 상당히 매력적이라고 보는 남자도 많을 거유, 탈색한 노랑머리와 너무 섹시해서 헤퍼 보이는 외모를 좋아한다면. 물론 그녀가 빅터와 바람이 난 것은, 뭐, 바람이라고 할 수 있다면 말이지만, 그리 보기 좋은 것은 아니었지. 섹스는 건강한 사람들의 것이니까. 물론 신체장애자도 우리와 같은 감정을 느낄 수도 있다는 건 알지만, 휠체어 신세를 질 정도가 되면 역시 그런 건 자제해야지. 오! 그 책 재미있어 보이는군. 적어도 장정은 마음에 들어. 그 정도면 1실링이나 2실링에 팔 수 있을 거야."

《트랙츠 포 더 타임스(가톨릭을 옹호하는 논문집)》초판을 밀리센트가 내밀고 있는 발에 닿지 않도록 자신의 몫으로 선별해 둔 책더미에 추가하면서, 달글리시는 해미트 부인의 노골적인 말투에 진저리를 치면서도, 자신의 감정도 거기에 가깝지 않다고 할 수 없다는 것을 깨닫고 잠시 자기혐오에 사로잡혔다. 아무 감각도 없는 육체 속에 갇혀서도 마음으로는 욕망과 사랑과 번뇌까지 느끼는 것은 어떤 기분일까? 더욱 나쁜 것은 어떤 충동에 대해서는 육체도 뻔히 느끼면서도 흉칙하게 뒤틀린 몸을 어쩔 수 없다는 것이다. 아름다움을 느낄 수는 있으면서 항상 기형적인 몸으로 사는 것이다. 달글리시는 빅터 홀로이드의 고통을 이해할 수 있을 것 같았다. 그가 물었다.

"홀로이드의 돈은 결국 어떻게 되었습니까?"

"전액 다 뉴질랜드에 있는 동생한테 갔지, 6만 5천 파운드 전부! 제대로 된 거야. 유산은 가족에게 돌아가야 해요. 하지만 감히 말한다면, 매기는 그 돈을 기대하고 있었지. 액수는 몰라도 틀림없이 빅터가 약속했을 거유. 그런 짓을 하고도 남을 사람이었어. 이따금 굉장히 심통을 부렸으니까. 하지만 적어도 유산은 정당한 사람에게 돌아간 셈이지. 나도 월프레드가 토인턴 농장을 나 아닌 다른 사람에게 상속한다면 무척 속상할 거야."

"부인은 그걸 기대하십니까?"

"오, 물론이지! 그렇게 되면 환자들은 모두 내보낼 거유. 내가 토인턴 농장을 지금 상태대로 경영하는 건 상상도 할 수 없어. 월프레드가 하고자 하는 일은 존경하지만, 그 아이한테는 그렇게 해야 할 특별한 이유가 있으니까. 그 애가 루르드에 가서 기적을 얻은 얘기는 들으셨겠지? 그래, 그건 정말 다행한 일이었어. 하지만 고맙게도 난 그런 은혜를 입은 적이 없으니까 같은 일을 할 생각은 없어요. 게다가 나도 지금까지 그 만성환자들을 위해 봉사할 만큼

했거든. 그 건물의 반은 아버지가 나에게 물려주셨는데, 그걸 내가 윌프레드에게 팔아 요양원을 시작할 수 있도록 해주었으니까. 당연히 그때는 적정한 가격에 팔았지만 그리 큰 돈은 아니었어. 그때는 시골의 이런 대저택은 수요가 별로 없었거든. 하지만 지금은 대단한 재산이지. 아름다운 저택이라고 생각하지 않수?"

"분명히 건축양식 면에서는 흥미롭더군요."

"그렇고 말고. 섭정시대의 저택은 놀랄 만큼 값이 뛰었어. 하지만 난 그 집을 팔 수는 없다우. 누가 뭐래도 내가 어렸을 때부터 살았던 집이어서 그곳에 애착을 가지고 있거든. 그래도 아마 토지는 팔아야 할 거유. 사실은 이 근방 사람 중에 저 땅을 사고 싶어하는 사람을 빅터 홀로이드가 알고 있었지, 그곳에 휴일 야영지를 조성하고 싶어하는 사람을."

달글리시는 자기도 모르게 말이 튀어나왔다.

"그런 끔찍한 생각을 하다니!"

해미트 부인은 꿈쩍도 하지 않고 희희낙락하며 말했다.

"아니야, 그렇지 않아요. 내 생각을 말하자면, 경감님이 그런 식으로 말하는 건 정말 자기본위라고 생각해요. 가난한 사람도 부자와 마찬가지로 여가를 즐길 자격이 있어요. 줄리어스는 마음에 들어하지 않겠지만, 줄리어스가 어떻게 생각하든 그건 내 알 바 아니지. 그는 자기 집을 팔고 나갈 거야. 그는 그곳의 대지와 거기서 곶까지 이어지는 토지의 반을 소유하고 있는데, 런던에서 돌아올 때마다 야영지 안을 지나가야 한다면 그는 아마 견디지 못할 거유. 게다가 바다로 가고 싶은 사람은 반드시 그의 집 창문 아래로 지나가야 할 걸. 물이 들어왔을 때 갈 수 있는 모래사장은 거기밖에 없으니까. 아, 경감님, 눈에 선하게 보이는 것 같구려, 피크닉 백을 안고 볼썽사나운 반바지 아래로 무릎을 드러내고 있는 남자, 시끄럽게 울리는 트랜지스터 라디오를 든 여자, 떠들어대는 아이들과 칭얼거리는 갓난아기. 암, 줄리어스가 이곳에 그냥 있을 리가 없지."

"부인이 토인턴 농장을 상속할 것 같다는 것을 이곳 사람들도 알고 있습니까?"

"물론이지, 그런 건 비밀이랄 것도 없잖우? 나 말고 상속할 사람이 누가 있겠수? 실질적으로 권리를 따지자면 이 재산은 전부 내 것이라고 할 수 있어요. 윌프레드는 원래는 앤스티 집안 사람이 아니라 양자라는 것, 몰랐수?"

달글리시는 조심스럽게 누군가한테서 그런 얘기를 들은 것 같다고 대답했다.

"그렇다면 전부 다 알고 있는 것과 마찬가지지. 경감님이 법률문제에 관심이 있으시다면 정말 재미있어 할 거유."

해미트 부인은 자신의 컵에 커피를 다시 따르더니, 마치 이제부터 복잡한 논문강의라도 시작하겠다는 듯 의자에 깊숙이 몸을 묻었다.

"우리 아버지는 유별나게 아들을 원했어요. 왜 그런 남자들이 흔히 있잖아요? 딸자식은 자식으로 치지 않는 사람. 내가 그에게는 실망 그 자체였을 건 짐작하고 있어요. 남자가 아들을 간절히 원하지만 그것을 이룰 수 없을 때 딸에게 바라는 것은 오직 한 가지, 아름다움뿐이지. 그리고 나로 말하자면 결코 미인이라고는 할 수 없으니까. 운 좋게 내 남편한테는 그게 조금도 문제가 되지 않았던 모양이야. 우린 무척 잘 지냈다우."

이 말에 대해서 할 수 있는 대답은 오직 한 가지, '그것 참 다행이군요'라는 말을 간신히 중얼거리는 것뿐이었다.

"고마워요" 하고 해미트 부인은 말했다. 마치 축복의 말이라도 들은 것처럼. 행복한 듯이 그녀는 계속했다.

"어쨌든 우리 어머니한테서는 이제 자식을 얻을 수 없다고 의사가 선언하자 아버지는 양자를 들이기로 결심했어요. 윌프레드를 고아원에서 데리고 온 건 틀림없다고 생각하지만, 그때 난 아직 여섯 살밖에 안 되었기 때문에 상세한 사정은 듣지 못했어. 물론 누군가의 사생아였겠지. 1920년 무렵에는 지금보다 훨씬 그런 것을 따지던 시대여서, 부모가 원하지 않는 아기를 얼마든지 입양할 수 있었거든. 동생이 생겼다는 말을 듣고 흥분했던 기억이 나요. 난 외로운 외동딸이었고 자연스러운 애정을 나눌 상대에 굶주려 있었어. 그때는 윌프레드를 경쟁상대로는 생각하지 않았지. 어릴 때는 윌프레드를 무척 좋아했고 지금도 그래요. 사람들은 때때로 그걸 잊고 있다우. "

그후 무슨 일이 있었느냐고 달글리시는 물었다.

"할아버지의 유언장이었어요. 할아버지는 변호사를 쓰지 않았는데, 집안의 고문변호사인 '홀로이드 앤 마틴슨'까지도 싫어해서 유언장까지 직접 쓰셨지. 그는 이 토지와 건물에서 나오는 이익을 우리 부모에게, 그리고 그 전부를 손자, 손녀에게 균등하게 나눠준다고 쓴 거예요. 문제는 윌프레드도 포함되는가 하는 것이었지. 결국 우리는 그 점에 대한 모든 법률을 확인해야 했어요. 덕택에 그때는 굉장한 분쟁이 일어나, 양자의 권리에 대한 모든 문제가 거론되었어요. 경감님도 그 사건을 기억하시우? "

달글리시도 그 사건에 대해서 어렴풋이나마 기억하고 있었다.

"조부님이 유언장을 쓰신 건 언제였습니까? 즉 동생의 양자 건과 관련해서 묻는 겁니다만. "

"바로 그게 문제의 핵심이었어요. 윌프레드가 법률상으로 확실하게 양자입양이 된 것은 1921년 5월 3일이고, 할아버지가 유언장에 서명한 것은 꼭 열흘 뒤인 5월 13일이었거든. 하인이 두 사람 증인이 되었는데, 문제가 불거지기 시작했을 때는 두 사람 다 사망해버린 뒤였지. 유언장은 법적으로 전혀 하자가 없었고, 문제는 오직 하나, 상속인의 이름이 똑똑히 적혀 있지 않다는 점이었어요. 하지만 윌프레드의 변호사들은 윌프레드의 양자입양을 할아버지가 알고 있었고, 그 사실을 환영했다는 것을 입증했어요. 게다가 분명히 '손자, 손녀'라고 적혀 있었지. "

"그건 부인의 어머니가 먼저 돌아가신 뒤 아버님이 재혼하실 경우를 생각하고 그렇게 썼을 수도 있지요. "

"정말 머리가 좋으신 양반이네! 경감님도 변호사처럼 핵심을 찌르는 사고를 할 줄 아시는구려. 내 변호사가 물고 늘어진 것도 바로 그 점이었어요. 하지만 소용없었어요. 결국 윌프레드가 이겼다우. 그렇지만 농장에 대한 내 마음은 이해해 주시겠지? 할아버지가 5월 3일 이전에 그 유언장에 서명만 하셨더라면 모든 건 완전히 달라졌을 텐데, 그건 분명해요. "

"하지만 재산의 반은 상속받으셨지요? "

"그것도 눈 깜짝할 동안이라고 하는 편이 나을 거유. 내 남편이 순식간에 그 돈을 다 써버렸거든. 다행히 여자 문제는 없었지만. 경마였어요. 그것도 여자와 마찬가지로 돈이 들고 그 이상으로 믿을 수 없는 거지만, 여자보다는 그래도 나은 상대라고 할 수 있지. 게다가 여자와 다른 점은 이겼을 때 나도 기분이 좋다는 거예요. 허버트가 정신을 차렸을 때는 이미 너무 나이를 먹어버린 뒤였다고 윌프레드는 언제나 말했지만, 난 그 점은 별로 불평하지 않았어. 아니, 차라리 그게 더 나았지. 어쨌든 돈은 다 써버린 뒤였다우. "

갑자기 그녀는 방안을 한번 둘러보더니, 앞으로 몸을 내밀며 달글리시에게 은밀한 공범자 같은 눈길을 보냈다.

"이봐요, 경감님. 윌프레드 말고는 토인턴 농장에서 아무도 모르고 있는 사실을 가르쳐 드리지. 만약 그 애가 이곳을 팔면 매각 대금의 반은 내가 가지게 되어 있어요. 이익의 반이 아니라 그가 받은 금액의 정확한 50퍼센트를 말이우. 윌프레드한테서 각서를 받아냈어. 빅터가 증인이 되어 서명도 했고. 사실을 말하자면 그건 빅터의 제안이었지. 그렇게 해두면 법률적으로도 유효하다나. 그리고 윌프레드의 손이 닿지 않는 곳에 두어야 한다고도 했지. 그래서 웨어럼의 변호사 로버트 로더에게 맡겨 두었어요. 윌프레드는 자신이 그곳을 팔지 않을 것이 확실하기 때문에 무엇에 서명하든 상관없다고 생각했거나, 아니면 그렇게 함으로써 유혹에 제동을 걸려고 한 걸 거유. 그가 그곳을 팔 생각을 할 거라고는 나도 눈곱만큼도 생각하지 않아요. 그렇게도 그곳을 소중히 생각하고 있는 사람인걸. 아마 팔지 않을 거유. 하지만 만에 하나 마음을 바꾼 경우에는 나에게는 더없는 행운이 되는 거지."

달글리시는 크게 용기를 내어 말했다.

"제가 여기 왔을 때 휴슨 부인이, 뭐라더라? 리지웰 신탁이니 뭐니에 대해 얘기했는데, 앤스티 씨는 토인턴 농장을 그곳에 양도할 마음이 있는가 보지요?"

해미트 부인은 달글리시가 예상한 것보다는 침착했다. 그리고 씩씩하게 이렇게 되받았다.

"넌센스예요! 윌프레드가 그런 말을 가끔 한다는 건 알고 있어요. 하지만 그 앤 토인턴 농장을 절대로 내놓지 않을걸. 그렇게 할 필요가 어디 있겠수? 물론 돈은 부족하지만, 돈이야 아무리 있어도 부족한 것 아니우? 급료를 깎거나, 지방행정부에 그쪽에서 보내는 환자들에 대해서는 좀더 비용을 부담하라고 하든지, 그 애가 행정당국에 입 다물고 가만 있을 이유가 없지. 그래도 적자일 것 같으면 그때는 하는 수 없이 팔아야겠지만, 기적이 일어나든 안 일어나든."

달글리시는 모든 상황으로 보아 앤스티가 로마 가톨릭에 귀의하지 않은 건 놀라운 일이라고 말했다. 밀리센트는 그 말에 거세게 반응했다.

"그때는 그에게 심한 마음의 갈등이 있었다우."

그녀의 목소리가 갑자기 굵고 낮아지더니, 심각한 투쟁으로 이어지는 우주의 힘찬 반향처럼 떨렸다. "하지만 그 애가 우리 교회에 머물 결심을 해주어서 기뻤어요. 우리 아버지는――"

그녀의 목소리는 너무 열정적으로 설교하다 발작이라도 일으킬 것처럼 크게 울렸다. 달글리시는 깜짝 놀라 그녀가 신에 대해 기도문을 외기 시작하는 게 아닌가 하는 생각이 들 정도였다.

"――무척 실망하셨을 거야. 그는 신앙심이 대단한 사람이었거든, 물론 복음주의자였지. 맞아요, 난 윌프레드가 그쪽으로 가버리지 않은 걸 다행으로 생각했어요."

그녀의 말투는 마치 오르단강을 향해 선 윌프레드가 물살의 상태를 마음에 들어하지 않았고, 또 보트의 안전성도 믿지 않았다고 말하는 것 같았다.

앤스티의 종교적 충성심에 대해서는 달글리시는 이미 줄리어스 코트에게 물어보았고, 그로부터 또 다른, 그리고 좀더 정확해 보이는 설명을 들었다. 헨리가 끼어들기 전까지 안뜰에서 나눈 두 사람의 대화를 그는 떠올려 보았다. 줄리어스의 그 재미있어하는 듯한 말투까지도.

"윌프레드의 스승이었던 것으로 보이는 오마리 신부라는 사람이 밝혀주었지요. 윌프레드가 자기의 개인적인 권한으로 생각해온 여러 가지 사항에 대해, 자신이 속해 있는 교회가 머지않아 확실한 성명을 발표할 것이라고 말입니다. 그래서 친애하는 윌프레드는 그걸 훨씬 더 큰 조직에 몸을 의탁할 기회라고 생각한 겁니다. 그것도 개종자로서는, 은혜를 주는 편이 아니라 은혜를 입을 수 있는 쪽으로 말이죠. 결국, 내가 보기에는 아무리 보아도 '은근히 반가운 싸움'으로밖에 볼 수 없는 것을 한 끝에, 그는 더 융통성이 있는 종파에 남아있기로 결심한 겁니다."

"기적의 은혜를 입은 건 제쳐놓고?" 달글리시가 물었다.

"기적의 은혜를 입은 건 제쳐놓고. 오마리 신부는 이성주의자였습니다. 그는 기적이 존재하는 것을 부정하지 않았지만, 다만 거기에는 거기에 대한 적절한 권위자가 아무리 조사해도 끄떡도 하지 않을 만한 증거가 있어야 한다고 생각했습니다. 증거를 세밀히 조사한 후에 어느 정도 시간이 지나면 교회에서 그 지혜의 이름으로 기적을 공표하는 거지요. 그는 누군가 한 사람이 특별한 은총을 입었다고 선언하는 것은 자신이 주제넘은 짓이라고 생각했습니다. 게다가 그런 것은 저속한 것으로 여겼지요. 그는 취향이 까다로운 사람이니까요, 오마리 신부 말입니다. 그와 윌프레드는 사실 잘 맞지 않을 겁니다. 오마리 신부는 자신의 종파에 대한 개종자를 한 사람 잃은 게 아닐까요?"

"하지만 루르드 순례는 지금도 계속하고 있지 않습니까?" 달글리시가 물었다.

"네, 그렇습니다. 1년에 두 번씩. 나는 가지 않아요. 이곳에 처음 왔을 무렵에는 갔지만, 그때의 느낌으로는 그런 건 아무래도 나에게는 필요하지 않다는 거였지요. 하지만 난 그들이 돌아왔을 때는 언제나 맛있는 차를 대접하며 환영해주고 있습니다."

달글리시는 문득 현재의 일에 생각이 미쳐 등줄기가 뻐근해지는 것을 느꼈다. 맨틀피스 위의 시계가 10시 45분을 가리키는 것을 보고 그는 일어섰다. 숯이 된 장작 하나가 마지막 불꽃을 발산하면서 철망에서 내려앉았다. 해미트 부인은 그것을 이제 돌아가야 할 때가 왔다는 신호로 받아들였다. 달글리시가 커피잔을 씻겠다고 우기자 그녀는 그를 따라 간이 부엌으로 들어갔다.

"무척 즐거운 시간이었어요, 경감님, 또 다시 이런 시간을 가질 수 있을지 어떨지. 난 이웃을 자주 찾아가서 방해하는 사람은 아니니까. 난 혼자서도 시간을 잘 보낼 수 있다는 것을 하느님께 감사하고 있어요. 불쌍한 매기와 달리, 나에게는 시간을 때울 거리가 있거든요. 그리고 배들리 신부님을 위해 한 가지 말씀드린다면, 그분도 '나는 나'라는 생활을 고수하고 계셨다는 거지요."

"레이너 간호사가 그러던데, 화장을 하는 게 좋다고 그를 설득한 것은 부인이었다고 하더군요."

"그녀가 그렇게 말했수? 글쎄요, 그건 맞는 말이우. 배들리 신부님에게 내가 그렇게 말했는지도 몰라. 썩어가는 육체를 묻느라 좋은 흙을 낭비하는 것에 대해서는 난 강력하게 반대하거든. 내가 기억하고 있는 한, 그 노인은 제대로 된 기도를 드리며 이 신성한 지상에서 삶을 보낼 수만 있다면, 뒷일은 어떻게 되든 상관없다고 생각하는 분이었지. 정말 이치에 맞는 말씀 아니우? 모두 내 눈으로 직접 본걸. 그리고 윌프레드도 화장에는 조금도 반대하지 않았고, 그 애와 도트 목슨은 나에게 전면적으로 찬성했지. 헬렌은 쓸데없이 시간만 걸린다고 불평했지만, 정말로 그녀가 못마땅했던 건 두 명의 의사한테서 서명을 받아야 한다는 사실이었어요. 그 일이 그녀가 사랑하는 에릭의 진단에 뭔가 흠집을 내기라도 하는 것처럼 생각했던 거지."

"하지만 휴슨 박사의 진단이 잘못되었다고는 아무도 생각하지 않았겠죠?"

"물론이지! 배들리 신부는 심장발작으로 돌아가셨고, 에릭이 그렇게 진단한 건 당연한 일이었다고 생각하니까. 아이구, 괜찮아요,

배웅해 주지 않으셔도, 손전등이 있으니까. 뭐 필요한 것이 있으면 벽을 두드려서 신호하시구려."

"소리가 들립니까? 배들리 신부님이 두드린 소리는 듣지 못하셨죠?"

"그거야 당연하지. 그는 두드리지 않았으니까. 게다가 9시 반쯤부터는 별로 귀를 기울이지도 않았어요. 누군가가 그분에게 가서 잠자리를 봐주었을 거라고 생각했거든."

어두운 바깥은 서늘했고 어딘가 불안정했다. 달콤한 향기와 바다 냄새가 나는 검은 아지랑이. 단순히 불빛이 없어서가 아니라 그 자체가 존재를 주장하는 듯한 신비로운 힘을 가진 밤의 어둠. 달글리시는 손수레를 문지방 위로 밀었다. 밀리센트와 나란히 짧은 오솔길을 더듬어가며 한 손으로는 손수레를 밀면서, 그는 신중하게 지나가는 말처럼 물었다.

"그럼 누가 들어오는 것 같은 소리를 들으셨나요?"

"보았어요, 들은 게 아니라. 어쩌면 봤다고 생각한 건지도 모르지만. 난 뜨거운 것이 마시고 싶어서, 신부님께도 갖다드릴까 하고 가서 물어보려고 우리 집 문을 열었어요. 그때 수도복을 입은 사람이 어둠 속으로 사라지는 것을 본 것 같은 느낌이 들었어요. 신부님 집의 불이 꺼져 있어서 완전히 깜깜했어요. 당연히 그 이상 방해하지 않기로 했지. 지금 생각하면 그게 잘못이었던 것 같지만. 실수가 아니면 내 머리가 잠시 어떻게 되었던 거겠지. 여기서는 그렇게 되는 건 문제도 아니니까. 그때 아무도 그분을 찾아가지 않았다는 것 때문에 모두들 양심의 가책을 느끼고 있어요. 난 내 눈이 속았다는 걸 잘 알아요. 꼭 오늘 같은 밤이었지. 바람은 그저 산들바람이었지만, 어둠이 스스로 움직여서 그 자체가 무언가의 형태를 만들고 있는 것처럼 보였어요. 그리고 소리라고는 전혀 없이 쥐죽은듯이 고요했어, 정말 바스락거리는 소리도 없었으니까. 두건을 푹 덮어쓰고 고개를 숙인 수도복 모습이 어둠 속으로 녹아들어 갔을 뿐이었지."

"그게 9시 반쯤이었군요?"

"어쩌면 좀더 뒤였을 거야. 틀림없이 신부님은 그때 돌아가신 걸 거유. 상상력이 풍부한 사람은 죽은 사람의 망령을 본 것으로 생각하고 스스로에게 겁을 준답디다. 토인턴 농장에서 내가 그 얘기를 했더니 제니 페그럼이 그렇게 말했어요, 바보같으니!"

두 사람은 믿음의 집 문에 도달했다. 그녀는 잠시 머뭇거리다가, 마치 충동적인 것처럼, 그리고 달글리시가 느낀 바로는 약간 거북해 하면서 이렇게 말했다.

"신부님 책상의 잠금장치가 부서져 있었다는 것에 대해 경감님이 관심을 가지고 있다던데. 맞아요, 그분이 퇴원하기 전날 밤에는 책상은 말짱했어요. 난 그때 급히 부쳐야 할 편지가 있었는데 마침 봉투가 떨어져서, 그분의 책상을 좀 열어봐도 괜찮겠지 생각하고……. 그때는 틀림없이 잠겨 있었어."

"그리고 사체가 발견된 바로 뒤에 부인의 동생이 유언장을 찾았을 때는 부서져 있었고요."

"그 애는 그렇게 말했어요, 경감님, 그 애는 그렇게 말했어요."

"하지만 그가 부쉈다는 증거는 없는 거지요?"

"아무도 부쉈다는 증거는 없어요. 그 집에는 그날 모든 사람들이 드나들었지. 윌프레드, 휴슨 부부, 헬렌, 도트, 필비, 게다가 런던에서 돌아온 줄리어스까지. 상갓집이 다 그렇듯이 말이우. 내가 할 수 있는 말은 그냥, 신부님이 돌아가시기 전날 밤 9시에는 책상이 멀쩡했다는 사실뿐이에요. 그리고 윌프레드가 그 유언장을 맨 먼저 찾아내어, 신부님이 전 재산을 토인턴 농장에 정말로 남겨주었는지 확인하려 한 것도 분명하고, 또 신부님이 직접 부순 게 아니라는 것도."

"어쨌섭니까? 해미트 부인."

"그분이 돌아가신 날 점심식사를 한 바로 뒤에 내가 열쇠를 찾았거든. 아마 그가 늘 두는 곳이라고 짐작한 장소에──그 식기찬장 두 번째 선반의 오래된 차통 속이었어요. 그가 남긴 식품을 조금 가져가도 상관없을 거라고 생각했지. 도트가 집을 청소할 때 그 열쇠를 잃어버리면 안 되겠다 싶어서, 난 열쇠를 주머니에 챙겨 넣었어요. 어쨌든 그 낡은 책상은 무척 값나가는 물건이라서 자물쇠를 수리하게 될 거 아니겠수? 사실 만약 신부님이 유언장을 통해 그걸 그레이스에게 주지 않았더라면, 난 그 책상을 이곳에 옮겨와서 잘 보관했을 거유."

"그럼, 그 열쇠를 아직 가지고 계십니까?"

"물론이지. 그 일에 대해 관심을 보인 건 지금까지 경감님 뿐이구려. 그게 그렇게 마음에 걸리신다면 열쇠를 드리지요."

그녀는 치마 호주머니에 손을 넣었고, 그는 차가운 금속이 손바닥에 닿는 것을 느꼈다. 그녀는 자신의 집 문을 열고 전등 스위치를 더듬었다. 갑자기 켜진 불빛 아래서, 그는 눈을 깜박이며 열쇠를 바라보았다. 무슨 세공품처럼 화사한 느낌의 작은 은열쇠가 붉은 플라스틱 빨래집게에 가느다란 끈으로 연결되어 있었다. 너무 선명한 붉은색이어서 눈이 부신 그 순간, 마치 그의 손바닥이 피로 얼룩진 것처럼 보였다.

범죄행위

1

　도싯에서 보낸 첫 번째 주말을 뒤돌아보았을 때, 달글리시는 일련의 사진을 들여다보고 있는 듯한 느낌이 들었다. 나중에 일어난 폭력과 죽음의 이미지와는 너무 달랐기 때문에, 그는 토인턴 곳에서의 자신의 생활이 두 개의 각기 다른 시간과 공간에서 일어난 일이라고 착각할 수도 있을 것 같았다. 처음의 조용한 이미지는 그 뒤의 참혹한 공포영화에서 뽑아낸 차가운 흑백 스틸사진과는 달리, 색채와 감각과 향기로 가득 차 있었다. 파도가 씻고 간 체실 제방의 자갈을 밟으며 걸어가는 자신의 모습이 눈에 떠올랐다. 귀에는 작은 새의 지저귐과 바다의 울림이 들려왔고, 저 멀리 포틀랜드의 검은 바위가 하늘을 향해 우뚝 솟아 있었다. 그 밖에도 여러 컷의 이미지가 눈앞을 스쳤다. 메이든 성의 거대한 제방에 올라, 잘 다져진 흙 위로 4천년 인간의 역사가 다양한 모습으로 지나간 장소에서 혼자 바람을 맞으며 서 있었던 일, 황금빛 가을날의 오후 햇살이 초저녁을 향해 빛을 잃어갈 무렵 도체스터에 있는 조프리 판사의 숙소에서 차를 마신 일, 누런 볏짚 아래의 잡초와 잘 손질된 키 큰 산울타리 사이로 밤의 드라이브를 즐기며 어딘가 먼 마을의 수풀 사이로 창문의 불빛을 밝힌 채 기다리고 있을 돌로 지은 목로 주점을 찾아 달렸던 일.

그런 다음 토인턴 농장에서 누가 찾아와 방해할 위험이 적은 밤 시간에는 그리운 책 냄새와 장작불이 기다리는 희망의 집으로 돌아갔다. 달글리시가 놀란 것은, 밀리센트 해미트가 처음에 찾아온 다음부터는 방해를 하지 않겠다는 약속을 잘 지켰다는 사실이다. 그 이유는 곧 밝혀졌다. 그녀는 텔레비전광이었다. 그가 와인을 마시면서 배들리 신부의 장서를 분류하고 있으면, 그녀를 밤마다 즐겁게 해주는 소리가 희미하게, 또 그리 불쾌하지 않게 굴뚝 통풍구를 통해 들려왔다. 그러다가 느닷없이 끼어드는 반쯤 알아들을 수 있는 광고의 소음, 번갈아 속삭이는 목소리들, 총성의 울림, 여자의 비명소리, 심야 영화의 시작을 알리는 드높은 팡파르.

그는 옛 생활과 새로운 생활의 중간인 망각지대에서 살고 있는 듯한 기분이 들었다. 지금은 병후 요양이라는 구실로, 당장의 결단은 미루어도 상관없었고 마음이 내키지 않는 일은 안 하면 그만이었다. 그리고 토인턴 농장과 그곳에 사는 사람들을 생각하는 건 그리 마음이 내키지 않는 것을 깨달았다. 할 수 있는 데까지는 했다. 이제부터는 뭔가 일어나기를 기다릴 뿐이다. 한번은, 배들리 신부가 앉았던, 지금은 비어 있는 초라한 의자를 바라보다가 달글리시는 불경스럽게도, 죽은 뒤에 신 앞에 불려나간 저명한 무신론의 철학자가 깜짝 놀라 말했다고 하는, 그 거짓말 같은 변명을 떠올렸다.

'하지만 하느님, 당신은 제게 충분한 증거를 보여주지 않으셨습니다.'

만약 배들리 신부가 그에게 행동해주기를 바란다면, 사라진 일기장과 망가진 책상 자물쇠 외의 더욱 뚜렷한 증거를 제시해주지 않으면 곤란하다.

아무도 연락하지 말라고 말해놓고 왔기 때문에, 빌 모리아티의 답장 외에는 그는 아무 편지도 기대하지 않았다. 그리고 빌의 편지는 직접 우편함에 가서 찾아올 생각이었다. 그런데 그것은 예상보다 하루 이른 월요일에 도착해 있었다. 그날 아침 그는 집에서 나오지 않았고, 우편함에 간 것은 점심식사가 끝난 2시 반, 자신의 우유병을 갖다놓으러 갔을 때였다.

우편함에는 편지가 한 통 들어 있었다. 웨스트센트럴 우체국의 소인이 찍힌 수수한 봉투로, 주소는 타이핑되어 있지만 직함은 적혀 있지 않았다. 모리아티는 용의주도했다. 달글리시는 엄지손가락으로 봉투를 뜯으면서, 자신이 충분히 조심했는지 마음에 걸렸다. 누가 봉투를 뜯어본 흔적은 분명히 없는 것 같았다. 봉투는 단단히 봉해져 있었다. 그러나 풀칠한 부분에서 어쩐지 불안하더니, 엄지손가락에 힘을 주자 의외로 쉽게 열린 것 같은 느낌도 들었다. 게다가 우편함에는 다른 편지는 한 통도 없었다. 아마 필비가 우편물을 거두어 토인턴 농장에 가지고 간 것이리라. 그렇다면 이 편지를 희망의 집에 갖다주지 않은 것은 이상하다. 토인턴 마을이나 웨어럼에서 사서함을 빌렸어야 했는지도 모른다. 조심성이 부족했다는 생각이 그를 초조하게 만들었다. 진실은 이렇다고 그는 자신에게 들려주었다. 나는 무엇을, 만약 뭔가가 있다고 치고, 그 무엇을 수사하고 있는 건지 스스로도 모르면서, 그저 돌발적으로 경계심이 생긴 것뿐이다. 나에게는 자신의 일을 멋지게 해치울 수 있는 배짱이 없고, 또 그런 것을 걱정하지 않을 수 있는 의지도 용기도 없는 것이다. 빌의 익살맞은 문체조차 전에 없이 짜증스러워지는 기분이었다.

"경감님의 우아한 필적을 다시 볼 수 있어 반가웠습니다. 지난번의 불치병에 대한 소식은 오진이었다 하니 안심입니다. 완쾌 축하파티를 열어드리려고 꽃다발을 예약해 두었습니다. 그런데 대관절 도싯 같은 데서 정체불명의 의사와 병자들을 상대로 무엇을 찾고 계시는 겁니까? 일을 하고 싶으시다면 이쪽에 얼마든지 널려 있습니다. 아무튼 의뢰하신 건의 회신은 다음과 같습니다.

써보내 주신 사람들 중 두 사람이 전과가 있었습니다. 필비에 대해서는 경감님도 알고 계시죠? 1967년과 1969년 심각한 신체상의 위해를 가한 죄목으로 두 번의 유죄 판결, 1970년에 절도죄로 네 번의 유죄 판결을 받았고, 그 전에도 여러 번의 경범죄 기록이 있습니다. 필비의 범죄사에서 딱 한 가지 특이한 것은, 그때마다 판사들이 참으로 온정적인 판결을 내렸다는 것입니다. 그의 범죄기록을 봤을 때 저는 그다지 놀라지 않았습니다. 그들은 아마 골상학적으로나 재주로 보나 자기에게 딱 맞는 한 가지 일을 성실하고 줄기차게 하고 있는 남자를 너무 가혹하게 처벌하는 건 좋지 않다고 생각한 모양입니다. 어쩐지 그에게는 언제나 '문이 열려 있었다'는 느낌도 드는군요. 그들은 그의 실수는 인정하지만, 유능하며 호감가는 성격에 충직하다고 말했습니다. 부디 그에게 매료되지 않도록 조심하십시오.

밀리센트 해미트는 1966년과 1968년에 첼테남 치안판사로부터 절도죄로 두 번 유죄선고를 받았습니다. 처음에는 흔히 말하는 갱년기 장애에서 온 것이라느니 뭐라느니 하는 변호가 통하여 벌금형으로 끝났습니다. 두 번째도 간단하게 빠져나온 것은 참으로 행운이었습니다. 그때는 그녀의 남편——퇴역한 육군소령이었지요——이 죽은 지 2, 3개월밖에 안 되었을 때여서 법정이 동정을 베풀었더군요. 또 윌프레드 앤스티가 토인턴 농장에서 그녀를 맡아 잘 감독하겠다고 약속한 것도 있었죠. 그 뒤로는 아무런 문제도 일으키지 않았습니다. 앤스티의 감독이 효과가 있었거나, 시골 가게들이 전보다 조심하게 되었거나, 아니면 해미트 부인의 기술이 더 좋아졌거나, 그 어느 것이겠지요.

공식기록은 이것뿐입니다. 그 밖의 다른 사람들은 적어도 범죄기록에 관한 한 완전히 '깨끗한' 자들입니다. 하지만 아무래도 재미있는 악당이 한 사람 꼭 필요하시다면——그리고 아담 달글리시라는 사람은 앨버트 필비처럼 재능을 낭비할 사람은 아닐 테니까——줄리어스 코트를 추천할까 합니다. 연방사무소에서 일하고 있는 사람한테서 그에 대한 얘기를 조금 들었거든요. 코트는 사우스시 출신이자 공립 중학교를 나온 머리가 좋은 젊은이로서 대학을 졸업한 뒤, 이른바 우아한 요소가 되는 것은 모조리 몸에 익혔지만 비교적 지갑 속은 빈 상태에서 외교계에 발을 들여놓았습니다. 1970년 그가 파리 대사관에서 근무하고 있을 때, 알랑 미쇼네가 포아토라고 하는 자동차 경주 선수를 살해한 의혹으로 기소되었고, 그는 이 악명 높은 살인사건의 공판에서 증언을 했습니다. 이 사건에 대해서는 경감님도 기억하고 계실 줄 압니다. 영국 신문에서도 대서특필했으니까요. 너무나 뻔한 사건이어서 프랑스 경찰은 미쇼네의 유죄를 확신하고 군침을 삼키며 속으로 좋아했지요. 그는 마르세유 부근에서 화학공업 공장을 소유하고 있는 테오 데스티에 미쇼네의 아들로, 경찰은 이 부자를 오랫동안 주목하고 있었다 합니다. 그런데 코트가 그와 한방을 쓰는 친구라면서 알리바이를 증언해준 겁니다. 이상한 것은 두 사람은 진짜 '한방을 쓰는 친구'가 아니었다는 사실로——미쇼네는 여자관계가 아주 복잡한 남자였는데, 그 점에 대해서는 매스컴에서 독자들이 혀를 내두를 만큼 상세하게 가르쳐 주었지요——그래서 모종의 협박이 있었던 게 아닌가 하는 소문이 대사관에서 자자했습니다. 코트의 진술을 아무도 믿지 않았던 거죠. 하지만 아무도 그 진술을 뒤집지는 못했습니다. 저에게 정보를 알려준 사람은, 코트의 동기는 스스로를 즐겁게 하였을 뿐 윗사람을 놀리는 것보다 더 사악한 것은 아니었던 것으로 생각합니다. 그것이 정말로 그의 동기였다면 분명히 성공한 셈이죠. 8개월 뒤 그의 대부가 죽으면서 그에게 3만 파운드를 남기자 그는 일을 그만두었습니다. 그는 상당히 영리하게 투자를 했던 모양입니다. 어쨌든 이들은 모두 지나간 일일 뿐입니다. 그에게 불명예가 될 만한 사항은 알려져 있지 않습니다. 고작해야 친구에 대해 남달리 사교성이 좋다는 것 정도입니다. 어쨌든 있는 그대로 전했습니다."

달글리시는 편지를 접어 재킷 주머니에 넣었다. 그리고 이 이야기들이 만약 토인턴 농장에도 알려져 있다면 어느 정도까지일까 하고 생각했다. 줄리어스 코트는 별로 걱정하지 않을 것이다. 그의 과거는 어디까지나 그 한 사람의 사건이고, 그는 윌프레드의 숨막힐 것 같은 중압감 아래 있는 것은 아니다. 하지만 밀리센트 해미트는 두 가지 의미에서 윌프레드에게 감사하지 않으면 안 되는 입장에 있다. 윌프레드를 제외하고 누가 또 그녀의 명예롭지 못한 과거를 알고 있을까? 만약 이 이야기가 토인턴 농장에도 알려진다면 그녀가 얼마나 상처받을 것인가? 역시 사서함을 이용할 걸 그랬다고 달글리시는 다시 한번 후회했다.

한 대의 자동차가 이쪽으로 오고 있었다. 그는 고개를 들었다. 메르세데스가 연안도로를 질주해 오더니 줄리어스가 브레이크를 밟았고 차는 급정거했다. 앞쪽 범퍼가 출입문에서 몇 인치 안 되는 곳까지 이르러 있었다. 줄리어스가 차문을 열면서 달글리시에게 다급하게 소리쳤다.

"검은 탑에 불이 났습니다! 연안도로에서 연기가 보였어요. 희망의 집에 혹시 갈퀴가 있을까요?"

달글리시는 문을 여는 것을 도와주었다.

"없을 겁니다, 뜰이 없으니까. 하지만 빗자루라면——마당비 말입니다——헛간에 있는 걸 보았습니다."

"없는 것보다는 낫군요. 함께 가주시겠습니까? 두 사람이면 충분할 것 같습니다만."

달글리시는 서둘러 차에 올라탔다. 문은 열어둔 채 달렸다. 줄리어스는 차의 스프링과 동승자의 승차감 같은 건 완전히 무시하고 희망의 집을 향해 질주했다. 그가 트렁크를 열고 있는 동안 달글리시는 안뜰의 헛간으로 달려갔다. 그곳에 전에 살던 사람이 두고 간 마당비와 빈 자루 두 개, 그리고 뜻밖에도 양치기들이 사용하는 오래된 지팡이가 하나 있었다. 그것들을 차 트렁크에 던지듯이 집어넣었다. 줄리어스는 차를 돌려놓고 엔진을 끄지 않은 채 기다리고 있었다. 달글리시가 올라타자 차는 다시 달리기 시작했다.

연안도로에 접어들 무렵 달글리시가 물었다.

"그곳에 누가 있습니까? 앤스티?"

"그럴지도 모릅니다. 그래서 걱정이지요. 지금은 그곳에 드나드는 사람은 그 사람뿐이거든요. 게다가 그렇지 않다면 불이 날 리가 없어요. 이 길로 가는 것이 가장 빠릅니다만 곳 정상까지는 걸어서 올라가야 합니다. 연기를 봤을 때, 그대로 올라가 봤자 소용없다는 걸 알고 이리로 곧장 왔습니다. 뭐든 불을 끌 도구를 가지고 가야 한다고 생각했어요."

그의 어조는 긴박했고 핸들을 잡은 두 손은 창백하게 번들거리고 있었다. 백미러를 통해 그의 동공이 확대되어 빛나고 있는 것을 달글리시는 보았다. 오른쪽 눈 위의 삼각형 흉터는 평소에는 거의 알아볼 수 없지만 지금은 색깔이 짙어져서 거무스름하게 보였다. 그 위에서 관자놀이가 뛰고 있는 것이 똑똑히 보였다. 속도계를 힐끗 보니

100을 훨씬 넘고 있었지만, 잘 길들여진 메르세데스는 좁은 도로를 거뜬히 달렸다. 갑자기 도로가 구부러지면서 오르막에 접어들자 탑 그림자가 언뜻 보였다. 둥근 지붕 아래 좁은 창문의 부서진 널빤지 사이로 모형 대포의 그것처럼 잿빛 연기가 뭉게뭉게 솟아나오고 있었다. 연기는 곳 위에서 즐거운 듯 소용돌이를 치다가 바람을 타고 흩어져갔다. 그 광경이 왠지 우스꽝스러운 그림 같아서 어린아이의 철없는 놀이처럼 느껴졌다. 거기서 도로가 일단 낮아지면서 탑의 모습이 시야에서 사라졌다.

차 한 대가 겨우 지나갈 만한 폭밖에 안 되는 연안도로는 사암의 돌담으로 바다와 격리되어 있다. 줄리어스의 운전하는 모습은 자신감에 차 있었다. 달글리시가 좁은 균열을 발견하기도 전에 이미 차를 왼쪽으로 홱 밀어붙였다. 문은 없지만 그래도 두 개의 썩어가는 기둥이 경계임을 표시하고 있었다. 차는 입구 오른쪽의 움푹 꺼진 곳에서 딱 멈춰 섰다. 달글리시는 지팡이와 자루, 줄리어스는 빗자루를 손에 들었다. 그런 우스꽝스러운 모습으로 두 사람은 곳 정상을 향해 뛰기 시작했다.

줄리어스의 말은 옳았다. 그것이 가장 빨리 도착할 수 있는 방법이었다. 하지만 두 다리로 달리지 않으면 안 된다. 설사 이 황폐한 바위투성이의 흙 위를 차로 달릴 생각이 있다 해도 실행은 무리였다. 그곳에는 온통 허물어져 가는 돌담이 교차하고 있고, 타넘을 수 있는 높이나 빠져나갈 수 있는 틈이 여러 군데 있지만 자동차로는 도저히 불가능했다. 보기와는 다른 지형이었다. 탑은 끝없이 이어지는 허물어진 돌담에 가로막혀 잠시 완전히 저편으로 멀어져버린 것처럼 보였다. 그러다가 어느 순간 느닷없이 눈앞에 나타나는 것이었다.

축축한 모닥불의 연기처럼 맵싸한 연기가 반쯤 열린 문 안에서 맹렬하게 뿜어져 나오고 있었다. 달글리시는 문을 발로 차서 완전히 열어 연기가 빨리 빠져나가도록 했다. 이내 우르릉 하는 굉음과 함께 불길이 그를 덮쳤다. 그는 지팡이를 휘둘러 타고 있는 쓰레기더미를 끌어내기 시작했다. 몇 가지는 아직 형체가 남아 있었다——길다란 마른 가지, 건초, 그물조각, 헌 의자의 잔해 같은 것——이 곳이 아직 공공 토지였고 검은 탑도 개방되어 있어 양치기들의 휴게소와 부랑자들의 잠자리로 사용되었던 무렵부터 쌓이고 쌓인 쓰레기들이다. 그가 악취를 뿜어내며 타오르는 그것들을 긁어내면, 줄리어스가 뒤에서 있는 힘껏 두드려 불을 껐다. 작은 불꽃이 붉은 혓바닥처럼 풀 위를 핥기 시작했다.

입구가 트이자 곧 줄리어스는 연기가 피어오르는 타다 만 풀과 건초를 밟으며, 두 개의 자루를 들고 안으로 뛰어들었다. 연기에 에워싸인 그가 기침을 하며 비틀거리는 모습이 보였다. 달글리시는 그를 있는 힘껏 끌어내며 말했다.

"완전히 꺼질 때까지 물러나 있어요! 사망자가 둘이나 나와선 안됩니다."

"하지만 그가 안에 있어요! 분명히 있어요! 틀림없이 있다구요. 아, 하느님! 그 바보 같은 자식이!"

마지막으로 불타고 있는 건초더미가 밖으로 나왔다. 줄리어스는 달글리시를 밀어제치고 벽을 둘러싸고서 나선형으로 설치된 돌계단으로 올라갔다. 달글리시도 따라갔다. 중앙의 방으로 통하는 문이 열려 있었다. 창문은 하나도 없었지만, 연기가 자욱한 어두운 실내에 자루 같은 모습을 한 사람이 벽에 붙어서 웅크리고 있는 것이 보였다. 그는 수도복의 두건을 머리에 쓰고, 추위에 몸을 오그린 버림받은 아이처럼 옷 속에 폭 들어가 있었다. 줄리어스의 뜨거운 손이 그 옷 속으로 들어갔다. 그가 쉴새없이 욕지거리를 퍼붓고 있는 것을 달글리시는 들었다. 몇 초쯤 걸려 앤스티의 두 팔이 자유롭게 되자 두 사람은 힘을 합쳐 그를 문 밖으로 끌어낸 뒤, 축 늘어진 그의 몸을 사이에 끼고 간신히 좁은 계단을 내려가 신선한 바깥 공기 속으로 데리고 나왔다.

두 사람은 그를 풀 위에 눕혔다. 달글리시가 무릎을 꿇고, 엎드려 있는 그를 바로 눕힌 뒤 인공호흡을 시작하려 했다. 그러자 앤스티는 느릿느릿 두 팔을 움직이더니 마치 연극을 하듯이 단정치 못한 동작으로 스스로 옆으로 돌아누웠다. 앤스티의 입에 자신의 입을 포개지 않아도 되어 달글리시는 안도하는 마음으로 일어섰다. 앤스티는 무릎을 구부리고 쉰 소리로 발작하듯이 기침을 하기 시작했다. 얼굴을 옆으로 돌리고 있어 한쪽 뺨이 곶의 흙에 맞닿았다. 젖은 입으로 타액과 담즙을 토하고는 자양분을 허겁지겁 빨아들이듯이 풀을 빨아당기고 있는 것처럼 보였다. 달글리시와 코트는 무릎을 꿇고 둘이서 그를 안아 일으켰다. 그가 힘없는 목소리로 말했다.

"괜찮아, 괜찮아요."

달글리시가 물었다.

"연안도로에 차가 있습니다. 걸을 수 있겠어요?"

"아, 난 괜찮아요. 정말이오, 난 괜찮아요."

"서두를 필요는 없습니다. 잠시 쉬고 나서 갑시다."

두 사람은 그를 큰 옥석에 기대어 앉혔다. 그는 두 사람으로부터 조금 떨어져서 그곳에 앉아, 아직도 이따금 기침을 하면서 바다를 바라보고 있었다. 줄리어스는 시간이 늦어지는 것이 걱정되는 듯 초조하게 절벽을 서성거렸다. 불 냄새가, 한풀 꺾여드는 역병의 마지막 공격처럼 검은 곶 위에서 조용히 바람에 날리고 있었다.

5분 뒤 달글리시가 말했다.

"이제 갈까요?"

두 사람은 말없이 앤스티를 안아 일으킨 뒤, 양옆에서 부축하여 곶을 빠져나가 자동차가 있는 곳으로 갔다.

2

　토인턴 농장까지 차를 타고 돌아가는 동안 입을 여는 사람은 아무도 없었다. 늘 그렇듯이 건물 현관은 텅 빈 것처럼 휑뎅그렁했다. 모자이크 바닥의 홀에는 사람 그림자 하나 없이 이상한 정적에 싸여 있었다. 하지만 도로시 목슨의 날카로운 귀는 자동차 소리를 틀림없이 들었을 것이다. 아마 정면의 진료실에 있었을 그녀가 역시 몇 초도 되지 않아 계단 꼭대기에 나타났다.

　"이게 무슨 일이에요! 도대체 무슨 일이 있었어요?"

　그녀가 거의 뛰다시피 내려오는 것을 기다린 다음 줄리어스가 침착한 목소리로 말했다.

　"별일 아니오. 윌프레드가 검은 탑 안에서 불을 피우려 했어요. 다친 곳은 없고 쇼크를 좀 받았을 뿐이오. 아마 폐에 연기가 들어갔겠지만."

　그녀는 마치 그것이 두 사람의 책임인 양 줄리어스와 달글리시에게 비난의 눈길을 힐끗 던진 뒤, 참으로 모성적인, 비호하는 듯한 동작으로 두 팔을 벌려 앤스티를 안고 조심스럽게 계단을 올라가기 시작했다. 위로의 말과 "어떻게 이런 일이" 하는 넋두리를 낮고 단조로운 목소리로 중얼거리는 것이 달글리시에게는 마치 애무라도 하는 것처럼 들렸다. 앤스티는 곳에 있을 때보다 더욱 지친 모습으로 천천히 몸을 움직였다. 줄리어스가 도와주려고 나섰다가 도로시 목슨의 매서운 눈초리에 물러서고 말았다. 가까스로 그녀는 그를 건물 뒤편에 있는, 하얀 칠을 한 그의 작은 침실로 데리고 가서 좁은 침대에 눕혔다. 달글리시는 재빨리 주위를 살펴보았다. 방은 그가 예상한 것 이상이었다. 작은 테이블과 의자가 환자들의 뒤뜰이 내려다보이는 창문을 향해 놓여 있었다. 책이 빼곡하게 꽂혀 있는 책장, 무릎덮개, 침대 위에 걸려 있는 그리스도의 십자가상, 간소한 램프와 물병만 달랑 놓여 있는 침대 옆 책상. 하지만 두꺼운 매트리스는 윌프레드가 그 위에 몸을 눕히자마자 부드럽게 출렁거렸고, 세면대 한 켠에 걸려 있는 수건은 사치스러운 고급품으로 보였다. 침대 옆의 깔개는 디자인은 단순하지만 헌 카펫을 잘라낸 것은 아니었다. 문 뒤에 걸려 있는, 하얀 타월 천으로 만들어진 후드가 달린 가운은 무척 소박하여 거의 허름하다 해도 좋을 정도였지만, 피부에 닿는 느낌 만큼은 최고라는 것을 달글리시도 알 수 있었다. 이곳은 마치 독방 같지만 인간에게 필요한 안락함은 무엇 하나 부족함이 없었다.

윌프레드는 눈을 뜨고 그 푸른 눈동자를 도로시 목슨에게 고정시켰다. 그 시선 속에 그가 권위와 미안함을 어떻게 동시에 담아 보이는지 보는 것은 재미있는 구경거리라고 달글리시는 생각했다. 그는 애원하듯이 한 손을 내밀었다.

"줄리어스와 아담에게 할 얘기가 있어요, 도트. 잠깐 자리를 비켜 주겠소?"

그녀는 입을 열려다가 곧 다시 다물고 한 마디도 없이 방에서 나가 문을 꼭 닫았다. 다시 눈을 감은 윌프레드는 마음속으로는 이 자리를 벗어나고 싶어하는 듯이 보였다. 줄리어스는 자신의 두 손을 보았다. 오른쪽 손바닥이 붉게 부풀어 있고 엄지손가락 아래에는 벌써 물집이 잡혀 있었다. 그는 놀란 듯이 말했다.

"이상하군! 화상을 입었어. 그때는 아무것도 느끼지 못했는데 지금은 이렇게 아프다니."

달글리시가 말했다.

"미스 목슨한테 가서 치료를 받으시죠. 그리고 휴슨에게도 한번 보이는 게 좋겠어요."

줄리어스는 주머니에서 손수건을 꺼내 세면대의 차가운 물에 적신 뒤 오른손에 서투르게 감았다.

그가 말했다.

"나중에 가지요."

그는 자신이 다쳤다는 걸 알고 울컥한 것 같았다. 윌프레드에게 다가가 화난 목소리로 이렇게 말했다.

"자! 당신의 생명에 분명한 위해가 가해졌고 이번에는 거의 성공할 뻔했어. 아무리 당신이라 해도 이번만큼은 양식있게 행동하여 경찰에 신고하겠지?"

윌프레드는 눈을 감은 채 가느다란 목소리로 말했다.

"이 자리에도 경찰관은 있소."

달글리시가 말했다.

"그건 안 됩니다. 나는 앤스티 씨를 위한 공식적인 수사를 맡을 수 없습니다. 코트 씨의 말이 옳아요. 이건 이 지역 경찰이 할 일입니다."

윌프레드는 고개를 저었다.

"신고할 것 없습니다. 난 혼자 조용히 생각하고 싶은 일이 있어서 검은 탑으로 갔습니다. 온전하게 혼자 있을 수 있는 곳은 그곳뿐이니까요. 거기서 담배를 피웠어요. 그 지독한 냄새가 나는 내 낡은 파이프 보셨지요? 계단을 오르면서 그것으로 벽을 두드린 것을 기억합니다. 틀림없이 그때까지 담뱃불이 남아 있었던 모양입니다. 그곳의 마른풀과 짚더미가 한꺼번에 타오른 게 당연하지요."

줄리어스가 무거운 목소리로 말했다.

"분명히 그랬겠지. 그리고 바깥쪽 문은? 안에 들어간 뒤 빗장을 거는 걸 잊었소? 그 탑의 문단속을 그렇게 시끄럽도록 잔소리한 당신이? 토인턴 농장에는 허술한 점이 너무 많다고 생각하지 않소? 러너는 휠체어의 브레이크를 점검하는 것을 잊어버리고, 홀로이드는 위험한 절벽에 드나들고, 당신은 당신대로 그렇게 불쏘시개가 널려 있는 곳에서 파이프를 피우지 않나, 게다가 문까지 열어두어 바람이 잘 통하게 했소. 마치 스스로 자신을 불태워서 제물로 바치겠다는 듯이."

앤스티가 말했다.

"바로 그것이 내가 믿고 싶은 상황이오."

달글리시가 얼른 말했다.

"틀림없이 그 탑의 열쇠가 또 하나 있을 겁니다. 어디에 두었습니까?"

윌프레드는 눈을 뜨고 이 이중의 질문으로부터 서둘러 빠져나가려는 듯이 허공을 바라보았다.

"사무실 벽의 못에 걸어두었습니다. 마이클이 가지고 있던 열쇠인데 그가 죽은 뒤 이곳에 갖다 놓았어요."

"그 열쇠가 거기 걸려 있는 것을 모두가 알고 있나요?"

"아마 그럴 겁니다. 열쇠는 모두 그곳에 보관하고 있고, 탑 열쇠는 특별히 눈에 띄게 생겼지요."

"오늘 오후 앤스티 씨가 그 탑 안에 있는 것을 토인턴 농장의 누가 알고 있습니까?"

"그들 모두 다. 기도하고 나서 오늘의 일정을 얘기했으니까요. 늘 그렇게 하고 있지요. 긴급한 일이 있을 때 내가 어디에 있는지 알고 있어야 합니다. 매기와 밀리센트 외에는 모두 그 자리에 있었습니다. 하지만 경감님이 지금 생각하고 있는 것은 아무래도 지나친 비약 같군요."

"그럴까요?"

그가 움직이기 전에 문에 가까이 있던 줄리어스가 미끄러지듯이 나갔다. 두 사람은 말없이 기다렸다. 2분 뒤에 그는 돌아왔다. 그리고 만족한 듯 진지한 표정으로 말했다.

"사무실은 비어 있고 열쇠는 없었어요. 이건 누가 가지고 갔든 아직 제자리에 갖다놓지 못하고 있는 겁니다. 돌아오면서 도트에게 물어봤어요. 그녀가 자신의 외과 소굴에서 대수술 기구를 소독하고 있는 모습은 쉿쉿 소리를 내는 증기 속에서 마치 하피(새의 몸에 여자의 얼굴을 한 괴물)와 대결하고 있는 것 같더군요. 그녀가 퉁명스러운 얼굴로 대답하기를, 오후 2시부터 우리가 돌아오기 5분 전까지 내내 사무실에 있었답니다. 탑의 열쇠가 못에 걸려 있었는지 없었는지 기억이 나지 않는다더군요. 그런 것에 대해선 신경 쓰지 않았답니다. 그녀에게 이상한 의혹을 불러일으키게 한 건지도 모르겠지만, 윌프레드, 사실대로 말하는 것이 중요하다고 생각했소."

그렇게 정면으로 질문하지 않아도 그 정도는 알아낼 수 있을 텐데 하고 달글리시는 생각했다. 하지만 완곡한 질문방법으로 사실을 알아내기에는 이미 늦었고, 그보다 그로서는 그런 일을 더 맡을 의지도 의욕도 없었다. 줄리어스의 열성적인 아마추어 방식에 맞서서 자신의 정통적인 추리방식을 피력할 마음은 그에게는 전혀 없었다. 하지만 이렇게 물었다.

"미스 목슨이 사무실에 있는 동안 누군가 그곳에 출입한 사람이 있다고 하던가요? 열쇠를 돌려주러 온 사람이 있을지도 모릅니다."

"그녀의 말로는, 그 방은 전에 없이 철도역 같았다고 합니다. 2시가 조금 지나자 헨리가 직접 휠체어를 몰고 왔다가 다시 나갔습니다. 이유는 말하지 않았다는군요. 30분쯤 전에는 밀리센트가 당신을 찾으러 왔다더군, 윌프레드. 그런 다음 데니스가 뭔가 특별히 적어놓지 않은 전화번호를 알아보러 왔고, 우리가 돌아오기 조금 전에는 매기도 다녀갔답니다. 역시 이유는 말하지 않고. 그녀는 오래 있지는 않았지만 도트에게 에릭을 못 보았느냐고 물었다 합니다. 여기서 생각할 수 있는 확실한 추론은, 헨리는 그 시간에는 곳 위에 가지 않았다는 것, 그도 그럴 것이 헨리가 그곳에 없었다는 건 우리도 이미 알고 있습니다. 불을 낸 사람이 누구든 두 다리를 제대로 사용할 수 있는 사람이겠죠."

그건 그 자신의 다리, 아니면 다른 누군가의 다리일 거라고 달글리 시는 생각했다.

그리고 다시 한번 침대 위의 말없는 인물에게 직접 질문을 던졌다.

"불이 나기 전이나 뒤에 탑에서 누군가를 보지 못했습니까?"

대답하기 전에 윌프레드는 잠시 그대로 있었다.

"본 것 같습니다."

줄리어스의 얼굴을 보면서 그는 빠르게 말했다.

"분명히 보았지만 극히 짧은 순간이었어요. 불이 났을 때 나는 남쪽 창문의 창턱에 걸터앉아 있었어요. 바다가 내려다보이는 쪽이었지요. 연기 냄새가 나기에 중앙의 방으로 내려갔어요. 탑의 가장 밑으로 통하는 문을 열어보니, 마른풀에서 연기가 나면서 일시에 불길이 치솟는 것이 보이더군요. 그때는 충분히 달아날 수 있었지만, 그런데…… 그만 겁이 나기 시작했어요. 불을 무서워하는 성격이어서……. 까닭 없이 무서워요, 논리고 이치고 없이. 공포증이라는 놈이지요. 어쨌든 부끄러운 얘기지만, 난 꼭대기 방으로 돌아가서 창문에서 창문으로 뛰어다니며 필사적으로 도움을 청했어요. 그때 보았습니다, 그것이 환각이 아니었다면. 갈색 수도복을 입은 사람이 남서쪽 방향으로 바위 사이를 나아가고 있었습니다."

줄리어스가 말했다.

"그렇다면 그 자는 당신이 확실하게 보기 전에, 도로나 절벽 아래의 모래사장, 어느 쪽으로든 달아날 수 있었다는 얘기로군. 단, 절벽의 오솔길을 지나갈 수 있을 정도로 몸이 가볍다면 말이지만. 어떤 모습이었소? 남자, 아니면 여자?"

"그저 사람이라는 것밖에 알아볼 수 없었소. 힐끗 보았을 뿐이니까. 나는 힘껏 소리쳤지만 바람의 방해로 그 남자에게는 들리지 않았을 것이오. 여자라는 느낌은 들지 않았소."

"이봐요, 잘 생각해봐요. 두건을 쓰고 있었겠지?"

"그래요, 분명히 쓰고 있었어요."

"이렇게 더운 오후에! 잘 생각해 보시오, 윌프레드. 사무실에는 갈색 수도복이 세 벌 걸려 있더군. 그 세 벌 다 열쇠를 찾느라 주머니를 뒤져보았기 때문에 기억하고 있지. 수도복이 세 벌. 전부 몇 벌이오?"

"얇은 여름용은 여덟 벌. 늘 사무실에 걸어두는데, 내 것만은 단추가 다르고 나머지는 다 똑같아요. 어느 게 누구 건지는 확실하게 말할 수 없어요."

"당신은 당신 것을 입고 있었고 데니스와 필비도 아마 입고 있겠지. 그렇다면 두 벌이 어디론가 사라졌다는 얘기요."

"한 벌은 에릭이 입고 있을지도 몰라요. 이따금 입으니까. 날씨가 약간 쌀쌀한 날에는 헬렌도 가끔 걸치지요. 또 한 벌은 재봉실에서 수선을 기다리고 있는 걸 본 기억이 있는 것 같아요. 그리고 마이클이 죽기 조금 전에 한 벌 없어진 것 같기도 한데, 분명하지는 않아요. 나중에 다시 나왔을지도 모릅니다. 분명하게 조사해보지는 않았어요."

줄리어스가 말했다.

"그럼 어느 옷이 없어졌는지 알아내는 것은 실제로 불가능한 셈이군. 이제부터 우리가 해야 할 일은 경감님, 수도복에 대한 수사가 아닐까요? 만약 열쇠를 가지고 간 여자가 아직도 열쇠를 제자리에 갖다놓지 않았다면 틀림없이 수도복도 아직 가지고 있을 겁니다. "
달글리시가 말했다.

"범인이 여자였다는 증거는 아직 없습니다. 게다가 왜 수도복에 그렇게 집착합니까? 토인턴 농장 안이라면 어디든 아무런 의심도 받지 않고 버릴 수 있을 텐데. "

앤스티가 천천히 몸을 일으키더니 갑자기 강경한 어조가 되어 말했다.

"안 돼요, 줄리어스, 나는 허락할 수 없소! 가족들을 신문하거나 취조해서는 안돼요, 오늘 일은 사고였소! "

수사반장 역할을 즐기고 있는 것처럼 보이는 줄리어스가 말했다.

"알았소, 사고였던 것으로 칩시다. 당신은 문을 잠그는 것을 잊었고, 파이프의 불이 완전히 꺼지기도 전에 재를 터는 바람에 건초에 불이 옮겨 붙었소, 당신이 본 사람은 단순히 산책을 하고 있던 토인턴 농장의 누군가였고, 이런 날씨에 약간 더운 차림을 하고는 있었지만, 자연의 아름다운 경관에 정신이 팔려 있었기 때문에 그 남자 또는 여자는 당신의 고함소리는 물론 불 냄새도 맡지 못했고 연기도 보지 못했던 거요, 그리고 어떻게 됐소? "

"그 사람을 본 뒤 말이오? 어떻게 되고 말고도 없었어요, 물론 창문으로 달아날 수 없다는 건 알았기 때문에 다시 중앙의 방으로 내려가 탑 아래로 통하는 문을 열었어요, 마지막으로 기억하고 있는 건 숨막히는 연기와 무시무시한 불기운뿐이오, 연기로 질식할 것만 같았소, 게다가 불꽃에 눈을 다친 것 같았소, 쓰러지기 전에 문을 원래대로 닫을 시간도 없었어요, 문을 둘 다 꼭 닫고 꼼짝 않고 앉아 있었으면 좋았을 것, 하지만 그런 공포 속에서 냉정한 판단을 하는 건 쉬운 일이 아니오. ”

달글리시가 물었다.

“당신이 병적으로 불을 무서워한다는 것을 알고 있는 사람이 이곳에 몇 명이나 있습니까? ”

“거의 모두 알고 있다고 해야 하지 않을까요? 그것이 얼마나 망상적이고 사사로운 두려움인지는 모른다고 하더라도 내가 불을 무서워한다는 건 모두 알고 있을 겁니다. 나는 환자들에게 모두 1층에서 잠을 자도록 주장하고 있어요. 병실에 대한 건 언제나 나의 고민거리지요. 헨리에게 2층 방을 주는 것도 내키지 않았어요. 허나 건물의 주요 부분에 누군가 한 사람은 기거할 필요가 있고, 또 병실은 야간의 비상시에 대비하여 진찰실이나 간호사의 침실에 가까운 곳에 있어야 합니다. 이런 장소에서 불을 무서워하는 건 오히려 당연한 일이고 조심성이 있기 때문이라고도 할 수 있지요. 하지만 불과 연기만 보면 내가 공포에 빠지는 것은 조심성과는 별개의 문제입니다. ”

그는 한 손을 눈 위에 대었고, 달글리시와 줄리어스는 그가 몸을 떨기 시작하는 것을 보았다. 그 떨고 있는 사람을 줄리어스는 마치 병자를 바라보는 의사 같은 관심을 드러내며 응시하고 있었다.

달글리시가 말했다.

“미스 목슨을 불러옵시다. ”

그가 문 쪽으로 가려 하자 앤스티가 그것을 저지하듯이 한 손을 내밀었다. 떨림은 멎어 있었다. 앤스티는 줄리어스를 보면서 말했다.

“두 사람은 내가 이곳에서 하고 있는 일을 가치가 있는 것이라고 생각합니까? ”

달글리시는 이 물음에 대답하기 전에 잠시 주저한 것은 자기뿐일까 하고 생각했지만, 줄리어스는 곧 침착한 목소리로 대답했다.

"물론이오."

"나를 위한 거짓말은 아니겠지요?"

"난 그런 거짓말은 하지 않아요."

"물론 그럴 테지요. 용서하시오. 그리고 일은 그 일을 하는 사람 자체보다 더 중요하다는 생각에 동의하시오?"

"그건 좀 어려운 질문이군. 차라리 일은 곧 사람이라는 것에 동의하겠소."

"이건 달라요. 이 요양원은 이제 튼튼하게 자리를 잡았습니다. 만약 내가 없다 해도 누군가 반드시 잘해 나갈 수 있을 겁니다."

"물론 그렇겠지. 단 그에 상응하는 기금이 모이고, 당국이 계약에 따른 환자를 제대로 보내준다면 말이오. 그렇다고 당신이 사라질 필요는 하나도 없어요. 당신이 삼류 텔레비전 드라마의 어설픈 주인공이 아니라 지극히 보통사람으로 행동하는 한에는. 그런 주인공은 당신한테는 어울리지 않소, 월프레드."

"난 지극히 보통사람으로 행동하려고 노력하고 있고, 또 난 용감하지도 않아요. 내가 정신적으로 용기가 있는 사람이 아니라는 건 알고 있어요. 스스로 애석하게 생각하는 것이 바로 그 점이오. 당신들 두 분은 그것을 다 가지고 있는 것 같소. 아니, 더 이상 아무 말 말아주시오. 나는 그걸 알고 있고 그 점에서 두 분을 부러워하고 있어요. 하지만 이번 경우에는 용기는 필요 없어요. 알겠습니까? 누군가가 정말로 나를 죽이고 싶어한다는 건 믿을 수 없어요." 그는 달글리시 쪽을 돌아보았다. "설명해 주십시오, 경감님. 경감님은 내가 직면해 있는 상황을 알고 있는 것이 틀림없어요."

달글리시는 신중하게 말했다.

"두 사건은 다 그리 심각한 것은 아니었다고 할 수 있습니다. 쉽게 끊어지도록 되어 있던 등산로프? 그런 건 범죄수단으로서는 믿을 만한 것이 못되고, 이곳 사람이라면 누구나 당신이 장비를 점검하기 전에는 등산하지 않는다는 것도, 또 혼자서는 올라가지 않는다는 것도 알고 있습니다. 그리고 오늘의 이 작은 수수께끼 말인가요? 문을 둘 다 닫고 탑의 꼭대기 방에 있었으면 당신은 아마 안전했을 겁니다. 그야 못 견디게 뜨겁기는 했겠지만 생명의 위험은 없었을 겁니다. 불 자체는 곧 저절로 꺼졌을 테니까요. 정말로 위험했던 것은 중앙의 문을 열어 연기를 맹렬하게 빨아들인 점이었습니다."

줄리어스가 말했다.

"건초가 기세 좋게 타올라 불꽃이 2층 바닥을 핥았다고 생각해 봐요. 아무리 탑 꼭대기라 해도 눈 깜짝할 사이에 당해버렸을 거요. 그렇게 되면 당신을 구할 방도가 없었을걸?"

그는 달글리시를 보며 말했다.

"그렇지 않습니까, 경감님?"

"아마도, 그 점에서 보아 이 일은 경찰에 신고해야 합니다. 이런 위험한 일은 아무리 장난이었다 해도 심각하게 대처해야 합니다. 게다가 다음에도 구조해줄 사람이 운좋게 가까이 있어준다는 보장이 없으니까요."

"다음이라는 건 아마 없을 겁니다. 누가 그랬는지 나는 안다고 말할 수 있어요. 나는 보기처럼 그렇게 바보는 아닙니다. 나 자신에 대해서는 스스로 조심하겠습니다, 약속하겠어요. 내 생각으로는 이번 일의 범인은 이곳에 그리 오래 있지는 않을 거라고 생각합니다."

줄리어스가 말했다.

"당신은 불사신이 아니오, 윌프레드."

"그것도 알고 있고 내가 틀렸을 수도 있어요. 그래서 이젠 정말 리지웰 신탁에 얘기를 꺼낼 때가 되었다고 생각해요. 대령은 지금 해외여행중입니다. 인도에 있는 자기 집에 가 있는데 18일에는 귀국할 예정이지요. 신탁 쪽에서는 10월말까지 이쪽의 대답을 듣고 싶어하는 것 같아요. 장래의 발전을 위해 자본을 협력하는 문제이니만큼 가족의 과반수의 찬성 없이는 내 마음대로 할 수 없습니다. 그래서 가족회의를 열 생각입니다. 하지만 누군가가 정말로 나를 위협하여 맹세를 깨게 하려는 거라면, 나는 이곳에서 내가 하고 있는 일이 헛되지 않도록 조처를 취하겠습니다, 내가 살든 죽든 상관없이.”

줄리어스가 말했다.

“전 재산을 리지웰 신탁에 넘겨줘 버리면 밀리센트가 달가워하지 않을 텐데.”

월프레드의 얼굴이 갑자기 고집 센 가면을 쓴 것 같았다. 얼굴 생김새가 확 변해버린 것이 달글리시는 재미있었다. 조용했던 눈빛이 험악해져서 상대를 꼴도 보기 싫다는 듯 번뜩였다. 입술은 비타협적인 선을 그리며 꽉 닫혔다. 전체적인 인상으로는 토라진 어린아이 같은 표정이었다.

“밀리센트는 진심으로 고마운 마음으로 또 매우 타당한 가격에 나에게 이곳을 팔았소. 그녀는 나쁘게 생각할 처지가 못돼요. 내가 여기서 쫓겨난다 해도 사업은 계속해 나갈 거요. 내 신상에 무슨 일이 일어나든 상관없는 일이오.”

그는 줄리어스에게 미소지으며 말을 계속했다.

“당신은 믿지 않는군요, 알았소. 그럼 다른 증인을 데리고 오도록 할까요? 셰익스피어가 어떻겠소? ‘죽음에 대해 확신을 가져라, 그러면 삶도 죽음도 더욱 감미로워지리라’라고 말이오.”

줄리어스 코트의 눈이 잠깐 동안 월프레드의 머리 너머로 달글리시의 눈과 마주쳤다. 동시에 교환된 눈짓의 의미는 서로가 짐작할 수 있었다. 줄리어스는 자신의 입을 억누르기가 아무래도 어려운 것 같았다. 그는 간신히 퉁명스럽게 말했다.

"경감님은 병을 앓고 난 지 얼마 안되었소. 당신을 구해내는 일만으로 이미 체력을 다 소모하고 말았어요. 난 기운이 펄펄해 보이겠지만, 난 내 자신의 쾌락을 추구하기 위해 체력이 필요해요. 그러니까 당신이 이번 달 말에 리지웰 신탁에 이곳을 양도하기로 결심했다면, 적어도 앞으로 3주일만은 삶에 대해 확신을 가져줬으면 좋겠어요."

3

둘이서 방을 나온 뒤 달글리시가 물었다.

"그가 정말로 위험에 처해 있다고 생각합니까?"

"글쎄요. 오늘 사건은 분명히 범인이 노린 것보다 훨씬 중대한 결과를 낳은 것 같습니다." 그는 애정과 경멸을 담은 어조로 말했다.

"어리석은 작자 같으니! 죽음에 대해 확신하라고!《햄릿》강의를 듣고 평소의 마음가짐이 중요하다는 걸 깨달았나보다 했습니다. 단, 한 가지 분명한 것이 있어요, 그렇지 않습니까? 그는 용기 있는 척해 보이려는 건 아니라는 겁니다. 그는 범인은 토인턴 농장 사람이 아니라고 믿고 있어요. 또 어쩌면 그는 범인이 누구인지 알고 있고, 그 남자 또는 여자와 협상할 수 있을 거라고 생각하고 있는지도 모릅니다. 혹은 물론 그가 스스로 불을 질렀다고 생각할 수도 있어요. 손에 붕대를 감고 올 때까지 기다려 주시겠습니까? 그런 다음 내 방에서 한 잔 하시죠. 부디, 꼭, 그렇게 해주세요."

그러나 달글리시에게는 해야 할 일이 있었다. 계속 걱정스러워 하는 줄리어스를 도로시 목슨에게 맡기고, 달글리시는 손전등을 가지러 희망의 집으로 돌아갔다. 목이 말랐지만 부엌의 수도꼭지에서 차가운 물을 받아 마실 만큼의 시간밖에 없었다. 창문을 열어두고 나갔는데도 두꺼운 돌벽으로 에워싸인 작은 거실은 그가 처음 도착했을 때와 마찬가지로 후끈하게 달아 있었다. 문을 닫자 그 뒤에 걸려 있던 배들리 신부의 사제복이 흔들렸고, 달글리시는 다시금 그 곰팡내와 성직의 냄새를 희미하게 풍기는 공기를 맡았다. 레이스 의자등받이와 팔걸이 커버는 배들리 신부의 머리와 손에 의해서도 움직여지지 않은 듯, 정확한 위치에 단정하게 걸쳐져 있었다. 비록 전처럼 강렬한 느낌은 아니었지만, 신부의 인격 속의 무언가가 지금도 이 방 안에 감돌고 있는 듯이 느껴졌다. 그러나 이제는 대화를 주고받을 길은 없었다. 만약 배들리 신부의 조언을 원한다면, 달글리시로서는 잘 알고는 있지만 익숙하지는 않은 오솔길, 그리고 이제 더 이상은 그곳을 다닐 권리가 없는 것처럼 느껴지는 그 오솔길에서 찾아야 할 것이다.

그는 말하는 것조차 힘들 만큼 지쳐 있었다. 차가운, 혀를 찌르는 것처럼 차가운 물은, 그가 얼마나 지쳐 있는지를 더욱 또렷하게 느끼게 해주었다. 2층에 있는 좁은 침대에, 그 딱딱한 매트리스 위에 몸을 눕힐 것을 생각하니 정말 견디기 힘들었다. 그런 비교적 가벼운 움직임만으로 이렇게 체력이 소모된다는 건 말도 안 되는 얘기다. 실내는 더욱 무겁게 느껴졌다. 이마에 손을 짚어보니 축축하고 차가운 땀이 손가락에 묻어났다. 분명히 열이 있다. 사실 다시 열이 날지도 모른다고 의사가 경고했던 것이다. 의사에 대해, 윌프레드 앤스티에 대해, 그리고 그 자신에 대해 분노가 끓어올랐다.

이제 짐을 챙겨 런던의 아파트로 돌아가는 게 좋겠다. 템스 강변의 퀸하이드는 쾌적할 것이고 아무 방해도 받지 않고 있을 수 있다. 사람들은 그가 아직 도싯에 있는 것으로 알고 귀찮게 하지 않을 것이다. 아니면 앤스티에게 편지를 써놓고 어디론가 드라이브나 하러 나갈까? 서부의 각 주가 한결같이 두 팔을 벌리고 그를 기다리고 있다. 여기처럼 고통을 통한 자기성취와 사랑의 실현을 위해 바쳐진 폐쇄적이고 이기적인 곳, 사람들이 서로 저주하는 편지를 주고받고, 어린아이 같은 악의적인 장난 속에서 죽음을 기다리는 데 지쳐 스스로 파멸의 길에 몸을 던지는 곳이 아니라도, 병후의 요양에 어울리는 장소는 얼마든지 있다. 그가 토인턴에 머물지 않으면 안 될 이유는 하나도 없었다. 배들리 신부가 수염을 깎을 때 거울 대신 사용했던 것으로 보이는, 개수대 위의 작은 사각형 유리의 차가운 표면에 이마를 대고 심호흡을 하며, 그는 완고하고 집요하게 자신에게 그렇게 말했다. 잠시 그를 몹시 우유부단하게 만들어 이곳에서 떠나지 못하게 한 것은 병후의 일시적인 변덕이었다. 두 번 다시 형사의 직무로는 돌아가지 않겠다고 결심한 사람이기는커녕, 이건 마치 일에 온몸을 바치고 있는 사람이나 다름없었다.

집에서 나와 무거운 다리를 끌고 절벽을 올라가기 시작했을 때, 주위에 사람 그림자는 하나도 없었다. 곶 위에서는 태양이 아직 밝게 빛나며, 가을날 해질녘에 흔히 볼 수 있는 그 돌발적이고 거의 순간적인 강렬한 빛을 던지고 있었다. 금이 간 돌담의 이끼덩어리는 눈부실 정도로 선명한 초록색이었다. 보석처럼 아름다운 꽃들은 하나하나 산들바람 속에서 희미하게 흔들리고 있었다. 간신히 정상에 도착하자, 탑은 흑단처럼 반짝이며 햇빛 속에서 부르르 몸을 떨고 있는 듯이 보였다. 손을 대면 마구 흔들리다가 공중분해되어 허공으로 사라질 것 같았다. 그 긴 그림자는 경고하는 손가락처럼 곶을 가리키며 가로누워 있었다.

손전등은 탑 안에 들어갔을 때 필요할 것이므로 그는 햇빛을 이용하여 수사를 시작했다. 타다 만 짚과 쓰레기가 포치 옆에서 지저분한 산을 이루고 있고, 곳의 높은 꼭대기에서 쉴새없이 불고 있는 산들바람이 그 산을 흔들어, 타다 만 찌꺼기가 거의 절벽 끝까지 흩날리고 있었다. 그는 담 밑까지 지면을 자세히 살펴본 다음 범위를 확대했다. 남서쪽으로 50야드쯤 되는 곳에 있는 옥석 더미까지는 아무것도 나오지 않았다. 그 바위 덩어리는 기묘한 형태를 하고 있어, 자연이 만든 것이라기보다는 인공적으로 세공한 것 같았고, 마치 탑을 세운 사람이 필요한 양보다 많은 돌을 이곳에 옮겨와서 모형산맥을 만들어 놓고 혼자 만족하며 즐겼던 것 같았다. 돌은 40야드 정도의 거리에 긴 반원형을 이루며, 가장 높은 곳은 6피트에서 8피트, 그것이 좀더 작고 평평한 대지로 이어지고 있었다. 이 정도면 절벽의 오솔길을 통해서든, 또 2, 3백 야드가 안 되는 도로 위의 북서쪽을 향해 급하게 구부러지며 이어진 길을 거쳐서든, 아무도 몰래 달아나기에 딱 좋은 위장물이 된다.

달글리시가 찾으려고 한 것, 즉 갈색의 여름용 수도복을 찾은 것은 바로 이 지점의 커다랗고 둥근 바위 아래였다. 그것은 단단하게 뭉쳐져서 두 개의 작은 바위 사이에 끼워져 있었다. 그밖에는 아무것도 발견되지 않았다. 단단하고 마른 잡목에서는 발자국을 알아볼 수 없었고, 파라핀 냄새가 나는 깡통도 떨어져 있지 않았다. 깡통은 어딘가에서 틀림없이 발견할 수 있을 것이다. 탑 1층의 짚과 건초는 한번 불이 붙었다 하면 순식간에 타오르지만, 성냥개비를 한 개 던지는 것만으로 쉽게 불을 붙일 수 있었는지는 의문이라고 그는 생각했다.

그는 수도복을 옆구리에 끼었다. 이것이 살인사건의 수사라면 감식 전문가가 이 수도복의 섬유, 먼지, 파라핀, 또는 다른 무언가에서 토인턴 농장 사람들과 생물학적, 화학적으로 관련된 점을 찾기 위해 조사할 것이다. 하지만 이건 살인사건의 수사가 아니고 공식수사도 아니다. 그리고 여기에 묻어 있는 섬유가 토인턴 농장 사람의 셔츠나 바지, 재킷, 또는 드레스의 것일지도 모르지만, 그렇다고 그것이 무슨 증거가 된단 말인가? 그곳 직원들에게는 윌프레드가 고안한 이 기묘한 제복을 입을 권리가 있다. 수도복이 버려져 있었다, 게다가 그 장소에…… 그렇다면 이 옷을 입고 있었던 인물은 도로가 아니라 절벽 쪽으로 달아나는 길을 택했다는 뜻이 된다. 그렇지 않고서야 그곳에서 이 위장을 벗어버린 이유가 설명되지 않기 때문이다. 물론 그 인물은 여자였고, 평소에 이런 옷을 입지 않는 사람이었다면 얘기는 달라진다. 그 경우, 화재가 난 직후에 곳 위에서 누군가에게 목격 당하면 낭패다. 하지만 남자든 여자든 절벽의 오솔길에서 이런 옷을 입고 걷기는 어려운 일이다. 오솔길은 가장 지름길이기는 하지만 걷기 힘든 길이어서, 수도복 같은 걸 입으면 거치적거려서 걸을 수가 없다. 아무래도 바닷가에 이르는 저 위험한 지름길의 바위에 널려 있는 해초에 스치거나, 모래와 녹색 얼룩이 묻어 지울 수 없는 증거를 남기게 될 것이다. 하지만 어쩌면 이것은 그의 선입견일지도 모른다. 이 수도복도 배들리 신부의 편지처럼, 달글리시가 예측한 바로 그 지점에서 발견되도록 우리를 유인하기 위한 것은 아닐까? 결국 어째서 이런 곳에 그것을 버렸을까? 이렇게 똘똘 뭉치면 바닷가로 가는 저 미끄러운 오솔길을 가는 데도 그다지 부담이 안 될 텐데.

탑문은 여전히 반쯤 열려 있었다. 내부에는 아직도 화재 냄새가 남아 있지만, 초저녁의 신선한 냉기 속에 얼마간 쾌적해져 있었고, 타버린 풀 냄새도 가을이라는 계절과 잘 어울려 마음이 설렐 정도였다. 밧줄 난간의 아랫 부분은 다 타버려서 쇠고리에 너덜너덜하게 매달려 있었다.

그는 손전등을 켜고 타다 만 검은 쓰레기 속을 샅샅이 조사하기 시작했다. 그리고 몇 분쯤 지나 그것을 찾아냈다. 찌그러지고 그을린 뚜껑 없는 깡통 하나. 코코아캔인 것 같다. 냄새를 맡아 보았다. 파라핀 냄새가 아직 남아 있다고 느낀 건 그의 상상에 지나지 않을까?

검게 탄 벽을 짚고 그는 조심스럽게 돌계단을 올라갔다. 중앙의 방에서는 아무것도 발견할 수 없었다. 이 창문도 없는 어둡고 밀폐된 동굴에서 꼭대기방으로 올라갈 수 있다는 것이 얼마나 다행인지 몰랐다. 아래의 방에 비하면 탄성이 절로 나올 정도로 그곳은 산뜻했다. 작은 방 가득 빛이 쏟아지고 있었다. 겨우 사방 6피트의 공간으로, 서까래가 드러나 있는 둥근 천장이 매력적이고 온화하면서도 약간 엄숙한 느낌을 자아내고 있었다. 반원형의 돌출창 8개 가운데 4개는 유리가 없었고, 거기서 바다냄새가 나는 차가운 공기가 흘러 들어왔다. 방이 무척 작은 것이 탑의 높이를 강조하고 있었다. 달글리시는 하늘과 바다 사이에 떠 있는 거대한 후추통 속에 들어와 있는 기분이었다. 고요하고 평화로웠다. 자신의 손목시계 소리와 끊이지 않는 파도 소리 외에는 아무 소리도 들리지 않았다. 그 자학적인 빅토리아 왕조 시대 사람인 윌프레드 앤스티는, 왜 자신의 고통을 이 창을 통해 외부에 알리지 않았던 것일까? 틀림없이 버티어내려는 의지가 굶주림과 갈증의 고통에 무릎을 꺾었을 무렵에는, 이미 노인은 완전히 체력을 잃어 이곳까지 올라올 수 없었던 것이리라. 그의 단말마의 공포와 절망의 그림자는 이 빛이 넘치는 미니어처의 높은 망루에까지는 이르지 못하고 있었다. 남쪽 창에서 바라보니 잔주름 같은 물결이 이는 바다가, 수평선상에 움직이지 않는 한 점의 붉은 삼각돛을 제외하고는 감청색과 보라색으로 펼쳐져 있었다. 그 밖의 창에서는 햇살이 비치고 있는 곳 전체의 파노라마 같은 전망이 한눈에 들어왔다. 토인턴 농장과 그 주변의 집들은 골짜기에 숨어 있어서, 굴뚝의 모습으로 겨우 알아볼 수 있는 정도였다. 달글리시는 이끼 같은 잔디가 깔린 일대, 홀로이드의 휠체어가 마지막 파멸을 향해 충동적으로 질주하기 직전까지 정지해 있었던 지점, 또 폭이 좁고 낮게 꺼져 있는 오솔길도 거기서는 보이지 않는다는 것을 알았다. 그 비극적인 오후에 무슨 일이 일어났든 검은 탑에서는 아무것도 볼 수 없었던 것이다.

방은 간소하게 꾸며져 있었다. 바다 쪽 창문 앞에는 나무테이블과 의자, 작은 떡갈나무 수납장, 바닥에는 골풀로 짠 깔개, 중앙에 쿠션을 얹은 고풍스러운 나무안락의자, 벽에 걸려 있는 나무십자가, 그리고 수납장 문이 열려 있고 열쇠가 꽂혀 있는 것을 그는 보았다. 그 안에는 그다지 유용해 보이지 않는 싸구려 포르노잡지 콜렉션이 들어 있었다. 남의 성적 기호에 대해서는 경멸하기 쉬운 것이 인간이지만──달글리시 자신도 그런 면이 있다는 걸 부인하지는 않겠지만──이건 아무리 봐도 그라면 손이 나가지 않을 것 같은 포르노였다. 그것은 채찍질과 간지럼 태우기와 외설행위로 구성되어 있는, 쓰레기 같고 비극적인 작은 도서관이었다. 거기서는 권태와 희미한 혐오 이상의 어떤 감정도 이끌어낼 능력이 없어 보였다. 《채털리 부인의 사랑》도 그 안에 있었지만──달글리시는 이 작품은 포르노가 아니라 문학작품으로서 과대평가받고 있다고 생각하고 있었다──그밖에는 어느 모로 보나 존경할 만하다고는 하기 어려운 것들뿐이었다. 20년이라는 세월의 골짜기를 건너뛰었다는 것을 계산에 넣더라도 역시 그 조용하고 고상하며 또 취향이 까다롭기까지 한 배들리 신부가 이 슬픈 허섭스레기에 대한 기호를 키워왔다고는 생각할 수 없었다. 그리고 만약 그가 그렇게 했다 하더라도, 어째서 수납장 문을 잠궈놓지 않거나 윌프레드에게 쉽게 발견될 수 있는 곳에 열쇠를 던져두었을까? 결론은 이 책은 앤스티의 것이며, 화재의 냄새를 맡기 전에 이 수납장문을 열 수 있는 시간이 있었다는 얘기다. 그 뒤의 공포상태 속에서 그는 자신만의 은밀한 쾌락의 물증에 자물쇠를 채우는 것을 그만 잊어버리고 만 것이다. 기운을 되찾고 기회만 생기면 그는 곧바로 허겁지겁 이곳으로 달려올 것이다. 그리고 만약 이 추리가 진실이라면 한 가지 사실이 입증되는 셈이다. 곧 방화범은 앤스티가 아니라는 것이다.

수납장 문을 원래대로 열어둔 뒤, 달글리시는 신중하게 바닥을 살피기 시작했다. 삼실로 짠 것으로 보이는 거친 촉감의 깔개는 군데군데 닳아서 먼지가 쌓여 있었다. 그 표면의 끌린 자국과 섬유가 닳은 섬세한 상태로 보아, 앤스티가 테이블을 동쪽에서 남쪽 창가로 옮긴 것이라고 달글리시는 추정했다. 또 두 종류의 담뱃재도 발견되었는데, 항상 가지고 다니던 확대경과 핀셋이 없이는 너무 미세해서 도저히 채취가 불가능했다. 하지만 그는 동쪽창의 약간 왼쪽에 있는 깔개 틈새에서 육안으로도 쉽게 알아볼 수 있는 것을 발견했다. 그것은 배들리 신부의 침대 옆에 있던 종이성냥과 같은 것임을 알 수 있는 타다 만 갈색 성냥개비 한 개로, 검게 탄 머리까지 다섯 군데가 꺾여 있었다.

4

토인턴 농장의 문은 평소 때와 다름없이 열려 있었다. 달글리시는 큰 계단을 빠른 걸음으로 소리내지 않고 올라가 윌프레드의 방으로 갔다. 가까이 다가갈수록 사람들이 얘기하는 소리가 귀에 들어왔다. 도트 목슨이 훈계를 늘어놓고 있는 듯한 호전적인 목소리가, 남자들의 띄엄띄엄 우물거리는 소리를 압도하고 있었다. 달글리시는 노크도 하지 않고 들어갔다. 세 쌍의 눈들이 경계하듯이, 그리고 그의 생각 탓인지 일종의 노기를 띠고 그에게 쏠렸다. 윌프레드는 아직 침대 위에 있다가 상반신을 다시 일으키고 있었다. 데니스 러너는 급히 몸을 돌려 창 밖을 바라보는 척했지만, 그보다 재빨리 달글리시는 그의 얼굴이 지금까지 울고 있었던 것처럼 얼룩져 있는 것을 보았다. 도트는 침대 끝에 걸터앉아 있었다. 병든 자식을 지켜보는 어머니처럼 무신경하고 냉정한 태도였다. 데니스가 중얼거렸다. 달글리시가 설명을 요구하기라도 한 듯이.

"윌프레드 씨한테서 얘기 들었습니다. 믿을 수 없는 사건이군요."

그러자 윌프레드는 완강한 태도로 "실제로 일어난 일이야, 그리고 단순한 사고였어"라고 말했지만, 이는 믿을 수 없는 사건이라는 데니스의 말에 대한 그의 만족감을 강조해줄 뿐이었다.

데니스가 "도대체 어떻게……" 하고 말하자, 달글리시는 똘똘 뭉친 수도복을 침대 발치에 놓으며 그 말을 가로막았다.

"검은 탑 부근에 있는 바위 사이에서 발견했습니다. 이것을 경찰에 보내면 뭔가 단서를 찾을 수 있을지도 모릅니다."

"경찰에는 신고하지 않겠어요. 또 이곳의 누구에게도 엄금합니다, 누구도 나를 대신하여 경찰에 신고해서는 안됩니다."

달글리시가 차분하게 말했다.

"걱정할 것 없습니다. 저는 경찰에 헛수고를 시킬 마음은 없으니까요. 절대로 신고하지 않겠다고 하면, 그들은 당신이 스스로 불을 지른 것이 아닌가 하고 의심할 겁니다. 당신이 그랬습니까?"

데니스의 믿을 수 없다는 듯한 탄식과 도트의 분노에 찬 항의의 표정을 윌프레드가 재빨리 제지했다.

"아니오, 도트. 아담 달글리시 경감이 그렇게 생각하는 건 당연해. 그는 누군가에게 혐의를 둔다는 점에서 직업적으로 단련되어 있는 사람이니까. 사실 난 스스로를 화형에 처할 생각은 절대로 하지 않아요. 검은 탑 안에서 한 사람이 죽은 걸로 충분해요. 하지만 방화범이 누구인지 난 알 것 같고, 그 사람과 내 방식으로 둘이서만 얘기할 생각이오. 그 동안 제삼자들은 한 마디도 해서는 안 돼요, 한 마디도. 이 사건에서 자신은 관련이 없다고 단언할 수 있는 사람은 신께 감사해야 할 것이오. 난 내가 할 일을 잘 알고 있소. 여러분, 이제 부디 돌아가 주시오."

뒤의 두 사람이 얌전하게 따르는 것을 달글리시는 기다리지 않았다. 그는 문 앞에서 이렇게 한 마디 덧붙였다.

"개인적인 복수를 생각하고 계신다면 그건 단념하는 것이 좋을 겁니다. 만약 법률이 허락하는 범위 안에서 행동할 수 없다면, 또는 그렇게 하지 않을 생각이라면 아예 행동하지 않는 편이 낫습니다."

앤스티는 분노를 감춘 그 부드러운 미소를 지었다.

"복수? 경감님, 복수라고 하셨습니까? 그 말은 이 토인턴 농장에 있는 우리의 철학에는 없는 단어입니다."

다시 중앙홀을 지나 돌아가는 동안, 달글리시는 누구의 모습도 보지 못하고 목소리도 듣지 못했다. 건물은 마치 텅 빈 껍데기 같았다. 잠깐 생각한 뒤 그는 곶을 가로질러 자비의 집으로 서둘러 갔다. 곶 위에는 절벽에서 언덕길을 내려오는 한 사람 외에는 아무도 없었다. 두 손에 술병 같은 것을 들고 있는 줄리어스였다. 그는 그것을 반은 권투선수처럼 반은 축하의 뜻을 표하는 것처럼 높이 치켜들고 있었다. 달글리시는 한 손을 들어 가볍게 아는 척한 뒤 방향을 바꿔 돌길을 따라 휴슨 부부의 집으로 갔다.

문이 열려 있고 처음에는 인기척을 느낄 수가 없었다. 노크해도 대답이 없어서 그대로 들어갔다. 자비의 집은 다른 집들보다 컸고, 두 개의 창문을 통해 햇빛이 가득 들어오고 있는 석조 거실은 상당히 균형이 잡혀 있었다. 그러나 너무 난잡하고 지저분한 상태였다. 매기의 불평 많고 불안정한 성격을 반영하고 있는 것일까? 첫인상은 우리 부부는 이제 곧 다시 다른 곳으로 이사갈 거니까 짐을 풀지 않고 있다는 뜻을 매기가 선언하고 있는 듯한 느낌이었다. 몇몇 가구는 이사올 때 운송회사 직원이 내려놓고 간 그대로 있는 것처럼 보였다. 더러운 소파가 방의 대부분을 차지하고 있는 커다란 텔레비전과 마주하고 있었다. 에릭의 빈약한 의학서적이 책장에 아무렇게나 던져져 있고, 그 책장 위에는 잡다한 도자기와 장식품, 레코드, 헌 구두까지 얹혀 있었다. 그리 세련되었다고 할 수 없는 디자인의 극히 평범한 램프에는 갓도 씌워져 있지 않았다. 벽 좌우에 두 장의 그림이 걸려 있는데, 끈이 매듭이 지어진 채 그대로 축 늘어져 있었다. 방 한가운데 네모난 테이블 위에는 늦은 점심을 먹고 남은 것이 치우지 않고 그대로 있었다. 소다 비스킷을 담은 종이봉지가 찢어져 비스킷 가루가 흘러 있고, 이 빠진 접시 위에는 치즈덩어리가 놓여 있고, 버터는 끈적끈적한 포장지에서 녹아내리는 중이고, 뚜껑이 없는 토마토 케첩 병의 주둥이 둘레에는 케첩이 말라붙어 있었다. 살찐 파리 두 마리가 음식찌꺼기 위에서 빙글빙글 돌고 있었다.

부엌 쪽에서 물소리와 가스보일러 소리가 들려왔다. 에릭과 매기가 목욕을 하고 있는 모양이었다. 문득 보일러 소리가 멎더니 매기의 목소리가 들려왔다.

"당신 같이 야무지지 못한 사람은 첨 봤어! 모두에게 완전히 이용만 당하고 있잖아요. 당신이 만약 그 도도한 암캐와 잤다면——이렇게 말한다 해서 내가 눈곱만큼이라도 질투하고 있다고는 생각하지 말아옷——그건 다만, 당신이 그녀에게 싫다고 말하지 못했기 때문일 거예요. 당신은 나와 마찬가지로 그 여자도 필요로 하지 않아요."

에릭이 대답하는 소리는 낮은 중얼거림이었다. 무슨 그릇 깨지는 소리, 그리고 다시 매기의 찢어지는 목소리.

"맹세하지만, 당신이 이곳에서 영원히 숨어 있을 수는 없어요! 그 세인트 세이비어 병원에 간 것은 당신이 걱정한 만큼 나쁘지는 않았잖아요. 아무도 한 마디도 하지 않았다구요."

이번에는 에릭의 대답이 뚜렷이 들렸다.

"그들은 그럴 필요가 없었을 뿐이야. 도대체 우리가 누구를 만나기나 했나? 그저 약품 관련 상담역과 진료기록계의 사무관뿐이었어. 그녀는 잘 이해해주었고 나에게 기록을 보여주었어. 내가 일을 한다 해도 역시 그렇게 했을 거야. 내가 그것을 잊어서 되겠어? 잊는다면 업무태만이지. 16살 이하의 여자환자는 모두 그때그때 경우에 따라 동료들에게 골고루 잘 분배되었으니까. 적어도 윌프레드는 나를 인간으로 대접해 주고 있어. 나도 쓸모가 있는 사람이라구. 나는 내 일을 할 수 있어."

매기가 악을 쓰듯이 말했다.

"대관절 무슨 일을 할 수 있다는 거예요?" 두 사람의 목소리는 다시 보일러와 물소리 때문에 끊어졌다. 그리고 그 소리가 멎자 매기의 날카롭고 강압적인 목소리가 다시 들려왔다.

"알아요, 알아, 알았다구요! 난 말하지 않는다고 했어요, 말하지 않는다면 안 해요! 하지만 당신이 그 일로 언제까지나 주절주절 늘어놓는다면, 나, 생각을 바꿀 거예요."

에릭의 대답은 들리지 않았지만, 뭔가 장황하게 타이르는 듯한 중얼거림 같았다. 그리고 다시 매기의 목소리가 들려왔다.

"그래, 설사 내가 그렇게 했다 치고, 그래서 어떻게 되었어요? 그가 바보가 아니었다는 것쯤 당신도 알고 있죠? 뭔가가 있다는 것을 그는 알고 있었어요. 그래서 어떻게 되었어요? 그는 죽었어요, 아니에요? 죽었어, 죽었어, 죽어버렸다구요!"

달글리시는 갑자기 깨달았다. 그가 숨을 죽이며 그곳에 선 채 마치 이것이 공식적인 사건, 그가 담당한 사건이고, 지금 엿듣고 있는 수상한 대화 한 마디 한 마디가 모두 중대한 단서라도 되는 듯이 잔뜩 긴장하며 귀를 기울이고 있었다는 것을. 그는 소스라치게 놀라 거의 뿌리치듯이 뒤로 물러났다. 두세 걸음 일부러 뒷걸음질쳐 다시 한번 크게 노크하려고 문에 주먹을 치켜들었을 때, 작은 주석 쟁반을 든 매기가 에릭을 뒤에 거느리고 나타났다. 그녀는 놀란 표정을 금세 지우고 거의 진심인 듯한 높은 웃음소리를 냈다.

"어머나, 저런! 윌프레드가 나를 신문하기 위해 경시청 경감을 직접 부른 건 아니겠죠? 그 사람, 가엾게도 완전히 흥분해 있더군요. 그건 그렇고 대체 어쩐 일이에요? 내가 하는 말은 모두 기록되어 증거로 사용된다고 경고하러 온 건가요?"

문에 그림자가 비쳐들더니 이어서 줄리어스가 들어왔다. 이렇게 빨리 온 걸 보면 틀림없이 곧을 달려서 내려온 것이 틀림없다고 달글리시는 생각했다. 왜 그렇게 서둘러야 했을까? 줄리어스는 거친 숨을 몰아쉬며 두 개의 위스키병을 테이블 위에 놓았다.

"화해의 표시요."

"좋죠!"

매기는 거의 교태를 부리는 태도였다. 무거워 보이는 눈꺼풀 아래로 눈을 반짝반짝 빛내며, 어느 쪽에게 자신의 매력을 보여주어야 할지 판단이 잘 서지 않는다는 듯 달글리시로부터 줄리어스에게로 시선을 옮겼다. 그리고 달글리시에게 말했다.

"줄리어스는 내가 윌프레드를 검은 탑 안에서 산 채로 불태워 죽이려 했다고 공격했어요. 그것도 그리 이상할 건 없다고 생각하지만, 그래도 줄리어스는 좀 이상해요, 거만한 태도를 취할 때는 특히 더 그래요. 게다가 솔직히 말해 이건 넌센스예요. 만약 내가 성자 윌프레드의 유산 중 내 몫을 받고 싶다는 생각이 있다면, 검은 탑 주위를 몰래 서성거리지 않아도 할 수 있는걸. 안 그래요?"

그녀는 웃음을 거두었고, 줄리어스를 향한 그 시선은 이내 위협하는 듯한, 공범자의 그것 같은 느낌이었다. 그렇지만 거기에 대한 반응은 없었다. 줄리어스는 곧 말했다.

"나는 당신을 비난하지 않았소. 다만 오늘 오후 한 시 이후에 어디에 있었는지 지극히 자연스럽게 물었을 뿐이지."

"바닷가에 있었어요, 이따금 가는 것 알고 있잖아요? 확실하게 증명할 수는 없지만, 그렇다고 내가 그곳에 가지 않았다고 증명하는 것도 불가능하죠?"

"바닷가를 산책하고 있었다는 건 지나친 우연이 아닐까?"

"당신이 우연히 연안도로를 드라이브하고 있었던 것과 마찬가지죠."

"그래, 아무도 보지 못했소?"

"말했잖아요? 개미새끼 하나 지나가지 않았다고. 그게 잘못되었나요? 그리고 경감님, 다음은 당신 차례 같군요. 런던 경찰의 자랑스러운 전통에 따라 나에게 진실을 말하게 할 생각인가요?"

"나는 아닙니다. 이건 코트 씨의 담당사건이지요. 남이 담당한 사건을 방해하지 말라, 이건 수사의 제1원칙이거든요."

줄리어스가 말했다.

"그렇지만 매기, 경감님은 우리의 하찮은 관심사에는 조금도 흥미를 가지고 있지 않소. 정말 이상한 일이지만 그는 전혀 관심이 없어요. 데니스가 빅터를 절벽에서 밀어버리고 그것을 내가 감싸고 있는 게 아닌가 하는 것에도 관심 있는 내색조차 하지 않는다니까. 이건 좀 자존심 상하는 일이오. 그렇지 않소?"

매기의 웃음소리는 어딘가 불안했다. 그녀는 파티가 난장판이 될까봐 어쩔 줄 모르는 소심한 여주인 같은 눈빛으로 남편을 힐끗 쳐다보았다.

"바보 같은 소리 말아요, 줄리어스. 당신이 감싸는 것이 아니라는 것 알고 있어요. 당신이 왜 그런 일을 할 필요가 있어요? 그렇게 해서 얻는 게 뭐죠?"

"나라는 인간을 기막히게 잘 알고 있군, 매기! 아무런 이득도 없지. 하지만 나도 별다른 뜻 없이 그런 일을 할 수도 있지 않겠소?"
그는 교활한 미소를 지으며 달글리시를 쳐다본 뒤 이렇게 덧붙였다.

"나는 친구에게는 사교성이 좋은 편이라고 스스로도 생각하고 있거든."

에릭이 갑자기 놀랄 만큼 위엄 있게 말했다.

"달글리시 씨, 무슨 일로 오셨습니까?"

"좀 물어볼 것이 있어서요. 내가 처음 이곳에 도착했을 때, 배들리 신부의 침대 옆에 웨어럼 부근에 있는 '올드 튜더 밴'의 광고용 종이성냥이 있더군요. 오늘 밤 그곳에서 식사를 했으면 하는데. 신부님도 그곳에 자주 가셨나요? 알고 계십니까?"

매기가 웃음을 터뜨렸다.

"아이구, 말도 안 돼! 그 양반이 그런 곳에 드나들다니, 천만에요! 신부님과 그곳은 전혀 어울리지 않아요. 그 성냥은 내가 드린 것이었어요. 그 양반이 그런 자질구레한 물건들을 좋아하셨거든요. 하지만 '밴'은 그렇게 나쁜 곳은 아니에요. 내 생일에 밥 로더가 그곳에 데리고 가주었는데 꽤 괜찮았어요."

줄리어스가 말했다.

"내가 대신 얘기해드리지요. 색색깔의 알전구가 실내를 빙 두르고 있는데, 그것만 빼고는 진짜 유쾌한 17세기풍의 헛간 분위기라고 할 수 있지요. 요리의 첫번째 코스는 통조림 토마토 수프에 진짜 같은 맛과 색채를 가미하기 위해 토마토를 얇게 썰어 띄운 것. 통조림소스를 쳐서 시든 양상추 위에 얹어놓은 냉동새우. 메론 반 조각——운이 좋으면 잘 익은 것이 나오지요. 또 주방장이 특별히 만든 거라고 하지만 실은 그 근처 슈퍼마켓에서 사온 파테. 나머지 메뉴는 상상에 맡기겠습니다. 뭐, 대체로 냉동야채와 그들이 프렌치 프라이드 포테이토라 부르는 것을 곁들인 스테이크가 몇 종류 있을 뿐입니다. 와인을 마신다면 꼭 붉은 걸로 하십시오. 주인이 담근 건지, 아니면 단순히 병에 상표만 붙인 것인지 모르지만 적어도 와인인 것만은 틀림없습니다. 백포도주는 말할 것도 없이 고양이 오줌이지요."

매기는 미친 듯이 깔깔거렸다.

"어머나, 그렇게 속물스럽게 말하다니! 그 정도로 나쁘지는 않아요. 밥과 둘이서 무척 괜찮은 식사를 했어요. 게다가 와인을 누가 만들었는지는 모르지만 나에게만은 정말 좋은 효과를 발휘했죠."

달글리시가 말했다.

"하지만 이젠 질이 떨어졌을지도 모릅니다. 흔히 있는 일이지요. 주방장이 바뀌면 가게도 하룻밤에 변해버리거든요."

줄리어스가 웃기 시작했다.

"그 점에서는 '올드 밴'의 메뉴는 안심해도 됩니다. 주방장은 2주일마다 교체될 수 있지만 캔 수프는 언제나 같은 맛이니까요."

매기가 말했다.

"내 생일 이후로는 바뀌지 않았을 거예요. 그게 바로 지난 9월 11일인걸요. 처녀자리예요. 어울리죠?"

줄리어스가 말했다.

"차를 타고 갈 수 있는 범위 안에서 더 괜찮은 레스토랑이 한두 군데 있습니다. 가르쳐드릴까요?"

그가 가르쳐주자 달글리시는 기계적으로 그 이름을 수첩 뒤에 적어 넣었다. 하지만 희망의 집으로 돌아가면서 마음은 이미 그런 것보다 훨씬 중대한 사항을 향해 달리고 있었다.

그렇다면 매기는 밥 로더와 점심을 같이 하는 사이란 말이지? 친절한 로더, 배들리 신부의 유언장을 변경시킬 속셈이 있는 인물——
아니면 변경하지 말라고 신부에게 충고한 쪽인가? ——그리고 밀리
센트에게는 동생이 토인턴 농장을 팔면 그 돈의 반을 차지할 수 있도
록 도와줄 수 있는 인물이다. 하지만 물론 이 조그만 장난은 홀로이
드가 생각해낸 것이다. 홀로이드와 로더, 둘이서 그것을 꾸몄을까?
매기는 로더와의 점심식사를 매우 만족스러운 듯이 얘기했다. 남편이
그녀의 생일을 소홀히 했다 해도 조금도 불만이 없었다. 하지만 로더
의 의도는 무엇이었을까? 단순히 욕구불만으로 푸념을 늘어놓는 여
자를 위로한 것일까, 아니면 토인턴 농장과 앞으로도 밀접한 관계를
유지하려는 사악한 동기가 있기 때문일까? 그리고 그 구겨진 성냥개
비는? 달글리시는 그것이 배들리 신부의 침대 옆에 있었던 종이성냥
의 하나인지 아직 대조해 보지는 않았지만, 그게 틀림없다는 건 분명
했다. 더 이상 의심을 사는 일 없이 매기에게 질문할 수도 없었겠지
만, 이젠 그럴 필요도 없는 것 같다. 그녀는 9월 11일, 즉 홀로이드
가 죽기 전날까지는 배들리 신부에게 그 성냥을 줄 수 없었다. 그리
고 11일 오후에 신부는 자신의 변호사를 찾아갔다. 그러니까 아무리
빨리 잡아도, 그날 저녁까지는 그 성냥을 받지 못한 것이다. 그렇다
면 그는 그 다음날 오전이나 오후에 검은 탑에 갔다는 얘기가 된다.
기회가 있다면, 배들리 신부가 수요일 아침에 요양원에 갔는지 미스
윌슨에게 알아보는 것이 좋을 것 같다. 신부의 일기장에 따르면, 매
일 아침 요양원에 가는 것이 일과가 되어 있었다. 그렇다면 12일에
그가 검은 탑으로 간 것은 오후였고, 거기서 동쪽 창가에 앉아 있었
다고 생각할 수 있다. 그 깔개 위의 끌린 흔적은 아주 최근의 것이었
다. 하지만 동쪽 창에서도 홀로이드의 휠체어가 절벽에서 떨어지는
광경은 보이지 않았을 것이다. 러너가 홀로이드의 휠체어를 밀며 그
푹 꺼진 오솔길을 지나 수풀의 잡목 옆으로 올라가는 모습도 볼 수

없었으리라. 또 신부가 보았다 해도 그것이 무슨 증거가 될까? 혼자 앉아서 책을 읽거나 오후의 따스한 햇살 아래 꼬박꼬박 낮잠을 즐기고 있었을 노인의 증언이? 살인동기를 이런 데서 찾는다는 것은 우스꽝스럽다. 하지만 만약 배들리 신부가 자기는 독서에 빠져 있지도 않았고 졸지도 않았다고 확신하고 있다면? 그렇게 되면, 이건 그가 무엇을 보았는가의 문제가 아니라, 그가 특히 무엇을 보지 못했는가의 문제가 되는 것이다.

유혈 없는 살인

1

이튿날 오후, 그날은 실은 그녀 인생의 마지막 날이 되었지만, 그레이스 윌슨은 안뜰에서 따스한 햇살을 받으며 앉아 있었다. 햇빛은 아직 그녀의 얼굴에 덥게 느껴졌지만, 그래도 상당히 부드러워져 있어서 약해진 피부에 다정하고도 따뜻한 온기를 던지고 있었다. 이따금 구름이 태양을 가로막아, 그녀는 올 들어 처음으로 겨울의 전조에 몸을 떨고 있는 자신을 발견했다. 공기에는 차가움이 더해지고 낮은 더욱 짧아졌다. 이제 밖에서 이렇게 앉아 있을 수 있는 날도 며칠 남지 않았다. 오늘만 해도 안뜰에 앉아 있는 환자는 그녀 한 사람뿐, 무릎을 감싸고 있는 담요의 따뜻함에 그녀는 감사했다.

달글리시 경감을 생각하고 있는 자신을 그녀는 깨닫는다. 그가 요양원에 좀더 자주 와주었으면 좋겠다고 생각한다. 그는 아직 희망의 집에 머물고 있는 것이 틀림없다. 어제 그는 검은 탑에서 불에 거의 타죽을 뻔한 윌프레드를 줄리어스와 함께 구출했다. 윌프레드는 기대했던 대로 자신이 받은 시련의 경위를 용감하게 밝혔다. 모두 자기자신의 실수로 일어난 사소한 화재였고, 절대로 심각한 일은 아니었다고 했다. 그래도 역시 경감이 즉각 구하러 가줄 수 있었던 것은 행운이었다고 그녀는 생각한다.

그는 그녀에게 작별인사도 하지 않고 토인턴을 떠나버릴 것인가? 그런 일은 없었으면 좋겠는데. 함께 지낸 시간은 아주 짧았지만 그녀는 그를 무척 좋아하게 되었다. 지금도 그가 이곳에 함께 앉아 배들리 신부에 대한 얘기를 주고받는다면 얼마나 즐거울까? 토인턴 농장 사람들은 이제 아무도 신부의 이름을 입에 올리지 않는다. 하지만 물론 경감님이 그런 한가한 시간을 내줄 리가 없다. 그렇다해도 원망스러운 마음은 조금도 없었다.

토인턴 농장에는 경감의 흥미를 끄는 것은 아무것도 없다. 게다가 그녀가 개인적으로 그를 초대할 수도 없다. 순간 그녀는 자신이 원하고 계획하고 있던 은둔생활을 실현할 수 없는 것을 마음으로 아쉽게 생각하면서 또다시 생각에 빠져들었다. 협회에서 나오는 얼마 안 되는 연금. 햇빛이 잘 들고, 사라사 무명과 제라늄 화분으로 예쁘게 장식한 작은 집. 토인턴에 오기 전에 팔아버린 어머니의 수많은 유품들. 장미꽃 무늬 찻잔세트, 자단으로 만든 책상. 영국의 교회를 그린 수채화 연작. 좋아하는 친구를 내 집에 초대하여 차를 마실 수 있다면 얼마나 좋을까? 황량한 요양원 식당의 테이블에서 모든 사람이 한데 모여 마시는 차가 아니라, 제대로 된 오후의 티타임을 나의 테이블에서 내가 시중을 들며, 내가 만든 과자를 나의 손님과 함께 맛볼 수 있다면.

무릎 위의 책의 무게가 느껴졌다. 트롤럽의 《바셋 주(州) 마지막 연대기》 문고판이었다. 그것은 오후 내내 그 자리에 놓여 있었다. 왜 이렇게 책에 집중할 수 없는 걸까? 그런 다음 생각이 났다. 이것은 빅터의 사체가 운반되어 온 그 음울한 날 오후에 읽고 있던 책이었다. 그 후로 책을 펼쳐보지 않았었다. 하지만 그건 어리석은 일이다. 그런 생각을 그녀는 쫓아냈다. 좋아하는 책을 그런 일로 외면하다니 안될 말이다. 무척이나 좋아하는 이 책——성당을 둘러싼 음모를 그린, 온건하면서도 섬세한 도덕감각을 보여주는 책——을 폭력과 증오와 유혈의 이미지로 더럽히다니.

그녀는 불편한 왼손으로 책을 받치고 오른손으로 페이지를 넘겼다. 읽고 있던 페이지에 서표가 끼워져 있다. 얇은 종이로 싼 말린 분홍빛 금어초 한 송이. 그리고 생각났다. 이것은 빅터가 죽던 날 배들리 신부가 그녀에게 갖다준 작은 꽃다발 중의 한 송이였다. 그 꽃다발은 그리 오래가지 않았다. 하루도 가지 않았다. 하지만 이 한 송이는 곧 책갈피에 끼워두었던 것이다. 그녀는 꼼짝 않고 그것을 응시하고 있었다.

책장 위로 불쑥 사람의 그림자가 비쳤다. 그 목소리가 말했다.

"뭐가 잘못됐나요?"

그녀는 고개를 들고 미소지었다.

"아무것도. 그저 어떤 일을 생각하고 있었어요. 공포나 깊은 슬픔과 관련된 일일수록 인간의 마음은 얼마나 빨리 그걸 잊어버리는지 이상할 정도죠? 달글리시 경감님이 물으시더군요. 배들리 신부님이 입원하시기 2, 3일 전에 무엇을 했는지 기억하고 있느냐고. 물론 기억하고 있어요. 그 수요일 오후 그분이 무엇을 했는지 난 알고 있어요. 그런 건 조금도 중요한 일이 아니라고 생각하지만, 그래도 경감님께 이야기하는 게 좋을 것 같아요. 이곳 사람들은 모두 무척 바쁘다는 건 알고 있지만, 그래도 당신은……?"

"걱정 말아요. 시간을 내서 희망의 집에 들러서 전해줄 테니까. 경감이 이곳에 더 머물 생각이라면 이제 곧 나타날 때가 되었어요.

그리고, 아! 그렇지, 월슨 양은 이제 안에 들어가는 게 좋을 것
같군요, 제법 쌀쌀해졌어요."

미스 월슨은 생긋 웃으며 감사의 뜻을 표했다. 사실은 더 있고 싶
었지만 고집을 부릴 생각은 없었다. 상대방은 친절을 베풀어주었다.
그녀는 책을 덮었다. 살인자는 그녀의 휠체어를 강한 손으로 잡고 죽
음을 향해 그녀를 밀고 갔다.

2

어슐러 홀리스는 간호사들에게 늘 커튼을 치지 말라고 부탁했고,
오늘밤도 그녀 머리맡에 있는 야광시계의 희미한 빛 속에서, 밖의 어
둠과 안의 어둠을 가르고 있는 장방형 창틀을 아직 알아볼 수 있었
다. 밤이 깊었다. 별빛 하나 없는 참으로 고요한 밤이다. 누워 있는
그녀를 에워싼 어둠이 너무 짙어서 마치 가슴 위로 그것이 무겁게 짓
눌러오는 것 같았다. 숨막히도록 무겁게 늘어져 있는 두꺼운 커튼.
지금 바깥에는 곳도 잠이 들어, 깨어 있는 것은 오직 풀 속을 기어
돌아다니고 있는 작은 야행성 동물들뿐일 것이다. 토인턴 농장 안에서
는 아직 희미한 소리가 나고 있었다. 복도를 잰 걸음으로 오가는
발소리. 가만히 문을 여닫는 소리. 누군가가 승강기에서 휠체어를 움
직이는 듯, 기름이 부족한 바퀴의 삐걱거림. 그레이스 월슨이 옆방
침대에서 불안하게 몸을 뒤척이는 소리. 쥐들이 내는 듯한 바스락거
리는 소리. 누군가가 오락실 문을 열 때마다 경쾌한 음악이 새어나오
다가 이내 다시 차단되었다. 그녀 머리맡의 시계는 시간을 새기고는,
그것을 영겁의 망각 저편에 묻어버리고 간다. 그녀는 몸을 딱딱하게
긴장시킨 채 누워 있다. 뜨거운 눈물이 쉬지 않고 뺨을 타고 흐르다
가 어느 순간 차가워져서 베개 위로 떨어졌다. 눈물에 흠뻑 젖은 베

개 밑에는 스티브한테서 온 편지가 있었다. 가끔 그녀는 아픔을 참고 오른팔을 가슴 위로 돌려 손가락을 베개 밑에 찔러 넣고 봉투의 딱딱한 모서리를 만져보았다.

모그가 그 아파트로 옮겨왔다. 두 사람은 같이 살고 있다. 스티브의 표현으로는, 그것은 단순히 집세와 생활비를 절약하기 위한 일시적인 방편에 지나지 않는다고 했다. 모그가 요리를 담당하고 있고, 모그가 거실을 새롭게 장식하고 가구를 더 들여놓았다. 모그가 다니는 출판사에 사무직을 구해주면 스티브는 전보다 나은 안정된 직장을 얻을 것이다. 모그의 새로운 시집은 봄에 출판된다. 어슐러에 대해서는 입에 발린 안부인사만이 적혀 있을 뿐, 여느 때처럼 애매하고 믿을 수 없는 방문 약속조차 없었다. 그녀가 퇴원해서 돌아가는 것, 전부터 계획했던 새 아파트, 지역관청과의 담판 등에 대해서는 일언반구도 없었다. 그래, 그런 건 쓸 필요가 없다. 그녀는 다시는 돌아가지 못할 것이다. 두 사람 다 그걸 잘 알고 있다. 모그도 알고 있다.

이 편지를 받은 것은 오후의 티타임 직전이었다. 앨버트 필비가 오늘따라 우편물을 늦게 가져와서, 이것이 그녀 손에 들어온 것은 네 시였다. 그레이스 윌슨이 아직 안뜰에서 차 마시러 돌아오지 않아서 응접실에 그녀 혼자 있었던 것이 다행이었다. 편지를 읽을 때의 그녀의 표정을 본 사람은 아무도 없었고, 교묘한 말로 넌지시 질문하는 사람도, 또 더욱 교묘하게 가만히 자리를 뜨는 사람도 없었다. 분노와 충격이 지금까지 계속되고 있었다. 그녀는 분노를 속으로 꾹꾹 밀어넣지 않으면 안 되었다. 추억과 상상으로 그것을 잊으려 애쓰며, 평소와 다름없이 빵 두 조각을 맛있게 먹고, 차를 맛있게 홀짝이면서 사람들과 이런저런 얘기를 나눌 수 밖에 없었다. 가까스로 옆방에 있는 그레이스 윌슨의 무거운 숨소리도 잦아들고, 헬렌과 도트의 마지막 순찰도 끝나 토인턴 농장이 간신히 밤의 정적에 싸인 이때, 그녀는 외로움과 상실감에 몸을 맡기고, 자기연민에 마음껏 빠져들 수 있었다. 한번 터진 눈물은 멈출 줄을 몰랐다. 한번 빠져버린 슬픔은 진정할 길이 없었다. 울음을 멈출 수가 없었다. 그것은 이제 그녀를 괴롭히지도 않았다. 이제 슬픔도 없고 절망도 없었다. 이미 그것은 육체적 현상일 뿐이었다. 딸꾹질처럼 멈출 수 없는, 그러나 위안을 가져다 주는 조용한 눈물이 끊이지 않고 흘러 나왔다.

자신이 무엇을 해야 하는지 그녀는 알고 있었다. 눈물이 흘러나오는 리듬에 마음을 집중했다. 규칙적이 된 그레이스 윌슨의 숨소리 말고는 옆방에서 들려오는 소리도 없었다. 어슐러는 손을 뻗어 램프를 켰다. 전구는 윌프레드한테서 살 수 있는 것 중에서 가장 와트수가 낮은 것이었지만 그래도 몹시 눈이 부셨다. 그녀는 그것을, 자신의 의지를 전세계에 알리는 눈부신 타원형의 등불이라고 상상해 보았다. 그런 것을 보고 있을 사람은 아무도 없다는 건 알고 있지만, 상상 속에서 곳은 갑자기 달려오는 무수한 발소리와 서로 소리치는 사람들의 목소리로 가득해졌다. 그녀는 울음을 그치고 방을 둘러보았다. 눈이 통통 부은 탓에 주변은 현상이 반밖에 안 된 사진처럼 흐릿하게 보였다. 물체의 상이 일그러지는가 하면, 어느 순간 사라졌다가, 다시 빛의 바늘이 투과하는 눈부신 커튼을 통해 비치기도 했다.

그녀는 가만히 기다렸다. 아무 일도 일어나지 않았다. 옆방에서는 그레이스의 규칙적이고 거친 숨소리 외에는 여전히 아무 소리도 들리지 않았다. 다음 행동은 비교적 쉬웠다. 이제까지 두 번이나 연습해 본 일이다. 베개를 두 개 다 바닥에 떨어뜨려 놓고 몸을 굴려 폭신한 베개 위에 살짝 떨어졌다. 베개를 받쳤어도 온 방이 뒤흔들린 듯한 느낌이었다. 다시 가만히 숨을 죽인다. 복도를 달려오는 발소리는 없었다. 침대에 기대어 몸을 일으킨 뒤 침대 끝으로 기어가기 시작했다. 한 손을 뻗어 가운의 벨트를 빼내는 것은 간단했다. 그런 다음에 그녀는 문을 향해 고통스러운 전진을 시작했다.

힘이 있는 것은 두 팔뿐 두 다리에는 힘이 없었다. 오그라든 두 다리는 물고기처럼 하얗게 힘없이 바닥에 늘어져 있다. 바닥을 헛되이 더듬는 발가락은 무슨 흉칙한 돌기처럼 쫙 펴져 있었다. 리놀륨은 윤을 내지 않았어도 매끄러워서 그녀의 몸은 빠르게 미끄러져 갔다. 그런 일이 자신에게도 가능한 것을 발견하고 기뻐하고 있는 자신을 깨닫는다. 모습은 우스꽝스럽고 굴욕적이지만, 어찌됐든 휠체어 없이 방안을 이렇게 돌아다닐 수 있다니!

그녀는 지금 그 이상의 단계를 시도하려 한다. 다행히도 별관에 설치되어 있는 현대적이고 가벼운 문은 손잡이는 돌릴 필요 없이 밀기만 하면 되었다. 그녀는 가운의 벨트로 고리를 만들어 그것을 손잡이에 걸려고 시도했다. 두 번만에 성공! 벨트를 당기자 문이 조용히 열렸다. 베개 하나는 그곳에 남겨두고 그녀는 조용한 복도로 기어나갔다. 심장이 무섭게 뛰어서 누군가가 그 소리를 들을 것만 같다. 다시 벨트를 손잡이에 걸어놓고 복도를 몇 피트 기어나가자, 뒤에서 문이 찰칵하고 닫히는 소리가 들렸다.

두꺼운 갓을 씌운 전구 하나가 복도가 끝나는 곳에 항상 켜져 있어, 작은 계단이 위층으로 이어지고 있는 것을 어렵지 않게 알아볼 수 있었다. 그것이 목표였다. 그곳에 도달하는 것은 놀라울 정도로 간단했다. 복도의 리놀륨은 윤을 낸 적은 없지만 그녀의 방에 깔린 것보다 훨씬 매끄러운 것 같다. 어쩌면 그녀의 기술이 조금 발전한 건지도 모른다. 기운이 남아돌 정도로 쉽게 나아갈 수 있었다.

하지만 계단은 훨씬 어려웠다. 난간을 붙들고 한 단 한 단 기어올라갔다. 베개 한 개는 계속 가지고 있을 필요가 있었다. 계단 위의 바닥에서 필요할 것이기 때문이다. 하얗고 부드러운 베개는 점차 거대하고 무거운 짐으로 부풀어오르는 것 같았다. 계단이 좁아 안전하게 몸을 지탱하기가 힘들었다. 두 번 실패하여 미끄러진 뒤에는 쉬어야 했다. 하지만 고심 끝에 간신히 네 단을 올라간 뒤 좀더 잘 올라갈 수 있는 방법을 궁리해 보았다. 가운 벨트를 자신의 허리에 묶고 다른 한 쪽은 베개 한가운데 단단히 묶었다. 가운을 입고 올 걸 그랬다. 움직이는 데 방해는 되겠지만 추워서 몸이 떨려오기 시작했다.

이리하여 그녀는 한 단 또 한 단 추운데도 땀을 뻘뻘 흘리며 안간힘을 다해 난간을 붙들고 올라갔다. 계단이 마치 경고하듯이 삐걱거리는 소리를 냈다. 당장이라도 누군가의 방에서 머리맡의 호출벨이 희미하게 울리고, 도트나 헬렌의 급한 발소리가 멀리서 들려올 것만 같았다.

계단 꼭대기까지 도달하는 데 얼마나 걸렸는지 짐작도 가지 않았다. 하지만 마침내 그녀는 계단 꼭대기에서 떨리는 몸을 가만히 웅크리고 앉아, 난간의 나무를 흔들릴 정도로 꽉 붙들고 아래의 홀을 내려다보았다. 수도복을 입은 사람의 모습이 나타난 것은 바로 그때였다. 그 전에 발소리나 기침, 숨소리 같은 건 전혀 들리지 않았다. 그 순간까지 복도는 텅 비어 있었는데. 다음 순간 갈색 수도복 그림자가 ──머리를 숙이고 두건으로 얼굴을 완전히 가린 그 그림자가── 그녀가 내려다보고 있는 아래를 조용히 그러나 빠른 걸음으로 지나가더니 저편으로 사라졌다. 그녀는 제풀에 놀라 숨을 죽이고 기다렸다. 가능한 한 몸을 작게 오그려 발견되지 않도록 했다. 그 그림자가 다시 돌아올지도 모른다. 아니 틀림없이 돌아올 것이다. 옛날에 책의 삽화에서 보았던, 기념 묘석에 새겨진 무서운 죽음의 사자처럼. 그것이 그녀 밑에서 멈춰 서서 두건을 벗고 텅 빈 눈구멍과 두개골을 드러내며 히죽 웃으면서, 그 뼈만 있는 손가락을 난간 사이로 쑥 내밀지도 모른다. 오싹하는 공포로 심장이 가슴에서 튀어나올 것만 같다. 이렇게 심하게 두근거리다가는 틀림없이 이내 멎어버릴 거야! 마치 영원처럼 느껴졌지만 1분도 채 되지 않아서 같은 그림자가 다시 나타나 그녀의 겁먹은 시선 아래를 지나 안채 쪽으로 소리를 죽인 채 황황히 사라져갔다.

자신은 자살하지 않을 거라고 어슐러가 깨달은 것은 그때였다. 방금 그 사람은 단순히 도트나 헬렌, 아니면 윌프레드였을지도 모른다. 그 밖에 누가 있단 말인가? 그림자처럼 지나간 그 침묵의 모습을 본 충격은 그녀에게 살아야겠다는 의지를 되살려주었다. 만약 정말 죽고 싶은 거라면 이렇게 추운 계단 꼭대기에 웅크리고 누워 무엇을 하고 있단 말인가? 가운 벨트가 있지 않은가. 지금이라도 그것을 목에 감고 계단에서 그대로 미끄러져 떨어지면 된다. 하지만 그런 짓은 하지 않는다. 추락하는 마지막 순간 목을 죄어올 벨트의 감촉을 상상하면, 아, 싫어! 하고 비명을 지르고 싶다. 그래, 자살 따위는 절대로 절대로 생각하지 않겠어. 어떤 사람도, 아무리 스티브라도, 영원토록 저주할 것까지는 없는 거야. 스티브는 지옥 같은 건 믿지 않겠지만, 그런 종류의 무언가를 그가 정말로 알고 있단 말인가? 하지만 어쨌든 이 여행은 끝내야 한다. 진료실 어딘가에 있을 아스피린 병을 손에 넣어야 한다. 그것을 실제로 사용하는 일은 없다 하더라도 늘 손이 닿는 곳에 두자. 사는 것이 너무 힘들어질 때 그것을 끝낼 수 있는 방법이 언제나 내 손이 닿는 곳에 있다는 걸 느끼고 싶다. 그리고 그것을 한 줌 삼킨 뒤 머리맡에 빈 병을 두면, 그들은 그제서야 그녀가 불행했다는 것을 깨달을 것이다. 그녀가 의도하는 것은 그것뿐이었다. 그것이 고작 그녀가 할 수 있는 일이었다. 그들은 스티브를 불러 그녀의 비참함을 전할 것이다. 그리고 그녀를 런던으로 데리고 돌아가라고 스티브에게 명령할지도 모른다. 이런 생각이라도 계속 하지 않으면 진료실까지 도저히 갈 수가 없었다.

문에는 아무 문제도 없었다. 하지만 안으로 미끄러져 들어갔을 때 모든 것이 끝났다는 걸 알았다. 전등 스위치를 켤 수 없었던 것이다. 복도의 알전구가 희미한 빛을 던지고는 있었지만, 진료실 문을 열어둔다 해도 스위치가 보일 만큼 밝지는 않았다. 설령 가운 벨트를 이용해 그것을 켤 수 있다 해도, 그것이 어디에 있는지 확실하게 볼 수 있어야 한다. 손을 뻗어 벽을 더듬어보았다. 아무것도 없었다. 벨트로 고리를 만들어 스위치가 있을 만한 곳을 향해 몇 번인가 던져보았다. 역시 소용없었다. 그녀는 울기 시작했다. 낙심한 데다 몸은 얼어붙는 것 같고, 또 병실로 돌아가기 위해서 같은 여행을 다시 되풀이해야 한다는 사실을 깨달았기 때문이다. 게다가 침대 위로 올라가는 것은 무엇보다 힘들고 고통스러운 작업이리라.

그때 암흑 속에서 별안간 불이 켜졌다. 어슐러는 작은 놀람의 비명을, 질렀다기보다는 안으로 삼켰다. 위를 쳐다보았다. 문 앞에 갈색 수도복 앞자락을 열고 두건을 뒤로 젖힌 채 서 있는 사람은 헬렌 레이너였다. 두 여자는 서로 놀라 둘 다 아무 말도 하지 못하고 서로를 바라보았다. 그리고 어슐러는 그녀 위로 구부리고 있는 그 얼굴도 그녀 못지않게 공포에 사로잡혀 있는 것을 보았다.

3

그레이스 윌슨의 몸이 꿈틀하더니, 이내 뭔가 힘센 손아귀에 의해 잠에서 깨어난 것처럼 떨기 시작했다. 그녀는 가까스로 베개에서 얼굴을 들고 어둠 속에 귀를 기울였다. 아무 소리도 들리지 않았다. 꿈인지 생시인지 모르겠지만, 어쨌든 그녀를 잠에서 깨운 소리는 이미 그쳐 있었다. 그녀는 머리맡의 불을 켰다. 자정이 가까웠다. 책으로 손을 뻗었다. 문고판 트롤럽이 이렇게 무거운 것은 슬픈 일이다. 이렇게 이불 위에 얹어야 하기 때문에 잠자기 위해 편안한 자세를 취한 뒤에 두 무릎을 굽히는 것이 어려웠던 것이다. 고개를 약간 들어올리고 작은 활자를 들여다보는 것도 눈과 목의 근육을 피로하게 했다. 어린 시절 아버지는 전기요금이 많이 나온다는 이유로, 어머니는 눈에도 나쁘고 8시간의 충분한 수면을 방해한다는 이유로 그녀에게 취침 전의 독서를 금한 이래, 침대에서 편안하게 책을 읽을 수 있다는 건 얼마나 행복한 일일까 하고 동경해 왔지만, 지금으로서는 정말 그럴까 하고 생각할 때가 가끔 있다.

그녀의 두 다리는 그녀의 의지와는 아무 상관없이 계속 꿈틀거리고 있었고, 그녀는 마치 그 속에 작은 동물이라도 숨어 들어와 돌아다니고 있는 것처럼 기묘하게 들썩이는 이불을 재미있어하며 냉정하게 지켜보았다. 한번 잠든 뒤에 이런 식으로 갑자기 눈을 뜨는 것은 늘 나쁜 징조였다. 그때부터는 아침까지 잠을 이룰 수 없었다. 그래서 겁이 난 그녀는 하다못해 오늘밤만이라도 제발 봐달라고 신께 기도하고 싶은 심정이었다. 하지만 오늘의 기도는 이미 끝난 뒤였고, 또다시 자비를 청하는 건 의미가 없을 것 같았다. 그래봤자 소용없다는 건 지금까지의 경험에서 잘 알고 있었다. 신이 이미 줄 수 없다는 의지를 밝힌 것을 자꾸 조르는 것은 막무가내로 떼쓰는 어린아이나 하는 짓이다. 자신의 몸이 기묘하게 움직이는 것을 재미있게 지켜보면서, 이렇게 마음대로 되지 않는 육체에서 떨어져 냉정하게 볼 수 있다는 사실이 약간 위로가 되었다.

그녀는 책을 덮고 대신 14일 동안의 루르드 순례여행을 생각하기로 했다. 출발할 때의 즐거운 소동을 그려보았다——그때를 위해 마련해 둔 새 코트를 입고——일행과의 프랑스 횡단 여행은 소풍처럼 즐거울 것이다. 피레네 산기슭을 휘감고 있는 안개를 처음으로 보는 일. 만년설을 이고 있는 봉우리들. 언제나 축제 분위기인 루르드. 토인턴 농장 일행은 로마 가톨릭교도인 어슐러 홀리스와 조지 앨런 두 사람을 제외하고는 공식 영국 순례단의 일원이 아니므로 미사에는 참여하지 않고, 붉은 옷을 입은 사제들이 로사리오 광장을 천천히 나아가, 눈앞에 황금빛 성체 현시대를 드높이 내걸 때는 군중의 뒤쪽에 물러나 있다. 하지만 그 모든 것은 얼마나 멋지고 화려하며 감동적인지! 빛의 무늬를 만드는 촛불, 그 휘황한 색채, 성가, 다시 바깥 세상에 속해 있다는 느낌. 건강하지 못한 것도 존중받으며, 심신의 장애로 인해 더 이상 따돌려지지 않는 세상에 살고 있다는 실감. 앞으로 13일간만 참으면 된다. 그 동안의 기다리는 즐거움을 완고한 신교도인 아버지가 아시면 뭐라고 하실까. 그녀는 순례에 가도 괜찮은지에 대해 배들리 신부에게 의논했고 그때의 신부의 대답은 무척이나 명쾌했다. "기분전환으로 여행을 즐기는 건데 안 될 이유가 어디 있겠습니까? 루르드에 갔다고 해서 나쁘다고 말할 사람은 아무도 없어요, 걱정 말고 월프레드가 전능하신 하느님과의 약속을 기념하는 것을 도와주세요."

그녀는 배들리 신부를 생각했다. 이제 두 번 다시 환자용 안뜰에서 그와 애기를 나누거나, 조용한 방에서 함께 기도할 수 없다는 사실을 받아들이는 건 아직도 어려웠다. '죽었다'. 어둡고 생기 없는 말이다. 짧고 비타협적인 한 마디다. 생각해 보니 동물에게도 사람에게도 똑같은 말을 사용한다. 재미있다. 사람의 죽음에 대해서는 더욱 위엄 있고 더욱 인상적인, 또는 추도의 뜻을 담고 있는 듯한 기분이 든다. 왜 그럴까? 사람 역시 같은 피조물의 일부이고, 동물과 함께 이 세상에서 생명을 누리고 같은 공기를 마시며 살고 있는데. '죽었다'. 그녀는 배들리 신부가 바로 옆에 있다고 느끼고 싶었다. 하지만 잘 되지 않았다. 그럴 리가 없는 것이다. 그들은 모두 광명의 세계로 사라졌다. 그래, 이미 가버렸다. 그들은 이제 살아 있는 사람에게는 더 이상 흥미가 없는 것이다.

불을 꺼야 한다. 전기요금은 비싸다. 책을 읽지 않을 거라면 어둠 속에서 잠을 자야 한다. '우리의 어둠을 비추어 주소서' 어머니는 늘 이 기도말을 좋아했다. '거룩하신 분의 자비로 이 밤의 모든 위험으로부터 우리를 지켜 주소서.' 다만 여기에는 위험 같은 건 없을 뿐이다, 불면과 고통 외에는. 고통은 견딜 수 있다. 아무리 최악의 경우에도 어떻게든 극복할 수 있다는 걸 알고 있기 때문에, 마치 오랜 친구처럼 오히려 환영하고 싶어진다. 그리고 이 새로운 무서운 고통에, 이윽고 언젠가는 누군가가 옆에 있어 주었으면 하고 그녀는 생각하게 될 것이다.

커튼이 산들바람에 떨고 있다. 그때 '찰칵'하는 소리가 났고 그 소리가 무척 컸기 때문에 순간 그녀는 심장이 덜컥 내려앉는 느낌이었다. 나무 부분을 금속이 스치는 소리가 났다. 아마 그녀를 침대에 눕힌 뒤 매기가 창문이 제대로 닫혀 있는지 확인하지 않은 모양이다. 이젠 너무 늦었다. 휠체어가 침대 옆에 있지만 혼자 힘으로는 탈 수 없다. 하지만 폭풍이 불지 않는 한 별일 없을 것이다. 게다가 이곳은 아무리 생각해도 안전한 곳이다. 아무도 침입해 올 사람이 없다. 토인턴 농장에 침입해봤자 훔쳐갈 물건도 없다. 더욱이 저 살랑거리고 있는 하얀 커튼 뒤에는 아무것도 없다. 다만 어두운 공간, 잠들지 않는 바다로 이어지는 절벽이 있을 뿐.

커튼이 부르르 소리를 내며 하얀 돛처럼 크게 부풀어올랐다. 빛의 곡선. 그 아름다움에 그녀는 탄성을 질렀다. 차가운 밤 공기가 뺨을 쓰다듬는다. 그녀는 시선을 문으로 향하며 반갑게 미소지었다. 그리고 말하기 시작했다.

"창문을…… 창문을 닫아……?"

하지만 끝까지 말할 수가 없었다. 그녀의 삶은 그 뒤 3초 동안 유지되었을 뿐이다. 두건으로 얼굴을 푹 가린 수도복 차림을 한 사람이 망령처럼 소리 없이 재빨리 그녀에게 다가오는 것이 보였다. 낯익은 모습이기는 했지만 무섭도록 달랐다. 그 그림자가 두 손에 죽음을 가지고 왔다. 암흑이 그녀 위로 덮쳤다. 그녀는 저항하지 않았다. 그것이 그녀의 성격이었고, 또 어떻게 그녀가 저항할 수 있으랴? 그녀는 고통스럽게 죽은 것은 아니었다. 마지막 순간, 엷은 비닐 베일을 통해 강하고, 따뜻하고, 특별히 기분 좋은 사람의 손의 윤곽을 느꼈을 뿐. 그런 다음 그 손은 뻗어나가 목제 스탠드에 닿지 않게 스탠드 스위치를 껐다. 2초 뒤에 다시 불이 켜지더니, 수도복의 그림자는 이제야 보았다는 듯이 트롤럽의 책에 손을 뻗어 조용히 페이지를 넘겼다. 얇은 종이에 싼 말린 꽃이 나오자 손가락에 힘을 주어 꽃과 종이를 함께 구겨버렸다. 그런 다음 다시 스탠드로 손이 가더니 불은 완전히 꺼졌다.

4

두 사람은 간신히 어슐러의 병실로 돌아왔다. 헬렌 레이너는 가만히 그러나 확실하게 문을 닫은 뒤 탈진한 듯이 잠시 거기에 기대고 있었다. 그런 다음 서둘러 창문으로 가서 두 손으로 재빨리 커튼을 당겼다. 그녀의 거친 숨소리가 작은 방안을 가득 채웠다. 힘든 여행이었다. 어슐러의 휠체어를 계단 아래로 가지고 오는 짧은 시간, 헬렌은 어슐러를 진료실에 혼자 두고 왔다. 휠체어에 태우기만 하면 아무 문제가 없다. 1층 복도를 두 사람이 지나가는 것을 누가 본다 해도, 어슐러가 야간 호출벨을 눌러 헬렌에게 화장실에 데리고 가달라고 한 것으로 생각할 것이다. 문제는 계단이었다. 반은 스스로를 지탱하고 반은 어슐러를 옮기면서 계단을 내려가는 것은 엄청난 체력을 필요로 했고, 또 그 소리를 누가 들을까봐 간이 타들어가는 듯한 무척 긴 5분이었다. 헉헉 몰아쉬는 거친 숨소리, 삐걱거리는 난간, 소리 죽여 속삭이는 지시, 그리고 어슐러의 반쯤 억눌린 신음소리. 그때 홀을 아무도 지나가지 않았다는 건 지금 생각하면 기적 같았다. 농장 안채 쪽으로 돌아가 엘리베이터를 사용하면 더 빠르고 간단하게 데리고 올 수 있었지만, 문의 철책이 철컹거리는 소리와 시끄러운 모터 소리가 온 건물 사람들을 깨웠을 것이다.

어쨌든 무사히 돌아왔다. 헬렌은 창백한 얼굴이었지만 평온했고, 마음이 완전히 진정되자 창가에서 떨어져 어슐러를 침대에 눕혀야 하는 간호사로서의 임무를 수행하기 시작했다. 그것이 끝날 때까지 두 사람은 아무 말이 없었고, 어슐러는 거의 공포에 가까운 침묵을 지키며 어색하게 누웠다.

헬렌이 어슐러 위에 몸을 구부려 얼굴을 가까이 가져갔다. 불쾌할 정도로 가까이. 사이드테이블의 불빛 속에서 헬렌의 얼굴이 한층 더 확대되어, 결이 거친 사진처럼 다가왔다. 털구멍 하나하나는 작은 분화구 같았고, 입가에 뽑지 않은 털 두 개가 수염처럼 꼿꼿하게 서 있는 것이 보였다. 헬렌의 숨결에서 희미하게 불쾌한 냄새가 났다. 이상하다고 어슐러는 생각했다. 지금까지 그것을 한번도 느끼지 못했다니. 헬렌이 명령을, 그 무서운 경고를 나지막하게 속삭임에 따라, 초록색 눈동자는 점점 커져서 당장이라도 쏟아질 것 같았다.

"앞으로 환자가 또 한 사람 죽으면, 그는 대기자 명단에서 한 사람을 보충하거나 이곳을 팔아치워야 해요. 환자가 여섯 명 이하이면 이곳을 유지할 수 없기 때문이에요. 그가 사무실에 놓아둔 장부를 봐서 난 알아요. 이곳을 완전히 남의 손에 넘겨주거나 리지웰 신탁에 맡기거나 둘 중의 하나예요. 당신이 이곳에서 나가고 싶다면 자살보다 더 좋은 방법이 있어요. 그가 이곳을 팔지 않으면 안 되도록 나를 도와준 다음 런던으로 돌아가면 돼요."

"하지만 어떻게?"

어슐러는 자기도 마치 공범자인 양 목소리를 죽여 속삭이고 있는 것을 깨달았다.

"그는 가족회의를 열 거예요. 이곳의 모두와 관련된 어려운 문제를 결정할 때는 언제나 그렇게 하니까. 우린 모두 자기의 생각을 서로 애기할 거예요. 그리고 1시간 동안 각자 생각한 다음 투표를 해요. 리지웰 신탁에 맡기는 쪽에 투표하라는 사람이 있어도 절대로 해서는 안 돼요. 만약 그렇게 하면 당신은 평생 이곳에 갇혀서 나갈 수 없게 될 테니까. 젊은 만성병 환자를 받아주는 요양원을 찾는 건 지방관청이 할 수 없는 일이에요. 당신이 누군가의 보살핌을 받아야 하는 몸이라는 걸 알면 이곳에서 내보내주지 않는다구요."

"하지만 만약 요양원이 폐쇄된다면 나를 정말로 집으로 보내줄 거예요?"

"그렇게 할 수밖에 없잖아요? 어쨌든 런던에는 보낼 거예요. 당신의 주소는 지금도 거기로 되어 있으니까. 당신은 런던 시의 보호를 받아야 할 사람이지 도싯 주의 주민이 아니니까. 그리고 돌아가기만 하면 적어도 그를 만날 수는 있잖아요? 그가 당신을 보러 오거나 밖에 데리고 나갈 수 있고, 주말에는 외박도 할 수 있을 거예요. 게다가 당신의 병은 아직 조금도 진행되지 않고 있어요. 당신들 두 사람이 왜 신체장애자용 아파트를 빌릴 수 없는지 이상하군요. 누가 뭐라 해도 그는 당신과 결혼했으니까 그에게는 책임이 있어요. 의무가 있다구요."

어슐러는 어떻게든 설명해보려고 했다.

"난 책임이니 의무니 하는 건 아무래도 상관없어요. 그 사람이 나를 사랑해 주기만 하면 그것으로 만족해요."

헬렌이 웃었다. 갈라진, 불쾌한 느낌의 웃음이었다.

"사랑, 그것뿐? 그게 당신이 원하는 건가요? 만나지도 못하는 사람을 그 사람이 계속 사랑하고 있을 것 같아요? 남자는 그런 식으로는 생겨먹질 않았다구요. 당신은 그의 집으로 돌아가야 해요."

"오늘 밤 일을 애기할 건가요?"

"당신이 약속해 준다면 말하지 않겠어요."

"시키는 대로 투표한다는 약속 말인가요?"

"그리고 자살하려고 했던 것과 오늘밤 여기서 일어난 모든 일에 대해 입을 다물겠다고 약속한다면. 만약 오늘밤 무슨 소리가 들렸다고 누가 말하면, 당신은 헬렌을 불러 화장실에 갔다고 말하는 거예요. 윌프레드가 이 일을 알게 되면 당신은 당장 정신병원으로 보내지고 말 거니까. 그러기는 싫죠?"

그래, 그건 싫다. 헬렌의 말이 옳다. 어슐러는 집으로 돌아가야 한다. 모든 게 얼마나 간단한 일인가? 갑자기 그녀는 감사하는 마음으로 가득해져서 헬렌에게 두 손을 내밀려고 했다. 하지만 헬렌은 이미 그 자리를 떠나고 있었다. 실팍한 손이 다시 침대시트로 돌아가 매트리스를 탁탁 두드렸다. 시트의 주름이 말끔하게 펴졌다. 어슐러는 또다시 갇혀버린 기분이 되었지만 그래도 안전하다는 느낌이 들었다. 안전하게 보호받으며 밤을 보내고 있는 아기처럼. 헬렌이 램프로 손을 뻗었고, 어둠 속에서 하얗고 희미한 그림자가 문 쪽으로 사라졌다. '찰칵'하는 희미한 소리가 들렸다.

지칠 대로 지쳤지만 이상하게도 편안한 느낌으로 누워, 그녀는 문득 그 수도복을 입은 사람에 대해 헬렌에게 애기하지 않은 것이 생각났다. 하지만 그건 별일 아닐 것이다. 어쩌면 그레이스의 호출에 응하러 가던 헬렌 자신이었는지도 모른다. 오늘 밤 이곳에서 일어난 일에 대해서는 일체 입을 다물라고 한 헬렌의 말은 그것을 의미한 것일까? 그럴 리가 없다. 하지만 어쨌든 아무 말도 하지 말자. 자신이 그 계단 위에 웅크리고 있었던 것을 고백하지 않는 한 아무것도 얘기할 수 없지 않은가? 그리고 모든 것이 잘 끝난 것 같다. 이제 마음 놓고 잘 수 있다. 마침 헬렌이 머리가 아파 진료실에 아스피린을 가지러 갔다가 그녀를 발견했으니 얼마나 다행한 일인가! 건물 전체가 다시 이상하리만치 정적에 휩싸였다. 그 조용함 속에는 어딘가 기묘한, 평소와는 다른 무언가가 있었다. 이내 어슐러는 그 이유를 알고 어둠 속에서 혼자 빙긋이 웃었다. 그레이스였다. 그레이스가 아무 소리도 내지 않고 있는 것이다. 얇은 칸막이 저편에서 그녀를 괴롭히던 코고는 소리 비슷한 숨소리가 전혀 들려오지 않았다. 오늘밤에는 그레이스 윌슨도 편안하게 잠든 모양이다.

5

　여느 때 같으면 줄리어스 코트는 머리맡의 불을 끄자마자 곧 잠이 들었을 것이다. 그러나 오늘 밤 그는 눈을 뜬 채 불안하게 몸을 뒤척이고 있었다. 마음과 신경은 잠들지 않고, 다리는 마치 한겨울처럼 차갑고 무거웠다. 전기담요를 꺼낼까 생각하면서 두 다리를 비벼보았다. 하지만 침대를 다시 손보는 번거로움을 생각하자 그럴 마음이 사라져버렸다. 그보다는 알코올이 불면과 추위에 더 빠른 해결책일 것이다.

　그는 창문 쪽으로 가서 곳을 바라보았다. 이지러진 달이 흘러가는 구름 너머로 보였다. 내륙의 어둠을 한 줄기의 노란 타원형 빛이 관통하고 있다. 하지만 그가 지켜보는 동안 먼 창문에서 덧문이 닫히는 것처럼 암흑이 퍼져갔다. 타원형은 당장 정방형으로 바뀌었다. 다음에는 그것마저 사라졌다. 정적에 싸인 곳의 어둠 속에 토인턴 농장의 형태가 희미하게 보였다. 이상한 느낌이 들어 그는 손목시계를 들여다보았다. 자정을 지난 0시 18분이었다.

6

동이 트는 시각에 달글리시는 눈을 떴다. 춥고 조용한 아침이었다. 가운을 걸치고 차를 마시러 아래층으로 내려갔다. 밀리센트는 아직도 농장에 있을까? 전날 밤에 그녀의 텔레비전은 한번도 소리를 내지 않았고, 물론 그녀는 아침에 특별히 일찍 일어나는 편이 아니고 더구나 시끄러운 소리를 내며 일어나지도 않지만, 지금도 희망의 집은 약간 비밀스럽고 몹시 황량한 정적에 싸여 있었다. 그는 거실의 불을 켠 뒤 찻잔을 테이블 위에 놓고 지도를 펼쳤다. 점심때까지는 샤번에 도착하도록 하고 오늘은 이 주의 북동부를 구경하자. 하지만 그 전에 요양원에 가서 윌프레드의 안부를 물어보는 것이 예의일 것이다. 뭐 진심으로 걱정하고 있는 건 아니다. 어제의 수수께끼 같은 사건이 마음에 걸려 견딜 수가 없었다. 윌프레드에게 경찰에 신고하라고 다시 한번 설득하거나, 적어도 사건을 좀더 진지하게 생각해보라고 충고하는 것은 그리 헛수고는 아닐 것이다. 그리고 희망의 집의 이용료를 약간 지불해야 할 때도 되었다. 토인턴 농장은 결코 재정적으로 풍족하다고 할 수 없으므로 이런 명목의 헌금은 반가워할 것이다. 그런 볼일을 다 보는 데는 아마 10분이면 충분하리라.

노크소리가 나더니 줄리어스가 들어왔다. 이토록 이른 아침임에도 어느 새 몸차림을 끝내고 있어서인지 어딘지 우아한 느낌을 주는 평소의 친근하고 편안한 분위기가 그대로 감돌았다. 그는 조용히, 마치 이런 뉴스는 얘기할 거리도 못된다는 듯 이렇게 말했다.

"일어나 계셔서 다행이군요. 윌프레드한테서 전화를 받고 토인턴 농장에 가는 길입니다. 그레이스 윌슨이 잠자다가 죽었다는군요.

그런데 에릭이 사망진단서 때문에 난처해하고 있는 모양입니다. 내가 간다고 해서 뭐가 달라질 거라고 생각하는지는 모르겠지만. 에릭을 의료책임자로 복귀시킨 건 그의 타고난 직업적인 오만함까지 함께 되살려놓은 것 같군요. 그의 의견으로는, 그레이스 윌슨은 적어도 앞으로 18개월, 어쩌면 2년 안에는 죽을 리가 없었다고 합니다. 그게 사실이라면 의사인 그의 직무태만이 인정될 것이고 그러면 자신의 이름이 드러나게 될 테니까요. 흔히 그렇듯이 이런 사건이 일어나면 인간은 가능한 한 나쁜 쪽으로 몰고 가려고 야단들이니까요. 내가 경감님이라면 이런 재미있는 구경거리는 놓치지 않을 겁니다."

달글리시는 아무 말도 하지 않고 옆집을 힐끗 쳐다보았다. 줄리어스가 재미있다는 듯이 말했다.

"아, 밀리센트라면 걱정할 필요 없습니다. 그녀는 벌써 그쪽에 가 있지 않을까요? 아마 간밤에 그녀의 텔레비전이 고장나서 심야프로를 보기 위해 요양원에 갔다가, 무슨 이유인지는 모르겠지만 그대로 머물렀을 겁니다. 틀림없이 자신의 침대시트와 목욕물을 절약하고 싶었겠지요."

달글리시가 말했다.

"먼저 가십시오. 곧 뒤따라 가겠습니다."

그는 별로 서두르는 기색도 없이 차를 마시고 3분 동안 수염을 깎았다. 왜 줄리어스와 함께 갈 마음이 일지 않았는지 생각해보았다. 그래, 만약 요양원에 꼭 가야 할 볼일이 있다면 나는 나대로 가면 된다. 그렇다면 왜 이토록 후회하고 있단 말인가?

요양원에서의 설전에 끼어들 마음은 전혀 없었다. 그레이스 윌슨의 죽음에 대해서도 특별한 관심은 없다. 다만 알게 된 지 얼마 안 되는 한 여자의 죽음에 대한 애도라고 할만한 엷은 초조감과, 아름다운 하루의 시작이 죽음의 냄새로 엉망이 되었다는 것에 대한 일말의 혐오감이 있을 뿐이다. 그리고 또 한 가지, 죄의식이었다. 하지만 그런 건 그에게는 불합리하고 불공평한 것처럼 생각되었다. 죽음에 의해 그녀는 배들리 신부와 결부된 것이다. 이것으로 회한을 남긴 망령이 하나가 아니라 둘이 되었다. 이중의 실패이다. 요양원으로 향하는 달글리시는 어쨌든 마음을 다잡지 않을 수 없었다.

그레이스 윌슨의 병실은 금방 알 수 있었다. 별관에 한발 들어서자마자 격앙된 목소리가 들려왔기 때문이다. 문을 열자 윌프레드, 에릭, 밀리센트, 도트, 그리고 줄리어스가 침대를 빙 에워싸고 있는 것이 눈에 들어왔다. 그들의 모습은, 우연히 사고 현장과 마주쳐서 거기에 연루되고 싶지는 않지만 그렇다고 모른 척하고 싶지도 않은 구경꾼들처럼 제각각이고 산만한 느낌이었다.

도로시 목슨은 침대 끝에 서 있었다. 두툼한 두 손이 침대 난간을 꽉 붙들고 있어서 햄처럼 붉은 색을 띠고 있었다. 그녀는 간호부장의 모자를 쓰고 있었다. 하지만 그 직업에 어울리는 신뢰감을 주기는커녕 오히려 그로테스크하게 보였다. 파이껍질처럼 주름이 잔뜩 잡힌 모슬린 모자는, 죽음에 대한 병적이고 기괴한 축하의 표시 같았다. 밀리센트는 아직도 가운을 입고 있었다. 정장 제복처럼 천으로 싼 단추가 달린 두꺼운 체크무늬 모직가운으로, 틀림없이 남편의 것이었으리라. 그것과 대조적으로 그녀의 슬리퍼는 폭신하고 가벼운 분홍색 털제품이었다. 윌프레드와 에릭은 평소처럼 갈색 수도복을 입고 있다. 달글리시가 들어가자 일동은 힐끗 문 쪽을 돌아본 뒤, 이내 다시 침대로 주의를 돌렸다. 줄리어스가 얘기하고 있었다.

"자정이 좀 지나 별관의 방 하나에 불이 켜지는 걸 봤는데 그녀가 죽은 게 그때라는 얘긴가, 에릭?"

"그 전후였던 건 틀림없어. 난 다만 사체가 식은 정도와 사후강직이 시작된 걸로 봐서 말한 것일 뿐, 이런 일은 내 전문이 아니라서."

"그것 이상하군! 죽음은 자네의 전문분야인 줄 알았는데."

윌프레드가 차분하게 말했다.

"그 불빛은 어슐러의 방에서 흘러나온 것이었소. 자정이 조금 지나 그녀가 벨을 눌러 헬렌을 불러서 화장실에 다녀왔는데, 헬렌은 그 레이스의 방까지는 들여다보지 않았어요. 그럴 필요가 없었지, 그 레이스는 벨을 누르지 않았으니까. 도트가 그레이스를 침대에 눕힌 뒤로는 아무도 그녀를 본 사람이 없어요. 그녀는 그 이후로는 아무것도 요청하지 않았소."

줄리어스는 다시 한번 에릭 휴슨 쪽을 향했다.

"자네한테는 선택의 여지가 없는 일이야, 그렇지 않나? 사인을 모른다면 사망진단서는 쓸 수 없어. 어쨌든 내가 자네라면 안전을 제일 먼저 생각하겠네. 자네는 사망진단서에 서명할 수 있는 자격을 딴 지 얼마 안됐으니까 그걸 헛되이 하는 일은 하지 않는 게 좋을 거야."

에릭 휴슨이 말했다.

"쓸데없는 참견은 말아줬으면 좋겠어, 줄리어스. 자네한테 이러니저러니 하는 소린 듣고 싶지 않아. 윌프레드가 왜 자네를 불렀는지 모르겠군."

말은 그렇게 하면서도 에릭의 목소리에는 자신이 없었다. 그는 어린애처럼 초조해하면서 원군의 도착이라도 기다리는 듯이 문쪽으로 시선을 주었다.

줄리어스는 조금도 기가 꺾이지 않았다.

"자네한테는 어떤 조언이든 도움이 될 것 같은 기분이 드는군. 도대체 뭘 고민하고 있는 건가? 무슨 반칙행위라도 있었다고 생각하는 건가? 반칙이라니, 우스운 말이로군. 생각해보면, 반칙이라는 말은 사립중학교의 분위기와 복싱 링을 한데 합친 것 같은, 참으로 반짝이는 영국적인 생각이라구."

에릭은 권위 있게 보이려고 애썼다.

"바보 같은 소리 말게! 이건 명백한 자연사야. 문제는 왜 이 시점에서 이렇게 되었는가 하는 점이야. 다운 증후군 환자가 이런 식으로 급사하는 경우도 있다는 건 알고 있지만, 그녀에게는 있을 수 없는 일이야. 그리고 도트도 10시에 그녀를 침대에 눕혔을 때는 아무런 이상이 없었다고 했어. 그러니까 뭔가 다른 기관에 병이 있었던 것을 내가 놓친 것이 아닌가 하고 생각하는 거지."

줄리어스가 재미있다는 듯이 계속 말했다.

"경찰은 범죄행위가 있었다고 의심하지는 않을 거야. 그렇지! 만약 그 방면의 전문적인 조언을 듣고 싶다면 그 대표자나 다름없는 분이 여기 있지 않나? 범죄행위의 가능성이 있는지 없는지 경감님께 물어보세."

일동이 고개를 돌려, 이제야 비로소 달글리시의 존재를 깨달은 듯이 그를 바라보았다. 창문고리가 신경에 거슬릴 정도로 계속 딸깍딸깍 소리를 내고 있었다. 창문 아래의 돌벽을 따라 지면의 흙이 약 4피트의 폭으로 파헤쳐져 있었다. 경계선으로 울타리라도 만들 생각이었던 것 같았다. 모래가 섞인 흙은 부드러워 보였고 조금도 흐트러져 있지 않았다. 물론 그건 당연한 일이다! 만약 의문의 방문객이 그레이스의 병실에 몰래 침입하려 했다면, 토인턴 농장의 문은 24시간 열려 있는데 왜 구태여 창문으로 기어오른단 말인가?

달글리시는 창문고리를 걸고 침대로 돌아가 사체를 내려다보았다. 죽은 얼굴은 완전히 평화롭지는 않았지만 그렇다고 그다지 괴로워 보이지도 않았고, 입이 약간 벌어져 살아 있었을 때보다 더욱 토끼를 연상케 하는 앞니가 아랫입술을 물고 있었다. 눈꺼풀이 수축하여 동공이 조금 보이는 것이, 마치 반듯한 이불 위로 똑바로 뻗어 있는 자신의 두 손을 바라보고 있는 것 같다. 노인성 갈색 반점이 피어 있는 억센 오른손이, 울퉁불퉁한 왼손을 달글리시의 동정 어린 시선으로부터 보호하려는 듯 그 위에 얹혀 있었다. 그녀가 마지막으로 잠들기 전에 입었던 옷은 구식의 주름 잡힌 하얀 무명 잠옷으로, 어린아이처럼 가느다란 푸른색 리본이 턱 아래에 비뚤게 매듭지어져 있었다. 긴 소매는 손목 부분에 고무줄을 넣어 주름을 잡은 것이다. 팔꿈치에서 2인치쯤 되는 곳에 정성스럽게 감침질로 수선한 부분이 있었다. 달글리시의 시선은 내내 거기에 쏠려 있었다. 요즘 세상에 이런 번거로운 수고를 하는 사람이 어디 있단 말인가? 병자 자신의 병든 손으로는 이런 복잡한 감침질을 할 수 있을 리가 없다. 그런데 이 수선한 부분의 인상이, 죽은 사람의 얼굴에 응축된 조용함보다 훨씬 더 비극적이고 훨씬 더 마음을 흔드는 것은 어째서일까?

일동이 얘기를 중단하고 반쯤 경계하는 듯한 침묵 속에서 자신을 응시하고 있다는 걸 그는 깨달았다. 그는 미스 윌슨의 사이드테이블에서 두 권의 책을 집어들었다. 기도서와 《바셋주 마지막 연대》 문고판이다. 기도서에는 서표가 끼워져 있었다. 그날의 성구와 복음서를 읽었던 것이리라. 서표는 신앙심 깊은 사람이 좋아할 것 같은, 감상적이고 흔해빠진 그림카드였다. 후광을 머리에 인 성 프란체스코가 새들에게 에워싸여 온갖 동물들 앞에서 설교를 하고 있는 채색화. 동물들은 각각의 서식지와는 아무 상관없이 모두 한 곳에 모여 있는데, 참으로 정교하게 그려져 있다. 문득 트롤럽의 책에는 왜 서표가 없을까 하는 생각이 들었다. 그녀는 결코 책장을 접을 사람이 아니었다. 이 두 책 가운데 읽던 곳을 잊어버리기 쉬운 것은 아무래도 트롤럽 쪽일 것 같은데, 서표가 없다는 것이 달글리시의 마음에 어렴풋이 걸렸다.

"친척은 있습니까?" 하고 그가 묻자 앤스티가 대답했다.

"없습니다. 부모님은 그녀의 말로는 일찍 돌아가셨다고 합니다. 그녀가 태어났을 때는 이미 두 분 다 40세가 지나 있었는데, 15년쯤 전에 불과 몇 달 사이에 잇달아 돌아가신 모양입니다. 오빠가 한 명 있었는데 북아프리카에서 전사했다더군요, 엘 알라메인에서였다지요?"

"재산은?"

"아무것도, 정말 아무것도 없습니다. 부모가 돌아가신 뒤 그녀는 몇 년 동안 '오픈 도어'라는 출옥한 전과자의 갱생을 위한 자선단체에서 일한 적이 있어서 거기서 신체장애자 연금을 받고 있었지요, 정말이지 쥐꼬리 만큼입니다. 물론 그녀가 죽으면 그것마저 중단됩니다. 그녀의 입원비는 주에서 부담하고 있었어요."

줄리어스 코트가 갑자기 흥미를 느낀 듯이 말했다.

"'오픈 도어'라고? 필비가 이곳에 오기 전에 그를 그녀가 알고 있었을까요?"

앤스티는 이 엉뚱한 질문은 악의적이라는 듯한 표정을 지었다.

"알고 있었을지도 모르오, 그런 말은 한번도 한 적은 없지만, '오픈 도어'라면 이곳에서 찾고 있는 잡역부를 구해줄지 모른다고 말한 것은 그레이스였소. 그러면 토인턴 농장도 그곳의 활동을 도와주는 게 된다고 했지. 앨버트 필비에게는 무척 만족하고 있어요, 그는 우리 가족과 마찬가지요, 그를 고용하기로 한 결정을 후회한 적은 한 번도 없소."

밀리센트가 끼어들었다.

"그리고 물론 싸게 부려먹을 수 있으니까. 그럴 수만 있다면 필비든 누구든 상관없지 않니? 네가 지불하는 급료가 고작 주 5파운드라는 걸 알면 아마 지원자들도 망설일걸? 필비가 어째서 이곳에 계속 버티고 있는지 난 이따금 이상한 생각이 들 때가 있어."

이 점에 관한 설전은 필비가 등장함으로써 중단되었다. 그는 그녀의 방에 사람들이 가득 모여 있는 걸 보고도 별로 놀라지 않았고, 자신이 들어온 까닭도 말하지 않는 걸 보면 미스 윌슨이 죽은 사실을 이미 알고 있는 것 같았다. 그는 멀뚱한 표정으로 말 못하는 경비견처럼 문 가까이 앉았다. 일동은 그를 의식하지 않는 것이 상책이라고 결정한 것처럼 행동했다. 윌프레드는 다시 에릭을 쳐다보았다.

"해부를 하지 않고 진단서를 쓸 수 없을까? 그녀의 몸에 칼을 댄다는 것은 너무 참혹하고 비인간적이야. 그녀는 자신의 몸에 대해 매우 섬세한 감정을 가졌던 사람이었어. 요즘 사람들은 이해하기 힘들 정도로 섬세하고 조신했지. 사체부검이라는 건 그녀에게는 상상도 할 수 없는 일일 걸세."

줄리어스가 빈정대듯이 말했다.

"그렇겠지요. 그녀는 이런 일을 당하게 될 줄은 꿈에도 생각하지 않았을 테니까."

도트 목슨이 그제서야 입을 열었다. 그녀는 갑자기 노기 띤 목소리로 줄리어스에게 덤벼들듯이 말했다. 그 살찐 얼굴에 홍조를 띠고 주먹을 불끈 쥐고 있었다.

"지금 무슨 소릴 하는 거예요? 그게 당신과 무슨 상관이 있다고! 당신은 그녀가 살아 있든 죽었든 아무 관심 없잖아요. 아니 그녀뿐만 아니라 이곳의 모든 환자들에 대해서도 마찬가지 아니에요? 당신은 당신의 목적을 위해 이곳을 이용하고 있을 뿐이에요."

"이용?" 잿빛 눈이 깜박이더니 다음 순간 크게 열렸다. 홍채가 확대되는 것까지 달글리시의 눈에 보였을 정도였다. 줄리어스는 믿을 수 없을 만큼 분노를 담은 눈으로 도트를 노려보았다.

"그래, 이용이지! 만약 이렇게도 표현할 수 있다면 귀중한 보물이라구. 넌 아주 자극적이니까, 안 그래? 런던에서 심심해지면 토인턴 농장에 내려와 윌프레드를 돕거나 조언하는 척하면서 마치 산타클로스처럼 환자를 대하는 걸 보면 말이지. 그러다 보면 그들의 상태와 사지멀쩡한 자기 육체가 비교되면서 자만심이 길러지면서 참으로 기분이 좋아지겠지? 하지만 너무 깊이 관여해서는 안 된다구. 친절이란 것이 사실 아무런 도움도 안 되니까 말이야. 게다가 헨리 이외에는 아무도 초대하지 않는 모양인데, 그렇다면 헨리가 무척 중요한 역할을 하는 존재가 되는 셈인데, 안 그래? 헨리와 둘이서 이야기할 거리가 많을 테지. 여기서 바다가 보이는 집에 살고 있는 사람은 당신뿐이야. 그런데도 당신이라는 사람은 휠체어에 탄 환자를 당신 집 마당에 절대로 초대하지 않아. 정말 박정하지! 그레이스에게 그렇게 해줄 수도 있었을 텐데. 가끔 그녀를 초대해서 조용히 뜰에 앉아 바다를 바라보게 해주었으면 좋았을 텐데. 그녀는 바보가 아니었어. 그녀와 함께 대화를 즐길 수도 있었을 거라구. 하지만 휠체어를 탄 추악한 노파를 집에 들이다니, 그런 짓을 하면 당신의 우아한 뜰을 망치게 되었겠지? 그리고 이제 그녀가 죽고 나자 뻔뻔스럽게 찾아와서 에릭에게 쓸데없는 충고를 하고 있다는 건가? 오, 제발 그만 좀 하시지 그래!"

줄리어스는 신경질적으로 웃음을 터뜨렸다. 감정적으로는 간신히 자신을 억제하는 데 성공한 것 같았지만, 목소리는 흥분하여 평정을 잃고 있었다.

"내가 그런 비난을 받을 만한 짓을 저질렀는지 모르겠군. 윌프레드한테서 집을 샀다 해서 내가 그레이스 윌슨까지 걱정해주어야 하거나, 아니면 토인턴 농장의 누구에 대해서나 그런 의무를 지게 될 줄은 미처 몰랐어. 그야 물론 당신한테도 충격이었겠지만 말이야,

목슨 양! 빅터가 죽은지 얼마 되지도 않아 또 한 명의 환자가 죽었으니까. 하지만 그렇다고 나에게 화풀이를 해도 되는 건가? 당신이 윌프레드와 서로 사랑하고 있다는 건 우리 모두 알고 있고, 또 그것이 당신에게는 아무런 이득이 되지 않는다는 것도 잘 알고 있지만, 그렇다고 그게 내 탓은 아니야. 내 성적 취향에 애증이 둘 다 있는지는 모르지만, 아무리 그렇다 해도 난 그와 경쟁할 생각은 없어, 그것만은 장담하지."

갑자기 그녀가 그를 향해 달려가더니 한 손을 치켜들어 그의 얼굴을 때리려 했다. 그 동작은 연극적이고 터무니없게 보였다. 그러나 그녀가 때리기 전에 줄리어스가 먼저 그녀의 손목을 꽉 붙들었다. 그 빠르고 정확한 반응에 달글리시는 놀랐다. 너무 힘을 준 나머지 하얗게 질려 떨고 있는 그 긴장한 손이 어디 한 번 해볼 테냐는 듯이 그녀의 손을 높이 치켜들고 있었기 때문에, 어설픈 선수들의 싸움장면이 그대로 화면에 정지된 듯이 보였다. 갑자기 그가 웃음을 터뜨리며 도트의 손을 놓았다. 자신의 손도 천천히 내린 뒤 여전히 무섭게 그녀의 얼굴을 노려본 채 자신의 손목을 주무르고 돌리기 시작했다. 그런 다음 다시 한 번 웃었다. 어딘가 위태로운 웃음소리였다. 그리고 이번에는 차분하게 말했다.

"조심해요, 조심해! 난 힘없는 노인병 환자가 아니니까."

그녀는 숨을 거칠게 몰아쉬며 울음을 터뜨리더니, 그대로 흐느끼면서 방을 뛰쳐나갔다. 볼썽사납고 비극적이기는 했으나 우스꽝스러운 모습은 아니었다. 필비가 그 뒤를 따라갔지만, 그가 들어왔을 때와 마찬가지로 아무도 개의치 않았다. 윌프레드가 침착하게 말했다.

"그런 말을 해서는 안 돼요, 줄리어스, 그런 말은 한 마디도."

"알고 있소. 내가 무례했어요. 미안해요. 서로 좀더 냉정해졌을 때 도트에게 사과하겠소."

그 솔직함과 한 마디 변명도 하지 않고 진지하게 사과의 뜻을 표한 것이 일동을 놀라게 했다. 달글리시가 조용히 말했다.

"미스 윌슨에게도 자신의 사체 위에서 오간 지금의 설전이 해부대 위에 올라가는 것보다 훨씬 충격이었을 겁니다."

이 말에 윌프레드는 당면한 문제를 떠올렸다. 그는 에릭 휴슨 쪽을 돌아보았다.

"하지만 배들리 신부 때에는 이런 문제가 없었잖나? 그때 자넨 아무런 이의없이 사망진단서를 썼어."

드디어 그의 말투에 불만 비슷한 것이 드러나기 시작했다고 달글리시는 생각했다.

에릭이 대답했다.

"신부님의 경우는 사인이 분명했습니다. 그날 아침에 진찰한 지 얼마 안 되었으니까요. 그 마지막 발작 뒤에는 신부님의 죽음은 시간 문제였습니다. 그분은 죽어가고 있었어요."

"우리 모두 마찬가지야." 윌프레드가 말했다. "우리 모두 마찬가지야."

종교적인 진부한 이 문구가 그의 누나를 짜증나게 한 것 같았다. 그녀는 처음으로 입을 열었다.

"바보 같은 소리 마라, 윌프레드! 난 죽어가고 있지 않고 너도 누가 지금 네가 죽어가고 있다고 말한다면 틀림없이 당황할 게다. 그레이스가 이곳에 있는 누구보다 병이 깊었다는 건 알고 있었잖니? 자, 이젠 모두들 잘 알았겠죠? 가장 말썽을 일으키는 사람이 가장 애를 먹이는 사람은 아니라는 것을."

그녀는 달글리시 쪽으로 돌아섰다.

"만약 에릭이 사망진단서를 써주지 않는다면, 분명히 말해 어떻게 되나요? 경찰이 다시 이곳에 오게 되우?"

"경찰관이 한 사람은 올 겁니다. 극히 통상적인 의미에서의 경찰관이지요, 검시관이 한 명 와서 사체를 검시할 겁니다."

"그리고요?"

"부검 절차를 밟을 겁니다. 그 결과에 따라 매장허가를 내주거나 아니면 심문을 열겠지요."

윌프레드가 말했다.

"그런 끔찍한 짓을! 모두 소용없는 일입니다."

"그게 법률이고, 휴슨 박사는 법률을 잘 알고 있습니다."

"하지만, 그게 법률이라는 건 무슨 뜻인가요? 그레이스는 다운 증후군으로 죽었어요, 모두가 알고 있는 사실입니다. 뭔가 다른 병의 징후가 있었단 말입니까? 에릭으로서는 그녀를 치료할 수도 어떻게 해줄 수도 없는 상태였습니다. 당신이 말하는 법률이란 어떤 것입니까?"

달글리시는 참을성있게 설명했다.

"누군가가 사망한 경우, 마지막 진료에 임했던 의사는 그의 최선의 지식과 믿는 바에 따라 사인을 밝히고, 소정 양식에 따라 사망진단서에 서명한 뒤 호적계에 신고해야 합니다. 동시에 사망통지를 받아야 할 사람, 대부분은 그 사람이 사망한 집의 거주자가 되는데, 그 사람에게 자기가 이러이러한 진단서에 서명했다는 사실을 분명히 알려야 하지요. 의사는 검시관에게 반드시 보고해야 할 법적인 의무는 없지만, 뭔가 의심스러운 점이 있을 때는 일반적으로 그렇게 합니다. 검시관에게 보고했다 해서 의사가 사망 원인을 증명하는 진단서를 써야 할 의무에서 벗어나는 것은 아니며, 검시관에게 보고했다는 사실을 소정 양식에 따라 알려야 합니다. 그렇게 하면 호적계가 검시관으로부터 다시 통지를 받을 때까지 호적 정리를 미루는 겁니다. 1887년의 검시관 조령(條令) 제3부에 검시관은 자기의 관할 내에서 폭력 또는 자연스럽지 않은 사망, 급사, 변사 또는 교도소와 그밖의 장소에, 심문을 하는 것이 타당하다고 판단되는 사체가 있을 때는 조사를 할 의무가 있는 것으로 되어 있습니다. 앤스티 씨가 물으시니까 대답하는 겁니다만, 그것이 곧──상당히 세세한 점까지 장황하게 말했지만──그것이 곧 법률이라는 것입니다. 그레이스 윌슨은 급사했고 휴슨 박사의 의견으로는 현재 사인이 분명하지 않습니다. 박사가 취할 최선의 길은 검시관에게 보고하는 것입니다. 그렇게 되면 부검을 하게 되는데, 그렇다고 반드시 심문을 받게 되는 건 아닙니다."

"하지만 그녀를 해부대 위에 눕혀놓고 난도질 할 것을 생각만 해도 끔찍합니다."

윌프레드가 떼를 쓰는 철없는 아이처럼 말하자 달글리시가 냉정하게 말했다.

"'난도질'이라는 표현은 맞지 않습니다. 부검은 정확하고 완벽하며 질서정연한 조작입니다. 그럼 저는 이만 실례하고 아침식사를 하러 가야겠군요."

윌프레드는 온 힘을 다해 평정을 되찾으려고 애썼지만 소용 없었다. 그는 다시 자세를 수습한 뒤, 수도복의 넓은 소매 속으로 두 손을 모으고 잠시 동안 명상하는 것처럼 조용히 서 있었다. 에릭 휴슨은 당혹스러워하며 그를 바라보더니, 무슨 좋은 생각이 없느냐는 듯이 달글리시한테서 줄리어스에게로 시선을 옮겼다. 윌프레드가 입을 열었다.

"에릭, 그럼 검시관 사무소에 전화를 걸게. 보통 때 같으면 사체는 도트에게 맡기겠지만, 그쪽에서 무슨 지시가 있을 때까지 기다리는 게 좋겠군. 전화를 걸고 나서 아침식사를 한 뒤 모두에게 내가 할 얘기가 있다고 전해주게. 헬렌과 데니스는 지금 환자들과 함께 있어. 누님, 도트를 찾아보고 괜찮은지 봐주시겠어요? 그리고 줄리어스와 달글리시 경감님께 할 얘기가 있습니다."

잠시 동안 그는 눈을 감고 그레이스의 침대 발치께에 서 있었다. 기도하고 있는 걸까 하고 달글리시는 생각했다. 그런 다음 그는 앞장서서 방에서 나갔다. 뒤에 따라가면서 줄리어스는 입술을 거의 움직이지 않고 이렇게 속삭였다.

"어쩐지 교장실에 불려갈 때 같아서 싫군요. 아침을 든든히 먹어둘 걸 그랬습니다."

사무실에 들어서자 윌프레드는 몇 초도 허비하지 않았다.

"아직 시간적으로 여유가 있다고 생각하고 있었지만, 그레이스의 죽음으로 예상했던 것보다 빨리 결단을 내리지 않을 수 없게 되었습니다. 환자 네 명으로는 이곳을 유지해갈 수가 없어요. 요양원을 더 이상 유지할 수 없는 상태에서는 대기자 명단의 환자들을 새로 수용할 수도 없고요. 그레이스를 매장하면 그날 오후에라도 회의를 열겠습니다. 그때까지는 기다리는 것이 좋을 것 같군요. 아무것도 의심할 만한 점이 없으면 1주일 안에 끝나겠지요. 아무쪼록 두 분도 각자의 입장에서 우리가 결정을 빨리 내릴 수 있도록 도와주시기 바랍니다."

줄리어스가 황급히 말했다.

"그럴 순 없소, 윌프레드. 나하곤 아무런 이해관계도 없는 일이오. 법률적으로도 또 보증의 의미에서도 나와는 상관이 없는 일이란 말이오."

"당신은 이곳에 살고 있어요. 난 당신을 늘 한 가족으로 여기고 있었는데."

"그것 고맙군요, 영광이로소이다. 하지만 그건 진실이 아니오. 난 가족의 한 사람이 아니고, 어느 모로 보나 나 자신과 아무 관계도 없는 문제에 대해 투표할 수 있는 권리가 없어요. 당신이 이곳을 팔기로 결정한다 해도 난 당신을 비난할 수 없어요. 마음속으로는 비난할지도 모르지만. 그야 토인턴 곳이 캠핑장이 되어버리면 난 더 이상 여기서 살 수 없게 되겠지요. 하지만 그렇다고 해서 내가 관여할 수 있는 문제는 아니오. 나는 미들랜드에서 온 패기만만한 청년 사업가한테서 두둑한 돈을 받게 되겠지요. 그 사업가라는 사람은 평화와 고요 같은 것에는 아무 관심도 없이, 거실에 멋진 칵테일 바를 만들고 뜰에는 깃대를 세울 거요. 또 나는 매물 광고를 신중하게 검토하여 주인이 신인지 악마인지 잘 알아본 뒤에 도르도뉴나 어디 다른 곳에 새 별장을 살 것이고. 미안하지만 어쨌든 내 대답은 '노'요."

"그럼 경감님, 당신은?"

"저야 코트 씨보다 더더욱 그럴 권리가 없다고 생각합니다. 이곳은 환자들의 요양원입니다. 그들의 미래가 좌우되는 결정에, 설령 한 표라 해도 그저 지나가던 방문객이 어떻게 투표할 수 있겠습니까?"

"왜냐하면 전 경감님의 판단을 매우 중요하게 여기고 있기 때문입니다."

"그런 말은 해서는 안 됩니다. 이 일에 있어서는 앤스티 씨 당신의 이해를 따져야 합니다."

줄리어스가 물었다.

"밀리센트도 회의에 부를 거요?"

"물론. 그녀가 늘 내 생각을 지지해 주는 건 아니지만 가족의 한 사람임에는 틀림없으니까."

"매기 휴슨은?"

윌프레드는 퉁명스럽게 대답했다.

"안 돼요."

"그녀는 반발할 거요. 에릭도 못마땅하게 여길 거고."

윌프레드는 오만하게 말했다.

"방금 당신 자신이 어떤 의미로도 관계가 없다고 선언했으니까 에릭이 못마땅해하든 말든 나한테 맡겨두면 돼요. 그럼 두 분 다 이만. 난 가족들과 아침식사를 해야겠어요."

7

두 사람이 윌프레드의 방에서 나오자 줄리어스가 거친 어조로 불쑥 말했다.

"내 집에 가서 함께 아침식사를 합시다. 술이라도 마셔야 하지 않겠습니까? 술을 마시기에는 너무 이른 시각이라면 커피라도. 어쨌든 와주십시오. 어쩐지 자기 혐오에 빠진 채 하루가 시작된 것 같아 혼자 있고 싶지가 않군요."

그 말투가 무척이나 절실하여 거절하기가 힘들었다. 달글리시가 말했다.

"5분만 기다려 주십시오. 잠깐 만나야 할 사람이 있으니 조금 있다가 홀에서 봅시다."

그는 처음 토인턴 농장 내부를 안내 받았을 때 본 제니 페그럼의 병실의 위치를 기억하고 있었다. 그곳을 방문하는 데는 좀더 좋은 기회가 있을 거라고 생각했지만, 그때까지 기다릴 수가 없었다. 노크를 하자 "들어오세요"하고 대답하는 목소리에 놀라움이 배어 있었다. 그녀는 휠체어에 앉은 채 화장대 앞에 있었다. 노란 머리카락이 어깨를 덮고 있었다. 지갑에서 그 혐오스러운 편지를 꺼낸 달글리시는, 그녀의 등 뒤에 다가가서 그것을 그녀의 눈앞에 펼쳤다. 거울 속에서 두 사람의 시선이 마주쳤다.

"페그럼 양이 이것을 타이핑했나요?"

그녀는 편지를 집지는 않고 그냥 눈으로 훑어보았다. 눈동자가 깜박였다. 목덜미에 붉은색이 물결처럼 퍼지기 시작했다. 마른침을 삼키는 소리가 들렸지만 목소리는 평온했다.

"어째서 제가?"

"그렇게 추측할 만한 이유가 있소. 어쨌든 당신이 했나요?"

"물론 아니에요! 이런 건 지금 처음으로 보는 거예요."

그리고 다시 한번 편지 쪽을 경멸하는 눈길로 힐끗 보았다.

"이건…… 말도 안 돼, 정말 한심한 일이군요."

"그래, 한심한 일이지. 아마 급하게 쓴 것이라고 생각되오. 나는 페그럼 양이 이 편지를 보고 경멸하는 반응을 보일 거라고 예상하고 있었소. 다른 편지에서처럼 감정이 격앙돼 있거나 상상력이 풍부하지는 않을 줄 알았지."

"다른 편지라뇨?"

"그럼, 그레이스 윌슨에게 보낸 것부터 생각해볼까? 당신의 재능을 보여준 편지였지. 참으로 상상력으로 가득한 내용으로, 그녀가 이곳에서 얻은 단 한 명의 진정한 친구와 사귀는 즐거움을 망쳐버릴 만큼 교묘하고, 게다가 수치스러워서 누구에게도 보여주지 않을 거라는 악랄한 자신감으로 넘치고 있었어. 하지만 미스 윌슨은 그것을 경찰관인 나한테만은 보여주었어. 외설적인 부분에서 우리는 왠지 의사에게 치료를 받고 있을 때와 같은 기분을 맛보았지."

"그런 걸 그녀가 남에게 보여줄 리가 없어요! 경감님이 무슨 말을 하고 있는 건지 잘 이해할 수는 없지만."

"그녀가 보여주지 않았을 거라고 생각하나? 그녀에게 직접 물어볼 수 없게 되어서 유감이군. 그녀가 죽은 건 알고 있겠지?"

"나와는 상관없는 일이에요."

"페그럼 양에게는 행운이지. 나도 그녀의 죽음이 당신하고는 관련이 없을 거라고 생각해. 그녀는 자살할 사람은 아니었어. 다만 당신이 쓴 편지의 다른 희생자들, 예를 들어 빅터 홀로이드의 경우도 당신에게 행운——어쩌면 불운——인지 어떤지 아직 단언할 수 없어."

그녀의 눈에 공포가 확연하게 드러났다. 그녀는 앙상한 두 손으로 절망의 팬터마임처럼 머리빗을 쉴새없이 비틀어대고 있었다.

"그건 내 잘못이 아니에요! 난 빅터에게 편지를 보내지 않았어요! 난 누구에게도 편지 같은 건 보내지 않았다구요!"

"페그럼 양, 당신은 스스로 생각하고 있는 만큼 머리가 좋은 편은 아니군그래. 지문을 잊고 있어. 감식을 하면 편지지에서도 꼬리가 잡힌다는 걸 모르는 모양이지? 그리고 시기를 따져봐도 그래. 어느 편지나 당신이 토인턴 농장에 온 뒤에 보내진 것이더군. 어슐러 홀리스는 첫 번째 편지가 발견된 뒤에 입원했고, 헨리 카워다인은 용의자에서 제외해도 무방한 것으로 생각해. 그리고 홀로이드가 죽은 이후로는 편지를 받은 사람이 없어. 편지의 영향력에 당신 스스로 놀랐던 것 아닌가? 아니면, 홀로이드가 범인으로 몰리기를 바랐던 건가? 하지만 그 편지들은 남자가 쓴 것이 아니라는 걸 경찰은 금방 알 수 있어. 그리고 타액 테스트가 있지. 타액으로 사람의 혈액형을 식별할 수 있는 가능성은 85%. 봉투의 뚜껑을 핥기 전에 당신이 그 점을 미처 생각하지 못한 건 안됐지만……."

"봉투…… 봉투 같은 건 사용하지 않았는데……."

순간 그녀는 숨을 삼키며 달글리시를 응시했다. 눈동자가 공포로 크게 열려 있었다. 얼굴에서 핏기가 가시고 새하얗게 질렸다.

"그래, 분명히 봉투 같은 건 사용하지 않았어. 편지를 접어서 희생자가 빌린 도서실 책갈피에 끼워두었으니까. 하지만 그 사실을 알고 있는 건 편지를 받은 당사자하고 당신뿐이지."

그녀는 그를 쳐다보지 않고 말했다.

"그래서 어떻게 하실 생각이에요?"

"아직 모르겠소."

그것은 사실이었다. 스스로도 이상할 정도로, 그는 당혹과 분노와 함께 일종의 수치심 비슷한 감정을 느끼고 있었다. 그녀를 걸려들게 하는 건 참으로 간단했다. 정말 쉽고 비열한 짓이었다. 그에게는 자신의 모습이 똑똑히 보였다. 건강하고 멀쩡한 사지로 심판하는 자리에 느긋하게 앉아, 그녀의 약점을 향해 틀에 박힌 훈계를 늘어놓으며 선고를 미루는 한 사람의 방관자. 그 이미지는 구역질나는 것이었다. 그녀는 그레이스 윌슨을 괴롭혔다. 그러나 적어도 그녀에게는 육체적인 장애에서 오는 나름대로의 이유가 있었으리라. 그가 느끼는 분노와 혐오감은 얼마만큼 죄악에 근거한 것인가? 그레이스 윌슨의 마지막 며칠을 조금이나마 행복하게 해주기 위해 그는 무엇을 했던가? 어쨌든 이 제니에게도 뭔가 손을 쓰지 않으면 안 되었던 것은 확실하다. 현재로서는 이 여자는 토인턴 농장에 더 이상의 재앙을 불러일으키지는 않을 것으로 보이지만, 앞으로는? 게다가 헨리 카워다인에게도 진실을 알 권리는 있을 것이다. 윌프레드 역시 마찬가지이고, 만약 이곳이 리지웰 신탁에 넘어가게 된다면, 그들 또한 알 권리가 있을 것이다. 또 제니에게 도움의 손길이 필요하다고 주장하는 사람도 있으리라. 그들은 현 시대의 공인된 해결책인 심리치료를 제안할 것이다. 달글리시는 판단이 잘 서지 않았다. 도움의 손길만이 최고의 요법이라는 생각은 들지 않았다. 아마 그렇게 해주면 그녀의 허영심은 만족할 것이고, 자신이 진지하게 받아들여졌다는 자부심도 느낄 수 있으리라. 그러나 희생자들이 침묵을 지킬 결심을 했다면, 그것도 윌프레드에게 걱정을 끼치지 않으려고 그렇게 결심했다면, 그가 무슨 권리로 그들의 동기를 무시하고 그들의 신뢰를 배반할 수 있단 말인가? 달글리시는 규정에 따라 일하는 것에 익숙한 사람이었다. 설령 규정에 어긋난 결단을 내리는 일이 있고, 그런 일이 드물지 않다 해도 그에 얽힌 도덕적인 문제는——그는 이런 용어는 한번도 사용한 적이 없지만——늘 명쾌하고 확실했다. 병 때문에 체력은 물론이고 의지와 판단력까지 약해져서 이런 하찮은 문제도 감당하지 못하게 되어버린 건가? 모든 것을 문서로 작성하여 봉인한 뒤, 앞으로 무슨 문제가 발생했을 때 개봉하는 것으로 하여 앤스티나 그 후계자에게 맡기는 것이 어떨까? 아니야, 그런 남자답지 못한 감상적인 짓거리는 웃음거리만 될 뿐이다. 아, 정말이지 어떻게 하면 명쾌한 결단을 내릴 수 있을까? 배들리 신부가 살아 있었더라면 하는 생각이 들었다. 그의 앙상한 어깨에 이 까다로운 짐을 안심하고 내려놓을 수 있을 텐데.

그는 말했다.

"편지의 범인은 당신 자신이며, 앞으로 다시는 이런 짓을 하지 않겠다고 희생자들 전원에게 고백하고 안하고는 당신에게 맡기기로 하겠소. 두 번 다시 이곳에서 이런 일이 일어나지 않을 거라는 건 당신이 누구보다 잘 알고 있을 테니까. 변명은 당신이 재주껏 잘 지어내 봐요. 당신이 전에 있던 병원에서 겪었던 그 모든 고통을 잊고 싶어한다는 건 알아요. 하지만 그렇다고 남을 괴롭혀도 되는 건 아니잖소?"

"그들은 나를 미워하고 있어요."

"그렇지 않아요. 당신은 스스로를 미워하고 있는 거요. 미스 윌슨과 카워다인 씨 말고 다른 사람한테도 보냈소?"

그녀는 눈꺼풀 아래로 그를 살짝 훔쳐보았다.

"아뇨, 그 두 사람뿐이에요."

거짓말일 거라고 달글리시는 진저리를 치며 생각했다. 어슐러 홀리스도 틀림없이 받았을 것이다. 그녀에게 물어보는 건 더 해가 될까? 아니면 그 반대일까?

아까보다 기운을 되찾아 대담해지기까지 한 제니 페그럼의 목소리를 그는 들었다. 그녀는 왼손을 올려 머리를 쓰다듬기 시작하더니, 뺨으로 몇 가닥을 잡아늘였다. 그리고 말했다.

"여기서는 아무도 나에 대해 상관하지 않아요. 모두들 나를 경멸하고 있죠. 나 같은 건 이곳에 없는 게 좋다고 생각하는 거예요. 나도 여기 오고 싶어서 온 게 아니에요. 경감님은 나에게 힘이 되어줄 수 있겠지만 진심으로 나를 걱정해주고 있는 건 아닐 거예요. 내 이야기를 듣고 싶어하지도 않잖아요."

"휴슨 박사에게 부탁해서 정신과 의사를 만나봐요. 그리고 그 의사에게 모든 걸 털어놓는 거요. 그런 의사는 신경쇠약에 걸린 사람이 자기 이야기를 하는 것에 귀를 기울여주는 대가로 돈을 받고 있으니까. 난 달라요."

문을 닫고 나온 순간, 그는 자신의 냉정함을 후회했다. 어째서 그런 말을 해버렸는지 그는 알 수가 없었다. 싸구려 잠옷을 입은 그레이스 윌슨의, 흉칙하게 오그라든 사체가 갑자기 머리에 떠올랐기 때문일 것이다. 동정과 분노로 인해 자신의 냉철함을 통제할 수 없을 바에는 차라리 일을 그만두는 게 나을지도 모른다고, 자기혐오 속에서 그는 생각했다. 아니면 토인턴 농장 탓일까? 이곳에 더 있다가는 정신이 이상해질 것 같았다.

그가 빠른 걸음으로 복도를 지나가는데, 그레이스 윌슨의 옆방 문이 열리더니 어슐러 홀리스의 모습이 보였다. 그녀는 그에게 손짓하며 휠체어를 돌려 길을 열어주었다.

"환자들은 자기 방에 있으라고 했어요. 그레이스가 죽었대요."

"네, 알고 있어요."

"왜 죽었어요? 무슨 일이 있었나요?"

"아직 정확한 것은 아무도 몰라요. 휴슨 박사가 부검절차를 취하고 있어요."

"그녀는 자살할 리가 없어요, 절대로 그런 짓은 하지 않아요!"

"나도 그렇게 생각합니다. 잠자는 동안 편안하게 숨을 거둔 것으로 보였어요."

"배들리 신부님처럼요?"

"그래요, 신부님하고 똑같았소."

두 사람은 잠시 말없이 서로를 뚫어지게 응시했다. 달글리시가 물었다.

"어젯밤 무슨 이상한 소리를 듣지 못했습니까?"

"아, 아니요! 아무것도! 전 깊이 잠들어 있었어요, 그러니까 헬렌을 불러 화장실에 다녀온 뒤로는."

"그레이스가 사람을 부르거나 누가 그 방에 들어가면 홀리스 부인에게도 그 소리가 들립니까?"

"네, 깨어 있을 때는요. 이따금 그녀의 숨소리 때문에 잠을 이루지 못할 때가 있어요. 하지만 간밤에는 그녀가 누구를 부르는 소리도 들리지 않았고, 나보다 먼저 잠든 것 같았어요. 12시 반 전에 나도 불을 껐는데, 그때 그녀가 이상하게 조용하다는 생각을 하긴 했죠."

그는 문 쪽으로 가려다 멈춰 섰다. 그녀가 그에게 좀더 있어주기를 바라는 것 같다고 느껴서였다. 그가 물었다.

"무슨 마음에 걸리는 일이라도?"

"아, 아뇨! 별로 아무것도. 다만 그레이스가 죽은 원인을 알 수 없어서…… 확실한 것은 아무것도 모르고 사람들이 모두 수수께끼에 싸인 것처럼 보여서요. 하지만 부검을 하게 되면…… 그러니까 그 부검이라는 걸 하게 되면 사망원인이 밝혀지겠죠?"

"그래요." 그는 자신도 그다지 확신이 없는 상태에서 스스로를 안심시키려는 듯이 말했다. "부검을 하면 모든 걸 알 수 있겠지요."

8

현관홀에서 기다리고 있던 줄리어스와 함께 그들은 농장에서 맑은 아침 공기 속으로 나가 오솔길을 물끄러미 바라보면서 서로 조금 떨어진 채 생각에 잠겨 걸어갔다. 둘 다 말이 없었다. 마치 눈에 보이지 않는 끈으로 이어져 있는 것처럼, 두 사람은 신중하게 거리를 두고 바다 쪽으로 걸음을 옮겼다. 상대방의 침묵이 달글리시에게는 다행으로 생각되었다. 그는 그레이스 윌슨을 생각하고 있었고, 자기가 왜 이렇게도 그 생각에서 헤어나지 못하고 있는 건지 그 근본 원인을 분석하고 이해하려고 애썼다. 이런 감정은 그로서는 괴팍하다고밖에 할 수 없을 만큼 비합리적으로 생각되었다. 사체에서는 아무런 흔적도 볼 수 없었다. 울혈도 없고 얼굴과 이마에 피하출혈도 전혀 없었다. 방에 억지로 침입한 흔적도 없고, 창문이 잠겨 있지 않았던 것 말고는 아무런 이상한 점이 없었다. 그녀는 자연사로밖에 볼 수 없는 조용한 모습으로 뻣뻣하게 누워 있었다. 그런데 왜 이렇게 초조할 정도로 의혹을 느끼는 것일까? 그는 직업 형사이지 천리안을 가진 것이 아니다. 증거를 단서로 움직이지 직관에 따라 움직이지는 않는다. 1년에 부검이 몇 번이나 실시될까? 아마 17만 건 이상은 되지 않을까? 적어도 일단 조사할 필요가 있는 죽음이 1년에 17만 건이라는 얘기다. 그 대부분은 적어도 한 사람의 인간에 대해서는 명백한 동기를 제공한다. 사회에서 버림받은 자들만이 아무것도 남기지 않는다. 아무리 빈약한 것일지라도, 세련된 사람들의 눈에 아무리 보잘것없게 보이는 것일지라도 말이다. 그러나 그밖에는 어떤 죽음도 누군가에게 은혜를 주고 누군가를 해방시켜 준다. 누군가의 어깨에서 짐을 덜어 준다. 그 짐이 책임이 되었든, 아니면 대신 짊어지는 고통이나 사랑의 횡포가 되었든. 동기만 생각한다면 어떤 죽음도 변사라고 할 수 있다. 어떤 죽음도 궁극적으로는 자연사인 것과 마찬가지로. 그것을 그에게 가르쳐준 것은 범죄심리학의 창시자이자 제일인자의 한 사람인 브레싱턴 박사였다. 그것은 브레싱턴 박사가 집도한 마지막 부검이자 젊은 달글리시 형사가 입회한 첫 번째 부검이었다. 두 사람 다 손이 떨리고 있었다. 각자 다른 이유에서였다. 그러나 일단 메스가 가해지고 나자, 노박사의 손은 외과의사처럼 자신만만했다. 해부대 위에는 42살난 붉은 머리카락의 매춘부가 누워 있었다. 조수의 장갑 낀 손이 두 번 움직이자 그녀의 얼굴에서 피와 흙탕물과 팬케이크처럼 달라붙어 엉긴 화장 자국이 지워졌고, 사체는 창백하고 연약하며 이름 없는 존재로 변해 있었다. 거기서 모든 개성을 제거한 것은 죽음이 아니라 바로 박사의 살아 있는 강한 손이었다. 브레싱턴 박사는 그 눈부신 기술을 펼쳐 보여주었다.

'잘 보게, 최초의 일격은 그녀가 손으로 막아서 목과 인후에서 오른쪽 어깨 쪽으로 미끄러졌어. 출혈은 심했지만 비교적 가벼운 상처였던 셈이지. 위를 향해 휘두른 두 번째 공격으로 기관이 절단되었어. 그녀는 쇼크로 죽었네. 다량의 출혈과 질식에 의한 쇼크인데, 흉선의 상태에서 보건대 아마 그런 순서였을 거야. 이 해부대 위에 올려놓고 보면, 자연사라면 이런 일은 절대로 있을 수 없다는 것을 한 눈에 알 수 있지.'

자연사냐 아니냐는 이미 달글리시에게는 문제가 되지 않았다. 이 사건을 이대로 그냥 덮어두고 싶지 않다는 기분이 이렇게 강한 의지로 작용하고 있다는 것이 견딜 수가 없었다. 그는 이런 자기 기분도 그만 가라앉히고 싶었다. 그렇다고 지방경찰에 가서 아무래도 토인턴에 죽음이 퍼지기 시작한 것 같다고 호소해본들 과연 받아들여질 것인가? 노신부는 심장발작으로 죽었고, 적도 없고 재산도 없는 인물이었다. 다만 평소에 가까웠던 한 친구에게 자선을 겸하여 약간의 유산을 남기고 갔다. 그 친구는 성품과 평판 모든 면에서 더할 나위 없는 고명한 자선가다. 그리고 빅터 홀로이드는? 경찰이 더 이상 무엇을 할 수 있단 말인가? 그들은 이미 할 바를 다했다. 사건 수사는 끝났고 검시 배심원들은 그들이 조사한 것을 발표했다. 홀로이드는 매장, 배들리 신부는 화장 후 매장되었다. 남아 있는 것은 단지 토인턴 교회 안 흙 속의 관에 들어 있는, 부러진 뼈와 썩은 살, 그리고 한줌의 거친 잿빛 먼지. 신성한 흙 아래 묻힌 비밀스러운 공간에 두 개의 비밀이 늘어났을 뿐이다. 두 사람의 모든 것은 이제 인간의 지혜가 미치는 곳 너머에 있다.

그리고 지금 이 제3의 죽음. '두 번 있었던 일은 또 한번 되풀이된다'는 미신에 사로잡혀, 토인턴 농장의 모든 사람이 반신반의하면서 마음속으로 기다리고 있었을지도 모르는 이 죽음이 있다. 이제 모두들 안도했을 것이다. 그 역시 마찬가지다. 검시관은 부검을 지시할 것이고 달글리시는 그 결과도 거의 예상할 수 있다. 배들리 신부와 그레이스 윌슨이 모두 살해된 것이라면 범인은 증거 같은 건 하나도 남기지 않을 만큼 참으로 지능이 높은 인물이다. 어떻게 증거가 남을 수 있단 말인가? 약하고 병들어 완전히 쇠약해진 여자한테라면 그보다 더 쉬운 일은 없을 것이다. 힘센 손아귀로 코와 입을 누르기만 하면 된다. 그리고 달글리시의 사건 개입을 정당화할 수 있는 아무런 이유가 없다. 이렇게 말할 수는 없는 것이다――나 아담 달글리시는 나의 특기인 예감을 느꼈습니다. 내 의견은 검시관, 병리학자, 지방 경찰과 다르고 모든 사실이 보여주는 것과 다릅니다. 이 새로운 사망 사건에 비추어, 배들리 신부의 유골을 다시 파내어 그 수수께끼를 풀어주기를 요청하는 바입니다.

두 사람은 토인턴 농장에 도착했다. 안뜰에서 직접 거실로 통하는 바다 쪽의 포치로 돌아가는 줄리어스를 달글리시가 따라갔다. 줄리어스는 문을 잠그지 않고 나갔던 모양이다. 그는 문을 밀어 연 뒤 달글리시가 먼저 들어갈 수 있도록 약간 비켜섰다. 다음 순간 두 사람은 그 자리에 우뚝 서버렸다. 너무 놀란 나머지 몸을 움직일 수가 없었다. 누군가가 침입한 뒤였던 것이다. 미소짓고 있던 어린 천사의 대리석상이 산산조각이 나 있었다.

두 사람은 여전히 말은 하지 않은 채 카펫 위를 조심스럽게 걸어갔다. 떨어져서 형태를 알 수 없게 된 머리가 흩어진 대리석 파편 속에서 뒹굴고 있었다. 짙은 잿빛 카펫 위에는 반짝반짝 빛나는 조각들로 가득했다. 창문과 열어둔 문에서 들어오는 폭넓은 빛의 띠가 방안을 가로지르고 있고, 그 빛 속에서 대리석 조각들이 수만 개의 미세한 별처럼 반짝였다. 처음부터 철저하게 의도하여 부서뜨린 것 같았다. 두 귀가 예리하게 절단되어 나란히 놓여 있다. 보이지 않는 피가 뚝뚝 떨어지는 추잡한 물체다. 한편 매우 섬세하게 조각되어 있어서 그 속의 은방울꽃이 생화처럼 보이는 꽃다발은, 손 옆에 던져 놓여 있다. 소파 위에는 소형 대리석 칼 한 자루가 똑바로 꽂혀 있다. 폭력의 축도(縮圖)처럼.

방안은 괴괴했다. 그 정연한 안락함, 맨틀피스 위에 걸린 괘종시계의 규칙적인 소리, 끊임없이 들려오는 파도소리, 그 모두가 이 자리에서 연출된 분노의 파괴성과 격렬한 증오를 더욱 강조하고 있다.

줄리어스는 무릎을 꿇고 앉아, 어제까지는 어린아이의 얼굴이었지만 형체도 알아볼 수 없게 부서진 잔해를 주워들었다. 그리고 곧 다시 그것을 힘없는 손가락 사이로 떨어뜨렸다. 얼굴은 흉칙하게 바닥 위를 굴러가다 소파 앞에서 멈추었다. 여전히 말이 없는 채, 그는 손을 뻗어 꽃다발을 주워들고 가만히 끌어안았다. 그의 몸이 떨리고 있는 것을 달글리시는 보았다. 얼굴에서는 완전히 핏기가 가시고 조각 위로 구부리고 있는 이마는 땀으로 번뜩이고 있었다. 충격을 받은 사람처럼 보였다.

달글리시는 사이드테이블로 가서 상당량의 위스키를 잔에 따랐다. 그리고 말없이 줄리어스에게 내밀었다. 줄리어스가 한 마디도 말을 하지 않는 것, 무서울 정도로 떨고 있는 것이 걱정스러웠다. 이 부자연스러운 침묵에 비하면, 격노하여 욕지거리를 쏟아내며 난동을 부리는 쪽이 그래도 낫다는 생각이 들었다. 하지만 줄리어스가 입을 열었을 때 그 목소리는 완전히 평온했다. 잔을 내밀자 그는 고개를 저었다.

"아니, 됐습니다. 술은 필요 없어요. 나 자신이 지금 어떤 기분인지 알고 싶습니다, 단지 머리가 아니라 마음속 깊이요. 이 분노를 얼버무리고 싶지 않고, 그래요! 반대로 일부러 과장할 필요도 없습니다! 생각해 보십시오, 경감님. 그는 3백년 전에 죽었어요, 이 사랑스러운 소년은. 이 대리석상은 바로 그 직후에 만들어진 것이 틀림없습니다. 3백년이라는 세월 동안 그건 어디의 누구한테도 아무런 실용가치가 없었지요. 오직 한 가지, 우리에게 위안과 기쁨을 주고, 우리가 한낱 티끌에 지나지 않는다는 것을 상기시켜주는 것 말고는. 3백년, 전쟁과 혁명과 폭력과 탐욕의 3백년. 하지만 이건 살아남았습니다. 지금까지 장하게 살아남았어요. 그 위스키는 경감님이 드시죠, 잔을 높이 들고 약탈자의 시대를 위해 건배해 주십시오. 그 자는 내가 집에 없을 때 이 집안을 엿보지 않고서는 이것이 여기 있다는 것을 알았을 리가 없습니다. 다른 것이라면 나는 뭐든지 주었을 겁니다. 그 자는 다른 것은 뭐든지 파괴할 수 있었어요. 그런데도, 이것을 보자 부수지 않을 수 없었던 겁니다. 다른 어떤 것을 부수어도 이것만한 파괴의 기쁨은 맛볼 수 없었을 테니까요. 이건 단순히 나를 증오해서 한 행동이 아닙니다. 범인이 누구이든 그 자는 이것 자체를 증오하고 있었어요. 이것이 인간에게 기쁨을 주었기 때문입니다. 이것은 결코 심심풀이로 벽에 던진 점토 덩어리나 캔버스에 아무렇게나 칠한 물감이나 따분한 곡선으로 새겨진 돌조각이 아니라, 의도를 가지고 만들어진 것이기 때문입니다. 여기에는 엄숙함과 성실함이 있었어요. 이것은 인간의 존엄성과 전통 속에서 태어나 그것들에 바쳐진 것이었습니다. 아! 내가 좀더 생각이 깊었더라면 이런 야만인들 속에 이것을 가지고 오지 않았을 텐데!"

달글리시는 그 옆에 무릎을 구부리고 앉았다. 부서진 팔을 두 개 주워들어 퍼즐처럼 맞추어 보았다. 그리고 말했다.

"언제쯤 당했는지는 금방 알 수 있습니다. 힘이 필요했을 테니 그 남자는──여자일지도 모르지만──아마 망치를 사용했을 겁니다. 그 흔적이 어딘가 남아 있겠지요. 또 걸어서 이곳에 오가는 건 불가능했을 겁니다. 이곳의 오솔길을 통해 바닷가로 달아났거나, 아니면 올 때는 소형 밴을 타고 온 다음 우편물을 가지러 갔거나 둘 중의 하나일 겁니다. 범인의 정체를 밝히는 건 그리 어려운 일이 아닐 겁니다."

"무슨 말씀을, 경감님! 당신한테는 형사의 심정밖에는 없군요. 그런 말을 들으면 내 마음이 위로받을 거라고 생각하십니까?"

"나 같으면 위로를 받을 겁니다. 하지만 코트 씨의 말대로 심정이 어떠냐에 따라 다를지도 모르겠군요."

"경찰에 신고하라는 말씀이라면 난 그럴 생각이 없습니다. 누구의 짓인지, 시골경찰이 굳이 가르쳐주지 않아도 알 수 있습니다. 그건 당신도 마찬가지일 겁니다. 그렇지 않습니까?"

"아닙니다. 용의자의 이름을 혐의가 짙은 순서로 나열한 간단한 리스트라면 얼마든지 만들 수 있지만, 그것으로 범인의 이름을 안다고 할 수는 없지요."

"그런 수고는 하실 필요 없습니다. 나는 범인을 알고 있고 내 방식으로 그 자를 다루겠습니다."

"그래서 상대방에게 심각한 신체적 위해를 가했다는 죄목으로 기소됨으로써 범인에게 또다른 만족감을 안겨주겠다는 겁니까?"

"경감님이나 지방재판소 같은 데서는 내 방식에 동조하지 않을 겁니다. '복수는 우리가 한다'고 여왕 폐하의 판사들은 말했어요. 그들은 나를 파괴적인 성향의 아이나 불우한 청년쯤으로 생각하겠지요! 5파운드의 벌금과 보호관찰로 상황 끝! 아, 걱정 마십시오! 난 절대로 성급한 짓은 하지 않습니다. 천천히 시간을 들여, 그러나 분명하게 결말은 짓습니다. 제발 이곳 경찰동료들은 제외시켜주십시오. 홀로이드의 죽음을 수사할 때도 그들이 제대로 한 게 뭐가 있습니까? 내 문제니까 쓸데없는 손길은 사양하고 싶군요."

일어서면서 그는 다시 한번 노여워하며 고집스럽게 덧붙였다. 마치 새삼스럽게 다시 생각났다는 듯이.

"게다가 그레이스 윌슨이 죽은 직후인 지금 이곳에서 더 이상 문제를 일으키고 싶지 않습니다. 윌프레드는 이미 너무 많은 괴로움을 겪었어요. 난 이곳을 혼자 청소하고 헨리에게는 대리석상을 런던으로 돌려보냈다고 말하겠습니다. 다행히 헨리를 제외한 농장 사람들은 아무도 여기 와보지 않았으니까, 그들의 형식적이고 입에 발린 위로에 일일이 응하지 않아도 되겠지요."

달글리시가 말했다.

"상당히 뜻밖의 말로 들리는군요. 윌프레드를 그토록 생각해주시다니."

"그렇게 말씀하실 줄 알았습니다. 경감님의 목록에는 난 이기적이고 비열한 사람으로 올라가 있겠지요. 몽타주 얼굴 사진을 박아넣듯 말입니다. 하지만 난 그런 이미지에 딱 들어맞지는 않습니다. 그러니까 이유를 찾아보세요. 첫째가는 이유가 있을 겁니다."

"이유는 항상 있습니다."

"그래요, 그렇다면 이유가 뭡니까? 내가 어떤 의미에서는 윌프레드의 덕을 입고 있기 때문에? 내가 회계를 도와주고 있으니까? 그가 나에게 뭔가 압력을 가하고 있어서? 목슨이 말한 의혹에 어느 정도 진실이 있는 것 같아서? 그렇지 않으면 내가 윌프레드의 사생아일지도 모르기 때문에?"

"설령 정당한 자식이라 해도 이 사건의 범인을 잡기 위해서라면 윌프레드 씨에게 조금쯤 폐를 끼치는 건 어쩔 수 없는 일이라고 생각할 겁니다. 당신이 지나치게 신중하다고 생각지 않습니까? 윌프레드 씨는 토인턴 농장의 누군가, 아마 그의 가족 중 한 사람이 고의인지 우연인지는 모르지만 하마터면 그를 죽일 뻔한 것을 알고 있습니다. 코트 씨의 대리석상이 파괴되었다는 얘기를 듣더라도 그는 아주 침착하게 받아들여 줄 거라고 생각하는데."

"그에게 알릴 필요 없습니다. 아니, 알려선 안 됩니다. 나 자신도 영문을 알 수 없는 말을 하는 이유를 당신에게 설명할 수가 없군요. 하지만 난, 윌프레드가 걱정이 되어 견딜 수가 없어요. 그는 지금 아무도 의지할 사람이 없는 비극적인 상황에 처해 있습니다. 그리고 모든 면에서 앞날이 전혀 불투명한 상태지요. 그래도 꼭 말해야 한다면 말하겠지만, 실은 그를 보고 있으면 내 부모님이 생각

납니다. 내 부모님은 사우스 시에서 작은 잡화점을 운영하고 있었습니다. 그런데 내가 14살쯤 되었을 때 이웃에 커다란 연쇄점이 생겼어요. 부모님에게 그것은 인생의 끝이나 마찬가지였습니다. 두 분은 온갖 노력을 다 했습니다. 절대로 포기하지 않았어요. 어쨌든 돈은 벌지 못했지만 신용은 얻었지요. 이익은 없는 거나 다름없는데도 특별 서비스를 하고, 가게문을 닫은 뒤 몇 시간씩 진열장 장식을 바꾸기도 하고, 동네 어린아이들에게 공짜로 풍선을 나눠주는 식이었으니까요. 현실적으로 그런 건 아무런 도움이 되지 않았습니다. 아무 의미없는 낭비일 뿐이었어요. 그들은 성공하지 못했습니다. 나는 그들이 실패한 것은 참을 수 있었어요. 내가 참을 수 없었던 것은 그들이 품고 있었던 희망입니다."

달글리시는 그 기분을 어느 정도 알 것 같았다. 줄리어스가 무엇을 말하려는지도 잘 알고 있었다. 잘 봐, 난 이렇게 젊고 돈도 많은 데다 건강해. 어떻게 하면 행복해질 수 있는지 난 알고 있어. 이 세상이 내가 원하는 대로만 된다면 난 행복해질 수 있는 거야. 다만, 다른 사람들이 병에 걸리거나 불구가 되거나 무기력하거나 고통받거나 사기를 당하거나 하는 일만 없다면. 또는 내가 그런 것들을 신경쓰지 않을 만큼 이기적이 될 수만 있다면. 또는 그 검은 탑 같은 것이 없어진다면 말이야. 줄리어스가 계속 얘기하고 있는 것을 달글리시는 문득 깨달았다.

"나에 대해선 걱정 마십시오. 나에게는 가족이 없다는 것을 잊지 마시기 바랍니다. 일찍부터 홀로 된 자는 항상 슬픔을 딛고 일어서야 한다고 하지 않던가요? 가장 적절한 조치는 동정심으로부터 초연해지고 질 좋고 신선한 자양물을 듬뿍 섭취하는 것입니다. 이제 아침식사나 하시죠."

달글리시는 조용히 말했다.

"경찰에 신고하지 않겠다면 이 파편들은 치우는 것이 좋겠군요."

"비를 가지고 오겠습니다. 진공청소기의 소음을 싫어하거든요."

그는 그 청결하고 지나칠 정도로 설비가 잘된 부엌으로 사라지더니, 곧 쓰레받기 하나와 비를 두 개 들고 돌아왔다. 기묘한 연대감 속에서 두 사람은 함께 바닥에 무릎을 꿇고 청소를 시작했다. 하지만 비가 대리석 조각을 쓸어내기에는 너무 부드러워서 결국 두 사람은 그것을 하나하나 부지런히 주워 모으지 않으면 안되었다.

9

감식의(鑑識醫)는 대리인이었는데, 만약 이 평온한 서부에서의 3주일의 대리 기간이 런던 근무보다 조금은 한가할 것으로 기대하고 있었다면 틀림없이 낙담했으리라. 그날 아침 열 번째 전화벨이 울리기 시작하자, 그는 장갑을 벗으면서 아직도 15구 정도의 알몸의 시체가 냉동실에서 기다리고 있는 것을 생각하지 않으려고 애쓰면서 초연한 태도로 수화기를 집어들었다. 상대방의 믿음이 가는 힘찬 목소리는 약간 경박한 지방 사투리만 제외하면 수도경찰과 거의 다름없었고, 그 말씨도 늘 익숙한 편이라고 할 수 있었다.

"선생님? 브랜드퍼드 북쪽 3마일쯤 되는 들판에서 별로 호감이 가지 않는 시체가 한 구 발견되었습니다. 현장에 와 주시겠습니까?"

호출은 대개 비슷비슷했다. 대부분 그다지 반갑지 않은 시체가 어딘가의 도랑이나 들판, 하수구 또는 찌그러진 자동차 잔해 속에서 발견되는 것이다. 그는 메모용지를 들고 똑같은 질문을 했고, 상대도 늘 하는 대로 대답했다. 그는 시체 안치소의 조수에게 말했다.

"이봐, 버트, 이제 그 여자는 봉합해도 돼. 12기니의 특별요금 짜리가 아니야. 검시관에겐 처리수속 지시를 내릴 수 있다고 말하게.

잠깐 현장에 갔다올 테니 나머지 두 구도 준비해 주겠나?"

그는 해부대 위의 앙상한 시체를 마지막으로 다시 한번 힐끗 쳐다보았다. 57세의 노처녀 그레이스 미리엄 윌슨의 경우, 어려운 건 전혀 없었다. 폭력에 의한 외상도 없고 내장을 적출하여 분석해야 할 필요도 없었다. 정말이지, 지방경찰은 감식의가 하는 일이란 항상 대기 상태로 호출해 주기만을 기다리고 있는 것으로 아는 거냐, 시체만 보면 무조건 이쪽에 떠밀어 자기들의 의견을 통일하는 데 써먹으려는 거냐, 등등의 말을 그는 일종의 불쾌함을 담아서 조수에게 투덜거렸다. 하지만 그녀를 담당했던 의사의 예감은 적중했다. 그 의사가 미처 보지 못한 것, 곧, 그녀의 위 상부에서 꽤 진행된 종양이 발견된 것이다. 그리고 그것을 알았다 해도 지금 시점에서는 이미 그녀에게나 그 의사에게나 아무런 도움도 되지 않는다는 것은 다행한 일이었다. 이 종양이나 다운 증후군, 아니면 심장쇠약이 그녀의 사인이다. 의사는 신이 아니다. 그 중 어느 것으로 결정하는가는 그의 자유다. 어쩌면 그녀 스스로 더 이상 살고 싶지 않아서 이 세상과 작별한 것인지도 모른다. 그녀 같은 상태라면 죽은 것에 대한 설명보다 살아 있는 쪽에 대한 설명이 더 필요하리라. 대부분의 환자는 자신의 죽음을 깨닫고 포기하면 이내 숨을 거두는 법이라고 그는 생각하고 있었다. 그러나 반드시 다 그런 것은 아니다.

그는 그레이스 윌슨에 대한 기록에 마지막 한 줄을 적어 넣고 조수에게 최종적인 지시를 내린 뒤, 흔들리는 문짝을 밀어젖히고 또 다른 죽음, 다음 시체로,──그렇다, 그는 일종의 안식과 비슷한 느낌으로 그것을 생각하면서──자신의 임무를 향해 나섰다.

곶의 안개

1

토인턴의 성 미카엘 교회는 초기의 건물을 빅토리아 왕조풍으로 재건한 평범한 것으로, 뜰은 서쪽 담과 도로, 그리고 약간 음울한 집들이 에워싸고 있는 삼각형의 잔디밭으로 되어 있었다. 줄리어스가 가리켜준 빅터 홀로이드의 무덤은 타원형의 봉분으로, 잡초가 섞인 잔디흙이 사각형으로 구획되어 임시로 만들어진 것이었다. 그 옆에 소박한 나무십자가가 서 있는 자리는 배들리 신부의 유골이 묻혀 있는 곳이다. 그레이스 윌슨은 그 옆에 매장될 예정이었다. 장례식에는 토인턴 농장의 거의 전원이 참석했다. 다만, 조지 앨런을 돌봐야 하는 헬렌 레이너는 예외였고, 매기 휴슨이 빠진 것도 다른 사람들 사이에서 묵인되고 있는 것 같았다. 혼자 도착한 달글리시는 묘지 문 맞은쪽에 토인턴 농장의 전용버스와 나란히 줄리어스의 메르세데스 벤츠가 있는 것을 보고 놀랐다.

교회의 뜰에는 장애물이 많았고, 묘석 사이의 오솔길은 좁은 데다 잡초가 우거져 있어서, 세 대의 휠체어를 묘소까지 밀고 가는 데 제법 시간이 걸렸다.

지금 때늦은 휴가 중인 이 지구의 교구신부를 대신해서 온 신부는 토인턴 농장의 사정에 대해서는 잘 모르는 듯, 조객 중 네 명이 갈색 수도복을 입고 있는 걸 보고 무척 놀라는 눈치였다. 그가 당신들은 프란체스코회입니까 하고 묻자, 제니 페그럼이 신경질적인 목소리로 웃음을 터뜨렸다. 앤스티가 대답하는 소리는 달글리시에게는 들리지 않았고, 아무래도 상대방을 이해시키지 못한 듯했으며, 어리둥절한 채 불신감을 숨기지 못하던 대리신부는 마치 이 교회의 신성한 마당을 수상한 사기꾼들로부터 가능한 한 빨리 구해내야겠다는 듯 대단히 신속하게 장례식을 진행했다. 몇 안 되는 참석자들은 윌프레드의 제안으로 그레이스가 즐겨 부르던 찬미가 '당신의 성스러운 천사는 빛나고'를 불렀다. 아마추어들의 서투른 노래솜씨에는 더욱 어울리지 않는 곡이라고 달글리시는 생각했다. 그들의 더듬거리는 불협화음이 메마른 가을 공기 속으로 힘없는 연기처럼 올라갔다.

꽃은 없었다. 꽃이 없다는 것과 새롭게 파헤쳐진 진한 흙 냄새, 가을의 황금빛 햇살, 곳곳에서 타고 있는 나무 냄새, 그리고 산울타리 저편에서 몰래 들여다보는 듯한 사람들의 눈, 이 모든 것이 달글리시에게 지난날의 또 하나의 장례식에 대한 추억을 아프도록 상기시켜 주었다.

14살의 어린 학생이었던 그는 학기 중간에 고향에 돌아와 있었다. 이탈리아에 가 있는 부모님을 대신하여 배들리 신부가 교구를 맡고 있었다. 그때 그 지방의 한 농부에게 얌전하고 수줍음을 많이 타며 지나치게 양심적인 18살 아들이 있었는데, 이 청년이 대학 첫 학기에 주말휴가로 고향에 왔다가 아버지의 총을 꺼내 부모와 15살 된 여동생을 쏘아 죽이고, 자신도 그 총으로 자살하는 사건이 일어났다. 신앙심이 깊은 가족이었고 그 소년은 사랑받던 아들이었다. 죽은 그 소녀에게 이제 막 풋사랑을 느끼기 시작했던 소년 달글리시에게 그 일은 말로 다할 수 없는 공포였다. 이 영문을 알 수 없는 끔찍한 비극에 온 마을사람들은 처음에는 아무 말도 하지 못했다. 하지만 비탄은 이내 미신적인 분노와 공포, 혐오로 바뀌었다. 청년을 신성한 땅에 매장하는 건 말도 안 된다는 항의가 일어났고, 그 바람에, 가족은 모두 한 무덤에 들어가야 한다는 배들리 신부의 온화하고도 강경한 주장은, 한때 신부를 따돌림당하게 만들었다. 마을사람들로부터 거부당한 장례식은 꼭 오늘 같은 어느 날 거행되었다. 그 일가에게 가까운 친족은 아무도 없었다. 배들리 신부와 사무담당 신부, 그리고 아담 달글리시 세 사람만이 그곳에 있었다. 표현할 수 없는 슬픔에 몸이 오그라드는 것 같았던 14살 소년은 애써서 답창(答唱)에 마음을 집중하고 있었다. 그 견딜 수 없이 괴로운, 통절한 문장의 의미는 생각하지 않고, 그것들을 단순히 기도서 위의 무의미한 검은색 형상으로 바라보며, 억지로 무관심을 가장해서라도 그것들을 새 무덤 위에 힘차게 울려 퍼지도록 낭송하려고 애썼다. 지금 이 낯선 대리신부가 한 손을 들어 그레이스 윌슨의 주검 위에 마지막 축복을 내리는 순간, 달글리시는 거기서 배들리 신부의 여윈, 그러나 꼿꼿하게 등을 편 생생한 모습을, 바람에 나부끼는 그 머리카락을 본 것 같은 느낌이 들었다. 최초의 흙이 관 위에 뿌려진 뒤 돌아섰을 때, 그는 자신이 배신자가 된 것 같은 기분이 들었다. 그때의 장례식에서 배들리 신부의 그에 대한 믿음이 헛되지 않았었다는 기억이 지금의 그에게 더욱 좌절감을 느끼게 했다.

윌프레드가 다가와서 이렇게 말을 걸었을 때 그만 차갑게 대하고만 것은, 아마 그 때문이었는지도 모른다.

"이제부터 돌아가서 점심식사를 할 겁니다. 2시 반에 가족회의를 열고 투표는 4시쯤 될 것 같은데, 도저히 참석 못하시겠습니까?"

달글리시는 자신의 차문을 열었다.

"제가 협조하지 않으면 안 되는 정당한 이유를 한 가지만 들어주시겠습니까?"

윌프레드는 뒤로 돌아섰다. 처음으로 그의 기분을 상하게 한 것 같았다. 줄리어스의 낮은 웃음소리가 들려왔다.

"어리석은 노인네 같으니! 회의 결과가 자신이 원하는 대로 될 거라는 걸 확신하지 않는 한 가족회의 같은 걸 열 리가 없다는 걸 우리가 모르는 줄 아는 모양이지요? 그런데 오늘 일정은 어떻습니까?"

달글리시는 아직 확실하게 정해져 있지 않다고 대답했다. 사실은 그렇지 않았다. 자기혐오를 쫓아버리기 위해 절벽의 오솔길을 따라 웨이머스까지 산책을 하려고 마음먹고 있었던 것이다. 그러나 줄리어스가 따라오면 곤란하다.

가까운 술집에서 맥주와 치즈로 점심을 해결한 뒤, 서둘러 희망의 집으로 돌아가서 바지와 점퍼를 갈아입고 절벽의 오솔길을 따라 동쪽으로 걷기 시작했다. 이곳에 도착한 이튿날 아침 일찍 처음으로 산책하러 나갔을 때의 기분과는 전혀 달랐다. 그때는 온몸의 감각이 새로 태어난 것처럼 신선하여, 눈에 보이고 귀에 들리고 코로 들어오는 모든 것을 받아들이려고 했다. 하지만 지금 그는 깊은 생각에 잠겨서 시선은 오로지 오솔길에만 두고, 끊임없는 파도소리도 들리지 않는 것처럼 큰 걸음으로 성큼성큼 걸어갔다. 머지않아 직업에 대해 결단을 내리지 않으면 안 될 것이다. 그러나 그쪽은 몇 주일의 여유가 있다. 그보다는 책임은 덜하지만 서둘러 결정하지 않으면 안 되는 문제가 또 하나 있었다. 언제까지 토인턴 농장에 머물러 있을 것인가 하는 문제였다. 기간을 연장할 만한 구실은 별로 없었다. 책도 분류가

다 끝나 이제 가지고 나갈 일만 남아 있다. 그리고 희망의 집에 머물러야 할 목적이라고 할 수 있는 문제에 대해서는 아무런 진전도 보지 못하고 있다. 이젠 배들리 신부가 무엇 때문에 그를 불렀는가 하는 수수께끼를 풀 수 있는 가망도 없었다. 마치 배들리 신부의 집에 기거하며 그의 침대에서 잠을 자는 동안, 아무래도 신부의 인격 일부를 흡수해버린 것 같다는 생각이 들었다. 사악한 무언가의 존재를 감지할 수 있을 것 같은 느낌이었다. 그런 능력은 지금까지의 그로서는 반쯤 화를 내며 결코 믿지 않았던 것이었다. 더욱이 그것은 점점 강력해지고 커지고 있었다. 이제 그는 배들리 신부는 살해된 것이라고 믿어 의심치 않았다. 동시에 한 사람의 형사로서 사건을 볼 때, 손안에 들어온 증거는 아무것도 없고 사건은 그의 손에서 연기처럼 빠져나가고 있었다.

결론 없는 생각에 깊이 빠져 있었던 탓일까, 느닷없는 안개가 그를 깜짝 놀라게 했다. 안개는 바다에서 피어오르고 있었다. 갑자기 하얀 망각의 막을 드리우는 천연의 침입자. 방금 전까지 그는 목덜미와 팔뚝의 털을 희롱하는 산들바람을 느끼며 황금빛 햇살 속을 걷고 있었는데! 다음 순간 햇빛도 색채도 방향도 사라지고, 그는 마치 미지의 군대와 맞서고 있는 것처럼 안개를 헤치며 망연히 서 있었다. 안개는 그의 머리카락을 휘감고 이 좁은 오솔길에 자욱하게 차오른 뒤, 곳 위에서 그로테스크한 덩어리가 되어 소용돌이를 그리고 있었다. 그는 그 광경을 응시했다. 검은 딸기와 고사리 덤불을 누비며 부풀어올랐다가 모양을 바꾸면서 오솔길을 몰래 빠져나가는, 몸부림치는 듯한 반투명한 베일. 안개와 함께 갑자기 정적이 찾아왔다. 그는 다만, 조금 전까지 발랄하게 지저귀던 새소리가 지금은 나지막하게 들려오는 걸 알았을 뿐이다. 불길한 정적이었다. 그것과는 반대로 파도소리는 더할 수 없이 높이 퍼져서, 혼란과 사악한 힘이 되어 사방에서 그에게 덤벼드는 것만 같았다. 마치 쇠사슬에 묶여 있는 짐승 같았다. 한 곳에서 꼼짝 않고 신음하고 있는가 하면, 다음 순간 자유롭게 해방되어 높은 지붕들을 향해 무력한 분노의 포효를 내지르며 이리저리 몸부림치는 것이다.

자신이 얼마나 멀리 왔는지도 확실히 모르는 채 그는 토인턴 방향으로 돌아섰다. 돌아가는 길은 만만치 않아 보였다. 발판이 불안정한 흙의 감촉에 의지하는 것 말고는 방향감각이 없었다. 하지만 천천히 걸으면 그리 위험한 일은 없을 거라고 생각했다. 오솔길은 희미하게 알아볼 수 있을 뿐이지만, 대부분의 장소에서 검은 딸기덤불이 경계를 표시하고 있어서 이따금 길을 잃었을 때는 그 따끔거리는 가시조차 반가울 정도였다. 안개가 약간 걷히자 그는 다시 자신감을 찾아 걸음을 재촉했다. 하지만 그것은 실수였다. 얼마 못 가 그는 자신이 오솔길을 둘로 가르고 있는 넓은 골짜기의 가장자리를 그저 비틀거리며 뱅뱅 돌고 있었을 뿐이며, 걷혀 가는 안개의 구름이라고 생각했던 것은, 50피트 아래의 절벽에 부딪쳐서 부서지는 파도의 포말이라는 걸 알았다.

검은 탑이 안개 속에 느닷없이 나타났기 때문에, 그는 차갑고 단단한 벽에 본능적으로 손을 짚은 후에야 그것이 검은 탑임을 깨달았다. 안개가 갑자기 걷혔고 그는 탑 꼭대기를 올려다보았다. 탑의 하부는 아직도 하얗고 몽롱한 것으로 에워싸여 있었지만, 세 개의 창문이 보이는 팔각형의 둥근 지붕은 마지막 안개의 자취 위에서 조용히 떠다니는 듯이 허공에 가만히 떠 있었다. 극적이고 어딘가 불길할 정도로 견고하며, 꿈처럼 현실과 동떨어져 보였다. 안개와 함께 그것도 움직이는 것 같았다. 덧없는 그 모습은 때로 당장이라도 손이 닿을 것처럼 낮게 보이고, 또 때로는 신음하는 바다 위에 다가가기 어렵게 높이높이 솟아 있는 것처럼 보였다. 마치 그가 손바닥을 대고 있는 차가운 돌벽과 발판의 단단한 흙과는 아무 상관도 없는 것 같았다. 균형을 잡기 위해 탑에 머리를 기댄 그는, 이마의 감촉을 통해 아플 정도로 선명한 현실감을 느꼈다. 이것으로 조금이나마 나중에 알아볼 수 있는 표시가 생긴 것이다. 여기서라면 주요 지름길과 오솔길이 구부러진 곳을 기억해낼 수 있다.

그 소리를 들은 것은 그때였다. 등줄기가 써늘해지는 듯한 그 소리, 틀림없이 탑의 내부에서 뼈의 끝으로 벽을 긁는 소리가 들려오고 있었다. 그 소리가 무엇인지 머리에 떠올리고 공포를 느낄 사이도 없었다. 다만 아플 정도로 높이 뛰는 심장의 고동, 갑작스럽게 피까지 얼어붙는 듯한 느낌이, 일순 자신이 미지의 세계로 건너가는 경계선을 넘어버린 것이라고 그에게 경고했다. 1초 동안, 아니 더 짧은 순간이었는지도 모르지만, 내내 억제되어 있던 어린아이 같은 몽상이 다시 나타나 눈앞을 가로막았다. 그런 다음 공포는 사라졌다. 이번에는 주의 깊게 귀를 기울이며 탐색해 보았다.

소리의 정체는 금방 알 수 있었다. 탑의 바다 쪽, 포치와 둥근 벽 사이의 한구석에 숨어 있는 것 같은 한 그루의 굵은 검은 딸기나무가 자라고 있었다. 바람이 그 가지를 흔들 때마다 둘로 갈라진 한쪽 끝이 제멋대로 돌벽을 비비고 있었고, 복잡한 음향학적인 현상에 의해 그 소리가 굴절하여 탑 내부에서 나는 소리처럼 들렸던 것이다. 이렇게 하여 유령이니 뭐니 하는 전설이 생겨난 것이라고 생각하니 쓴웃음이 나왔다.

20분도 지나지 않아 그는 골짜기 위에 서서 토인턴 농장을 내려다보고 있었다. 안개가 개어 있어 농장을 똑똑히 볼 수 있었다. 창문마다 희미하게 불을 밝히고 있는 묵직한 그 검은 그림자. 손목시계가 3시 8분을 가리키고 있었다. 그렇다면 지금쯤 그들은 조용히 명상에 잠겨 4시의 최종결정 투표에 대한 호출이 오기를 기다리고 있을 것이다. 실제로 그들이 어떻게 시간을 보내고 있을지 그는 미심쩍은 생각이 들었다. 그러나 결론은 이미 나온 것이나 마찬가지였다. 줄리어스가 말한 대로 달글리시 역시, 월프레드가 결과를 뻔히 예상할 수 없었다면 가족회의 같은 건 열 리가 없다고 생각했다. 그리고 그건 아마 리지웰 신탁에 양도한다는 것이리라. 투표과정을 달글리시는 어림잡아 보았다. 월프레드로서는 모든 것이 자신이 뜻한 대로 잘될 거라는 자신감이 있는 게 틀림없다. 그건 도트 목슨, 에릭 휴슨, 데니스 러너가 그의 편에 투표한다는 확신이었다. 가엾은 조지 앨런의 표는 그다지 가치가 없다. 그 밖의 환자들의 의견은 확실하게는 모르지만, 카워다인은 이대로 이곳에 머무는 것에 만족할 것 같다는 생각이 든다. 신탁이 가져다줄 현재 이상의 쾌적함과 전문가의 기술에 대해서는 특히 그럴 것이다. 밀리센트는 물론 파는 쪽을 원하고 있고, 매기 휴슨도, 만약 매기도 참여하는 것이 허락된다면 아마 그쪽에 가담할 것이다.

골짜기를 내려다보니, 자비의 집 두 개의 창문에 불이 켜져 있었다. 매기 혼자 에릭이 돌아오기를 기다리고 있는 것이리라. 절벽 끝에는 아까보다 짙고 하얀 안개가 피어오르고 있었다. 줄리어스는 자기 집에 있을 때는 전기를 아끼지 않고 사용한다. 이따금 피어올라 모양을 바꾸는 안개에 가려 있기는 하지만, 그 불빛들은 좋은 표지가 되었다. 문득 그는 자신이 곶의 비탈길을 달려내려오고 있다는 것을 깨달았다. 그때 기묘하게도 자비의 집의 창문 불빛이 세 번 점멸을 되풀이했다. 무슨 신호인 것 같은 느낌이 들었다.

뭔가 도움을 청하고 있는 신호라는 인상이 너무 강하여, 달글리시는 현실에서 지나치게 비약하지 않도록 자신을 억제하지 않으면 안 될 정도였다. 토인턴 농장 사람들이 명상을 하면서 마음을 결정하는 데 몰두하고 있다면, 그 신호가 그들의 눈에 띌 가능성은 거의 없다.

게다가 대부분의 병실은 건물 뒤쪽에 있다. 아마 그냥 불을 잠시 껐다가 켰을 뿐인지도 모른다. 그녀는 어둠 속에서 텔레비전을 볼까 말까 망설이고 있는 것이 틀림없었다.

그러나 안개가 개면서 더욱 밝아진 한 쌍의 노란 불빛이 달글리시를 휴슨 부처의 집으로 이끌었다. 300야드 정도만 둘러가면 된다. 그녀는 지금 혼자 그곳에 있다. 알코올 중독자의 넋두리와 탄식의 모노드라마에 휘말려버릴 우려는 있지만, 잠깐 들러 기색을 살피는 것도 괜찮을 것이다.

현관문은 잠겨져 있지 않았다. 노크를 해도 대답이 없어서 문을 열고 안으로 들어갔다. 여전히 지저분하고 잠시 사는 듯이 어수선한 분위기가 감도는 거실은 텅 비어 있었다. 이동식 전기스토브가 완전히 열린 채 새빨갛게 달궈져 있어 방안이 무척 더웠다. 텔레비전 화면에는 아무것도 비치고 있지 않았다. 네모난 테이블과 마개가 열린 채 거의 비어 있는 위스키병, 뒹굴고 있는 유리잔, 그리고 편지지를 천장 한복판의 갓이 없는 알전구 하나가 밝게 비추고 있었다. 편지지에는 휘갈겨 쓴 듯한 검은 글씨가 처음에는 비교적 또박또박 씌어 있다가 점차 하얀 종이 위에서 벌레가 몸부림치는 것처럼 거칠어져 있다. 전화기는 늘 있는 장소인 책장 위에서 옮겨져 코드가 바짝 당겨진 채 테이블 위에 얹혀 있고, 수화기가 위태롭게 끝에 걸려 있었다.

갈겨쓴 글씨를 읽는 건 잠시 뒤로 미루기로 했다. 뒤쪽의 복도로 통하는 문이 반쯤 열려 있어, 그는 그것을 밀어보았다. 일종의 병적인, 확고하고 불길한 예감을 통해, 자신이 무엇을 발견하게 될지는 이미 알고 있었다. 복도가 좁아서 문이 그녀의 다리에 부딪쳤다. 몸이 빙그르르 돌더니 붉은 얼굴이 천천히 돌아와 그를 내려다보았다. 이런 불리한 상태에서 자신의 모습을 보이는 것을 스스로 창피하게 느끼며, 반은 우울하고 반은 슬픈 놀라움을 느끼고 있는 듯한 모습이었다. 마찬가지로 복도의 알전구에서 나오는, 눈이 아득해질 것 같은 빛 속에서, 그녀는 팔려고 내놓은, 괴상하고 현란하게 마구 덧칠한 인형처럼 축 늘어진 채 매달려 있었다. 몸에 딱 붙는 새빨간 바지와 하얀 새틴 블라우스, 매니큐어를 칠한 손톱 발톱과 거기에 어울리는 현란한 색의 입술은 기괴하고 현실감이 없었다. 한 곳에 칼을 찔러 넣으면 이 인형의 혈관에 고여 있던 톱밥이 쏟아져나와 그의 발아래 작은 산을 이룰 것 같았다.

등산용 로프, 빨간색과 연한 밤색을 꼬아 합친 초인종 끈처럼 화려한 그것은 남자의 체중도 너끈히 지탱할 수 있는 것이었다. 매기 정도는 문제 없었다. 그녀는 그것을 간단하게 다룰 줄 알았다. 로프를 이중으로 하여 서로의 끝을 꿰어 매듭을 짓고, 난간의 가장 위쪽에 서투르지만 단단하게 매어져 있다. 남는 부분은 위층 층계참에 둘둘 말려 있다.

발판이 두 단 달린 둥근 부엌용 의자가, 그녀가 발로 차버린 것을 말해주듯 옆으로 쓰러져 복도를 가로막고 있었다. 달글리시는 그것을 매기의 다리 밑에 놓아 그녀의 두 무릎을 쿠션을 얹은 의자 위에서 쉬게 해준 다음, 발판에 올라서서 머리 위의 매듭을 풀었다. 축 늘어진 몸의 전 무게가 그에게 쏠려왔다. 그는 그것이 자신의 두 팔을 빠져나가 바닥에 쓰러지는 대로 둔 뒤 거실로 옮겼다. 난로 앞의 카펫에 그녀를 눕혀놓고 그녀의 입에 자신의 입을 최대한 밀착시켜 인공호흡을 시작했다.

그녀의 입에서는 위스키 냄새가 났다. 립스틱 맛이 났다. 그의 혀에는 마치 연고처럼 역겨운 감촉이었다. 땀에 젖은 그의 셔츠가 그녀의 블라우스에 밀착되어, 그의 높이 고동치고 있는 심장과 그녀의 부드럽고 아직 따뜻하지만 움직이지는 않는 육체가 함께 녹아드는 것 같았다. 혐오감과 싸우면서, 그는 그녀의 입에 자신의 숨결을 불어넣었다. 마치 죽은 여자를 범하고 있는 기분이었다. 그녀의 심장의 고동이 느껴지지 않는다는 사실이, 자신의 가슴의 고통과 마찬가지로 날카롭게 몸에 전해졌다.

갑자기 차가운 공기가 들어와서 문이 열렸다는 것을 알았다. 두 개의 다리가 그녀 옆에 와서 멈춰 섰다.

"아니! 이게 어떻게 된 겁니까? 죽었습니까? 무슨 일이 있었나요?"

그 목소리에 담겨진 공포가 달글리스를 놀라게 했다. 그는 줄리어스의 긴장한 얼굴을 올려다보았다. 그것은 잘라낸 가면처럼 들떠, 불안하고 창백하게 일그러져 있었다. 줄리어스는 자신을 억제하려고 필사적으로 안간힘을 쓰며 온몸을 떨고 있었다. 그녀를 소생시키기 위한 규칙적인 동작에 몰두해 있던 달글리시는 더듬더듬 간신히 말했다.

"휴슨을, 불러, 오시오, 빨리!"

줄리어스의 목소리는 높고 단조로운 중얼거림 같았다.

"안 돼요! 나에게 부탁하지 말아주십시오. 그런 일은 잘 못합니다. 그는 나를 싫어하고 있어요. 상대도 해주지 않아요. 당신이 가세요. 에릭을 부르러 갈 바엔 차라리 여기서 그녀와 함께 있는 게 나아요."

"그럼 전화를 걸어요. 그리고 경찰에도. 수화기를 손수건으로 잘 싸야해요. 지문이 묻어 있을지도 모르니까."

"하지만 받지 않을 겁니다! 명상하는 시간에는 절대로 받지 않아요."

"그럼 부탁이니까 가서 끌고라도 와요."

"하지만 그녀의 얼굴이! 피투성이야!"

"립스틱이오. 립스틱이 묻은 거요. 어서 휴슨을 불러와요!"

줄리어스는 꼼짝도 하지 않고 서 있다가 이윽고 말했다.

"해보지요. 이제 명상도 끝날 때가 됐으니까. 정각 네 시군요. 틀림없이 받을 겁니다."

그는 전화 쪽으로 돌아섰다. 손에 든 수화기가 떨고 있고, 그것을 감싼 하얀 손수건이 마치 스스로 자신의 상처에 감은 붕대처럼 부자연스러운 것을 달글리시는 눈 한쪽 끝으로 힐끗 보았다. 몹시 길게 느껴진 2분 뒤에 응답이 있었다. 누가 받았는지는 그는 몰랐다. 또 줄리어스가 뭐라고 말했는지도 나중에는 생각나지 않았다.

"얘기했습니다. 곧 사람들이 올 겁니다."

"이젠 경찰을 불러요."

"뭐라고 말하면 됩니까?"

"있는 그대로. 어떻게 해야 할지는 저쪽이 알고 있소."

"하지만 좀더 기다리는 편이 낫지 않을까요? 그녀가 살아날지도 모르지 않습니까?"

달글리시가 일어섰다. 그 5분 동안 죽은 사람에 대해 헛된 노력을 계속하고 있었음을 깨달은 것이다.

"그런 일은 없을 것 같소."

그러나 곧 다시 이전의 임무로 돌아갔다. 입을 그녀의 입에 포개고 소생하는 생명의 최초의 고동을 간절히 기대하면서 오른쪽 손바닥을 정지한 심장 위에 대어보았다. 열린 문으로 스며들어오는 공기 때문에 머리 위에 매달린 펜던트식 전구가 조용히 흔들렸고, 죽은 여자의 얼굴에는 커튼을 열었을 때처럼 그림자가 흔들렸다. 생기 없는 육체, 그의 입을 너무 강하게 밀어붙인 탓에 상처가 난 아무 반응 없는 차가운 입술이, 그녀의 빨갛게 달아오른 열기와 사랑놀이에 마음을 빼앗긴 여자로서의 모습과 대비되는 것을 그는 의식했다. 로프의 빨간색은 굵은 목에 감겨 있는 두 겹 짜리 목걸이와도 비슷했다. 차가운 안개의 흔적이 문에서 스며들어와, 테이블과 의자의 먼지 쌓인 다리를 휘감았다. 안개가 달글리시의 코를 마취약처럼 자극했다. 그의 입에 위스키 냄새가 감돌았다.

갑자기 발소리가 들려왔다. 방은 이내 사람들과 말소리로 가득 찼다. 에릭 휴슨이 들어와 아내 옆에 한쪽 무릎을 꿇고 앉았다. 그 옆에서 헬렌 레이너가 의료가방을 열었다. 그에게 청진기를 건네자 그는 아내의 블라우스 앞가슴을 찢어 벌렸다. 헬렌은 조용히, 그리고 아무런 감정도 드러내지 않고 매기의 왼쪽 가슴을 들어올려 심장을 진찰할 수 있게 했다. 그는 청진기를 떼더니 한 손을 뻗어 그것을 내던졌다. 그녀는 여전히 말은 한 마디도 없이 그에게 주사기를 내밀었다.

"뭘 하려는 거요?" 줄리어스의 히스테릭한 목소리였다.

휴슨이 달글리시를 올려다보았다. 그 얼굴은 죽은 사람처럼 창백했고 동공이 크게 열려 있었다. 그가 말했다.

"그냥 강심제일 뿐입니다."

몹시 낮은 그의 목소리는 마지막 희망에 필사적으로 매달리고 있었다. 그것은 허락을, 아니면 최소한의 묵인을 구하고 있는 것처럼 들렸다. 달글리시는 고개를 끄덕였다. 강심제라면 효과가 있을지도 모른다. 그리고 이 남자가 뭔가 다른 사악한 약물을 주사할 가능성이 있을까? 그를 저지하는 것은 그녀를 죽이는 일이다. 인공호흡을 좀 더 계속해야 했을까? 그럴 리는 없다. 어쨌든 결단은 의사가 내릴 일이다. 그리고 이곳에는 의사가 있다. 하지만 마음 깊은 곳에서는 달글리시는 이런 논쟁은 쓸데없다는 것을 알고 있었다. 매기는 이제 해악도 없고 희망도 없는 존재가 되어버린 것이다.

헬렌 레이너는 손전등으로 매기의 가슴을 비추고 있었다. 흔들리는 유방 사이의 모공이 분과 땀으로 범벅이 되어 거대한 모형 분화구처럼 보였다.

"이리 주세요, 내가 할게요."

그는 주사기를 건네주었다. 줄리어스 코트가 믿을 수 없다는 듯이 "오, 안 돼, 안 돼!" 하고 소리치는 것을 들으면서 달글리시는, 바늘이 마지막 일격처럼 선명하고 정확하게 찔러 들어가는 것을 지켜보았다.

주사기를 뽑고 탈지면을 대면서 말 한 마디 없이 달글리시에게 주사기를 건네는 동안, 여윈 그 손은 조금도 떨지 않았다.

줄리어스 코트가 갑자기 방에서 비틀거리며 나갔다. 그리고 거의 곧바로 술잔을 손에 들고 돌아왔다. 누구 한 사람 제지할 틈도 없이, 그는 위스키병의 목을 잡고 마지막 남은 반 인치 정도의 술을 따랐다. 그리곤 의자 하나를 테이블 앞에서 가져와 그 위에 앉아 고개를 떨구었다. 두 팔이 병을 감싸듯이 안고 있다.

윌프레드가 말했다.

"하지만, 줄리어스…… 경찰이 올 때까지 아무것도 손대서는 안 돼요!"

줄리어스는 손수건을 꺼내 얼굴을 닦았다.

"술이 필요했소, 그게 뭐 어떻다는 겁니까? 그녀의 지문을 지우지는 않았어요. 게다가 그녀는 목에 로프를 감고 있었어요, 보지 못했소? 그녀의 사인이 뭐라고 생각합니까? 알코올 중독?"

나머지 사람들은 사체를 에워싸는 구도로 서 있었다. 휴슨은 아직 아내 옆에 무릎을 꿇고 있고 헬렌은 머리를 안고 있다. 좌우에 떨어져서 서 있는 윌프레드와 데니스의 수도복 주름이 조용한 공기 속에 고요하게 드리워져 있다. 그들은 마치 갑작스러운 제단용 장식화를 위해 포즈를 잡고 있는 어설픈 배우들 같다고 달글리시는 생각했다. 모든 눈들이 순교한 성자의 광휘에 싸인 시신을 향해 조심스러운 기대를 담은 채 고정되어 있었다.

5분 뒤 휴슨이 일어서더니 피곤한 듯 말했다.

"아무 반응이 없습니다. 이제 소파로 옮기죠. 바닥에 그냥 눕혀둘 수는 없어요."

줄리어스 코트가 의자에서 일어나 달글리시와 함께 무거운 사체를 소파 위에 눕혔다. 소파가 짧아서 발톱을 새빨갛게 칠한 발이 소파 밖으로 어색하게 튀어나왔다. 그것은 그로테스크한 동시에 슬프게도 연약하게 보였다. 사람들이 마치 사체를 좀더 편안하게 해주어야 한다는 막연한 강박관념에 시달리고 있다가 이제 됐다는 듯이 가만히 한숨을 내쉬는 것을 달글리시는 들었다. 줄리어스는 주위를 둘러보았다. 사체를 덮을 것을 찾는 것이리라. 놀랍게도 데니스 러너가 크고 하얀 손수건을 꺼내어 흔들어 펼친 뒤 의식 같은 엄숙한 동작으로 매기의 얼굴을 덮어주었다. 그 손수건이 그녀의 숨결에 의해 다시 떨리는 것을 보기라도 할 것처럼, 일동은 꼼짝 않고 지켜보았다.

윌프레드가 말했다.

"죽은 사람의 얼굴을 덮는다는 건 이상한 관습이군요. 죽은 사람이 우리의 가차없는 시선에 무저항으로 드러나 있는 것이 가여워서일까요? 아니면 죽은 사람이 무서워서일까요? 나는 후자라고 생각합니다만."

에릭 휴슨은 그의 말을 무시하고 달글리시에게 말했다.

"어디에⋯⋯?"

"복도에 내놓았소."

휴슨은 그쪽으로 가서 말없이 서더니, 매달린 로프와 화려한 크롬, 노란 부엌용 둥근 의자를 살펴보았다. 그리고 그 모습을 지켜보고 있는 무표정한 얼굴들 쪽으로 돌아섰다.

"어떻게 이 로프를 손에 넣었을까요?"

"내 것인지도 모릅니다." 월프레드가 흥미롭다는 듯 서슴없이 말했다. 그는 달글리시를 쳐다보았다.

"줄리어스의 로프보다는 새것으로 보이는군요. 제 낡은 로프에 누가 장난을 한 것을 알고 곧바로 새로 샀지요. 사무실 벽에 걸어두었는데 못 보셨습니까? 오늘 아침 그레이스의 장례식에 나갈 때도 그곳에 틀림없이 있었는데. 당신도 기억하고 있겠지? 도트."

안쪽 벽의 어둠 속에 들어가 있던 도로시 목슨이 앞으로 나섰다. 그리고 처음으로 입을 열었다. 사람들은 그녀가 그곳에 있었다는 걸 알고 깜짝 놀란 것처럼 그쪽을 바라보았다. 그녀의 목소리는 부자연스럽고, 날카롭고, 거칠고, 불안했다.

"네, 알아요. 내 말은 그것이 거기에 없었더라면 틀림없이 알아차렸을 거라는 의미예요. 네, 기억하고 있어요. 로프는 분명히 그곳에 있었어요."

"그리고 장례식에서 돌아왔을 때는?" 달글리시가 물었다.

"전 혼자 사무실에 가서 제 코트를 걸었어요. 그때는 로프를 보지 못한 것 같아요. 없었다고 해도 거의 무방할 거예요."

"이상하게 생각하지 않았습니까?"

"아뇨, 그럴 필요가 어디 있겠어요? 그때는 로프가 없어진 것을 분명하게 의식했던 건 아니에요. 지금 생각해보니 틀림없이 없었던 게 분명하다는 것뿐이지. 그것이 없어졌다거나 그것이 그곳에 있다는 걸 의식했다 하더라도 달라질 게 뭐 있어요? 앨버트가 쓸 일이 있어서 잠시 빌려간 거라고 생각했겠지요. 물론 그는 그럴 수 없었어요. 그는 우리와 함께 장례식에 참석하기 위해 나보다 먼저 버스에 탔으니까요."

러너가 갑자기 물었다.

"경찰에는 신고했습니까?"

"물론이야, 내가 전화했네." 줄리어스가 대답했다.

"당신은 여기서 뭘 하고 있었죠?" 도로시 목슨의 이제야 생각났다는 듯한 그 말투는 마치 비난하는 것처럼 들렸지만, 자신감을 되찾은 듯 줄리어스는 평온하게 대답했다.

"그녀는 죽기 전에 불을 세 번 껐다 켰다를 되풀이했어요. 나는 우리 집 욕실 창문에서 안개를 통해 그것을 목격했소. 하지만 즉시 가보지는 않았소. 그리 중요한 일이 아닐 거고, 그녀가 정말로 무슨 일을 당했으리라고는 생각하지 않았으니까. 하지만 잠시 뒤 아무래도 마음에 걸려 가보려고 결심했지. 달글리시 경감님이 먼저 와 있더군."

이번에는 달글리시가 말했다.

"나는 그 불빛의 점멸신호를 곧에서 보았어요. 코트 씨와 마찬가지로 나도 그리 마음에 두지는 않았지만, 어쨌든 잠시 들여다보는 게 좋겠다고 생각했습니다."

러너가 테이블 쪽으로 다가가더니 이렇게 말했다.

"그녀가 유서를 남겼어요!"

달글리시가 날카롭게 소리쳤다.

"만지지 마!"

러너는 깜짝 놀라 손을 거두었다. 일동은 테이블을 에워쌌다. 유서는 하얀 편지지 다발 맨 윗장에 검은 잉크로 적혀 있었다. 그들은 묵묵히 그것을 읽었다.

사랑하는 에릭, 내가 이런 더러운 굴 속에 한시도 더 있고 싶지 않다는 얘긴 수없이 했어요. 당신은 내가 말로만 그런다고 생각했죠. 당신은 당신의 소중한 환자들을 돌보느라 너무 바빠서, 내가 지루한 나머지 죽어버려도 알지 못할 거예요. 당신의 소박한 인생

설계를 방해해서 미안해요. 내가 사라지면 당신이 쓸쓸해할 거라는 생각 따위로 나 자신을 속이는 일은 하지 않겠어요. 이제 당신은 그 여자와 함께 있을 수 있고 틀림없이 함께 행복해질 수 있겠죠? 우린 옛날에는 행복했어요. 그 무렵을 떠올려봐요. 내가 없어서 쓸쓸하다고 조금은 생각해줘요. 난 차라리 죽는 게 나아요. 윌프레드, 미안해요, 검은 탑.

처음의 여덟 줄은 또박또박 힘있게 썼지만, 나머지 다섯 줄은 거의 읽기 어려울 정도로 갈겨쓴 것이었다.

"그녀의 필적인가?" 앤스티가 물었다.

에릭 휴슨은 거의 알아들을 수 없는 낮은 목소리로 대답했다.

"네, 그렇습니다. 그녀의 필적입니다."

줄리어스가 에릭을 향해 갑자기 목에 힘을 주어 말했다.

"이봐, 이것으로 모든 것이 분명해졌네. 매기는 자살할 마음이 없었어. 그녀는 그런 짓은 하지 않아. 그럴 사람이 아니라구. 아무리 그렇지만 그녀가 그렇게까지 할 필요가 어디 있나? 여기 있으면 숨이 막힐 것 같다고는 했지만 그녀는 아직 젊고 건강했어. 전에는 간호사로 일했고, 일자리는 얼마든지 찾을 수 있었다구. 이건 모두 당신을 놀라게 해주기 위한 연극이었어! 그녀는 토인턴 농장에 전화하여 당신을 부르려고 했지. 물론 절묘하게 타이밍을 잘 맞춰서 말이야. 하지만 아무도 전화를 받지 않아서 불빛을 깜박여 신호를 보낸 거야. 하지만 술에 취해 있었기 때문에 스스로도 무슨 짓을 하고 있는지 모르는 사이에, 모든 것이 정말이 되고 만 거라구. 그 유서라는 것을 봐, 자살하려는 사람의 유서처럼 보이나?"

"난 그렇게 생각되는데" 하고 앤스티가 말했다. "이건 검시관에게 보여주어야겠소."

"그래요? 내겐 그렇게 읽히지 않아요. 그저 가출하는 여자가 남긴 쪽지처럼 보이지."

헬렌 레이너가 조용히 말했다.

"하지만 그렇지 않았어요. 그녀는 블라우스와 바지 차림으로는 토인턴을 나가지 않아요. 게다가 가방은? 화장품과 잠옷도 없이 집을 나가는 여자는 없어요."

테이블 다리 옆에 검은색의 커다란 숄더백이 있었다. 줄리어스가 그것을 집어들어 안을 뒤지기 시작했다.

"아무것도 없어. 잠옷도 세면도구도 들어 있지 않아."

그는 계속 조사했다. 그런 다음 갑자기 에릭한테서 달글리시에게로 시선을 옮겼다. 이상한 감정의 표현 같은 것이 그 얼굴을 잇따라 스쳐지나갔다. 경악과 당혹과 흥미. 그는 가방을 도로 닫고 테이블 뒤에 올려놓았다.

"윌프레드의 말이 맞아요. 경찰이 올 때까지는 아무것도 만져서는 안 돼."

일동은 말없이 서 있었다. 앤스티가 말했다.

"경찰은 우리가 오늘 오후 각자 어디에 있었는지 알고 싶어할 겁니다. 자살이 명백한 경우에도 으레 그런 것을 물으니까. 그녀는 아마 우리의 명상시간이 끝날 무렵에 죽은 게 틀림없어요. 그렇다면 우리들 중 어느 누구도 알리바이가 없다는 얘기가 됩니다. 상황으로 보아 매기가 유서를 남기고 가준 것이 행운일지도 모르겠어요."

헬렌 레이너가 조용히 말했다.

"명상시간 내내 에릭과 나는 내 방에 함께 있었어요."

윌프레드가 불쾌한 눈길로 그녀를 응시했다. 이곳에 온 뒤 처음으로 그는 이성을 잃은 것 같았다. 그가 말했다.

"우리는 가족회의를 하고 있었어요! 각자 자기 방에서 조용히 명상에 잠기는 것이 규칙이오."

"우린 명상하지도 않았고, 조용히 있지도 않았어요. 하지만 방안에
있기는 했죠! 둘이서요."

그녀는 윌프레드를 넘어 대담하고도 거의 의기양양한 눈길로 에릭
휴슨의 눈을 응시했다. 그도 망연하게 그녀를 응시했다.

데니스 러너는 언쟁에 휘말리고 싶지 않다는 듯 문 옆에 있는 도트
목슨의 옆으로 이동했다. 그리고 조용히 말했다.

"자동차 소리가 납니다. 경찰이 온 것 같아요."

안개 때문에 잘 들리지 않았던 것이리라. 러너가 말하는 것과 동시
에 달글리시도 차문이 쾅 닫히는 소리를 두 번 들었다. 에릭의 맨 처
음 반응은 소파 앞에 무릎을 꿇고 매기의 사체를 문에서 가리는 것이
었다. 그런 다음 그런 애매한 자세로 있는 것이 목격되어서는 안 된
다는 듯이 어색하게 비틀거리며 일어섰다. 도트는 별로 주위를 둘러
보지도 않고 그 다부진 몸을 문에서 이동시켰다.

작은 방이 갑자기 비오는 날 밤의 버스정류장처럼 혼잡해지기 시작
했다. 안개 냄새와 축축한 레인코트들. 그러나 혼란은 없었다. 새로
운 방문객들은 진지하고 침착한 모습으로 들어와, 각자 필요한 도구
를 들고 오케스트라 멤버가 자기 자리를 찾아갈 때처럼 일사불란하게
움직였다. 토인턴 농장 사람들은 뒤쪽으로 물러나서 그 광경을 조심
스럽게 지켜보고 있었다. 아무도 입을 열지 않았다. 이윽고 다니엘
경위의 느릿한 목소리가 침묵을 깼다.

"됐습니다, 누가 이 가엾은 부인을 발견했습니까?"

"나요." 하고 달글리시가 말했다. "12분쯤 지난 뒤에 코트 씨가
왔소."

"그렇다면 달글리시 경감님과 코트 씨와 휴슨 박사 세 분만 남으시
고 다른 분들은 이제 그만 돌아가셔도 됩니다."

윌프레드가 말했다.

"괜찮다면 나도 남고 싶습니다만."

"그러십니까? 그래도 상관은 없습니다만. 앤스티 씨죠? 그렇다고 늘 바라시는 대로 해드릴 수는 없는 일이어서. 이제 여러분은 요양원으로 돌아가 주십시오. 바로즈 형사가 함께 갈 것이니 할 말이 있으면 뭐든지 그에게 얘기하십시오. 나도 나중에 갈 겁니다."

윌프레드는 더 이상 아무 말 하지 않고 앞장서서 나갔다.

다니엘 경위가 달글리시를 보았다.

"그런데, 경감님, 경감님에 관한 한 토인턴 곶은 요양에 아무런 도움이 되지 못한 것 같군요."

2

주사기를 건네주고 사체를 발견한 상황을 얘기한 뒤, 달글리시는 더 이상 수사상황을 지켜보지 않기로 했다. 다니엘 경위가 사건을 다루는 모습을 비평적인 시선으로 보고 있다는 인상을 주고 싶지 않던 것이다. 감시역은 질색인 것은 물론이고 그들이 방해받고 있다고 생각하게 하는 것만으로도 마음이 편치 않았다. 그 자리에 있는 사람들은 한 사람도 서로를 방해하지 않았다. 북적거리는 좁은 방안에서 전원이 자로 잰 듯이 정확하게 움직이고 있었다. 한 사람 한 사람이 그 방면의 전문가면서도 전체가 하나의 팀 같은 인상이었다. 카메라맨은 휴대용 라이트를 좁은 복도에 설치했다. 평상복의 지문감식 전문가는 케이스를 열어 정연하게 정리된 도구류를 드러내놓고, 브러시를 들고 테이블로 가서 위스키병부터 조사하기 시작했다. 경찰의(警察醫)는 사체 옆에 머리를 숙이고 앉아 열심히 또 공정하게, 매기의 반점이 생긴 피부를 다시 한번 소생시키기라도 할 듯이 만지고 있었다. 다니엘 경위가 그 위로 몸을 굽히고 함께 얘기를 주고받고 있다. 마치 잡은 닭의 품질을 전문가의 눈으로 검사하고 있는 닭장수들 같다고 달글리시는 생각했다. 다니엘 경위가 감식의가 아니라 경찰의를 데리고 온 것에 달글리시는 흥미를 느꼈다. 그러나 그게 뭐 어떻단 말인가? 내무성에 소속된 감식의는 혼자서 넓은 구역을 담당하지 않으면 안 되기 때문에 현장에 제때 도착할 수 없는 경우가 많다. 게다가 현장에서 실시하는 초기 단계의 의학적 검사에서는 명백한 결과는 아무것도 제시되지 않는다. 평범한 사건에 필요 이상으로 수단을 강구해도 의미가 없다. 만약 런던 경찰의 경감이 토인턴 농장에 머물고 있지 않았다면, 다니엘이 직접 출동했을지도 의문이라고 그는 생각했다.

달글리시는 이제 돌아가도 되느냐고 다니엘 경위에게 깍듯하게 허락을 구했다. 에릭 휴슨은 이미 나간 뒤였다. 다니엘이 에릭에게 필요한 질문을 온화하고 짤막하게 두세 가지 한 뒤, 요양원으로 돌아가서 다른 사람들과 함께 있으라고 했기 때문이다. 그가 가고 나자 달글리시는 왠지 안도하는 기분이 되었다. 이러한 냉철한 전문가들도 일반인의 비탄에 잠긴 시선이라는 절대적인 억제로부터 해방되자, 아까보다 느긋하게 움직이고 있었다. 이제 경위도 직접 나서서, 부하에게 무뚝뚝하게 "됐어" 하고 고개를 끄덕여 보이는 것 이상의 일을 하고 있었다. 그는 말했다.

"감사합니다, 경감님. 어쩌면 돌아가기 전에 한 말씀 들으러 찾아 뵐지도 모르겠습니다."

그런 다음 다시 사체 쪽으로 몸을 구부리고 유심히 지켜보았다.

달글리시가 토인턴 곳에 기대한 것이 무엇이었든 최소한 이런 일은 아니었다. 변사에 대한 이미 익숙해진 일상적 의식은 아니었던 것이다. 그 순간 줄리어스 코트의 눈 속에서 그는 그것을 보았다. 침묵

속에, 또는 주술 같은 짤막한 말을 이따금 중얼거리는 가운데 신통치 않은 사제들에 의해 거행되는 비교(祕敎)의 강령술 의식, 죽은 자에 대한 비밀스러운 속삭임을. 줄리어스는 수사과정에 완전히 마음을 빼앗기고 있는 것 같았다. 그는 돌아갈 기색도 없이 출입구에 서서, 다니엘 경위에게 매료된 것 같은 시선을 고정한 채 달글리시를 위해 문을 열어주었다. 다니엘이 줄리어스에게는 이제 돌아가라는 말을 하지 않는 것은 좀 이상했지만, 아마 줄리어스의 존재를 잊은 모양이라고 달글리시는 생각했다.

다니엘 경위의 차가 희망의 집에 도착한 것은 거의 세 시간 뒤의 일이었다. 경위 혼자였다. 바니 형사와 나머지 사람들은 먼저 돌아갔다고 했다. 그는 영기(靈氣)와 같은 안개의 흔적과 차갑고 습한 공기를 몰고 들어왔다. 머리에는 이슬방울이 반짝이고 있고, 갸름하고 불그레한 얼굴은 마치 햇빛 속을 걸어온 사람처럼 빛나고 있었다. 달글리시의 안내를 받은 그는 트렌치 코트를 벗은 뒤 장작불 앞의 바퀴 달린 의자에 앉았다. 그 검고 생기 넘치는 눈이 낡은 카펫과 난로의 볼품없는 철망, 벽지의 순서로 방안 전체를 둘러보았다. 그가 말했다.

"바로 이곳이 그 노신부가 사셨던 곳이로군요."

"그리고 돌아가신 곳이지. 위스키로 하겠소? 커피가 좋다면 커피도 있소만."

"위스키로 하겠습니다. 감사합니다, 경감님. 앤스티 씨는 신부님을 쾌적한 환경에서 살도록 해 주지는 않은 것 같군요. 아마 모든 돈은 환자를 위해 투자한 모양이죠. 물론 참으로 옳은 일이겠습니다만."

얼마쯤은 앤스티 자신을 위해서도 사용하고 있을 거라고, 달글리시는 윌프레드의 사치스러운 침실을 떠올리면서 생각했다.

"이곳은 보기보다는 쾌적해요. 아마 내 소지품이 널려 있어서 더 그렇게 보이는 거겠지요. 배들리 신부도 이곳을 초라하게 생각하고 있었는지, 아니면 그렇게 생각했다 하더라도 그것을 마음에 두고 있었는지는 의문이지만."

"그렇군요, 하긴 따뜻하기는 하군요. 이 바다안개라는 놈은 사람의 뼛속까지 파고드는 것 같습니다. 하지만 토인턴 농장 너머 내륙 쪽으로는 잦아들어 시야가 훨씬 선명하니까 뭐, 그런 대로 지내고 있습니다만."

그는 위스키를 맛있게 홀짝였다. 짧은 침묵 뒤에 그가 말했다.

"오늘 오후의 이 사건은 경감님, 아무리 봐도 명백한 것 같습니다. 위스키 병에는 그녀와 코트 씨의 지문이 있었고, 전화기에는 그녀와 휴슨의 지문이 있었습니다. 전등 스위치의 것은 물론 소용없었고 그 편지지 위의 것도 마찬가집니다. 그녀의 필적 견본은 두세 가지 입수했습니다. 감식계가 참고로 하겠지만, 그럴 필요도 없이 제 눈에는 명백하더군요. 게다가 휴슨 박사도 그렇게 말했습니다. 그건 그녀가 쓴 것입니다. 여자치고는 힘있게 휘갈겼더군요."

"마지막 세 줄 외에는."

"검은 탑에 관한 부분 말입니까? 그것을 써넣었을 때는 이미 정신이 거의 없었던 거겠지요. 참고로 앤스티 씨는 그 검은 탑이라는 글에서, 하마터면 살해당할 뻔했던 그 방화사건의 범인이 그녀라는 걸 스스로 인정한 것으로 받아들이고 있습니다. 그 등산로프에 장난을 친 사건도 알고 계시죠? 경감님이 갈색 수도복을 발견하신 것도 포함하여, 그는 검은 탑에서의 사건을 모두 얘기해 주었습니다."

"그가? 그때는 경찰에 알려서는 안 된다고 그렇게 펄쩍 뛰더니. 이제 모든 것을 매기 휴슨의 집 앞에다 시원하게 부려놓기로 한 모양이군. "

"변사사건이 일어나면 사람들의 입이 열린다는 사실에 저는 항상 놀라고 있습니다. 앤스티는 그녀를 처음부터 의심하고 있었답니다. 그녀는 토인턴 농장에 대한 증오심과 그에 대한 각별한 원한을 숨기려 하지 않았다더군요. "

달글리시가 말했다.

"그야 그렇겠지요. 그렇게 확실하게 자신의 감정을 표현하던 여성이 어떤 다른 수단으로 해방을 구했다고 한다면, 그게 오히려 더 놀랍지요. 화재와 장난질한 로프는 내가 보기엔 고의적인 계략이거나 억압된 증오의 표현 중 어느 하나일 거요. 매기 휴슨이 앤스티에 대한 혐오를 솔직하게 드러내지 않았다면 그건 거짓말이오. "

"앤스티 씨는 화재를 용의주도한 계획의 일부로 받아들이고 있습니다. 그에 의하면 그녀는 그가 농장을 팔도록 위협하려 한 것이라더군요. 그녀는 남편을 농장에서 빼내기 위해 필사적이었다고 합니다. "

"그럼, 그녀는 상대를 잘못 본 거지. 내 추측으로는 앤스티는 그곳을 팔지 않을 거니까. 내일까지는 그는 그곳을 리지웰 신탁에 맡길 결심을 할 거요. "

"이미 그 결심은 하고 있습니다, 경감님. 휴슨 부인의 죽음으로 최종결정이 연기된 거지요. 그 문제를 다시 의논해야 하니까, 관계자 신문은 가능한 한 빨리 끝내달라고 하더군요. 어차피 약간의 기본적인 사실을 파악하는 것뿐이어서 그리 시간은 걸리지 않았습니다. 장례식 뒤 토인턴 농장으로 돌아온 뒤로는 누구도 그곳을 나가는 모습이 목격되지 않았습니다. 휴슨 박사가 명상 시간 중에 헬렌 레이너의 방에서 그녀와 둘이 있었던 것을 인정한 것 외에는, 전원이 혼자 있었다고 합니다. 불구자를 제외하고는 누구든지 건물을 나갈 수 있었던 셈이지요. 하지만 누군가가 나갔다는 증거도 없습니다."

"만약 나갔다 해도 이 안개가 좋은 연막이 되어주었겠지요. 누구라도 모습을 보이지 않고 곳을 걸을 수 있었어요. 그런데 매기 휴슨이 방화범이라는 얘기를 경위는 믿소?"

"전 방화와 계획살인을 수사하고 있는 게 아닙니다, 경감님. 앤스티 씨는 자신이 한 일을 전부 털어놓은 뒤에 모든 것을 없었던 일로 해달라고 했습니다. 그녀가 범인이었을 가능성은 있지만 확실한 증거는 없습니다. 그 자신이 범인일 수도 있습니다."

"글쎄요……. 하지만 헨리 카워다인이 관련되었던 것이 아닐까 하는 생각이 들어요. 물론 헨리 혼자서는 불을 지를 수 없었을 거고 누군가 공범에게 부탁했겠지. 헨리가 앤스티를 좋아한다고는 생각할 수 없소. 하지만 그것만으로는 동기가 약해요. 헨리는 토인턴 농장에 머물고 있어야 할 필요가 없기 때문이오. 그러나 그는 상당한 인텔리인데다 성격이 까다로운 사람이오. 이런 어린애 장난 같은 일을 꾸밀 사람은 아닌데."

"아, 하지만 그는 여기서는 자신의 지능을 발휘하지 못하고 있었죠? 경감님. 그것이 그의 고민거리였습니다. 그는 너무 쉽게, 그리고 너무 빨리 그것을 포기하고 말았다는 얘깁니다. 그리고 동기의 진실을 누가 알 수 있겠습니까? 때로는 범인 자신도 모르고 있지 않나 하는 생각이 들 때가 있습니다. 그런 사람들로서는 이런 억압된 공동생활 속에서 늘 남에게 신세를 지고, 앤스티 씨에게 감사하지 않으면 안 된다는 건 쉬운 일이 아닐 거라고 감히 말하고 싶군요. 그렇습니다, 분명히 그는 앤스티 씨에게 감사하고 있어요. 그 사람들은 모두 그렇습니다. 하지만 감사는 때때로 악으로 바뀌는 법이지요. 특히 원치 않는 도움에 대한 감사는 더더욱."

"경위의 말이 옳을지도 모르오. 나는 카워다인의 감정도 또 토인턴 농장의 다른 사람들의 감정에 대해서도 그리 깊이 알지는 못해요. 너무 깊이 개입하지 않도록 조심하고 있으니까요. 끔찍한 죽음이 바로 옆에서 일어난 것으로 인해, 그들 중에 자신의 사소한 비밀을 남에게 털어놓고 싶어하는 사람은 없던가요?"

"홀리스 부인이 좀 그랬습니다. 그녀가 생각한 것이 입증될지, 또 왜 그런 말을 할 가치가 있다고 판단했는지 저는 잘 모르겠습니다만. 하지만 그녀도 자신이 중요한 존재가 되었다는 기분을 조금은 맛보고 싶었던 게 아닐까요? 그 금발머리의 환자도 마찬가지였습니다. 미스 페그럼이던가요? 휴슨 박사와 레이너 간호사가 연인 사이라는 사실을 알고 있었다고 계속 말했지요. 물론 악의와 자만심 외에 진정한 증거는 아무것도 없습니다. 그 두 사람에 대해서는 저 자신의 견해는 가지고 있지만, 살인에 대한 공모를 고려하기 전에 오늘 밤 들은 것 이상의 증거가 필요합니다. 홀리스 부인의 이야기는 매기 휴슨의 죽음과 특별히 관련이 있는 것 같지는 않습니다. 그녀의 말로는 그레이스 윌슨이 죽던 날 밤, 휴슨 부인이 갈색 수도복을 입고 두건을 머리에 푹 쓴 모습으로 병원 복도를 지나가는 것을 보았다고 합니다. 홀리스 부인이 한밤중에 침대에서 내려가, 베개를 타고 방을 빙글빙글 도는 습관이 있는 것은 사실인 것 같습니다. 그녀의 말을 빌리면 그건 운동의 일종이며, 체력을 길러 자활할 수 있도록 하기 위한 것이라 합니다. 어쨌든 문제의 밤에 그녀는 자신의 방 문을 반쯤 열고——물론 복도로 나가기 위해서였지요——그 수도복을 입은 사람을 보았는데, 나중에야 그 사람이 매기 휴슨이었다는 걸 알았답니다. 만약 정당한 사유가 있었다면 즉, 직원 중 누군가였다면 두건을 쓰지 않았을 거라는 겁니다."

"정당한 일을 하고 있을 때라면 그렇겠지요. 정확하게 말해 그게 몇 시였다던가요?"

"자정이 조금 지나서였다고 했습니다. 문을 닫고 힘겹게 침대로 돌아온 뒤로는 아무것도 듣지도 보지도 못했다더군요."

달글리시는 생각에 잠기면서 말했다.

"그녀의 상태로 보아 남의 도움을 받지 않고 혼자 침대로 돌아갔다는 건 놀라운 일이군. 내려오는 건 쉬워도 혼자 힘으로 다시 침대에 오르는 건 힘든 일일 텐데. 운동치고는 앞뒤가 맞지 않는다고 나는 생각해요."

잠시 침묵이 흐른 다음 다니엘 경위가 물었다. 그 검은 눈이 달글리시를 똑바로 응시했다.

"휴슨 박사는 그 사건을 왜 검시관에게 보고했을까요? 만약 자신의 의학적 판단에 의심을 가졌다면, 어째서 병원의 법의학자나 이지방에 있는 동료의사에게 부탁하여 해부하지 않았을까요?"

"내가 그에게 권고했기 때문이오. 그에게는 보고하기 싫다고 고집부릴 타당한 이유가 없었소. 그리고 또 그는 이 지방에는 아는 의사가 없었을 거요. 그는 다른 의사들과 교류가 없었으니까. 그 얘기는 어디서 들었소?"

"휴슨한테서입니다. 그 젊은 여자의 얘기를 들은 뒤 다시 한번 그와 얘기했습니다. 하지만 미스 윌슨의 죽음은 아무리 보아도 자연사입니다."

"아, 그렇소. 다만 자살로도 볼 수 있다는 얘기요. 배들리 신부의 경우와 비슷해요. 둘 다 분명히 완벽한 자연사지요. 그녀는 위암으로 죽었고. 하지만 오늘밤의 이 사건은 글쎄……, 로프에 대해선 뭔가 알아낸 게 있소?"

"그걸 말씀드리는 걸 깜박 잊었군요, 경감님. 결정적인 건 로프입니다. 휴슨 부인이 오늘 아침 11시 반쯤 사무실에서 그걸 가지고 나가는 걸 레이너 간호사가 목격했습니다. 레이너 간호사는 일어날 수 없는 환자——조지 앨런입니까?——를 돌보기 위해 남아 있었고, 나머지 사람들은 전원 미스 윌슨의 장례식에 갔지요. 그녀는 환자의 치료기록을 쓰고 있었는데 새로운 용지가 필요해졌습니다. 문구류는 사무실의 파일 캐비닛에 들어 있었지요. 그 용지는 비싼 것이어서 앤스티 씨는 함부로 쓰는 것을 좋아하지 않았습니다. 메모용지로 마구 사용해서는 곤란했던 거지요. 레이너 간호사가 복도로 나갔을 때, 휴슨 부인이 로프를 손에 들고 사무실에서 몰래 나오고 있었다고 합니다."

"매기는 뭐라고 변명했다던가요?"

"레이너 간호사에 의하면, 부인은 그저 이렇게 말했을 뿐이랍니다, '걱정 말아요, 닳게 하지는 않을 거니까. 오히려 정반대로 완전히 튼튼한 상태로 돌려주겠어, 설사 내가 돌려주지는 못하더라도 말이야'라고요."

"사체를 발견했을 때는 헬렌 레이너는 우리에게 그 정보를 얘기해 주지 않았소. 하지만, 그녀가 거짓말을 하는 게 아니라면 그 증언으로 이 사건은 완전히 종결되는 셈이군."

"거짓말을 하는 것 같지는 않았습니다. 레이너 간호사는 틀림없이 오늘 오후부터 새로운 용지를 사용하고 있었습니다. 그리고 앤스티 씨와 목슨 간호부장이 장례식에 나갈 때는 그 로프가 사무실에 걸려 있었다는 점에 대해서는 거의 믿어도 좋을 겁니다. 달리 누가 그걸 가지고 나갈 수 있었겠습니까? 레이너 간호사와 그 중증의 소년, 그리고 해미트 부인 외에는 전원이 장례식에 참석했습니다."

"해미트 부인을 잊고 있었군. 토인턴 농장 사람들은 거의 모두 묘지에 간 것으로 생각하고 있었는데. 그녀가 남아 있었던 건 몰랐소."

"그녀는 장례식에 찬성하지 않는답니다. 그녀의 말로는 인간은 적절한 프라이버시의 보호 속에서 화장되어야 한다는 겁니다. 오늘 아침에는 가스 스토브를 청소하고 있었다는군요. 사실인지 아닌지는 모르겠지만 스토브는 분명히 깨끗했습니다."

"그래서, 오늘 오후에는?"

"그녀도 다른 사람들과 마찬가지로 토인턴 농장에서 명상을 하고 있었답니다. 전원이 한 사람씩 흩어져 있었습니다. 앤스티 씨는 그녀가 마음대로 쓸 수 있도록 작은 객실을 내주고 있는데, 해미트 부인의 말에 의하면 네 시 조금 전에 동생이 종을 쳐서 부를 때까지 그 방에서 나가지 않았다 합니다. 코트 씨가 전화를 건 것은 바로 그 직후였습니다. 휴슨 부인이 명상시간 중에 사망한 것은 의심할 여지가 없습니다. 그리고 경찰의는 네 시보다는 세 시에 가까운 시각일 것으로 보고 있습니다."

밀리센트에게 매기의 무거운 몸을 매달 만한 힘이 있을까 하고 달글리시는 생각해 보았다. 부엌용 둥근 의자의 도움을 빌리면 가능할지도 모른다. 게다가 매기가 술에 취해 있었다면 교살하는 것은 오히려 간단하다. 그녀가 앉아 있는 뒤로 몰래 다가가, 장갑 낀 손으로 로프의 고리를 축 늘어져 있는 머리에 걸고, 홱 잡아당겨서 로프가 살을 파고들 정도로 힘껏 조른다. 그런 건 누구라도 할 수 있다. 그 짙은 안개를 틈타, 깜박이고 있는 휴슨네 집의 불빛을 목표로 삼아 몰래 숨어드는 건 누구라도 할 수 있다. 헬렌 레이너는 가능성이 가장 적지만, 그래도 헬렌은 간호사다. 사람의 무거운 몸을 다루는 것에는 단련되어 있다. 하지만 헬렌은 혼자 있었던 시간이 없었을 것이다. 다니엘이 뭐라고 말하고 있다는 걸 달글리시는 깨달았다.

"그 주사기의 내용물을 분석하게 하고 위스키도 조사해 보겠습니다. 하지만 그런 사소한 두 가지 증거로는 심문까지 가기는 어려울 것 같습니다. 앤스티 씨는 이런 일 때문에 23일로 예정되어 있는 루르드 순례여행에 차질이 생길까봐 걱정하고 있습니다. 아무도 장례식 같은 것에는 신경 쓰지 않는 것 같더군요. 그런 건 돌아올 때까지 연기할 수 있다는 거겠지요. 감식만 일찍 끝난다면 그들이 여행을 떠나지 못할 이유가 없다고 생각합니다만. 그리고 위스키에는 문제가 없었습니다. 코트는 지금도 말짱하게 있으니까요. 경감님, 그때 그는 어째서 그런 식으로 위스키를 단숨에 털어 넣었을까요? 그는 9월 11일 그녀의 생일에 위스키를 여섯 병이나 선물했습니다. 정말 인심이 좋은 남자더군요."

"그가 그녀의 위스키 공급책이었을 거라고 생각하고 있었소. 하지만 감식계의 수고를 덜어주기 위해 코트가 그걸 마셨다고는 생각할 수 없어요. 그는 정말 마시지 않을 수 없었던 걸 거요."

다니엘은 자신의 반쯤 빈 잔을 지그시 노려보았다.

"코트는 말입니다, 그녀는 자살할 마음이 없었다, 모든 건 연극이다, 자신에 대한 관심을 끌기 위한 필사적인 몸부림이었다고 주장하고 있습니다. 분명히 일부러 그때를 골라 그렇게 한 건지도 모릅니다. 그녀의 미래와도 크게 관계가 있는 중요한 결정을 내리기 위해 모두가 요양원에 모여 있는데, 그녀만은 소외되어 있었으니까요. 그의 말이 맞을 수도 있습니다. 배심원들도 그 얘기를 믿을지도 모르겠군요. 하지만 그렇다 해도 남편 되는 사람에게 큰 위안이 되지는 않을 것 같습니다."

휴슨은 다른 데서 위안을 찾을 거라고 달글리시는 생각했다.

"그녀의 성격상 그럴 수도 있겠군요. 나는 그녀가 단지 지루함을 덜기 위한 목적만으로도 극적인 방법을 택하는 것을 상상할 수 있소. 다만, 그녀가 자살에 실패한 여자로서 사람들의 동정어린 경멸을 받아가며 계속 토인턴에 머물기 원했을 거라고는 생각할 수 없소. 문제는, 자살을 시도하는 참된 동기를 성격에서 찾기란 힘들다는 거지."

"그녀는 틀림없이 토인턴에 오래 있을 생각이 없었을 겁니다. 어쩌면 이렇게 생각할 수 있지 않을까요? 남편이 다른 일을 찾지 않으면 자살해버리겠다고 그를 위협한 것이라고. 그런 일까지 당하면서도 결혼생활을 지속하는 남자가 이 세상에 많다는 건 좀 이상하군요. 하지만 그럴 생각이 있었든 없었든 경감님, 그녀는 자살했습니다. 이 사건은 두 가지 증거에 달려 있습니다. 로프에 대한 레이너 간호사의 증언과 그 유서입니다. 레이너의 증언이 배심원을 설득하고, 필적감정가가 유서는 휴슨 부인이 쓴 것이라고 확인하면, 평결은 불을 보듯 뻔한 겁니다. 성격인지 뭔지는 모르겠지만 증거는 피할 수 없습니다."

그러나 그밖에도 증거는 있다고 달글리시는 생각했다. 강력함은 좀 떨어지지만 흥미로운 점이 없다고 할 수 없는 증거가. 그는 말했다.

"그녀는 어디로 외출을 하거나, 아니면 손님을 기다리고 있었던 것처럼 보였소. 죽기 조금 전에 목욕을 했고 모공이 분으로 막혀 있었어요. 화장도 하고 손톱에 매니큐어도 칠해져 있었고, 게다가 옷차림도 집에 혼자 있을 때의 느낌은 아니었소."

"그 여자의 남편도 그렇게 말했습니다. 전 그녀는 그렇게 해서 자신을 인형처럼 꾸민 거라고 해석했습니다. 즉 자살극설을 뒷받침한다는 얘깁니다. 자신이 주목의 대상이 되는 일을 계획했다면 구경거리가 되는 데 어울리는 옷으로 갈아입었겠지요. 손님이 있었다는 증거는 없습니다. 하기야 그런 안개 속에서는 누가 왔더라도 사람들 눈에 띄지 않았을 겁니다. 손님 쪽도 길을 한번 잃었다 하면 다시 길을 찾을 수 있었을지도 의문이지만. 그리고 만약 그녀가 토인턴을 떠날 계획이었다면 누군가가 데리러 왔을 겁니다. 휴슨 부처는 자동차를 가지고 있지 않습니다. 앤스티 씨가 자가용 사용을 허용하지 않았거든요. 오늘은 버스도 없었습니다. 그리고 렌트회사도 이미 체크해 봤습니다."

"빈틈없이 움직였군요."

"전화를 두세 군데 걸었을 뿐입니다, 경감님. 전 이런 자잘한 일은 잊어버리기 전에 미리 처리해 두는 스타일이거든요."

"다른 사람들이 자신의 미래를 결정하고 있는데도 매기가 집안에 얌전하게 앉아 있었다는 건 이상하군. 그녀는 웨어럼의 변호사 로버트 로더와 가까운 사이였는데 그가 방문했던 건 아니겠지요?"

다니엘은 무거운 몸을 내밀어 장작을 다시 하나 불 속에 던져 넣었다. 마치 굴뚝이 안개로 막혀 있기라도 한 듯 나무가 지직거리며 연기를 피우기 시작했다.

"숨겨둔 애인 말입니까? 그 사실을 지적한 건 경감님뿐만이 아닙니다. 그래서 그 신사분의 집에 전화를 걸어 알아보는 게 좋겠다고 생각했습니다. 로더 씨는 치질수술 때문에 풀종합병원에 입원 중이더군요. 어제 수술을 받아 1주일은 입원해야 되는 모양입니다. 굉장히 아픈 수술이지요. 아무래도 남의 아내와 달아나기에 좋은 시기는 아닌 것 같습니다."

"토인턴에서 자동차를 가지고 있는 단 한 사람은 어떤가요? 코트 말이오."

"이미 그에게 물어보았습니다, 경감님. 비록 신사적이라고는 할 수 없어도 아주 확실한 대답을 들었습니다. 그의 말에 따르면 그는 사랑스런 매기를 위해 무슨 일이든 기꺼이 하겠지만, 자기 보존이라고 하는 것은 제1의 자연법칙이고, 그로서는 그녀와 함께 도망치고 싶지 않았다고 하더군요. 토인턴을 떠나려는 그녀의 계획에 반대해서 그랬던 것은 아니라고 했습니다. 오히려 그녀에게 그것을 제안했다고 합니다. 이 말이 휴슨 부인이 자살극에 실패한 것이라는 이

전의 견해와 어떻게 조화를 이룰 수 있는지는 모르겠습니다만, 아마 두 가지 모두 사실이 아닐 겁니다."

"그가 그녀의 가방 속에서 발견한 건 무엇이었소? 피임기구?"

"아, 경감님도 눈치채셨습니까? 그렇습니다, 그녀의 더치캡이었습니다. 피임약은 먹지 않고 있었던 것으로 보입니다. 그 점에 관해서는 코트는 어떻게든 적당히 감싸주려고 했지만, 나는 말해주었습니다, 변사의 경우는 적당히 감싸주는 건 통하지 않는다고요. 에티켓 교본에 적힌 대로 따라해야 할 상황이 아니니까요. 그것과 그녀의 여권, 이 두 가지가 그녀의 가출계획설의 가장 강력한 증거입니다. 두 가지 다 가방에 들어 있었습니다. 언제라도 뛰쳐나갈 수 있도록 준비하고 있었다고 할 수 있지요."

"아무 데서나 손쉽게 구할 수 없는 물건을 빈틈없이 준비하고 있었던 거로군요. 여권을 가방에 넣어두는 건 흔히 있는 일이라고 할 수 있어요. 하지만 다른 한 가지 물건은 어떨까요?"

"언제부터 그걸 넣고 다녔는지 알 수 없으니까요. 게다가 여자들은 물건을 이상한 곳에 두는 걸 좋아하는 법이죠. 그 이상의 의미는 없을 겁니다. 그리고 또 그 두 사람이 야반도주를 계획하고 있었다고는 생각할 수 없으니까요, 그녀와 휴슨 말입니다. 그 남편이란 자는 다른 환자와 마찬가지로 앤스티와 농장에 매여 있습니다. 가엾은 사람이지요. 그 사람에 대한 얘기는 아십니까?"

"별로 아는 것이 없어요. 아까도 말했지만 너무 깊이 관여하고 싶지 않았소."

"옛날에 그 사람과 비슷한 부하가 있었습니다. 여자들이 그를 그냥 내버려두지 않았지요. 길 잃은 사내아이처럼 보호본능을 자극하는 데가 있었던가 봅니다. 퍼키스라는 사람이었는데 가엾은 사람이었어요. 여자와는 잘 되지 않았지만, 여자 없이는 아무것도 하지 못했습니다. 그것이 일에도 영향을 미쳤지요. 지금 그 자는 할보로 마켓 부근에서 차고를 경영하고 있다고 들었습니다. 휴슨의 경우는 그보다 더욱 나쁩니다. 그는 자신의 직업조차도 좋아하지 않아요. 아마 어머니의 강요로 그 길로 들어섰을 겁니다. 세상에는 가끔씩 가련한 새끼양에게 무조건 의사가 되라고 닦달하는 드센 홀어머니가 있거든요. 충분히 그럴 수 있는 일이지요. 옛날의 성직에 맞먹는 직업이니까요. 공부는 그리 힘들지 않았다고 하더군요. 기억력이 뛰어나서 뭐든지 잘 흡수해버린 겁니다. 그가 할 수 없는 건 책임 있는 일을 한다는 것이었습니다. 그렇습니다, 토인턴 농장에는 대단한 책임 같은 건 없으니까요. 환자들은 모두 불치병이어서 그에게 치료를 기대하는 사람도 별로 없었지요. 그는 의사협회의 등록이 취소되어 있었는데, 그 뒤에 앤스티 씨가 그에게 편지를 써서 고용한 모양입니다. 자세히는 모르지만 16세의 소녀 환자하고 무슨 말썽이 있었던 것 같더군요. 1년이나 더 이전에 시작된 모양인데, 그는 운이 좋은 편이었습니다. 그 소녀는 자신의 말을 계속 주장했지요. 물론 그는 토인턴 농장에서도 극약처방을 할 수 없고 사망진단서에 서명도 할 수 없었습니다. 6개월 전에 다시 협회에 이름을 등록할 때까지는요. 뭐 그렇다고 의학지식까지 잃은 것은 아니어서, 앤스티 씨는 그가 도움이 될 거라고 생각했을 겁니다."

"게다가 싸게 고용할 수도 있고."

"그렇습니다, 물론 그것도 있지요. 그리고 이젠 그도 다른 곳에는 가고 싶어하지 않습니다. 아내가 다른 곳에 가자고 귀찮게 졸라서 죽여버릴 수도 있겠지만, 저는 그건 아니라고 생각하고 배심원도 마찬가지일 겁니다. 그는 사람을 죽인다면 여자에게 시킬 사람입니다."

"헬렌 레이너 말이오?"

"그거야말로 미친 짓이죠, 안 그렇습니까, 경감님? 그리고 무슨 증거가 있습니까?"

화재 뒤에 자신이 엿들었던 매기와 그 남편의 대화를 다니엘에게 얘기할까 하고 달글리시는 잠시 망설였다. 하지만 결국 그만두기로 했다. 휴슨은 그 일을 부정하거나 그럴 듯하게 설명을 갖다 붙일 것이다. 토인턴 농장 같은 곳에는 작은 비밀이 제법 많으리라. 물론 다니엘은 그를 심문할 마음이 들지도 모른다. 그러나 다니엘 개인적으로는, 아무것도 아닌 사건을 일부러 복잡하게 만들기 위해 런던 경찰에서 온, 의심 많고 고지식한 침입자의 은근한 압력에 의한 달갑지 않은 일거리로 생각할 것이다. 또 얘기한들 달라질 게 뭐가 있단 말인가? 다니엘의 말이 옳다. 헬렌이 매기가 로프를 가지고 가는 것을 보았다고 계속 주장하고, 유서가 매기의 필적임을 감정가가 입증하면 사건은 그것으로 끝이다. 이제 심문평결도 눈앞에 훤히 보이는 것 같았다. 그레이스 윌슨을 부검했어도 무엇 하나 의심스러운 점이 드러나지 않은 것과 마찬가지다. 또다시 그는 흡사 악몽 속에서처럼 사실과 추측을 실은 기괴한 대형버스가 그 정해진 코스를 덜컹거리며 나아가는 것을 두 손 놓고 바라만 보고 있는 자신을 발견하고 있었다. 그는 그 버스를 세울 수가 없다. 세우는 방법을 잊어버렸기 때문이다. 병 때문에 의지는 물론이고 지성까지 마비된 것 같았다.

까맣게 타버린 장작 하나가 불꽃을 튀기며 천천히 주저앉았다. 달글리시는 방안이 무척 춥다는 것과 배가 고프다는 것을 깨달았다. 아마 낮과 밤의 경계에서 황혼을 축축하게 적시며 감싸고 있는 안개 탓일지도 모른다. 이 황혼이 영원히 계속될 것처럼 생각되었다. 다니엘에게 식사를 대접해야 하나 어쩌나 하고 그는 생각했다. 어쩌면 오믈렛 정도는 먹어줄지도 모른다. 그러나 요리에 시간을 들이는 것은 생각도 할 수 없는 일이다.

이 문제는 상대쪽에서 먼저 해결해주었다. 다니엘은 천천히 일어나 코트로 손을 뻗었다. "위스키 잘 마셨습니다, 경감님. 그럼 이만 실례하는 것이 좋을 것 같군요. 심문할 때 다시 뵙겠습니다. 물론 그건 그때까지 이곳에 계셔달라는 얘깁니다만. 어쨌든 가능한 한 빨리 처리할 생각입니다."

두 사람은 악수를 나누었다. 상대방의 강한 손아귀의 힘에 달글리시는 하마터면 비틀거릴 뻔했다. 문 앞에서 코트를 걸친 다니엘이 멈춰 섰다.

"휴슨 박사와 둘이서 그곳의 응접실에서 만났는데, 배들리 신부님도 사용했던 방이라더군요. 그런데 그때의 박사는, 신부님이라도 입회해 주었더라면 하는 생각이 들 정도였습니다. 입을 열게 하는 건 일도 아니었지요. 오히려 멈추게 하는 것이 더 힘들었습니다. 끝내 울음까지 터뜨리며 난리를 피우더군요. 그녀 없이 혼자 어떻게 살아가느냐는 얘기였습니다. 오늘까지 단 한번도 그녀를 사랑하지 않은 적이 없었고, 원하지 않은 적도 없었다는 겁니다. 이상하더군요, 그가 감정을 쏟아내면 쏟아낼수록 더욱 진실성이 없게 들리는 겁니다. 물론 경감님도 그건 눈치채셨겠지요. 그러더니 그는 눈물 젖은 얼굴로 나를 올려다보면서 이렇게 말했습니다.

'그녀가 나를 위해 거짓말을 해준 것이 아니에요. 그녀에게는 단순한 유희였어요. 그녀는 나를 사랑하는 척해 준 적이 한 번도 없었어요. 그녀는 의사협회 같은 건 예의 없고 거만한 늙은이들의 모임이라고 생각했고, 그래서 내가 감옥에 들어가는 꼴을 보여주어 그들을 기쁘게 해주고 싶지 않았을 뿐입니다. 그래서 거짓말을 한 거라구요.'

아시겠습니까, 경감님, 저는 그제서야 그가 말하는 것이 아내에 대한 얘기가 아니라는 걸 알았지요. 그는 아내 따위는 염두에도 없었던 겁니다. 또 그 점에서는 레이너 간호사도 마찬가지죠. 불쌍한 남잡니다! 아, 정말이지 이상한 직업을 천직으로 택한 것 같군요, 경감님이나 저나."

그는 조금 전에 으스러질 것처럼 악수한 걸 잊은 듯이 다시 한번 손을 잡고, 모든 것이 탈없이 제자리에 있는 것을 마지막으로 확인하려는 듯 날카로운 시선을 거실을 향해 던진 뒤, 안개 속으로 사라졌다.

3

사무실에서 도트 목슨은 앤스티와 함께 창가에 서서 어두운 안개의 장막을 바라보고 있었다. 그녀가 괴로운 듯 말했다.

"신탁회사에서는 당신도 나도 필요 없다고 할 거예요. 모르시겠어요? 이곳의 이름만은 당신을 기념하여 그대로 두겠지만, 당신을 이곳의 원장으로 계속 있게 하진 않을 것이고 나도 쫓겨날 거예요."

그는 그녀의 어깨에 손을 얹었다. 어떻게 이 감촉을 간절히 원하고, 또 거기서 위로받을 수 있었는지 그녀는 의아했다. 그는 짐짓 토라져 있는 아이를 대하는 부모처럼, 절제된 인내심을 담아 말했다.

"그 점에 대해선 이미 다 얘기가 되어 있어. 아무도 해고하지 않기로, 그리고 모두 승급될 거야. 이제부터 당신들은 모두 국민건강서비스의 기준에 따라 급료를 받는 거지. 또 그곳에는 거출연금계획이 있는데, 그건 굉장한 이점이라 할 수 있어. 나로서는 도저히 신경 쓸 수 없는 부분이지."

"그러면, 앨버트 필비는 어떻게 되는 거죠? 설마 앨버트까지 그대로 두겠다고 약속한 건 아니겠죠? 리지웰 신탁 만한 일류회사가."

"사실 필비가 문젠데, 하지만 틀림없이 동정심을 가지고 처리해줄 거야."

"동정심? 난 그게 사실은 어떤 건지 잘 알고 있어요, 똑같은 말을 전에 있던 직장에서 나도 들었으니까요, 바로 그 직후에 쫓겨났지만! 앨버트는 우리를 믿고 있어요, 우리를 믿으라고 우리가 가르쳤잖아요! 그래서 그에 대해서는 책임이 있다구요!"

"영원히 계속되는 건 아니야, 도트"

"그래요, 그런 식으로 우리는 앨버트를 배신하고, 당신이 이곳에서 이룩하고자 한 것을 국민건강 서비스 수준의 급료와 연금계획과 맞바꾸는 거로군요! 그래서 나의 지위는요? 아! 설마 '해고'는 아니겠죠, 그렇다고 지금과 같은 지위도 아닐 거예요, 헬렌이 간호부장이 될 거니까. 그건 그녀도 알고 있을 걸요, 그렇지 않다면 왜 그녀가 양도하는 데 찬성표를 던졌겠어요?"

그는 조용히 말했다.

"왜냐하면 매기가 죽은 것을 알았기 때문이지."

도트는 씁쓸하게 웃었다.

"그녀에게는 정말 잘된 일이군요? 그녀들 두 사람에게는."

"도트, 당신이나 나나 반드시 우리가 봉사의 길만을 선택할 수 있는 건 아니라는 사실을 받아들여야 해."

어째서 지금까지 몰랐던 것일까 하고 그녀는 의아한 생각이 들었다. 그의 목소리에 담긴 이 짜증스러운 울림을. 그녀는 퉁명스럽게 얼굴을 돌렸다. 그런 거부의 몸짓에 남자는 그녀의 어깨에서 무력하게 손을 내렸다. 그녀는 문득 그가 무언가를 연상시킨다는 것을 깨달았다. 첫 번째 크리스마스 트리 위에 있던 그 설탕과자의 맛이었다. 그토록 강렬하게 그토록 간절하게 원했던 그 맛. 그렇지만 아무것도 남지 않았다. 혀 위에 한때의 희미한 단맛만을 남기고 나머지는 덧없는 하얀 가루가 되었을 뿐이었다.

4

어슐러 홀리스와 제니 페그럼은 제니의 방에서 휠체어를 타고 화장
대 앞에 나란히 앉아 있었다. 어슐러는 몸을 구부려 제니의 머리에
빗질을 하고 있다. 그녀는 자신이 어쩌다가 이곳에 오게 되었는지 신
기한 생각이 들었다. 정말 이상하게 그렇게 되고 만 것이다. 제니는
그녀에게 의지한 적이 한번도 없었다. 하지만 오늘밤 헬렌이 침대에
데려다주기를 기다리는 동안(헬렌은 이렇게 늦었던 적이 한번도 없
었는데) 혼자 물끄러미 생각에 잠겨 있지 않고, 이 옥수수 같은 금발
머리가 빗질을 한 번 할 때마다 웅크린 어깨 위에 섬세하게 빛나는
안개처럼 천천히 내려앉는 것을 지켜보는 것도 괜찮은 기분이었다.
두 여자는 마치 무슨 장난을 꾸미는 여학생들처럼 편안한 마음으로
서로 소곤소곤 속삭이고 있었다. 어슐러가 말했다.

"아! 앞으로 어떤 일이 일어날까?"

"토인턴 농장에요? 그 신탁회사가 이곳을 사고 윌프레드는 사라졌
으면 좋겠어요. 그런다고 별일이야 있겠어요? 적어도 그렇게 되면
환자는 늘어나겠죠. 이곳은 환자가 너무 적어서 심심해요. 윌프레
드는 그 절벽에 일광욕용 테라스를 만들 거라고 했어요. 그리고 우
린 더 나은 치료를 받고 여행도 할 수 있게 될 거예요. 요즘은 그
런 일 한 번도 없었잖아요? 사실은 나, 나가려고 생각하던 중이었
거든요. 전에 있던 병원에서 자꾸만 나보고 돌아오래요."

어슐러는 그게 거짓말이라는 걸 알고 있었다. 하지만 상관없다. 그
저 환상이라는 달콤한 술에 취해 있는 것일 뿐이니까.

"어머나, 나도 그래. 스티브가 방문하기 편리하도록 런던에 가까운

곳으로 옮기라고 자꾸 그러거든. 물론 더 좋은 아파트를 구한 뒤의 일이지만."

"그래요? 리지웰 신탁은 런던에 본사가 있잖아요? 그곳으로 옮길 수 있을 텐데요."

헬렌이 그 얘기를 해주지 않았다는 건 얼마나 이상한 일인가! 어슐러가 속삭였다.

"헬렌이 이번 양도에 찬성한 게 정말 이상해. 난 그 여자가 이곳을 팔아치우기를 원하고 있는 줄 알았어."

"매기가 죽은 것을 알기 전까진 그녀도 그렇게 생각하고 있었어요. 그런데 이제 매기를 제거한 이상 그녀도 이곳에 버티고 있는 것이 낫다고 생각한 것 아닐까요? 다시 말해 앞날이 트였다는 얘기죠, 안 그래요?"

'매기를 제거했다'? 하지만 매기 자신 외에 누가 매기를 제거했다는 말인가? 그리고 헬렌은 매기가 죽을 거라는 건 예측하지 못했을 것이다. 바로 엿새 전에 그녀는 어슐러에게 농장을 팔아치우는 쪽에 표를 던지라고 하지 않았던가? 그 시점에서는 그녀에게는 아무것도 확실하지 않았던 것이다. 각자 명상시간을 가지기 위해 헤어지기 전인 1차 회의 때, 그녀는 자신이 원하는 바를 분명하게 얘기했다. 그런데 그 명상시간 동안 마음을 바꾼 것이다. 아니야, 헬렌은 매기가 죽을 거라는 예측은 하지 못했을 거야. 그렇게 생각하자 어슐러는 안도의 기분이 들었다. 모든 것이 잘될 거야. 그레이스가 죽던 날 밤에 본 그 두건 쓴 사람에 대해서는 다니엘 경위에게 얘기했다. 물론 모든 진실을 다 얘기한 건 아니었지만, 그 정체를 알 수 없는 초조하고 고통스러운 중압감을 그녀의 마음에서 없애기에는 충분했다. 경위는 그런 것은 중요하게 생각하는 것 같지 않았다. 그가 그녀의 이야기를 듣고 있던 태도와 두세 마디의 짧은 질문에서 그걸 느낄 수 있었다.

그리고 물론 그가 옳았다. 그런 건 중요하지 않다. 그때는 왜 그렇게 까닭모를 걱정에 사로잡혀 잠을 이루지 못했었는지, 두건과 망토를 두르고 조용한 복도를 소리없이 걷는 악과 죽음의 형상을 왜 그렇게 떨쳐내기 힘들었는지, 지금 생각하면 이상할 뿐이다. 그것은 매기였음에 틀림없다. 매기의 죽음을 전해 들었을 때 갑자기 모든 것이 확연해졌다. 왜인지는 모른다. 다만 두건 속의 그 인물이 연극적이면서도 비밀스럽게 보이는 데다, 수도복을 입고 있으면서도 토인턴 농장의 직원처럼 친숙하지 않고 아주 낯설게 느껴졌던 것뿐이다. 어쨌든 경위에게 그 사실을 얘기해 두었다. 이제 아무것도 걱정할 것 없다. 모든 것이 잘될 것이다. 토인턴 농장은 결국 폐쇄되지 않는다. 하지만 그런 건 아무래도 상관없다. 그녀는 아마 누군가와 교환되어 런던의 집으로 옮겨질 거니까. 저쪽에서도 바닷가에 오고 싶어하는 환자가 있을 게 틀림없다. 제니의 어린아이처럼 높은 목소리가 들려왔다.

"아무한테도 말하지 않겠다고 맹세하면 매기의 비밀을 가르쳐 줄게요. 맹세해요."

"맹세해."

"그녀는 더러운 편지를 썼었답니다. 나한테도 한 통 보냈어요."

어슐러는 심장이 덜컥 내려앉는 걸 느끼며 말이 떨어지기가 무섭게 말했다.

"그걸 어떻게 알았어?"

"내가 받은 편지는 그레이스 윌슨의 타이프라이터로 찍은 것인데, 사실은 그 전날 밤에 매기가 타이프를 치고 있는 걸 봤어요. 사무실 문이 조금 열려 있었거든요. 그녀는 내가 자기를 보고 있는 줄 몰랐어요."

"그녀가 어떤 편지를 보냈는데?"

"나를 사랑하고 있는 남자에 대한 것뿐이었어요. 사실은 그 사람,

텔레비전 프로듀서예요. 그 사람은 부인과 이혼하고 나하고 결혼하고 싶어했죠. 그래서 온 병원이 발칵 뒤집혔고 사람들은 나를 질투했어요. 내가 그곳을 나가지 않으면 안 되었던 이유 중에 그것도 들어 있었죠. 사실 지금도 나만 좋다고 하면 그 사람한테 갈 수 있어요."

"하지만 매기가 그 사실을 어떻게 알았을까?"

"그녀도 간호사였잖아요? 틀림없이 전에 있던 병원의 간호사 중에 아는 사람이 있었을 거예요. 매기는 남의 비밀을 캐내는 데는 선수인 걸요. 빅터 홀로이드에 대해서도 뭔가 알아냈을 거예요. 그게 뭔지는 얘기하지 않았지만. 그녀가 죽어서 다행이에요. 그리고 만약 당신한테도 그런 편지가 왔다면, 이제 다시는 안 올 거니까 걱정 마세요. 매기가 죽었으니 이제 올 리가 없잖아요? 아, 좀더 힘을 줘서 오른쪽을 빗겨줘요, 어슐러. 아, 정말 기분 좋아. 사이좋게 지내요, 우리. 당신과 나 두 사람. 새 환자가 오게 되면 우린 단결해야 해요. 물론 내가 이곳에 남는다고 결정한다면 말이지만."

빗을 허공에 든 채, 어슐러는 거울 속으로 제니의 자기만족에 찬 교활한 미소를 보았다.

5

10시 조금 지나, 저녁식사를 마친 달글리시는 밖으로 나갔다. 안개는 처음 피어오르기 시작했을 때와 마찬가지로 모르는 사이 어느새 개어 있었고, 비에 씻긴 풀 냄새가 나는 차가운 공기가 그의 달아오른 얼굴을 부드럽게 어루만져 주었다. 완벽한 고요 속에 서 있으니, 들려오는 소리라고는 오로지 희미하게 속삭이는 파도소리뿐이었다.

도깨비불처럼 보일 듯 말 듯한 손전등 불빛 하나가 농장 방향에서 흔들거리며 이쪽으로 다가왔다. 어둠 속에서 커다란 그림자가 나타나 곧 형체를 드러냈다. 밀리센트 해미트가 돌아온 것이다. 믿음의 집 문 앞에서 멈춰선 그녀가 그에게 말을 걸었다.

"안녕하세요, 경감님. 친구분은 돌아갔나요?"

그녀의 목소리는 높고 날카로워서 거의 호전적으로 들렸다.

"네, 경위는 돌아갔습니다."

"매기의 죽음을 둘러싸고 뭔가 음산한 수수께끼를 기대하는 사람들 틈에 내가 끼지 않았던 것, 눈치채셨수? 난 그런 소동에 끼는 건 좋아하지 않아요. 에릭은 오늘밤에는 요양원에서 자기로 했어요. 사실 그 사람한테는 그게 나을 거유. 하지만 경찰이 사체를 옮겨 가버린 이상 그 사람도 그렇게 마음을 쓰는 척하지 않아도 되는데. 아 참! 난 리지웰 신탁에 맡기는 데 투표했다우. 정말 많은 일들 이 일어난 하루였어요."

그녀는 몸을 돌리고 문을 열었다. 그런 다음 다시 한번 걸음을 멈 추고 말했다.

"그 여자, 손톱을 빨갛게 칠하고 있었다지요?"

"그렇습니다, 부인."

"발톱도?"

그는 대답하지 않았다. 그녀는 갑자기 화난 것처럼 소리쳤다.

"정말 이상한 여자지!"

문이 닫히는 소리가 들렸다. 바로 이어서 그녀 방의 불빛이 커튼 너머로 새어나왔다. 달글리시도 집안으로 들어갔다. 침실로 통하는 계단을 올라가는 것이 귀찮아진 그는 불 꺼진 난로 앞에 있는 배들리 신부의 의자에 깊숙이 몸을 파묻었다. 물끄러미 바라보고 있노라니, 하얀 재가 조용히 내려앉으며 검게 탄 장작에 한 순간 반짝이는 빛과 생기를 되살리고 있었다. 그리고 그는 바람이 굴뚝 속을 지나가는,

귀에 익숙하고 기분 좋은 울림을 들었다. 그런 다음 또 하나의 귀에
익숙한 소리가 들려왔다. 벽을 사이에 두고 희미하지만 유쾌한 소음.
밀리센트 해미트가 텔레비전을 켠 것이다.

검은 탑

1

이튿날 달글리시는 요양원으로 갔다. 심문일까지 희망의 집에 있어야 하게 된 사정을 윌프레드에게 애기하고 집세를 내기 위해서였다. 윌프레드는 사무실에 혼자 있었다. 놀랍게도 도트 목슨이 보이지 않았다. 윌프레드는 프랑스 지도를 책상 위에 펼쳐놓고 들여다보는 중이었다. 한쪽에는 고무줄로 묶은 여권뭉치가 놓여 있었다. 손님의 애기 따위는 귀에 들어오지 않는 눈치였다. 그는 이렇게 대답했다.

"심문일까지? 네, 물론 괜찮고말고요."

마치 깜박 잊고 있던 점심식사 약속을 애기할 때와 같은 말투였다. 그리고 곧 다시 지도 위로 몸을 숙였다. 매기의 죽음에 대해서는 한마디도 하지 않았고, 달글리시가 예의를 갖춰 애도의 뜻을 표하자 마치 표현이 형편없다는 듯 차갑게 받아넘겼다. 흡사 자기 자신을 토인턴 농장에서 떼어놓음으로써 더 이상의 책임, 아니 단순한 관심에서조차 멀어졌다고 하는 것 같았다. 이제 그의 두 가지 집념, 즉 기적과 루르드 순례여행 말고는 아무것도 머리 속에 없는 것이다.

다니엘 경위와 감식전문가는 신속한 솜씨를 발휘했다. 심문은 매기가 죽은 지 꼭 1주일 뒤에 열렸다. 그 1주일 내내 토인턴 농장의 환자들은 달글리시가 그들을 일부러 피한 것 못지않게 그에게 상관하지 않기로 결심한 것 같았다. 누구 한 사람, 줄리어스조차 매기의 죽음을 화제에 올리는 시늉도 보여주지 않았다. 이젠 그를 그냥 한 경찰관, 성실성마저 의심스러운 환영할 수 없는 침입자, 뻔뻔스러운 스파이로밖에 보고 있지 않다는 느낌이었다. 매일 아침 일찍, 그는 차를 타고 토인턴 곳을 벗어났다가, 밤이 이슥해진 뒤에 암흑과 정적 속에 돌아왔다. 경찰의 활동에도 토인턴 농장의 생활에도 전혀 간섭하지 않았다. 가출소 중인 죄수처럼 매일 의무적으로 도싯 지방 탐색을 계속하면서 심문일을 마치 감옥에서 풀려나는 날처럼 손꼽아 기다리고 있었다.

마침내 그날이 왔다. 토인턴 농장의 환자들은 헨리 카워다인을 제외하고는 아무도 출석하지 않았다. 증언을 요청받지도 않은 헨리가 나와 있는 것이 놀라웠다. 재판소 밖에는 온갖 사람들이 낮은 목소리로 수군거리며 무리지어 있었다. 아무런 관련도 없이 되는 대로 모여 있는 그들은, 잠시 뒤 음산하고 침울한 공공의 자리에 출석하게 되는 것이다. 그 속을 헤치며 헨리는 당당하게 팔을 뻗어 휠체어를 몰며 달글리시가 서 있는 곳으로 다가왔다. 그의 표정과 말투에서는 행복이 묻어날 것만 같았다.

"이런 법적 미해결로 끝날 게 뻔한 의식은 경감님한테는 그리 신기할 것도 없겠지만 나에게는 무척 신기하답니다. 어쨌든 이 사건은 그렇게 흥미롭지 않은 것은 아니었다고 나는 생각합니다. 홀로이드 때에 비해 수단이나 감식면에서 그리 재미있는 사건은 아닐지 모르지만, 인간적인 흥미라는 면에서는 이쪽이 훨씬 강하죠."

"카워다인 씨의 말투는 마치 심문을 즐기는 감식가 같군요."

"토인턴 농장에서 이런 일이 좀더 계속된다면 아마 난 정말 그렇게 될 겁니다. 헬렌 레이너는 오늘의 스타였어요, 그렇게 생각하지 않습니까? 그녀가 골라 입고 온 저 기묘한 옷과 모자를 보십시오, 저건 국가등록필의 간호사 제복입니다. 참으로 현명한 선택이에요. 말끔하게 빗어올린 머리, 화장기 없는 얼굴, 어느 모로 보나 헌신적인 베테랑 간호사라는 느낌 아닙니까? 그녀는 이렇게 말했어요, '휴슨 부인은 저와 부인의 남편이 관계를 맺고 있다고 믿고 있었던 것 같아요. 그녀는 늘 시간이 남아돌아서 쓸데없는 공상만 하고 있었던 겁니다. 휴슨 박사와 제가 매우 밀접하게 일을 해야 하는 관계인 건 사실이에요. 그의 친절함과 유능함에 대해서는 저는 높이 평가하고 있지만, 우리 사이에는 그 이상의 것은 아무것도 없습니다. 휴슨 박사는 부인에게 몸과 마음을 다 바치고 있었어요'라고, 그 이상의 것은 아무것도 없다고! 누군가가 그런 말을 할 때 난 절대로 믿지 않아요."

달글리시가 말했다.

"심문 자리에서는 신뢰를 얻을 수 있을 겁니다. 배심원들은 그녀를 믿었을까요?"

"아, 그렇게 생각합니다. 안 그렇습니까? 오늘 오후처럼 잿빛 제복——뭐라고 합니까, 개버딘인가요?——을 입은 우리의 광명의 여신이 침대 속에서 멋지고 신비롭게 관능을 발산하는 그림, 상상할 수 있습니까? 그녀는 영리합니다. 그래서 명상시간에 자기 방에서 휴슨과 단둘이 있었던 것을 인정한 거라고 생각합니다. 그리고 그건 두 사람이 이미 어느 쪽에 투표할지 결정하고 있었기 때문에, 시간을 허비하기보다는 이런저런 직무상의 이야기를 나누는 편이 효율적이기 때문이라고 설명했으니까요."

"사실대로 알리바이를 대느냐, 아니면 체면과 명예를 중시하느냐 하는 갈림길에서 망설였겠지요. 하지만 뭐, 현명한 쪽을 선택했다고 할 수 있겠군요."

헨리는 무척 적극적이 되어 휠체어의 방향을 바꿨다.

"하지만, 그 덕택에 도싯의 순박한 배심원들은 꼼짝없이 항복하고 말았습니다. 그 사람들의 마음의 움직임이 손에 잡힐 듯이 보이지 않던가요? 그 두 사람이 그렇고 그런 사이가 아니라면 왜 단둘이 틀어박혀 있었겠습니까? 하지만 둘이 있었으면 휴슨은 아내를 죽일 수 없었던 게 되니까요. 하지만 또 두 사람이 연인 사이가 아니라면 그가 아내를 죽일 동기가 없지요. 또 만약 그런 동기가 있다고 한다면, 둘이서만 있었던 것을 왜 일부러 밝히겠습니까? 물론 알리바이를 만들기 위해서지요. 하지만 그에게 그런 동기가 없다면 군이 알리바이를 만들 필요도 없겠지요. 그리고 그런 동기가 있다면 그와 저 여자가 함께 있었던 것은 당연한 일이 됩니다. 정말 기기묘묘하지 않습니까?"

정말 재미있다고 생각하면서 달글리시는 물어보았다.

"휴슨의 연기에 대해서는 어떻게 생각합니까?"

"꽤 잘했지요. 결코 경감님처럼 능숙하고 초연했다고는 할 수 없지만, 성실과 평정을 유지하며 자연스러운 슬픔을 꿋꿋하게 자제하고 있었습니다. 매기는 줄곧 토인턴 농장에서 나가고 싶어했지만, 휴슨으로서는 윌프레드에 대한 의리가 있었다고 인정한 것은 그의 영리한 점이지요. '제가 취직이 어려웠을 때 구원해준 은인입니다'. 의사등록에서 제명된 건에 대해서는 한 마디도 하지 않았고, 그런 걸 일부러 파헤치는 멍청이도 없었습니다."

"또 그와 헬렌이 두 사람의 관계에 대해 거짓말을 하고 있다는 것을 지적한 멍청이도 없었고."

"그밖에 무엇을 기대하십니까? 세상 사람들이 다 알고 있고 법률적으로도 입증할 수 있는 건——또는 법정에서 선언할 수 있는 건——서로 모순되는 두 가지 사실뿐입니다. 게다가 무슨 일이 있어도 우리는 더러운 진상이 윌프레드에게 알려지지 않도록 해야 합니다. 정말이지 그 점은 무척 잘 되었다고 나는 생각합니다. 정신착란에 의한 자살이니 뭐니, 그런 식의 기타 등등 기타 등등! 가엾은 매기! 자유분방하고 놀기 좋아하는 알코올 중독자라는 낙인이 찍혀, 남편은 그 고결한 직업에 헌신하고 있는데 그를 위해 좋은 가정을 꾸려주지도 못한 동정할 가치도 없는 여자가 되고 말았어요. 자살극을 꾸미려다가 도가 지나쳐서 일어난 사고사였다는 코트의 말을 배심원들은 받아들이지 않았죠? 그들의 견해는 위스키 한 병을 거의 다 비우고, 로프를 빌려와서 유서까지 쓴 여자가 연극을 했다는 건 너무 지나친 생각이다, 매기는 자신의 의지로 죽은 것이라고 믿어주는 것이 예의라는 것이었습니다. 내 생각으로는 그 감식전문가는 자신의 설을 유난히 강력하게 주장한 것 같더군요. 기본적으로 필적감정은 주관적인 것이라는 점을 고려한다면요. 매기가 그 유서를 썼다는 것은 의심의 여지가 없는 모양입니다."
"첫 네 줄에서 그렇게 단정해도 좋다고 느꼈겠지요. 평결에 대해서는 어떻게 생각합니까?"
"아, 나는 줄리어스의 의견에 찬성입니다. 소동을 일으키면 사람들이 놀라 달려와서 로프를 끊고 내려줄 거라고 그녀는 계산하고 있었던 겁니다. 그런데 위스키를 너무 많이 마셔서 스스로 자신의 부활을 연출할 수 없게 되어버렸어요. 이미 줄리어스가 자비의 집에서의 드라마를 도해식으로 설명해주었습니다, 맥베스 부인 역을 맡은 헬렌의 인상적인 첫무대도 포함해서.
'나에게 주사기를 갖다다오. 잠든 자들과 죽은 자들은 그림에 불과할 뿐이로다. 그림 속의 악마를 무서워하는 것은 어린아이의 눈일지니' 하는 식이죠."

달글리시의 표정과 말투에는 아무런 변화도 없었다. 그는 말했다.

"당신들 두 사람은 틀림없이 재미있었겠지요. 발견 당시, 코트가 그런 식으로 냉정을 유지하지 못했던 게 유감이군요. 그런 식으로 히스테리를 일으키지 않고 좀더 이성적으로 행동해 보였으면 좋았을 텐데."

헨리는 미소지었다. 바라던 반응을 얻을 수 있어서 기분이 좋았던 것이다.

"그럼 당신은 그를 좋아하지 않는군요? 성직에 있었던 경감님의 친구도 마찬가지가 아니었나 합니다만."

달글리시는 자기도 모르게 말했다.

"내가 참견할 일이 아니라는 건 알고 있지만, 이제 카워다인 씨도 토인턴 농장에서 나갈 때가 되지 않았습니까?"

"나간다? 나가서 어디로 간단 말입니까?"

"갈 곳은 얼마든지 있겠지요."

"분명히 얼마든지 있습니다. 하지만 그곳에 가서 내가 어떻게 되고 무엇을 하고 무슨 희망이 있다는 겁니까? 사실 나도 이곳에서 나갈 계획을 세운 적이 한번 있었습니다. 정말 어리석은 꿈이었지요. 아니오, 나는 농장에 남을 겁니다. 리지웰 신탁이라면 앤스티에게 부족한 전문적인 기술과 경험을 갖추고 있을 겁니다. 나는 더 악화될지도 몰라요. 게다가 윌프레드도 그곳에 남을 겁니다. 또 나는 아직 그에게 빚이 있어요. 이 지루하고 형식적인 일이 끝나면 모두 한숨 돌렸다가, 내일은 사이좋게 루르드로 떠나는 겁니다. 경감님도 함께 가면 좋을 텐데. 이곳에 이렇게 오래 머물고 있는 걸 보면, 뭔가 우리와 함께 있는 것을 즐기고 있는 게 아닌가 하는 느낌이 듭니다. 게다가 병후 요양이라는 목적은 충분히 이루지 못하셨죠? 기분전환도 할 겸 루르드에 동행하지 않으시겠습니까?"

필비가 운전하는 토인턴 농장 전용버스가 그들 앞에 와서, 휠체어가 올라갈 수 있도록 버스 뒤쪽의 경사로를 내려놓았다. 에릭과 헬렌이 윌프레드한테서 떨어지더니 휠체어 손잡이를 잡고 헨리를 버스 안에 태우는 것을 달글리시는 말없이 지켜보았다. 경사로는 다시 제자리로 돌아갔다. 윌프레드는 앞쪽의 필비 옆에 자리를 잡았고 버스는 달리기 시작했다.

리지웰 대령과 이사들은 점심식사 뒤에 도착했다. 자동차가 미끄러져 들어오더니 수수한 양복 차림의 몇몇 사람들이 건물 속으로 사라지는 것을 달글리시는 지켜보았다. 그 뒤 그들은 다시 모습을 드러내어 윌프레드와 함께 곶을 지나 바다 쪽으로 걸어갔다. 에릭과 헬렌이 함께 있는데 도시 목슨이 보이지 않아서 달글리시는 약간 놀랐다. 대령이 멈춰 서서 뭔가 야단스럽게 설명하는 듯한 몸짓으로 지팡이를 휘두르거나 주위로 달려온 수행원들과 얘기를 나눌 때 백발이 산들바람에 거꾸로 서는 것이 보였다. 그들은 틀림없이 부속건물들도 예비조사할 거라고 달글리시는 생각했다. 좋다, 희망의 집은 언제라도 걱정 없다. 책장은 깨끗하게 비우고 먼지를 제거했고, 짐은 당장이라도 내갈 수 있도록 끈으로 묶어 표찰을 붙여두었으며, 여행가방은 마지막 하룻밤을 위한 약간의 신변용품을 제외하고는 완전히 꾸려져 있다. 하지만 그렇다고 서로 소개받고 인사를 나누고 함께 둘러앉아 잡담을 나누고 싶은 생각은 없었다.

그들이 이윽고 발길을 돌려 자비의 집 쪽으로 향했을 때, 그는 자신의 자동차에 시동을 걸고 달리기 시작했다. 뚜렷한 행선지도 없고 목적도 없이. 또 그저 잠시 달리고 싶다는 것 말고는 이렇다 할 의지도 없이.

이튿날 아침은 흐린 데다 찌는 듯이 무더워 머리까지 지끈거릴 것 같은 날씨로, 하늘은 마치 비구름을 머금은 무거운 잿빛의 옥양목 텐트를 친 것 같았다. 순례여행 참가자는 9시까지 집합할 예정이었는데, 8시 반에 밀리센트 해미트가 노크도 없이 작별인사를 하러 찾아왔다. 이상하게 앉는 버릇 때문에 엉덩이 부분이 변형된 푸른 잿빛 투피스에 짧은 더블조끼까지 차려입고 있었다. 더욱 촌스럽고 어울리지 않는 하늘색 블라우스의 깃에는 화려한 브로치, 그리고 튼튼한 단화, 잿빛 펠트 모자를 귀밑까지 푹 눌러 썼다. 터질듯이 부푼 항공사 가방과 숄더백을 발아래 털썩 내려놓고 엷은 밤색 면장갑을 낀 손을 내밀었다. 달글리시는 들고 있던 커피잔을 내려놓았다. 그의 오른손이 으스러질 것처럼 그녀의 손에 잡혔다.

"그럼 잘 가세요, 경감님. 이상하네, 그리고 보니 경감님의 이름을 한번도 불러보지 못했구려. 우리가 돌아올 때는 경감님은 가버린 뒤겠지요?"

"오늘 아침, 조금 있다가 런던으로 돌아갈 예정입니다."

"여기 계신 동안 즐거우셨기를 바래요. 적어도 여러 모로 시끌벅적했던 건 사실 아니우? 자살이 한 건, 자연사가 한 건, 그리고 독립시설로서의 토인턴 농장의 종결. 지루할 틈이 없었을 거유."

"또 살인미수가 한 건."

"불난 탑 속의 윌프레드? 어쩐지 전위극의 제목 같구려. 그 별난 소동에 대해서는 난 줄곧 의심을 품고 있었다우. 굳이 물으신다면 말씀드리겠지만, 윌프레드는 자신의 책임에서 벗어나는 것을 정당화하기 위해 스스로 그런 짓을 한 거예요. 경감님은 설마 그런 해석은 미처 생각하지 못하셨겠지?"

"몇 가지 해석은 해봤지만 어느 한 가지도 의미를 찾지 못했습니다."

"토인턴 농장에서는 대개 그래요. 뭐, '낡은 질서는 찌그러진 것을 새로운 것으로 바꾸고, 신은 다양한 방법으로 스스로를 성취하시도 다!'. 그렇게 되기를 기원합시다."

밀리센트에게 무슨 계획이 있느냐고 물어보았다.

"난 지금의 집에서 계속 살 거예요. 내가 평생 그곳에서 살아도 된다는 것이 윌프레드와 신탁회사의 약정 속에 명시되어 있거든. 그리고 난 내가 편할 때 죽을 거유. 물론 그 장소가 남의 것이 되면 모든 건 달라지겠지만."

"윌프레드 씨는 이곳을 양도한 걸 어떻게 생각하고 있을까요?"

"안도하고 있겠지. 그래요, 그것이 목적 아니었을까요? 실은 말이 유, 윌프레드는 이곳을 리지웰 신탁에 완전히 넘겨준 게 아니라우. 이곳은 앞으로도 그애 것이고, 그애는 이곳이 문화적으로 더욱 쾌적한 형태로 바뀐 뒤에 다시 돌아올 계획이랍니다. 그것과 마찬가지로, 그는 신탁회사에서 도움이 된다고 생각하는 일이라면 어떤 일이라도 해서 토인턴 농장에 협조하겠다고 했어요. 만약 수위로 일하게 해주겠다는 말을 들을지도 모른다고 상상하면 그는 충격으로 아마 어떻게 될 거유. 저쪽에는 저쪽대로 농장에 대해 독자적인 계획이 있을 것이고, 그 속에 윌프레드도 끼워줄지 어떨지는 의문이지요. 아무리 이곳의 명칭에 그애 이름을 붙여서 그 허영심을 만족시켜 주는 것에는 동의했다 쳐도, 윌프레드는 모든 사람이 자기를 이곳의 은인이자 원래의 소유자로 생각할 거라고 기대하고 있지. 하지만 절대로 그렇게 되지는 않을 거라고 내 장담할 수 있어요. 이제 기증의 약정서에──이게 맞는 말인지, 하기야 뭐든 상관없지만──서명하고, 리지웰 신탁이 법률상의 소유자가 된다면,

윌프레드 따위야 필비 만한 가치로밖에 보이지 않을 거유, 아니, 필비보다 못할지도 몰라. 그것도 그애 자신의 실패지. 팔 거라면 완전하게 팔아치워야 했어요."

"그럼 신앙을 깨뜨리는 것이 되지 않습니까?"

"말도 안 되는 넌센스예요! 윌프레드가 수도복을 입고 중세의 수도원장처럼 행동하고 싶다면 수도회 입회허가를 받아야 해요. 국교라면 완전히 존경받을 수 있으니까. 물론 1년에 두 번의 순례는 앞으로도 계속될 거유. 그건 윌프레드가 맹세한 의무의 하나니까요. 경감님, 함께 가지 못해서 섭섭하구려. 무척 기분 좋은 작은 하숙집에 머물 거예요. 정말 음식이 싸고 맛있답니다. 그리고 루르드는 정말 즐겁고 분위기가 좋은 곳이에요. 윌프레드의 기적이 칸느에서 일어나 줬더라면 하는 생각이 없지도 않지만, 어쩌면 더 나빴을 수도 있거든. 블랙풀에서 완쾌했을 수도 있으니까요."

문간에서 그녀가 멈춰 섰다.

"버스가 여기서 서면 좋겠는데, 모두들 경감님한테 작별인사를 할 수 있도록." 그녀는 마치 일동의 순례여행 상담이라도 하는 것 같은 말투를 했다. 달글리시는 그녀와 함께 토인턴 농장에 가서 작별인사를 하겠다고 말했다. 배들리 신부의 책장에서 헨리 카워다인의 책이 한 권 나와서, 그것도 돌려줘야 했고, 시트도 돌려줘야 했다. 손대지 않은 통조림 같은 것도 갖다주면 틀림없이 요긴하게 쓰일 것이었다.

"통조림은 내가 이 다음에 가지러 갈 테니 그런 건 이곳에 그냥 둬요. 또 시트는 언제라도 돌려줄 수 있어요. 요양원에는 자물쇠를 채우지 않으니까. 또 어차피 필비가 나중에 되돌아올 거예요. 그는 항구까지 버스를 운전해 가서 우리를 배에 태우기만 하면 다시 돌아와요. 조프리를 돌보고 물론 닭들에게도 모이를 줘야 하거든. 그레이스가 살아 있었을 때는 아무도 도움이 된다고 생각하지 않았는데, 지금은 이렇게 닭을 돌봐줄 사람이 없어서 곤란해하고 있잖아요? 닭뿐만이 아니야. 그녀가 담당하고 있던 신문배부처 명단도 아무도 손을 대지 못하고 있어요. 실은 월프레드는 이번에는 데니스가 이곳에 남아 있기를 바랬지. 그놈의 편두통이 다시 시작되어 금방이라도 죽을 사람처럼 보였거든. 하지만 데니스가 순례에 가는 건 아무도 못 말린다우."

달글리시는 그녀와 나란히 농장으로 걸어갔다. 버스가 정면 현관 앞까지 들어와서 환자들은 벌써 차 안에 타고 있었다. 보기에 민망할 정도로 줄어든 그 여행단의 약간 꾸민 듯한 밝은 분위기는 기괴한 느낌마저 띠고 있었다. 각양각색인 그들의 복장에서 달글리시가 받은 인상은 그들은 각자 완전히 다른, 그리고 서로 아무런 관련이 없는 활동을 시작하려는 사람들처럼 보인다는 것이었다. 벨트가 달린 트위드 코트를 입고 사냥모자를 쓴 헨리 카워다인은 뇌조를 사냥하러 떠나는 에드워드 왕조시대의 신사처럼 보였다. 어두운 색깔의 양복에 하이칼라, 검은 넥타이의 부조화스러운 정장 차림을 한 필비는, 영구차에 뭔가를 싣고 있는 장의사 같은 느낌이 들었다. 어슐러 홀리스는 성장한 파키스탄 이민여성 같다. 그러한 여성들은, 영국의 풍토에 어울리는 차림은 오로지 조잡한 인조모피 코트를 입는 것이라고 믿고 있는 모양이다. 긴 하늘색 스카프를 머리에 두른 제니 페그럼은 분명히 자신을 성녀 베르나데트로 여기고 있는 듯하다. 심문 때와 같은 차림을 한 헬렌 레이너는 아무리 보아도 재소자들을 감시하는 여간수장 같다. 그녀는 벌써 조지 앨런의 들것 옆에 자리를 잡고 있었다. 소년의 눈은 뜨거울 정도로 빛났고, 그 열에 들뜬 듯한 새된 목소리가 달글리시한테까지 들려왔다. 그는 하늘색과 흰색의 줄무늬 모직스카프를 두르고, 커다란 봉제 곰인형을 품에 안고 있다. 곰의 목에는 얇은 하늘색 리본과, 달글리시의 놀란 눈에는 아무래도 순례의 기념

메달로 보이는 것이 걸려 있다. 전체적으로 자기가 좋아하는 축구팀을 응원하러 가는 온갖 부류의 사람들로 구성된 응원단 같은 느낌이었는데, 그것도 자신들의 팀이 이길 거라고는 결코 기대하지 않는 분위기였다.

윌프레드는 남은 짐을 조용히 정리하고 있었다. 그와 에릭 휴슨과 데니스 러너는 평소대로 수도복 차림이다. 데니스는 몸이 무척 좋지 않아 보였다. 얼굴은 고통으로 일그러져 있고, 눈은 아침의 부드러운 빛조차 견디기 어려운 듯 반쯤 감겨 있었다. 에릭이 그에게 뭔가 속삭이고 있는 것이 들렸다.

"부탁이야 데니스, 이번에는 포기하고 남아주게! 휠체어가 두 대 줄었으니까 우리끼리 감당할 수 있어."

러너의 새된 목소리에는 히스테리마저 느껴졌다.

"난 괜찮아요, 이런 두통은 24시간 이상은 계속되지 않는다는 것 아시잖아요? 부탁이니까 제발 나를 그냥 좀 내버려두세요!"

끝으로 조촐하게 꾸려진 의료용구가 실리자, 경사로가 제자리에 들어가고 뒷문이 쾅 하고 닫힌 뒤 버스가 출발하기 시작했다. 그들이 열심히 손을 흔들어주는 데 답하여 달글리시도 손을 흔들며, 밝은 색깔로 단장한 버스가 부서지기 쉬운 어린아이 장난감 같은 비현실적인 느낌으로 천천히 좌우로 흔들리면서 곳으로 멀어져 가는 것을 지켜보았다. 깊이 휘말리지 않겠다고 이쪽에서 몸을 도사렸던 그들에 대해, 이렇게도 동정과 후회의 기분을 느끼는 것에 그는 놀라지 않을 수 없었다. 약간 서글픈 생각이 들었다. 버스가 협곡의 경사면을 천천히 달려 완전히 시야에서 사라질 때까지 그는 계속 지켜보았다.

인기척이 사라진 곳에 토인턴 농장과 집들이 찌무룩한 하늘 아래 불빛도 없이 텅 빈 채 늘어서 있었다. 겨우 30분 사이에 주위는 완전히 어두워지고 말았다. 곧 폭풍이 몰아칠 것 같았다. 이미 천둥이 시작될 것을 감지한 듯 그에게도 두통이 시작되었다. 곶은 선택받은 전쟁터 같은 사악한 기대로 가득한 고요 속에 엎드려 있다. 들려오는 소리는 오직 바다의 울림뿐이다. 먼 포성에서 다가오는 묵직한 위협을 닮은, 낮게 드리운 공기의 희미한 떨림 같은 소리밖에 들리지 않는다.

이제 간신히 자유의 몸이 되었는데 오히려 어찌할 바를 모르고 묘하게 머뭇거려지는 기분 속에서, 그는 농장 출입구로 신문과 우편물을 가지러 갔다. 버스가 토인턴 농장의 우편함에 들렀다 간 듯, 함 속에는 그날의 〈타임스〉와 줄리어스 코트 앞으로 온 공문서인 듯한 갈색 봉투, 그리고 배들리 신부에게 온 편지 한 통이 있을 뿐이었다. 그는 신문을 옆구리에 끼고 신부 앞으로 온 편지를 뜯어 훑어보면서 집으로 돌아갔다. 편지는 또박또박 강하고 힘찬 필적으로 적혀 있었다. 인쇄되어 있는 발신인의 이름을 보니 미들랜드의 한 사제장의 것이었다. 사제장은 배들리 신부의 편지에 답장이 늦어진 것을 사과하고 있었다. 그 편지는 사제장이 이탈리아로 대행부임하러 가던 중에 부친 것이었다. 안부를 묻는 상투적인 문구와 가족과 교구에 대한 형식적인 보고, 또 평범한 화제가 나열된 뒤, 배들리 신부가 왜 달글리 시를 불렀는가 하는 수수께끼에 대한 해답이 적혀 있었다.

'신부님의 젊은 친구 피터 보닝턴을 즉시 찾아갔지만 물론 그는 수개월 전에 사망한 뒤였습니다. 몹시 슬픈 추억이었습니다. 이러한 상황에서는 그가 새로운 곳에서 행복했는지, 또는 진심으로 도싯에서 옮기고 싶어했는지 조사한다는 건 그다지 의미가 없다고 생각됩니다. 토인턴 농장의 그의 친구가 피터 보닝턴이 죽기 전에 한번 찾아가 주었더라면 좋았을 뻔했습니다. 또 한 가지 신부님의 문제에 대해서는 저로서는 그다지 조언을 드릴 것이 없을 것 같군요. 교구에서의 저의 경험에서 말씀드리자면, 아시는 바와 같이 우리는 비행청소년 문제에 큰 관심을 가지고 있지만, 주택이든 일종의 자취식 호스텔이든, 전과가 있는 사람들에게 살 곳을 제공하려 할 때 교구에서 가장 먼저 직면하게 되는 것은 현실적으로 우리의 힘으로는 도저히 감당할 수 없는 경제적인 문제입니다. 아마 요즘 시세로 작은 집 한 채는 살 수 있을지 모르지만, 적어도 두 명의 숙련된 직원이 우선 필요하고 게다가 그곳이 안정될 때까지 위태로운 기간 동안 그곳을 유지해 나가지 않으면 안됩니다. 하지만 신부님께 협조를 원하는 호스텔이나 다른 시설도 많이 있을 겁니다. 만약 신부님이 신부님의 돈을 토인턴 농장에 남기지 않기로 결심하셨다면, 아니, 분명히 신부님은 그렇게 하실 것 같은데, 그보다 더 좋은 사용법은 없을 거라고 생각합니다. 역시 그 경찰 계통의 친구분과 의논하시는 편이 좋겠습니다. 그분이라면 좋은 조언을 해줄 것 같군요.'

달글리시는 자기도 모르게 웃음이 터질 뻔했다. 이건 정말 아이러니한, 그리고 참으로 기가 막히게 앞뒤가 딱 들어맞는 결말이다. 완전히 헛다리짚은 것이었다. 그래, 이것이 이 모든 일의 시작이었단 말인가! 배들리 신부가 편지를 쓴 배경에는 무엇 하나 사악한 것은 숨어 있지 않았던 것이다. 범죄의 혐의도, 음모도, 은폐된 살인도 없었다. 그 가난하고 천진하며 세상물정에 어두운 노인은 1만 9천 파운드로 전과가 있는 젊은이들을 위한 호스텔을 구입하여 설비를 갖추고, 직원을 고용하여 정부에 기부하는 것에 대한 전문적인 조언을 구하려 했던 것이다. 토지건물의 현재 시세와 인플레의 수준 등을 알아봐 줄 수 있는 경제학의 대가를 부르려 했던 것뿐이었다. 그래서 신부는 알고 있는 유일한 경찰관에게 편지를 썼고, 하필이면 그는 살인 전문가였다. 그런다고 안 될 게 뭐 있단 말인가? 배들리 신부에게 모든 경찰관은 근본적으로는 같은 것이었다. 범죄에 대해 아는 게 많고, 범죄자들에 대해 잘 알고 있으며, 범죄수사와 마찬가지로 범죄예방에도 관심을 가진 사람들이다. 그런데 그 어느 쪽도 나는 해결해주지 못했다고 괴로운 마음으로 달글리시는 생각했다. 배들리 신부는 전문적인 조언을 얻고 싶었던 것이지 어떻게 악과 거래하는가에 대한 조언을 원했던 것이 아니었다. 그에게는 확고한 신념이 있었다. 뭔가의 이유, 달글리시는 본 적이 없는 그 젊은 환자 피터 보닝턴이 옮겨간 사건과 관련된 어떤 이유로 인해, 신부는 토인턴 농장에 환멸을 느낀 것이다. 그리고 자신의 돈을 보람있게 사용하기 위한 조언을 듣고 싶어했다. 그런데 그는 전혀 딴 일로 자신을 의지했던 거라고만 믿었으니 정말 자아도취의 전형이 아닐 수 없다고 달글리시는 생각했다.

그는 재킷 호주머니에 편지를 집어넣고, 접은 신문에 시선을 주면서 걸어갔다. 하나의 광고가 마치 미리 표시라도 되어 있었던 것처럼 선명하게 눈에 띄었다. 친숙한 글자가 차례차례 눈에 들어왔다.

토인턴 농장에서 삼가 알려드립니다. 10월의 순례여행에서 돌아온 날부터 본 요양원은 리지웰 신탁에 귀속되는 것을 널리 양해해주시기 바랍니다. 이 변화의 때를 맞이하여 모든 형제자매의 더욱더 많은 성원을 부탁드립니다. 아울러, 불행히도 후원자 여러분의 주소록을 분실하였사오니, 앞으로도 계속하여 교류해주실 분들은 부디 빠른 시일 내에 연락 주시기 바랍니다.

소장 윌프레드 앤스티

당연하지! 토인턴 농장의 친구들 명부는 그레이스 윌슨이 죽은 뒤로 어디론가 사라져버렸다. 그 60명의 이름은 그레이스의 머리 속에 고스란히 들어 있었으니까. 음산한 하늘 아래 장승처럼 선 채 그는 그 광고를 다시 한번 읽었다. 흥분이 그를 사로잡았다. 위장이 뒤틀리고 피가 역류하는 것 같은 육체적인 충격이었다. 그 순간, 심장이 멎을 것만 같은 확신과 함께, 바로 여기에 헝클어진 실타래를 풀 수 있는 단서가 마침내 발견되었다는 것을 그는 깨달았던 것이다. 여기에 있는 이 하나의 사실을 살짝 잡아당기면 된다. 그러면 실타래는 기적처럼 잇달아 딸려 나오기 시작할 것이다.

만약 그레이스 윌슨이 살해된 것이라면, 실은 이것은 그 부검 결과에도 불구하고 달글리시가 집요하게 믿고 있었던 사실이지만, 그녀가 무언가를 알고 있었기 때문이다. 그것은 핵심적인 정보, 즉 그녀 한 사람만이 가지고 있는 지식이 아니면 안 된다. 홀로이드가 죽은 날 오후에 배들리 신부가 어디에 있었는지에 대한, 흥미롭지만 그다지 도움은 되지 않는 의혹을 지우기 위해 살인을 저지를 사람은 없다. 신부는 검은 탑에 있었다. 달글리시는 그것을 알고 있고, 증명할 수도 있다. 그레이스 윌슨도 그것을 알고 있었을 것이다. 하지만 강하게 꺾여 있던 성냥과 그레이스의 증언을 합쳐도 증명할 수 있는 건 아무것도 없다. 배들리 신부가 죽어버렸으니, 가능한 것은 고작 줄리어스 코트가 곶을 산책하는 것을 보았다고 노신부가 말하지 않은 것은 이상하다고 지적할 수 있는 정도이다. 달글리시는 줄리어스의 만족해하는, 비웃는 듯한 미소를 머리에 떠올렸다. 동쪽 창가에서 책을 들고 앉아 있는 병들고 지친 노인. 그가 곶에서 토인턴 농장으로 돌아오기 전, 그렇다, 그 아래의 보이지 않는 바닷가에서 구조대가 무거운 짐을 들고 필사적으로 기어오르고 있었는데도, 그 전의 몇 시간 동안, 그가 잠을 자지 않았다는 것을 지금 와서 어느 누가 말할 수 있을까? 배들리 신부가 죽음으로써 그 증언이 침묵하고 만 것이라면, 이 세상의 어느 경찰도 낡은 증거를 근거로 지나간 사건을 다시 들춰낼 수는 없다. 그레이스가 그녀 자신에게 저지른 최악의 실수는,

달글리시가 단순한 병후요양을 위해서 토인턴 농장에 머물고 있는 것이 아니며, 그도 충분히 의심하고 있다는 사실을 털어놓고 만 일이리라. 그 실수가 그녀로 하여금 삶에서 죽음으로 가는 베일을 걷어낸 것이다. 덕택에 그녀는 살아 있어서는 안 되는 위험한 존재가 되고 말았다. 9월 12일 오후에 배들리 신부가 검은 탑에 있었다는 사실을 알고 있었기 때문만이 아니라, 더 특별한, 더 가치가 있는 정보를 그녀가 알고 있었기 때문이다. 〈토인턴 농장의 친구〉 배포처의 명부는 오직 하나, 그녀의 머리 속에 입력되어 있는 것이 있었을 뿐이며, 그녀는 그것을 보지 않고도 타이핑할 수 있었다. 그 사실을 그녀가 얘기했을 때 줄리어스도 그 자리에 함께 있었다. 단순한 명부 같으면 찢고 불태워 완전히 파기할 수 있을지 모른다. 그러나 한 연약한 여자의 뇌리에 새겨진 68명의 이름을 지우는 방법은 오직 한 가지밖에 없었던 것이다.

달글리시는 걸음을 서둘렀다. 거의 뛰다시피 곶을 내려가고 있는 자신을 깨달았다. 흐릿한 하늘, 폭풍의 기운이 서려 있는 무거운 공기에도 불구하고, 그의 두통은 사라져 가는 것 같았다. 메타포를 바꾸라, 진부하지만 증거만은 확실한 것으로. 이 일은 조각그림 맞추기와는 다르다. 마지막 한 장면이 잘 맞으면 되는 것이 아니다. 그래, 중요한 것은 지금까지 잊고 있었던 하찮고 조그마한 한 조각이다. 그것이 별안간 무수히 많은, 이름 없는 조각들에게 의미를 부여하는 것이다. 사람을 현혹시키는 색채가, 형태를 이루지 못하고 있는 불확실한 조각이, 지금 최종적으로 완성될 그림의 윤곽을 보여주고 있다.

그리고 지금 한 조각 한 조각이 자리를 확보한 이상에는, 쓸데없는 자투리는 깨끗하게 제거해야 할 때다. 지금은 증거인 부검보고서도 심문평결의 공식적이고 법적인 결정도 잊는 거다. 자만심도, 뻔뻔스럽다는 말을 듣지 않을까 하는 불안도, 휘말리지 않겠다는 이기심도 잊는 거다. 범죄의 냄새를 맡은 형사가 이끌어낼 수 있는 첫 번째 기본조건으로 돌아가는 거다. '누가 이득을 보았는가?' 감쪽같이 행운을 차지한 사람은 누구인가? 정당하게 출처를 밝힐 수 있는 이상의 돈을 거머쥔 사람은 누구인가? 그런 사람이 토인턴 농장에 두 사람 있다. 그리고 그 두 사람은 홀로이드의 죽음으로 서로 연결되어 있다. 줄리어스 코트와 데니스 러너. 검은 탑에 대한 자신의 해답은 돈이며, 또 그것으로 살 수 있는 즐거움, 아름다움, 여가, 친구, 여행이라고 공언했던 줄리어스. 3만 파운드 정도의 유산을 아무리 잘 굴린다 해도, 그것이 지금과 같은 생활을 그에게 가져다줄 수 있을까? 줄리어스, 항상 이익을 주기 위해 윌프레드를 돕고, 토인턴 농장의 재정이 얼마나 위기에 처해 있는지 누구보다 잘 알고 있었던 줄리어스. 루르드 순례여행은 자기의 취향이 아니기 때문에 결코 동행한 적은 없지만, 일행이 돌아오면 자기 집에서 파티를 열어 환영했던 줄리어스. 순례행 버스가 사고를 당했을 때 발벗고 나서서 도와주었던 줄리어스, 맨 먼저 현장에 차를 타고 달려가 뒷일을 봐주고, 그 뒤의 순례여행이 순조롭게 이루어질 수 있도록 새롭게 특별주문한 버스를 사주었던 줄리어스. 데니스 러너한테서 홀로이드 살해에 대한 혐의를 씻어준 줄리어스.

도트는 줄리어스가 토인턴 농장을 이용하고 있다고 비난했다. 달글리시는 그레이스의 주검 앞에서의 그 장면을 되살려 보았다. 도트의 절규를, 코트의 얼굴에 맨 처음 떠오른 믿을 수 없다는 듯한 표정과 그에 연이은 반사적인 경멸의 표정. 그러나 만약 그가 농장을 단순한 후원자 기분, 관대한 보스 기분이라는 은밀한 즐거움을 만끽하는 이상의 뭔가 특별한 목적을 위해 사용한 것이라면 어떨까? 토인턴 농장을 이용하고 있었다면? 순례여행을 이용하고 있었다면? 두 가지 모두 그에게는 중요한 것이었기 때문에, 둘 다를 보존하려고 계획한 것이었다면?

그리고 데니스 러너는? 평균적인 급료보다 훨씬 적은 돈을 받으며 토인턴 농장에서 일하면서도 비용이 많이 드는 양로원에 어머니를 맡길 수 있었던 데니스, 두려움을 극복하고 줄리어스와 함께 암벽등반까지 할 수 있었던 데니스, 남의 의심을 사지 않는 가운데 절대적인 프라이버시를 유지하며 단둘이 얘기하는 데 그보다 좋은 기회가 있을까? 일부러 끊어지도록 만들어놓은 로프에 놀란 윌프레드가 암벽등반을 중단한 것은 그들에게 얼마나 잘된 일이었던가? 오늘처럼 심한 편두통에 시달리면서도 기어코 순례여행을 떠난 데니스, 핸드크림과 목욕용 파우더를 거의 혼자 포장하고 발송했던 데니스,

그리고 이것이 배들리 신부의 죽음을 설명해주고 있다. 홀로이드가 죽던 날, 곶을 산책하는 줄리어스를 보지 못했다고 신부가 증언하는 것을 막기 위해 죽였다는 것을 달글리시는 믿지 못했었다. 노신부가 창가에서 한 순간이라도 졸지 않았다는 명백한 증거가 없는 한, 그 불완전한 증언을 토대로 줄리어스가 거짓말을 했다고 하는 주장은 사건을 혼란에 빠뜨릴 수는 있어도 강력한 증거는 될 수 없다. 하지만 만약 홀로이드의 죽음이 더욱 크고 더욱 사악한 음모의 일부였다고 한다면? 그렇다면 뭔가 냄새를 맡았을지도 모른다고 생각할 수 있는 인물, 완고하고 머리가 좋으며 늘 가까이 있는 목격자를 제거해 버리는 것은——그리고 이것은 얼마나 간단한 일인가!——필요한 일이기도 했을 것이다. 배들리 신부는 홀로이드가 죽은 사실을 알기 전에 입원했다. 그러나 그 사실을 알았을 때, 자신이 아무것도 보지 못했다는 바로 그 점이 신부를 움직이게 만들었을 것이다. 분명히 그랬다. 그래서 런던에 전화를 걸었던 것이다. 전화번호부를 찾아서 알아낸 번호로, 그는 자신을 살해하게 될 인물과 약속을 했다.

달글리시는 희망의 집을 지나쳐, 거의 무의식적인 결정 속에 토인

턴 농장 쪽으로 빠르게 걸어갔다. 무거운 현관문을 밀었다. 다시 그 희미하지만 위협적인, 짜릿하게 코를 찌르는 냄새, 그 속에 더욱 불쾌한 냄새를 숨기고 있는 냄새를 맡았다. 무척 어두워서 불을 켜지 않으면 안되었다. 홀이 텅 빈 영화세트처럼 환해졌다. 흑백의 바둑판 무늬 바닥이 눈이 어지러울 정도다. 말을 움직여주기를 기다리고 있는 거대한 체스판.

 불을 켜면서 그는 안쪽으로 계속 들어갔다. 방들이 차례차례 밝게 빛났다. 나아가면서 테이블과 의자에 손을 대어보는 자신을 깨달았다. 마치 그 나무제품들이 무슨 부적이라도 되는 듯이. 쫓겨났던 집에 억지로 돌아온 나그네처럼 그는 경계를 늦추지 않는 시선을 구석구석 던지고 있었다. 그의 마음은 조각그림의 한 조각 한 조각을 끼워 맞추고 있었다. 앤스티에 대한 습격, 검은 탑에서의 가장 위험했던 그 마지막 시도, 앤스티 자신이 그건 농장을 팔라고 그를 위협하기 위한 마지막 시도였다고 인정하고 있었다. 그러나 그것이 다른 목적을 위해 벌어진 것이라고 한다면? 토인턴 농장을 폐쇄시키기 위해서가 아니라 그 장래를 안전하게 확보하기 위해서였다면? 거기에는 나날이 궁핍해져가는 앤스티의 재원은 포기하고, 경제적으로 의지할 수 있고 이미 안정되어 있는 조직에 양도하는 것 말고는 방법이 없다. 그리고 앤스티는 팔지 않았다. 자신에게 가해진 가장 위험했던 그 마지막 습격이 환자 중 한 사람의 손에 의한 것이 아니며, 자신의 꿈은 아직 그대로 남는다는 것에 만족하고 그는 자신의 상속권을 포기했다. 토인턴 농장 자체는 계속 유지될 것이다. 순례여행도 계속된다. 이것은 누군가가, 농장의 재정이 위기에 처해 있다는 것을 잘 알고 있던 누군가가, 일부러 계획적으로 그렇게 조종한 것은 아니었을까?

 홀로이드의 런던 방문. 이 방문으로 그가 무언가를 안 것은 분명하다. 그가 흥분되고 의기양양한 기분으로 토인턴 농장으로 돌아올 수 있는 어떤 지식을 얻은 것이다. 그 지식이 그를 살려두어서는 위험한 인물로 만든 것일까? 달글리시는 아마 그가 변호사로부터 그의, 또는 앤스티 일가의 경제상의 문제에 대한 얘기를 들었을 거라고 추정했다. 그러나 변호사를 찾아가는 일이 그런 방문의 주목적은 아니었다. 홀로이드와 휴슨 부처는 세인트 세이비어 병원에도 갔다. 앤스티가 입원해 있었던 병원이다. 그리고 그곳에서 홀로이드의 치료약에 관해 상담역을 만나는 용건 외에 그들은 진료기록과를 찾아갔다. 달글리시가 매기를 처음 만났을 때 그녀는 이런 말을 했다.

'그는 치료를 받고 있던 런던의 세인트 세이비어 병원에는 돌아가지 않았어요, 그렇게 하면 자신의 기적적인 회복이 그곳 기록에 남을 것 아니에요? 돌아오면 사람들의 입방아에 오르내리게 될 테니까요.'

홀로이드가 런던에서 어떤 사실을 알게 되었다고 가정해보자. 그리고 그것은 그가 직접 알아낸 것이 아니라, 실은 매기 휴슨한테서 은밀하게 들은 것이라고. 아마 두 사람이 절벽 끝에서 함께 지낸 고독한 시간 틈틈이. 매기 휴슨이 한 말을 다시 떠올려 보았다.

'난 말하지 않는다고 했어요, 하지만 당신이 그 일로 언제까지나 끝없이 늘어놓는다면, 나, 생각 바꿀 거예요.'

그리고 그 뒤,

'내가 그렇게 했다 치고, 그래서 어떻게 되었어요? 그는 바보가 아니었다는 것쯤 당신도 알고 있죠? 뭔가가 있다는 것을 그는 알고 있었어요. 그래서 어떻게 되었어요? 그는 죽었어요, 아니에요? 죽었어, 죽었어, 죽어버렸다구요!'

배들리 신부는 죽었다. 홀로이드도 마찬가지다. 그리고 매기도, 매기가 죽지 않으면 안 되는 이유——그것도 하필이면 그때——가 있었을까?

그러나 이것은 지나친 속단이다. 모두 추론이고 공론이다. 진실, 그것만이 모든 사실에 들어맞는 유일한 논리다. 그러나 그것은 증거는 아니다. 그에게는 토인턴 곳에서 발생한 죽음 중 어느 한 가지도 살인이었다고 말할 만한 증거가 아직 없다. 단 한 가지 사실만은 확실하다. 만약 매기가 살해된 거라면 그녀는 무언가의 방법에 의해 자살로 가장되었다는 사실이다.

그때 뭔가가 끓고 있는 듯한 희미한 소리가 들리면서 부엌 쪽에서 기름과 뜨거운 수프의 강렬한 냄새가 흘러나오는 걸 깨달았다. 부엌에서는 빅토리아 시대 빈민구제원의 빨래터 같은 냄새가 났다. 구식 가스 스토브 위의 냄비에서 행주가 부글부글 끓고 있었다. 출발의 어수선함 속에서 도트 목슨이 가스를 끄는 것을 깜박 잊은 모양이었다. 잿빛 삼베 행주가 불쾌한 냄새가 나는 검은 거품찌꺼기처럼 넘실거리며 떠 있고, 스토브 주위에 거품이 튀어 말라붙어 있었다. 그가 가스를 끄자 행주는 그 음울한 통 속에 가라앉았다. 불꽃이 팍! 하며 순간적으로 꺼진 것이 그 뒤의 정적을 더욱 강조했다. 마치 인간의 생활이 영위되고 있었던 마지막 증거를 지워버린 것 같았다.

그는 작업실로 들어갔다. 모든 도구류에는 먼지를 방지하는 덮개가 씌워져 있었다. 포장되기를 기다리고 있는 폴리에틸렌 병과 목욕용 파우더통이 늘어선 윤곽이 드러났다. 헨리 카워다인이 빚은 앤스티의 흉상도 여전히 나무대좌 위에 앉아 있다. 위에는 하얀 비닐봉지가 씌워져 있고 목에 카워다인의 헌 넥타이처럼 보이는 것이 매어져 있다. 그 시각적 효과는 말할 수 없이 불길했다. 투명한 커버 아래 희미하게 보이는 얼굴, 텅 빈 안구와 얇은 비닐 아래로 돌출한 코가, 목이 베인 머리의 이미지처럼 그것을 생생하게 만들어주고 있다.

별관 끝에 있는 사무실에는 그레이스 윌슨의 책상이 지금도 북쪽 창가에 그대로 놓여 있고, 타이프라이터도 잿빛 커버가 씌워진 채 놓여 있다. 책상서랍을 열어보았다. 생각했던 대로 정말 깔끔하게 잘 정리되어 있었다. 토인턴 농장의 이름이 인쇄되어 있는 편지지 다발, 크기별로 꼼꼼하게 분류된 봉투, 타이프라이터의 리본, 연필, 지우개, 상자 안에 들어 있는 카본지, 그레이스가 배송 상대방의 주소와 이름을 타이핑하던, 절취선이 들어 있는 라벨용 스티커. 다만 그 중요한 68명의 리스트만이 보이지 않았다. 그 중의 한 사람은 마르세유에 살고 있다고 한다. 그리고 그 리스트 안에 타이핑되고 미스 윌슨의 마음속에 인쇄되어 있었던 것이 죽음과 탐욕을 이어주는 치명적인 사슬이 된 것이다.

헤로인은 토인턴 농장에서 목욕용 파우더 통 바닥에 최종적으로 포장될 때까지 긴 여정을 거쳐 운반되어 온다. 달글리시는 마치 자기자신이 여행을 하는 것처럼 그 각 과정을 마음에 그릴 수가 있었다. 아나톨리아 고지에 펼쳐진 양귀비밭. 그 젖빛 액체를 받는 커다란 항아리. 그것이 밭을 떠나기 전에 생아편을 기초적인 모르핀으로 바꾸는 비밀스러운 정제법. 세계적으로 손꼽히는 대형 중개항인 마르세유까지 간이철도와 열차와 비행기로 거치는 여로, 몇 군데 있는 비밀 공장에서 이루어지는 순수 헤로인의 정제. 그리고 루르드의 인파에 섞여 은밀하게 주고받는 거래. 아마 물건은 미사 중에 기다리고 있던 손으로 재빨리 넘어갈 것이다. 달글리시는 토인턴에서의 첫날 밤, 헨리 카워다인의 휠체어를 밀며 곶을 걸어갔을 때의 일을 떠올렸다. 자신의 손 밑에 구부러져 있는 그 두꺼운 고무손잡이의 감촉. 그 끝을 금속 부분에 고정해 놓고 손잡이를 비틀어 작은 비닐봉지를 그 속의 빈곳에 집어넣는 건 실로 간단한 일이다. 1분도 채 걸리지 않을 것이다. 그리고 기회는 얼마든지 있다. 필비는 순례여행에 따라가지 않으니 휠체어를 미는 건 아마 데니스 러너일 것이다. 마약밀수에 있어서 이미 인정되고 존중받는 순례여행단의 일원으로서 세관을 빠져 나가는 것보다 안전한 방법이 또 있을까? 그리고 그 다음에 전개되는 거래방법도 지극히 안전하기는 마찬가지이리라. 공급자와 단골고객, 판매책들은 순례여행 날짜를 미리 연락하여 다음 거래가 언제가 될지 다 알고 있다. 존경할 만한 자선단체가 보내는 순수한 통신물, 그레이스 월슨에 의해 일정한 간격으로 더할 나위 없이 성실하고 순수하게 배포되는 통신물을 이용하는 것보다 더 쉬운 방법이 어디 있을까?

그리고 프랑스 법정에서의 줄리어스의 증언, 그 살인사건의 알리바이. 그것은 협박에 대한 마지못한 굴복이나 제공받은 서비스에 대한 지불이 아니라, 장차 받게 될 서비스에 대한 선불이 아니었을까? 빌 모리아티의 편지가 암시하고 있듯이, 줄리어스는 과연 프랑스 경찰의 허를 찌른다는 일그러진 즐거움을 얻는 것 말고는 아무런 동기도 없이 미쇼네의 알리바이를 증명해준 것일까? 권력 있는 자들에게 대가 없이 은혜를 베풀고 자신의 윗사람들을 철저하게 골탕먹인다는 목적 만을 위해? 그럴지도 모른다. 그는 그 이상의 어떤 반대급부도 기대하지 않았고 바라지도 않았을지 모른다. 그러나 만약 무언가의 반대 급부가 제공되었다면? 만약 어떤 물건을 영국으로 밀수하는 방법을 당신이 주선해주면 일정한 수익을 나눠주겠다고 교묘하게 제안했다고 하면? 그 뒤에 과연 그는 토인턴 농장과 일년에 두 번 있는 순례여행의 유혹에 저항할 수 있었을까?

그것은 너무 쉽고 간단하여 바보라도 할 수 있는 일이었다. 게다가 믿을 수 없을 정도로 어마어마한 이익을 낳아주었다. 지금 헤로인의 암거래 가격은 얼마나 될까? 아마 1온스에 4천 파운드는 될 것이다. 줄리어스로서는 특별히 대량거래를 하거나, 평생 먹고 살 수 있는 돈을 벌기 위해 많은 판매책과 손을 잡을 필요는 없었다. 한번의 거래에 10온스만 반입하면 남자가 원하는 모든 쾌락과 아름다움을 즐길 수 있다. 그리고 리지웰 신탁에 양도한 뒤에는 미래는 더욱 탄탄하게 안정된다. 데니스 러너는 그 뒤에도 일을 계속할 것이고 순례여행도 계속될 것이다. 새로운 시설이 신규로 개설되면 그의 시장을 확대하는 역할을 해줄 것이다. 그리고 러너는 그의 손아귀에 안전하게 들어 있다. 가령 통신물이 폐지되고 농장에서 앞으로 핸드크림과 목욕용 파우더를 판매할 필요가 없어진다 하더라도, 헤로인은 여전히 입하된다. 광고와 배포방법을 찾는 건 항구에서 마약을 안전하고 확실하게 또 정기적으로 입수하는 근본문제에 비하면 아주 사소한 전술에 지나지 않는다.

아직 아무런 증거는 없다. 그러나 운이 좋으면, 그리고 달글리시가 옳다면 앞으로 사흘의 여유가 있다. 지방경찰에 전화를 걸어 중앙마약 단속국의 지국에 연락하라며 뒷일을 맡기고 갈 수도 있고, 더 좋은 방법은 다니엘 경위에게 전화하여 런던에서 돌아오는 길에 들러달라고 부탁하는 것이다. 그것도 비밀리에. 조금이라도 눈치채게 해서는 안 된다. 범인 측이 루르드에 전화 한 통만 걸면 이번 거래는 보류하라고 지시할 수 있고, 그렇게 되면 모든 건 단순한 억측과 우연, 있지도 않은 사실의 조작이 되고 만다.

가장 가까운 전화는 식당에 있다. 거기에는 외선이 연결되어 있어 교환대를 통해 연결된다. 하지만 수화기를 들고 보니 선이 접속되어 있지 않았다. 잠시동안 그는, 전화기가 그냥 플라스틱과 금속으로 만들어진 허섭스레기로 전락해버린 것 같은, 언제나 느끼는 초조한 기분을 느끼는 동시에, 문득 접속되어 있지 않은 전화가 있는 집은 아예 전화가 없는 집보다 더 황량한 느낌이 든다고 생각했다. 선이 끊어져 있다는 것은 흥미롭다. 아니, 차라리 중대한 의미가 숨어 있다고 해도 좋을 것이다. 하지만 그런 건 상관하지 않겠다. 이대로 일을 추진하여 경찰서에 가서 다니엘 경위를 만나면 된다. 자신의 추리가 아직 단순한 가설의 영역을 넘지 않는 현단계에서는, 그가 아닌 다른 사람과는 얘기를 할 마음이 들지 않았다. 그는 수화기를 내려놓았다. 그때 문 쪽에서 목소리가 들렸다.

"무슨 문제라도 생겼습니까, 경감님?"

줄리어스 코트는 고양이처럼 몰래 들어와 있었던 것처럼 그곳에 서 있었다. 한쪽 어깨를 문설주에 가볍게 기대고 두 손을 재킷 호주머니에 깊이 찔러 넣고, 자못 평온을 가장하고 있지만 그것은 실패였다. 흡사 당장이라도 달려들 듯이 발끝에 중심을 싣고 서 있는 그 몸은 긴장으로 굳어져 있다. 스웨터의 높은 깃 위에서 조각처럼 뼈가 두드러져 뚜렷한 음영을 띠고 있는 얼굴. 홍조를 띤 피부 아래로 팽팽하게 긴장되어 있는 근육. 이상하게 빛나는 그 눈은 깜박이지도 않고, 돌아가는 룰렛의 공을 지켜보는 도박꾼 같은 위험한 집중적으로 달글리시를 정면으로 쏘아보고 있었다.

달글리시는 조용히 말했다.

"아무래도 사용할 수 없을 것 같군요. 뭐, 괜찮습니다. 우리 집 가정부는 내가 반드시 돌아올 거라는 걸 알고 있으니까."

"경감님은 사적인 전화를 걸기 위해 그렇게 남의 집안을 기웃거립니까? 본선은 사무실에 있습니다. 몰랐나요?"

"그것 참 다행이군요."

두 사람은 지그시 서로를 응시했다. 침묵 위의 침묵. 방의 저쪽 끝에 마주 서 있는 상대방의 머리속 사고의 과정이, 달글리시에게는 마치 눈앞에서 그래프로 기록되고 있는 것처럼 뚜렷이 보였다. 그래프를 그리는 검은 바늘이 결단의 패턴을 찾고 있었다. 고투의 흔적은 없다. 다만 가능성을 저울질할 뿐이다.

마침내 줄리어스가 주머니에서 한 손을 꺼냈을 때, 그의 손에서 루

거의 총구를 본 달글리시는 차라리 안도하는 기분이었다. 주사위는 던져졌다. 이제 물러설 수 없다. 연극도 필요 없고 더 이상 애매할 것도 없다.

줄리어스는 조용히 말했다.

"움직이지 마! 난 사격에는 자신 있으니까. 테이블을 향해 앉아. 두 손을 테이블 위에 올려놓고, 그래 잘했어, 그리고 어떻게 냄새를 맡았는지 말해보시지. 당신이 눈치챘다고 생각해. 만약 아니라면 내 쪽이 계산착오를 한 것이지. 당신은 죽을 것이고 나는 번거로운 일들에 휘말릴 것이고, 그리고 그런 일들은 모두 불필요하다는 걸 알고 두 사람 다 화가 나겠지."

달글리시는 왼손으로 재킷 주머니에서 배들리 신부에게 온 편지를 꺼내 테이블 위로 밀었다.

"자네한테는 흥미가 있을 것 같군. 오늘 아침 이것이 배들리 신부 앞으로 도착했네."

잿빛 눈은 달글리시의 눈에서 떠나지 않았다.

"미안하네. 틀림없이 재미있겠지만 난 다른 일에 신경을 써야 해. 당신이 읽어 줘."

"그가 왜 나를 만나려고 했는지 이 편지를 읽고 알았네. 자네는 그 혐오스러운 편지를 날조하고 그의 일기장을 파기하는 수고를 할 필요가 없었어. 신부의 용건은 자네하고는 아무런 관계가 없었으니까. 그건 그렇고 왜 그를 죽였나? 홀로이드가 죽었을 때 그는 그 탑에 있었어. 그는 자신이 한 순간도 졸지 않았고 자네가 곶에서 산책하지 않았다는 걸 잘 알고 있었어. 하지만 그렇다고 그를 죽이지 않으면 안 될 정도로 그게 그렇게 위험한 일이었나?"

"그래, 배들리의 경우는. 그 노인은 자신이 악이라고 생각하는 것에 대해 뿌리깊은 본능을 가지고 있었어. 그건 나에 대한 집요한 의혹, 특히 데니스에 대한 나의 영향력에 대해 그가 의심을 품고 있었다는 것을 의미하지. 우리는 런던 경찰의 상식으로는 거의 상상도 하지 못할 수준에서 우리 나름대로 코미디를 연출하고 있었던 거야. 결말은 하나밖에 없었어. 신부는 퇴원하기 사흘 전에 나의 런던 아파트에 전화를 걸어 9월 26일 오후 9시 이후에 희망의 집으로 오라고 했어. 나는 채비를 하고 출발했지. 차를 타고 런던에서 출발하여 메르세데스는 그 연안도로 건너편의 돌담 뒤, 움푹 들어간 곳에 세워두었어. 모두가 저녁식사를 하는 사이에 사무실에서 수도복을 한 벌 들고 나왔지. 그런 다음 희망의 집으로 갔고, 만약 누군가에게 발각되면 계획을 바꾸어야 했겠지만 아무에게도 발각되지 않았어. 신부는 꺼져 가는 난롯불 앞에 앉아 나를 기다리고 있었어. 내가 들어간 지 2분 뒤, 그는 내가 그를 죽이려 한다는 걸 알았던 것 같더군. 그의 얼굴에 비닐 봉지를 씌웠을 때도 그는 조금도 놀란 표정이 아니었어. 비닐이야, 경감. 그걸 사용하면 콧구멍과 목구멍에 실오라기 하나 남지 않거든. 휴슨은 그걸 눈치채지 못했어, 불쌍한 얼간이! 배틀리의 일기장이 테이블 위에 있는 것을 보고, 뭔가 발목을 잡힐 단서가 될 만한 글이 적혀 있으면 안 된다고 생각한 나는 그것을 집어들고 나갔어. 내가 예상한 대로였지. 그는 하루하루 일어난 일을 정말 상세하게 기록해 두는 습관이 있더군. 하지만 난 책상은 부수지 않았어. 그럴 필요가 없었으니까. 그 치졸한 범죄는 윌프레드의 짓이야. 그는 신부의 유언장을 보고 싶어서 혈안이 되어 있었던 게 틀림없어. 참고로 말하자면, 난 당신이 보낸 엽서는 보지 못했고, 윌프레드도 유언장을 찾아낸 뒤에는 그 이상 뒤지지 않았을 거라고 생각해. 틀림없이 신부는 엽서를 찢어서 버렸을 거야. 사소한 물건을 일일이 보관해 두는 건 싫어했으니까. 그 뒤 나는 자동차로 돌아가서 약간 불쾌한 기분으로 잠을 잤어. 이튿날 아침, 런던에서 오는 도로에 진입하여 모든 소동이 가라앉은 뒤에 이곳에 도착했지. 신부의 일기장에서 읽으니, 그는 A.D라는 사람을 초대했는데 그 손님은 10월 1일에 찾아오기로 했다더군. 좀 이상하다는 생각이 들었어. 신부에게 손님이 찾아온 적은 한번도 없었으니까. 그래서 그 전날 밤 그 더러운 편지를 썼지. 신부가 무언가를 털어놓았으면 곤란하다고 생각했거든. 그 수수께끼의 A.D가 당신이었다는 걸 알았을 때는 솔직히 약간 당황했어, 친애하는 경감님. 만약 좀더 일찍 그걸 알았더라면 난 더 멋지게 활약할 수 있었을 텐데 말이야."

"그리고 그 영대는? 그는 영대를 목에 걸치고 있었던 것 같은데."

"그건 사실 벗겨내야 했어. 하지만 인간은 늘 완벽하기만 한 존재는 아니잖아? 잘 들어, 내가 월프레드를 실망시키지 않기 위해 데니스를 비호하고 있다거나, 친절한 마음으로 그런다는 것을 신부는 믿지 않았어. 그는 나를 잘 알고 있었지. 내가 데니스를 타락시키고 있고, 내 목적을 위해 토인턴 농장을 이용하고 있다고 그가 비난했을 때 난, 그럼 진실을 말씀드리고 참회를 하고 싶다고 했어. 하지만 그는 그건 나의 못된 속임수이며 그의 죽음을 의미한다는 것을 속으로는 감지하고 있었던 모양이더군. 그러나 그는 모험을 할 수는 없었어. 만약 내 말을 진실로 받아들이기를 거부하면 그의 전 인생이 모두 거짓이 되어버리기 때문이었지. 단 2초 정도 주저하던 그는 이내 영대를 목에 걸쳤어."

"공포의 그림자도 비치지 않고?"

"오, 아니었어! 그가 어떻게? 우리는 어떤 의미에서는 서로 비슷한 사람들이었지. 우리는 둘 다 죽음을 두려워하지 않았어. 마지막에 신부가 자신의 성실을 맹세하는 그 오래 전부터의 몸짓을 해 보였을 때, 그가 자신이 어디로 가고 있는 거라고 생각하고 있었는지

나는 몰라. 하지만 그곳이 어디이든 그는 공포는 털끝만큼도 보이지 않았어. 나 또한 그랬고, 나도 그와 마찬가지로 내가 죽은 뒤에 어떻게 될지 잘 알고 있어. 그건 소멸이야. 그것을 두려워한다는 건 우스운 일이지. 난 그렇게 이치를 모르는 사람은 아니야. 일단 죽음에 대한 두려움이 사라지면——완전히 사라지면——그 밖의 공포 따윈 모두 아무것도 아니게 돼. 아무것도 두려운 게 없어져. 중요한 것은 오직 자신이 죽을 수 있는 수단을 항상 가까이 두는 것 뿐이야. 그렇게 하면 인간은 이미 약한 존재가 아니게 되지. 내 경우 그것이 권총밖에 없다는 사실이 얼마나 다행인지 몰라. 그 순간 내가 연극적이고 바보처럼 보일 건 틀림없을 거야. 하지만 다른 방법으로 자살하는 건 상상도 할 수 없어.

익사? 물 속에서 그저 숨을 죽이는 것? 약물? 어떤 멍청한 작자가 끼어들어 위세척이니 뭐니 해서 날 되살려 놓겠지. 난 삶과 죽음 사이에 가로놓인 그 그림자 지대가 무서워. 칼? 흉칙하고 불확실해. 여기에는 세 발의 총알이 들어 있어, 경감. 한 발은 당신에게 그리고 나머지 두 발은 필요할 때 나를 위해서. "

"자네처럼 죽음과 거래를 한다면 분명히 타협도 할 수 있을 텐데. "

"강한 약물을 마시는 인간은 누구나 죽기를 원하고 있어. 그건 당신이 더 잘 알고 있을 텐데. 불편함은 적고 다른 사람에게는 이득이 많으며 또 적어도 주체성이라는 점에 있어서 스스로 쾌감을 느끼며 죽을 수 있는 수단은 역시 그것밖에 없어. "

"그래, 러너는? 그의 어머니의 양로원 비용은 자네가 지불하고 있겠지? 얼마나 드나? 한 달에 2백 파운드쯤? 값싼 매수로군그래. 그래도 그는 자기가 운반하고 있는 물건의 정체를 알고 있었겠지만. "

"앞으로 사흘 안에 운반해 오겠지. 앞으로도 계속 그럴 거고, 그는 그걸 카나비스라고 하는 완전히 무해한 약인 줄 알고 있어. 과민한 정부는 법률로 금하고 있지만, 런던의 남의 말을 잘 듣는 친구들은 비싼 값에 사고 싶어한다고 했지. 그는 내 말을 믿는 쪽을 택했어. 그는 진실을 알면서도 스스로 그것을 인정하지 않은 거야. 그건 사리가 밝고 영리한, 그리고 필요한 자기 기만이지. 인간은 모두 살기 위해 그렇게 하고 있어. 당신 자신도 당신이 하고 있는 일이 볼품없는 일이며 사기꾼이 사기꾼을 잡아들이는 것에 불과하다는 걸, 그렇게 해서 자신의 지능을 소모시키고 있다는 걸 알고 있을 거야. 그렇다고 그 사실을 스스로에게 까발려 봤자 행복해질 리가 없어. 그리고 만약 그걸 그만둔다 해도 그만둘 이유를 찾을 수가 없어. 그런데 경감, 당신은 직업을 때려치울 작정인가? 왠지 나에게는 그런 느낌이 드는데."

"상당히 통찰력이 있군그래. 그렇게 생각하고 있었던 건 사실이네. 하지만 지금은 달라."

일을 계속하겠다는 결심은 달글리시 자신도 언제 어떻게 그렇게 되었는지 모르는 사이에 마음에서 솟아난 것이었지만, 일을 그만두겠다고 결심했을 때와 마찬가지로 분명한 이유가 있었던 건 아니었다. 그것은 승리가 아니었다. 아니, 차라리 일종의 패배라고 할 수 있었다. 그러나 만약 살아남을 수 있다면, 지금의 이 갈등의 변화를 분석할 시간은 얼마든지 있으리라. 배들리 신부를 봐도 알 수 있듯이, 인간은 타고난 운명대로 살다가 죽는 것이다. 줄리어스의 재미있다는 듯한 목소리가 들려왔다.

"그것 참 안된 일이군. 하지만 이게 당신 생애의 마지막 일이 될 것 같은데, 어떻게 해서 나에 대한 걸 알아냈는지 꼭 듣고 싶소만."

"그럴 시간이 있을까? 인생의 마지막 5분을 자신의 무능함에 대한 모노드라마로 보내버리고 싶지는 않아. 그런다고 해서 무슨 만족감을 얻을 수 있는 것도 아니고, 또 나에게는 자네의 호기심을 채워 줘야 할 하등의 의무가 없다고 생각하네만."

"물론이지. 하지만 나의 호기심이라기보다 오히려 당신 자신의 흥미라고 할 수 있지 않을까? 잠시 유희를 즐기는 기분이 되어보는 것도 좋을 것 같은데, 그리고 나도 잠시 경계를 풀고, 당신이 나에게 달려들거나 의자를 내던지거나, 하여튼 뭔가 지금과 같은 경우에 할 만한 행동을 할 기회를 한번 주는 것도 멋진 일이 아닐까? 아니면 누군가가 찾아올지도 모르고 또 어쩌면 내 마음이 바뀔지도 모르지."

"자네, 맘을 바꿀 건가?"

"아니."

"그렇다면 나 자신의 호기심을 채워보기로 할까? 그레이스 월슨의 죽음은 추리할 수 있었네. 자네는 내가 아무래도 위험할 정도로 의심을 품고 있다는 걸 느끼고, 배들리 신부를 죽였을 때와 같은 방법으로 그녀를 죽였어. 그녀는 배포자들의 명부를 암기하여 타이핑할 수 있었기 때문이지. 자네의 고객들이 포함되어 있는 그 명부를. 하지만 매기 휴슨은 왜 죽여야만 했나?"

"그녀가 알고 있었던 어떤 사실 때문이지. 몰랐나? 내가 당신을 과대평가하고 있었던 모양이군. 그녀는 월프레드의 기적이니 뭐니 하는 건 망상이라는 걸 알고 있었어. 난 홀로이드가 세인트 세이비어 병원에 약속이 있었던 날, 그와 휴슨 부처를 런던까지 태워줬어. 에릭과 매기가 월프레드의 진료기록을 보기 위해 진료기록과에 간 것은, 단순히 그 병원에 있는 동안 자연스럽게 솟아난 지극히 당연한 직업상의 호기심에서였다고 나는 생각해. 그리고 거기서 두 사람은 월프레드가 경화증이니 하는 병에는 걸린 적이 없으며, 최근의 검사에서는 그것이 오진이었음이 증명되어 있는 것을 발견한 거야. 그가 걸린 것은 단순한 신경성 마비였어. 그런데 내 말이 당신에게 충격을 준 건 아닌가, 친애하는 경감님? 당신은 사이비 과학자야, 안 그래? 의학이 오류를 범할 수 있다는 걸 당신은 이해할 수 없겠지?"

"아니. 오진도 있을 수 있다고 생각하네."

"윌프레드의 의견은 당신의 건강한 회의주의와는 달라. 그는 그 다음 정기검진 때는 병원에 가지 않았어. 그래서 아무도 그 사소한 오진에 대해 그에게 말해주지 않았지. 병원 쪽에서 굳이 그런 일을 할 필요가 있겠어? 하지만 휴슨 부처는 그 비밀을 속에 담아두고 있지 못했어. 그들은 그 사실을 나에게 얘기했고, 또 매기는 홀로이드에게도 말해버렸어. 홀로이드는 토인턴으로 돌아가는 차 속에서 뭔가가 있다는 걸 느꼈던 모양이야. 나는 그녀를 위스키로 회유하여 그 얘기를 남에게 퍼뜨리지 못하게 하려 했지. 그것을 그녀는 내 친구 윌프레드에 대한 나의 배려라고 진심으로 믿었어. 그리고 그것은 농장의 미래에 건 그녀의 결심을 윌프레드가 물리치기 전까지는 효과를 발휘했지. 그 뒤 그녀는 불같이 화를 냈어. 그녀는 명상시간이 거의 끝날 때쯤 그곳에 쳐들어가서 진상을 폭로할 계획이라고 나에게 말했어. 난 그녀가 그런 짓을 하게 내버려둘 수가 없었어. 그건 바로 윌프레드로 하여금 그곳을 팔아치우게 할 수 있는 한 가지 사실, 유일한 사실이었거든. 리지웰 신탁의 인수는 중지되었을 거고, 하지만 나로서는 토인턴 농장과 순례여행은 계속 유지되어야만 했어.

그녀는 그 사실을 폭로한 뒤에 일어날 소동을 진심으로 기대하고 있었던 건 아니었어. 그리고 그 사실에 대해 토인턴 농장 사람들이 각자 어떤 반응을 보이든 아랑곳하지 않고 나하고 런던으로 달아나버리는 건 그녀에게는 식은 죽 먹기보다 쉬웠지. 나는 그녀에게 자살하는 유서로 보일 수 있도록 일부러 애매하게 쓴 편지를 남기라고 했어. 그렇게 해두면 만약 토인턴으로 다시 돌아오고 싶어질 때 편리할 거고, 에릭이 아내를 잃은 남자로서 어떤 반응을 보일지 볼 수 있기 때문이야. 사랑스러운 매기가 가장 마음에 들어한 것은 연극적인 방법이었소. 그래서 이곳의 훼방꾼이 되어 윌프레드와 에릭에게 최대한의 고통과 어려움을 안겨준 뒤 런던의 내 아파트에서 자유로운 휴일을 하루 보내고, 만약 이전으로 돌아가고 싶다면 그건 또 그것대로 굉장한 자극을 기대할 수 있다는 것이었지. 그녀는 스스로 로프를 가지고 오겠다고 나설 정도로 솔깃해 했어. 그리고 둘이서 술을 마셨는데, 그녀가 기분 좋게 술기운이 퍼져 나에게 전혀 의심을 품지 않게 되고, 또 편지를 쓸 수 있을 만큼은 정신이 남아 있는 정도에서 그만 두었어. 그 마지막 부분의 갈겨쓴 글씨, 즉 검은 탑에 관한 대목은 물론 내가 써넣은 것이지."

"그래서 그녀는 목욕을 하고 외출복으로 갈아입었군."

"물론 토인턴 농장에 들어갈 때의 효과를 위해, 또 감히 내 입으로 말하지만, 나의 찬사를 듣고 싶어서 한껏 멋을 부린 거지. 청결한 속옷과 발가락의 페티큐어까지 신경을 써야 할 남자로 보인 셈이니, 나로선 영광이라 할 밖에. 그녀는 런던에 도착한 뒤에 내가 정말 어떻게 할 생각인지에 대해서는 똑똑히 알지 못했을 거야. 사랑스러운 매기는 현실을 진지하게 생각해 본 적이 한 번도 없는 여자지. 피임기구를 가지고 있었던 것도 조심하기 위해서라기보다는 낙천적인 기분에서가 아니었을까? 하지만 그녀는 자신의 계획대로 해치운 셈이야. 그 귀여운 여자가 토인턴에서 떠나고 싶어한 것은 진심이었어. 그것을 잠꼬대로 중얼거릴 정도였으니까. 그녀는 기쁜 마음으로 죽어갔어, 그것만은 장담할 수 있어."

"그리고 그 집에서 나오기 전에 자네는 불빛으로 신호를 했고."

"그곳에 들러 사체를 발견하는 데 무언가 구실이 필요했기 때문이지. 진실로 보이게 하는 상황을 만들어 두는 게 안전하다고 생각했거든. 누군가가 창가에서 밖을 내다보고 있다가 내 말을 입증해줄지도 모르니까. 설마 그게 당신이 될 줄은 몰랐지만 말이야. 거기서 땀을 뻘뻘 흘리며 그 보이스카우트식 인공호흡을 해주고 있는 당신을 발견했을 때의 낭패감이란! 당신은 사체를 끝까지 포기하지 않는다는 점에 있어서는 참으로 완고하더군."

당장이라도 죽을 것처럼 보였던 월프레드를 발견했을 때도 역시 낭패감을 느꼈을 거라고 달글리시는 생각했다. 그때도, 또 매기의 죽음 때도, 줄리어스가 보여준 공포의 표정에는 거짓은 털끝만큼도 없었다. 달글리시가 물었다.

"그리고 홀로이드도 같은 이유로 절벽에서 밀어버린 것인가? 말을 못하게 하기 위해서?"

줄리어스는 웃었다.

"그래, 그 얘기를 하면 당신은 무척 재미있어 할 거야. 기막힌 아이러니지. 난 홀로이드가 죽은 뒤 매기에게 속을 떠볼 때까지는 매기가 그에게 말한 것을 몰랐어. 그리고 데니스는 절대로 몰랐지. 홀로이드는 평소처럼 데니스에게 욕을 퍼붓기 시작했어. 데니스는 거기에는 어느 정도 익숙해져 있어서 책을 들고 조금 떨어져 있을 뿐이었지. 그런데 홀로이드의 욕설이 점점 더 심해지기 시작했어. 데니스를 향해 거의 악을 쓰다시피 했으니까. 그의 중요한 순례여행이 실은 협잡이었고 토인턴 농장 자체도 허위 위에 성립되어 있다는 것을 자신이 알고 있다는 걸 알면 윌프레드가 뭐라고 할까, 그리고 다음 순례여행은 맘껏 즐기라고 해, 그것이 마지막 여행이 될 거니까, 하고 데니스에게 말했어. 데니스는 몸이 벌벌 떨려왔어. 마약 밀수에 대해 홀로이드가 냄새를 맡은 거라고 생각했지. 일단 정신을 수습하고 도대체 홀로이드가 그걸 어떻게 알아냈는지 스스로 추리해볼 사이도 없었어. 나중에 나에게 얘기하기로는, 비틀비틀 일어나서 브레이크를 풀고 휠체어를 앞으로 밀어버린 것도 잘 기억나지 않는다더군. 하지만 물론 그는 그렇게 했어. 달리 그렇게 한 사람은 아무도 없었으니까. 상당한 힘을 가하여 밀지 않았다면 휠체어가 절벽을 넘어 그 위치에 떨어지지는 않았을 거야. 홀로이드가 떨어질 때 난 그 아래의 바닷가에 있었어. 그 살인사건에서 화가 나는 것 중의 하나는, 나한테서 20야드밖에 안 되는 곳에서 홀로이드가 가루가 되어 죽는 모습을 내 눈으로 보았다는 이 끔찍한 경험에 대해 누구로부터도 위로를 받지 못했다는 점이야. 이젠 당신이 위로해 줄 수 있겠지?"

그 살인은 줄리어스에게 두 가지 의미로 행운이었을 거라고 달글리시는 생각했다. 그것은 홀로이드와 그의 위험한 입을 제거한 것, 그리고 데니스 러너를 완전히 자신의 지배하에 둔 것이다. 달글리시가 말했다.

"그리고 러너가 도움을 청하러 가는 사이에 자네는 휠체어의 양 옆부분을 숨겼고,"

"50야드 정도 떨어진 두 개의 바위 사이의 깊은 틈새 안에. 그때는 그렇게 하면 사건을 더욱 복잡하게 만들 수 있다고 생각했지. 브레이크가 사라져버리면 사고가 아니었다고는 아무도 장담할 수 없을 테니까. 곰곰이 생각해보니 난 그대로 현장을 떠나고 홀로이드가 자살한 것으로 보이게 했으면 좋았을 거라는 생각이 들더군. 난 본질적으로는 홀로이느는 자살한 거나 다름없다고 데니스를 설득했어."

"이제부터 어떻게 할 셈인가?"

"당신의 머리에 탄환을 박아 넣은 뒤 당신 차에 시체를 숨기고 둘 다 어딘가에 처분해야지. 진부한 살인수단이지만 틀림없이 잘될 거야."

달글리시는 웃기 시작했다. 자신의 목소리가 너무도 자연스럽게 울리는 데 스스로도 놀랐다.

"런던 경찰의 경감이라는 걸 쉽게 알아볼 수 있는 피살된 사체를, 소유자를 금방 밝혀낼 수 있는 자동차의 트렁크에 싣고 60마일쯤 운전한다는 것이 자네 생각인가? 특히 그 차의 소유자를 실은 차를? 파크허스트와 더험의 모든 지구에 있는 내 친구들이 자네의 배짱에 감탄할 거야. 그 사람들은 싸우기 좋아하는 시골기질을 숨김없이 드러내는 자들이네. 자네하고는 유사점이 별로 없을 것 같군."

"확실히 위험하겠지. 하지만 당신은 꼭 죽어줘야겠어."

"물론 그렇겠지. 하지만 실은 탄환이 내 몸에 박힌 순간부터 자네도 마찬가질세. 단, 자네가 종신형도 인생의 일부로 쳐준다면 얘기는 달라지지만. 아무리 자네가 방아쇠의 지문을 날조한다 해도 내가 살해되었다는 건 반드시 밝혀지게 될 거야. 난 자살할 유형도 아니고, 더구나 멀리 떨어진 숲이나 채석장까지 차를 몰고간 뒤 자기 머리에 총을 쏘는 부류는 더더욱 아니니까. 그리고 법의학적 증거수집을 위해 감식전문가들이 온종일 회의를 열겠지."

"당신의 시체가 발견될 경우의 얘기지. 어느 정도 지나면 수사가 시작되나? 3주일?"

"모두 필사적으로 나를 찾을 거네. 자네가 나와 차를 처분하는데 딱 좋은 장소를 찾아낸다면, 그 사람들도 그럴걸. 경찰을 측량도 볼 줄 모를 거라고 얕보아선 안돼. 그리고 그 다음에는 어떤 방법으로 이곳으로 돌아올 생각인가? 본머스나 윈체스터에서 기차를 탈 건가? 아니면 히치하이크? 자전거를 빌려서? 밤새도록 걸어서? 런던까지 기차를 타고 갈 수는 없어, 웨어럼에서 올라탄 척하는 건 불가능할 테니까. 작은 역인 데다 자네 얼굴은 잘 알려져 있어. 타고 내릴 때마다 자네는 누군가에게 목격되고 있지."

줄리어스가 생각에 잠기면서 말했다.

"그러고 보니 당신 말이 맞군. 그렇다면 절벽으로 하겠어. 그러면 당신의 시체는 익사한 것이 되겠지."

"머리에 총을 쏘고 말인가? 아니면 내가 자네 희망대로 절벽까지 걸어갈 거라고 생각하나? 물론 힘으로 한다면 할 수 있을지도 모르지, 그러려면 내 쪽으로 가까이 와야 해. 격투가 가능할 정도로 가까이. 우린 아마 힘이 엇비슷할걸? 나와 함께 그물에 걸려 인양되기는 싫겠지? 내 몸에서 총알이 발견되면 그것으로 자네는 끝장이야. 수사 실마리는 여기서 시작돼. 살아있는 내 모습이 마지막으로 목격된 것은 토인턴 농장에서 버스가 출발할 때였어. 그 뒤 이곳에는 나와 자네 두 사람만이 남아 있었지."

그때였다, 멀리서 현관문이 쾅하고 닫히는 소리가 들린 것은. 총성인가 싶을 정도로 날카롭게 울린 그 소리에 이어, 묵직하고 확고한 발소리가 현관홀을 지나오고 있었다.

3

줄리어스가 재빨리 말했다.

"소리를 지르면 둘 다 죽일 거야. 문 왼쪽에 서."

불길한 정적 속에서 유난히 크게 울리는 발소리가 중앙홀을 지나왔다. 두 사람은 함께 숨을 삼켰다. 필비가 문 앞에 섰다.

이내 권총을 알아본 그는 크게 뜬 눈을 껌벅거리면서 한 사람에서 다른 사람으로 시선을 옮겼다. 입을 열었을 때 그의 목소리는 갈라지고 떨리고 있었다. 그는 실수를 변명하는 어린아이처럼 똑바로 달글리시를 향해 말했다.

"윌프레드가 빨리 돌아가라고 했습니다. 도트가 가스 잠그는 걸 잊었다고요."

그의 시선은 다시 줄리어스에게 돌아갔다. 이번에는 공포의 빛을 숨기지 못했다. 그리고 말했다.

"오, 제발!"

거의 동시에 줄리어스의 총이 발사되었다. 리볼버의 총성은 갑작스러운 것은 아니었지만, 그래도 역시 이 세상의 소리가 아닌 것처럼 충격적으로 울려퍼졌다. 필비의 몸이 뻣뻣해지면서 기우뚱 흔들리다가 도끼에 찍힌 나무처럼 온 방안을 뒤흔드는 소리를 내며 뒤로 넘어졌다. 총알은 바로 두 눈 사이에 정확하게 명중해 있었다. 달글리시는 줄리어스가 그곳을 의도적으로 겨냥했음을 알았다. 자기가 권총 다루는 법을 잘 알고 있다는 것을 과시하기 위해 이 살인을 연출했다는 것도. 이건 일종의 사격연습이었던 것이다. 줄리어스는 권총을 다시 달글리시에게 겨누고 조용히 말했다.

"놈에게 가."

달글리시는 사체 옆에서 몸을 구부렸다. 눈에는 아직도 심한 공포의 표정이 남아 있었다. 상처는 야비하고 음침한 이마에 피가 찰랑고인 균열을 내고 있었다. 너무나도 작은 상처여서, 6피트 거리에서 발사한 경우의 탄도학·법의학상의 교본으로도 사용할 수 있을 것 같았다. 화약의 오염은 없었고 극히 적은 양의 피와 총알의 회전에 의해 생긴 피부의 상처가 있을 뿐이다. 그것은 내면의 치명적인 상처에 대해서는 아무런 단서도 주지 않는, 미세하고 거의 장식적이라고 할 수 있는 얼룩이었다.

줄리어스가 말했다.

"이것으로 나의 대리석 조각에 대한 빚은 갚은 셈이군. 외상이 있나?"

달글리시는 무거운 머리를 조용히 가로저었다.

"아니, 자네는 뼈에 구멍을 낸 것 같아."

"그걸 노렸지. 이제 두 발이 남았어. 하지만 이건 보너스야, 경감. 당신이 살아서 대면하는 마지막 인간이 나라고 생각하면 틀림없어. 나는 차를 달려 알리바이를 만들 수 있고, 경찰의 눈에는 당신이 살아서 마지막으로 본 사람은 필비, 툭하면 폭력을 휘두르는 버릇이 있었던 이 전과자로 비칠 거야. 총상이 있는 사체가 바다 속에 둘. 그리고 허가증 있는 권총이 내 침대 옆 사이드테이블의 서랍에서 도난 당했다는 신고가 들어오지. 거기서 어떤 각본을 꾸밀 것인가는 경찰에 맡기는 거야. 그리 어려운 일이 아니라구. 피가 흐르고 있나?"

"아니, 아직은. 곧 흘러나오겠지. 하지만 대단치는 않을 거네."

"기억해 두도록 하지. 바닥의 리놀륨에서 그것을 깨끗하게 닦아내는 건 어렵지 않을 거야. 카워다인이 만든 윌프레드의 흉상에서 비닐봉지를 벗겨와 필비의 머리에 씌우고, 그의 넥타이로 묶어. 서둘러! 당신의 여섯 걸음 뒤에 내가 있어. 그리고 만약 내 신경을 건드리면, 내가 할 일을 앞당기는 것이 득이라고 생각하게 될지도 몰라."

하얀 비닐 봉지를 쓰자, 이마에 마치 세 번째 눈처럼 보이는 구멍이 난 필비는 축 늘어진 한 개의 인형으로 변했다. 그 커다란 몸은 너무 꼭 맞는 양복에 그로테스크하게 억지로 끼워 넣은 것 같고, 넥타이는 어릿광대 같은 표정 아래 비스듬하게 휘어져 있었다. 줄리어스가 말했다.

"다음은 무게가 가벼운 휠체어를 한 대 가지고 와."

그는 달글리시에게 사무실 쪽을 가리키며 여전히 조심스럽게 여섯 걸음 뒤에서 따라왔다. 벽 앞에 접어 둔 휠체어가 세 대 놓여 있었다. 달글리시는 그 중 한 대를 펴서 사체 옆으로 끌고 왔다. 지문이 분명히 남을 것이다. 그러나 그것이 무엇을 증명한단 말인가? 이건 그레이스 윌슨이 타고 있던 것을 그가 밀어준 그 휠체어일지도 모른다.

"놈을 거기에 태워."

달글리시가 주저하고 있으니 줄리어스의 목소리에 억제된 초조함이 묻어났다.

"나 혼자 두 사람의 사체를 처리하는 건 사양하겠어. 하지만 정 그래야 한다면 못할 것도 없지. 욕실에 윈치가 있으니까. 당신 혼자서는 그를 들어올리지 못하겠다면 그걸 가지고 와. 하지만 경찰관쯤 되면 이 정도 노동은 감당할 수 있을 걸로 아는데."

달글리시는 윈치의 힘을 빌리지 않고 혼자 해냈다. 수월한 일은 아니었다. 리놀륨 위에서 휠체어의 브레이크가 미끄러지기 쉬워서, 무겁게 축 늘어진 사체를 캔버스천 등받이에 기대 앉히는 데 2분이 넘게 걸렸다. 달글리시로서는 얼마간 시간을 버는 데는 성공했지만 동시에 손해도 보았다. 체력을 소모해버린 것이다. 그는 이런 경우에 적절한 경험을 쌓은 그의 정신과 체력이 줄리어스에게 유용한 동안만 살 수 있다는 것을 잘 알고 있었다. 두 구의 사체를 절벽으로 운반하는 것은 줄리어스에게는 힘든 일이지만, 그렇다고 불가능한 것은 아니다. 토인턴 농장에는 무력한 인체를 운반하기 위한 도구는 얼마든지 있다. 현재로서는 달글리시가 아직 사체보다는 다소 낫고 쓸모가 있다고 할 수 있지만, 그 차이는 극히 미미하다. 그 차이를 더욱 줄일 필요는 없다. 행동을 하는 데 최적의 순간은 반드시 찾아온다. 그리고 그것은 두 사람에게 공통의 순간일 것이다. 두 사람 다 그 순간을 기다리고 있다. 달글리시는 상대에게 덤벼들 순간을, 줄리어스는 방아쇠를 당길 순간을. 두 사람 다 그 순간을 포착하는 데 실패했을 때 입게 될 손실의 정도를 잘 알고 있었다. 두 발의 총알이 남아 있고, 달글리시는 그 어느 것도 자신의 몸 안에 남지 않도록 조심해야 한다. 그리고 줄리어스가 거리를 유지하고 권총을 겨누고 있는 한 달글리시는 꼼짝달싹 못한다. 상대에게 덤벼들기 위해서는 달글리시는 무슨 일이 있어도 상대방을 가까이 다가오게 만들어야 한다. 한 순간만이라도 줄리어스의 신경을 딴 데로 돌려야 하는 것이다.

줄리어스가 말했다.

"자, 함께 토인턴 별장까지 걸어가는 거야."

달글리시가 그로테스크한 짐을 실은 휠체어를 밀며 정면 현관의 경사로를 내려가 곶을 가로지르며 걷는 동안, 줄리어스는 변함없이 용의주도하게 거리를 유지하고 있었다. 하늘은 두 사람 위에 무겁게 깔려 있는 잿빛 담요 같았다. 낮게 드리운 공기는 혀에 까칠까칠한 금속가루처럼 느껴졌고, 썩은 해초의 독한 냄새가 났다. 어슴푸레한 빛 속에서 오솔길의 조약돌이 준보석처럼 빛나고 있다. 곶의 중간쯤 되는 지점에서 날카롭고 뒤틀린 듯한 울음소리를 듣고 달글리시가 돌아보니, 조프리가 꼬리를 꼿꼿하게 세우고 따라오고 있었다. 50야드쯤 줄리어스 뒤를 따라온 고양이는 나타났을 때와 마찬가지로 돌연히 꼬리를 내리고 자신의 보금자리로 달아나버렸다. 줄리어스는 여전히 깜박이지도 않는 시선을 달글리시의 등에 꽂은 채, 고양이가 나타난 것도 사라진 것도 개의치 않는 것처럼 보였다. 두 사람은 말없이 계속 걸었다. 필비의 뒤로 젖혀진 머리가 휠체어의 캔버스에 의해 죄어들고 있었다. 비닐 봉지에 밀착된 그 한 개의 눈 같은 구멍은 무언의 비난을 품고 달글리시의 얼굴을 응시하고 있는 것 같았다. 오솔길은 바짝 말라 있었다. 아래를 본 달글리시는 마른 잡목과 먼지가 자욱한 자갈길 위에는 아주 미미한 흔적밖에 남지 않는다는 것을 알았다. 게다가 뒤에서 줄리어스가 발로 바퀴자국을 지우고 있는 소리가 들려왔다. 이렇게 되면 효과적인 증거를 남길 수가 없다.

두 사람은 별장의 안뜰에 들어섰다. 뜰은 두 사람의 발 밑에서 파도소리에 흔들리고 있는 것만 같았다. 마치 대지와 바다가 다가올 폭풍의 도래를 애타게 기다리고 있는 것처럼. 하지만 바닷물은 저만치 물러가 있었다. 두 사람과 절벽 사이에 물보라의 커튼은 쳐져 있지 않았다. 지금이 더 위험한 때라는 걸 달글리시는 알고 있었다. 그는 큰 소리로 웃음을 터뜨리며, 그 웃음소리가 자신에게 공허하게 들리는 것과 마찬가지로 줄리어스의 귀에도 그렇게 들릴 것이라고 생각했다.

"뭐가 우스워?"

"자네의 살인은 일정한 거리를 두고 냉정하게, 단순한 상업적인 거래로서 행해지고 있다는 건 금방 알 수 있어. 자네는 자신의 집 뒷문에서 우리 두 사람을 바다로 던져 넣을 생각이겠지? 아무리 둔한 형사라도 금세 추측할 수 있는 대단한 단서야. 게다가 이 사건에는 무능한 형사는 배속되지 않을걸? 자네 집에 드나드는 가정부는 오늘도 어김없이 오겠지? 그리고 이곳은 만조 때에도 모래사장을 볼 수 있는 해안의 한 귀퉁이야. 자네로서는 사체가 발견되는 것을 최대한 늦추고 싶을 텐데."

"가정부는 이곳까지는 나오지 않아. 그런 일은 절대로 하지 않지."

"자네가 없을 때 나가는지도 모르지. 절벽 끝에서 쓰레기통을 비울지도 몰라. 어쩌면 그 주변을 산책하는 습관이 있을 수도 있고, 어쨌든 자네 좋을 대로 생각해도 상관없어. 난 그저, 자네가 성공할 수 있는 단 하나의 희망은——난 그것을 그리 높이 평가하지는 않지만——사체의 발견을 지연시키는 것임을 지적하고 있을 뿐이네. 사흘 뒤에 순례단이 돌아올 때까지는 아무도 필비의 행방 따위에는 신경 쓰지 않겠지. 내 차를 처리하면 나를 찾기 시작하는 것도 지연시킬 수 있어. 그러면 수사가 끝나기 전에 자네는 이 헤로인 위탁판매의 증거를 지울 수 있는 시간을 버는 셈이지. 여전히 러너가 그것을 운반해 온다면 말이야. 나로 인해 방해가 되어서는 안되겠지."

방아쇠에 걸려 있는 줄리어스의 손가락은 미동도 하지 않았다. 피크닉 장소를 고를 때 같은 말투로 그는 말했다.

"물론 당신 말이 맞아. 그래서 당신들은 가능한 한 깊은 곳, 그리고 해안에서 먼 곳으로 가주어야겠어. 가장 좋은 건 검은 탑일 거야. 그곳이라면 아직도 파도가 절벽을 때리고 있겠지. 우선 놈을 그 탑으로 데리고 가야해."

"어떻게? 몸무게가 20스톤은 나갈 텐데. 나 혼자 힘으로는 절벽으로 밀고 올라갈 수 없어. 자네도 내 등에 권총을 겨누면서 따라오자면 별로 힘이 되어주지 못할 거고. 또 바퀴 자국은 어떻게 할 셈인가?"

"빗물이 씻어줄 거야. 게다가 곶으로 올라가는 게 아니야. 앤스티를 구하러 갔을 때처럼 연안도로를 차로 달려서 절벽 쪽에서 탑으로 갈 거니까. 당신들 둘을 차 트렁크에 넣어버리면 난 가정부 레이놀스 부인을 망원경으로 감시할 수 있어. 그녀는 토인턴 마을에서 자전거를 타고 오는데 기특하게도 언제나 똑같은 시간에 오지. 그 출입구가 있는 곳에서 딱 마주치도록 하는 거야. 난 차를 세우고 저녁 먹으러 돌아오지는 않을 거라고 그녀에게 말하지. 당신들의 사체가 떠오르고 심문이 열린다 해도, 이 일상적인 가벼운 대화를 나눈 즐거운 한때에 대한 증언이 검시관의 심증을 좋은 방향으로 돌려줄 거야. 그리고 이 지긋지긋한 일이 끝나면 난 도체스터까지 차를 몰고 가서 이른 점심을 먹겠지. ”

“차 트렁크에 휠체어와 비닐봉지를 넣은 채 말인가? ”

“그래, 그 두 가지를 거기에 넣고 잘 잠궈둬야겠지. 오늘의 사건에 대한 완벽한 알리바이를 만들어 놓은 뒤 오늘 밤 토인턴 농장으로 돌아갈 거야. 비닐봉지를 원래의 장소에 갖다두기 전에 깨끗하게 씻는 걸 잊지 않을 것이고, 휠체어의 먼지와 내 지문을 지우고, 또 바닥에 핏자국이 남아 있지 않은지도 잘 확인해야겠지. 그리고 물론 약협도 없애 두고, 그것을 내가 잊기를 바라고 있었나? 걱정 마, 경감! 그때쯤엔 당신의 귀중한 협조가 없이도 난 계획을 세우고 있을 테니까. 그러나 당신 덕택에 세세한 부분까지 궁리할 시간을 벌었군. 두 가지 멋진 계략 중의 하나가 마음을 끌어. 그 가루가 된 대리석 조각 말인데, 그걸 이용할 수 있을 것 같거든. 필비가 당신을 죽이고 싶어한 동기를 설명하는 데 사용할 수 있지 않을까? ”

“나 같으면 복잡하게 만들지 않겠네만. ”

“아마 당신이 옳겠지. 내가 한 최초의 두 번의 살인은 단순함의 전형 같은 것이었고 특별한 건 아무것도 없었어. 이제 놈을 메르세데스의 트렁크에 집어넣어. 차는 뒤에 세워져 있어. 하지만 그 전에 먼저 부엌으로 가. 세탁기 속에 시트가 두 장 들어 있을 테니 위에 있는 것을 한 장 꺼내와. 차안에 실오라기나 구두의 흙 같은 것을 남겨서는 곤란하니까. ”

“레이놀스 부인이 시트가 한 장 없어진 것을 눈치채지 않을까? ”

“그녀는 내일 세탁하고 다림질을 할 거네. 정말이지 항상 정해진 순서대로 밖에는 움직이지 못하는 여자거든. 난 오늘 밤 안에 시트를 제자리에 도로 갖다 놓을 거야. 자, 시간을 낭비하지 마. ”

줄리어스는 마음속으로는 일 초 일 초를 계산하고 있을 거라고 달글리시는 생각했다. 하지만 그의 목소리에는 그런 고민의 흔적은 없었다. 자신의 손목시계도 부엌 벽의 괘종시계도 한번도 쳐다보지 않았다. 오로지 그 시선과 루거의 총구를 희생자 위에 찰거머리처럼 고정하고 있을 뿐이었다. 저 집중력을 어떻게든 깨지 않으면 안 된다. 시간은 가차없이 흘러간다.

메르세데스는 차고 밖에 주차되어 있었다. 줄리어스의 지시에 따라 달글리시는 잠겨 있지 않은 트렁크의 뚜껑을 열고 잔뜩 구겨진 시트를 바닥에 깔았다. 휠체어에서 필비의 사체를 그리로 옮겨 넣는 것은 어렵지 않았다. 달글리시는 휠체어를 접어 사체 위에 얹었다. 줄리어스가 말했다.

"당신도 그 옆에 들어가."

이번에야말로 행동하기에 최적의, 그리고 최후의 기회가 아닐까? 줄리어스 본인의 집바깥, 그의 차에 살인사체와 명백한 증거가 있는 바로 지금이? 하지만 그 증거는 누구에게 명백한가? 지금 줄리어스에게 덤벼든다 해도, 총알이 자신의 몸에 박히기 전의 극히 짧은 한 순간 분노와 억압에서 해방되는 것 말고는 얻을 것이 아무것도 없다는 것을 달그리시는 잘 알고 있었다. 사체는 한 구가 아니라 두 구로 늘어날 것이고, 그것은 검은 탑으로 운반되어 깊은 물 속에 던져질 것이다. 마음의 눈으로 달글리시는 고독한 승리감과 절벽 끝에 선 줄리어스의 모습을, 파도의 골짜기를 향해 떨어지는 바다새처럼 공중을 가르는 권총을, 그리고 그 아래로 썰물에 쓸려가는 두 구의 사체를 똑똑히 볼 수 있었다. 계획은 한치의 빈틈없이 진행될 것이다. 줄리어스 혼자 두 구의 사체를 곳으로 운반해야 하므로 당초의 예정보다는 시간이 더 걸려 지루하고 초조해질지도 모른다. 하지만 누가 그를 막을 수 있단 말인가? 지금 토인턴 마을에서 자전거를 타고 오는 도

중인 레이놀스 부인은 아무것도 할 수 없다. 설사 그녀가 의심을 했다거나, 심지어 길에서 줄리어스를 만나 자전거에서 내리면서 지나가는 말로 총소리 같은 것을 들었다고 말한들 무엇이 어떻게 달라진단 말인가? 그리고 권총에는 두 발의 총알이 남아 있다. 달글리시로서는 줄리어스가 제정신이라는 것을 더 이상 믿을 수 없었다.

하지만 그래도 아직, 지금 이 순간에 적어도 뭔가는 할 수 있을 것이다, 마음속에 생각하고 있던 것을 시도하기란 쉬운 일은 아니겠지만. 고작 2, 3초 동안 트렁크 뚜껑을 열었을 때, 그것이 줄리어스와 자신 사이의 가리개가 되어준다면 하고 달글리시는 생각했다. 그러나 줄리어스는 바로 자동차 뒤에 섰다. 달글리시의 모습은 어디서나 보이고 있다. 하지만 한 가지 이점이 있었다. 상대의 잿빛 눈은 미동도 하지 않는다. 달글리시의 얼굴을 눈도 깜빡이지 않고 계속 노려보고 있다. 만약 운이 좋다면 재빨리 허를 찔러 그것을 이용할 수 있을지도 모른다. 그는 자연스럽게 허리에 두 손을 올려놓았다. 바지 뒷주머니에 들어 있는 얇은 가죽지갑이 엉덩이 선을 따라 살짝 휘어져 있는 희미한 무게가 느껴졌다. 줄리어스가 무서울 만큼 조용한 어조로 말했다.

"그의 옆에 들어가라고 명령했어. 당신을 조수석에 태우고 운전하는 위험을 무릅쓸 생각은 없으니까."

달글리시의 오른손 엄지손가락과 집게손가락이 주머니의 단추에 걸렸다. 단추구멍이 마침 헐거워져 있는 것을 달글리시는 신께 감사하고 싶었다. 그는 말했다.

"그럼 최대한 속도를 내어 달리게. 나중에 사체의 하나가 질식사한 것을 설명하지 않아도 되도록."

"바다 속에서 하룻밤이나 이틀밤 보내면 폐는 물로 가득 차서 그런 흔적은 없어질 거야."

단추가 벗겨졌다. 두 손가락을 살짝 주머니 위로 가져가 지갑을 집었다. 그것을 가만히 끌어당겨 자동차 타이어 밑에 떨어뜨리는 데 성공하느냐 실패하느냐에 모든 것이 달려 있다. 그가 말했다.

"그렇지 않아. 부검하면 내가 물에 빠지기 전에 이미 죽어 있었다는 것을 다 알 수 있으니까."

"그래, 맞아, 당신은 몸에 총알을 맞고 그렇게 되지. 그렇게 되면 질식사가 어떠니 하는 문제는 묻혀버릴 거라고 생각하는데. 하지만 충고해줘서 고맙군. 속도를 내어 달리도록 하지. 이제 타."

달글리시는 어깨를 한번 으쓱하고는 마치 한 순간이나마 희망을 부풀리려는 듯이 갑자기 힘찬 동작으로 트렁크 안에 들어갔다. 왼손으로 범퍼를 짚고, 그렇게 하면 적어도 설명하기 곤란한 지문이 남는다. 하지만 이내 생각이 났다. 지난번에 양치기의 지팡이니 자루니 빗자루를 트렁크에 넣을 때도 분명히 범퍼에 손을 짚었을 것이다. 약간의 오산에 그는 맥이 탁 풀리는 걸 느꼈다. 오른손을 놀리자 가죽 지갑이 손가락 사이에서 미끄러져 오른쪽 타이어 아래 떨어졌다. 줄리어스는 이제 조용한 명령의 말조차 하지 않았다. 말도 하지 않고 몸을 움직이지도 않았다. 그리고 달글리시는 트렁크 안에서 아직 살아 있다. 운이 좋으면 검은 탑에 도착한 뒤에도 살아 있을지 모른다. 겨우 한 달 전에 그렇게도 떨떠름하게 맞이했던 그 행운을 지금은 자신이 얼마나 간절한 마음으로 원하고 있는지를 생각하니, 그 아이러니에 쓴웃음이 나왔다.

트렁크 뚜껑이 쾅 하고 닫혔다. 완전한 암흑, 완전한 정적 속에서 그는 몸을 웅크렸다. 순간 폐소공포증과 비슷한 공포에 사로잡혔다. 웅크린 몸을 펴고 구부러진 두 팔로 금속을 두드리고 싶은, 저항하기 어려운 욕망에 사로잡혔다. 자동차는 아직 출발하지 않고 있었다. 줄리어스는 이제 느긋하게 시간을 계산하고 있는 것이리라. 필비의 시체가 달글리시의 몸에 밀착되어 있었다. 아직 살아 있는 것 같은 냄새가 났다. 기름과 나프탈렌과 땀의 뒤범벅. 트렁크 속의 공기는 후 텁지근했다. 잠시동안 그는 필비가 죽고 자신이 살아 있는 것이 미안하게 생각되었다. 그때 큰 소리로 주의를 주었으면 그를 살릴 수 있지 않았을까? 하지만 그렇게 했더라면 두 사람 다 살해되었을 것이다. 필비가 들어오는 것을 막을 수는 없었다. 그리고 그가 돌아서서 달아나려 했어도 줄리어스가 쫓아가서 죽였을 것이다. 지금 달글리시에게 밀착된 차갑고 축축한 살과 축 늘어진 손목의 뻣뻣한 털의 감촉이 무언의 항의를 하듯이 그를 찔러왔다. 자동차가 조용히 흔들리며 나아가기 시작했다.

줄리어스가 지갑을 발견하고 주워들었는지 어땠는지 달글리시로서는 알 길이 없었다. 하지만 그걸 보았을 리는 없다. 그렇다고 레이놀스 부인이 과연 그걸 발견해줄까? 그녀가 늘 지나가는 곳이기는 하지만. 그녀가 차고 바로 밖에서 자전거를 세우는 건 거의 틀림없다. 그걸 발견하기만 한다면 그녀는 그것을 주인에게 돌려주려고 애쓸 것이다. 그는 청소와 이따금 요리도 해주는 자신의 집 가정부 맥 부인을 생각해 보았다. 런던 경찰 형사의 미망인이었다. 거의 집념이라 해도 좋을 그 정직함을, 고용주의 소유물에 대한 지나칠 정도의 조심성을, 세탁 맡긴 채 행방불명이 된 옷가지나 구입한 물품의 가격이 오른 것, 깜박 잊은 커프스 단추 같은 것에 대해 상세하게 설명한 메모를 떠올려 보았다. 그래, 레이놀스 부인도 지갑을 주우면 잠시도 그대로 두지 않을 것이다. 며칠 전 도체스터에 갔을 때 수표를 현금으로 바꾸어두었던 10파운드 짜리 지폐가 세 장, 몇 개의 신용카드, 경찰수첩, 이런 것들이 그녀의 마음에 의혹을 불러일으킬 것이다. 틀림없이 일단 희망의 집으로 달려가겠지. 하지만 나는 거기에 없다. 다음에는 어떻게 할까? 달글리시의 추측으로는 그녀는 지방경찰에 전화를 걸 게 틀림없었다. 아마 자신이 지갑을 주운 것을 신고하기도 전에 그가 지갑을 잃어버린 사실을 알게 될지도 모른다는 생각에 겁이 나서. 신고를 받은 경찰은 어떻게 할까? 그에게 운이 따라준다면, 하필 그녀가 지나다니는 길에 그렇게도 절묘하게 지갑이 떨어져 있었다는 사실의 의미를 생각해 볼 것이다. 어디까지 의심해볼지는 모르지만, 어쨌든 당장 그에게 연락을 취하려 할 것이 틀림없다. 그가 집에 없다는 걸 알고 있으므로 토인턴 농장에 전화를 걸겠지. 그리고 전화가 불통이라는 걸 발견하고 순찰차를 파견해야겠다고 생각해 주면 다행이련만. 그리고 그 근처를 순찰하던 차 한 대가 급히 와준다면. 논리적으로 말하면 이들의 움직임은 차례차례 연쇄적으로 일어날 것이다. 그리고 한 가지 다행인 것은 레이놀스 부인이 마을 경찰관의 미망인이라는 점이다. 적어도 그녀는 전화연락을 하는 데는 익숙할 것이고, 누구에게 걸면 좋은지도 잘 알고 있을 것이다. 그의 목숨은 그녀가 지갑을 발견해 줄지 어떨지에 달려 있다. 포석이 깔려 있는 안뜰에 떨어져 있는 조그마한 갈색 가죽지갑. 폭풍을 머금은 하늘 아래 주위는 점점 어두워지고 있었다.

줄리어스는 곳 위의 울퉁불퉁한 길도 사정없이 무서운 속도로 달려갔다. 이윽고 차가 정지했다. 출입구의 문을 열고 있는 것이리라. 그리고 좀더 달리다가 다시 정차, 레이놀스 부인을 만나 두세 마디 얘기를 나누고 있는 게 틀림없다. 잠시 뒤 차는 다시 달리기 시작했다. 이번에는 평지를.

뭔가 달리 할 수 있는 일이 있을 것이다. 한 손을 얼굴로 가져가서 왼쪽 엄지손가락을 깨물었다. 피맛은 따뜻하고 달았다. 그것을 트렁크 천장에 비벼 얼룩을 만들고, 시트를 걷어 깔개 위에도 문질렀다. AB형 RH−. 흔하지 않은 혈액형이다. 그리고 운이 좋으면 줄리어스는 이런 작은 얼룩은 발견하지 못할 것이다. 하지만 경찰은 그보다

주의 깊게 살펴주어야 할 텐데.

숨쉬기가 답답해지고 머리가 지끈지끈 울리기 시작했다. 이 안에는 맑은 공기가 가득 들어 있고 이 답답함은 다분히 심리적인 고통이라고 스스로에게 말해주었다. 차는 조용히 흔들리고 있어, 줄리어스가 도로에서 벗어나 곶과 도로 사이에 있는 그 돌담 아래의 저지대로 다가가고 있음을 알았다. 차를 세워두기에 딱 좋은 장소다. 만일 다른 차가 지나간다 하더라도 메르세데스가 눈에 띌 염려는 없다. 이제 도착한 것이다. 이 여행의 마지막 과정이 시작되려 하고 있다.

험악한 하늘 아래 검은 탑이 불길하게 우뚝 솟아 있는 지점까지는 불과 150야드쯤, 바위와 돌투성이의 초지가 펼쳐져 있을 뿐이다. 줄리어스는 사람들의 눈에 띄지 않게 하기 위해 가능한 한 빨리 도로에서 보이지 않는 곳까지 가려 할 것이다. 또한 모든 일을 신속하게 처리하고 싶을 것이다. 더욱 중요한 것은 어느 쪽 희생자의 몸에도 손가락 하나 건드리지 않는 일이다. 부패한 사체 두 구가 마침내 바다에서 인양되었을 때 옷은 아무런 단서도 제공하지 않는다. 그러나 줄리어스는 자신의 옷에 묻은 털오라기 하나, 피 한 방울, 섬유조각 등의 흔적을 지우기가 얼마나 어려운지를 알고 있을 것이다. 여태까지는 옷에 아무것도 묻지 않았다. 그것은 그의 강력한 카드가 될 것이다. 줄리어스는 아마 검은 탑 아래에 갈 때까지는 달글리시를 살려둘 것이다. 필비의 사체를 휠체어에 앉히는 데 시간을 끌면서 그는 그것을 확신했다. 그 뒤 그는 거친 숨을 몰아쉬며 한 순간 비틀거리다가 휠체어 손잡이에 몸을 의지했다. 실제보다 훨씬 지쳐버린 듯한 모습을 보여준 것이다. 이제부터 무슨 일을 당하게 되든 체력만큼은 유지해 두어야 한다. 줄리어스는 트렁크 뚜껑을 거칠게 닫으며 말했다.

"얼른 해! 폭풍이 곧 몰아칠 것 같으니까."

하지만 그는 여전히 이쪽에 고정하고 있는 시선을 하늘로 돌리지도 않았고 그럴 필요도 없었다. 시원한 공기 속에서 두 사람은 비 냄새를 똑똑히 맡을 수 있었다.

휠체어 바퀴에 기름이 가득 들어 있는데도 가는 길은 무척 힘들었다. 달글리시의 손이 고무손잡이 위에서 자꾸만 미끄러진다. 바퀴가 자갈과 풀숲에 부딪칠 때마다 아무것도 모르는 어린아이처럼 휠체어에 묶여 있는 필비의 사체가 튀어올랐다. 달글리시는 눈 위로 땀방울이 떨어지는 것을 느꼈다. 덕택에 재킷을 벗을 수 있는 기회를 얻었다. 인간이 육체적으로 한계에 이르렀을 때를 이용한 것이다. 그는 걸음을 멈추고 헉헉 숨을 토해 보였다. 등뒤의 발소리도 따라서 멎었다.

지금일까? 만약 지금 당한다면 아무것도 할 수 없다. 다만 아무것도 느끼지 않는 사이에 죽을 수 있다는 것이 유일한 위안이다. 줄리어스가 방아쇠를 한번 당기기만 하면 이 극도의 초조와 공포로부터 해방될 수 있다. 줄리어스가 한 말을 떠올려 보았다.

'내가 죽은 뒤에 어떻게 될지 잘 알고 있어. 그건 소멸이야. 그것을 두려워한다는 건 우스운 일이지.'

제발 그렇게 단순하다면 얼마나 좋을까! 하지만 줄리어스는 방아쇠를 당기지 않았다. 무서울 정도로 조용한 목소리가 등뒤에서 들려왔다.

"무슨 일이야?"

"굉장히 덥군. 윗도리를 벗어도 될까?"

"좋고 말고. 벗어서 필비의 무릎에 올려놔. 두 사람을 바다에 밀어넣은 뒤 그것도 던져넣겠어. 어차피 파도 때문에 벗겨지고 말 거니까."

달글리시는 윗도리를 벗어 필비의 무릎 위에 올렸다. 그리고 여전히 얼굴은 움직이지 않고 말했다.

"뒤에서 쏘는 건 현명한 생각이라고 할 수 없어. 필비는 즉사했어. 그가 먼저 나를 쏘았지만 난 상처만 입었다, 그래서 내가 그의 권총을 빼앗아 죽였다, 그렇게 보이도록 할 필요가 있는 것 아닌가? 권총이 한 자루뿐인 싸움에서는 즉사가 둘, 그것도 한 사람은 등뒤에서 맞는 결과는 나올 수 없어."

"알고 있어. 당신과 달리 난 잔인한 폭력 장면에는 익숙지 않아. 하지만 난 바보가 아니고 총기에 대해서도 잘 알고 있어. 빨리해!"

그들은 다시 나아갔다. 조심스럽게 거리를 유지하면서. 달글리시는 그 기분 나쁜 동반자의 휠체어를 밀면서 등뒤에서 일정한 속도로 들려오는 희미한 발소리를 들었다. 그는 피터 보닝턴을 생각하고 있었다. 아담 달글리시가 지금 등에 권총의 겨냥을 받으면서 토인턴 곶을 걸어가고 있는 것은, 결국은 알지도 못하는 소년, 이미 죽어버린 한 소년이 토인턴 농장에서 어디론가 옮겨진 데서 비롯된 것이다. 배들리 신부는 그 도식을 간파하고 있었다. 그리고 그 이면에 숨겨진 비밀의 도식도 많이 있다고 믿었을 것이다. 그렇게 생각해버리면, 모든 인간계의 수수께끼는 바로 정신적 기하학의 문제가 되고 만다. 갑자기 줄리어스가 입을 열었다. 이 죽음을 향한 하이킹에서 희생자를 위로해 주고, 자신의 행위도 정당화하고 싶었던 건지도 모른다.

"또다시 가난해지기는 싫어. 인간에게 산소가 필요하듯이 나에게는 돈이 필요해. 필요한 만큼 있으면 되는 정도가 아냐. 많이 원해. 아주 많이, 엄청 말이야. 가난은 인간을 죽게 만들어. 난 죽는 건 겁나지 않지만 가난 때문에 서서히 썩어가듯이 죽는 건 정말 두려워. 당신은 내 신상 얘기를 믿지 않았지? 내 부모에 대한 이야기를."

"전부 다는. 어째서 믿지 않으면 안되나?"

"하지만 적어도 그건 진실이었어. 당신을 웨스트민스터의 술집에 데려가고 싶었어. 아니, 당신은 그런 곳은 이미 알고 있겠지만, 내가 두려워하는 것을 보여주고 싶었지. 연금으로 근근히 살아가고 있는 불쌍한 늙은 여자들. 아니, 살아 있는 것도 아니야. 그들은 돈을 갖는 것에 익숙지 못해. 나에게는 돈이 있어. 난 자신의 태생을 부끄럽게 생각하지 않아. 하지만 어차피 살아야 한다면 부자가 되어야 해. 병든 늙은이와 죽어 가는 여자가 내 인생을 가로막아서야 되겠나?"

달글리시는 거기에는 대답하지 않고 이렇게 물었다.

"자네는 탑에 불을 질렀을 때도 이 길을 왔겠지?"

"물론이지. 지금 하고 있는 것처럼, 그 저지까지 차를 타고 와서 나머지는 걸었지. 습관의 동물 같은 월프레드가 탑에 간다는 건 이미 알고 있었고, 그가 곳을 걸어가는 것을 쌍안경으로 봐두었어. 그날에 하지 않았더라도 다른 날에 했을 거야. 열쇠와 수도복을 손에 넣는 건 어려운 일이 아니었어. 전날에 미리 확인해 두었거든. 토인턴 농장에 드나드는 사람이라면 그런 건 누구의 의심도 받지 않고 가지고 나올 수 있지. 설사 누가 본다 하더라도, 내가 그곳에 있는 이유 같은 건 일일이 설명하지 않아도 되니까 말이야. 월프레드가 말했듯이 나도 그곳의 일원이거든. 그래서 그레이스 윌슨을 죽이는 것도 그렇게 쉬웠던 거고. 난 그날 밤 자정이 지난 뒤 내 방의 침대에 누워 있었는데 다리가 시려서 잠이 오지 않더군. 당신이 오해하면 곤란하니까 말해두지만, 월프레드는 밀수에 대해서는 아무것도 모르고 있어. 만약 지금의 입장이 뒤바뀌어 당신이 살아남고 죽는 건 내 쪽이라고 한다면, 당신은 사람들에게 비밀을 말해 주는 즐거움을 누리게 되겠지. 그의 기적이 환상이었다는 것과 그의 사랑의 보금자리가 바로 죽음으로 가는 계단이라는 비밀 말이야, 그 말을 들을 때의 그의 얼굴은 볼 만할 거야."

이제 몇 피트만 더 가면 검은 탑이었다. 달글리시는 드러나게 방향을 바꾸지는 않고, 가능한 한 포치에 가깝게 휠체어를 돌렸다. 바람은 일정한 간격을 두고 점점 세게 윙윙거리고 있었다. 하지만 이 풀과 바위뿐인, 비바람에 무방비 상태인 곳에는 항상 바람이 불고 있다. 문득 그는 멈춰 섰다. 왼손으로 휠체어를 지탱하고 신중하게 체중의 균형을 유지하면서 줄리어스 쪽으로 반쯤 방향을 틀었다. 지금이다, 바로 지금이다!

줄리어스가 날카롭게 소리쳤다.

"이봐! 뭐 하려는 거야?"

시간이 멈췄다. 1초가 영원처럼 생각되었다. 그 짧은 시간의 공백 속에서 달글리시의 마음은 긴장과 공포로부터 자유로워졌다. 마치 자신이 과거는 물론 미래로부터도 고립되어, 자기자신에게, 상대에게, 하늘과 절벽과 바다의 소리와 냄새와 색깔에 한꺼번에 눈을 뜬 것 같았다. 배들리 신부의 죽음에 대한 억압된 분노와 지난 몇 주간의 좌절과 우유부단함, 그리고 지난 시간의 긴장이 모두 마지막 해방의 순간을 앞두고 고요 속에 싸여 있었다. 겁을 먹고 있는 것처럼 가장하여 그는 떨리고 갈라진 목소리로 말했다. 그 목소리는 자신의 귀에조차 정말 겁먹고 있는 것처럼 울렸다.

"탑을 봐! 안에 누가 있어!"

그가 마음을 졸이며 간절하게 원하던 그 소리가 들려왔다. 찢어진 살점 사이로 튀어나온 뼈가 돌벽을 미친 듯이 할퀴는 것 같은 그 소리가. 그는 줄리어스가 숨을 들이마시는 소리를 들었다기보다는 느꼈다. 그리고 시간이 다시 흐르기 시작한 순간 달글리시는 그에게 달려들었다.

함께 쓰러졌을 때 줄리어스의 몸은 그의 밑에 있었다. 그때 달글리시의 오른쪽 어깨가 묵직한 충격과 함께 갑자기 마비되기 시작하면서, 뜨겁고 끈적끈적한 액체가 마치 향유처럼 매끄럽게 셔츠 안쪽으로 흘러나오기 시작했다. 총성의 메아리가 검은 탑에 부딪쳐 되돌아왔다. 그것이 곧에 다시금 생기를 불러 넣었다. 갈매기 떼가 일제히 소리치면서 바위에서 날아올랐다. 하늘과 절벽이 온통 그들의 거친 날갯짓 소리로 뒤덮였다. 다음 순간, 낮게 드리운 구름이 이 신호를 애타게 기다리고 있었다는 듯이 캔버스를 찢는 듯한 날카로운 폭음과 함께 하늘에서 억수같은 비가 쏟아지기 시작했다.

그들은 굶주린 두 마리의 짐승처럼 싸웠다. 먹이를 향해 날카로운 발톱을 세우고 기술 같은 건 아예 안중에도 없이, 캄캄한 빗속에서, 고여 있던 증오가 폭발하는 대로 몸을 맡기고.

줄리어스를 깔아눕히고 있으면서도 달글리시는 자신의 체력이 떨어져 가는 것을 느꼈다. 지금뿐이다! 지금 자신이 위에 있는 동안 끝내지 않으면 안 된다. 왼쪽 어깨는 아직 사용할 수 있다. 그는 빗물이 흥건한 흙 위에 줄리어스의 손목을 비틀어 눕혔다. 줄리어스의 숨결이 열풍처럼 얼굴에 끼쳐왔다. 두 사람은 마치 뜨겁게 사랑하는 연인들의 처절한 패러디처럼 빰을 서로 맞대고 누워 있었다. 그 경직된 두 사람의 손가락은 여전히 권총을 꽉 붙잡고 있다. 괴로운 경련 속에서 줄리어스는 오른손을 달글리시의 머리 쪽으로 힘겹게 천천히 구부렸다. 그리고 방아쇠를 당겼다. 달글리시는 총알이 머리털 사이를 빠져나가 줄기차게 내리는 빗속으로 날아가는 것을 느꼈다.

이어서 두 사람은 절벽 쪽으로 굴러갔다. 체력이 약해진 달글리시는 무슨 기둥이라도 되는 듯이 줄리어스에게 꼭 달라붙어 있는 자신을 발견했다. 빗줄기가 날카로운 창처럼 눈을 찔러왔다. 코는 비에 젖은 지면에 숨막히도록 밀착되어 있었다. 부식토였다. 인생의 마지막 순간에 맡기에 더 없이 기분 좋은 그리운 그 냄새. 구르면서 그의 손가락이 헛되이 흙을 할퀼 때마다 흙은 축축한 덩어리가 되어 그의 손에 달라붙었다. 다음 순간 어느새 줄리어스가 그의 몸 위에 무릎을 꿇고 올라탔다. 두 손으로 그의 목덜미를 잡고 머리를 절벽 쪽으로 끌고 가려 했다. 하늘과 바다와 장대처럼 쏟아지는 비는 거대한 하얀 세계가 되어 으르렁거렸다. 빗물이 격류처럼 흘러내리고 있는 줄리어스의 얼굴은 여전히 달글리시의 손이 닿지 않는 곳에 있었고, 뻣뻣해진 두 팔로 무자비하게 죄어드는 두 손에 힘이 가해졌다. 저 얼굴을 더 가까이 오게 하지 않으면 안 된다. 그는 필사적으로 근육을 풀어 줄리어스의 얼굴을 붙잡으려는 동안 이미 힘이 빠져나가고 있던 손길을 늦추었다. 그것이 효과가 있었다. 줄리어스도 힘을 늦추더니 본능적으로 달글리시의 얼굴을 들여다보려고 몸을 굽혔다. 다음 순간 줄리어스의 비명소리. 달글리시의 엄지손가락이 그 눈을 파고든 것이다. 두 사람의 몸이 떨어졌다. 달글리시는 간신히 일어나서 휠체어 뒤에 몸을 숨기기 위해 비틀거리며 달려갔다.

그는 휠체어 뒤에 웅크리고 앉아 빗물이 뚝뚝 떨어지는 캔버스 시트를 붙잡고 몸을 지탱했다. 그리고 줄리어스가 오기를 기다렸다. 머리에서 빗물을 줄줄 흘리며 분노한 눈에 핏발을 세우고, 굵은 팔을 뻗어 필사적으로 마지막 공격을 가해올 줄리어스를. 등뒤에는 탑이 검은 피를 흘리고 있었다. 빗물은 우박처럼 쏟아지고, 아름답게 피어오른 안개가 달글리시의 갈라진 숨소리와 섞여들었다. 그 격렬한 리듬이 마치 거대한 짐승의 단말마처럼 그의 가슴을 쥐어뜯고 귀에 메아리쳤다. 그는 휠체어의 브레이크를 풀고 마지막 힘을 쥐어짜서 앞으로 밀었다. 그리고 살인자의 경악과 절망의 눈빛을 보았다. 순간 줄리어스가 휠체어를 향해 달려드려는 것처럼 보였다. 하지만 아슬아슬하게 줄리어스는 옆으로 비켰고 휠체어와 그 꺼림칙한 짐짝은 절벽 너머 아래로 떨어져갔다.

"저것이 인양되면 뭐라고 설명할 거냐?！"

이 말을 혼잣말로 했는지 아니면 큰 소리로 외쳤는지 달글리시 자신도 알 수 없었다. 그리고 줄리어스가 덤벼들었다.

이제 마지막이다. 더 이상은 싸울 힘이 없다. 다만 묵묵히 죽음을 향해 굴러갈 뿐이다. 줄리어스를 저승길의 길동무로 삼겠다는 생각밖에 없었다. 찢어지는 듯한 외침이 그의 귀에 들려왔다. 사람들이 줄리어스를 향해 소리치고 있었다. 온 세상이 소리치고 있었다. 곳 전체에 사람의 목소리가, 사람의 모습이 넘치고 있었다. 문득 그의 가슴 위에서 무게가 사라지고 그는 자유의 몸이 되었다. 줄리어스가 "오, 안 돼！" 하고 속삭이는 소리가 들렸다. 달글리시는 마치 그 자신의 목소리인 것처럼 똑똑하게 그 슬픈 항의의 소리를 들었다. 그것은 필사적으로 몸부림치는 인간이 막다른 길에서 내지르는 무서운 비명이 아니었다. 부드럽고 슬픈 듯한, 아니 오히려 즐거운 듯한 목소리였다. 그런 다음 느릿한 움직임으로, 날개를 활짝 편 독수리처럼 검고 커다란 새 모양을 한 것이 머리 위를 지나가더니 시야가 아득해졌다. 하늘과 땅이 천천히 하나가 되었다. 어디선가 일행을 놓치고 뒤처진 갈매기가 울고 있었다. 대지는 굉음을 울리고 있고, 형체를 알아볼 수 없는 하얀 원이 그의 몸을 내려다보고 있었다. 흙은 무척이나 부드러웠다. 저항할 수 없을 만큼 부드럽고 따뜻했다. 달글리시는 정신이 아득해지는 대로 그냥 내버려두었다.

4

외과의가 달글리시의 병실에서 나와, 많은 사람들이 가로막고 있는 복도 한 곳으로 갔다. 그리고 말했다.

"30분 정도라면 질문을 해도 괜찮습니다. 탄환은 끄집어 냈고 그쪽

담당자에게 넘겼습니다. 수혈 중이지만 그리 걱정할 필요는 없을 것 같습니다. 출혈은 많았지만 심한 상처는 아니었어요. 이제 들어가도 좋습니다."

다니엘 경위가 물었다.

"의식은 회복되었습니까?"

"그런 것 같습니다. 간병하고 있는 부하의 말에 의하면, 그는 《리어왕》의 대사를 중얼거리고 있다고 합니다. 코델리아에 대한 말이라는군요. 그리고 꽃다발에 대한 인사를 아직 못했다며 걱정하고 있다 합니다."

다니엘 경위가 말했다.

"이번에는 꽃다발은 필요 없겠지. 아, 하늘이 도왔어. 경감님은 레이놀스 부인의 날카로운 눈과 상식에 감사해야 할 거요. 그리고 폭풍우에도. 하지만 정말 아슬아슬했어요. 코트가 눈치채기 전에 우리가 그곳에 접근할 수 있었기에 망정이지, 그렇지 않았으면 놈은 경감님을 절벽 아래로 밀어버렸을 거요. 자, 이제 허락이 났으니 안에 들어가 봅시다."

한 사람의 제복경관이 헬멧을 옆구리에 끼고 나타났다.

"무슨 일인가?"

"서장님이 이쪽으로 오고 계십니다, 경위님. 그리고 휠체어에 반쯤 묶여 있는 필비의 시체를 인양했습니다."

"코트는?"

"아직입니다, 경위님. 연안에서 멀리 떠내려간 모양입니다."

달글리시는 눈을 떴다. 그의 침대 주위에 검고 하얀 옷을 입은 사람들이 다가왔다 멀어졌다 하고 있는 것이, 마치 무슨 종교단체의 무용단처럼 보였다. 간호사들의 모자가 윤곽이 흐릿한 얼굴과 떨어져서 어디에 내려앉아야 좋을지 몰라하는 깃털처럼 두둥실 떠다니고 있었다. 그리고 모든 것이 또렷해지더니 낯익은 사람들의 얼굴이 되었다. 물론 간호부장이 있었다. 주치의도 결혼식에서 돌아와 있었다. 이제 장미꽃은 달고 있지 않았다. 모든 사람의 얼굴에 아직 근심의 그림자가 남아 있는 듯한 미소가 일제히 떠올랐다. 달글리시도 미소로 응답했다. 그래, 그렇다면 악성 백혈병은 아니었던 모양이다. 어떤 종류의 백혈병도 아니었던 거야. 나는 완쾌될 거야. 오른팔을 묶고 있는 이 무거운 장치만 벗겨준다면, 이곳에서 나가 다시 내 일로 돌아갈 수 있을 텐데. 오진이든 아니든 정말 많은 신세를 졌다고, 쏟아지는 졸음을 느끼면서 달글리시는 생각했다. 그리고 미소짓고 있는 얼굴들을 계속 올려다보았다. 죽지 않아서 정말 다행이라고 그 역시 미소로 화답하면서.

순수문학으로서의 미스터리

P.D. 제임스는 분명히 미스터리 작가이지만 그녀의 작품은 모두 인간심리의 특이함과 미묘함을 다룬 매우 진지한 소설이라고도 할 수 있다. 그녀로서는 이 두 가지가 조금도 모순되지 않는 듯하다.

"미스터리 작가는 자신이 쓰고 있는 것은 모두 어쩐지 병적이고 불건전하다고 생각하고 있습니다. 완전히 '꾸며낸 일'을 쓰고 있을 뿐인데 말이에요."

그녀의 작품의 탐정역인 런던 경시청의 아담 달글리시 경감은 현대 명탐정 중에서도 가장 세련된 지식인이라 할 수 있다. 그는 취미로 시를 쓴다. 그것도 아마추어가 아니라 몇 권의 시집을 발표한 어엿한 시인이다.

그의 시가 어떤 것인지는 그녀의 두 번째 작품 《살의》를 읽으면 알 수 있다. 그의 시적 재능은——곧 P.D. 제임스의 시적 재능은 상당한 수준이다. 그러나 제임스 자신은 이렇게 말한다.

"달글리시가 쓰는 시를 자주 공표할 생각은 없어요. 내 미스터리를 발간하고 있는 출판사가 T.S. 엘리엇의 작품도 출판하거든요."

그녀가 자신의 미스터리의 탐정역으로서 달글리시 경감을 창조한 것은 '한 권마다 한 사람의 인간으로서 변화해 갈 수 있는' 인물을 선택하고 싶었기 때문이라고 한다. 즉, 냉철하고 분석력이 뛰어난 명탐정인 동시에 스스로도 인간으로서 다양한 약점을 가진 인물을 탐정역으로 하고 싶었던 것이다.

P.D. 제임스의 본명은 필리스 제임스로, 병원 관리 일을 하고 있었을 때 의사인 화이트와 결혼했다. 남편 화이트는 전쟁에서 무거운 신경장애에 걸려 귀환했다. 산 송장 같은 남편, 그리고 두 딸을 안고 생계를 유지하기 위해 그녀는 미스터리를 쓰기 시작한다. 남자인지 여자인지 알 수 없는 필명은 스스로 지었다.

"작자가 남자인지 여자인지 하는 건 정말로 그 사람의 작품을 읽고자 하는 독자에게는 아무래도 상관없는 일 아닌가요? 나는 다만 '작가'이고 싶을 뿐이에요. 그 외의 것은 아무래도 상관없어요."

남편이 사망한 뒤 그녀는 '자신의 세계를 넓히기 위해' 내무성에 취직했다. 높은 경쟁률을 뚫고 시험에 합격하여 형법——이라기보다 형의 내용을 여러 가지로 검토 개정하는 부문의 일에 종사했다.

"지금까지 가장 의의 있는 개정이었다고 생각되는 건, 1972년에 수형자가 형무소가 아니라 사회사업 단체에서 일하여 죄를 보상할 수 있도록 한 일입니다. 자신이 정말 보람 있는 일을 하고 있다는 걸 안 수형자는 형기가 만료된 뒤에도 그런 일을 기꺼이 계속하는 경우가 많아요."

그녀는 내무성에서 일하며 이른 아침과 주말에 '취미로서' 미스터리를 썼다. 그녀가 창조한 멋진 탐정역 아담 달글리시가 경감으로서 격무를 감당하는 한편으로 시작에 몰두하는 것과 똑같다.

P.D. 제임스는 그야말로 영국의 순수한 미스터리 작가이지만, 이른바 '옛날 그대로의' 영국적인 본격 미스터리를 혐오하고 있다.

"등에 칼이 꽂힌 채 대저택의 서재에서 발견되는 사체. 귀족계급 출신의 거만한 명탐정. 밖에는 때마침 눈이 내려 단서를 지워버리고 경찰 수사진은 결국 손을 들게 되지만, 명탐정만은 이상하게도 뭐든지 꿰뚫어본다"

그런 미스터리를 그녀는 좋아하지 않는다. 그녀가 자부심을 가지고 써내려 가는 것은 '철저히 훈련받은 전문경찰관의 수완과 완전한 아마추어의 순수한 노력'을 중심으로 한 누구나 이해할 수 있는 본격문학으로서의 미스터리이다.